좁은 문·전원교향곡
배덕자

La Porte Étroite·La Symphonie Pastorale·L'Immoraliste

세계문학전집 336

좁은 문 · 전원교향곡
배덕자

La Porte Étroite · La Symphonie Pastorale · L'Immoraliste

앙드레 지드

동성식 옮김

민음사

차례

좁은 문

마들렌 앙드레 지드에게

좁은 문으로 들어가기를 힘쓰라.

—「누가복음」 13장 24절

좁은 문

1

다른 사람들이라면 이 이야기로 책 한 권을 쓸 수도 있었을 것이다. 그러나 나는 여기서 하려고 하는 이야기를 스스로 겪어 내는 데 온 힘을 다 쏟았고, 그 탓에 나의 기력은 완전히 쇠진해 버렸다. 그래서 나는 나의 추억을 아주 단순하게 적어 나가겠다. 이 추억이 여기저기 토막 나 있다 하더라도, 나는 그것을 꿰매어 맞추거나 연결하기 위해 무언가를 새로 꾸며 내는 일은 하지 않을 작정이다. 추억을 꾸며 내는 데 쏟는 노력이 그 추억을 이야기함으로써 얻고자 하는 마지막 즐거움마저 앗아 갈 것이기 때문이다.

아버지를 여의었을 때, 난 열두 살도 채 되지 않았다. 아버지가 의사로 계시던 르아브르에 더 이상 머물러 있을 아무런 이유도 없게 되자, 어머니는 내 교육을 위해 더 좋으리라는 생각에서 파리에 이사 갈 작정을 하셨다. 어머니는 뤽상부르 공원 근처에 조그만 아파트를 하나 빌리셨고, 애슈버턴 양이 우리와 함께 살게 되었다. 가족이 없었던 플로라 애슈버턴 양은 처음에는 어머니의 가정교사였다가 나중엔 말벗이 되더니 곧 친한 친구가 되었다. 지금도 나에게는 늘 상복 차림으로 기억되고, 한결같이 온화하고 슬픈 표정인 두 여인 곁에서 나는 살았던 것이다. 아버지가 돌아가신 다음 상당히 오랜 뒤의 일로 생각되는데, 어느 날 어머니가 아침에 쓰는 모자에 검은 리본 대신 연보랏빛 리본을 단 것을 보고 나는 소리쳤다.

"아, 엄마! 그 색깔은 엄마한테는 어울리지 않아요!"

다음 날 어머니는 다시 검은 리본으로 바꿔 다셨다.

나는 허약한 체질이었다. 내가 지치지 않도록 늘 마음을 쓰시던 어머니와 애슈버턴 양의 염려에도 내가 게을러지지 않았던 것은 정말 공부에 흥미가 있었기 때문이다. 초여름 화창한 날씨가 시작되자마자, 두 분은 내 얼굴을 핼쑥하게 만드는 이 도시에서 떠나라고 재촉하신다. 그래서 6월 중순이 되면 우리는 매년 여름 뷔콜랭 외삼촌이 우리를 맞아 주시는, 르아브르 근처 퐁그즈마르로 떠난다.[1]

그다지 크지도 않고 멋있지도 않으며, 노르망디 지방 다른

---

1) 어린 시절의 회상임에도 현재 시제인 것은 마치 지금 눈앞에 펼쳐지듯이 생동감을 나타내기 위한 '역사적 현재(present historique)'의 표현 기법이다. 지드 소설에 빈번히 등장하는데 작가의 의도를 살리기 위해 원문에 충실히 현재 시제로 번역했다.

정원들과 별 차이가 없는 정원이 있는 뷔롤랭 외삼촌 집은 흰색 삼 층 건물로 18세기 많은 별장들과 비슷하다. 동쪽으로는 커다란 창문이 스무 개가량 앞뜰을 향해 나 있고, 뒤쪽으로도 창문이 그만큼 나 있지만, 양옆에는 없다. 창문마다 작은 정사각형 유리가 끼워져 있는데, 그중 몇 장은 최근에 교체되어서, 흐릿한 옛날 녹색 유리들 사이에서 너무 환하게 드러나 보인다. 어떤 유리창에는 집안 식구들이 '거품'이라고 부르는 흠집이 나 있는데, 그것을 통해서 보면 나무는 뒤틀려 보이고, 그 앞을 지나가는 우편집배원에게는 갑자기 혹이 달리기도 한다.

직사각형 정원은 담으로 둘러싸여 있다. 집 앞쪽은 꽤 넓고 그늘이 진 잔디밭인데, 모래와 자갈이 깔린 작은 길이 그 잔디밭을 에워싸고 있다. 그쪽으로는 담이 낮아서 정원을 둘러싸고 있는 농가 마당이 보이는데, 너도밤나무를 심은 길이 그 지방 특유 방식으로 농가 마당 경계를 이루고 있다.

집 뒤편 서쪽으로는 정원이 훨씬 넓게 트여 있다. 꽃들이 만발한 오솔길이 남쪽 과일나무 울타리를 따라 나 있고, 두터운 장막처럼 펼쳐진 포르투갈 산 월계수들과 나무 몇 그루가 바닷바람을 막아 준다. 북쪽 담을 따라 나 있는 또 하나의 오솔길은 나뭇가지들 아래로 사라진다. 외사촌누이들은 그 길을 '어두운 오솔길'이라고 불렀고, 저녁 어스름이 깔리면 좀처럼 그 길로 들어서려 하지 않았다. 그 두 오솔길은 채소밭으로 통하고, 몇 계단 아래 낮은 곳에서 채소밭은 정원으로 이어진다. 그리고 채소밭 한구석 조그만 비밀 문이 나 있는 담 저편으로 잡목 숲이 보이고, 너도밤나무가 늘어선 길이 좌우 그곳까지

닿아 있다. 서쪽 현관 층계에 서면 그 작은 숲 너머 고원이 보이고, 고원을 뒤덮고 있는 수확물들이 장관을 이루는 모습을 바라볼 수 있다. 지평선 쪽으로는 그리 멀지 않은 곳 작은 마을에 교회가 보이고, 해 질 무렵 바람이 잔잔할 때면 몇몇 집에서 피어오르는 연기도 보인다.

아름다운 석양이 깔리는 여름철 저녁이면, 우리는 식사를 마친 다음 '아래쪽 정원'으로 내려가곤 했다. 우리는 작은 비밀 문을 나서서, 주변 경치가 어느 정도 내려다보이는 가로수 길 벤치까지 갔다. 거기 폐광이 된 이회암 채굴 터의 초가지붕 가까이에 외삼촌과 어머니, 애슈버턴 양이 앉았다. 우리 맞은편 작은 골짜기는 안개에 잠겼고, 멀리 보이는 숲 위에서 하늘은 금빛으로 물들어 갔다. 이미 땅거미가 진 뒤에도 우리는 정원 안쪽에 늦게까지 남아 있었다. 우리가 집에 돌아오면, 외숙모는 응접실에 앉아 계셨다. 그분은 우리와 함께 외출하는 일이 거의 없었다……. 우리 아이들에게는 그것으로 저녁은 끝이었다. 하지만 한참 뒤 어른들이 주무시러 올라오는 발소리가 들릴 때까지, 우리 방에서 책을 읽은 적도 자주 있었다.

우리는 정원에서 보낼 때를 제외한 거의 모든 시간을 '공부방'에서 보냈는데, 외삼촌 서재였던 그곳에는 초등학생용 책상들이 놓여 있었다. 외사촌 로베르와 나는 나란히 공부했고, 그 뒤에는 쥘리에트와 알리사가 앉았다. 알리사는 나보다 두 살 위였고, 쥘리에트는 한 살 아래였으며, 로베르는 우리 넷 가운데 제일 어렸다.

나는 여기서 내 어린 시절 추억 전부가 아니라, 단지 이 이야기와 관련된 추억에 대해서만 쓰고자 한다. 정작 이 이야기가 시작된다고 말할 수 있는 것은 내 아버지가 돌아가신 해부터다. 아마도 상을 당했기 때문에, 비록 나의 슬픔만이 아니더라도 적어도 어머니의 슬픔을 보는 것만으로도, 내 감수성은 지나치게 자극받아 새로운 감정에 흔들리기 쉬운 상태가 되었다. 나는 조숙했다. 그해 우리가 퐁그즈마르에 갔을 때, 쥘리에트와 로베르는 그 일로 한층 어려 보였으나, 알리사를 다시 보는 순간 우리 둘은 이제 어린애가 아니라는 사실을 불현듯 깨달았다.

그렇다. 분명히 아버지가 돌아가신 해의 일이다. 우리가 도착한 직후 어머니가 애슈버턴 양과 나누시던 대화가 내 기억을 확실하게 해 준다. 나는 예기치 않게 어머니와 친구분이 이야기를 나누는 방으로 들어가게 되었다. 외숙모에 관한 이야기였다. 어머니는 외숙모가 상복을 입지 않았다든가, 아니면 벌써 상복을 벗어 버렸다는 것에 분개하셨다.(사실 나는 검은 상복을 입은 뷔콜랭 외숙모를 상상하기란, 화사한 옷차림을 한 어머니를 상상하는 것과 마찬가지로 불가능하다.) 내가 기억하기로는 우리가 도착한 그날, 뤼실 뷔콜랭은 모슬린 옷을 입고 있었다. 언제나 그렇듯이 중재역을 맡은 애슈버턴 양은 어머니를 진정하려고 애썼다. 그녀는 조심스럽게 주장을 폈다.

"어쨌든 흰옷도 상복이잖아요."

"그럼, 그 여자가 어깨에 두른 빨간 숄도 상복이라 하겠네? 플로라, 당신은 내 화를 돋우고 있어요!" 하고 어머니가 소리쳤다.

내가 외숙모를 본 것은 여름방학 때뿐이었다. 외숙모는 늘 내 눈에 익은, 목이 깊이 파인 가벼운 웃옷을 입고 있었는데, 아마도 여름 무더위 때문이었을 것이다. 사실 그녀의 드러난 어깨 위에 걸쳐진 숄의 강렬한 빛깔보다 더 어머니 눈에 거슬린 것은 가슴을 훤히 드러내는 옷차림새였다.

뤼실 뷔콜랭은 대단히 아름다웠다. 내가 아직도 가지고 있는 조그만 초상화는 당시 모습을 생생하게 보여 준다. 외숙모는 자기 딸들의 큰언니로 보일 만큼 앳된 모습으로, 얼굴을 살짝 기울여 왼손으로 받치고, 새끼손가락을 입술 쪽으로 애교 있게 구부린, 버릇이 된 그런 자세로 비스듬히 앉아 있다. 올이 굵은 머리그물이, 목덜미 위에 반쯤 흩어져 내린 그녀의 곱슬곱슬한 머리채를 감싸 준다. 웃옷 가슴 부분 파인 곳에는, 까만 벨벳으로 만들어진 느슨한 목걸이에 이탈리아식 모자이크 메달이 달려 있다. 큼직한 매듭이 흔들거리는 검은 벨벳 허리띠, 의자 등받이에 끈으로 매달아 늘어뜨린 차양 넓은 부드러운 밀짚모자, 이 모든 것이 외숙모의 모습을 한결 앳되 보이게 해 준다. 아래로 내려뜨린 오른손은 접힌 책을 잡고 있다.

뤼실 뷔콜랭은 식민지 태생이었다. 외숙모는 자기 부모를 알지 못했든가, 아주 일찍 여의었든가 했다. 나중에 어머니가 들려주신 얘기로는, 버려진 아이였든가 아니면 고아였던 외숙모를 마침 그때까지 아이가 없었던 보티에 목사 부부가 데려다 키웠다고 한다. 그 후 목사 부부는 마르티니크를 떠나, 그 무렵 뷔콜랭 일가가 살던 르아브르로 그녀를 데려왔다. 보티에 일가와 뷔콜랭 일가는 서로 친해졌다. 그 당시 외삼촌은 해외 은행에 근무하고 있었기 때문에, 그분이 어린 뤼실을 만난 것은 삼 년 후 가족 곁으로 돌아왔을 때였다. 외삼촌은 그녀에게 홀딱 반해 곧장 청혼함으로써 양친과 나의 어머니를 몹시 상심케 했다. 그 무렵 뤼실은 열여섯 살이었다. 그동안 보티에 부인은 아이를 둘이나 가졌다. 부인은 날이 갈수록 성격이 비뚤어져 가는 양녀가 자기 자녀들에게 미칠 영향을 두려워하기 시작했다. 게다가 살림살이도 궁색한 편이었다……. 어머니는 이 모든 것이 보티에 씨 댁에서 자기 동생의 청혼을 흔쾌히 받아들이게 된 이유라고 나에게 설명해 주셨다. 덧붙여 내가 짐작하기로는 처녀가 다 된 뤼실이 보티에 씨 가족을 몹시 당황하게 하기 시작했을 것이다. 르아브르 사회를 잘 아는 나는, 그토록 요염한 아가씨를 사람들이 어떻게 대했을지 쉽사리 상상할 수 있다. 내가 나중에 알게 된 보티에 목사는 온유하고 신중하면서도 순진하고, 음모에 대해서는 속수무책이며 악에 대해서는 완전히 무방비 상태였다. 이어진 목사는 정말 난처한 처지에 몰렸을 것이다. 보티에 부인에 대해서는 별로 할 말이 없다. 그녀는 넷째 아이를 낳다가 세상을 떠났는데, 태어난 그 아이는 내 또래로 내 친구가 되었다…….

뤼실 뷔콜랭은 우리 생활에 거의 끼어들지 않았다. 외숙모는 점심 식사가 끝나고 나서야 자기 방에서 내려왔다. 그리고는 이내 소파나 그물침대에 드러누워 저녁때까지 있다가, 지쳐 나른한 모습으로 일어났다. 이따금 외숙모는 땀이라도 닦으려는 듯 이마에 손수건을 갖다 대곤 했지만, 이마는 완전히 보송보송하게 말라 있었다. 손수건은 예쁘고 향기가 배어 있어 나를 매료했는데, 그 향기는 꽃 냄새보다는 과일 냄새 같았다. 가끔 그녀는 갖가지 장식품과 함께 시곗줄에 매달려 있는, 매끄러운 은 뚜껑이 붙은 조그만 손거울을 허리띠 사이에서 끄집어냈다. 그녀는 얼굴을 비춰 보면서, 손가락 하나를 입술에 대고 침을 조금 묻혀 눈가를 적시는 것이었다. 그녀는 종종 책을 들고 있었으나, 책은 거의 언제나 덮여 있었다. 책장 사이에는 거북 등껍질로 만든 책갈피가 끼여 있었다. 다른 사람이 곁으로 다가가도, 그녀 시선은 그대로 몽상에 잠긴 채 누군지 알아보려 하지도 않았다. 이따금 부주의하거나 나른해진 손에서, 소파 팔걸이에서, 치마폭 주름 사이에서, 손수건이나 책이나 아니면 꽃이나 책갈피 같은 것이 바닥에 떨어지는 일이 있었다. 어느 날 책을 주워 들다가 ─ 그 어린 시절 추억의 이야기다. ─ 그것이 시집이란 걸 알고는 나는 얼굴을 붉혔다.

저녁이면 뤼실 뷔콜랭은 식사가 끝난 뒤에도 가족들이 앉아 있는 테이블에 오지 않고, 피아노 앞에 앉아서 기분 좋은 듯 쇼팽의 마주르카를 느리게 쳤다. 때때로 그녀는 박자를 깨뜨리고, 한 가지 화음만 누른 채 꼼짝 않고 있었다…….

나는 외숙모 곁에서 묘한 거북함을 느끼곤 했다. 일종의 경탄과 두려움이 뒤섞인 혼란스러운 감정이었다. 아마도 어떤 막연한 본능으로 외숙모에게 거부감을 갖게 되었을 것이다.

게다가 외숙모가 플로타 애슈버턴과 어머니를 경멸한다는 것과, 애슈버턴 양이 외숙모를 두려워하고, 어머니가 외숙모를 좋아하지 않는다는 것을 나는 느꼈다.

뤼실 뷔콜랭, 나는 더 이상 당신에게 원망을 품고 싶지 않습니다. 또한 당신이 얼마나 큰 잘못을 저질렀는가 하는 것도 잠시 잊고 싶습니다……. 적어도, 나는 노여움을 품지 않고 당신에 대해 얘기해 보려고 합니다.

그해 여름 어느 날 — 혹은 그 이듬해 여름일지도 모른다. 언제나 똑같은 배경 속에서 이따금 겹쳐진 추억들이 혼동을 일으키는 까닭에 — 나는 책을 찾으러 응접실에 들어간다. 외숙모가 거기 있었다. 나는 곧 돌아서 나오려고 했다. 보통 때는 나를 거들떠보지도 않는 것 같았던 외숙모가 나를 부른다.

"왜 그렇게 빨리 나가려 하니? 제롬! 내가 무섭니?"

나는 두근거리며 그녀에게 다가간다. 나는 억지로 미소 지으며 그녀에게 손을 내민다. 그녀는 한 손으로 내 손을 잡고, 다른 손으로 내 뺨을 어루만진다.

"어쩌면 네 엄마는 이렇게 옷을 흉하게 입히니, 가엾어라……!"

나는 그때 큰 옷깃이 달린 세일러복 같은 것을 입고 있었는데, 외숙모는 그것을 구기기 시작한다.

"세일러복 깃은 좀 더 젖혀야 해!" 하고 내 셔츠 단추를 하나 풀면서 말한다. "자, 보렴! 이렇게 하는 게 훨씬 낫잖니!" 그러고는 작은 거울을 꺼내더니, 내 얼굴을 자기 얼굴 가까이

끌어당긴다. 그녀는 맨살이 드러난 팔로 내 목을 감고서, 반쯤 젖힌 내 셔츠 속으로 손을 집어넣고, 웃으면서, 간지럽지 않으냐고 묻고는 더욱 깊숙이 손을 뻗쳐 간다…… 내가 놀라 갑자기 펄쩍 뛰는 바람에, 세일러복은 찢어져 버렸다.

"아휴! 이런 바보!" 하고 그녀가 외치는 사이, 나는 얼굴이 불덩이처럼 달아올라 도망쳐 나왔다. 나는 정원 안쪽 끝까지 달려갔다. 거기서 채소밭의 조그만 빗물 통에 손수건을 적셔 이마에 대고, 뺨이며 목이며 그녀가 만진 데는 모조리 닦고 문질렀다.

때때로 뤼실 뷔콜랭은 '발작'을 일으키곤 했다. 그녀의 발작은 갑자기 일어나서, 집 안을 온통 뒤집어 놓았다. 애슈버턴 양은 서둘러 아이들을 데리고 나가 다른 데로 주의를 돌리려 했지만, 침실이나 응접실에서 들려오는 무시무시한 고함 소리를 못 듣게 막을 수 없었다. 제정신이 아닌 외삼촌이 수건이나 화장수나 에테르 같은 것들을 찾으러 복도를 달려가는 소리가 들려왔다. 저녁이면 외숙모가 모습을 보이지 않는 식탁에서, 외삼촌은 수심이 가득한 채 노인처럼 늙어 보였다.

발작이 끝나 갈 무렵이면 뤼실 뷔콜랭은 아이들을 자기 곁에 불렀다. 그녀는 로베르와 쥘리에트를 오라고 하였다. 하지만 알리사를 부른 적은 한 번도 없었다. 그런 우울한 날이면 알리사는 방에 틀어박혀 있었고, 이따금 그녀 아버지가 그녀를 보러오곤 했다. 외삼촌은 자주 알리사와 이야기를 나누곤 했기 때문이다.

외숙모의 말삭은 하인들에게 큰 충격을 주고 있었다. 어느 날 저녁에는 발작이 유난히 심했다. 응접실에서 일어나는 소리가 비교적 잘 들리지 않는 어머니 방에 꼼짝 말고 있으라는 지시를 받고 나는 어머니와 함께 있었는데, 하녀가 고함을 지르며 복도를 달려가는 소리가 들려왔다.

"주인님, 빨리 내려오세요. 가엾은 마님께서 돌아가셔요!"

그때 외삼촌은 알리사 방에 올라가 계셨다. 어머니가 외삼촌을 부르러 가셨다. 십오 분쯤 뒤 내가 있던 방의 열린 창문 앞으로 두 분이 무심코 지나쳐 가셨는데, 그때 어머니 목소리가 들려왔다.

"분명히 말하는데, 이건 다 연극이야." 그리고 어머니는 몇 번이나 음절을 끊으면서 "연. 극."이라고 되풀이했다.

우리가 상을 당하고 이 년 후, 방학이 끝날 무렵 생긴 일이었다. 그 일이 있은 후 나는 오랫동안 외숙모를 다시 보지 못했다. 하지만 우리 집안을 뒤흔들어 놓을 슬픈 사건과, 그 사건의 결말이 나기 조금 전에 일어났던, 그때까지 내가 뷔실 뷔콜랭에 대해 품었던 복잡하고 막연한 감정을 지독한 증오심으로 바꿔 놓은 한 작은 사건을 이야기하기 전에, 지금은 내 외사촌 누이에 대해 이야기할 때다.

나는 그때까지 알리사 뷔콜랭이 아름답다는 것을 깨닫지 못하고 있었다. 나는 단순한 아름다움과는 다른 매력으로 그녀 곁으로 이끌렸고 그녀 곁에서 떠나지 못했다. 아마도 그녀는 자기 어머니를 많이 닮았을 것이다. 그러나 그녀 눈길은 무척이나 다른 표정을 지니고 있었기 때문에, 훨씬 나중에야 나는 어머니와 딸이 닮았다는 것을 알아차릴 수 있었다. 지금 나는 그녀 얼굴을 묘사할 수 없다. 그녀 얼굴 모습과 눈동자 색깔까지도 잘 생각나지 않는다. 지금 내 마음속에 떠오르는 것은 오직, 그때부터 이미 슬픈 빛을 띠고 있었던 미소와, 커다란 곡선을 그리면서 눈으로부터 멀리 떨어져 있는 아주 특이한 눈썹 선뿐이다. 나는 그런 눈썹을 아무 데서도 본 적이 없다……. 아니, 어쩌면 단테 시대 때 피렌체의 작은 조각품에서 본 적이 있었던가. 나는 어린 시절 베아트리체에게도 그처럼 아주 크게 휜 활 모양 눈썹이 있었으리라는 생각을 해 보기도 한다. 그 눈썹은 그녀 눈길에, 그리고 온 존재에, 근심스러우면서도 신뢰하는 듯한 질문을 담은 표정, 그렇다, 열정적인 질문을 담은 표정을 주고 있었다. 그녀에게는 모든 것이 오직 질문이었고 기다림이었다……. 이제 나는 그 같은 질문이 어떻게 나를 사로잡았고, 어떤 방식으로 나의 생애를 만들어 가게 되었는지 당신에게 이야기할 것이다.

그렇지만 쥘리에트가 더 아름답게 보일 수도 있었을 것이다. 그녀에게서는 기쁨과 건강함이 빛을 발하고 있었다. 그러나 그녀의 아름다움은 언니의 우아함에 비하면 외면적인 것으로, 누구에게나 단번에 드러나는 것처럼 보였다. 외사촌 동생 로베르로 말하자면, 이렇다 할 특징이 없었다. 그는 단지 내 또래 소년에 지나지 않았다. 나는 쥘리에트와 로베르와 함께 어울려 놀았지만, 알리사와는 이야기를 나누었다. 그녀는 우리가 노는 데는 거의 끼어들지 않았다. 아무리 멀리까지 지난날을 너듬이 보이도, 긴기하고 부드러운 미소를 띠고서 생각에 잠긴 그녀 모습밖에 떠오르지 않는다. 우리는 무슨 이야기를 나누었던가? 어린아이 둘이서 무슨 이야기를 할 수 있었을까? 이제 곧 그 이야기를 당신에게 할 것이다. 그러나 그다음에 외숙모 이야기를 다시 하지 않도록 하기 위해, 우선은 외숙모에 관한 이야기를 마칠까 한다.

아버지가 돌아가시고 이 년 뒤, 어머니와 나는 부활절 방학을 보내려고 르아브르로 갔다. 우리는 시내에서 비교적 비좁게 살던 뷔콜랭 외삼촌 댁에 머물지 않고, 훨씬 넓은 어머니 언니 댁에서 지내게 되었다. 나는 플랑티에 이모와는 별로 만날 기회가 없었는데, 이모는 오래전에 과부가 된 분이었다. 이종사촌들은 나보다 훨씬 나이가 많았고 성격도 달랐기 때문에, 나는 그들에 대해 아는 것이 거의 없었다. 르아브르 사람들이 '플랑티에 댁'이라고 부르는 이모 집은 시내에 있지 않고, 시내가 내려다보이는, '산마루'라 불리는 언덕 중턱에 있었다. 뷔콜랭 외삼촌네는 상가 근처에 살고 있었다. 가파른 비탈길을 통해, 나는 그 두 집 사이를 순식간에 오고 갈 수 있었다. 나는 하루에도 몇 번씩 그 길을 뛰어 내려갔다 다시 올라오곤 했다.

그날 나는 외삼촌 댁에서 점심을 먹었다. 식사가 끝나자 외삼촌은 곧 외출하셨다. 나는 외삼촌을 따라 사무실까지 갔다가, 어머니를 찾으러 다시 플랑티에 댁으로 올라갔다. 거기서 나는 어머니가 이모와 함께 외출했으며, 저녁 식사 때에야 돌아오신다는 것을 알았다. 나는 곧 다시 시내로 내려갔는데, 내가 마음껏 시내를 산책할 수 있는 것은 드문 일이었다. 나는 부두로 나갔는데, 부두는 바다 안개 탓에 음산하게 보였다. 나는 한두 시간쯤 부둣가를 서성거렸다. 갑자기, 헤어진 지 얼마 안 되는 알리사를 찾아가 놀래 주고 싶은 생각이 들었다…….

나는 시내를 가로질러 달려가 뷔콜랭 댁 현관 초인종을 울린다. 이미 나는 계단으로 뛰어오르고 있다. 현관문을 열어 준 하녀가 나를 멈춰 세운다.

"올라가지 마세요, 제롬 도련님! 올라가지 마세요. 마님께서 발작을 일으키셨어요."

그러나 나는 뿌리치고 들어간다.

"외숙모를 보러 온 게 아니라니까……."

알리사 방은 4층에 있다. 2층에는 응접실과 식당이, 3층에는 외숙모 방이 있는데, 거기서 말소리가 새어 나오고 있다. 방문은 열려 있고, 나는 그 앞을 지나가야만 한다. 한 줄기 불빛이 방에서 흘러나와 층계참을 가로지르고 있다. 나는 들킬까 봐 두려워하며 잠시 머뭇거리다 몸을 숨기고, 그러고는 다음과 같은 광경을 보고 소스라치게 놀란다. 커튼으로 가려 있지만, 큰 촛대 두 개에 꽂힌 촛불이 환하게 밝은 빛을 발하는 방 한가운데 긴 의자에 외숙모가 누워 있는 것이 보인다. 그녀 발치에는 로베르와 쥘리에트가 있고, 그녀 뒤에는 중위 복장을 한 낯선 젊은이가 있다. 두 아이가 그 자리에 있었다는 것은 지금 와서 생각해 보면 기괴한 일로 여겨진다. 그러나 그 당시 순진한 생각으로는 그 때문에 오히려 안심이 되었다. 아이들은 낯선 사내를 쳐다보며 웃고 있는데, 그는 맑고 부드러운 목소리로 이렇게 뇌풀이한다.

"뷔콜랭! 뷔콜랭……! 만약 나에게 양이 한 마리 있다면, 나는 꼭 뷔콜랭이라고 부를 거야."

외숙모까지 깔깔대고 웃는다. 외숙모가 그 젊은이에게 담배 한 대를 내밀자 그가 불을 붙여 주고, 다시 외숙모가 몇 모금 빠는 것이 보인다. 담배가 바닥에 떨어진다. 젊은이가 담배를 주우려고 달려들다가 솔에 걸린 척하면서, 외숙모 앞에 무릎을 꿇는다……. 그 우스꽝스러운 연극 덕분에, 나는 그들의 눈에 띄지 않고서 그곳을 빠져나온다.

나는 알리사의 방문 앞에 다다른다. 잠시 기다린다. 웃음소리와 소란스러운 말소리가 아래층에서 올라온다. 아마도 그 소리가 내 노크 소리를 덮어 버렸는지, 아무 대답도 들리지 않는다. 문을 밀자 조용히 열린다. 방 안이 이미 어두워졌으므로, 알리사의 모습은 금방 눈에 띄지 않는다. 그녀는 저무는 저녁 햇살이 스며드는 창문을 등진 채 침대 머리에 꿇어앉아 있다. 내가 다가가자 그녀는 돌아보기는 했지만, 일어나려 하지 않는다. 그녀가 이렇게 속삭인다.

"아! 제롬, 왜 돌아왔니?"

나는 그녀에게 입 맞추려고 몸을 굽힌다. 그녀 얼굴은 눈물에 젖어 있다…….

바로 그 순간이 내 생애를 결정지었다. 지금도 괴로움 없이 그 순간을 회상할 수 없다. 물론 나는 알리사가 슬퍼하는 이유를 아주 어렴풋하게만 짐작하고 있었다. 하지만 파닥거리는 그 작은 영혼과 흐느낌으로 온통 뒤흔들린 연약한 육신에게 그 슬픔이 너무도 벅차다는 사실은 뼈저리게 느꼈다.

나는 여전히 꿇어앉아 있는 그녀 곁에 서 있었다. 가슴속에서 올라오는 새로운 격정을 나는 무엇이라 표현해야 좋을지 몰랐다. 그저 그녀 머리를 내 가슴에 꼭 끌어안고, 내 영혼이 흘러넘치는 입술을 그녀 이마에 맞출 뿐이었다. 사랑과 연민에 도취되고, 감격과 자기희생과 미덕이 혼합된 막연한 감정에 도취되어, 나는 온 힘을 다해 하나님께 호소했고 그분께 나 자신을 바쳤다. 그리고 이제부터 내 인생의 목적은 오직 이 소녀를 공포로부터, 악으로부터, 인생으로부터 지켜 주는 것이라고 생각했다. 나는 마침내 기도하는 마음으로 가득 차서 무릎을 꿇는다. 나는 그녀를 내 몸으로 감싸 준다. 그러자 어렴풋이 그녀의 말소리가 들린다.

"제롬! 들키지 않았지, 응? 자! 빨리 가! 들키면 안 돼."

그리고 나서 그녀는 더욱 목소리를 낮춘다.

"제롬, 아무한테도 이야기하지 마……. 불쌍한 아빠는 아무것도 모르셔……."

그래서 나는 어머니에게 아무 이야기도 하지 않았다. 그러나 플랑티에 이모와 어머니의 끊임없는 속삭임, 뭔가 숨기는 듯 안절부절못하는 근심스러운 모습, 또 두 분이 밀담을 나누는 곳에 다가갈 때마다 나를 내쫓으시며 "애야, 저리 멀리 가서 놀아라!" 하시던 말씀 등, 이 모두가 두 분이 뷔콜랭 집안의 비밀을 전혀 모르시지 않음을 짐작하게 해 주었다.

우리가 파리로 돌아오자마자 전보가 와서, 어머니는 다시 르아브르로 가셨다. 외숙모가 막 도망쳐 버렸던 것이다.

"누구하고요?" 나는 애슈버턴 양에게 물었다. 어머니는 나를 그녀에게 맡기고 갔다.

"얘야, 그건 네 어머니한테 여쭤 보렴. 나는 아무 대답도 할 수 없단다." 어머니의 오랜 친구는 그 사건에 아연실색하여 그렇게 대답했다.

이틀 후 나는 그녀와 함께 어머니를 쫓아 르아브르로 떠났다. 토요일이었다. 나는 다음 날 교회에서 외사촌 누이들을 만날 거라는 생각에 사로잡혀 있었다. 어린 생각에 나는 그렇게 우리 만남이 성스러워지리라는 생각을 했고, 그에 대해 중요성을 부여했다. 요컨대 나는 외숙모 일은 별로 마음에 두지 않았으며, 어머니에게 질문하지 않는 것이 마땅한 도리라고 생각했다.

그날 아침, 작은 교회당에는 그다지 사람이 많지 않았다. 아마도 의도적이었겠지만, 보티에 목사는 "좁은 문으로 들어가기를 힘쓰라."[2]라는 그리스도의 말씀을 묵상을 위한 성경 구절로 택했다.

알리사는 나보다 몇 줄 앞자리에 앉아 있었다. 내게는 그녀의 옆모습만 보였다. 나 자신을 망각할 정도로 그녀만 뚫어지

---

2) 「누가복음」 13장 24절.

게 바라보고 있었기 때문에, 집중해서 듣고 있던 설교 말씀도 그녀를 통해 들려오는 듯했다. 외삼촌은 어머니 곁에서 울고 있었다.

목사님은 먼저 그 구절을 다 읽으셨다. "좁은 문으로 들어가기를 힘쓰라. 멸망으로 인도하는 문은 크고 그 길이 넓어 그리로 들어가는 자가 많고, 생명으로 인도하는 문은 좁고 그 길이 협소하여 찾는 이가 적음이니라."[3] 그러고는 주제를 뚜렷이 갈라 놓고 나서, 우선 넓은 길에 대하여 말씀하셨다……. 나는 멍하니, 꿈속인 듯 외숙모 방 광경을 머릿속에 다시 그려 보았다. 누워서 웃고 있는 외숙모 모습, 그리고 역시 웃고 있는 화려한 복장의 그 장교도 그려 보았다……. 그리고 웃음이니 즐거움이니 하는 생각 자체가 불쾌하고 모욕적인 것으로 여겨졌고, 끔찍하게 과장된 죄악의 모습 같았다.

"그리로 들어가는 자가 많고……." 보티에 목사님은 말씀을 계속하셨다. 그분이 묘사를 해 나감에 따라, 나는 화려한 옷을 입고 웃으며 즐겁게 떼를 지어 앞으로 나아가는 한 무리 사람들을 보는 듯했다. 내가 그 무리에 낄 수도 없고, 끼고 싶지도 않다는 생각이 들었다. 그 사람들과 함께 한 걸음씩 나아갈 때마다, 그만큼 알리사로부터 멀어질 것이기 때문이었다. 그런 다음 목사님은 성경 말씀의 첫 구절을 다시 인용하셨고, 나는 우리가 그 안으로 들어가기 위해 힘써야 할 좁은 문을 눈으로 보는 듯했다. 꿈에 잠긴 나에게 그 문은 일종의 압

---

3) 「마태복음」 7장 13절.

연기(壓延機)처럼 여겨졌고, 그 사이로 들어가려고 애쓰면서 기이한 고통을 느꼈는데, 그 고통 속에는 천국의 지극한 기쁨에 대한 예감이 뒤섞여 있는 것 같았다. 그리고 그 문은 다시 바로 알리사의 방문이 되었다. 나는 그 문에 들어가기 위해 스스로를 억제하며, 나에게 남아 있는 모든 이기심을 비워 버렸다……. "생명으로 인도하는 길은 좁으니……." 보티에 목사님은 계속 말씀하셨다. 그리고 나는 온갖 고행과 슬픔을 넘어, 순수하고 신비롭고 거룩한 기쁨과도 같은 또 다른 기쁨을 상상하고 예감했는데, 내 영혼은 벌써부터 그 기쁨을 갈망하고 있었다. 나에게는 그 기쁨이 날카로우면서도 부드러운 바이올린 연주 같았고, 알리사의 마음과 내 마음을 태워 버리는 격렬한 불꽃 같았다. 우리 둘은 「요한계시록」에서 이야기하는 흰옷을 입고, 서로 손잡고, 같은 목표를 바라보며 나아가고 있었다……. 이런 어린애 같은 꿈이 남의 웃음을 자아낸들 무슨 상관이겠는가! 나는 지금 그 꿈을 꾸밈없이 다시 이야기하고 있다. 혹시 거기에 혼란스러운 점이 드러난다면, 내가 하는 말과 불완전한 비유에서 기인할 뿐, 표현하고자 하는 감정은 아주 명확한 것이었다.

"찾는 이가 적음이니라." 하고 보티에 목사님은 말씀을 끝내셨다. 그분은 어떻게 하여 그 좁은 문을 찾아낼 것인가 설명하셨다……. "찾는 이가 적음이니라." 나도 그 적은 사람들 가운데 하나가 되리라…….

설교가 끝날 무렵 나는 정신적으로 너무나 긴장했기 때문에, 예배가 끝나자마자 외사촌 누이를 만나려 하지도 않고 그곳을 빠져나왔다. 자랑스러운 마음으로, 벌써 내 결심(이미 나는 결심해 버렸기 때문이다.)을 시험해 보려고 마음먹고서, 그리고 당장 그녀로부터 멀어짐으로써 더욱 그녀에게 어울리는 사람이 되리라 생각했다.

2

이러한 준엄한 교훈은 의무를 수행할 준비가 되어 있을 뿐
아니라, 천성적으로 의무를 따르고자 하는 한 영혼을 찾아냈
다. 나의 아버지와 어머니가 보이신 모범은, 그분들이 내 마
음의 첫 충동들에 부과하셨던 청교도적 규율과 결합되어, 내
가 '덕행'이라 부르고자 하는 것을 향해 내 마음을 완전히 기
울게 했다. 나에게는 나 자신을 억제하는 것이, 남들이 방종하
는 것과 마찬가지로 자연스러운 일이었고, 나를 얽매어 놓았
던 엄격한 규율도 반감을 일으키기는커녕, 오히려 나를 즐겁
게 하는 것이었다. 내가 미래에서 찾고자 했던 것은 행복이라
기보다는, 행복에 도달하기 위한 끝없는 노력이었다. 이처럼
나는 행복과 덕행을 혼동하고 있었다. 물론 열네 살 소년으로
서 나는 아직 막연하고 변하기 쉬운 상태였다. 그러나 마침내
알리사를 향한 나의 사랑은 단연코 나를 그런 쪽으로 몰아넣

었다. 그것은 갑작스러운 내면의 계시였고, 그 덕분에 나는 나 자신을 의식하게 되었다. 나에게는 나 자신이 내성적이고, 활발하지 못하며, 기다림으로 가득 차 있고, 남에게는 별 관심이 없으며, 그리 모험적이지도 못하고, 자신을 이겨 내는 것 외 다른 승리는 생각지도 않는 사람으로 여겨졌다. 나는 공부를 좋아했고, 여러 놀이들 가운데서 생각이나 노력을 필요로 하는 것에만 열중했다. 내 또래 친구들과는 별로 사귀지 않았으며, 그들 장난에 끼어 함께 어울린다 해도, 호의나 친절 때문에 그렇게 할 따름이었다. 하지만 아벨 보티에와는 친하게 지냈는데, 그는 다음 해 파리에 와서 나와 같은 학급에서 공부하게 되었다. 그는 상냥하고 태평스러우며, 존경심보다는 애정을 더 느끼게 하는 아이였지만, 어떻든 그와 함께 있으면 내가 늘 생각하는 르아브르와 퐁그즈마르에 대해 이야기할 수 있었다.

외사촌 동생 로베르 뷔콜랭으로 말하자면, 우리와 같은 중학교 두 학년 아래 기숙사생으로 들어왔는데, 나는 그를 일요일에만 만날 수 있었다. 그가 내 외사촌 누이들의 동생이 아니었다면, 나는 그를 만나는 데서 아무 즐거움도 느끼지 못했을 것이다. 게다가 그에겐 자기 누이들과 닮은 점이 거의 없었다.

그때 나는 온통 사랑에 몰두해 있었으므로, 그 두 사람과의 우정도 내 사랑의 빛을 받음으로써만 어떤 의미를 띨 수 있었다. 알리사는 복음서에서 이야기하는 값비싼 진주와 같았고, 나는 그 진주를 얻기 위해 가진 모든 것을 팔아 버리는 사람

같았다.[4] 그 당시 내가 아직 어리기는 했지만, 외사촌 누이에
대해 느끼던 감정을 지금 와서 사랑이라고 이야기하고, 사랑
이라는 이름으로 부른다 해서 잘못된 것일까? 그 후 내가 경
험한 어떤 것도 그보다 더 사랑이라는 이름에 어울리지는 않
는 것 같았다. 뿐만 아니라 육체적 욕망으로 인한 불안이 아주
뚜렷한 모습을 띠게 되어 괴로움을 겪는 나이가 되어서도, 나
의 이 감정은 별로 성격을 달리하지 않았다. 아주 어린 시절
나는 오직 그녀에게 어울리는 사람이 되기만을 바랐고 그 후
로도 그녀를 보다 직접적으로 소유하겠다고 생각한 적은 없
었다. 공부, 노력, 경건한 행위, 이 모든 것들을 나는 알리사에
게 신비롭게 바쳤으며, 오직 그녀만을 위해 하는 일조차 종종
그녀가 모르게 하는 것이 한층 덕행을 닦는 것이라고 생각했
다. 이처럼 나는 일종의 독한 술 같은 겸양에 도취했으며, 아!
슬프게도, 나 자신의 즐거움은 별로 염두에 두지 않고, 나에게
어떤 노력을 요구하지 않는 일에는 만족할 수 없는 습성을 갖
게 되었다.

　나만이 이러한 덕행에 대한 경쟁심에 자극되었던 것일까?
알리사는 그런 것에 대한 느낌이 없는 듯했고, 오직 그녀를 위
해 모든 노력을 기울이는 나를 위하여 혹은 나 때문에 그녀가
무언가를 하는 것 같지는 않았다. 아무런 꾸밈도 없는 그녀 영
혼 속에서는 모든 것이 가장 자연스러운 아름다움을 띠고 있
었다. 그녀의 미덕에는, 그냥 내맡겨 버린 듯한 편안함과 우아

---

4) 「마태복음」 7장 45~46절.

함이 있었다. 어린애 같은 천진한 미소 때문에, 엄숙한 그녀의 시선까지도 매력적이었다. 그처럼 부드럽고 다정하게 무언가 묻는 듯한 시선을 들어 올리는 모습이 지금도 내 눈에 선하다. 그러고 보면 외삼촌이, 마음이 착잡하실 때마다 자신의 큰딸 곁에서 도움과 충고와 위안을 구하셨던 것도 이해가 간다. 이 듬해 여름, 나는 외삼촌이 그녀와 이야기하는 것을 자주 보았다. 그분은 슬픔 탓에 많이 늙으셨다. 식사 때도 거의 말씀이 없었고, 이따금 갑작스레 쾌활한 표정을 애써 지어 보이셨지만, 잠자코 계실 때보다 더 마음을 아프게 했다. 그분은 저녁 때 알리사가 모시러 갈 때까지 서재에서 담배만 피우셨고, 사정하다시피 해야 겨우 방에서 나오셨다. 알리사는 외삼촌을 마치 어린애처럼 정원으로 모셔 갔다. 두 사람은 꽃핀 오솔길을 따라 내려가, 채소밭 층계 근처 원형 광장에 가서 앉았다. 그곳에는 우리가 가져다 놓은 의자 몇 개가 놓여 있었다.

어느 날 저녁, 나는 우람한 진홍빛 너도밤나무 그늘이 드리운 잔디밭에 누워 늦게까지 책을 읽고 있었다. 잔디밭과 꽃핀 오솔길 사이에는 월계수 울타리가 있을 뿐이어서, 건너편을 볼 수는 없어도 거기서 새어 나오는 말소리를 들을 수는 있었다. 그런데 마침 알리사와 외삼촌이 이야기하는 소리가 들려왔다. 아마도 로베르에 관한 이야기를 하고 난 참이었던 것 같다. 그때 알리사가 내 이름을 입에 올렸다. 이어 두 사람 이야기가 내게 뚜렷이 들리기 시작했을 때, 외삼촌이 큰 소리로 말씀하셨다.

"아! 그 애 말이냐. 그 애는 늘 공부를 좋아할 거야."

본의 아니게 엿듣게 된 나는 그 자리를 떠나거나, 아니면 적어도 내가 있다는 것을 알리기 위해 무슨 기척이라도 내고 싶었다. 하지만 어떻게? 기침을 할까? '나, 여기 있어요! 두 사람 이야기가 들려요……!' 하고 소리칠까? 그런데도 내가 잠자코 있었던 것은, 더 들어 보려는 호기심에서라기보다는 난처함과 수줍음 때문이었다. 게다가 두 사람은 그냥 지나가고 있을 뿐이었고, 그들의 이야기는 아주 희미하게 들릴 따름이었다……. 그런데 그들은 천천히 걸어가고 있었다. 아마도 알리사는 늘 그랬듯이 가벼운 바구니를 팔에 끼고 시든 꽃을 꺾거나, 잦은 바다 안개 때문에 푸릇푸릇한 채로 떨어져 버린 열매들을 울타리 밑에서 주워 모으거나 했을 것이다. 그녀의 맑은 목소리가 들려왔다.

"아빠, 팔리시에 고모부는 훌륭한 분이셨어요?"

외삼촌 목소리는 나직하고 희미했다. 나는 그분 대답을 알아들을 수 없었다. 알리사는 거듭 물었다.

"대단히 훌륭하셨나요, 네?"

또다시 대답이 너무나 흐릿하게 들렸고, 알리사가 다시 말했다.

"제롬은 머리가 좋아요, 그죠?"

어떻게 내가 귀를 기울이지 않을 수 있었겠는가……? 하지만 나는 한 마디도 알아들을 수 없었다. 그녀가 다시 말을 이었다.

"그 애가 훌륭한 사람이 될 거라고 생각하세요?"

여기서 외삼촌 음성이 높아졌다.

"하지만 애야, 난 네가 '훌륭한'이란 말을 어떤 뜻으로 한 건지 그것부터 알고 싶구나! 적어도 사람들 눈에는 그렇게 보이지 않으면서도 아주 훌륭한 사람들이 있을 수 있단다……. 하나님 눈으로 보면 아주 훌륭한 사람들이."

"저도 그런 뜻으로 말한 거예요." 하고 알리사가 말했다.

"그리고…… 어떻게 알 수 있겠니? 그 애는 아직 너무 어리니까 말이야……. 그래, 분명히 유망한 애지. 하지만 그것만으로 성공할 수 있는 것은 아니야……."

"그럼 또 뭐가 필요하죠?"

"글쎄, 애야, 뭐랄까? 신뢰나 뒷받침이나 사랑 같은 것이 필요하지……."

"뒷받침이란 뭘 말씀하시는 거예요?" 하고 알리사가 말을 가로막으며 물었다.

"내가 받아 보지 못한 애정과 존경 말이다."

외삼촌은 쓸쓸하게 대답하셨다. 그러고 나서 그들의 말소리는 아주 들리지 않게 되었다.

저녁 기도 시간에, 나는 본의 아니게 저지른 나의 경솔한 행동을 뉘우쳤고, 외사촌 누이에게 내 잘못을 고백하리라 마음먹었다. 어쩌면 그렇게 하려는 데는 좀 더 자세히 알아보고 싶은 호기심이 섞여 있었을지도 모른다.

다음 날 내가 이야기를 꺼내자마자 알리사가 말했다.

"하지만 제롬, 그런 식으로 엿듣는 건 아주 나쁜 일이야. 당연히 우리한테 알리거나, 자리를 떠났어야 해."

"정말이지 난 엿듣지 않았어……. 들으려고도 안 했는데,

듣게 된 것뿐이야⋯⋯. 그리고 외삼촌과 너는 그냥 시나가는 참이었고."

"우리는 천천히 걷고 있었어."

"그래. 하지만 나는 거의 알아듣지 못했어. 그리고 곧 아무 소리도 들리지 않았어⋯⋯. 그런데 성공하려면 무엇이 필요한지 물었을 때, 외삼촌이 뭐라고 대답하셨지?"

알리사는 웃으며 말했다. "제롬, 너 다 들었구나! 나한테 말을 되풀이하게 하는 게 재미있어서 그러지?"

"정말 첫 마디밖에 듣지 못했다니까⋯⋯. 신뢰니, 사랑이니 하신 말씀 말이야."

"그러고 나서 여러 가지 다른 것들이 필요하다고 하셨어."

"그래서 너는 뭐라고 말씀드렸니?"

그녀는 갑자기 진지한 표정을 지으며 말했다.

"인생을 살아가는 데 필요한 뒷받침을 말씀하시기에, 나는 너한테는 어머니가 계신다고 했지."

"아! 알리사, 어머니가 언제까지나 나와 함께 계시지 않을 걸 잘 알면서⋯⋯. 더구나 그건 다른 이야기잖아."

알리사는 고개를 숙였다.

"아버지도 나에게 그렇게 말씀하셨어."

나는 떨면서 그녀 손을 잡았다.

"앞으로 내가 어떤 인간이 되든지, 오직 너를 위해서이고 싶어."

"하지만 제롬, 나 또한 너를 떠날지 모르잖아?"

나는 나의 영혼을 말 속에 담아 대답했다.

"난 결코 너를 떠나지 않을 거야."

그녀는 어깨를 약간 으쓱했다.

"넌 혼자서 걸어갈 만한 힘이 없니? 우리는 누구나 오직 혼자서 하나님께 나아가야 해."

"하지만 나에게 그 길을 가르쳐 줄 사람은 바로 너야."

"왜 너는 그리스도 말고 다른 인도자를 찾으려 하니······? 우리 두 사람이 저마다 서로를 잊고 하나님께 기도드릴 때보다 서로에게 더 가까울 때가 있다고 생각해?"

"그래, 우리가 결합되도록 나는 매일 아침저녁마다 하나님께 기도해." 하고 나는 그녀 말을 가로막았다.

"너는 하나님 안에서 결합한다는 게 무슨 뜻인지도 모르니?"

"아니, 마음속 깊이 잘 알아. 같은 예배 대상 안에서, 서로가 상대방을 발견하려고 온 힘을 기울이는 거야. 네가 어떤 대상에게 예배드린다는 걸 알고서, 나 역시 그 대상에게 예배를 드리는 건, 바로 그 안에서 너를 발견하기 위해서라는 생각이 들어."

"너의 예배는 순수하지가 않구나."

"나에게 너무 많은 걸 요구하지 말아 줘. 비록 그곳이 천국이라 해도, 거기서 너를 발견하지 못한다면 난 무시할 거야."

그녀는 손가락을 입술에 갖다 대고 다소 엄숙한 어조로 말했다.

"너희는 먼저 하나님 나라와 그 의를 구하라."[5]

---

5) 「마태복음」 6장 33절.

우리가 나누었던 이야기들을 옮겨 적으면서 나는, 어린 아이들은 심각한 대화 나누기를 좋아한다는 사실을 모르는 사람들에게, 우리 이야기가 별로 어린애답지 않게 여겨지리라 생각된다. 하지만 어쩌겠는가? 애써 변명이라도 해야 하는가? 이제 나는 그 이야기들을 보다 자연스럽게 보이도록 꾸미고 싶지도 않을뿐더러, 그 점에 대해 변명하고 싶지도 않다.

우리는 라틴어 판 복음서를 구해 긴 구절들을 암송하곤 했다. 알리사는 자기 남동생을 도와준다는 구실로 나와 함께 라틴어를 배웠다. 그러나 지금 생각해 보면, 나를 따라서 독서를 계속하기 위한 것이었다. 그리고 물론 나도 그녀가 나와 함께 공부할 거라고 생각되지 않는 것에는 별 흥미가 없었다. 그렇게 한 것이 때로는 나에게 방해가 되었다 할지라도, 남들이 생각하는 것처럼 내 정신의 도약을 가로막을 정도는 아니었다. 반대로 그녀는 무엇에 대해서나 자유롭게 나를 앞지르는 듯이 보였다. 나의 정신은 그녀를 따라 길을 선택했으며, 그 당시 우리를 사로잡고 있었던 것, 즉 우리가 '사색'이라 부르던 것은, 보다 오묘한 결합에 대한 핑계, 감정 위장, 사랑의 겉치레에 지나지 않는 경우가 많았다.

처음에 어머니는 이러한 내 감정의 깊이를 헤아릴 수 없어 불안해하셨을 것이다. 그러나 이제 당신의 기력이 쇠하는 것을 느끼시자, 우리 두 사람을 한 어머니로서 포옹하여 하나로 결합해 주시고자 했다. 오래전부터 앓아 왔던 심장병 탓에, 어머니는 점점 더 자주 힘들어 하셨다. 유난히도 발작이 심하던 무렵, 어머니는 나를 곁으로 불러 말씀하셨다.

"애야, 나도 이제 많이 늙었구나. 언제 너를 두고 갑자기 떠나갈지 모르겠구나."

어머니는 몹시 숨이 가빠 입을 다무셨다. 나는 더 이상 참지 못하고, 내가 먼저 꺼내기를 어머니가 기다렸으리라 생각되는 말을 큰 소리로 외쳤다.

"엄마…… 아시겠지만, 난 알리사와 결혼하고 싶어요."

그러자 내 말이 어머니 마음속 가장 깊이 감추어진 생각과 이어진 것인지, 어머니는 이내 말씀하셨다.

"그래, 제롬. 너한테 바로 그것을 말하고 싶었단다."

"엄마!" 나는 흐느끼며 말했다. "그 애도 저를 사랑한다고 생각하지요, 그렇지요?"

"그럼, 애야." 어머니는 몇 번이나 다정하게 "그럼, 애야." 하고 되풀이하셨다. 무척이나 말하기가 힘드신 어머니는 이렇게 덧붙이셨다. "주님께 맡겨야 해."

그런 다음, 내가 당신 곁에서 고개를 숙이고 있자, 내 머리에 손을 얹고 말씀하셨다.

"하나님께서 우리 아이들을 지켜 주시기를! 하나님께서 너희 둘을 지켜 주시기를!" 그러고는 얕은 잠에 빠지셨지만, 나는 어머니를 애써 깨우려 하지 않았다.

이런 대화는 두 번 다시 되풀이되지 않았다. 이튿날 어머니 상태는 좀 더 좋아지셨다. 나는 수업 때문에 학교로 돌아갔고, 그래서 반쯤 하다 만 고백 같은 이야기는 또다시 침묵에 싸이게 되었다. 게다가 내가 그 이상 무엇을 알 수 있었겠는가? 알리사가 나를 사랑한다는 사실을 나는 한순간도 의심할 수 없었다. 혹시 그때까지 내가 의심하고 있었다 하더라도, 그러한 의심은 그 후에 일어나게 될 슬픈 사건들 탓에, 영원히 내 가슴으로부터 지워지고 말았을 것이다.

어느 날 저녁 어머니는 나와 애슈버턴 양이 지켜보는 가운데 조용히 숨을 거두셨다. 어머니 목숨을 앗아 간 마지막 발작은 처음엔 그전 발작에 비해 그리 심한 것 같지 않았다. 그 발작은 임종 무렵이 되어서야 위태로운 증세로 나타났기 때문에, 친척 가운데 누구 하나 달려올 시간이 없었다. 사랑하는 어머니의 주검을 지키면서 내가 첫 밤을 새운 것은 어머니의 오랜 친구 곁에서였다. 나는 마음속으로 깊이 어머니를 사랑했다. 하지만 눈물이 흐르는데도, 마음속에선 슬픔이 느껴지지 않는 게 놀라웠다. 정작 내가 슬펐던 것은 자기보다 훨씬 나이가 어린 친구가 하나님 앞으로 먼저 가는 것을 지켜보는 애슈버턴 양이 가엾어서였다. 그러나 어머니가 돌아가심으로써 내 외사촌 누이가 서둘러 내 곁으로 달려오리라는 은밀한 생각으로, 내 슬픔은 많이 가라앉았다.

이튿날 외삼촌이 도착하셨다. 외삼촌은 그다음 날 퐁그티에 이모와 함께 오게 될 알리사의 편지를 나에게 내미셨다. 편지에는 이렇게 적혀 있었다.

……제롬, 나의 친구, 나의 동생, 고모님께서 기다리시던, 커다란 만족을 드릴 수 있었을 몇 마디 말을, 돌아가시기 전에 해 드리지 못해 얼마나 가슴 아픈지 몰라. 이제 그분이 나를 용서해 주시기를! 그리고 이제부터는 하나님만이 우리 둘을 이끌어

주시기를! 그럼 안녕, 내 가엾은 친구.

어느 때보다 더욱 다정한 너의 알리사.

이 편지는 무엇을 뜻했을까? 어머니께 해 드리지 못해 가슴 아프다는 그 몇 마디 말이란 우리 앞날을 약속하는 말이 아니고 무엇이었겠는가? 하지만 아직 나는 너무 어렸기 때문에, 곧바로 그녀에게 청혼할 수 없었다. 게다가 그녀의 언약이 내게 꼭 필요했을까? 이미 우리는 약혼한 사이나 다름없지 않았던가? 우리 사랑은 친척들에게 더 이상 비밀이 아니었다. 외삼촌 또한 어머니와 마찬가지로 우리 사랑을 반대하시지 않았다. 그러기는커녕, 그분은 벌써 나를 친아들처럼 대해 주셨다.

며칠 후 시작된 부활절 방학을 나는 르아브르에서 보냈다. 플랑티에 이모 댁에서 묵기는 했지만, 식사는 거의 뷔콜랭 외삼촌 댁에서 했다.

펠리시 플랑티에 이모는 더없이 훌륭한 부인이었지만, 외사촌 누이들이나 나는 그분과 그다지 가깝게 지내는 편은 아니었다. 그분은 늘 분주해서 숨이 가쁠 정도였다. 그분 몸짓에는 부드러움이 없었고, 목소리도 듣기 좋은 편이 아니었다. 우리를 사랑하는 마음이 넘쳐흘렀던 그분은 어느 때나 그 사랑을 나타내고 싶어 애무를 마구 퍼붓는 바람에 우리는 무척이나 당황했다. 뷔콜랭 외삼촌도 이모를 많이 좋아하기는 했지만, 이모와 이야기할 때의 음성만 들어보아도, 그분보다 어머니를 더 좋아했다는 것을 쉽사리 느낄 수 있었다.

"애야." 어느 날 저녁 이모가 말을 꺼냈다. "올여름에 네가 뭘 할 작정인지 모르겠지만, 나 자신이 뭘 할지 결정하기 전에 네 계획을 좀 알고 싶구나. 혹시 내가 너한테 도움이 될지 모르니 말이야…….."

"아직 별로 생각해 보지 않았는데요." 하고 나는 대답했다. "글쎄, 여행이나 했으면 해요."

이모가 말을 이었다.

"너도 알다시피, 퐁그즈마르에서와 마찬가지로 우리 집에서도 너는 언제나 환영이야. 하기는 그쪽으로 가면 네 외삼촌이랑 쥘리에트가 반가워할 테지만…….."

"알리사 말씀하시는 게 아닌가요?"

"참, 그렇구나! 미안하다……. 글쎄, 네가 좋아하는 애를 쥘리에트라고 착각했지 뭐냐! 네 외삼촌이 말해 줄 때까지 말이다……. 그것도 아직 한 달이 안 됐어……. 알다시피 난 너희를 아주 좋아하지만, 너희에 대해 아는 것이 별로 없어. 또 너희를 만날 기회도 많지 않고……! 게다가 난 세밀하게 관찰하는 성격도 아니잖니. 나하고 상관없는 일은 살펴볼 겨를도 없단다. 내가 보니 넌 언제나 쥘리에트하고만 놀더구나……. 그래서 난 그렇게 생각했지……. 그 애는 참 예쁘고 명랑하잖니."

"그래요. 전 지금도 쥘리에트하고 잘 어울려 놀아요. 하지만 제가 사랑하는 건 알리사예요."

"그래, 그래! 너 좋을 대로 해야지……. 너도 알다시피, 나야 뭐 알리사를 잘 안다고 말할 정도는 아니지. 그 애는 제 동생보다 말수도 적고. 아무튼 네가 그 애를 택한 데는 무슨 그럴 만한 이유가 있을 거라 생각해."

"하지만 이모, 제가 알리사를 사랑하는 건 선택한 게 아닙니다. 그리고 이유 같은 건 한 번도 생각해 본 적도 없어요……."

"화낼 것 없다, 제롬. 아무런 악의 없이 한 얘기니까……. 그런데 네 말을 듣다 보니, 너한테 하려던 이야기를 잊어버렸구나……. 아, 그렇지! 내 생각엔 이 모든 일은 결국 결혼으로 골인해야 하는 법인데, 네가 상중이니 관례상 아직은 약혼할 수가 없지……. 게다가 넌 아직 어리고……. 난 네가 이제 어머니 없이 혼자서 퐁그즈마르에 가 있는 게, 남의 눈에 안 좋게 비칠 수도 있을 거라고 생각했어."

"글쎄, 이모, 제가 여행 이야기를 꺼낸 것도 바로 그 때문입니다."

"그렇구나. 그런데 얘야, 난 내가 거기 가 있으면 일이 좀 수월해지지 않을까 싶어서, 이번 여름 한 달 정도만은 시간을 자유롭게 비워 두었단다."

"제가 부탁을 좀 드리기만 하면, 애슈버턴 양이 기꺼이 오실 텐데요."

"그분이 와 주리라는 건 나도 잘 알아. 하지만 그것만으로는 안 되지! 나 역시 가 봐야지……." 그리고 이모는 갑자기 흐느껴 우시면서 덧붙였다. "아! 내가 가엾은 네 어머니를 대신하겠다는 생각은 아니야. 난 그저 집안일이나 좀 챙겨 줄까 하고……. 그러면 너나 네 외삼촌이나 알리사나 다 거북하지 않을 거다."

펠리시 이모는 당신이 우리와 함께 있음으로써 생기는 효과에 대해 착각하셨다. 사실 우리는 오직 이모 때문에 거북했다. 이모는 미리 말씀하신 대로 7월부터 퐁그즈마르에 와 계셨고, 애슈버턴 양과 나도 곧 뒤따라 이모와 합류했다. 이모는 알리사의 집안 살림을 돕는다는 구실로, 그토록 조용했던 집안을 끊임없는 소란으로 가득 채웠다. 우리를 즐겁게 해 주려는, 혹은 그분 말씀대로 "일을 수월하게 하려는" 그분 열정이 어찌나 지나쳤던지, 알리사와 나는 이모 앞에서 거북스럽기만 했고 벙어리가 되다시피 했다. 이모는 우리가 몹시 쌀쌀하다고 생각했을 것이다……. 하지만 설령 우리가 입을 다물고 있지 않았다 하더라도, 그분은 우리 사랑이 어떠한 것인지 이해하실 수 있었을까? 반대로 쥘리에트의 성격은 이모의 호들갑스러운 성격과 상당히 잘 어울리는 편이었다. 어쩌면 이모가 작은 조카딸을 두드러지게 편애하는 것을 보고 생긴 반감이, 이모에 대한 나의 애정을 가로막았는지도 모른다.

어느 날 아침, 우편물이 도착한 뒤 이모가 나를 불렀다.
"가엾은 제롬, 정말 미안하다. 딸아이가 아프다고 나를 부르는구나. 너희 곁을 떠나지 않을 수 없게 되었어……."
이모가 떠난 다음에도 내가 퐁그즈마르에 머물 수 있을지 어떨지를 몰랐기 때문에, 나는 부질없는 잔걱정에 사로잡힌 채 외삼촌을 뵈러 갔다. 그러나 내가 이야기를 꺼내자마자 외삼촌은 소리치셨다.

"도대체 딱한 누님은 또 무슨 생각으로, 아주 자연스러운 일을 복잡하게 만들려는 거지? 거참! 너는 왜 우리 곁을 떠나겠다는 거냐, 제롬? 너는 벌써 내 자식이나 다름없지 않으냐?"

이모는 두 주 정도밖에 퐁그즈마르에 머물지 않았다. 이모가 떠나자 집 안은 곧 잠잠해졌다. 다시 찾아온 평온함이 그곳에 머물게 되었고, 그것은 행복과 많이 닮았었다. 내가 아직 상중인 것이 우리 사랑을 어둡게 한 것이 아니라, 오히려 더 깊게 만든 것 같았다. 소리가 잘 울려 퍼지는 공간에서처럼, 우리 마음속 아주 작은 움직임의 소리까지도 서로에게 들려오는, 단조롭게 흘러가는 생활이 시작되었다.

이모가 떠나고 며칠이 지난 어느 날 저녁, 식탁에서 우리가 이모 이야기를 했던 것을 나는 지금도 기억한다. 우린 얘기했다.

"야단스럽기도 하지! 삶의 물결이 그분 영혼에 그다지도 휴식을 줄 수 없는 것일까? 사랑의 아름다운 자태여, 그대 모습은 이제 어떻게 되었는가?" 우리가 이렇게 말한 것은 슈타인 부인[6] 얘기를 하면서 괴테가 "이 영혼 속에 비친 세상을 본다면 아름다우리라."라고 쓴 것이 생각났기 때문이다. 그리고 우리는 곧 어떤 등급 같은 것을 설정하고서, 관조 능력을 가장 높은 자리에 놓았다. 그때까지 잠자코 있던 외삼촌이 쓸쓸히

---

6) 괴테가 젊은 시절 십이 년 동안 열렬히 사랑했던 일곱 살 연상의 부인으로 괴테가 1500여 통의 편지를 보냈다고 함.

미소 지으며 우리를 나무라셨다.

"얘들아, 아무리 부서진 것이라 할지라도, 하나님은 거기서 당신 모습을 알아보실 거야. 그러니 인생의 어느 한 순간만을 보고 사람들을 판단하지 않도록 조심해야지. 가엾은 내 누님한테서 너희가 싫어하는 점들은 모두 여러 가지 사건들 탓에 생겼고, 그 사건들을 너무도 잘 아는 나는 너희처럼 가혹하게 비판할 수가 없구나. 젊은 시절엔 남을 즐겁게 하던 품성도, 늙어 가면서 나쁘게 되지 않으리란 법은 없지. 너희가 야단스럽다고 하는 펠리시 누님의 성격도 처음엔 귀엽고 생기 발랄하다든가, 앞뒤 안 가리고 행동한다든가, 순간적인 충동에 따른다든가, 애교가 많다든가, 그렇게만 생각되었지……. 확실히 지난날 우리도 지금 너희와 별로 다르지 않았단다. 제롬, 나는 너하고 많이 비슷했지. 아마 내가 생각하는 것보다 더 비슷했을지도 몰라. 펠리시 누님은 지금의 쥘리에트와 많이 닮았고……. 그래, 몸매까지도 말이야." 그리고 쥘리에트 쪽을 돌아보며 외삼촌은 덧붙이셨다. "네가 크게 소리를 지를 때면 갑자기 누님 모습이 떠오르곤 하지. 미소 지을 때도 너와 똑같았어. 게다가 그 모습, 누님에게는 이미 없어지고 말았지만, 꼭 지금 네가 하고 있듯이, 이따금 팔꿈치를 앞으로 내밀고, 깍지 긴 손으로 얼굴을 받친 채, 아무것도 하지 않고 앉아 있는 그 모습까지도 말이야."

애슈버턴 양은 나를 향해 몸을 돌리고, 속삭이듯 낮은 음성으로 말했다.

"네 어머니를 생각나게 하는 건 알리사야."

그해 여름은 찬란했다. 온갖 것에 푸른 하늘이 배어든 듯했다. 우리의 열정은 불행도, 죽음도 이겨 냈다. 우리 앞에서는 어둠도 물러났다. 아침마다 나는 기쁨으로 잠이 깼다. 나는 새벽부터 일어나, 떠오르는 해를 맞으러 달려 나갔다……. 지금도 그때를 머릿속에 그려 보면, 이슬에 흠뻑 젖은 그 모습들이 눈에 선하다. 아주 늦은 시간까지 자지 않던 제 언니에 비해 아침 일찍 일어나는 쥘리에트는 나와 함께 정원으로 내려가곤 했다. 그녀는 언니와 나 사이에서 전달자 노릇을 했다. 나는 쥘리에트에게 끊임없이 우리의 사랑 얘기를 들려주었고, 그녀도 내 얘기를 듣는 데 싫증 내는 기색이 없었다. 벅차오르는 사랑으로 알리사 앞에서는 소심하고 거북해서 말할 엄두도 못 내던 것을 나는 쥘리에트에게는 다 털어놓았다. 알리사쪽에서도 이런 장난에 응해 주는 것 같았고, 내가 자기 동생에게 그처럼 쾌활하게 이야기하는 것을 즐거워하는 것 같았다. 필경 우리 이야기가 오직 자기를 대상으로 한다는 것을 모르거나, 모르는 척하면서 말이다.

아, 사랑의, 너무도 과도한 사랑의 미묘한 책략이여, 어떤 비밀스러운 길을 통해 우리는 웃음에서 눈물로, 가장 천진한 기쁨에서 미덕의 요구로 이끌려 갔던가!

그 여름은 너무나 맑고 매끄럽게 달아나 버렸기에, 지금 나의 기억은 미끄러져 가 버린 그 나날에서 거의 아무것도 잡을 수가 없다. 그 무렵 일이라고는 대화와 독서뿐이었다…….

"슬픈 꿈을 꿨어." 방학이 끝나 가던 어느 날 아침 알리사가 나에게 말했다.

"나는 살아 있는데, 네가 죽은 거야. 아니, 네가 죽는 걸 본 건 아니었어. 그저 네가 죽어 있었던 거야. 끔찍했어. 도무지 있을 수 없는 일이어서, 난 다만 네가 잠시 어디 가고 없을 뿐이라고 마음먹었어. 우리는 헤어져 있었고, 너를 다시 만날 방법이 있을 것 같았어. 어떻게 하면 되나 하고 안간힘을 쓰다가 잠이 깼어. 아침에도 꿈속에 있는 것 같았어. 마치 계속해서 꿈을 꾸고 있는 것만 같았어. 꿈에서 깨어나서도 여전히, 내가 너와 헤어져 있고, 앞으로도 오래오래 헤어져 있을 것 같았어." 그리고 그녀는 아주 나직하게 덧붙였다. "평생 동안 말이야. 평생 동안 온갖 노력을 다해야만 할 것 같았어……."

"왜?"

"우리가 다시 만나려면, 서로가 온갖 노력을 다해야만 할 것 같았어."

나는 그녀 말을 심각하게 받아들이지 않았거나, 아니면 심각하게 받아들이기가 두려웠던 것 같다. 나는 가슴이 몹시 두근거렸고, 그녀 말에 반박이라도 하려는 듯이, 갑자기 용기를 내어 말했다.

"그래, 나도 오늘 아침 꿈을 꿨는데, 너와 결혼하려는 마음이 어찌나 강했던지 아무것도, 죽음 말고는 아무것도 우리를 갈라놓지 못할 것 같았어."

"넌 죽음이 우리를 갈라놓을 수 있을 거라고 생각하니?" 하고 그녀가 말을 받았다.

"내가 말하려는 건……."

"그와는 반대로, 나는 죽음이 다시 만나게 해 줄 거라고 생

각해⋯⋯. 그래, 살아서는 갈라서 있던 것들을 다시 만나게 해
줄 거야."

그 모든 말들이 우리 마음속에 너무도 깊이 스며들어서, 아
직도 나는 그 억양까지 들리는 듯하다. 하지만 그 말들이 지닌
중대한 뜻은 훨씬 후에야 비로소 깨닫게 되었다.

여름은 사라져 가고 있었다. 벌써 밭들은 대부분 텅 비어 있
었고, 눈앞 풍경은 저 멀리까지 펼쳐져 있었다. 내가 떠나기
전날, 아니 전전날 저녁, 쥘리에트와 나는 아래쪽 정원의 우거
진 수풀로 내려가고 있었다.

"어제 언니에게 암송해 준 게 뭐였어?" 하고 그녀는 물었다.

"언제 말이야?"

"그 이회암 채굴 터 근처 벤치에 내가 두 사람만 남기고 갔
을 때 말이야⋯⋯."

"아⋯⋯! 보들레르의 시 몇 구절이었을 거야⋯⋯."

"어느 구절이지? 나한테는 들려주지 않을 거야?"

"이제 곧 우리는 차디찬 어둠 속에 잠기리니." 하고 나는 별
로 내키지 않는 기분으로 시작하였다. 그러자 그녀는 곧장 내
가 외우는 것을 가로막으며, 여느 때와는 다른 떨리는 목소리
로 계속했다.

"잘 가라. 너무도 짧았던 우리들의 여름 그 생생한 빛이
여!"[7]

---

7) 보들레르의 시 「가을의 노래」 일부.

"아니! 너 그 시를 아니?" 나는 몹시 놀라 소리쳤다. "넌 시를 좋아하지 않는 줄 알았는데……."

"아니, 왜? 오빠가 나한테는 암송해 준 적이 없어서?" 그녀는 웃음 지으며, 그러나 좀 어색한 듯이 말했다……. "이따금 오빠는 나를 아주 바보로만 아는 것 같아."

"아주 지적인 사람도 시를 좋아하지 않을 수 있거든. 나는 한 번도 네가 시 얘기를 하는 걸 들은 적도 없고, 또 네가 나한테 시를 암송해 달라고 부탁한 적도 없었지."

"그거야 언니가 도맡아 하니까……." 그리고 그녀는 잠시 말이 없더니, 갑자기 이렇게 물었다.

"오빠는 모레 떠날 거야?"

"그래야겠어."

"올겨울엔 뭘 할 거야?"

"고등사범학교 1학년이 되지 뭐."

"언니와는 언제 결혼할 생각이야?"

"군 복무를 마치기 전에는 안 할 생각이야. 또 마치고 나서도 나 스스로 뭘 하고 싶은지 좀 더 잘 알기 전까지는 안 할 생각이야."

"그럼 아직 그걸 모른단 말이야?"

"아직은 알고 싶지 않아. 흥미 있는 것들이 너무 많거든. 무언가를 선택해서 그것에만 매달려야 할 시기를 되도록이면 뒤로 미루는 거지."

"약혼을 미루는 것도 한군데 얽매이는 것이 두려워서야?"

나는 아무 대답도 않고 어깨를 으쓱했다. 그녀는 다그쳐 물었다.

"그럼, 무엇 때문에 약혼을 미루는 거지? 왜 당장 약혼 안 하는 거야?"

"하지만 우리가 왜 꼭 약혼을 해야 하니? 세상 사람들에겐 알리지 않는다 하더라도, 우리가 서로의 것이고, 앞으로도 서로의 것임을 우리끼리 아는 것만으로 충분하지 않니? 나 스스로 기꺼이 그녀에게 내 삶을 모두 바치려는 건데, 굳이 내 사랑을 약속 같은 것으로 매어 놓는 것이 더 좋을 거라 생각하니? 난 그렇게 생각 안 해. 사랑을 맹세하는 건 사랑에 대한 모독인 것 같아……. 다만 만약에 내가 그녀를 믿지 못하게 되면, 약혼을 해야지."

"내가 믿지 못하는 건 언니가 아니라……."

우리는 천천히 걷고 있었다. 우리는 지난번 내가 본의 아니게 외삼촌과 알리사의 대화를 엿듣게 되었던 정원의 그 지점에 이르렀다. 불현듯, 조금 전에 정원으로 나가는 것이 보였던 알리사가 어쩌면 원형 광장에 앉아서, 그녀 또한 우리가 하는 얘기를 엿듣고 있을지 모른다는 생각이 들었다. 내가 직접 알리사에게 바로 할 수 없었던 말을 그녀에게 듣게 해 줄 수 있다는 생각이 당장 내 마음을 사로잡았다.

나는 나 자신의 꾀에 신이 나서 목소리를 높여, 내 또래의 다소 과장된 감격을 섞어 "아!"라고 외치기 시작했다. 그때 나는 나 자신의 말에 너무나 열중했기 때문에, 쥘리에트의 말 속에서 그녀가 말로 표현하지 않은 모든 것을 깨닫지 못했다……. "아! 다만 우리가 사랑하는 영혼 위에 몸을 기울이고,

마치 거울을 들여다보듯이, 그 속에서 우리 사신이 어떤 모습으로 비치는지 볼 수 있다면! 우리가 우리 자신의 마음속과 마찬가지로, 아니 그 이상으로 다른 사람의 마음속을 읽을 수만 있다면! 그 애정은 얼마나 평온할 것인가! 그 사랑은 얼마나 순수할 것인가……!"

쥘리에트가 동요하는 것을 보고, 나는 그것이 내가 늘어놓은 변변찮은 서정적인 말의 효과라고 생각하고 내심 흡족해했다. 그녀는 갑자기 내 어깨에 얼굴을 파묻으며 말했다.

"제롬! 제롬! 난 오빠가 언니를 행복하게 해 줄 거라고 믿고 싶어! 만일 오빠 때문에 언니가 고통을 받는다면, 난 오빠를 미워하게 될 것 같아."

나는 쥘리에트를 껴안고 그녀 이마를 들어 올리며 소리쳤다. "아니, 쥘리에트, 나 자신도 나를 미워하게 될 거야. 너도 그걸 이해해 주었으면 좋겠어……! 내가 아직까지 내 앞날을 결정짓고 싶지 않은 건, 오로지 알리사와 함께 내 인생을 보다 훌륭하게 시작하기 위해서야! 난 내 모든 미래를 그녀에게 걸었어! 내가 앞으로 무엇이 되든지, 그녀 없이 되고 싶지 않아……."

"오빠가 이런 얘기를 하면 언니는 뭐라고 해?"

"그녀에게는 절대로 이런 얘기 안 해, 절대로! 우리가 아직 약혼하지 않은 건 그 때문이기도 해. 우리 둘 사이에는 결혼이 문제가 안 돼. 그리고 결혼한 뒤에 무얼 할 건가도 문제가 되지 않아. 아, 쥘리에트! 알리사와 함께하는 삶이 내게 너무나 아름답게 보여서, 감히 나는…… 이해할 수 있겠니? 감히 나는 그녀에게 이런 이야길 못 해."

"갑작스러운 행복으로 그녀를 놀라게 해 주고 싶어서?"

"아냐. 그게 아냐! 하지만 난 두려워……. 그녀를 두렵게 할까 봐 두려운 거야. 이해할 수 있겠니? 내가 예감하는 그 엄청난 행복이 그녀를 놀라게 할까 봐 두려운 거야! 언젠가 알리사에게 여행하고 싶지 않느냐고 물어본 적이 있지. 그녀 말이, 자기는 아무것도 바라지 않으며, 자기에게는 이런저런 나라들이 있고, 그 나라들이 아름다우며, 남들이 그곳에 가 볼 수 있다는 것을 아는 것만으로 충분하다는 거야……."

"그런데 제롬, 오빠는 여행하고 싶은 거지?"

"어디든지! 인생 전체가 나에게는 하나의 긴 여행, 그녀와 함께 여러 책과, 온갖 사람들과, 여러 나라들을 거쳐 가는 긴 여행처럼 보여……. 너 혹시 '닻을 올린다'는 말이 무슨 뜻인지 생각해 본 적 있니?"

"응, 나도 이따금 생각해 봤어." 하고 그녀는 중얼거렸다.

하지만 나는 그녀 말을 귀담아 듣지 않고, 그녀 말이 상처입은 가엾은 새처럼 그냥 땅바닥에 떨어지도록 내버려 둔 채, 다시 말을 이었다.

"밤에 떠나는 거지. 눈부신 새벽빛 속에 잠을 깨고, 불안한 파도 위에 단 두 사람만 있다는 것을 느끼는 거야……."

"그리고 아주 어렸을 때 지도에서 보았던 어느 항구에 도착하는 거지. 거기선 모든 게 미지의 것이고……. 난 오빠 팔에 기댄 언니와 함께 오빠가 배 트랩에서 내려오는 모습이 보이는 것 같아."

"우리는 서둘러 우체국으로 가셨시." 나는 오으면서 말을 덧붙였다. "쥘리에트가 우리에게 보냈을 편지를 찾으러 말이야……."

"퐁그즈마르에 혼자 남은 쥘리에트가 보냈을 편지? 아마 오빠와 언니에게는 퐁그즈마르가 아주 작고, 아주 쓸쓸하고, 아주 멀게만 생각될 거야……."

그녀 말이 정확히 그랬나? 그렇다고 단언할 수 없다. 왜냐하면, 다시 말하거니와, 내 마음은 온통 사랑으로 가득 차 있어서, 사랑의 표현 말고는 다른 어떤 표현도 귀에 들어오지 않았기 때문이다.

우리는 원형 광장 근처에 다다랐다. 우리가 가던 길을 되돌아오려 할 때, 갑자기 알리사가 그늘에서 모습을 나타냈다. 그녀가 어찌나 창백해 보였던지, 쥘리에트는 그만 소리를 지르고 말았다.

"정말, 몸이 안 좋은 것 같아." 하고 알리사가 허둥대며 중얼거렸다. "바람이 차. 난 들어가는 게 좋겠어." 그러고는 곧장 우리와 헤어져, 빠른 걸음으로 집을 향해 갔다.

"언니가 우리 얘기를 다 들었어." 알리사가 좀 멀어지자마자 쥘리에트가 소리치듯 말했다.

"하지만 그녀가 기분 상할 이야기는 없었어. 그 반대로……."

"나, 갈게……." 제 언니 뒤를 쫓아가며 쥘리에트가 말했다.

그날 밤, 나는 잠을 이룰 수 없었다. 알리사는 저녁 식사 때 나타났지만, 머리가 아프다고 하면서 이내 자리를 떴다. 그녀는 우리 둘의 대화에서 무슨 얘기를 들었던 것일까? 그래서 나는 불안한 마음으로 우리가 나눈 얘기들을 되새겨 보았다. 그러고는 내가 쥘리에트의 허리에 팔을 감고, 그녀에게 너무 바짝 붙어서 걷고 있었던 것이 어쩌면 잘못이었을지도 모른다는 생각을 했다. 하지만 그것은 어렸을 때부터 하던 버릇이었다. 또한 우리가 그렇게 하고 걷는 것을 알리사도 여러 번 봐 왔던 것이다. 아! 나는 얼마나 한심한 장님이었던가. 나 자신의 잘못은 더듬거리며 찾으면서도, 내가 귀담아 듣지 않고 그래서 잘 기억나지도 않던 쥘리에트의 이야기를, 어쩌면 알리사가 더 잘 들었을지 모른다는 생각을 한 번도 해 보지 않았으니 말이다. 하지만 어쩔 것인가! 나는 불안으로 동요되고, 알리사가 나를 의심할지도 모른다는 생각에 두려워서 다른 위험들에 대해서는 생각도 해 보지 않은 채, 다음 날 바로 약혼하기로 결심했다. 쥘리에트에게 이미 내가 했던 말에도 불구하고, 어쩌면 쥘리에트가 내게 했던 말에 자극을 받아, 걱정과 근심에서 헤어나기 위해 마침내 약혼을 결심하고 말았다.

내가 떠나기 바로 전날이었다. 나는 알리사가 슬퍼하는 것이 내가 떠나기 때문이라고 생각했다. 그녀는 나를 피하는 것처럼 보였다. 우리 둘이 만날 수 있는 기회 없이 하루가 지나갔다. 그녀에게 아무 말도 못 하고 떠나게 되지 않을까 걱정이 되어, 나는 저녁 식사 조금 전에 그녀 방으로 찾아갔다. 그녀는 산호 목걸이를 목에 거는 중이었다. 그녀는 그것을 잡아매려고, 두 팔을 들고 몸을 숙인 채 문 쪽으로 등을 돌리고서, 불 켜진 두 촛대 사이 거울을 자기 어깨 너머로 늘여나보고 있었다. 그녀가 처음 나를 본 것은 거울 속에서였다. 그녀는 뒤를 돌아보지도 않고서, 얼마 동안 거울 속의 나를 줄곧 바라보았다.

"아니! 방문이 닫혀 있지 않았어?" 하고 그녀가 말했다.

"노크를 했는데, 대답이 없었어. 알리사, 내가 내일 떠난다는 것 아니?"

그녀는 아무 대답도 않고, 끝내 고리를 채우지 못한 목걸이를 벽난로 위에 내려놓았다. 나는 '약혼'이라는 말이 너무 노골적이고 거칠게 생각되어, 그 대신 말을 돌려 완곡하게 표현했다. 내 말뜻을 알아듣자, 알리사는 휘청거리며 벽난로에 몸을 기대는 듯했다……. 하지만 나 자신도 너무 떨려, 그녀 쪽을 바라보는 것을 조심스레 피하고 있었다.

그녀 곁에 있던 나는 눈을 들지도 않은 채 그녀 손을 잡았다. 그녀는 뿌리치지 않았다. 하지만 고개를 조금 숙이고, 내 손을 살짝 들어 올려 그 위에 자기 입술을 갖다 대고는, 나에게 반쯤 기댄 채 속삭였다.

"아니야, 제롬, 아니야, 우리 약혼은 그만두기로 해, 제발……."

내 가슴이 너무나 뛰었기 때문에, 그녀도 느꼈으리라 생각된다. 그녀는 한결 다정하게 말을 이었다.

"안 돼, 아직은……."

그래서 내가 "왜?" 하고 묻자, 그녀는 이렇게 대답했다.

"그렇게 물어야 할 사람은 바로 나야. 왜 그래? 왜 지금 이 상태를 바꾸려는 거지?"

나는 전날 있었던 쥘리에트와의 대화에 관해 그녀에게 이야기할 엄두를 내지 못했다. 하지만 그녀는 내가 그 생각을 하고 있다는 걸 느꼈는지, 내 생각에 대한 응답인 듯 나를 뚫어지게 바라보며 이렇게 말했다.

"넌 뭔가 잘못 생각하고 있는 것 같아. 난 그처럼 많은 행복이 필요하지 않아. 우린 지금 이대로 행복하지 않니?"

그녀는 억지로 미소를 지어 보이려 했다.

"아니, 행복하지 않아. 너와 헤어져야 하니까."

"이것 봐, 제롬, 오늘 저녁엔 말할 수 없어……. 우리의 마지막 시간을 망치지 말자……. 아냐, 아냐. 난 변함없이 널 사랑해. 그러니 안심해. 내가 편지할게. 내가 까닭을 얘기해 줄게. 꼭 편지하겠다고 약속할게, 내일 당장…… 네가 떠나자마자. 지금은 가 줘! 봐, 내가 울고 있잖아……. 그만 가 줘."

그녀는 나를 밀치면서 가만히 몸을 빼냈다. 그리고 그것이 우리의 작별이었다. 그날 저녁 나는 그녀에게 더 이상 아무 말도 할 수 없었고, 다음 날 내가 출발하려 할 때 그녀는 자기 방에서 나오지 않았다. 나를 태운 마차가 멀어져 가는 것을 창가에서 바라보며, 그녀가 내게 작별 인사를 보내는 모습을 나는 보았다.

3

그해 나는 아벨 보티에를 거의 만날 수 없었다. 그는 군대에 징집되기 전에 자원입대를 했고, 나는 수사학급[8] 수업을 한 번 더 들으면서 학사 시험 준비를 하고 있었다. 나는 아벨보다 두 살 아래여서, 그해 우리 둘이 입학할 예정이었던 고등사범학교를 졸업할 때까지 병역을 연기하고 있었다.

우리는 반갑게 다시 만났다. 제대 후 그는 한 달 이상이나 여행을 했다. 나는 그가 변하지 않았나 걱정했지만, 그는 전보다 더 자신감 있었을 뿐 그의 매력을 조금도 잃지 않았다. 개학하기 전날 오후 우리가 뤽상부르 공원에서 함께 시간을 보내고 있을 때, 나는 숨겨 둔 비밀을 더 이상 간직하고 있을 수

---

8) 고등학교(lycée)의 최고 학급으로 현재는 제1학급(classe de première)이라고 하는데, 여기서는 특별히 고등사범학교(École normale supérieure)에 진학하기 위해 준비하는 학급을 의미함.

없어, 그에게 내 사랑 이야기를 자세히 해 주었다. 게다가 그도 이미 내 사랑에 대해 알고 있었다. 그해 몇몇 여자들과 교제한 경험이 있던 그는 다소 우쭐해하며 선배 행세를 하려 들었지만, 나는 조금도 불쾌하지 않았다. 그는 내가, 그의 표현에 따르면, 마지막 말을 제대로 던질 줄 몰랐다고 놀리면서, 여자 쪽에서 정신을 다시 차리도록 내버려 두어서는 절대 안 된다는 것을 금언으로 내세웠다. 나는 그가 말하는 대로 내버려 두었지만, 그의 훌륭한 이론이 나와 알리사에게는 맞지 않으며, 그가 우리를 제대로 이해하지 못한다는 것을 드러낼 뿐이라고 생각했다.

우리가 도착한 다음 날 나는 다음과 같은 편지를 받았다.

사랑하는 제롬

네가 제의한 것에 대해 많이 생각해 봤어.(내가 제의한 것이라고! 우리의 약혼을 이렇게 부르다니!) 나는 너에 비해 나이가 너무 많다는 게 걱정이 돼. 아마 너는 여태까지 다른 여자들을 만날 기회가 없었으니까, 아직은 그렇게 생각하지 않을 거야. 하지만 내 생각으로는, 나중에 내가 너에게 나를 맡긴 후 네 마음에 들지 못한다는 걸 알게 되면, 나는 괴로워질 거야. 내 편지를 읽으면서 넌 무척 화가 나겠지. 너의 항의가 들리는 듯해. 하지만 난 네가 세상 경험을 좀 더 할 때까지 기다려 달라고 부탁하는 거야.

이런 말 하는 것도 오직 너를 위해서라는 걸 이해해 줘. 나는 결코 너를 사랑하지 않을 수 없으리라는 걸 알기 때문이야.

알리사

우리가 서로 사랑하지 않게 된다고! 대체 그런 일이 문제될 수 있었겠는가! 나는 슬프기보다는 어이가 없었고, 너무도 당황한 나머지 아벨에게 달려가 그 편지를 보여 주었다.

"그래! 어떻게 할 작정이냐?" 그는 머리를 설레설레 흔들며 입술을 꼭 다문 채 편지를 다 읽은 다음 말했다. 나는 불안과 비탄에 가득 찬 채 두 팔을 들어 올렸다. "내 생각엔 어쨌든 답장은 안 하는 게 좋을 것 같아! 여자하고 다투기 시작하면 으레 지고 마는 법이니까…… 이것 봐, 토요일에 르아브르에 가서 하루 묵으면, 일요일 아침에 퐁그즈마르에 도착할 수 있고, 월요일 첫 강의 시간까지는 돌아올 수 있어. 나도 입대한 후로는 네 집안사람들을 만나지 못했으니까, 이것으로 핑계는 충분히 될 거고 체면도 세우는 셈이지. 만약 알리사가 그게 핑계에 불과하다는 걸 눈치챈다면, 오히려 잘된 일이지! 네가 알리사와 이야기하는 동안 나는 쥘리에트를 맡을게. 어린애 같은 짓은 하지 않도록 명심하고…… 사실은, 네 얘기 속에 뭔가 잘 이해 안 가는 것이 있어. 아마도 나한테 다 털어놓지 않은 모양이지…… 아무튼 좋아! 내가 그걸 밝혀 낼 테니까…… 무엇보다 우리가 간다는 것을 미리 알리지 말아야 해. 네 외사촌 누이를 갑자기 찾아가서, 그녀가 무장할 틈을 주지 말아야 해."

정원 사립문을 밀면서 내 가슴은 몹시 뛰었다. 쥘리에트는 곧장 달려 나와 우리를 맞아들였다. 속옷들을 손질하느라 바빴던 알리사는 얼른 내려오지 않았다. 우리가 응접실에서 외삼촌과 애슈버턴 양과 이야기를 나누고 있을 때 비로소 그녀가 들어왔다. 우리가 갑작스럽게 도착하여 당황했는데도, 그녀는 조금도 그런 내색을 하지 않았다. 나는 아벨의 말이 머리에 떠올라, 그녀가 그토록 오래 모습을 나타내지 않은 것은 나에 대해 무장을 하기 위해서라는 생각이 들었다. 알리사의 신중한 모습은 무척이나 활기찬 쥘리에트의 태도와 대조되어 더욱 차갑게 보였다. 그녀는 내가 돌아온 것을 못마땅해하는 것 같았다. 적어도 그녀는 그 못마땅함을 자신의 태도 속에서 나타내 보이려 하였고, 나는 그 뒤에 숨겨진 보다 격렬한 감정을 찾아낼 용기가 없었다. 그녀는 우리와 좀 떨어져 창가 한구석에 앉아 수를 놓는 데만 열중한 듯, 입술을 움직여 가며 바늘코를 세고 있었다. 나는 이야기를 할 기력도 없었는데, 아벨이 이야기를 계속했다. 다행스럽게도! 그가 군대 시절과 여행에 대한 이야기를 하지 않았던들, 이 재회의 첫 순간은 침울했을 것이다. 외삼촌도 유난히 근심스러운 기색이었다.

점심 식사가 끝나자 쥘리에트는 나를 따로 불러 정원으로 데려갔다.

"어떻게 생각해? 나한테 청혼이 들어왔어!" 우리 둘만 있게 되자 그녀가 소리쳤다. "펠리시 고모가 어제 아버지한테 편지로, 님의 포도 재배인이 나한테 청혼을 했다고 알려 왔어. 고모 얘기로는 상당히 괜찮은 사람이라는데, 지난봄에 사교 모임에서 몇 번 나를 보고는 홀딱 반했다는 거야."

"너도 그 사람을 눈여겨보았니?" 나는 그 청혼자에 대해 무의식적인 반감을 품고서 물었다.

"그래, 누군지는 알아. 넉살 좋은 돈키호테 타입으로, 교양도 없고, 아주 못생기고, 천박하고, 꽤 웃기는 사람이어서, 고모도 그 앞에서는 점잔을 빼지 못한다는 거야."

"그래, 그 친구…… 유망해 보여?" 나는 빈정거리는 어조로 말했다.

"어머, 제롬! 농담 마! 장사치야……. 오빠가 그 사람을 한 번이라도 봤으면, 그렇게 묻지는 않았을 거야."

"그런데 외삼촌은 뭐라고 하셨지?"

"내가 대답한 대로야. 결혼하기엔 아직 너무 어리다고……." 그녀는 웃으면서 덧붙였다. "그런데 참 곤란하게도, 고모는 반대할 걸 짐작하셨던 거야. 그래서 추신으로 에두아르 테시에르 씨는, 그게 그 사람 이름이야, 때가 될 때까지 기다리는 데 동의하며, 그 사람이 이렇게 일찍부터 청혼하는 건 단지 '미리 줄서기' 위한 것뿐이라고 쓰셨어……. 말도 안 되는 소리지. 하지만 어떻게 하겠어? 그 사람이 너무 못생겼다고 전해 달라고 할 수도 없고!"

"그럴 수야 없지. 하지만 포도 재배인과는 결혼 안 하고 싶다고 말할 수는 있지 않니?"

그녀는 어깨를 으쓱하더니 대답했다.

"그런 이유는 고모 생각에는 통하지 않아……. 그 이야기는 이제 그만해. 근데 알리사가 편지했어?"

그녀는 아주 수다스럽게 말했으며, 몹시 흥분한 것처럼 보였다. 내가 알리사의 편지를 건네주자, 그녀는 얼굴을 붉히면서 읽었다.

"그래, 오빠는 어떻게 할 거야?" 그녀가 물었을 때, 나는 그녀 목소리에서 화가 난 기색을 눈치챘다.

"이젠 나도 모르겠어." 나는 대답했다. "막상 여기 와 보니 편지를 쓰는 편이 훨씬 쉬웠을 거라는 생각이 들어서 벌써부터 여기 온 걸 후회하고 있어. 알리사가 뭘 말하려고 했는지 넌 이해가 가니?"

"내가 이해하기로는, 언니는 오빠를 자유롭게 해 주려는 것 같아."

"하지만 내가 언제 자유에 연연한 적이 있니? 그런데 넌 알리사가 왜 굳이 그런 얘기를 썼는지 짐작이 가니?"

"아니."라는 그녀 대답이 너무나 매몰찼기 때문에, 나는 진실을 전혀 예감한 것은 아니었지만, 어쩌면 쥘리에트가 그것을 모르지는 않으리라고 그 순간부터 확신했다. 그리고 나서 그녀는 우리가 걷고 있던 오솔길 모퉁이에서 갑자기 발길을 돌리며 말했다.

"이제 가 봐야겠어. 오빠는 나하고 얘기하려고 여기 온 게 아니잖아. 우린 너무 오래 함께 있었어."

쥘리에트는 집을 향해 달음질쳐 사라졌고, 잠시 후 그녀가 치는 피아노 소리가 들려왔다.

내가 응접실에 들어갔을 때, 그녀는 피아노를 계속 치면서, 자기를 만나러 온 아벨과 이야기하고 있었다. 그녀는 이제 무심히 손 닿는 대로 즉흥 연주를 하고 있었다. 나는 그들 두 사람을 남겨 두고 나왔다. 그러고는 알리사를 찾아 한참 동안 정원을 헤매 다녔다.

그녀는 과수원 안쪽 담 밑에서, 너도밤나무 숲의 낙엽 냄새에 제 향기를 뒤섞고 있는 가을의 첫 국화를 따고 있었다. 대기에는 가을 기운이 흠뻑 배어 있었다. 햇살은 이제 과수원 담장을 미지근하게 비춰 줄 뿐이었지만, 하늘은 동방의 하늘처럼 티 없이 맑았다. 커다란 네덜란드 식 농부 모자에 거의 다 가려진 그녀 얼굴은 테두리로 둘러싸인 것처럼 보였다. 아벨이 여행 기념으로 가져다 준 그 모자를 그녀는 당장 머리에 썼던 것이다. 내가 가까이 다가가자 그녀는 처음엔 돌아다보지도 않았지만, 억제하지 못하고 몸을 가볍게 떠는 것으로 보아 그녀가 내 발자국 소리를 알아챘다는 것을 짐작할 수 있었다. 벌써부터 나는 그녀의 책망과 그녀가 내게 던지리라 생각되는 준엄한 눈길에 대비해, 마음을 졸이면서 용기를 가다듬고 있었다. 그러나 내가 꽤 가까이 다가가 지레 겁먹은 듯 걸음을 늦추자, 그녀는 처음엔 내 쪽으로 얼굴을 돌리지 않고, 뾰로통한 아이처럼 고개를 숙인 채 꽃을 가득 쥔 손을 거의 등 뒤로 나를 향해 내밀면서 오라는 시늉을 해 보였다. 그녀의 손짓을 보고 도리어 내가 장난 삼아 멈추어 서자, 이윽고 그녀는 몸을 돌려 내 쪽으로 몇 걸음 다가오면서 고개를 들었다. 나는 그녀 얼굴이 미소로 가득 차 있는 것을 보았다. 그녀의 눈길을 받자, 갑자기 모든 것이 다시금 단순하고 수월하게만 생각되어, 나는 아무 힘 들이지 않고 평소와 같은 목소리로 이야기하기 시작했다.

"네 편지 때문에 다시 왔어."

"그럴 줄 알았어." 그녀는 말했다. 그러고는 억양을 바꿔 신락하게 책망하는 듯한 말투를 누그러뜨리면서 이야기했다.

"내가 화나는 것은 바로 그 때문이야. 내가 말한 걸 왜 그대로 받아들이지 않지? 사실은 아주 단순한 이야기였는데 말이야…….(그러자 이미 슬픔과 고난은 그저 나의 상상 속에서 꾸며 내진 것으로 생각되었고, 오로지 내 마음속에서만 존재하는 것처럼 보였다.) 내가 너한테 누누이 얘기했듯이, 우리는 이대로 행복해. 그러니 지금 이 상태를 바꾸자는 네 제의를 내가 거절했다 해서, 놀라울 게 뭐가 있겠어?"

정말 나는 그녀 곁에서 행복하다는 느낌이 들었다. 그 행복은 너무도 완전해서, 이제 다시는 그녀 생각과는 다른 생각을 품지 않으리라 생각되었다. 벌써부터 나는 그녀의 미소 말고는 어떤 것도 원하지 않았으며, 지금처럼 꽃들이 피어 있는 따스한 길을 둘이서 손잡고 걷는 것 말고는 어떤 것도 원하지 않았다.

"그러는 편이 좋다면……." 단번에 다른 모든 희망을 포기하고, 나는 그 순간의 완전한 행복에 몸을 맡긴 채 엄숙하게 말했다. "그러는 편이 좋다면, 약혼은 하지 않기로 해. 나는 네 편지를 받고서, 내가 정말 행복하다는 것과, 이제부터는 더 이상 행복할 수 없으리라는 것을 동시에 깨달았어. 아! 옛날의 내 행복을 다시 돌려줘. 그 행복 없이는 난 살아갈 수 없어. 난 평생을 기다릴 수 있을 만큼 너를 사랑해. 하지만 알리사, 나는 네가 날 사랑하지 않게 된다거나, 아니면 네가 내 사랑을 의심한다거나 하는 그런 생각은 도저히 견딜 수 없어."

"아아! 제롬, 나는 네 사랑을 의심하지 않아."

그 말을 하는 알리사의 목소리는 조용하고 쓸쓸했다. 그러나 그녀의 얼굴을 환히 밝혀 주던 미소는 너무도 평온하고 아름다워서, 나는 내가 근심하고 항의했던 것이 부끄럽게 느껴졌다. 그러고 보면, 그녀 목소리 깊은 곳에서 느껴졌던 그 슬픔의 여운도 오직 나의 두려움과 항변에서 나온 것으로 생각되었다. 나는 밑도 끝도 없이 나의 계획과, 공부와, 나에게 유익한 점이 많을 것으로 기대되는 새로운 생활 방식에 대해 얘기하기 시작했다. 그 당시 고등사범학교는 지금처럼 달라져 버린 그런 모습이 아니었다. 꽤 엄격한 규율은 게으르거나 다루기 힘든 학생들에게만 부담스러웠을 뿐, 부지런히 공부하려고 하는 학생들에게는 오히려 도움이 되었다. 그곳에서 거의 수도승 같은 생활 습관으로, 바깥세상으로부터 보호되는 것이 나는 좋았다. 세상이란 것이 별로 내 마음을 끌지 못할 뿐더러, 알리사가 세상을 두려워한다는 이유만으로 세상은 당장 나에게 혐오스럽게 보일 것이었다. 애슈버턴 양은 전에 어머니와 함께 살던 아파트에 머물고 계시니, 그분 외에는 파리에 아는 사람이 거의 없는 아벨과 나는 일요일마다 그분 곁에서 몇 시간씩 지낼 것이며, 일요일마다 나는 알리사에게 편지를 써서 내 생활을 낱낱이 알려 줄 것이었다.

우리는 열려 있는 온실 창틀에 걸터앉아 있었다. 마지막 열매를 따 낸 굵은 오이 덩굴이 창틀 밖으로 이리저리 뻗어 나와 있었다. 알리사는 내 이야기를 귀담아 들으며 질문을 하곤 했다. 여태까지 나는 이처럼 주의를 기울인 그녀의 상냥함과, 이처럼 절실한 그녀의 애정을 느껴 본 적이 없었다. 한 점 티끌도 없는 창공 속으로 안개가 사라지듯이 근심과 걱정, 그리고 아주 가벼운 마음의 동요까지도 그녀의 미소 속에 증발되어 버리고, 매혹적인 친밀감 속에 녹아 들어갔다.

이윽고 쥘리에트와 아벨이 우리를 찾아왔다. 우리는 너도 밤나무 숲 벤치에 앉아, 스윈번의 시, 「시대의 승리」를 각자 한 구절씩 돌아 가며 읽으면서 그날의 마지막 시간을 보냈다. 저녁이 왔다.

"자! 이제 앞으로는 그렇게 공상적인 사람이 되지 않겠다고 약속해……." 우리가 떠날 때, 알리사는 나에게 입 맞추며 반은 우스갯소리로, 또 그러면서도 누나 같은 태도로 나에게 말했다. 아마도 그녀는 나의 분별없는 행동 탓에 그런 태도를 보이게 되었으며, 그녀 또한 그런 태도를 보이는 것이 즐거운 듯했다.

"그래, 약혼했니?" 다시 우리 둘만 있게 되자 아벨이 물었다.

"이 친구야, 이제 그런 건 문제가 안 돼." 하고 나는 대답했다. 그러고는 즉시 다른 모든 질문들을 잘라 버리는 듯한 어조로 덧붙였다. "이대로가 훨씬 좋아. 이제까지 한 번도 오늘 저녁만큼 행복한 적이 없었어."

"나도 그래!" 그는 소리쳤다. 그러고는 갑자기 내 목을 끌어안으며 말했다. "기막히고 희한한 얘기 하나 해 줄까! 제롬, 난 쥘리에트를 미칠 듯이 사랑해! 벌써 작년부터 그런 생각을 좀 했지만, 그동안 여러 경험을 해 봤고, 그래서 네 외사촌 누이들을 다시 만나기 전까지는 너한테 아무 말도 안 하려고 했던 거야. 이젠 끝났어. 내 인생이 결정된 거지.

나는 사랑하노라. 아니, 사랑한다기보다는, 나는 경배하노라, 쥘리에트를![9]

오래전부터 난 너에게 어떤 동서를 대할 때 같은 애정을 느껴 왔던 것 같아…….”

그러고는 웃고 장난치면서, 팔을 벌려 나를 끌어안고는 우리가 탄 파리 행 열차 좌석 위에서 어린애처럼 뒹구는 것이었다. 그의 고백을 듣자 나는 거의 숨이 막힐 지경이었고, 거기서 느껴지는 다소 문학적으로 꾸며 낸 듯한 표현이 적잖이 거슬렸다. 하지만 그토록 벅찬 격정과 희열에 어떻게 버텨 낼 수 있었겠는가……?

“그래, 어떻게 됐어! 고백을 했니?” 그가 쏟아 놓는 이야기의 틈을 타서 나는 간신히 물어보았다.

“천만에! 천만에!” 그는 소리쳤다. “이야기의 가장 매력적인 대목을 건너뛰고 싶지는 않아.

사랑의 가장 좋은 순간은

그대를 사랑하노라고 말할 때가 아니라네……[10]

이봐! 그런 걸로 날 책망하진 못하겠지. 넌 느림보 대장이니까 말이야.”

“하지만 네 생각엔 그녀 쪽에서도 ……?” 나는 다소 신경이 거슬려서 물어보았다.

“그녀가 나를 다시 만나면서 당황하던 모습을 보지 못했구

---

9) 라신의 비극 「브리타니퀴스」에 나오는 네론의 대사를 흉내 낸 것.
10) �쉴리 프뤼돔의 시 「사랑의 가장 좋은 순간」의 일부.

나! 그리고 우리가 방문해 있는 내내 그녀가 그렇게 흥분하고, 얼굴을 붉히고, 그렇게 많은 얘기를 쏟아 놓았는데도……! 아니, 넌 당연히 아무것도 눈치채지 못했을 거야. 알리사한테만 온통 정신이 팔려 있었으니……. 쥘리에트가 어찌나 이것저것 캐묻던지! 또 어찌나 내 말을 솔깃해서 듣던지! 일 년 동안 그녀 지성은 엄청나게 발전했어. 어떻게 그녀가 독서를 좋아하지 않는다고 네가 생각했는지 모르겠구나. 너는 늘 오직 알리사만 독서를 좋아한다고 생각하는 모양이지……. 하지만 이 친구야, 쥘리에트는 놀랄 만큼 많이 알고 있었어! 저녁 식사 전에 우리가 무얼 하며 놀았는지 알아? 단테의 「칸초네」를 외우면서 놀았지. 둘이서 번갈아 가며 한 행씩 외웠는데, 내가 틀리면 그녀가 고쳐 주었어. 너도 잘 아는 구절이야.

Amor che nella mente mi ragiona.[11]

그녀가 이탈리아어를 배웠다는 걸 너는 내게 말해 주지도 않았지."

"나도 몰랐는데!" 나는 어지간히 놀라서 말했다.

"그럴 수가! 「칸초네」를 시작하면서, 그녀가 너한테 배웠다고 하던데."

"아마 언젠가 내가 자기 언니한테 읽어 주는 걸 들었나 보지. 그녀가 우리 곁에서 바느질을 하거나 수를 놓을 때 말이야. 그런 일은 자주 있었거든. 하지만 이해하는 듯한 기색은 전혀 없던데."

---

11) 내 마음에 속삭이는 사랑의 그리움이여.

"정말 너와 알리사는 지독한 이기주의자야. 너희 사랑에만 푹 빠져져서 쥘리에트의 지성과 영혼이 찬란하게 꽃피어나는 것에는 눈길 한번 주지 않았으니 말이야! 나 자신을 치켜세우려는 건 아니지만, 어떻든 내가 때맞춰 나타난 거야……. 아냐, 아냐, 너도 잘 알다시피, 너를 원망하는 건 아니야." 하고 다시금 나를 끌어안으며 그는 말했다. "단지 이것만은 약속해 줘. 이 모든 일에 대해 알리사한테는 아무 말도 않겠다고. 내일은 나 혼자 알아서 처리할 테니까. 쥘리에트는 이제 내 손에 들어온 거야. 확실해. 다음 방학 때까지 그대로 놓아두어도 될 만큼 말이야. 지금부터 그때까지는 그녀에게 편지도 쓰지 않을 작정이야. 하지만 신년 휴가 때 우리 두 사람은 르아브르에 가서 지낼 거고, 그러면……."

"그러면……."

"그러면 알리사는 갑자기 우리 약혼을 알게 되겠지. 나는 일을 신속하게 해치울 생각이야. 그러면 어떻게 되는지 알아? 네가 얻어 내지 못한 알리사의 동의를, 내가 우리 본보기를 보여 줌으로써 얻어 준단 말이야. 너희가 결혼하기 전에는 우리도 결혼식을 올릴 수 없지 않으냐고, 우리가 그녀를 설득할 거야……."

그런 식으로 그는 계속 지껄이며 끝없는 이야기의 흐름 속으로 나를 빠져들게 했다. 그의 이야기는 기차가 파리에 도착해서도, 고등사범학교에 돌아와서도 끝나지 않았다. 역에서 학교까지 걸어왔는데도, 또 밤이 많이 깊었는데도, 아벨은 내 방까지 따라 들어와 우리는 아침이 될 때까지 이야기를 주고

받았다.

열광에 사로잡힌 아벨은 현재와 미래를 자기 멋대로 주물렀다. 그는 이미 우리 두 쌍의 결혼을 눈앞에 떠올리며 이야기했고, 우리들 각자의 놀라움과 기쁨을 상상하고 묘사했으며, 우리의 아름다운 이야기와 우정, 그리고 내 사랑에서 자기가 맡을 역할 등 멋진 생각들에 도취했다. 나는 그처럼 솔깃한 열정에 제대로 저항도 못 하고 마침내 흠뻑 젖어든 기분이었으며, 그의 꿈 같은 제안의 매혹에 서서히 넘어가고 말았다. 우리 사랑 덕분에 야망과 용기도 부풀어 올랐다. 고등사범학교를 졸업하면 곧 보티에 목사의 주례로 우리 두 쌍의 결혼이 이루어질 것이고, 넷이서 여행을 떠날 것이다. 그런 다음 우리는 거창한 일에 착수할 것이고, 우리 아내들은 기꺼이 협조자가 되어 줄 것이다. 교수직에는 별로 관심이 없고, 글 쓰는 소질을 타고났다고 자부하는 아벨은 희곡 몇 편의 성공으로, 별로 없던 재산을 삽시간에 끌어모을 것이다. 학문에서 얻는 이익보다는 학문 자체에 더 마음이 끌리는 나는 종교 철학 연구에 몰두하여 종교 철학사를 써 보리라는 생각이었다……. 그러나 이제 와서 그 많은 희망들을 회상해 본들 무슨 소용이겠는가?

다음 날 우리는 다시 공부에 몰두했다.

4

새해 방학 때까지는 며칠 남지 않았던 까닭에, 지난번 알리사와의 대화로 들끓어 오른 나의 믿음은 잠시도 식을 줄 몰랐다. 이미 나 스스로 다짐했던 대로, 나는 일요일마다 그녀에게 아주 긴 편지를 했다. 일요일 말고 다른 날에는 학교 친구들과도 떨어져서 아벨 말고는 거의 만나지 않았으며, 오로지 알리사만 생각하며 지냈다. 좋아하는 책을 볼 때는, 거기서 나 자신이 찾는 흥미보다 그녀가 보일 흥미를 감안해서, 그녀를 위한 표시들을 가득히 해 두었다. 그녀에게서 오는 편지들은 여전히 나를 불안하게 했다. 비록 그녀가 내 편지에 꽤 규칙적으로 답장을 보내기는 했지만, 나를 따르는 그녀 열성에는 그녀 스스로 마음이 이끌리기보다는, 오히려 내 공부를 격려해 주려는 배려가 엿보이는 듯했다. 또한 작품 평가와 논의, 비평 등이 나에게는 내 생각을 표현하는 방법에 지나지 않았는데

반해, 그녀에게는 모두 자기 생각을 숨기는 데 이용되는 것처럼 보이기까지 했다. 가끔 나는 그녀가 장난으로 그러는 것이 아닌가 하는 의심이 들었다……. 아무려면 어떤가! 아무런 불평도 하지 않기로 굳게 마음먹은 나는 내 편지에서 그러한 근심이 조금도 드러나지 않도록 했다.

그리하여 12월 말경, 아벨과 나는 르아브르로 출발했다.

나는 플랑티에 이모 댁에 거처를 정했다. 내가 도착했을 때 이모는 집에 없었다. 그러나 내가 내 방에 들어가 있자, 곧 하인이 와서 응접실에서 이모가 기다리신다고 알려 주었다.

이모는 나의 건강이며 숙소며 공부에 관해 물어보시고는, 곧장 별 조심성도 없이 애정 어린 호기심에 이끌려 말했다.

"얘야, 퐁그즈마르에서는 만족스러웠는지 어땠는지, 아직 넌 내게 말해 주지 않았지? 그래, 네 일은 좀 진전이 있었니?"

이모의 그 섬세하지 못한 친절을 나는 참아 내야 했다. 더없이 순수하고 부드러운 말로 표현한다 해도 난폭한 것으로 비쳤을 그런 미묘한 감정을 그저 간단하게 다루어 버리는 이모의 말을 듣는 것이 내게는 몹시 괴로운 일이었지만, 그분 어조가 너무도 소박하고 다정했기 때문에, 화를 내는 것도 어리석은 일인 것 같았다. 그럼에도 나는 처음에는 대꾸를 좀 했다.

"지난봄에 이모님은 우리 약혼이 너무 이른 것 같다고 말씀하셨잖아요?"

"그랬지, 나도 안다. 처음에는 으레 그렇게 말하는 법이야." 이모는 나의 손을 잡더니, 가슴 뭉클하게 당신의 두 손 안에 꼭 쥐면서 거침없이 대답했다. "게다가 네 공부라든가, 군 복무 때문에 너희들이 몇 해 지난 다음에야 결혼할 수 있다는 것도 잘 알아. 그렇긴 하지만 나 개인적으로는 약혼 기간이 너무 길어지는 것에 별로 찬성하지 않아. 그러면 아가씨들이 지쳐 버리거든…… 때로는 정말 아주 측은한 경우도 있지……. 그건 그렇고, 약혼이란 꼭 공표해야 하는 건 아니야……. 단지 그렇게 해 두면 남들에게 알릴 수 있지. 아! 물론 슬며시 알리는 거지만. 이제부터는 그 아가씨를 쫓아다닐 필요가 없다고 말이야. 게다가 약혼을 하면 너희들의 편지 왕래나 교제가 공공연히 허용되지. 그리고 만약 다른 혼처가 나타나면, 이거야 아주 있을 법한 일이지." 하고 이모는 그럴듯한 미소를 지으시며, 넌지시 말했다. "그때는 완곡하게 대답할 수 있지……. 안 된다고, 이젠 그럴 필요 없다고 말이야. 쥘리에트에게 청혼이 들어왔다는 건 너도 알겠지! 이번 겨울에 그 애는 완전히 주목의 대상이 되었어. 그 애는 아직 좀 어리고, 저도 또 그렇게 대답했지만, 그런데도 그 젊은이는 기다리겠다는 거야. 아니, 사실은 이미 젊은이라고 할 수는 없지……. 아무튼 썩 훌륭한 혼처야. 아주 틀림없는 사람이지. 그렇지 않아도 내일이면 너도 만나 볼 수 있을 거다. 우리 집 크리스마스트리를 보러 올 테니까. 네가 받은 인상이 어떤지 내게 말해 주렴."

"모르긴 하지만 이모, 그 사람 괜히 헛수고하는 것 아닐까요. 어쩌면 쥘리에트가 다른 사람을 마음에 두고 있는지도 모르죠." 나는 아벨의 이름을 곧바로 대지 않으려고 무척 조심하면서 말했다.

"응?" 이모는 미심쩍은 듯 입을 앞으로 내밀고 고개를 갸우뚱하면서 의아한 듯이 말했다. "놀라운 얘기구나! 그렇다면 그 애가 왜 나한테는 한 마디도 하지 않았을까?"

나는 더 이상 말하지 않으려고 입술을 깨물었다.

"그것참! 두고 보면 알겠지……. 요즘 쥘리에트는 몸도 좀 좋지 않은 것 같고……." 하며 이모는 말을 계속했다. "그건 그렇고 지금 문제는 그 애가 아니지……. 아! 알리사도 참 사랑스러운 애지……. 그래, 그 애한테 선언을 했니, 안 했니?"

'선언'이라는 말이 너무나 어울리지 않는 거친 표현으로 들려 내심 반감이 들었지만, 정면으로 질문을 받은 데다 거짓말을 잘 못하는 나는 모호하게 대답했다.

"네." 그러자 얼굴이 화끈 달아오르는 것이 느껴졌다.

"그래 그 애가 뭐라고 하던?"

나는 고개를 숙였다. 대답하고 싶은 마음이 들지 않았다. 나는 더욱 모호하게, 내키지 않는 듯이 말했다.

"약혼을 거절하더군요."

"그래, 그 애 생각이 옳아!" 이모는 큰 소리로 말했다. "너희한테야 시간이 얼마든지 있지, 아무렴……."

"아! 이모, 그 이야기는 이제 그만해요." 나는 이모 말을 막으려 했으나 소용이 없었다.

"하기야 난 그 애가 그렇게 한 게 놀랍지 않아. 그 애는 언제나 너보다 분별 있어 보였거든. 네 외사촌 누이는……."

그때 내가 무슨 마음에 사로잡힌 건지 모르겠으나, 어쩌면 이모가 그렇게 따져 묻는 바람에 흥분했는지, 갑자기 가슴이 터질 것만 같았다. 그래서 마음씨 좋은 이모 무릎에 마치 어린 애처럼 이마를 파묻고 흐느끼면서 외쳤다.

"이모, 아니에요. 이모는 몰라요! 알리사가 기다려 달라고 한 건 아니에요……."

"아니, 뭐라고! 그 애가 너를 거부하기라도 했단 말이냐?"

이모는 손으로 내 이마를 받쳐 올리면서, 아주 부드럽고 연민 어린 어조로 말했다.

"그것도 아니에요……. 아니에요, 꼭 그런 것도 아니에요."

나는 서글픈 마음으로 고개를 저었다.

"그 애가 널 사랑하지 않게 될까 봐 두렵니?"

"아! 아니에요. 제가 두려워하는 건 그런 게 아니에요."

"가엾은 녀석, 좀 더 분명하게 설명해야 내가 알아들을 게 아니냐."

나는 나 자신의 나약한 감정을 그대로 드러낸 것이 부끄럽고 슬펐다. 틀림없이 이모는 내가 불안해하는 까닭을 이해하지 못하고 있었다. 하지만 만약 알리사가 거절한 이면에 어떤 뚜렷한 동기가 숨어 있다면, 어쩌면 이모가 그녀에게 완곡하게 물어봄으로써, 내가 그 동기를 밝혀내는 데 도움을 줄 수도 있을 듯했다. 그러자 곧 이모가 스스로 그 말을 꺼냈다.

"얘야. 내일 아침 알리사가 나하고 같이 크리스마스트리를 꾸미러 올 거니까, 어떻게 된 영문인지 내가 당장 알아보마. 점심때 너한테 알려 줄게. 그럼 아무 걱정할 게 없다는 걸 알게 될 거야. 아무렴."

나는 뷔콜랭 댁으로 저녁을 먹으러 갔다. 실제로 며칠 전부터 앓고 있었던 쥘리에트는 딴 사람처럼 보였다. 눈매는 약간 매섭고 냉혹하게까지 보여서, 어느 때보다도 자기 언니와 달라 보였다. 그날 저녁, 나는 두 사람 가운데 누구와도 별다른 이야기를 나눌 수 없었다. 나도 얘기할 마음이 전혀 없었거니와, 외삼촌이 피로한 기색이어서 식사를 마친 다음 곧 물러 나왔다.

플랑티에 이모가 준비하는 크리스마스트리는 해마다 많은 아이들과 친척들, 친구들을 불러 모았다. 트리는 계단으로 올라가는 입구 현관에 세워졌는데, 이 현관은 첫 번째 대기실, 응접실, 그리고 찬장을 들여놓은 온실 비슷한 방 유리문으로 통해 있었다. 트리 장식은 아직 완성되어 있지 않았다. 내가 도착한 다음 날인 크리스마스 아침, 알리사는 이모 말대로 꽤 이른 아침부터 와서 이모를 도와 장식이며 촛불, 과일, 과자, 장난감 같은 것을 나뭇가지에 매다는 일을 했다. 나도 그녀 곁에서 일을 거든다면 무척 즐거웠겠지만, 이모가 그녀에게 이야기할 수 있도록 해 드려야 했다. 그래서 나는 그녀를 만나지 않고 집을 나왔고, 아침 내내 불안한 마음을 달래려고 애썼다.

나는 쥘리에트를 다시 만나 보고 싶어, 우선 뷔콜랭 댁으로 갔다. 거기서 나는 아벨이 나보다 먼저 그녀 곁에 와 있다는 것을 알고서, 중요한 대화를 중단시킬까 걱정이 되어, 곧 물러 나와 점심때까지 부둣가와 길거리를 헤매 다녔다.

"이런 바보!" 내가 들어서자 이모가 이렇게 소리쳤다. "그런 쓸데없는 걱정으로 살아가다니! 오늘 아침 네가 나에게 한 이야기 가운데 이치에 맞는 말이라곤 하나도 없더구나…….
그래! 나는 단도직입적으로 말을 꺼냈어. 우리를 거드느라 지
친 애슈버턴 양을 산책이나 하라고 내보낸 다음 알리사와 둘
만 있게 되자, 왜 올여름에 약혼하지 않았느냐고 간단명료하
게 물어보았지. 아마도 넌 그 애가 당황했을 거라고 생각하겠
지? 그 애는 조금도 동요하지 않고 아주 침착하게 대답하더구
나. 제 동생보다 먼저 결혼하고 싶지 않다고 말이야. 너도 그
애에게 솔직히 물어보았더라면, 그 애는 나에게 말한 대로 대
답했을 거야. 그 애가 혼자서 괴로워한 것도 바로 그 때문이었
어, 그렇지 않니? 얘야, 솔직한 것만큼 좋은 것도 없단다…….
가엾은 알리사, 그 애는 또 제 아버지를 두고 떠날 수 없다고
하더구나……. 그래! 우리는 이야기를 많이 나누었어. 그 애
는 참 사리분별이 있단 말이야. 그 애는 또 자기가 너한테 어
울리는 사람인지 아닌지 아직 확신이 안 선다고 하더구나. 그
리고 자기가 너한테는 너무 나이가 많지 않은지 걱정되고, 차
라리 쥘리에트 또래 아가씨가 더 낫지 않겠느냐고 했어……."

이모는 말을 계속했다. 하지만 나는 더 이상 듣지 않았다.
내게는 단 한 가지 일만이 중요했다. 알리사가 제 동생보다 먼
저 결혼하기를 거부한다는 사실 말이다. 하지만 아벨이 있지
않은가! 그러고 보면 그 잘난 체하는 친구 말이 옳았다. 그가
이야기한 것처럼, 그는 우리 두 쌍의 결혼을 한꺼번에 성사시
키려 하고 있는 것이다…….

아주 단순한 이야기이긴 하지만, 이모의 말을 듣고 나는 흥
분했고, 되도록 이모에게 흥분을 감추려고 애썼다. 그리고 이

모에게는 다만 아주 자연스럽게 보이는 기쁨, 그리고 그 기쁨이 다 자기 덕분이라고 생각될수록 그만큼 더 이모에게 만족을 줄 그런 기쁨만을 나타내 보였다. 하지만 점심 식사를 끝내자마자, 나는 곧장 이런저런 핑계를 대고 이모 곁을 떠나 아벨을 만나러 달려갔다.

"어때! 내가 뭐라고 했어!"

나의 기쁨을 그에게 알려 주자, 그는 곧 나를 껴안으며 소리쳤다.

"이봐, 오늘 아침 쥘리에트와 내가 한 이야기는 거의 결정적이었다고 단언할 수 있어. 하긴 우리는 거의 네 이야기밖에 하지 않았지만 말이야. 하지만 그녀는 피곤해 보이고 신경이 날카로운 것 같았어……. 난 너무 깊숙한 이야기를 해서 그녀를 착잡하게 만들거나, 너무 오래 머물러서 그녀를 흥분시킬까 봐 걱정이 되었어. 네 말을 듣고 보니, 이제 일은 다 된 거야! 이봐, 내가 빨리 가서 단장과 모자를 가져올게. 혹시 도중에 내가 훌쩍 날아오르면 날 붙잡아 줄 셈치고, 뷔콜랭 댁 문간까지 날 따라와 줘. 난 지금 오이포리온[12]보다 더 몸이 가벼운 느낌이야……. 만약 쥘리에트가, 제 언니가 결혼 승낙을 거절한 것이 오로지 자기 때문이라는 걸 알면, 그리고 곧이어 내가 청혼을 하면……. 아! 제롬, 나는 오늘 저녁 우리 아버지가 크리스마스트리 앞에서 행복에 겨워 눈물을 흘리시면서 주님

---

12) 괴테의 「파우스트」에 나오는 인물. 파우스트와 헬레나 사이에 태어난 아들로, 하늘로 날아오름.

을 찬양하고, 무릎 꿇은 네 약혼자들 머리 위로 축복에 넘치는 손을 뻗으시는 모습이 벌써부터 보이는 것 같아. 애슈버턴 양은 한숨 속으로 증발해 버릴 것이고, 플랑티에 아주머니는 블라우스 속으로 녹아내릴 것이며, 환히 불 밝힌 크리스마스트리는 하나님의 영광을 찬송할 것이고, 성경에 나오는 산들처럼 손뼉 칠 거야."[13)

해 질 무렵이 되어서야 크리스마스트리에 불이 켜질 것이고, 아이들과 친척들, 그리고 친지들이 그 주위로 모여들 것이었다. 아벨과 헤어진 후, 나는 할 일도 없는 데다 너무나 불안하고 초조해, 기다림을 잊으려고 생트아드레스의 절벽까지 먼 산책을 나갔다. 도중에 길을 잃고 헤맨 탓에 플랑티에 이모댁에 돌아왔을 때는 벌써 축하 파티가 시작되어 있었다.

현관으로 들어서자마자 나는 알리사를 보았다. 그녀는 나를 기다리고 있었던 듯이, 곧장 내 쪽으로 다가왔다. 그녀는 밝은 빛 블라우스의 파인 목 부분에 오래된 자그마한 자수정 십자가를 걸고 있었다. 어머니에 대한 기념으로 내가 준 것이었는데, 그때까지 나는 그녀가 그걸 걸고 있는 것을 본 적이 없었다. 그녀 모습은 초췌해 보였고, 고통스러운 안색은 내 마음을 아프게 했다.

"왜 이렇게 늦었어? 너하고 이야기하고 싶었는데." 그녀는 짓눌리고 다급한 목소리로 말했다.

---

13) 「이사야」 55장 12절 참조.

"절벽 위에서 길을 잘못 들었어……. 그런데 너 어디 아픈 모양이구나……. 아! 알리사, 무슨 일이지?"

그녀는 당황한 듯이 입술을 바르르 떨며 잠시 내 앞에 서 있었다. 그토록 괴로워하는 모습이 내 가슴을 죄어 왔기 때문에, 나는 감히 묻지를 못했다. 그녀는 내 얼굴을 끌어당기려는 듯이 내 목에 손을 가져왔다. 나는 그녀가 무언가 얘기하고 싶어 한다는 느낌이 들었다. 하지만 그 순간 손님들이 들어왔다. 맥이 풀린 그녀 손은 아래로 쳐졌다…….

"이젠 시간이 없어." 하고 그녀는 중얼거렸다. 그러고는 내 눈에 눈물이 가득 글썽이는 것을 보고서, 무언가를 묻는 듯한 내 눈길에 대해 이렇게 대답했다. 마치 하찮은 변명이 나를 진정시킬 수 있을 것이라는 듯이.

"아니야……. 안심해. 머리가 좀 아플 뿐이야. 저 애들이 어찌나 소란을 피우는지……. 이리로 피해 온 거야……. 이제 아이들 곁으로 돌아가야겠어."

그녀는 급히 내 곁을 떠났다. 사람들이 들어와서 나와 그녀 사이를 갈라놓았다. 나는 응접실로 가서 그녀를 다시 만나야겠다고 생각했다. 방 저쪽 끝에서 아이들 한 떼에 둘러싸여 놀이를 짜 주는 그녀가 보였다. 그녀와 나 사이에는 아는 사람이 여럿 있었고, 그 사람들 옆을 지나가자면 누구에겐가 꼭 잡힐 것 같았다. 나는 인사나 대화를 나눌 마음이 아니었다. 혹시 벽을 따라 살짝 빠져나가면 어떨까……. 나는 그렇게 해 보았다.

내가 정원의 커다란 유리문 앞을 지나려 할 때, 누군가 내 팔을 잡는 것이 느껴졌다. 쥘리에트가 문틀에 반쯤 몸을 숨기고, 커튼에 몸을 가린 채 거기 있었다.

"온실로 가." 그녀는 다급하게 말했다. "말할 게 있어. 오빠 먼저 가 있어. 나도 곧 그리로 갈게." 그러고는 살그머니 문을 열고 정원으로 사라졌다.

무슨 일이 있었던 것일까? 나는 아벨을 만나 보고 싶었다. 아벨이 무슨 말을 한 것일까? 그가 무슨 일을 저지른 건 아닐까……? 나는 현관으로 되돌아 나와, 쥘리에트가 기다리고 있는 온실로 갔다.

쥘리에트의 얼굴은 빨갛게 달아올라 있었다. 찌푸린 눈썹은 그녀 눈길에 날카롭고 고통스러운 표정을 띠게 했다. 그녀의 두 눈은 열에 들뜬 듯 번쩍이고 있었다. 목소리조차 거칠고 경련을 일으키는 듯했다. 무언가 분노 같은 것으로, 그녀는 흥분해 있었다. 불안한 가운데서도 나는 그녀의 아름다움에 놀랐고, 그 아름다움 탓에 거의 불편할 지경이었다. 우리는 단둘이 있었다.

"알리사가 말했어?" 그녀는 곧 내게 물었다.

"겨우 한두 마디. 내가 아주 늦게 돌아왔거든."

"언니는 내가 자기보다 먼저 결혼하기를 바라. 오빠도 알아?"

"응."

그녀는 나를 뚫어지게 쳐다보았다…….

"그런데 내가 누구하고 결혼하기를 언니가 바라는지도 알아?"

나는 아무 대답도 하지 않았다.

"바로 오빠야!" 하고 그녀는 소리 질렀다.

"무슨 말도 안 되는 소리야!"

"그렇지!" 그녀 목소리에는 절망과 승리감이 동시에 섞여 있었다. 그녀는 다시 몸을 일으켰다. 아니, 한껏 몸을 뒤로 젖혔다고나 할까…….

"이젠 내가 해야 할 일이 뭔지 알겠어." 하고 그녀는 정원 문을 열면서 어렴풋이 덧붙이고는, 등 뒤로 문을 쾅 닫고 나가 버렸다.

내 머릿속과 가슴속에서는 모든 것이 다 흔들렸다. 관자놀이에서 피가 뛰는 것이 느껴졌다. 다만 한 가지 생각만이 나의 혼란한 마음을 버티게 해 주었다. 아벨을 다시 만나자. 그라면 이 자매가 한 야릇한 이야기를 나에게 설명해 줄 수 있으리라……. 하지만 당혹한 내 모습을 모두들 눈치챌 거라 생각하니, 응접실로 들어갈 엄두가 나지 않았다. 나는 밖으로 나왔다. 정원의 차가운 공기가 내 마음을 가라앉혀 주었다. 나는 얼마 동안 거기 그대로 서 있었다. 어둠이 내리고 있었고, 바다 안개가 도시를 가려 버렸다. 나무들은 잎이 다 져 있었고 대지와 하늘은 끝없이 황량해 보였다……. 노랫소리가 들려왔다. 아마 크리스마스트리 주위에 모인 아이들의 합창 소리였을 것이다. 나는 현관을 통해 다시 안으로 들어갔다. 응접실과 대기실 문들은 열려 있었다. 이제는 텅 빈 응접실에서, 피아노 뒤에 약간 가린 이모가 쥘리에트와 이야기를 나누고 있는 것이 보였다. 대기실에서는 크리스마스트리 주위로 손님들이 붐비고 있었다. 마침 아이들이 찬송가를 다 부르고 난 다음이었다. 침묵이 흐른 뒤, 보티에 목사가 트리 앞에서 설교 비슷한 이야기를 시작했다. 그분은 자신이 '좋은 씨 뿌리기'라고 부르는 것을 위해서는 어떤 기회도 놓치는 법이 없었다. 불빛과 후덥지근한 공기 때문에 나는 불쾌한 기분이 들었다. 다시 밖으로 나가고 싶었다. 그때 문간에 기대어 선 아벨이 보였다. 아마도 그는 조금 전부터 거기 있었던 모양이다. 그는 적의에 찬 눈초리로 나를 쳐다보더니, 우리 시선이 마주치자 어깨를 으쓱했다. 나는 그에게로 갔다.

"바보 같은 녀석!" 그는 나지막하게 내뱉었다. 그러고는 불쑥 "야! 이봐! 밖으로 나가자. 훌륭하신 말씀은 이젠 지겨워!" 하고 말했다. 둘이서 밖으로 나와 내가 말없이 그를 근심스레 바라보자, 그는 다시 "바보 같은 녀석!"이라고 내뱉었다. "그녀가 사랑하는 사람은 너란 말이야. 이 바보야! 그래, 너는 그 말을 나한테 해 줄 수 없었어?"

나는 어안이 벙벙했다. 도무지 납득이 되지 않았다.

"아니, 말할 수도 없었겠지! 너 혼자선 그걸 알아차릴 수도 없었을 테니까!"

그는 내 팔을 붙잡더니 미친 듯이 흔들어 댔다. 꽉 다문 이 사이로 새어 나오는 그의 목소리는 날카롭게 떨렸다.

그가 큰 걸음으로 이리저리 나를 끌고 다니는 동안, 나는 한동안 아무 말도 못 하고 있다가, 역시 떨리는 목소리로 말했다. "아벨, 제발 부탁이야, 그렇게 흥분하지만 말고, 무슨 일이 있었는지 말 좀 해 봐. 난 아무것도 몰라."

그는 가로등 불빛 아래서 갑자기 나를 세우더니 내 얼굴을 뚫어지게 쳐다보았다. 그러고는 와락 나를 끌어안으며 내 어깨에 얼굴을 파묻고 흐느끼며 중얼거렸다.

"미안해! 나 역시 어리석었어. 나도 너 이상으로 제대로 볼 줄 몰랐어. 이 가엾은 친구야."

울고 난 다음, 그는 마음이 좀 진정된 듯했다. 그는 다시 고개를 들고 걷기 시작하더니 말을 이었다.

"무슨 일이 있었느냐고……? 이제 와서 다시 이야기한들 무슨 소용이니? 너한테도 말했지만, 아침에 난 쥘리에트와 이야기를 했지. 그녀는 유달리 예쁘고 생기에 차 있었어. 난 그게 다 나 때문인 줄만 알았지. 그런데 사실은 단지 우리가 네 얘기를 나누었기 때문이었어."

"그때는 너도 몰랐니……?"

"그래. 확실히는 몰랐어. 하지만 이젠 아무리 사소한 단서에서도 환히 짐작이 가……."

"네가 오해하지 않았다는 건 분명해?"

"오해하다니! 천만에, 이 친구야. 장님이 아니고서야 그녀가 널 사랑한다는 걸 보지 못할 리 없지."

"그래서 알리사가……."

"그래서 알리사가 자신을 희생하려 한 거야. 자기 동생의 비밀을 알게 되자, 자기 자리를 양보하려고 한 거지. 어때, 이 친구야! 어쨌든 그리 이해하기 힘든 이야기도 아니지. 그렇지만…… 나는 쥘리에트에게 다시 한 번 이야기해 보려고 했어. 내가 말을 꺼내자마자, 아니 내 말뜻을 알아듣자마자, 그녀는 우리가 앉아 있던 긴 의자에서 벌떡 일어나더니 몇 번이나 되풀이해서 '틀림없이 그럴 줄 알았지.' 하고 말하는 기야. 그럴 줄은 꿈에도 생각하지 못한 사람 같은 말투로 말이야⋯⋯."

"아! 제발, 농담은 그만둬!"

"무엇 때문에? 난 그 얘기가 참 우스꽝스러운데⋯⋯. 쥘리에트는 제 언니 방으로 뛰어 들어갔어. 느닷없이 격한 목소리가 터져 나오기에 난 깜짝 놀랐어. 쥘리에트를 다시 만나려니 생각하고 있었는데, 얼마 안 있다 알리사가 나오는 거야. 그녀는 머리에 모자를 쓰고 있었는데, 나를 보더니 거북한 태도로 지나치면서 급히 인사하더구나⋯⋯. 그게 전부야."

"쥘리에트를 다시 보진 못했니?"

아벨은 잠깐 망설였다.

"봤지, 알리사가 나간 뒤에 나는 그 방문을 밀어 보았어. 쥘리에트는 벽난로 앞 대리석 위에 팔꿈치를 괴고, 두 손으로 턱을 받친 채 꼼짝 않고 있더라. 거울 속 제 모습을 뚫어지게 노려보면서 말이야. 내 발소리를 듣더니 그녀는 뒤도 안 돌아보고 '제발 좀! 혼자 있게 해 줘!' 하고 발을 구르면서 소리쳤어. 그녀 말투가 어찌나 매몰차던지 나는 더 묻지도 못하고 나와 버렸어. 그게 다야."

"그래 이제는?"

"아! 다 털어놓고 나니까 마음이 후련하구나⋯⋯. 그래, 이제는? 글쎄, 너는 이제 쥘리에트의 사랑 병을 고치는 데 힘을 쏟아야 할 거야. 내가 알리사를 잘못 안 게 아니라면 말이야. 그러기 전에는 알리사가 너한테 돌아올지 않을 테니까."

우리는 꽤 오랫동안 말없이 걸었다.

"돌아가자!" 마침내 그가 말했다. "이젠 손님들도 다 돌아
갔을 거야. 아버지가 날 기다리고 계실지 몰라."

우리는 돌아왔다. 과연 응접실은 텅 비어 있었다. 대기실에
는 장식이 다 벗어지고 불도 거의 다 꺼져 버린 크리스마스트
리 곁에 이모와 이모의 두 아들, 뷔콜랭 외삼촌, 애슈버턴 양,
목사님, 외사촌 누이들, 그리고 꽤 우스꽝스럽게 보이는 인물
하나만 남아 있었다. 나는 그 사람이 이모와 오랫동안 이야기
를 나누는 것을 본 적이 있었으나, 그때서야 비로소 쥘리에트
가 나에게 얘기했던 그 청혼자라는 것을 알게 되었다. 우리 가
운데 누구보다 키가 크고, 건장하고, 혈색이 좋으며, 대머리가
다 된 데다, 계급과 환경과 인종이 다른 것처럼 보이는 그는
우리 사이에 끼인 자신을 이방인처럼 느끼는 듯했다. 그는 큼
직한 카이젤 수염 같은 희끗희끗한 콧수염 끝을 초조하게 잡
아당겼다 비틀었다 하고 있었다. 그때까지 열려 있던 현관에
는 이제 불도 켜져 있지 않았다. 우리 둘 다 소리를 내지 않고
들어섰기 때문에, 아무도 우리가 온 것을 알아차리지 못했다.
섬뜩한 예감이 나를 엄습했다.

"멈춰!" 아벨이 내 팔을 잡으며 말했다.

우리는 그때 그 낯선 사내가 쥘리에트에게 다가가 그녀 손
을 잡는 것을 보았다. 그녀는 그를 쳐다보지도 않고, 아무런
저항도 없이 손을 내밀었던 것이다. 캄캄한 어둠이 내 가슴을
덮어 왔다.

"아니, 아벨, 어떻게 된 일이지?" 나는 아직 잘 이해가 안 가

는 것처럼, 혹은 제대로 이해하지 못했기를 바라는 것처럼 중
얼거렸다.

"아무렴! 저 애는 한술 더 뜨고 있는 거야." 하고 그는 이 사
이로 새어 나오는 목소리로 말했다, "그녀는 언니에게 지고
싶지 않은 거야. 틀림없이 저 높은 곳에서 천사들이 박수갈채
를 보내고 있을 테지!"

외삼촌이 다가가, 애슈버턴 양과 이모에게 둘러싸인 쥘리
에트를 포옹했다. 보티에 목사도 다가갔다……. 나는 한 걸음
앞으로 나아갔다. 알리사가 나를 보고 달려오더니 떨면서 말
했다.

"아니, 제롬, 이럴 수는 없어. 저 애는 저 사람을 사랑하지
않아! 바로 오늘 아침에도 나에게 그렇게 말했어. 말려 줘, 제
롬! 오! 저 애가 어떻게 되려고 저러지……?"

알리사는 절망적으로 애원하면서 내 어깨에 매달렸다. 나
는 그녀의 괴로움을 덜어 주기 위해서라면, 목숨이라도 바치
고 싶은 심정이었다.

크리스마스트리 옆에서 갑자기 외치는 소리가 들리고, 혼
잡한 웅성거림이 일어났다……. 우리는 뛰어갔다. 쥘리에트
는 정신을 잃고 이모 품에 쓰러져 있었다. 저마다 달려들어 그
녀를 향해 몸을 굽히고 들여다보는 바람에, 나는 가까스로 그
녀를 볼 수 있었다. 무섭도록 창백한 그녀 얼굴을 흐트러진 머
리카락이 뒤로 끌어당기는 듯했다. 그녀 몸이 소스라치는 것
으로 보아, 결코 예사로운 기절이 아닌 것 같았다.

"아니야! 아니야!" 이모는 겁에 질린 뷔콜랭 외삼촌을 안

심시키려고 큰소리로 말했다. 보티에 목사는 벌써 집게손가락으로 하늘을 가리키며 외삼촌을 위로하고 있었다. "아니야! 아무것도 아닐 거야. 흥분한 탓이야. 단순한 신경 발작이야. 테시에르 씨, 당신은 힘이 세니 날 좀 도와줘요. 얘를 내 방으로 데려갑시다. 내 침대로…… 내 침대로……." 그리고 이모는 자기 맏아들 쪽으로 몸을 굽히고 귀에다 무슨 말인가 했으며, 그러자 그가 의사를 부르러 가는 듯 얼른 자리를 뜨는 모습이 보였다.

이모와 청혼자는 그들 팔에 안겨 반쯤 몸을 젖힌 쥘리에트의 겨드랑이에 손을 넣어 받치고 있었다. 알리사는 제 동생의 발을 들어 올려 살며시 안고 있었다. 아벨은 뒤로 떨어질 듯한 그녀 머리를 받쳐 올렸다. 나는 아벨이 몸을 구부리고, 그녀의 흐트러진 머리카락을 쓸어 모으며 마구 입 맞추는 것을 보았다.

방문 앞에서 나는 멈추어 섰다. 쥘리에트는 침대 위에 눕혀졌다. 알리사가 테시에르 씨와 아벨에게 몇 마디 했지만, 나에게는 전혀 들리지 않았다. 그녀는 문간까지 두 사람을 따라 나와, 플랑티에 이모와 둘만 동생 곁에 남고 싶으니, 동생이 쉴 수 있게 해 달라고 부탁했다…….

아벨이 문 밖으로 내 팔을 잡아끌었다. 우리는 목적도, 기력도, 생각도 없이 오랫동안 어둠 속을 걸었다.

5

나의 사랑만이 내 삶의 유일한 이유였다. 나는 그 사랑에 매달렸고, 내 사랑하는 여인에게서 오는 것 말고는 아무것도 기대하지 않았으며, 또한 기대하고 싶지도 않았다. 이튿날 내가 알리사를 만나러 갈 준비를 하고 있는데, 이모가 나를 불러 세우더니, 방금 받았다며 다음과 같은 편지를 내밀었다.

……쥘리에트의 심한 흥분 상태는 의사가 처방해 준 물약으로 아침이 되어서야 진정되었어요. 앞으로 며칠 동안은 제롬에게 오지 말아 달라고 부탁해 주세요. 쥘리에트가 제롬의 발소리나 말소리를 알아들을 테니까요. 그 애한테는 절대안정이 필요해요…….

쥘리에트의 상태로 보아 제가 이곳에 오래 머물러야 할 것 같아 걱정이 됩니다. 만약 제롬이 떠날 때까지 이곳에 올 수 없게 되면, 고모님, 그에게 편지할 거라고 전해 주세요…….

금족령은 나에게만 한정된 것이었다. 이모나 다른 누구나 뷔콜랭 댁 초인종을 울리는 것은 자유였다. 그래서 이모는 그 날 아침에도 그곳에 가 볼 작정이었다. 내가 내는 소리를 알아 들을 거라고? 얼마나 가당치 않은 구실인가…….. 좋을 대로 하라지!

"알았어요. 나는 안 가겠어요."

당장 알리사를 만날 수 없다는 것이 나는 몹시 견디기 힘들 었다. 그러나 한편으로는 만나는 것이 두렵기도 했다. 동생 상 태를 내 탓으로 여기지 않을까 두려웠고, 그래서 그녀가 화내 는 것을 보는 것보다는 참고 만나지 않는 편이 나을 것 같았다.

어쨌든 아벨은 만나 보고 싶었다.

아벨 집 문간에서 하녀가 나에게 쪽지 하나를 건네주었다.

네가 걱정할까 봐 몇 자 적는다. 르아브르에, 쥘리에트와 이 렇게 가까운 데 머문다는 것이 나는 견딜 수 없었어. 어젯밤 너 와 헤어진 뒤 거의 곧바로 나는 사우샘프턴 행 배에 몸을 실었 다. 런던에 있는 S의 집에서 남은 방학을 지낼 거야. 그럼 학교 에서 다시 만나자.

……인간이 줄 수 있는 모든 도움들이 한꺼번에 내게서 사 라졌다. 나는 고통밖에 남지 않은 체류를 더 이상 연장하지 않 고, 새 학기가 시작되기 전에 파리로 돌아왔다. 나는 하나님께

로, '모든 참다운 위안, 모든 은혜, 모든 온전한 선물이 흘러나오는' 그분께로 내 눈길을 돌렸다. 나는 그분께 내 고통을 바쳤다. 나는 알리사도 하나님 품에서 안식처를 구하리라 생각했으며, 그녀 역시 기도하고 있을 거라는 생각이 나의 기도를 북돋워 주고 열의에 넘치게 했다.

알리사의 편지를 받고, 또 그녀에게 편지를 쓰는 일 외에는 별다른 사건도 없이, 사색과 공부를 하면서 긴 시간이 지나갔다. 나는 그녀 편지들을 모두 간직해 두었다. 이제부터는 내 추억이 흐릿해질 때마다, 그 편지들의 도움으로 더듬어 나갈 수 있을 것이다…….

이모를 통해서 — 처음엔 이모를 통해서만 — 나는 르아브르의 소식을 들을 수 있었다. 쥘리에트의 고통스러운 상태가 처음 며칠 동안 얼마나 근심을 끼쳤는지 나는 이모를 통해 알게 되었다. 내가 떠난 지 열이틀 만에, 나는 다음과 같은 알리사의 짤막한 편지를 받았다.

사랑하는 제롬! 좀 더 일찍 편지하지 못한 것을 용서해 줘. 우리의 가엾은 쥘리에트의 상태가 그럴 겨를을 주지 않았어. 네가 떠난 뒤로 나는 그 애 곁을 거의 떠날 수 없었어. 고모님께 우리 소식을 전해 달라고 부탁해 두었으니까, 그렇게 해 주셨을 거라고 생각해. 그러니 사흘 전부터 쥘리에트가 회복되고 있다는 것을 너도 알겠지. 나는 벌써부터 하나님께 감사드리고 있지만, 그래도 아직 기뻐할 정도로 마음이 놓이지는 않아.

지금까지 나는 로베르에 대해서는 별로 이야기하지 않았지만, 로베르 역시 며칠 뒤에 파리로 올라와서 제 누이들 소식을 전해 주었다. 제 누이들 때문에 나는 자연스럽게 마음 내키는 이상으로 그의 뒤를 보살펴 주고 있었다. 그가 입학한 농업 학교가 쉴 때마다 나는 그를 돌보아 주었고, 그를 즐겁게 해 주려고 애를 썼다.

　　내가 알리사나 이모에게 감히 물어볼 수 없었던 것을 알게 된 것은 로베르를 통해서였다. 에두아르 테시에르는 쥘리에트의 안부를 묻기 위해 끈질기게 찾아왔지만, 로베르가 르아브르를 떠날 때까지 쥘리에트는 한 번도 그를 만나 주지 않았다는 것이다. 나는 또한 내가 떠나온 다음 쥘리에트가 제 언니 앞에서 어떤 방법으로도 깨뜨릴 수 없는 침묵을 고집스럽게 지키고 있었다는 것을 알았다.

　　그러고 얼마 안 되어 나는 이모를 통해 쥘리에트가 약혼한다는 것을 알게 되었는데, 내가 짐작했던 대로 알리사는 그 약혼이 당장 파기되기를 바랐는데도, 쥘리에트 자신은 가능한 한 빨리 정식으로 공표되도록 당부했다는 것이다. 어떤 충고로, 명령도, 간청도 다 물리쳐 버린 그 결심은 그녀 이마에 주름살을 새기고, 그녀 눈을 가렸으며, 그녀를 침묵 속에 가두게 되었던 것이다…….

　　시간이 흘렀다. 나는 알리사로부터 너무나 실망스러운 짤막한 편지밖에 받지 못했지만, 나도 그녀에게 무슨 얘기를 써 보내야 할지 몰랐다. 겨울의 짙은 안개가 나를 휩싸고 있었다. 공부하는 밤의 램프도, 사랑과 신앙의 모든 열정도, 아! 슬프게도, 내 마음의 어둠과 추위를 물리쳐 주지는 못했다. 시간이 흘렀다.

그리고 갑자기 봄기운이 돌던 어느 날 아침, 그 무렵 르아브르에 없었던 이모에게 알리사가 편지를 보내왔는데 ─ 이모가 그 편지를 나에게 보여 주었다. ─ 이제 그 편지 가운데 우리 이야기를 밝혀 줄 수 있는 대목을 옮겨 적어 본다.

……저의 온순함을 칭찬해 주세요. 고모님이 하라는 대로 저는 테시에르 씨를 집에 오게 했어요. 그이와 오랫동안 이야기를 나누었지요. 저는 그이가 나무랄 데 없는 모습을 보여 주었다고 생각해요. 솔직히 말씀드려, 저는 이 결혼이 제가 처음에 염려했던 것처럼 그렇게 불행한 것은 아닐지도 모른다고 믿게까지 되었어요. 물론 쥘리에트는 그이를 사랑하지 않아요. 하지만 한 주, 한 주 지나갈수록, 그이가 정말 사랑받을 가치가 없는 사람은 아니라는 생각이 들어요. 그이는 사정을 꿰뚫어 보고 이야기했고, 쥘리에트의 성격에 대해서도 잘못 생각하고 있지 않더군요. 그렇지만 자기 사랑의 효력에 대해서는 대단한 자신감이 있으며, 변함없는 사랑으로 극복할 수 없는 것은 아무것도 없다고 확신해요. 말하자면 그이는 사랑에 푹 빠졌어요.

정말 제롬이 그토록 동생을 잘 보살펴 주고 있다는 걸 알고 무척 감동했어요. 제 생각으로는, 그가 다만 의무로 그렇게 해 주고 있는 것 같아요. ─ 그리고 아마 저를 기쁘게 해 주기 위해서겠죠. ─ 로베르는 그와 별로 닮은 점이 없으니까요. 하지만 받아들인 의무가 힘겨우면 힘겨울수록, 더한층 영혼을 가꾸어 주고 고양해 준다는 것을 제롬도 이미 깨달았을 거예요. 아주 고귀한 생각이지요! 이런 큰 조카딸을 두고 너무 웃지는 마세요. 그런 생각이야말로 저를 지탱해 주고, 쥘리에트의 결혼을 좋은 일로 받아들이려고 애쓰는 저에게 도움이 되니까요.

사랑하는 고모님, 고모님의 애정 어린 염려가 저는 얼마나 기분 좋은지 몰라요……! 그러나 제가 불행하다고 생각하지는 마세요. 오히려 그 반대라고 할 수 있을 정도예요. 쥘리에트를 뒤흔든 시련이 제 마음속에도 반향을 일으켰으니까요. "사람을 믿는 자는 불행하니라."[14]라는, 제가 잘 이해도 못 하고 되풀이했던 성경 말씀의 의미가 별안간 확실히 밝혀졌어요. 제가 성경에서 그 구절을 발견하기 훨씬 전에, 제롬이 보내 준 크리스마스카드에서 읽은 적이 있었어요. 그러니까 제가 열네 살이 되고 제롬이 아직 열두 살이 채 안 되었을 때였어요. 그 카드에는, 당시 우리가 매우 아름답다고 생각한 꽃다발 그림 옆에 코르네유가 주석을 단 이런 시구가 적혀 있었어요.

세상을 이기는 어떤 매력이
오늘 하나님께로 날 이끄는가?
사람들 위에 주춧돌을
놓는 자는 불행하리라!

---

14) 「예레미야」 17장 5절 참조.

솔직히 말씀드려, 저는 이 시구보다 「예레미아」의 그 산절한 구절이 훨씬 좋아요. 아마 제롬은 그때 이 구절에는 별다른 주의를 하지 않고 카드를 골랐을 거예요. 하지만 그의 편지로 미루어보아, 요즘 그의 성향은 저의 성향과 아주 비슷한 것 같아요. 그래서 저는 하나님께 우리 둘을 동시에 그분 곁으로 가까이 가게 해 주신 데 대해 날마다 감사드려요.

고모님과 나누었던 이야기를 생각하며, 저는 그의 공부를 방해하지 않기 위해 전처럼 긴 편지는 쓰지 않기로 했어요. 어쩌면 고모님은 제가 그의 이야기를 더 많이 함으로써, 그것을 보상한다고 생각하시겠지요. 더 이상 길어지면 안 되겠기에 이만 쓰겠어요. 이번에는 너무 꾸중하지 마세요.

이 편지를 읽고 나서 얼마나 많은 생각들을 하게 되었던가! 나는 이모의 주책없는 참견(알리사가 언뜻 비친 이모와의 대화, 그녀의 침묵을 가져오게 한 그 대화는 대체 어떤 것이었을까?)과, 나에게 그 편지를 보내 준 눈치 없는 친절을 저주하고 싶었다. 그렇지 않아도 이미 알리사의 침묵을 견디기 힘든 터였는데, 아! 그녀가 이제는 내게 하지 않은 이야기를 다른 사람에게 편지로 써 보낸다는 사실을, 차라리 내가 모르는 채로 내버려 두는 편이 훨씬 낫지 않았을까! 이 편지의 모든 것이 나를 화나게 했다. 우리 둘만의 사소한 비밀을 그렇게 쉽사리 이모에게 털어놓다니. 그렇게 자연스러운 어조, 침착함, 진지함, 쾌활함으로……

"그렇지 않아. 이 딱한 친구야! 이 편지에서 너를 화나게 하는 건 아무것도 없어. 너에게 쓴 편지가 아니라는 걸 알게 된 것 말고는." 하고 늘 나와 같이 지내는 친구 아벨이 말했다. 나는 아벨에게만은 여러 가지 이야기를 할 수 있었다. 내가 외로울 때면, 약한 마음과 동정을 애타게 바라는 마음, 나 자신에 대한 불신, 그리고 곤란한 처지에 놓일 때면 그의 충고에 대한 내 신뢰 등으로, 서로의 성격 차이에도, 혹은 오히려 그 차이 때문에, 끊임없이 나는 그에게 이끌렸다…….

"이 편지를 검토해 보자." 그는 책상 위에 편지를 펼쳐 놓으며 말했다.

나는 사흘 밤을 분한 마음으로 보냈고, 그 분노를 나흘이나 가슴 깊이 간직하고 있었다! 그래서 나도 내 친구가 이렇게 말하는 상태에 거의 자연스럽게 도달해 있었다.

"쥘리에트와 테시에르 문제는 사랑의 불길 속으로 던져 버리자고, 응? 그 불길이 어떤지 우리가 잘 알잖아. 아무렴! 나에게는 테시에르가 그 불길에 타 죽는 나방으로 보이는 걸……."

"그런 얘기는 그만두자. 남은 문제나 이야기하자." 나는 그의 농담에 기분이 상해 말했다.

"남은 문제?" 하고 그가 말했다……. "남은 문제는 모두 너에 관한 것뿐이야. 웬 불평이야! 이 편지에서 단 한 줄, 단 한 마디도 너를 생각하는 마음이 배어 있지 않은 게 없거든. 편지 전체가 너에게 써 보낸 거나 다름없어. 펠리시 아주머니는 이 편지를 다시 너에게 보냄으로써, 진짜 수신인에게 돌아오게 했을 뿐이야. 알리사는 그걸 너에게 바로 보낼 수 없으니까, 부득이 저 맘씨 좋은 아주머니에게 부친거야. 코르네유의 시구절이 ─ 말이 난 김에 얘기지만, 그건 라신의 시구절이야. ─ 네 이모에게 무슨 의미가 있겠니! 분명히 말해 두지만, 그녀 이야기 상대는 바로 너야. 그녀는 너를 향해 그 모든 이야기를 하고 있는 거야. 앞으로 두 주 안에 네 외사촌 누이가 이만큼 길고, 거리낌 없고, 상냥한 편지를 보내오도록 하지 못한다면, 넌 정말 바보야…….”

“그녀는 좀처럼 그렇게 하지 않을걸.”

“하고 안 하고는 너에게 달렸어! 내가 충고해 줄까? 앞으로 당분간은 한 마디도 하지 않도록 해……. 너희 사이 사랑이니 결혼이니 하는 것에 대해서 말이야. 동생 사건이 있은 뒤로, 그녀가 그 점을 원망하고 있다는 걸 너도 알지? 이번에는 남매간 정을 겨누어서 로베르에 대해서만 끈질기게 편지를 써 보내 봐. 너도 무척이나 잘 참으면서 그 바보 녀석을 돌봐주고 있잖아. 그저 계속해서 그녀 머리를 즐겁게 해 주란 말이야. 나머지 일은 모두 저절로 풀려 나갈 테니. 아! 편지 쓰는 게 나라면……!”

“너는 그녀를 사랑할 자격이 없어.”

어쨌든 나는 아벨의 충고를 따랐다. 그러자 얼마 지나지 않아 정말 알리사의 편지가 다시 활기를 띠기 시작했다. 그러나 쥘리에트가 행복해지지 않더라도, 적어도 상황이 안정될 때까지는, 알리사의 참다운 기쁨이나 거리낌 없이 터놓는 마음을 기대할 수 없었다.

그렇기는 하지만 알리사가 나에게 전해 오는 쥘리에트의

소식은 차츰 좋아져 갔다. 쥘리에트의 결혼식은 7월에 치러질 예정이었다. 그때쯤이면 아벨이나 나니 학업에 매어 있을 거라 생각한다고 알리사는 편지에 썼다……. 우리가 결혼식에 참석하지 않는 편이 낫다고 그녀가 생각하고 있음을 나는 알아차렸다. 그래서 우리는 무슨 시험을 핑계로, 축하 편지를 보내는 것으로 인사를 치렀다.

결혼식이 있고 두 주쯤 지나서 알리사는 다음과 같은 편지를 보내 왔다.

사랑하는 제롬!

어제 우연히, 네가 준 아름다운 타신의 작품집을 펼쳐 보다가, 네 행의 시구절을 발견하고 내가 얼마나 놀랐는지 생각해 보렴. 십 년이 다 되도록 내 성경 속에 끼워 둔, 예전에 네가 보내 준 조그만 크리스마스카드에 적힌 구절이었어.

세상을 이기는 어떤 매력이
오늘 하나님께로 날 이끄는가?
사람들 위에 주춧돌을
놓는 자는 불행하리라!

나는 그 시구절이 코르네유의 주석에서 나온 줄로만 알았고, 솔직히 말해 그리 대단하다고는 생각하지 않았어. 하지만 그 영적인 네 번째 송가를 읽어 나가다가 너무도 아름다운 구절을 발견하고서, 너에게 베껴 보내지 않을 수 없었어. 네가 책 여백에 아무렇게나 적어 둔 머리글자로 보아, 틀림없이 너도 이미 아는 것일 거야.(사실 나는 내 책이나 알리사의 책에서, 내가 좋아해서 그녀에게 알려 주고 싶은 구절을 발견하면, 그 앞에 그녀 이름 첫 글자를 써 넣는 버릇이 있었다.) 어떻든 상관없어! 내가 즐거워서 그 구절들을 옮겨 적는 거니까. 내가 발견했다고 생각한 것이 사실은 네가 가르쳐 준 것임을 깨닫자 처음에는 좀 속이 상했지만, 그런 못된 감정은 너도 나처럼 그 문장을 좋아한다고 생각하는 기쁨 앞에서 사라져 버렸어. 그 구절들을 여기에 옮겨 쓰면서, 너와 함께 다시 읽는 것 같아.

불멸의 지혜의 목소리가
우렁차게 울려 퍼져 우리를 깨우치나니,
"인간의 자식들이여,
너희들 수고의 열매는 무엇인가?
헛된 영혼들이여, 어떤 과오로
너희는 혈관 속 가장 순결한 피로
그리도 자주 사들이는가?
너희에게 영양을 주는 빵이 아니라,
이전보다 더욱 배고프게 하는 헛것을.

내가 너희에게 권하는 빵은
천사들의 양식으로 쓰이나니,
하나님께서 손수
그분의 가장 좋은 밀알로 만드신 것.

감미로운 이 빵은

너희가 좇는 세상의

식탁에 오르는 것이 아니니라.

나를 따르려는 자에게 이 빵을 주리라.

가까이 오라. 너희는 살기를 원하는가?

그러면 받아라, 먹어라, 그리고 살아라."

(……)

복되게도 당신께 사로잡힌 영혼은

당신의 굴레 아래 평화를 얻고,

영원히 마르지 않는 생명수로

목을 축이나니.

누구나 찾아와 마실 수 있는 물,

이 물은 모든 사람을 초청하노라.

그러나 우리는 미친 듯 달려 나가

진흙투성이 샘이나,

끊임없이 물이 빠져나가는

가짜 웅덩이를 찾나니.

얼마나 아름답니! 제롬, 얼마나 아름답니! 너도 정말 나처럼 아름답다고 생각해? 내 책의 간략한 주석에 따르면 맹트농 부인은 도말 양이 이 송가를 부르는 것을 듣고 감동한 나머지 "눈물을 주르르 흘리며" 그 일부를 되풀이시켰대. 이제 나도 그걸 암기하게 되었는데, 아무리 외워도 싫증이 나지 않는단다. 디만 한 가지 섭섭한 게 있다면, 너에게 직접 들려줄 수 없다는 점이야.

신혼여행 중인 두 사람에게서 오는 편지는 계속 희소식뿐이야. 지독한 더위에도 쥘리에트가 베이욘과 비아리츠에서 얼마나 즐겁게 보냈는지 너도 이미 알겠지. 그 후 두 사람은 퐁타라비를 구경하고 나서 부르고스에 머물렀고, 피레네 산맥을 두 차례나 넘었대…… 최근엔 몽세라에서 쥘리에트가 감격에 찬 편지를 보내왔어. 님으로 돌아가기 전에 바르셀로나에서 한 열흘더 머물 생각이라는데, 에두아르는 포도 수확을 위한 모든 준비때문에 9월이 되기 전에 님으로 돌아오고 싶어 한대.

아버지와 나는 일주일 전부터 퐁그즈마르에 와 있는데, 애슈버턴 양은 내일, 그리고 로베르는 나흘 뒤에 오기로 했어. 가엾게도 그 애가 시험에 실패한 것을 너도 알겠지. 시험이 어려웠던 게 아니라, 시험관이 워낙 까다로운 문제를 내는 바람에 그만 당황했던 모양이야. 그 애가 열심히 공부한다고 네가 편지한것으로 미루어 보아, 준비가 부족했다고는 믿어지지 않아. 하지만 시험관은 그런 식으로 학생들을 쩔쩔매게 해 놓고 재미있어하는 모양이지.

사랑하는 벗, 너의 합격에 대해서는 축하한다고 말할 필요조차 없을 것 같구나. 그만큼 나는 당연하게 생각되니 말이야. 제롬, 나는 너를 전적으로 믿어! 네 생각을 하면 내 가슴은 희망으로 부풀어 올라. 전에 나한테 이야기했던 연구는 지금부터라도 시작할 수 있겠니……?

……여기 정원에는 아무것도 변한 게 없어. 하지만 집 안은 텅 빈 것 같아! 올해는 내가 왜 너에게 오지 말라고 했는지 너도 이해했을 거야. 그렇지 않니? 그러는 편이 더 좋을 것 같아. 나는 날마다 그 생각을 되뇌고 있어. 너를 보지 못하고 이렇게 오래 떨어져 있는 것이 나는 견딜 수 없거든……. 이따금, 나도 모르게 너를 찾을 때가 있어. 책을 읽다가 멈추고, 갑자기 뒤를 돌아보기도 하지……. 네가 꼭 거기 있는 것만 같아!

다시 편지를 계속 써. 밤이 깊어 모두 잠들었어. 나는 열린 창문 앞에 밤늦도록 앉아서 너에게 편지를 쓰고 있어. 정원은 온통 향기로 가득 차고, 공기는 따스해. 우리가 어렸을 때 뭔가 아주 아름다운 것을 보거나 들을 때면, '하나님, 이것을 창조해 주셔서 감사합니다.'라고 생각했던 것을 기억하니……. 오늘밤 나는 진정으로 그렇게 생각했어. '하나님, 이토록 아름다운 밤을 창조해 주셔서 감사합니다!'라고 말이야. 그러자 불현듯 네가 곁에 있기를 바라는 마음이 간절했고, 정말 네가 곁에 있는 것처럼 느껴졌어. 그 느낌은 너무도 강렬해서, 아마 너한테까지 전달되었을 거야.

그래, 너도 편지에서 그렇게 이야기했지. '고귀하게 태어난 영혼들에게는' 감탄은 감사와 같은 거라고……. 아직도 쓰고 싶은 말이 얼마나 많은지! 나는 지금 쥘리에트가 이야기해 준 그 빛나는 나라를 생각해. 또 그보다 더 넓고, 더 빛나고, 더 인적 드문 나라들도 생각해 보지. 언젠가 어떤 식으로일지는 모르지만, 우리 둘이서 어딘지 모를 거대하고 신비로운 나라를 보게 될 거라는 이상한 확신이 내 마음속에 깃들어 있어…….

내가 얼마나 큰 기쁨에 들며, 얼마나 사랑의 흐느낌에 목이 메어 이 편지를 읽었을지, 아마도 쉽게 상상할 수 있을 것이다. 편지 몇 통이 계속해서 왔다. 확실히 알리사는 내가 퐁그즈마르에 가지 않은 것에 고마워했고, 확실히 그해에는 그녀를 만나러 오지 않기를 당부했다. 그러나 그녀는 내가 없는 것을 섭섭해했고, 옆에 있어 주기를 바랐다. 편지지를 한 장 한 장 넘길 때마다, 나를 부르는 그녀의 한결같은 외침이 들려오고 있었다. 그 부름에 맞서 버티는 힘을 어디서 얻었을까? 아마도 아벨의 충고와, 내 기쁨을 당장 망가뜨리지나 않을까 하는 두려움과, 내 마음의 이끌림에 대한 본능적인 저항에서 얻었을 것이다.

나는 잇달아 온 편지들 가운데서, 이 이야기를 밝혀 줄 수 있는 편지들 모두를 여기에 옮겨 적는다.

　사랑하는 제롬!
　네 편지를 읽으면서 난 기쁨으로 녹아들고 있어. 오르비에토에서 보낸 네 편지에 답장하려는 참이었는데, 페루자와 아시시[15]에서 보낸 편지가 동시에 도착했어. 내 마음은 지금 여행을 떠났고, 몸만 여기 남아 있는 것 같아. 정말 나는 너와 함께 움브

---

15) 오르비에토, 페루자, 아시시 모두 이탈리아 움브리아 주의 중세 도시들이다. 특히 아시시는 성 프란체스코의 고향으로 그의 유해가 안치되어 있는 성당이 유명하다.

리아의 하얀 길 위에 서 있는 것 같아. 나는 너와 함께 아침에 떠나서, 완전히 새로운 눈으로 새벽 동이 트는 것을 바라보고 있어……. 코르토나[16]의 테라스에서 너는 정말 나를 불렀니? 네 목소리가 들려왔어……. 아시시 너머 산 속에서는 지독히도 목이 말랐지! 하지만 프란체스코 회 수도사가 준 물 한 잔은 어찌나 맛있던지! 아, 나의 벗! 나는 모든 걸 너를 통해 하나하나 보고 있어! 성(聖) 프란체스코에 대해 네가 써 보낸 이야기가 얼마나 좋았는지 몰라! 그래, 정말이야, 우리가 추구해야 할 것은 마음의 해방이 아니라, 고양이야. 마음의 해방에는 언제나 가증스러운 교만이 따르지. 우리의 야망은 봉사하는 데 두어야지, 반항하는 데 두어서는 안 돼…….

님에서 온 소식은 너무나 좋아서, 내가 기쁨에 몸을 맡겨도 좋다는 허락을 하나님으로부터 받은 것만 같아. 올여름 단 한 가지 근심은 가엾은 아버지 상태야. 내가 보살펴 드리는데도, 아버지는 슬픔에 젖어 계셔. 잠시라도 혼자 계시게 두면 이내 슬픔에 빠져들고, 거기서 헤어나시기가 점점 더 어려워지는 것 같아. 우리 주위에서 자연의 온갖 기쁨이 들려주는 이야기도 아버지에게는 낯설기만 해서, 이제는 들으려는 노력조차 하시지 않아. 애슈버턴 양은 잘 지내셔. 나는 두 분께 네 편지를 읽어 드리곤 해. 네 편지 한 통이 오면 사흘 동안은 우리의 얘깃거리가 되지. 그러고 나면 다시 새 편지가 오고…….

……로베르는 그저께 떠났어. 그 애는 남은 방학을 R이라는

---

16) 이탈리아 중부 토스카나 지방 아레초 주의 소도시.

친구 집에서 보낼 예정인데, 그 친구 아버지는 모범 농장을 경영하신대. 확실히, 이곳 생활이 그 애한테는 별로 즐겁지 않은 듯해. 그 애가 떠나고 싶다고 했을 때, 나는 그 애 계획을 격려해 주는 수밖에 없었어…….

……너에게 하고 싶은 말이 너무나 많구나. 난 끝없이 이야기하고 싶어 견딜 수가 없어! 이따금 말이나 뚜렷한 생각이 떠오르지 않을 때가 있는데 — 오늘밤에도 마치 꿈을 꾸는 듯이 이 편지를 쓰고 있어. — 그때는 다만 무한히 풍부한 것들을 둘이서 주고받는 듯한, 거의 숨 막히는 느낌이 들 뿐이야.

그토록 여러 달 동안 우리는 어떻게 말없이 지낼 수 있었을까? 아마도 겨울잠을 자고 있었겠지. 아! 그 무서운 침묵의 겨울이 영원히 끝나 버렸으면! 너를 되찾은 이후로, 삶이나 생각이나 우리 두 사람의 영혼이나, 그 모든 것들이 나에게는 한없이 아름답고 사랑스럽고 풍요롭게 여겨져.

9월 12일

피사에서 보낸 네 편지 잘 받았어. 이곳 역시 화창해! 노르망디가 이토록 아름답게 여겨진 적은 한 번도 없었어. 그저께 나는 혼자서 발길 닿는 대로 들판을 가로질러 오랫동안 산책을 했어. 태양과 기쁨에 한껏 도취되어, 피로하다기보다는 흥분된 상태로 돌아왔지. 이글거리는 태양 아래서 밀짚 더미들은 얼마나 아름답던지! 굳이 내가 이탈리아에 있다고 상상하지 않더라도, 온갖 것이 놀랍도록 아름답게 보였어.

그래, 나의 벗, 네가 말하듯이 자연의 '은은한 찬가' 속에서 내가 듣고 이해하는 것은 기쁨에의 권유야. 나는 모든 새소리에서 그 권유의 속삭임을 듣고, 모든 꽃향기에서 그 권유의 냄새를 맡아. 그리하여 마침내 기도의 유일한 형식은 찬양임을 깨닫게 되었어. 형언할 수 없는 사랑에 가득 찬 마음으로, 성 프란체스코와 함께 나의 하나님! 나의 하나님! e non altro[17]라고 되풀이하면서.

그렇다고 내가 무지몽매한 여자가 되지 않을까 걱정하지는 마! 요즘 들어 나는 책을 많이 읽었어. 며칠 동안 비가 온 덕분에, 찬양하는 마음을 책 속에 접어 넣었다고나 할까…… 말브랑슈[18]를 다 읽고 나서, 곧 라이프니츠[19]의 『클라크에게 보내는 편지』를 읽기 시작했어. 그러고는 한숨 돌리려고 셸리[20]의 『첸치 가(家)』를 읽었는데, 별 재미는 없었어. 『함수초』도 읽었지…… 어쩌면 네가 화를 낼지 모르지만, 지난해 여름 우리가 함께 읽었던 키츠[21]의 송가 네 편을 위해서라면, 나는 셸리와 바이런의 거의 모든 작품들을 다 내주어도 좋을 것 같아. 마찬가지로 보들레르[22]의 소네트 몇 편을 위해서라면, 나는 위고[23]의 모든 작품을 다 내줄 거야. 위대한 시인이란 말은 별 의미가 없어. 중요한 것은 순수한 시인이 되는 거야…… 오, 나의 동생!

---

17) '오직 그뿐'이라는 의미로 프란체스코의 시에 나오는 표현.
18) 17세기 프랑스의 철학자, 수사.
19) 17~18세기 독일의 철학자, 수학자.
20) 19세기 영국의 낭만파 시인.
21) 19세기 영국의 낭만주의 시인.
22) 19세기 프랑스의 대표적인 상징주의 시인.
23) 19세기 프랑스의 낭만주의 시인, 소설가.

이 모든 것을 알게 해 주고, 이해시켜 주고, 사랑할 수 있게 해 줘서 고마워!

　……아니야, 며칠 동안 만나는 즐거움을 위해 네 여행을 일찍 끝내지는 마. 진지하게 생각해 보고 하는 말이지만, 아직은 우리가 서로 만나지 않는 것이 좋아. 내 말을 믿어. 네가 곁에 있을지라도 이보다 더 너를 생각할 수는 없을 거야. 너를 힘들게 하고 싶지는 않아. 하지만 난 ─ 지금은 ─ 네가 곁에 있는 것을 더 이상 바라지 않게 되었어. 솔직히 말할까? 만약 오늘 저녁에라도 네가 온다는 걸 알게 되면…… 나는 도망쳐 버릴 거야.

　아! 이런…… 마음을 네게 설명해 달라고 하지는 말아 줘. 부탁이야. 끊임없이 너를 생각한다는 것,(너의 행복에는 그것만으로 충분할거야.) 그리고 나 또한 이대로 행복하다는 것, 내가 알고 있는 건 그뿐이야.

　(……)

　이 마지막 편지를 받고 얼마 안 되어, 그러니까 이탈리아에서 돌아오자마자 나는 곧 병역 소집을 받고 낭시로 배치되었다. 그곳에는 아는 사람 하나 없었지만, 나는 오히려 혼자 있게 된 것을 기뻐했다. 왜냐하면 그렇게 고독하게 지냄으로써, 그녀 편지가 나의 유일한 안식처이며, 또한 롱사르[24]가 말한 것처럼, 그녀의 추억이 '나의 유일한 엔텔레키아'[25]라는 사실

---

24) 16세기 프랑스의 대표 시인.
25) 아리스토텔레스의 용어로 현실이 완전무결한 상태에 도달했음을 가리킴.

이, 연인으로서의 자부심을 지닌 나에게나 알리사에게 한결 분명하게 드러났기 때문이다.

사실, 나는 우리에게 주어진 상당히 힘든 훈련을 매우 즐거운 기분으로 견뎌 냈다. 나는 모든 일에 마음을 단단히 먹었고, 알리사에게 쓴 편지에서도 함께 있지 못하는 것 말고는 아무것도 불평하지 않았다. 그리하여 우리는 그토록 오랜 헤어짐 속에서, 우리 용기에 어울리는 시련을 찾아내기까지 했던 것이다. "절대로 불평하지 않는 너, 약한 모습을 상상할 수 없는 너……"라고 알리사는 나에게 보낸 편지에서 말했다. 그녀 말을 입증하기 위해서라면, 대체 내가 견뎌 내지 못할 게 뭐가 있었겠는가.

우리가 마지막으로 만난 지 거의 한 해가 흘렀다. 알리사는 그 점을 생각하지도 않는 것 같았고, 이제부터 비로소 기다림을 시작한다는 듯한 태도였다. 나는 그 점을 나무랐다. 그녀는 이렇게 답해 왔다.

내가 이탈리아에서 너와 함께 있지 않았니? 그 고마움도 모르다니! 나는 단 하루도 너를 떠난 적이 없어. 그러니 이제 잠시 동안 내가 너를 따라가지 못하는 것을 이해해 줘. 그리고 내가 이별이라고 하는 것은 이 상태, 다만 이 상태를 말하는 거야. 사실, 군복 입은 너의 모습을 상상해 보려고 무척 애를 써……. 하지만 상상이 잘 안 돼. 기껏해야 밤에 강베타 거리의 조그만 방에서 글을 쓰거나 책을 읽고 있는 너의 모습이 떠오를 뿐이야⋯⋯. 그런데 그것마저도 안 돼? 실제로 일 년 후 퐁그즈마르나 르아브르에서 우리는 다시 만나게 될 거야.

일 년! 나는 지나간 날들은 헤아리지 않기로 했어. 내 희망은 천천히, 천천히 다가오는 미래의 한 점을 응시하고 있어. 기억하겠지, 정원 안쪽 끝에 낮은 바람막이 담장을 쌓고 그 아래 국화를 심어 두었잖아. 위험한데도 우리는 그 담장 위로 올라 다녔지. 쥘리에트와 너는 마치 곧장 천국에 올라가는 회교도처럼 겁도 없이 그 위로 걸어 다녔지. 그러나 나는 몇 걸음 떼어 놓기만 해도 현기증이 났어. 너는 "발밑을 보지 마⋯⋯! 앞을 봐! 멈추지 말고 나아가! 목표를 잘 보고!" 하고 밑에서 소리쳤지. 그리고 너는 마침내 ― 네가 말하는 것보다 그렇게 하는 편이 더 나았어. ― 담 저쪽 끝에 기어 올라가 나를 기다렸지. 그러면 나는 더 이상 떨리지 않았어. 더 이상 현기증도 나지 않았어. 너만을 바라보며 달려가서, 벌리고 있는 네 팔 안으로 뛰어들었지⋯⋯.

제롬, 너를 믿는 마음이 없다면 나는 어떻게 될까? 나는 너를 강한 사람이라고 느껴야 하고, 너에게 의지해야만 해. 약해져서는 안 돼.

우리는 일종의 도전적인 마음으로 우리 기다림을 짐짓 연장하면서, 또한 불완전한 만남에 대한 두려움도 있고 해서, 내가 며칠 동안의 연말 휴가를 파리에서 애슈버턴 양과 같이 보내는 데 합의했다⋯⋯.

이미 당신에게 말했듯이, 그녀 편지들을 모두 여기에 옮기는 것은 아니다. 다음은 2월 중순쯤에 받은 편지다.

그저께 파리 가(街)를 지나다가 M 서점 진열대에 아벨의 책이 버젓이 진열되어 있는 것을 보고 정말 너무 놀랐어. 전에 네가 알려 주기는 했지만, 사실이라고 믿어지지 않았거든. 호기심을 참을 수 없어 서점 안으로 들어갔지. 하지만 그 책 제목이 너무나 우스꽝스럽게 생각되어, 점원에게 말하기를 망설였어. 아무 책이나 한 권 사서 서점을 나올까 생각하고 있었는데, 마침 계산대 옆에 그『교태』라는 책이 조그만 무더기로 쌓여 손님을 기다리고 있는 거야. 그래서 한 권 집어 들고, 입을 열 필요도 없이 100수를 던져 주고 나왔지.

아벨이 자기 책을 보내 주지 않은 걸 정말 다행으로 생각해. 부끄러워서 책장을 넘길 수 없었거든. 책 자체가 창피한 게 아니라 ── 요컨대 그 책에서 볼 수 있었던 것은 외설이라기보다는 어리석음이었어. ── 아벨이, 네 친구인 아벨 보티에가 그 책을 썼다고 생각하니 창피한 거야. 나는 책장을 하나하나 넘기면서《시간》[26] 평론가가 발견했다는 '위대한 재능'을 찾아보려했지만 헛수고였어. 아벨이 자주 화제에 오르는 르아브르의 이 작은 사교계에서도 그 책이 매우 성공적이라는 평을 듣고 있지. 도저히 치유할 수 없는 정신의 경박성을 '경쾌함'이니 '우아함'이니 하고 얘기하는 소리도 들려. 물론 나는 신중하게 입을 다

───────────

26) 1861년 창간된 프랑스 일간지.

물고 있고, 그 책을 읽었다는 것도 너에게만 이야기하는 거야, 가엾은 보티에 목사님도 처음에는 당연히 깊이 상심하신 듯하더니, 이제는 오히려 자랑스럽게 여겨야 할 만한 게 아닌가 생각하시게 되었어. 주위 사람들도 모두 그분이 그런 식으로 생각하시도록 하려고 애쓰고 있어. 어제는 플랑티에 고모 댁에서 V 부인이 불쑥 "목사님, 아드님이 대단한 성공을 거두어 기쁘시겠어요!" 하고 말하자, 그분은 약간 당황해하며 "뭘요, 아직 그럴 정도는……." 하고 대답했지. "하지만 그렇게 될 거예요! 그렇게 될 거예요!" 하고 고모가 말했는데, 물론 악의는 없었지만 그 어조가 워낙 선동적이어서 목사님까지 포함해 모두들 웃기 시작했어.

그 「신 아벨라르」라는 작품이 상연되면, 대체 어떤 꼴이 될까……! 불바르의 어느 극장에서 공연 준비 중이라는 소문이 들리고, 벌써부터 신문들이 떠들어 대는 모양이던데……. 가엾은 아벨! 그가 바라는 성공, 그가 만족스럽게 생각할 성공이 과연 그런 것일까!

나는 어제 『내면의 위안』[27]에서 이런 구절을 읽었어. '진실하고 영원한 영광을 진정으로 바라는 자는 일시적인 영광을 마음에 두지 않느니라. 마음속에서 일시적인 영광을 멸시하지 않는 자는 천국의 영광을 사랑하지 않음을 스스로 나타내는 자이니라.' 그리고 나는 이렇게 생각했어. '나의 하나님, 지상의 어

---

27) 라틴어로 저술된 토마스 아 켐피스의 『그리스도를 본받아』 프랑스어 판본으로 15세기에 출간되었으며 설명과 주석이 딸린 최초의 프랑스어 번역본.

떤 영광과도 비길 수 없는 천국의 영광을 위해 제롬을 선택해 주신 것을 진심으로 감사드립니다.' 하고 말이야.

몇 주, 몇 달이 단조로운 일과 속에 흘러갔다. 그러나 나의 생각은 오직 추억과 희망에만 매달려 있었기 때문에, 세월이 느리다든가 시간이 지루하다든가 하는 것을 거의 깨닫지 못했다.

6월이 되면 외삼촌과 알리사는 그 무렵 출산 예정이던 쥘리에트를 만나러 님 근교로 가기로 했다. 그런데 별로 좋지 않은 소식이 와서 두 사람은 서둘러 출발하게 되었다. 알리사는 나에게 이런 편지를 보내왔다.

르아브르로 부친 너의 마지막 편지는 우리가 떠난 직후에 도착했어. 그런데 어떤 연유로 팔 일 후에야 내 손에 들어오게 되었는지 이해할 수 없구나. 한 주 내내 나는 왠지 허전하고, 무섭고, 불안하고, 위축된 마음이 들었어. 아, 나의 동생! 나는 너와 함께 있을 때에만 진실로 나 자신일 수 있고, 나 이상일 수 있어…….

쥘리에트는 다시 건강해졌어. 우리는 하루하루 출산을 기다리고 있지만, 이제 별 걱정은 없을 거야. 오늘 아침 너에게 편지를 쓰는 걸 그 애도 알아. 우리가 애그비브에 도착한 다음 날, 그 애가 나에게 물었지. "그래, 제롬은 어떻게 지내……. 여전히 편지 와?" 그래서 거짓말도 할 수 없고 해서 그렇다고 하자 "다음에 편지할 때는 그에게 말해 줘……." 하고는 잠시 망설이더니 아주 부드럽게 미소 지으며 말했어. "내가 다 나았다고 말이야." 나는 늘 즐거운 듯한 그 애 편지를 받을 때마다, 그 애가 일부러 행복한 척 연극을 해 보이는 게 아닌가, 그러다가 그 애 자신도 그 연극에 속아 넘어간 게 아닌가 하고 좀 걱정이 되었어……. 지금 그 애를 행복하게 해 주는 것은 그 애가 꿈꾸던 것, 그리고 그 애 행복을 좌우하는 듯이 보이던 것과는 너무나 달라……! 아! 행복이라고 불리는 것은 어쩌면 이렇게도 영혼과 깊은 관계가 있을까! 겉으로 보기에 행복을 이루는 것처럼 보이는 요소들은 어쩌면 이다지도 사소한 것일까! 내가 '황야'[28]를 외롭게 산책하면서 얻게 된 많은 생각들을 여기서 다 얘기하지는 않겠어. 다만 그 산책을 하면서 나에게 가장 놀라웠던 것은 나 자신이 전보다 즐거움을 느끼지 못한다는 사실이야. 쥘리에트가 행복하다는 것만으로도 만족해야 할 텐데 말이야……. 왜 내 마음은 나 스스로는 물리칠 수 없는, 이해 못 할 우울감에 굴복해 버리는 것일까? 내가 느낄 수 있는, 아니 적어도 내가 확인할 수 있는 이 고장의 아름다움조차 무어라 설명할 수 없는 나의 슬픔을 더해 줄 뿐이야……. 네가 이탈리아에서 편지를 보내왔던 그 무렵, 나는 너를 통해 모든 것을 볼 수 있었어. 하지만 지금은 너 없이 바라보는 모든 것을 너에게서 훔치고 있는 듯한 느낌이 들어. 결국, 퐁그즈마르나 르아브르에서는 궂은 날에 대비해 견뎌 내는 힘을 길러 두었는데, 여기서는 그 힘이 더 이상 통하지 않고, 또 그 힘을 쓸 수도 없다는 걸 알게

---

28) 프랑스 남부, 덤불숲으로 덮인 벌판을 지칭함.

되니까 불안해지는 거야. 이 고장과 이곳 사람들의 유쾌한 기질을 대하면 기분이 상해. 어쩌면 내가 '슬프다'고 하는 것은 단지 그들처럼 떠들썩하지 않은 것인지도 몰라……. 틀림없이 이제까지 내 기쁨 속에는 어떤 오만함이 깃들어 있었던 것 같아. 왜냐하면 지금 이 낯선 유쾌한 분위기에서 나는 뭔가 굴욕감 같은 것을 느끼니 말이야.

이곳에 온 뒤로는 기도도 제대로 드리지 못했어. 이제는 하나님께서도 전과 같은 자리에 계시지 않는다는, 어린애 같은 생각이 들어. 잘 있어. 여기서 그만 끝내야겠어. 이런 신성모독적인 말과 나의 나약함, 나의 슬픔이 부끄럽고, 또 그것을 고백하고 그 모든 얘기를 너에게 써 보낸다는 것이 부끄러워. 아마 오늘 저녁 우편집배원이 가져가지 않는다면, 내일이면 이 편지를 찢어 버리고 말 거야…….

그다음 편지에는, 그녀가 대모(代母)가 될 조카딸의 출생과 쥘리에트의 기쁨, 또 외삼촌의 기쁨에 대해서만 쓰여 있었다……. 그러나 그녀 자신의 감정에 대해서는 더 이상 언급이 없었다.

그 후부터 편지는 다시 퐁그즈마르에서 왔다. 7월에는 쥘리에트도 거기 와서 같이 지내고 있었다…….

에두아르와 쥘리에트는 오늘 아침에 떠났어. 특히 내 귀여운 대녀(代女)가 떠난 것이 못내 섭섭해. 반 년 뒤 다시 만날 때에는 그 애 행동 하나하나를 알아보지 못하겠지. 나는 그 애가 처음 하는 행동들을 거의 다 놓치지 않고 지켜보았어. '선장'이란 언제나 너무도 신비롭고 놀라워! 우리가 더 이상 자주 놀라지 않게 되는 것은 주의력 결핍 때문이지. 희망에 가득 찬 그 작은 요람 위에 몸을 기울이고, 내가 얼마나 많은 시간을 보냈는지 몰라. 그 어떤 이기심과 자기만족, 최선의 것을 갈망하지 않는 점 등 때문에, 발전은 그토록 빨리 정지되고, 모든 피조물은 하나님과 그토록 멀리 떨어진 상태로 고정되어 버리는 것일까? 아! 그렇지만 우리가 하나님께 더 가까이 갈 수 있고, 더 가까이 가기를 원한다면…… 얼마나 멋진 경쟁이 될까!

쥘리에트는 아주 행복해 보여. 그 애가 피아노와 독서를 그만둔 걸 보고 처음에는 가슴 아프게 생각했지. 하지만 에두아르 테시에르는 음악을 좋아하지 않고, 책에도 별 관심이 없어. 아마도 그 애는 제 남편이 함께할 수 없는 기쁨을 단념함으로써 슬기롭게 처신하고 있는 것 같아. 반대로 그 애는 남편 일에 흥미를 붙이고, 남편도 그 애에게 자기 사업에 관한 이야기를 다 들려줘. 올해는 사업 규모가 훨씬 커졌대. 에두아르는 르아브르에 중요한 고객이 생긴 것도 결혼 때문이라고 곧잘 농담을 해. 지난번 사업 차 여행할 때는 로베르가 동행했지. 에두아르는 로베르를 무척 자상하게 보살펴 주는데, 자기가 그 애 성격을 잘 이해한다고 장담하면서, 머지않아 그 분야 사업에 진지한 태도로 재미를 붙일 거라고 기대해.

아버지도 훨씬 좋아지셨어. 딸이 행복한 것을 보고 다시 젊어지신 거야. 농장이나 정원 일에 다시 흥미를 갖게 되셨고, 오늘 오후에도 나더러 책을 소리 내어 읽어 달라고 하셨어. 이렇게 책을 읽는 방식은 우리가 애슈버턴 양과 함께 시작했다가, 테시에르 가족이 오는 바람에 중단된 거야. 지금 내가 두 분께 읽어 드리는 책은 휘브너 남작의 여행기인데, 나 자신도 퍽 재미있게 생각해. 이제부터 나도 독서할 시간이 더 많아질 것 같아. 하지만 읽어야 할 책을 네가 좀 골라 주었으면 좋겠어. 오늘 아침에도 이 책 저 책 뒤적거려 보았지만, 어느 하나 읽을 마음이 들지 않았거든……!

이 무렵부터 알리사의 편지는 더욱 혼란스럽고 절박해져 갔다. 여름이 끝날 무렵 그녀는 이런 편지를 보내왔다.

네가 걱정할까 봐 염려가 되면서도, 내가 너를 얼마나 기다리는지 이야기하지 않을 수 없구나. 너를 다시 만날 때까지 보내야 하는 하루하루가 나를 짓누르고 압박해. 아직도 두 달! 그 기간이 지금까지 너와 떨어져 지낸 세월 전체보다 더 길게 느껴져!

기다림을 잊기 위해 시도하는 모든 일이 나에게는 부질없는 일시적 방편으로 여겨져서, 이제는 어떤 일에도 전념할 수가 없어. 책은 아무 효력도 없고, 산책도 재미없고, 대자연 전체가 위력을 잃고 정원도 퇴색해 향기를 잃었어. 너의 고된 근무, 네가 선택한 것이 아닌 강제적인 훈련이 부럽게 생각돼. 끊임없이 너를 자신으로부터 끌어내고, 지치게 만들며, 해 질 때까지 하루하루를 정신없이 지나가게 하고, 밤에는 지칠 대로 지친 너를 잠 속에 던져 넣을 테니 말이야. 군사훈련에 대해서 네가 써 보낸 감동적인 묘사가 머릿속에서 떠나질 않아. 요즘 며칠 밤 나는 잠을 못 이루었는데, 잠결에 기상나팔 소리를 듣고 여러 번 소스라쳐 깨어나곤 했어. 정말 그 소리를 들었던 거야. 네가 이야기한 그 가벼운 도취감, 아침의 상쾌한 기분, 반쯤 현기증 나는 상태, 그런 느낌들을 나도 잘 상상할 수 있어…… 새벽의 차갑고 눈부신 빛 속에서 말제빌[29]의 그 고원은 얼마나 아름다웠을까……!

얼마 전부터 몸이 좀 좋지 않아. 아! 하지만 대수로운 건 아냐. 그저 네가 오기를 너무 고대하고 있나 봐.

그리고 육 주 후 이런 편지가 왔다.

나의 벗, 이것이 내 마지막 편지야. 네가 돌아올 날짜가 아직 확정되지 않았다지만, 아주 오래 미루어질 리는 없을 테니 말이야. 이제 너에게 더 이상 편지를 보낼 수 없을 거야. 너를 퐁그즈마르에서 만나고 싶었지만, 날씨가 나빠 몹시 추워진 탓에 아버지께서 자꾸 시내로 들어가자고 하셔. 지금은 쥘리에트도 로베르도 없기 때문에 네가 우리 집에 묵는 것도 어려운 일은 아니지만, 그래도 역시 펠리시 고모 댁에 묵는 편이 나을 것 같아. 고모도 너를 기쁘게 맞아 주실 거야.

만날 날이 가까워 올수록, 내 기대는 점점 불안한 마음으로 변해 가. 거의 두려움에 가깝다고나 할까. 네가 돌아오기를 그토록 바랐는데 이제는 두려워지는 것만 같구나. 더 이상 그런

---

29) 프랑스 알자스로렌 지방의 낭시 동쪽에 있는 마을.

생각을 하지 않으려고 애쓰고 있어. 네가 누르는 벨 소리나 계단을 올라오는 네 발소리를 상상하면, 내 심장이 뛰기를 멈추거나 가슴이 꽉 막히는 것 같아……. 무엇보다도, 내가 무슨 말을 하리라고 기대하지는 말아 줘……. 내 지난날이 거기서 끝나 버릴 것 같은 느낌이야. 그리고 그 너머에는 아무것도 보이지 않고, 내 삶은 거기서 멈추는 거야…….

그러나 나흘 뒤, 그러니까 제대하기 일주일 전 나는 다시 아주 짤막한 편지 한 통을 받았다.

나의 벗, 네가 르아브르에 머무는 시간과 우리가 다시 만나는 첫 순간을 지나치게 길게 하지 않으려는 데, 나도 전적으로 동의해. 우리가 이미 서로 편지로 쓴 것 말고 무슨 할 얘기가 있겠어? 그러니 학교에 등록하기 위해 28일에 파리로 가야 한다면, 망설이지 말고 가도록 해. 이틀밖에 함께 지낼 수 없다 해서, 너무 섭섭하게 생각하지 마. 우리에게는 한평생이 남아 있잖아?

6

우리의 첫 재회가 이루어진 것은 플랑티에 이모 댁에서였다. 군 복무 탓인지 나는 갑자기 몸이 무겁고 둔해진 느낌이 들었다……. 그리고 알리사도 내가 변했다고 생각하는 것 같았다. 그러나 이처럼 겉모습뿐인 첫인상이 우리에게 무슨 중요성이 있었겠는가? 나는 지난날 내가 알던 그녀 모습을 이제는 전혀 알아보지 못할까 봐 두려워, 처음엔 그녀를 쳐다보지도 못했다……. 아니다. 우리를 어색하게 만든 것은 오히려 사람들이 억지로 강요하는 약혼자로서의 어울리지 않는 역할과, 모두들 우리 둘만 남겨 놓고 서둘러 사라져 버리는 호의적인 태도였다.

"하지만 고모, 고모는 우리에게 조금도 방해가 되지 않아요, 우리끼리 해야 할 비밀 이야기 같은 건 없어요." 이모가 자리를 피해 주려고 수선을 피우며 애쓰는 것을 보고, 알리사는 마침내 부르짖었다.

"천만에! 천만에, 얘들아! 난 너희를 너무나 잘 이해해. 오랫동안 떨어져 있으면, 자질구레한 할 말이 무더기로 쌓이는 법이지……."

"제발 부탁이에요, 고모. 고모가 나가시면 우리는 더 불편해져요." 이 말을 할 때 알리사의 목소리에는 노여움마저 서려 있어서, 그녀 목소리라고 여겨지지 않을 정도였다.

"이모, 이모가 나가시면, 우리는 한 마디도 안 할 거예요!" 하고 나는 웃으면서 말했지만, 둘만 남으면 어쩌나 하는 두려움이 들었다. 그래서 세 사람 사이에 다시 대화가 시작되었지만, 거짓으로 즐거운 체하는 진부한 대화였으며, 속에는 저마다 불안을 감춘 억지 활기를 띤 대화였다. 외삼촌이 점심 식사에 나를 초대하셨기 때문에, 우리는 그다음 날 다시 만나기로 했다. 그래서 첫날 저녁에는 그런 희극을 끝내는 것이 오히려 다행스러워, 우리는 별 어려움 없이 헤어졌다.

나는 식사 시간 훨씬 전에 찾아갔으나, 알리사는 어떤 여자 친구와 이야기를 나누고 있었다. 그녀는 차마 그 친구를 돌려보내지 못했고, 그 친구도 알아서 돌아갈 만큼 사려 깊지 못했다. 마침내 그 친구가 떠나고 우리 둘만 남자, 나는 그녀가 그 친구를 점심 식사에 붙들어 두지 않은 것에 짐짓 놀라는 척했다. 전날 밤잠을 설쳐서 피곤했던 우리는 둘 다 신경이 날카로워져 있었다. 외삼촌이 들어오셨다. 내가 외삼촌이 늙으셨다고 생각하는 것을 알리사도 눈치챘다. 외삼촌은 귀가 어두워져서 내 말을 잘 알아듣지 못하셨다. 그분이 알아듣도록 큰 소리를 질러야 했기 때문에, 내 이야기는 뒤죽박죽이 되었다.

점심 식사 후, 플랑티에 이모는 약속했던 대로 마차로 우리를 데리러 왔다. 돌아오는 길에 이모는 알리사와 내가 그 길 가운데 가장 좋은 코스를 걸어오게 할 생각으로 오르셰까지 태워 주셨다.

계절에 비해 날씨가 무더웠다. 우리가 걸어온 언덕길 부근은 햇볕이 내리쬐고 아무런 운치도 없었다. 잎이 진 나무들은 쉴 그늘도 마련해 주지 않았다. 이모가 기다리고 있는 마차로 빨리 가야 한다는 걱정에 쫓겨, 우리는 무리하게 걸음을 재촉했다. 두통으로 터질 듯한 머리에서 나는 아무 생각도 해낼 수 없었다. 걸어가면서 나는 알리사가 내맡긴 손을 잡고 있었는데, 태연한 척하기 위해서였는지, 아니면 그렇게 함으로써 말하는 것을 대신할 수 있었기 때문인지 모르겠다. 흥분한 데다가 빨리 걸어 숨이 차고, 침묵 때문에 어색해져서 우리 얼굴은 벌겋게 달아올랐다. 나는 관자놀이가 뛰는 것을 느꼈다. 알리사의 얼굴은 불쾌할 정도로 빨갛게 상기되어 있었다. 이윽고 우리는 땀에 젖은 손을 잡고 있다는 것을 깨닫고 거북해져서, 서로 잡은 손을 쓸쓸히 놓아 버렸다.

우리는 너무 서둘러 왔기 때문에, 마차보다 훨씬 전에 네거리에 도착했다. 이모는 우리에게 이야기할 시간을 주려고 다른 길을 거쳐 아주 천천히 마차를 몰아 왔던 것이다. 우리는 언덕 비탈에 앉았다. 두 사람 다 땀에 흠뻑 젖어 있었기 때문에, 갑자기 불어오는 찬바람으로 몸이 오싹했다. 우리는 마차를 맞이하러 일어섰다……. 그러나 우리는 다시 딱한 이모의 성가신 배려로 최악의 상황에 빠지게 되었다. 우리가 많은 이야기를 나누었으리라 확신한 이모는, 대뜸 우리 약혼에 대해 묻기 시작했다. 알리사는 더 이상 참을 수 없어 눈물을 글썽거리며, 심한 두통을 핑계 삼아 입을 다물어 버렸다. 우리는 말 없이 집으로 돌아왔다.

다음 날 잠이 깼을 때 몸이 무겁고 감기가 들어 있었다. 나는 몹시 아파서 오후가 되어서야 뷔콜랭 댁에 가 보기로 마음먹었다. 공교롭게도 알리사는 혼자 있지 않았다. 펠리시 이모의 손녀들 가운데 하나인 마들렌 플랑티에가 와 있었다. 나는 알리사가 그 애와 이야기하기를 좋아한다는 것을 알고 있었다. 그 애는 며칠 동안 제 할머니 댁에 와 있었는데, 내가 들어서자 이렇게 소리쳤다.

"돌아갈 때 언덕으로 해서 가실 거라면, 같이 올라가요."

나는 무심코 승낙해 버렸다. 그리하여 나는 알리사와 단둘이 있을 수가 없었다. 하지만 그 귀여운 소녀가 있는 것이 우리에게는 확실히 도움이 되었다. 전날과 같은 견디기 힘든 어색함을 겪지 않아도 되었던 것이다. 우리 셋 사이에는 이내 쉽게 이야기가 이루어졌고, 처음에 내가 걱정했던 것처럼 이야기가 겉돌지도 않았다. 내가 알리사에게 작별 인사를 하자, 그녀는 묘한 미소를 지었다. 그때까지도 그녀는 다음 날이면 내가 떠난다는 것을 모르는 듯 보였다. 더구나 얼마 안 있어 다시 만나리라는 희망이 있었기 때문에, 내 작별 인사에는 어떤 슬픈 느낌도 스며 있지 않았다.

그런데도 저녁 식사를 마친 다음, 나는 막연한 불안감에 사로잡혀 다시 시내로 내려갔다. 그리고 뷔콜랭 댁 초인종을 누르기로 마음먹기까지, 한 시간가량이나 헤매 다녔다. 문을 열어 준 것은 외삼촌이었다. 알리사는 몸이 좋지 않아 이미 자기 방에 올라가 있었는데, 아마 잠이 든 모양이었다. 나는 외삼촌과 잠시 이야기를 나누다가 이내 돌아와 버렸다…….

이처럼 빗나간 일들이 너무도 유감스러웠지만, 이제 와서 탓해 본들 부질없는 일이리라. 설령 모든 일이 우리에게 유리하게 진행되었다 하더라도, 우리는 또다시 그런 서먹서먹한 느낌을 꾸며 냈을지 모른다. 그러나 알리사 역시 똑같이 느꼈다는 사실이 무엇보다도 나를 슬프게 했다. 다음은 내가 파리에 돌아와서 받은 편지다.

나의 벗, 얼마나 슬픈 만남이었니! 그렇게 된 책임을 너는 남들에게 돌리는 것 같았지만, 너 자신도 그 점을 확신하지는 못했어. 이제 나는 앞으로도 늘 그러리라는 생각이 들어. 아! 제발, 다시는 만나지 말기로 해!

서로 할 이야기가 많았는데도, 왜 우리는 그런 어색한 느낌과 거북한 감정, 마비 상태와 침묵 같은 것에 사로잡혔을까? 네가 돌아온 첫날은 그 침묵조차 즐거웠어. 그 침묵은 곧 사라질 것이며, 네가 나에게 멋진 이야기들을 들려주리라 믿었기 때문이지. 그러기 전에는 네가 떠나지 않을 거라고 생각했어.

그러나 오르셰에서의 침울한 산책이 침묵 속에서 끝나는 것을 보고, 특히 우리 손이 서로의 손을 놓고 아무 희망 없이 내려 뜨려졌을 때, 내 가슴은 비탄과 고통으로 무너져 내리는 것 같왔어. 그러나 무엇보다 나를 슬프게 한 것은, 네 손이 내 손을 놓은 것이 아니라, 혹시 네 손이 놓지 않았더라면 필경 내 손이 먼저 네 손을 놓았으리라고 느껴지는 거였어. 이미 내 손도 네 손 안에서 즐거움을 잃었으니까 말이야.

그 이튿날 — 바로 어제였지. — 아침나절 내내 나는 미친 듯이 너를 기다렸어. 집 안에 있기에는 마음이 너무 심란해서, 네가 방파제로 오면 만나게 되리라는 말을 남기고 나왔어. 한참 동안 파도치는 바다를 바라보며 꼼짝 않고 있었지만, 너 없이 혼자서 바라보는 것이 너무 가슴 아팠고, 갑자기 내 방에서 네가 기다리고 있을 거라는 생각이 들어 집으로 돌아왔어. 오후에는 혼자 있지 못하리라는 걸 알고 있었어. 전날 마들렌이 들르겠다고 했거든. 너와는 아침에 만날 것으로 생각하고, 와도 좋다고 했던 거지. 하지만 우리가 이번 만남에서 유일하게 즐거운 시간을 보낼 수 있었던 것은 어쩌면 마들렌이 와 있었던 덕분이 아닐까 해. 잠시 동안 나는 그 편안한 대화가 오래오래 계속될 것 같은 야릇한 환상에 빠졌었지……. 그래서 내가 마들렌과 함께 앉아 있던 소파로 네가 다가와, 나를 향해 몸을 굽히며 작별 인사를 했을 때, 나는 아무 대답도 할 수 없었어. 마치 모든 것이 끝나는 것 같았어. 갑자기 네가 떠난다는 사실을 깨달았던 거야.

네가 마들렌과 함께 떠나자마자, 네가 떠난다는 것은 도저히 있을 수 없는 일이며, 참을 수 없는 일로 여겨졌어. 너는 모를 거야. 내가 곧 집을 다시 뛰쳐나왔다는 것을! 너와 더 이야기하고 싶었고, 너에게 하지 않았던 이야기를 마침내 다 해 주고 싶었어. 벌써 나는 플랑티에 댁으로 달려가고 있었어……. 하지만 너무 늦었어. 시간이 없었고, 용기도 없었어……. 암담한 마음으로 집으로 돌아와, 너에게 편지를 쓰기로 했어……. 이제는 더 이상 너에게 편지 쓰지 않겠다는…… 작별의 편지를……. 왜냐하면 난 너무도 뚜렷이 느꼈기 때문이지. 우리가 주고받은 모든 편지가 하나의 커다란 신기루에 지나지 않으며, 아! 슬프게도, 우리는 저마다 자기 자신에게 편지를 썼을 뿐이라는 것을, 그리고…… 제롬! 제롬! 아! 우리는 언제나 서로 멀리 떨어져 있었다는 것을!

나는 그 편지를 찢어 버렸어. 정말이야. 하지만 이제 또다시 쓰고 있어. 거의 똑같은 편지를. 오! 내가 전보다 너를 덜 사랑하는 건 아니야. 나의 벗! 오히려 반대로, 네가 가까이 오자마자 내가 느낀 동요와 어색함, 바로 그런 것들을 통해, 나는 내가 얼마나 깊이 너를 사랑하는지 전에 없이 강하게 깨달았어. 하지만 그 사랑은 절망적이었어. 왜냐하면, 아무래도 고백할 수밖에 없지만, 나는 너와 멀리 떨어져 있을 때 더욱 너를 사랑할 수 있었으니까. 아! 슬프게도 나는 오래전부터 그런 의혹을 품었지. 그런데 결국 그렇게 고대하던 우리 만남이 그것을 나에게 확인해 주었던 거야. 그리고 나의 벗, 너도 반드시 그것을 인정해야 해. 잘 있어, 너무도 사랑하는 나의 동생, 하나님이 너를 지켜 주시고, 인도해 주시기를. 오직 하나님 곁으로만 우리는 안심하고 서로 다가갈 수 있어.

그리고 이 편지만으로는 아직 나를 충분히 괴롭힌 것이 아니라는 듯이, 다음 날 그녀는 이렇게 추신을 달았다.

이 편지를 부치면서, 우리 두 사람에 관한 일에 대해 좀 더 신중한 태도를 부탁하고 싶어. 너와 나 사이에만 간직하고 있어야할 것을 쥘리에트나 아벨에게 이야기함으로써, 네가 얼마나 자주 나에게 상처를 줬는지 몰라. 바로 이런 점에서, 네가 짐작하기 훨씬 전부터, 나는 네 사랑이 무엇보다 머릿속 사랑이고, 애정과 신뢰에 대한 근사한 지적 집착이라는 생각을 하게 되었어.

그녀는 내가 그 편지를 아벨에게 보이지 않을까 하는 염려에서, 그 마지막 몇 줄을 덧붙인 게 틀림없었다. 도대체 어떤 의심 많은 통찰력으로 그녀는 그토록 경계심을 품게 되었을까? 전에 내가 했던 이야기에 내 친구의 충고가 반영되었다는 것을 눈치챘던 것일까……?

사실 나 자신도 아벨과는 상당한 거리가 있음을 그때부터 느끼고 있었다! 우리는 서로 다른 길을 가고 있었다. 그러니 내 슬픔의 고통스러운 짐을 나 혼자 짊어지도록 가르치기 위한 그러한 권고는 정말 쓸데없는 것이었다.

그 후 사흘 동안을 나는 오로지 탄식으로만 보냈다. 알리사에게 답장을 쓰고 싶었다. 하지만 지나치게 사려 깊은 논쟁이나 격렬한 항변을 해서, 혹은 조금이라도 서투른 말을 해서, 우리 상처를 돌이킬 수 없을 정도로 악화하지 않을까 두렵기도 했다. 내 사랑이 몸부림치는 편지를, 나는 몇 번이나 고쳐썼다. 지금도 나는, 마침내 부치기로 결심한 그 편지의 사본,

눈물로 얼룩진 그 편지지를 눈물 없이는 다시 읽을 수가 없다.

알리사! 나를 불쌍히 여겨 줘, 아니 우리 두 사람을……! 너의 편지는 너무도 내 마음을 아프게 했어. 네가 걱정하는 것을 그저 웃어넘길 수만 있다면 얼마나 좋을까! 그래, 네가 편지에 쓴 모든 것을 나도 느꼈어. 하지만 너에게 그런 말을 하기가 두려웠던 거야. 너는 한갓 상상에 지나지 않는 것에 소름 끼치는 현실성을 부여하고, 그것으로 너와 나 사이에 두꺼운 벽을 만들었어!

만약 네가 전처럼 나를 사랑하지 않는다고 느낀다면…… 아! 네 편지 전체가 부인하는 그런 잔인한 가정을 떨쳐 버리게 해 줘! 그러고 보면 너의 일시적인 두려움쯤이야 무슨 상관이 있겠어? 알리사! 논리적으로 이야기하려 하면, 내 말은 금방 얼어붙고 말아. 단지 내 가슴속 흐느낌 소리만 들릴 뿐이야. 능숙한 기교를 부리기에는 나는 너를 너무도 사랑해. 그리고 너를 사랑하면 할수록 점점 더 어떻게 말해야 할지 모르겠어. '머릿속 사랑'이라니……. 그 말에 대해 내가 뭐라 대답해야겠니? 내 온 영혼으로 너를 사랑하는데, 어떻게 내 지성과 감정을 구분할 수 있겠니? 하지만 우리 편지 왕래가 너의 가혹한 비난의 원인이 될 바에야, 그리고 우리 편지 왕래를 통해 우리가 한껏 고양되었다가 느닷없이 현실 속으로 추락함으로써 그토록 심한 상처를 입을 바에야, 그리고 네가 나에게 편지를 쓴다 하더라도 이젠 다만 너 자신에게 쓰는 것뿐이라고 생각할 바에야, 그리고 이번 편지와 비슷한 또 다른 편지를 견뎌 낼 힘이 내게 없을 바에야, 제발 우리 사이의 편지 왕래는 당분간 멈추기로 하자.

이 편지 뒷부분에서 나는 그녀 판단에 맞서 내 의견을 내세웠으며, 그녀에게 생각을 다시 해 보라고 호소했고, 다시 만날 약속을 해 달라고 간청했다. 지난번 만남은 모든 것이 맞지 않았다. 그 무대 장치며, 단역 배우들이며, 계절이며, 그리고 우리 만남을 조심스럽게 준비하지 못하게 만든 열띤 편지 왕래마저 그랬다. 이번에는 다시 만날 때까지 침묵을 지키리라. 나는 돌아오는 봄, 퐁그즈마르에서 우리 만남이 이루어지기를 바랐다. 그곳에서라면 지난날 추억도 나에게 유리하게 작용할 것으로 생각되었고, 외삼촌도 부활절 방학 동안, 길든 짧든 알리사가 좋다고 생각하는 기간 동안 반갑게 나를 맞아 주실 것이었기 때문이다.

확실하게 결단을 내렸기 때문에, 나는 편지를 부치고 나서 곧바로 학업에 전념할 수 있었다.

그해가 다 가기 전에 나는 알리사를 다시 만나게 되었다. 몇 달 전부터 건강이 악화되었던 애슈버턴 양이 크리스마스를 나흘 앞두고 세상을 떠났던 것이다. 제대한 뒤 나는 다시금 그분과 함께 살며, 그분 곁을 거의 떠나지 않았기에 임종을 지킬 수 있었다. 알리사에게서 온 엽서를 받아 보고, 나는 그녀가 나의 상심보다는 우리의 침묵 맹세에 더 마음을 두고 있다는 것을 알았다. 외삼촌이 참석하지 못하시기 때문에, 그녀는 자기가 대신 장례 때 잠시 다녀가겠노라고 했다.

장례식에서나 영구를 따라갈 때나, 그녀와 나 둘뿐이나 나름없었다. 우리는 나란히 걸으면서 겨우 몇 마디 말을 나누었을 뿐이다. 그러나 교회에서 그녀가 내 곁에 앉아 있을 때, 나는 몇 번이나 그녀의 눈길이 나에게 다정히 와 닿는 것을 느꼈다.

　"그렇게 하자." 헤어질 무렵 그녀가 말했다. "부활절 전에는 아무것도 하지 말자."

　"그래, 하지만 부활절에는……."

　"널 기다리고 있을게."

　우리는 묘지 입구에 있었다. 나는 그녀를 역까지 바래다주겠다고 했다. 하지만 그녀는 마차를 불러 세우고는, 작별의 말한 마디 없이 나를 남겨 두고 떠나갔다.

7

"알리사가 정원에서 너를 기다리고 있단다." 4월 말 내가 퐁그즈마르에 도착했을 때, 외삼촌은 아버지처럼 따뜻하게 나를 껴안아 주신 다음 이렇게 말했다. 처음엔 그녀가 서둘러 마중하러 나오는 모습이 보이지 않아 실망했지만, 다시 만나는 첫 순간에 나누는 의례적인 인사말을 생략할 수 있게 해 준 데 대해, 이내 그녀에게 고마운 마음이 들었다.

그녀는 정원 안쪽에 있었다. 해마다 이 무렵이면 활짝 피어나는 라일락, 마가목, 금잔화, 병꽃나무 등의 꽃 덩굴로 빽빽이 에워싸인 그 원형 광장 쪽으로 나는 걸어갔다. 너무 멀리서부터 그녀 모습을 보지 않으려고, 아니, 내가 다가가는 것을 그녀가 보지 못하게 하려고, 나는 정원 다른 쪽으로 나 있는, 나뭇가지 아래 공기가 서늘한 그늘진 오솔길을 따라갔다. 나는 천천히 걸어갔다. 하늘은 내 기쁨처럼 따뜻하고, 찬란하고,

우아하게 밝았다. 아마도 그녀는 내가 다른 편 오솔길로 올 거라고 생각한 모양이다. 내가 그녀 가까이, 바로 그녀 뒤에까지 이르렀으나, 그녀는 내가 다가오는 소리를 듣지 못했던 것 같다. 나는 멈춰 섰다……. 그러자 시간까지도 나와 함께 멈춰서 버린 듯했다. 바로 이 순간이야말로 행복 그 자체보다 앞서 오는, 그리고 행복 그 자체도 미치지 못하는 가장 감미로운 순간일지 모른다는 생각이 들었다…….

나는 그녀 앞에 무릎을 꿇고 싶었다. 나는 한 발짝 앞으로 다가섰다. 그러자 그녀도 내 발자국 소리를 들었다. 그녀는 수놓던 것을 땅바닥에 뒹굴도록 내버려 둔 채 황급히 일어나서, 내게 두 팔을 내밀고 내 어깨 위에 손을 얹었다. 잠시 우리는 그렇게 서 있었다. 그녀는 두 팔을 내민 채, 미소를 띠면서 고개를 갸웃하고, 말없이 다정하게 나를 바라보았다. 그녀는 온통 새하얀 옷차림이었다. 나는 지나치리만큼 진지한 그녀 얼굴에서, 옛날의 그 어린애 같은 미소를 다시 찾아볼 수 있었다…….

"이것 봐, 알리사." 나는 느닷없이 소리쳤다. "난 앞으로 열이틀 동안 휴가야. 하지만 네가 원하지 않는다면, 단 하루도 더 머물지 않겠어. '내일 퐁그즈마르를 떠나야 해.'라는 뜻을 담은 신호를 하나 정해 두기로 하자. 그럼 그다음 날엔 어떤 항의도, 불평도 없이 떠날 테니까. 어때, 괜찮아?"

미리 준비해 둔 말이 아니었기에, 나는 한결 쉽게 말할 수 있었다. 그녀는 잠시 생각하더니, 이렇게 말했다.

"저녁에 내가 식사하러 내려올 때, 네가 좋아하는 자수정 십자가를 목에 걸지 않으면……. 알겠니?"

"그게 내 마지막 저녁이 되는 셈이군."

"하지만 네가 그냥 떠날 수 있을지 몰라……." 하고 그녀가 말을 이었다.

"눈물도 흘리지 않고, 한숨도 쉬지 않고 말이야."

"작별 인사도 하지 않을 거야. 그 마지막 저녁에는 전날 저녁이나 똑같이, 아무렇지도 않게 너와 헤어질 거야. 처음엔 너 스스로 '알아차리지 못한 걸까?' 하고 생각할 정도로, 아주 간단하게 헤어질 거야. 하지만 다음 날 아침 네가 날 찾으면, 나는 이미 그 자리에 없을 거야."

"다음 날엔 나도 더 이상 널 찾지 않을게."

그녀는 나에게 손을 내밀었다. 나는 그녀 손을 내 입술로 가져가면서, 다시 말했다.

"지금부터 그 운명의 저녁때까지는, 나에게 무언가를 짐작케 하는 암시를 해서는 안 돼."

"너도 그다음 작별에 대해 암시를 하면 안 돼."

이제는 다시 만나는 순간의 엄숙한 분위기 탓에, 우리 둘 사이에 생길 수도 있는 서먹서먹한 분위기를 깨뜨려야 할 차례였다. 내가 말을 이었다.

"정말이지, 네 곁에서 보내는 이 며칠이 다른 날들과 똑같았으면 좋겠어……. 우리 둘 다 이 며칠 동안이 특별한 예외가 된다고 느끼지 말았으면 해. 그리고 또…… 우리가 처음부터 너무 무리하게 이야기를 나누려고 애쓰지 말았으면 해……."

그녀가 웃기 시작했다. 나는 덧붙여 말했다.

"우리가 함께할 수 있는 일은 없을까?"

우리는 늘 정원 일을 즐겨하곤 했었다. 얼마 전 경험 없는 정원사가 전에 있던 정원사와 바뀌어, 두 달 동안이나 내버려 두었던 정원에는 할 일이 많았다. 장미나무들은 제대로 가지치기가 되어 있지 않았다. 그 가운데 싱싱하게 자라나는 나뭇가지에는 죽은 나뭇가지가 뒤엉켜 있었다. 넝쿨을 뻗는 것들은 제대로 받쳐 주지 않아 쓰러져 있었고, 너무 자란 것들은 다른 것들을 시들게 하고 있었다. 대부분은 우리가 전에 접붙여 준 것들이었다. 우리는 우리가 가꾼 나무들을 곧 알아보았다. 우리는 처음 사흘 동안은 심각한 말은 전혀 하지 않고서도 많은 이야기를 주고받을 수 있었고, 잠자코 있을 때라도 침묵이 그다지 무겁게 느껴지지 않았다.

그리하여 우리는 서로 예전 습관으로 돌아갔다. 나는 그 어떤 해명보다 이러한 습관에 더 많은 기대를 걸고 있었다. 서로 헤어져 있던 기억마저 이미 우리들 사이에서 지워져 가고 있었고, 이따금 내가 그녀에게서 느꼈던 두려움도, 그리고 그녀가 나에게서 두려워했던 마음의 긴장도 이미 사그라져 가고 있었다. 지난가을 서글픈 방문 때보다 더 어려 보이는 알리사는 그 어느 때보다 아름다웠다. 나는 그때까지 그녀를 포용해본 적이 없었다. 저녁마다 나는 그녀의 블라우스 위에서, 금줄에 매달린 작은 자수정 십자가가 반짝이는 것을 볼 수 있었다. 자신을 얻은 내 마음속에서 희망이 되살아나고 있었다. 아니, 희망이라니, 대체 무슨 소리인가? 그것은 이미 확신이었다. 그리고 나는 그 확신이 알리사에게서도 똑같이 느껴지는 것처럼 생각했다. 사실 나는 나 자신에 대해 조금도 의심을 품지 않았기 때문에, 그녀에 대해서도 더 이상 의심할 수 없었던 것이다. 우리 대화는 차츰 대담해져 갔다.

매혹적인 대기가 미소를 머금고 우리 마음이 꽃처럼 피어나던 어느 날 아침, 나는 그녀에게 말했다.

"알리사, 이제 쥘리에트가 행복하게 되었으니, 우리도 이대로가 아니라……."

나는 그녀를 바라보면서 천천히 말했다. 그런데 갑자기 그녀가 너무도 이상하리만큼 창백해지는 바람에, 나는 말을 마저 다 할 수 없었다. 그녀는 내 쪽으로 눈길을 돌리지도 않고 말하기 시작했다.

"제롬! 네 곁에서 나는, 인간으로서 행복할 수 있으리라고 생각한 것 이상으로 행복을 느껴……. 하지만 내 말을 믿어 줘, 우리는 행복을 위해 태어난 게 아니야."

"인간의 영혼이 행복보다 더 바라는 것이 무엇이지?" 내가 격렬하게 외쳤다. 그녀는 중얼거렸다.

"성스러움……." 그녀 목소리는 너무도 낮았기에, 나는 그 말을 들었다기보다 차라리 짐작한 것이었다.

내 모든 행복은 날개를 펼치고, 나에게서 도망쳐 하늘로 날아가 버렸다.

"너 없이는 난 거기에 이르지 못해." 나는 그녀 무릎에 이마를 묻고, 슬픔 때문이 아니라 사랑으로, 어린애처럼 울면서 말을 이었다. "너 없이는 난 못해. 너 없이는 난 못해!"

그러고서 그날도 다른 날들처럼 지나갔다. 하지만 그날 지녁 알리사는 그 작은 자수정 보석을 목에 걸지 않고 나타났다. 나는 충실하게 약속을 지켜, 다음 날 새벽 그곳을 떠났다.

그 다음다음 날, 나는 이런 이상한 편지를 받았는데, 그 편지 앞머리에는 셰익스피어의 시 몇 구절[30]이 인용되어 있었다.

다시금 그 선율이, 그건 꺼질 듯한 선율이었지,
오, 제비꽃 언덕 위로, 향기를 앗아 가고 실어다 주며
감미로이 부는 남풍인 양, 내 귀에 들려왔네.
됐어, 이제 그만,
이제는 이전만큼 감미롭지 않아…….

그래! 아침 내내 난 나도 모르게 너를 찾았어, 내 동생. 난 네가 떠났다고 믿을 수 없었어. 네가 우리 약속을 지킨 게 원망스러웠어. 장난이려니 하고 생각도 해 봤지. 혹시 숲 덤불 뒤로 네가 나타날까 하고 살펴보러 갔어. 그러나 아니었어! 네가 떠난 것은 사실이었어. 그래, 고마워.

그날 남은 시간 내내 너에게 이야기해 주고 싶다는 생각에 끊임없이 사로잡혀 있었어. 그리고 그 생각들을 너에게 이야기해 주지 않는다면, 너에게 해야 할 일을 소홀히 했으며, 네 비난을 받아 마땅하다고 나중에 느끼리라는, 이상하면서도 뚜렷한

---

30) 희극 「십이야(十二夜)」에 나오는 오시노 공작의 대사.

두려움에 사로잡혀 있었어…….

네가 퐁그즈마르에 머물기 시작한 처음 몇 시간 동안, 나는 네 곁에서 느끼는 내 온 존재의 야릇한 충족감에 놀랐고, 곧이어 그 충족감이 불안하게 느껴졌어. '더 이상 아무것도 바랄 것 없는 그러한 충족감!'이라고 넌 말했지만, 아 슬프게도! 바로 그 충족감이 나를 불안하게 했던 거야…….

내 말뜻이 잘못 이해되지나 않을까 두렵구나, 나의 벗. 무엇보다, 내 영혼의 더할 나위 없이 강렬한 감정의 표현에 지나지 않는 것을, 네가 미묘한 논리 전개(오! 얼마나 어설픈 논리 전개인가.)로 생각하지나 않을까 두려워.

'충족해 주지 않는다면, 그건 행복이 아닐 거야.' 하고 너는 나에게 말했지, 기억나니? 난 무어라 대답해야 할지 몰랐어. 아니야, 제롬, 그것이 우리를 만족시켜 주지는 못해. 제롬, 그게 우리를 만족시켜서는 안 돼. 더할 나위 없는 기쁨으로 가득한 충족감, 나는 그것을 진정한 것이라고 생각할 수 없어. 그 충족감 뒤에 어떤 슬픔이 깃들어 있는지, 지난가을 우리는 깨닫지 않았니……?

진정한 것이라니! 아! 하나님께서 그렇게 되도록 우리를 지켜 주시기를! 우리는 다른 종류의 행복을 위해서 태어났어…….

전에 우리 사이의 편지 왕래가 지난가을 우리 만남을 망쳐 놓은 것처럼, 어제 너와 함께 있었던 기억이 오늘 이 편지를 쓰는 기쁨을 앗아 가는구나. 너에게 편지 쓸 때마다 느끼던 그 황홀한 기쁨은 이제 어떻게 되어 버린 것일까? 편지로 인해, 바로 곁에 있음으로 인해, 우리 사랑이 바랄 수 있는 가장 순수한 기쁨이 완전히 고갈되어 버린 거야. 그래서 이제 나는 나도 모르게 「십이야(十二夜)」의 오시노처럼 외치지. '됐어! 이제 그만! 이제는 이전만큼 감미롭지 않아.'라고 말이야.

잘 있어, 제롬. Hic incipit amor Dei.[31] 아! 내가 널 얼마나 사랑하는지 네가 알기나 할까……? 영원까지 함께 있을

너의 알리사.

미덕이라는 함정에 대해 나는 아무런 방비도 없었다. 온갖 영웅주의 심리가 나의 눈을 현혹해 나를 이끌어 들였다. 사실 나는 사랑과 영웅주의를 구분하지 않았었다. 알리사의 편지는 더없이 무모한 열광으로 나를 도취했다. 내가 좀 더 많은 덕행을 쌓으려고 노력한 것도 오직 그녀를 위해서였음을 하나님은 아신다. 어떤 좁은 길이라도 위로 올라가는 길이기만 하다면, 알리사가 있는 곳으로 인도해 줄 것 같았다. 아! 우리 두 사람만을 받쳐 주기 위해서라면, 땅덩어리가 아무리 갑작스레 좁아 든다 한들 무슨 상관이겠는가! 아! 슬프게도 나는 그녀의 교묘한 속임수를 짐작하지 못했으며, 마지막 꼭대기에 이르러서 그녀가 다시 내게서 빠져 달아날 수 있으리라고는 상상조차 하지 못했다.

나는 그녀에게 긴 답장을 썼다. 지금, 내 편지 가운데서 다소 통찰력 있다고 생각되는 한 구절만이 생각난다. 나는 그녀

---

31) '하나님을 사랑함은 이로부터 시작된다.'라는 뜻의 라틴어.

에게 이렇게 말했다.

"이따금 내 사랑은 나 자신 속에 간직하고 있는 것들 가운데서 가장 훌륭한 것이라는 생각이 들어. 나의 모든 미덕은 사랑에 달렸고, 사랑은 나를 나 자신 이상으로 드높여 주는 것 같아. 만약 네가 없다면, 나는 지극히 평범한 본성의 그 보잘것없는 위치로 다시 굴러떨어질 수밖에 없다는 생각이 들어. 아무리 험한 좁은 길이라 할지라도, 그것이 나에게 언제나 가장 좋은 길로 보이는 것은, 너를 만나리라는 희망 때문이야."

대체 내가 이 편지에 어떤 말을 덧붙여 놓았기에, 그녀는 이런 회답을 하게 되었던 것일까?

그렇지만 나의 벗, 성스러움은 선택이 아니라 의무야.(그녀의 편지에는 의무라는 말 밑에 밑줄이 세 번이나 그어져 있었다.) 네가 만약 내가 믿었던 그런 사람이라면, 너 또한 그 의무에서 벗어날 수 없을 거야.

그것이 전부였다. 이로써 우리의 편지 왕래는 끝날 것이며, 아무리 교묘한 충고도, 집요한 의지도 달리 어찌할 도리가 없음을 나는 깨달았다. 아니 깨달았다기보다는 예감했다.

그래도 나는 애정에 넘치는 긴 편지를 거듭 썼다. 세 번째 편지를 보낸 뒤에야, 나는 이런 쪽지를 받았다.

나의 벗에게
내가 더 이상 너에게 편지 쓰지 않겠다는 결심 같은 걸 했다고는 생각하지 마. 단지 난 이제 편지 쓰는 데 흥미가 없을 뿐이야. 그래도 네 편지들을 보면 나는 여전히 즐거워. 하지만 나 자신이 이 정도로까지 네 마음을 사로잡고 있다는 데 점점 양심의 가책을 느껴.

여름도 멀지 않았구나. 당분간 편지 왕래는 하지 않기로 하고, 9월 후반 보름 동안 퐁그즈마르에 와 내 곁에 있었으면 좋겠어. 그렇게 하겠니? 그렇게 한다면, 회답은 필요 없어. 너의 침묵을 승낙의 표시로 받아들일 테니까. 그러니 따로 나에게 답장하지 않기를 바라.

나는 답장하지 않았다. 어쩌면 그 침묵은 그녀가 나에게 부여한 마지막 시련일지도 몰랐다. 몇 달 동안 공부를 하고, 이어 몇 주 동안 여행을 한 다음, 극히 평온하고 안정된 마음으로 나는 퐁그즈마르에 돌아왔다.

처음엔 나 자신도 잘 납득할 수 없었던 일을, 어떻게 간단한 이야기로, 곧바로 이해시킬 수 있겠는가? 그 후로 내가 완전히 무릎을 꿇고 만 그 비통한 사건 외에, 지금 내가 무엇을 묘사할 수 있을까? 그 당시 극히 부자연스러운 겉모습의 포장 아래, 여전히 사랑이 파닥이고 있었음을 눈치채지 못한 나 자신을 지금은 도저히 용납할 수 없지만, 그때만 해도 나는 그 겉모습밖에 볼 수 없었고, 과거 그녀 모습을 찾아볼 수 없다고 내 연인을 비난했으니 말이다……. 아니야, 알리사! 그때도 내가 당신을 비난한 것은 아니었어. 과거 당신 모습을 찾아볼 수 없어 절망에 휩싸여 슬퍼했을 따름이야. 그 침묵의 속임수와 잔인한 술책에서 당신 사랑의 힘을 헤아릴 수 있게 된 지금, 지난날 나에게 그토록 가혹한 슬픔을 주었으니, 그만큼 더 나는 당신을 사랑해야 하는 건 아닌지……?

경멸? 냉정? 아니, 이겨 내야 할 것은 아무것도 없었고, 맞서 싸울 아무 대상도 없었다. 그리하여 나는 이따금 주저했고, 내 불행도 내가 만들어 낸 게 아닐까 의심해 보기도 했다. 내 불행의 원인은 그토록 미묘한 것으로 남아 있었고, 그만큼 알리사는 내 불행을 모르는 척 교묘히 시치미를 떼고 있었다. 그러니 대체 내가 무엇을 한탄할 수 있었겠는가? 그녀가 나를 대하는 태도는 그 어느 때보다 상냥했다. 그녀가 그때보다 더 친절하고 싹싹한 적은 한 번도 없었다. 첫날 나는 그녀의 이런 태도에 거의 속아 넘어갈 뻔했다……. 요컨대 납작하게 빗어 넘겨 표정마저 달라 보일 정도로 그녀 얼굴을 딱딱하게 만든 새로운 머리 스타일이야, 뭐 그리 대수로운 것일까. 칙칙한 빛깔에 어울리지 않는 꺼끌꺼끌한 천 블라우스가 그녀 몸매의 섬세한 곡선을 뒤틀어 놓은들, 뭐 그리 대수로울까……. 그런 것쯤이야 그녀가 고치지 못할 것도 아니며, 그녀 스스로 혹은 내 부탁에 따라 다음 날이라도 당장 고칠 수 있을 거라고, 앞뒤를 내다보지 못한 채 나는 생각했다……. 그보다도 나는 우리 사이에 좀처럼 그런 예가 없었던 그녀의 상냥함과 친절함이 더 마음 아프게 생각되었다. 나는 거기서 감정의 용솟음보다는 어떤 결심을, 그리고 감히 말하기 어렵지만, 사랑보다는 예의를 보게 될까 봐 두려웠던 것이다.

저녁때 응접실에 들어서면서, 나는 늘 있던 자리에 피아노가 놓여 있지 않은 것을 보고 깜짝 놀랐다. 내가 실망한 듯이 외치자 "피아노는 수리하러 보냈어, 제롬." 하고 알리사는 아주 태연한 목소리로 대답했다.

"애야, 내가 몇 번이나 말했니." 하고 외삼촌은 엄하다고 할 만큼, 나무라는 투로 말씀하셨다. "지금까지 그런 대로 쓸 만했으니, 제롬이 떠날 때까지 기다렸다가 고치러 보내도 되지 않았니. 네가 서두르는 바람에 큰 즐거움 하나를 잃었어⋯⋯."

"하지만 아버지, 요즘 울림이 심해져서, 제롬도 칠 수 없었을 거예요." 붉어진 얼굴을 옆으로 돌리며 그녀가 말했다.

"네가 칠 때는 그렇게 나쁜 것 같지 않던데그래." 하고 외삼촌이 말을 이었다.

그녀는 안락의자 덮개의 치수를 재는 데 정신이 팔린 듯, 한동안 그늘진 쪽으로 몸을 기울이고 있더니, 갑자기 방을 나가 버렸다. 그러고는 저녁마다 외삼촌이 드시는 탕약을 쟁반에 받쳐 들고, 한참 뒤에 나타났다.

다음 날에도 그녀는 머리 모양이나 윗옷을 바꾸지 않았다. 그녀는 집 앞 벤치에 아버지와 함께 앉아 전날 저녁에도 했던 바느질을, 아니, 바느질이라기보다는 꿰매어 수선하는 일을 다시 하기 시작했다. 그녀는 자기 옆 벤치나 테이블 위에, 해진 긴 양말과 짧은 양말이 가득 든 큰 바구니를 놓아두고, 거기서 줄곧 일감을 꺼내곤 했다. 며칠 뒤에는 일감이 냅킨이나 시트로 바뀌었다……. 그녀는 그 일에 완전히 몰두했기 때문에 그녀 입술에는 표정이 전혀 없었고, 그녀 눈에서 광채를 찾아볼 수 없을 정도였다.

"알리사!" 첫날 저녁, 나는 옛날의 아름다움이 사라져 버려 이젠 알아보기도 힘든 그녀 얼굴을 보고, 거의 기겁을 해서 소리쳤다. 조금 전부터 나는 그녀 얼굴을 뚫어지게 바라보고 있었지만, 그녀는 내 눈길을 의식하지 못하는 것처럼 보였다.

"왜 그래?" 그녀는 고개를 들며 말했다.

"내 말이 들리는지 알고 싶었어. 네 생각이 내게서 너무 멀리 떠나 있는 것 같아서 말이야."

"아냐, 난 여기 있어. 하지만 이것들을 꿰매려면 여간 주의하지 않으면 안 돼."

"네가 바느질하는 동안, 책이라도 읽어 줄까?"

"제대로 들을 수 있을 것 같지 않은데."

"왜 그렇게 정신을 쏟아야 하는 일을 골라서 하지?"

"누군가는 그 일을 해야 하잖아."

"그런 일을 생계 수단으로 삼는 가난한 여자들도 많아. 그저 돈을 아끼려고, 네가 그런 보람 없는 일에 매달리는 건 아니잖아?"

그녀는 곧 그보다 더 재미있는 일은 없으며, 자기는 오래전부터 다른 일은 하지 않았기 때문에, 다른 일을 하는 재주는 다 잊어버린 것 같다고 잘라 말했다……. 그녀는 이야기하면서 내내 미소를 띠고 있었다. 그녀의 목소리는 어느 때보다 부드러웠지만, 나는 그 때문에 도리어 가슴이 아팠다. 그녀의 얼굴 표정은 마치 '나는 당연한 얘기를 하고 있는데, 너는 왜 그걸 슬프게 생각하니?' 하고 말하는 듯이 보였다. 마음속에서 올라오는 온갖 항변들을 입 밖에 내지 못한 채, 나는 답답하기만 했다.

그 다음다음 날 우리는 장미를 꺾었다. 그녀는 나에게, 그해에는 아직 한 번도 들어가 보지 못한 그녀 방으로 장미를 갖다 달라고 부탁했다. 그 즉시 나는 얼마나 큰 희망에 부풀어 올랐던가! 왜냐 하면 그때까지 나는 내 슬픔을 나 자신의 탓으로 돌리고 있었고, 그녀 말 한 마디면 내 마음의 병이 다 나을 것만 같았기 때문이다.

알리사 방으로 들어서면서 가슴이 설레지 않은 적은 한 번도 없었다. 그 방에는 무언가 모를 평화가 감미로운 선율처럼 깃들어 있어서, 알리사의 품성을 알아볼 수 있었다. 창문과 침대 주위에 친 커튼의 푸른 그늘, 빛나는 마호가니 가구들, 질서와 단정함과 고요함, 그 모든 것들이 그녀의 순수함과 사려 깊은 우아함을 내 마음에 전해 주는 것 같았다.

그날 아침, 나는 그녀 침대 옆 벽에서, 내가 이탈리아에서 갖다 준 마사치오[32] 작품의 커다란 사진판 두 장을 볼 수 없어 깜짝 놀랐다. 그 그림들을 어떻게 했느냐고 물어보려던 차에, 내 눈길은 바로 그 옆, 그녀가 즐겨 읽는 책들을 꽂아 둔 선반 위에 멈췄다. 그 작은 서가 절반은 내가 그녀에게 줬던 책들

---

32) 르네상스 미술의 선구자로 알려진 이탈리아 화가.

로, 나머지 절반은 우리가 함께 읽었던 책들로 오랫동안 서서히 채워져 왔었다. 그런데 그 책들이 모두 치워지고, 대신 그녀가 경멸감밖에 갖지 않았으면 좋을 듯싶은, 통속적인 신앙심에 관한 너절한 소책자들이 들어차 있는 것이 눈에 띄었다. 문득 눈을 드니, 웃고 있는, 그렇다, 나를 지켜보며 웃고 있는 알리사의 모습이 들어왔다.

"미안해." 하고 그녀는 곧 말했다. "네 얼굴을 보고 웃었던 거야. 내 책장을 보고 갑자기 얼굴이 일그러지니 말이야……."

나는 농담할 기분이 아니었다.

"아니, 정말, 알리사, 이게 요즘 네가 읽는 책들이니?"

"그래, 왜 그렇게 놀라니?"

"영양이 풍부한 양식에 길든 지성이라면, 이런 무미건조한 것들은 구역질이 나서 맛볼 수 없을 거라고 생각했는데."

"나는 네 말을 이해할 수 없어." 하고 그녀가 말했다. "이런 겸허한 영혼들은 온갖 정성을 다해 자기네 생각을 표현하고, 나와 함께 꾸밈없이 얘기를 나누지. 나는 그들과 함께 어울리는 것이 즐거워. 그들은 어떤 미사여구의 함정에도 빠지지 않을 거고, 나 또한 그들 책을 읽으면서 어떤 세속적인 감탄에도 빠져들지 않을 거라는 사실을 애초부터 잘 알아."

"그러면 이젠 이런 책들만 읽니?"

"그런 셈이야. 그래, 몇 달 전부터는 그래 왔어. 게다가 이젠 책 읽을 시간도 많지 않아. 솔직히 말해 아주 최근에, 네가 나에게 경탄할 수 있도록 가르쳐 준 위대한 작가들 가운데 한 사람의 글을 다시 읽어 보려 했지. 하지만 '제 키를 한 자 더 늘여

보려고 애쓰는[33] 성경에 나오는 사람 같은 꼴이 되넜시 뭐야."

"너 자신에 대해 그토록 이상한 생각을 하게 만든 그 '위대한 작가'가 누구지?"

"그 작가가 나에게 그런 생각을 하게 한 건 아니야. 그의 글을 읽다가 내가 그런 생각을 하게 된 거지……. 바로 파스칼이야. 아마 우연히 내가 별로 좋지 않은 구절을 읽게 되었는가 봐……."

나는 애가 타는 듯한 몸짓을 했다. 그녀는 아직 다 가다듬지 못한 꽃다발에서 눈을 떼지 않은 채, 마치 학과 공부를 암송하듯 맑고 단조로운 목소리로 말했다. 한순간 그녀는 내 몸짓을 보고 말을 끊더니, 이내 똑같은 어조로 계속했다.

"그토록 과장된 문체와 엄청난 노력은 놀라울 뿐이야. 그런데도 증명해 내는 것은 별로 없잖아. 이따금 나는 그의 비장한 어조가 믿음의 결과라기보다는 의혹의 결과라는 생각이 들었어. 완전한 믿음이란 그처럼 눈물을 흘리거나 목소리가 떨리는 게 아니거든."

"그 목소리를 아름답게 하는 건 바로 그 떨림, 그 눈물이야." 하고 나는 즉시 대꾸하려 했으나, 용기가 없었다. 사실 알리사의 말 속에는 내가 그녀에게서 소중히 여기던 것을 조금도 찾아볼 수 없었기 때문이다. 지금 나는 그녀 말을 기억나는 대로 옮겨 적고 있을 뿐, 기교나 논리를 덧붙이지는 않는다.

그녀는 말을 계속했다. "만약 그가 현재 삶에서 먼저 기쁨

---

33) 「마태복음」 6장 27절.

을 비워 내지 않았다면, 저울대 위에서 그 삶의 무게가 더 나갔을지도 몰라……."

"무엇보다 말이야?" 나는 그녀의 야릇한 이야기에 당황해서 말했다.

"그가 제시한, 불확실한 지복(至福)[34]보다."

"그럼 넌 그 지복을 믿지 않니?" 하고 내가 소리쳤다.

"아무렴 어때!" 그녀가 말을 이었다. "흥정을 한다는 의혹을 송두리째 떨쳐 버리기 위해서는, 지복이 불확실한 상태로 남아 있는 편이 더 좋겠어. 하나님을 열렬히 추구하는 영혼이 덕행에 몰두하는 것은 보상에 대한 희망 때문이 아니라, 타고난 고귀함 때문이야."

"바로 거기서 파스칼 같은 사람의 고귀함이 도피처로 삼는 저 은밀한 회의주의가 나오는 거지."

"회의주의가 아니라 장세니즘[35]이야." 하고 그녀가 미소 지으며 말했다. "그런데 그게 나와 무슨 상관이니? 여기 있는 이 가련한 영혼들은 ── 그녀는 자기 책들을 향해 몸을 돌렸다. ── 자기네가 장세니스트인지, 정적주의자(靜寂主義者)[36] 인지, 아니면 어떤 다른 교파에 속하는지 밝히기가 무척 힘들 거

---

34) 하나님과 함께 누리는 영원한 행복, 천국의 지극한 행복을 의미함.

35) 가톨릭의 얀센파로서 예외적인 은총의 도움을 받아서 선택된 일부만 구원받는다는 숙명론적 엄격한 교리. 17세기 프랑스에서 예수회와 대립할 당시 파스칼은 적극적으로 장세니즘을 옹호함.

36) 17세기 유럽에서 유행한 사상으로 인간의 의지를 최대한 억제하고 영혼의 정적 상태에서 신의 힘에 전적으로 의지하여 완전함에 도달할 수 있다고 믿음. 당시 로마 교황청에 의해 이단으로 배척당함.

야. 이 영혼들은 악의도, 불안도, 아름다움도 없이 바람 앞의 풀처럼 하나님 앞에서 고개를 숙이지. 그들은 자신을 보잘것없는 존재로 여기고, 하나님 앞에서 자신을 지워 버림으로써만, 스스로 조금이라도 가치를 갖게 된다는 걸 알아."

"알리사! 너는 왜 네 날개를 떼어 버리려 하니?" 하고 내가 외쳤다.

그녀 목소리는 너무도 차분하고 자연스러워서, 내 외침은 그만큼 더 우스꽝스러울 정도로 과장되게 느껴졌다.

그녀가 고개를 저으며, 다시 미소를 지었다.

"이번에 파스칼을 읽고 나서 내 머릿속에 남은 것은……."

"그래, 뭐지?" 그녀가 말을 멈추기에, 내가 물어 보았다.

"그리스도의 이런 말씀이야. '누구든지 제 목숨을 구하려 하면 잃을 것이니라.'[37]" 그녀는 더욱 또렷이 미소 지으며, 나를 똑바로 쳐다보면서 말을 이었다. "그 나머지는 사실 나도 거의 이해할 수 없었어. 얼마 동안 이 소박한 사람들과 어울려 지내다가, 위대한 사람들의 숭고함을 대하면, 이상하게도 금방 숨이 막혀 버리지."

당황해 버린 나는 대답할 말을 전혀 찾아내지 못했던 것일까……?

"만약 오늘 내가 너와 함께 이 설교집과 명상록 들을 모두 읽어야 한다면……."

그러자 그녀는 말을 가로막았다. "하지만 네가 이런 책들을

---

37) 「누가복음」 17장 33절.

읽는 걸 보면, 나는 가슴이 아플 거야! 정말 나는 네가 이런 것들보다는 훨씬 더 훌륭한 것을 위해 태어났다고 믿어."

이런 식으로 우리 두 사람의 삶을 갈라놓는 말들이 내 가슴을 찢어질 듯 아프게 한다는 사실을 짐작조차 하지 못한 듯, 그녀는 아주 간단하게 말해 버렸다. 나는 머리가 불타는 것처럼 달아올랐다. 좀 더 이야기하고 싶기도 했고, 울고 싶기도 했다. 어쩌면 그녀가 내 눈물을 보고 마음을 굽힐지도 모를 일이었다. 그러나 나는 벽난로에 팔꿈치를 기대고 두 손으로 이마를 감싼 채, 아무 말도 않고 있었다. 그녀는 내가 괴로워하는 걸 보지 못했는지, 아니면 못 본 척하는 건지, 조용히 꽃을 매만지는 일만 계속했다…….

그때 식사를 알리는 첫 번째 종소리가 들려왔다.

"이러다가 점심 먹을 준비도 못 하겠네. 어서 먼저 가 봐." 그녀가 말했다. 그러고는 마치 무슨 장난 얘기나 하듯 이렇게 말했다.

"이 이야기는 나중에 다시 해."

그 이야기는 다시 계속되지 않았다. 알리사는 끊임없이 나에게서 빠져나갔다. 그녀가 결코 나를 피하는 것처럼 보이지는 않았다. 그러나 뜻하지 않게 생긴 일이 곧 훨씬 더 급박하고 중요한 의무로 그녀에게 부과되었다. 나는 내 차례가 오기를 기다렸다. 그러나 끊임없이 생겨나는 집안일이라든가, 꼭 하지 않으면 안 되는 창고 일 감독, 소작인들 집을 방문하는 일, 그리고 그녀가 점점 더 관심을 쏟는 가난한 사람들 집

을 방문하는 일 등이 끝난 다음에야 내 차례가 돌아오는 깃이
었다. 결국 나에게는 얼마 되지 않는 나머지 시간만이 주어졌
다. 나는 늘 그녀의 분주한 모습밖에 볼 수 없었다. 그러나 내
가 대단히 소홀한 대접을 받고 있다고 별로 느끼지 못했던 것
은 아마도 그 많은 자잘한 일 때문이었고, 또한 내가 그녀 뒤
를 쫓아다는 것을 포기했기 때문이기도 했다. 조금이라도 그
녀와 대화를 나누어 보면, 그런 사실을 더욱 잘 알 수 있었다.
알리사가 나에게 잠시 틈을 내준다 해도, 실제로 대화는 어설
프기 짝이 없었고, 그녀는 어린애 장난하듯 응했다. 그녀는 멍
하니 미소를 머금은 채 내 곁을 빨리 지나쳤고, 그러면 나는
조금도 알지 못하는 사람 이상으로 그녀가 내게서 멀리 있다
고 느꼈다. 뿐만 아니라 이따금 그녀 미소에서 무시하는 듯한
태도, 아니면 적어도 빈정거리는 듯한 태도가 보이는 것 같았
으며, 그런 식으로 내 욕망을 따돌리는 데 그녀가 재미를 붙인
듯이 생각되었다……. 그러고 나면 나는 곧 모든 불평을 나 스
스로에게 돌렸다. 나 자신이 그녀에 대한 비난에 빠져들고 싶
지 않아서였고, 또 내가 그녀에게 기대하는 것이 무엇이며, 그
녀에게서 무엇을 비난할 수 있을지 더 이상 알 수 없었기 때문
이다.

이렇게 해서 그토록 벅찬 행복을 기대했던 날들이 흘러가
버렸다. 나는 날들이 사라져 가는 것을 망연히 바라보고 있었
을 뿐, 그 날들을 연장하려 하지도 않았고, 그 흐름을 늦추어
보려 하지도 않았다. 그토록 나의 고통은 하루하루 커 가기만

했다. 하지만 내가 떠나기 이틀 전, 알리사가 나와 함께 폐광이 된 이회암 채굴 터 벤치까지 걸어갔을 때 ─ 안개 한 점 없는 지평선까지 세세한 부분들이 푸르스름하게 드러나 보이고, 지난날의 아주 어렴풋한 추억조차 뚜렷이 떠오르는 맑은 가을 저녁이었다. ─ 나는 원망하는 마음을 더 이상 억누를 수 없어, 어떤 행복을 잃었기에 지금의 내가 이다지도 불행해졌는가를 이야기했다.

그러자 그녀는 곧 대답했다. "하지만 제롬, 내가 어떻게 할 수 있겠니? 지금 넌 환상을 사랑하고 있는 거야."

"아니, 결코 환상이 아니야, 알리사."

"상상 속 인물이지."

"아아! 그 인물은 내가 만들어 낸 게 아니야. 그녀는 내 연인이었어. 나는 그녀를 다시 부르고 있어. 알리사! 알리사! 당신은 내가 사랑했던 여자였어. 당신은 자신을 어떻게 한 거지? 대체 당신은 어떤 사람이 되어 버린 거야?"

그녀는 한동안 아무 대답도 없이, 고개를 숙인 채 천천히 꽃잎을 뜯고 있었다. 그러더니 이윽고 이렇게 말했다.

"제롬, 왜 그전만큼 나를 사랑하지 않는다고, 솔직히 고백하지 않니?"

나는 화가 나서 소리 질렀다. "사실이 아니니까! 사실이 아니니까! 내가 지금보다 너를 더 사랑한 적은 없으니까."

그녀는 미소를 지으려고 애쓰면서, 어깨를 약간 으쓱해 보이며 말했다.

"지금의 나를 사랑하고…… 또 그러면서도 지난날의 나를 그리워하고!"

"나는 내 사랑을 과거에 묶어 둘 수 없어."

내 발 밑에서 땅이 꺼져 내리는 듯했다. 그래서 나는 아무것에나 매달리고 싶은 마음이었다…….

"사랑도 다른 것들과 함께 지나가 버릴걸."

"내 사랑은 죽는 날까지 나와 함께 있을 거야."

"그 사랑도 서서히 약해져 갈걸. 네가 아직도 사랑한다고 주장하는 알리사는 이제 너의 추억 속에서만 존재해. 언젠가 그녀를 사랑했었다는 추억만 남는 날이 올 거야."

"너는 마치 내 마음속에서 다른 무언가가 그녀를 대신할 수 있다거나, 또는 이젠 내 마음이 더 이상 사랑을 품어서는 안 된다는 듯이 말하는구나. 너는 너 자신이 날 사랑했었다는 사실이 이젠 생각나지도 않니? 그렇지 않고서야 어떻게 이처럼 나를 괴롭히며 즐거워할 수 있니?"

나는 그녀의 핏기 없는 입술이 떨리는 것을 보았다. 그녀는 거의 알아들을 수 없는 목소리로 중얼거렸다.

"아니야, 아니야, 알리사의 마음은 변하지 않았어."

"그렇다면 아무것도 변한 건 없어." 하고 나는 그녀 팔을 잡으며 말했다…….

그녀는 좀 더 자신 있게 말을 이었다.

"한 마디면 모든 게 다 설명될 텐데, 왜 그 말을 터놓고 못하니?"

"무슨 말?"

"난 나이가 많아."

"그만둬……."

나는 곧 나 자신도 그녀만큼 나이를 먹었으며, 우리 둘 사이의 나이 차이는 전과 다름없다고 항변했다……. 그러나 그녀는 이제 정신을 차리고 있었다. 유일한 기회는 지나가 버렸고, 논쟁에 끌려드는 바람에 나는 유리한 입장을 모두 포기했다. 나는 어찌할 바를 몰랐다.

나는 그녀와 나 자신에 대해 불만을 품은 채, 이틀 뒤 퐁그즈마르를 떠났다. 그때 나는 내가 '미덕'이라고 부르는 것에 대한 막연한 증오와, 내 마음을 여전히 차지한 집착에 대한 원망으로 가득 차 있었다. 그 마지막 만남에서, 나의 사랑이 지나치게 고조되었기 때문에, 나는 모든 열광이 소모되어 버린 것 같은 느낌이 들었다. 처음에는 내가 반대하고 나섰던 알리사의 말 한 마디 한 마디가, 나의 항변이 끝난 다음부터는 내 마음속에 생생하고 당당하게 자리 잡게 되었다. 그래! 어쩌면 그녀 말이 옳은지 몰라! 나는 환상에 지나지 않는 것을 애지중지했던 거야. 내가 사랑했던, 그리고 여전히 내가 사랑하던 알리사는 더 이상 존재하지 않았어……. 그래! 우리는 어쩌면 나이를 많이 먹었는지 몰라! 그 앞에서 나의 마음이 온통 얼어붙게 된, 예전의 아름다움을 잃어버린 그 끔찍한 모습은 결국은 원래 상태로 되돌아간 것에 지나지 않았어. 내가 서서히 그녀를 실제 그녀 이상으로 높여 세웠고, 내가 좋아했던 모든 것으로 장식함으로써 그녀를 나의 우상으로 만들어 왔지만, 그러한 노력에서 피곤함 외에 무엇이 남았나……? 본래의 그녀

사신으로 내던져지자마자 그녀는 곧 자기 수준, 그 별것 아닌 수준으로 내려와 버렸으며, 나 자신도 그 수준까지 내려와 버린 거야. 하지만 나는 그 수준에서는 더 이상 그녀를 원하지 않았어. 아! 나 혼자만의 노력으로 그녀를 올려놓았던 그 높은 곳에서, 그녀를 만나 함께하려는, 그 미덕에 대한 힘겨운 노력은 얼마나 터무니없고 공상적인 것 같았는지. 조금이라도 자부심이 덜했던들, 우리 사랑은 수월했을 것이다……. 그러나 이제 대상 없는 사랑에 대한 집착이 무슨 의미가 있겠는가. 그것은 고집을 세우는 것일 뿐, 더 이상 충실한 것이 아니었다. 무엇에 대한 충실이었나? 과오에 대한 충실이었다. 가장 현명한 길은 나 스스로 잘못 생각했음을 인정하는 것 아니었을까……?

그러던 차에 아테네 학원에 추천을 받고, 나는 별다른 야심이나 흥미도 없이, 단지 떠난다는 것이 일종의 도피인 양 매력적으로 생각되어, 당장 거기에 들어가기로 동의했다.

8

　그러나 나는 다시 한 번 알리사를 만났다……. 삼 년의 세월이 흐른 뒤 여름이 끝나 갈 무렵이었다. 그 열 달 전에 나는 그녀 편지를 통하여 외삼촌이 별세하셨다는 것을 알게 되었다. 당시 내가 여행하고 있던 팔레스타인에서 곧바로 꽤 긴 편지를 보냈지만, 아무런 답장도 오지 않았다…….

　르아브르에 있던 내가 어떤 구실을 만들어, 자연스럽게 퐁그즈마르에 가게 되었는지 지금은 생각나지 않는다. 나는 거기서 알리사를 만나게 되리라는 것을 알고 있었지만, 그녀가 혼자 있지 않으면 어쩔까 하는 걱정이 들었다. 나는 그곳에 간다고 알리지도 않았다. 보통 때 방문하는 것처럼 찾아가는 것이 싫어서, 나는 걸으면서도 마음을 정할 수 없었다. 들어가 볼까? 아니면 그녀를 만나지 말고, 또 만나려 하지도 말고 그냥 돌아서 버릴까……? 그래, 그러자. 그냥 가로수 길이나 산책하다가, 어쩌면 요즘도 그녀가 와서 앉을지도 모르는 벤치에 가 앉아 보기나 하자……. 그리고 나는 내가 다녀간 뒤, 그녀에게 내가 들렀다는 것을 알리려면 어떤 표시를 남겨야 할까 궁리했다……. 그런 생각을 하면서 나는 천천히 걷고 있었다. 그녀를 만나지 않기로 결심하고 나자, 내 마음을 죄어 오던 쓰라린 슬픔은 감미로울 정도의 우수로 바뀌었다. 나는 벌써 가로수 길까지 이르렀다. 행여 들키지 않을까 염려되어, 나는 농가 안마당을 내려다볼 수 있는 비탈을 따라, 길 가장자리로 걷고 있었다. 나는 정원을 내려다볼 수 있는 비탈의 한 지점을 알고 있었다. 그곳으로 올라갔다. 낯선 정원사가 쇠스랑으로 오솔길을 긁어 고르더니, 곧 내 시야에서 멀어져 갔다. 새로 세운 울타리가 안마당을 둘러싸고 있었다. 지나가는 내 발자국 소리를 듣고 개가 짖었다. 좀 더 나아가 가로수 길이 끝나는 데서 정원 담과 마주치자, 나는 오른편으로 돌아 나왔다. 그리고 방금 빠져나온 길과 평행을 이루며 늘어선 너도밤나무 숲을 향해 가다가, 채소밭의 작은 문 앞을 지나는 순간, 불현듯 그리로 해서 정원으로 들어가 볼까 하는 생각이 들었다.

문은 닫혀 있었다. 그러나 안의 빗장이 그리 단단하지 못해서, 어깨로 한번 밀치기만 해도 부서질 것 같았다……. 바로 그때 발자국 소리가 들려왔다. 나는 담이 쑥 들어간 곳에 몸을 숨겼다.

정원에서 나오는 사람이 누구인지 보이지 않았다. 하지만 나는 발자국 소리를 듣고서, 알리사라는 걸 알았다. 그녀는 몇 걸음 앞으로 나오더니 가냘픈 목소리로 불렀다.

"너, 제롬이니……?"

격렬하게 고동치는 나의 심장이 멎고, 목이 죄어 한 마디 말도 나오지 않았다. 그녀는 좀 더 큰 소리로 되풀이했다.

"제롬! 너지?"

그녀가 이렇게 나를 부르는 소리를 듣자, 너무도 벅찬 감동에 못 이겨, 나는 무릎을 꿇고 주저앉고 말았다. 여전히 내가 대답을 하지 않자, 알리사는 몇 걸음 걸어 나와 담을 빙 돌았다. 그러자 갑자기 그녀가 나에게 와 닿는 것이 느껴졌다. 그때 나는 그녀를 곧 대하기가 두려운 듯, 팔로 얼굴을 감싸고 있었다. 그녀는 잠시 내게 몸을 굽힌 채 있었다. 그러는 동안 나는 그녀의 가냘픈 두 손에 키스를 퍼부었다.

"왜 숨어 있었어?" 그녀는 삼 년 동안의 이별이 불과 며칠에 지나지 않는다는 듯이, 아무렇지도 않게 말했다.

"어떻게 난 줄 알았어?"

"너를 기다렸어."

"나를 기다렸다고?" 나는 너무도 놀라 그녀 말을 되풀이해 물을 수밖에 없었다……. 내가 여전히 무릎을 꿇고 있자 "벤치로 가." 하고 그녀는 말을 이었다. "그래, 나는 한 번 더 너를 만나리라는 것을 알고 있었어. 사흘 전부터 나는 저녁마다 이곳에 와서 오늘처럼 너를 불렀어……. 왜 대답하지 않니?"

"네가 그렇게 갑자기 나오지 않았더라면, 난 너를 보지 못하고 떠났을 거야." 처음엔 까무러칠 뻔했던 그 감동을 억누르며 나는 말했다. "마침 르아브르를 지나가던 참에, 가로수 길을 좀 걸어 보고, 정원 주위도 돌아보고, 요즘도 네가 와서 없을 듯싶은 이회임 재골 터 벤지에서 잠시 쉬어 갈까 했던 서야. 그러고는…….”

“내가 사흘 전부터 저녁마다 여기 와서 무엇을 읽었는지 봐.”
 그녀는 내 말을 가로막으며, 편지 한 묶음을 내밀었다. 내가 이탈리아에서 그녀에게 보낸 편지들이라는 것을 금방 알수 있었다. 바로 그 순간 나는 그녀를 향해 눈을 들었다. 그녀는 놀랄 정도로 변해 있었다. 야위고 파리해진 그녀 모습이 너무도 내 가슴을 아프게 죄어 왔다. 그녀는 내 팔에 기대어 의지하면서도, 추위나 무서움을 타는 듯 내게 바짝 붙어 있었다. 그녀는 아직도 상복을 입고 있었다. 모자 대신 머리에 두른 검정 레이스가 얼굴을 둘러싸고 있어서 더욱 파리하게 보이는 듯했다. 그녀는 미소를 짓고 있었지만, 기절해 쓰러질 것 같았다. 나는 요즈음 그녀가 퐁그즈마르에 혼자 있는지 어떤지를 알고 싶었다. 아니었다. 로베르가 함께 있었다. 8월에는 쥘리에트와 에두아르, 또 그들의 세 아이가 와서 함께 지내고 갔다고 했다……. 우리는 벤치까지 와서 나란히 앉았다. 그리고 얼마 동안 우리 대화는 줄곧 평범한 소식을 주고받는 것으로 이어졌다. 그녀는 내 공부에 대해 물어보았다. 나는 별로 내키지 않는 기분으로 대답했다. 이제는 내가 공부에 대한 흥미를 잃었다는 것을 그녀가 깨달았으면 싶었다. 그녀가 전에 나를 실망시켰던 것과 마찬가지로, 나도 그녀를 실망시키고 싶었다. 그렇게 되었는지 어떤지는 모르겠지만, 그녀는 조금도 그런 내색을 하지 않았다. 나는 원한과 사랑으로 가슴이 터질 듯해서, 될 수 있는 대로 쌀쌀하게 말하려고 애썼다. 그러나 이따금 솟구치는 감동에 목소리가 떨려, 스스로가 원망스러웠다.

얼마 전부터 구름에 가려져 있던 석양이 거의 우리 맞은편 지평선에 닿을 듯이 다시 나타났다. 그러고는 텅 빈 들판을 전율하는 광채로 뒤덮고, 발아래 펼쳐진 좁은 골짜기를 갑자기 풍요로운 빛으로 가득 채우더니, 이윽고 사라져 버렸다. 나는 황홀해서 말없이 앉아 있었다. 그 황금빛 도취가 다시 한 번 나를 휩싸고 내 몸에 스며드는 것을 느끼자, 어느덧 원망하는 마음은 사라지고 내 안에는 사랑의 속삭임만 들려왔다. 몸을 숙여 내게 기대고 있던 알리사가 일어섰다. 그녀는 웃옷에서 얇은 종이에 싸인 작은 꾸러미를 꺼내더니 내게 내밀려는 시늉을 하다가, 어쩐지 마음을 정하지 못한 듯 멈추어 버렸다. 내가 놀라 바라보자, 그녀가 말했다.

"자, 제롬, 이건 내 자수정 십자가야. 오래전부터 너에게 주고 싶어서, 사흘 전부터 저녁마다 가지고 나왔어."

"그걸 나더러 어떻게 하라는 거지?" 나는 아주 퉁명스럽게 물었다.

"나에 대한 추억으로 네가 간직했다가, 네 딸에게 줘."

"딸이라니?"

그녀 말을 알아듣지 못한 채, 나는 그녀를 쳐다보며 소리쳤다.

"잠자코 내 말을 들어 봐. 부탁이야. 아니, 나를 그렇게 쳐다보지 마. 그러지 않아도 말하기가 힘들어. 하지만 이것만은 꼭 이야기하고 싶었어. 이것 봐, 제롬, 언젠가 너도 결혼하겠지……? 아니, 대답하지 마. 내 말을 막지 말아 줘, 부탁이야. 나는 단지 내가 널 무척이나 사랑했다는 걸 잊지 않기를 바랄 뿐이야. 그리고   벌써 오래진부터…… 삼 년 전부터……
네가 좋아하던 이 작은 십자가를, 언젠가 네 딸이 나에 대한
기념으로 목에 걸었으면 하는 생각을 했지. 아! 누구에게서
온 건지 모르는 채 말이야……. 그리고 어쩌면 네가 그 애에
게…… 내 이름을 붙여 줄 수도 있을 거라고 생각했어……."

그녀는 목이 메어 말을 멈췄다. 나는 거의 적의에 찬 어조로
소리쳤다.

"왜 네가 직접 주지 않고?"

그녀는 말을 계속하려고 안간힘을 썼다. 그녀 입술은 흐느
껴 우는 아이의 입술처럼 떨렸다. 하지만 그녀는 울지 않았다.
유난히도 반짝이는 눈빛은 인간을 넘어선 천사 같은 아름다
움으로 그녀 얼굴을 가득 채우고 있었다.

"알리사! 도대체 내가 누구하고 결혼하겠어? 내가 너밖에
사랑할 수 없다는 건 너도 잘 알잖아……." 그러고는 갑자기 정
신없이, 난폭할 정도로 그녀를 껴안으며, 나는 그녀 입술에 키
스를 퍼부었다. 얼마 동안 나는 내게 기대어 반쯤 몸을 뒤로 젖
힌 채, 온몸을 내맡긴 듯한 그녀를 꼭 껴안고 있었다. 나는 그녀
눈길이 흐려지는 것을 보았다. 그러자 그녀의 눈꺼풀이 잠기
고, 비할 데 없이 또렷하고 아름다운 목소리로 그녀가 말했다.

"우리 서로를 불쌍히 여겨 줘, 제롬! 아! 우리 사랑을 다치
게 하지 마."

어쩌면 그녀는 또 이렇게 말했는지도 모른다. "비겁한 짓은
하지 마!" 아니, 어쩌면 그 말은 나 자신이 했는지도 모른다.
그 어느 쪽인지 지금에 와서는 분명치 않다. 아무튼 나는 갑자

기 그녀 앞으로 달려들어 무릎을 꿇고, 경건한 자세로 그녀를 두 팔로 감싸면서 말했다.

"그렇게도 나를 사랑했다면, 어째서 넌 언제나 나를 밀쳐 냈지? 이것 봐! 처음에 나는 쥘리에트가 결혼하기를 기다렸어. 너 또한 그 애가 행복해지기를 기다린다는 걸 나도 알고 있었어. 그녀는 이제 행복해. 너 자신이 그렇게 말했잖아. 오랫동안 나는 네가 계속해서 아버지를 모시고 살고 싶다고 생각했지. 하지만 이젠 우리 둘뿐이잖아?"

"아! 지난 일은 후회하지 않기로 해. 이제 난 미련 없이 다 잊어버렸어." 하고 그녀는 중얼거렸다.

"아직 늦지 않았어, 알리사!"

"아니야, 제롬, 이제는 늦었어. 우리가 사랑을 통해서, 사랑보다 더 좋은 것을 서로에게서 엿본 그날부터 이미 늦은 거야. 제롬, 네 덕분에 내 꿈은 너무도 높이 올라가서, 어떤 인간적인 만족도 그걸 추락시켜 버렸을 거야. 이따금 나는 둘이서 같이 산다면 우리 생활이 어떨지 생각해 봤어. 우리 사랑이 더 이상 완전하지 못한 순간부터, 난 더 이상 견뎌 낼 수 없을 것 같았어……. 우리 사랑을."

"서로 헤어져 따로 살 때, 우리 생활이 어떨지 생각해 봤어?"

"아니! 전혀."

"이젠 너도 알겠지! 너 없이 삼 년 동안 난 고통스럽게 헤매고 다녔어……."

저녁 어둠이 내리고 있었다.

"추워." 그녀는 일어서더니, 내가 그녀 팔을 다시 잡을 수 없을 정도로, 슬을 바싹 죄어 몸에 감으면서 말했다. "우리를 불안하게 하고, 또 우리가 잘못 이해하지 않았나 걱정하던 성경 구절을 기억하겠지. '이 사람들 모두가 그 약속을 받지는 못하였으니, 하나님께서는 우리를 위해 더 좋은 것을 예비하사⋯⋯.'[38]"

"넌 여전히 그 성경 말씀을 믿니?"

"믿어야 해."

우리는 얼마 동안 말없이 나란히 걸었다. 그녀가 다시 말을 이었다.

"생각해 보았니, 제롬, '더 좋은 것'을!"

그녀 눈에서 갑자기 눈물이 솟구쳤다. 그러는 동안 그녀는 한 번 더 반복했다. "'더 좋은 것'을!"

다시 우리가 조금 전에 그녀가 나왔던 채소밭의 작은 문 앞에 이르렀다. 그녀는 나를 돌아보며 말했다.

"잘 가! 아니, 더 이상 이리로 오지 마, 잘 가, 내 사랑, 이제부터 시작되는 거야⋯⋯ 더 좋은 것이."

그녀는 나를 붙잡으면서 동시에 밀쳐 내듯, 팔을 뻗어 내 어깨에 두 손을 얹고, 말로는 이루 다 할 수 없는 사랑에 가득 찬 눈으로, 한순간 나를 바라보았다⋯⋯.

문이 닫히고, 그녀가 뒤에서 빗장 지르는 소리가 들리자, 나는 극도의 절망감에 사로잡혀 그 문에 기댄 채 쓰러졌다. 그리

---

38) 「히브리서」 11장 39~40절.

고 오랫동안 어둠 속에서 눈물을 흘리며 흐느꼈다.

그러나 내가 그녀를 붙잡았더라면, 문을 부수고 들어갔더라면, 어떻게 해서든지 집 안으로 들어가기만 했더라면, 하기야 내게 닫혀 있지도 않았겠지만, 아니다, 그 모든 과거를 되살리기 위해 옛날로 돌아가 보는 지금 생각해 봐도……. 아니다, 그것은 내게는 불가능한 일이었다. 그리고 지금 내 심정을 이해하지 못하는 사람은 그때의 내 심정도 진혀 이해하지 못할 것이다.

견딜 수 없는 불안감에 사로잡혀 나는 며칠 후 쥘리에트에게 편지를 썼다. 나는 내가 퐁그즈마르에 갔었다는 것과, 알리사의 창백하고 야윈 모습에 무척 놀랐다는 것을 얘기했다. 나는 쥘리에트에게 그 점에 대해 신경 써 줄 것을 당부했고, 이제 알리사 자신에게서는 소식을 기대할 수 없으니, 대신 소식 전해 달라고 부탁했다.

그 후 한 달도 안 되어 다음과 같은 편지를 받았다.

나의 소중한 제롬

너무도 슬픈 소식을 전해야겠어. 우리의 가엾은 알리사는 이제 이 세상에 있지 않아……. 아! 슬프게도, 오빠가 편지에서 했던 걱정은 정말 근거가 있었어. 몇 달 전부터 언니는 이렇다 하게 어디가 아픈 것도 아니면서 점점 쇠약해져 갔어. 그래서 언니는 내 간청에 못 이겨 르아브르의 A 의사에게 진찰을 받기로 했지. 그 후 그 의사로부터 편지가 왔는데 조금도 심각한 병은 아니라고 했어. 그런데 오빠가 찾아간 뒤 사흘 만에 언니는 갑자기 퐁그즈마르를 떠나 머뭇어. 로베르의 편지를 받고서야 나는 언니가 떠난 것을 알게 되었어. 언니가 나에게 편지 쓰는 일은 아주 드물어서, 로베르가 아니었더라면 언니가 집을 나간 것도 까맣게 몰랐을 거야. 언니에게서 소식이 없다고 해서 당장 걱정하지는 않았을 테니까. 나는 언니를 그렇게 떠나도록 내버려 둔 것과, 파리까지 따라가 보지 않은 것에 대해 로베르를 호되게 나무랐어. 그때부터 언니의 주소조차 알 수 없었으니, 대체 그게 있을 수 있는 일이야? 언니를 볼 수도 없고, 편지를 띄울 수도 없으니, 내가 얼마나 걱정이 되었는지 생각해 봐. 며칠 후 로베르가 파리에 갔지만 아무것도 알아내지 못했어. 그 애가 어찌나 무사태평이었는지, 그 애 성의를 의심할 정도였어. 우리는 경찰에 알릴 수밖에 없었어. 언제까지나 그런 끔찍한 불안 속에서 앉아 기다릴 수만 없었으니까 말이야. 에두아르가 가서, 수소문 끝에 마침내 언니가 숨어 있던 작은 요양원을 찾아냈어. 아! 슬프게도 이미 늦은 거야. 언니의 죽음을 알리는 요양원장의 편지와, 언니를 만나 보지도 못한 에두아르의 전보를 동시에 받았어. 마지막 날 언니는 우리가 통보를 받을 수 있도록 봉투 한 장에는 우리 주소를 적어 놓고, 다른 봉투 한 장에는 르아브르의 공증인에게 보내는 편지의 사본을 넣어 두었어. 그 편지에는 오빠에 관련된 구절이 있는 것 같아. 조만간 오빠에게 알려 줄게. 그저께 치른 장례식에는 에두아르와 로베르가 참석했어. 영구를 따라간 것은 둘만이 아니었대. 요양원 환자 몇 사람이 자진해서 장례식에 참석했고, 묘지까지 따라갔대. 나는 다섯째 아이의 출산이 오늘내일해서, 안타깝게도 자리를 뜰 수 없었어.

나의 소중한 제롬, 언니의 죽음이 오빠에게 얼마나 깊은 슬픔을 가져올지 나도 잘 알아. 편지를 쓰는 내 마음도 찢어질 것만 같아. 난 이틀 전부터 자리에서 일어나지 못하고, 지금 이 편지도 간신히 쓰고 있어. 하지만 나 아닌 다른 사람에게, 하다못해 에두아르나 로베르에게조차도, 오직 우리 둘만이 이해할 수 있었던 알리사의 소식을 전하게 하고 싶지 않았어. 이제는 어지간히 나이 든 가정주부가 되었고, 뜨겁게 불타오르던 과거도 쌓인 잿더미에 덮여 버린 지금, 오빠를 한 번 더 만나 보고 싶어 해도 되겠지. 언젠가 볼 일이 있거나 구경 삼아 님에 오거든, 애그비브에 한번 다녀가. 에두아르도 오빠를 알면 기뻐할 거고, 우리 둘이서 알리사 얘기를 할 수도 있겠지. 잘 있어. 나의 소중한 제롬. 몹시 슬픈 마음으로 오빠에게 키스를 보내.

　며칠 뒤 나는 알리사가 퐁그즈마르의 집을 로베르에게 남겨 주었으나, 자기 방에 있던 물건 전부와 그녀가 지시한 가구 몇 점은 쥘리에트에게 보내도록 부탁했다는 것을 알았다. 그녀가 내 이름을 적어 봉인한 서류는 조만간 받기로 되어 있다. 나는 또 마지막으로 그녀를 방문했을 때 내가 받기를 거절했던 작은 자수정 십자가를, 알리사가 자기 목에 걸어 달라고 부탁했다는 것도 알게 되었다. 그리고 그녀 부탁대로 되었다는 것도 에두아르를 통해 알았다.

　공증인이 나에게 보내 준 봉인된 봉투에는 알리사의 일기가 들어 있었다. 그중 여러 페이지를 여기에 옮겨 적기로 한다. 나는 아무런 설명도 붙이지 않고 그대로 옮겨 적을 생각이디. 이 일기를 읽어 나가면서 내가 깊이 생각한 것들이라든지, 너무도 불완전하게밖에 표현할 수 없는 내 마음의 혼란을, 당신은 넉넉히 짐작할 것이다.

알리사의 일기

애그비브

그저께 르아브르 출발, 어제 님 도착. 나의 첫 여행! 살림이나 부엌일에 대한 아무런 걱정도 없이, 그래서 느끼게 된 홀가분한 한가로움 속에서, 오는 188x년 5월 23일, 스물다섯 살이되는 생일을 맞아, 나는 일기를 쓰기 시작한다. 이렇다 할 즐거움은 없지만, 그저 벗 삼아 보려는 생각에서. 왜냐하면, 어쩌면 나는 생전 처음 혼자임을 느끼기 때문이다. 아직 아무런 인연도 맺지 않은, 거의 낯설다 할 만큼 색다른 지방에서. 이지방이 나에게 들려줄 이야기는 노르망디가 나에게 들려준 이야기, 혹은 퐁그즈마르에서 내가 쉴 새 없이 듣던 이야기와 같은 것일 테지만 ── 왜냐하면 하나님은 어디서나 같은 분이시니까. ── 이 프랑스 남부 지방은 내가 아직 배우지 못한 언어로 말을 건네 와, 나는 깜짝깜짝 놀란다.

5월 24일

쥘리에트는 내 곁 긴 의자에서 졸고 있다. 그 의자는 이탈리아 식으로 지어진 이 집의 매력을 이루는 활짝 트인 회랑 안에 있고, 회랑은 정원으로 통하는 모래 깔린 앞마당과 같은 높이다. 쥘리에트는 긴 의자에서 일어나지 않고서도, 여러 색 오리 떼가 퍼덕이고 두 마리 백조가 헤엄치는 연못까지 펼쳐져 있는 잔디밭을 바라볼 수 있다. 어느 여름에도 마른 적이 없었다는 한 줄기 시냇물이 이 연못에 물을 채워 주고는, 점점 더 야생 숲으로 변해 가는 정원을 가로질러 흐르다가, 메마른 벌판과 포도밭 사이에서 점점 가늘어져서는, 이윽고 완전히 사라져 버린다.

……어제 내가 쥘리에트와 같이 있는 동안, 에두아르 테시에르는 정원, 농장, 포도주 저장실, 그리고 포도밭을 구경시켜 드리려고 아버지를 모시고 나갔다. 그래서 오늘 아침 아주 일찍이, 나는 처음으로 혼자서 큰 정원을 살펴보며 산책할 수 있었다. 처음 보는 수많은 풀과 나무 들이 있었다. 나는 그 이름을 알고 싶었다. 점심때 물어보려고 가지들 하나하나를 꺾었다. 그 가운데서 나는 보르게즈[39] 별장에선가, 아니면 도리아

---

39) 아름다운 정원으로 유명한 로마의 박물관.

팜필리[40] 별장에선가…… 제롬이 보고 감탄했다던 초록빛 떡갈나무, 우리가 사는 프랑스 북부의 떡갈나무와는 아주 먼 친척간이지만 그 모양은 전혀 다른 초록빛 떡갈나무들이 있다는 것을 알게 되었다. 그 나무들은 정원이 거의 끝나 가는 곳에서 신비로운 좁은 빈터를 둘러싸고 있었고, 발아래 부드럽게 밟히는 잔디밭 위로 몸을 기울이며, 요정들의 합창을 권유하고 있다. 퐁그즈마르에서는 자연에 대한 나의 감정이 그토록 깊이 기독교적이었던 데 반해, 여기서는 나도 모르게 다소 신화적인 감정으로 변하는 것이 놀랍고, 거의 두려울 지경이다. 하지만 점점 나를 압박해 오는 그런 두려움도 역시 종교적인 것이었다. 나는 hic nemus[41]라고 중얼거렸다. 공기는 수정처럼 맑았고, 이상한 침묵이 감돌고 있었다. 나는 오르페우스[42]와 아르미테스[43]에 대해 생각하고 있었다. 바로 그때 갑자기 새 한 마리의 노랫소리가 들려왔다. 너무도 가까이서 들려온 그 노랫소리는 너무나 감동적이고 맑았기 때문에, 불현듯 자연 전체가 그 소리를 기다리고 있었던 것 같은 생각이 들었다. 내 가슴은 몹시 뛰었다. 잠시 나무에 기대 서 있다가, 아무도 잠에서 깨어나기 전에 집으로 돌아왔다.

---

40) 제노바의 자연사 박물관.
41) '여기는 성스러운 숲이다.'라는 뜻.
42) 그리스 신화에 나오는 시인이자 음악가, 현금의 명수로 지옥의 왕 하데스를 감동시킴.
43) 타소의 『해방된 여인』에 나오는 마력을 지닌 여인.

5월 26일

제롬에게서는 여전히 소식이 없다. 르아브르로 편지를 했으면, 이곳으로 보내 주었을 텐데⋯⋯. 나의 불안도 단지 이 일기장에 털어놓을 수밖에 없다. 어제는 보까지 산보를 했고, 사흘 전부터 기도를 드리고 있지만, 잠시도 이 불안에서 벗어날 수가 없다. 오늘은 다른 아무것도 쓰지 못하겠다. 애그비브에 온 이래 내가 겪고 있는 이 이상한 우울증은 무슨 다른 까닭이 있는 것은 아닐 것이다. 하지만 이 우울증은 너무나 가슴 깊이 느껴지기 때문에, 이젠 아주 오래전부터 거기에 있어 왔던 것처럼 생각되고, 나 자신이 자랑스럽게 여기는 기쁨도 이 우울증을 둘러싸고 있는 것에 지나지 않는다는 생각이 든다.

5월 27일

왜 나 자신을 속여야 할까? 나는 억지로 구실을 만들어서, 쥘리에트의 행복을 기뻐하고 있다. 내가 그토록 바랐던 그 애의 행복, 내 행복까지 희생해 바치려 할 정도로 바랐던 그 행복이 아무 힘 안들이고 얻어졌다는 것, 또 그 행복이 그 애와 내가 상상했던 행복과는 너무도 다르다는 것 때문에, 나는 마음 아파하고 있다. 얼마나 복잡한가! 그렇다⋯⋯. 그 애가 자기 행복을 내 희생 위에서가 아니라 다른 곳에서 찾았다는 것,

그 애가 내 희생 없이도 행복해질 수 있었다는 것에 대해, 내 마음속에 되살아난 끔찍한 이기주의가 분개하고 있다는 것을 나 스스로 잘 알아차릴 수 있다.

제롬의 침묵이 나에게 얼마나 큰 불안을 가져오는가를 깨닫게 된 지금, 나는 스스로 그 희생이 실제로 내 마음속에서 이루어졌는지 물어본다. 나는 하나님께서 나에게 더 이상 그 희생을 요구하지 않으시는 데 대해 부끄러움을 느낀다. 내게 그런 능력이 전혀 없는 것일까?

5월 28일

이렇게 내 슬픔을 분석하는 것이 얼마나 위험한 일인지! 벌써부터 나는 이 일기장에 집착하고 있다. 이미 극복되었다고 믿었던 허영심이 이제 다시 제 권리를 회복한 것일까? 아니다. 이 일기는 내 영혼이 그 앞에서 몸단장을 하는 자기만족의 거울이 되어서는 안 된다! 내가 이 일기를 쓰는 것은 처음에 생각했던 것처럼 심심풀이를 위해서가 아니라 슬픔 때문이다. 슬픔이란 지금까지는 잘 몰랐으나, 이제는 내가 증오하고, 내 영혼으로부터 '떨쳐 버리고' 싶은 '죄의 상태'다. 이 일기장은 내 마음속에 행복을 되찾는 데 도움이 되어야 한다.

슬픔이란 복잡한 얽힘이다. 나는 한 번도 내 행복을 분석해 보려고 하지 않았다.

퐁그즈마르에서도 나는 정말 고독했고, 지금보다 더 고독

했다……. 그런데 왜 나는 그것을 느끼지 못했을까? 제롬이 이탈리아에서 편지를 보내왔을 때, 나는 그가 나 없이 모든 것을 보고, 나 없이 살아가는 것을 아무렇지도 않게 받아들였으며, 마음속으로 그를 뒤따르고 그의 즐거움을 나의 즐거움으로 삼았었다. 그런데 지금 나는 나도 모르게 그를 부르고 있다. 그가 없이는, 내 눈에 보이는 모든 새로운 것들은 나를 괴롭힐 뿐이다…….

6월 10일

시작한 지 얼마 되지 않아서 이 일기는 오랫동안 중단되었다. 귀여운 리즈의 출생, 쥘리에트를 간호하면서 지샌 긴긴 밤들. 제롬에게라면 써 보낼 수 있을 모든 것들을, 여기에 쓰고 싶은 마음이 나지 않는다. 나는 많은 여자들이 공통적으로 지닌 결점, '너무 많이 쓴다'라는 견딜 수 없는 결점을 피하고 싶다. 이 일기장을 자기완성을 위한 도구로 삼을 것.

뒤이은 몇 페이지에는 독서 중에 적어 둔 메모라든가, 책에서 베낀 구절 같은 것들이 적혀 있었다. 그러고는 다시 퐁그즈마르에서 쓴 것이다.

7월 16일

쥘리에트는 행복하다. 그 애 자신이 그렇게 말하고, 또 실제로 그렇게 보인다. 나는 그것을 의심할 권리도, 이유도 없다……. 그런데 지금 그 애 곁에서 느끼는 이 불만, 이 불편한 기분은 어디에서 연유하는 것일까……? 아마도 이 행복이 너무나 실제적이고, 너무나 쉽게 얻어진 것이며, 너무나 완벽하게 '자로 잰' 듯해서, 영혼을 죄고 질식시키는 것같이 느껴지기 때문이 아닐까…….

그리하여 지금 나는 내가 바라는 것이 행복 자체인지, 아니면 행복을 향해 가는 도정인지 스스로 물어본다. 오, 주여! 너무 빨리 도달할 수 있는 행복으로부터 저를 지켜 주옵소서! 제가 당신께 갈 때까지, 저의 행복을 미루고, 뒤로 돌릴 수 있도록 가르쳐 주옵소서.

그다음에는 여러 장이 뜯겨 있었다. 아마도 르아브르에서의 우리의 가슴 아픈 재회에 관한 이야기였을 것이다. 일기는 그다음 해에 가서야 다시 시작되었다. 날짜는 적혀 있지 않았으나, 내가 퐁그즈마르에 머물 때 쓴 것이 분명했다.

때때로 그가 이야기하는 것을 듣고 있으면, 생각하고 있는 나 자신을 내가 보고 있다는 느낌이 든다. 그는 나에게 나 자신을 해명해 주고, 또 드러내 보여 준다. 그가 없이 내가 손재할 수 있을까? 나는 오직 그와 함께 존재할 뿐이다…….

때때로 나는 그에 대해서 내가 느끼는 것이, 정말 사람들이 사랑이라고 부르는 것인지 망설여진다. 그만큼 사람들이 보통 사랑에 대해 묘사하는 것은, 내가 묘사할 수 있는 것과 너무나 다르다. 나는 사랑에 대해서는 아무 말도 하지 않고서, 내가 그를 사랑하는지조차 알지 못한 채, 그를 사랑하고 싶다.

그가 없이 살아야만 한다면, 무엇 하나 내게 기쁨을 주는 것은 없을 것이다. 내 모든 미덕은 오직 그의 마음에 들기 위한 것이다. 하지만 그의 곁에 있으면, 내 미덕이 무기력해지는 것을 느낀다.

나는 피아노 연습을 좋아했다. 하루하루 조금씩 진보하는 것처럼 생각되었기 때문이다. 어쩌면 내가 외국어 책을 읽을 때 느끼는 즐거움의 비밀 또한 같은 것인지 모른다. 그렇다고 해서 분명히, 우리말보다 외국어가 더 좋다든가, 내가 좋아하는 몇몇 우리나라 작가들이 외국 작가들에 비해 조금이라도 뒤지는 것처럼 보이기 때문이 아니다. 단지 그 뜻과 감정을 파악하려 할 때 겪게 되는 약간의 어려움, 그리고 어쩌면 그 어려움을 극복하고, 좀 더 잘 극복해 나가는 데서 얻는 무의식적 자부심이, 정신의 기쁨에 무언가 알지 못할 영혼의 만족을 더해 주기 때문이다. 그런데 나는 이 영혼의 만족 없이는 살아갈 수 없을 것처럼 생각된다.

아무리 행복하다 해도, 진보 없는 상태는 바랄 수 없다. 천

상의 기쁨이란 하나님 안에서의 융합이 아니라, 하나님에게
로 영원히 끊임없이 가까이 가는 것이라고 생각한다……. 감
히 말장난을 해 본다면, 나는 '진보적'이지 않은 기쁨은 경멸
한다고 말할 것이다.

　오늘 아침 우리 두 사람은 가로수 길 벤치에 앉아 있었다.
우리는 아무 말도 하지 않았고, 또 말할 필요도 느끼지 않았
다……. 갑자기 그가 나에게 내세를 믿느냐고 물었다.
　"그럼, 제롬!" 나는 즉시 외쳤다. "그건 나에게 희망 이상의
것이야, 확신이야……."
　그러자 갑자기 내 모든 신앙심이 그 외침 속으로 쏟아져 들
어간 것처럼 생각되었다.
　"내가 알고 싶은 게 있어!" 하고 그는 덧붙였다……. 그러
고는 잠시 멈추더니, 말을 이었다. "네게 신앙심이 없다면, 넌
달리 행동할까?"
　"그걸 내가 어떻게 알 수 있겠어?" 하고 나는 대답했다. 그
러고는 이렇게 덧붙였다. "하지만 제롬, 너 역시, 너 자신의 생
각이야 어떻든 간에, 더없이 열렬한 신앙심에 의해 힘을 얻게
되면, 달리 행동할 수 없을 거야. 그리고 달라진다면, 나는 너
를 사랑하지 않을 거고."

　아니야, 제롬, 아니야, 우리의 미덕이 추구하는 것은 미래의
보상이 아니야. 우리의 사랑이 추구하는 것도 보상이 아니야.
고귀하게 태어난 영혼에게 있어, 자신의 수고에 대한 보수를

생각한다는 것은 모욕적인 일이야. 그 영혼에게 미덕이란 너이상 장식품도 아니야. 아니야, 그 영혼이 지닌 아름다움의 형상일 뿐이야.

아빠의 건강이 다시 나빠졌다. 제발 대단치 않기를 바라지만, 사흘 전부터 다시 우유만 드시게 되었다.

어제 저녁 제롬이 자기 방으로 올라간 지 얼마 안 되어, 나와 함께 늦도록 앉아 계시던 아빠가 잠시 나를 두고 밖으로 나가셨다. 나는 소파에 앉아 있었다. 아니, 앉아 있었다기보다는 — 내게는 좀처럼 없는 일이지만 — 드러누워 있었는데, 왜 그랬는지는 나도 모르겠다. 등갓이 내 눈과 상체를 불빛으로부터 가려 주었다. 나는 옷에서 비죽이 나와 램프 불빛에 드러난 발끝을 무심히 바라보고 있었다. 아빠가 들어오시더니 잠시 문 앞에 선 채로, 미소를 지으시는지 서글퍼하시는지, 이상한 표정으로 나를 뚫어지게 바라보셨다. 어쩐지 당황스러워 나는 몸을 일으켰다. 그러자 아버지는 손짓을 하셨다.

"이리 와 내 옆에 앉아라." 아버지가 말씀하셨다. 그러고는 밤이 꽤 깊었는데도, 어머니와 헤어지신 이래 처음으로 어머니에 관한 이야기를 시작하셨다. 어떻게 해서 어머니와 결혼하게 되었는지, 얼마나 어머니를 사랑하셨는지, 또 처음에 어머니가 자신에게 어떤 존재였는지 하는 얘기를 들려 주셨다.

"아빠." 하고 마침내 나는 말을 꺼냈다. "왜 오늘 저녁에 그런 이야기를 하시는지 말씀해 주세요, 하필이면 왜 오늘 저녁에 그런 얘기를 하시게 되었는지……."

"조금 전에 응접실로 들어설 때, 네가 소파에 누워 있는 모습을 보고, 잠깐 동안이지만 네 어머니를 보는 것 같은 생각이 들었기 때문이란다."

내가 그처럼 캐물었던 것은 바로 그날 저녁…… 제롬이 내가 앉은 안락의자에 기대어 서서, 몸을 굽혀 내 어깨 너머로 내가 읽던 책을 함께 읽었기 때문이다. 나는 그의 모습을 볼 수 없었지만 그의 숨결을 느낄 수 있었고, 그의 몸 온기와 떨림 같은 것을 느낄 수 있었다. 나는 여전히 책을 읽는 척했지만, 이미 아무것도 머리에 들어오지 않았다. 더 이상 행간조차 구분할 수 없었다. 너무도 야릇한 마음의 혼란에 사로잡혀 있었기에, 나는 아직 일어날 힘이라도 남아 있을 때 서둘러 의자에서 일어나야 했다. 다행히 그가 눈치채지 못하는 사이에 나는 잠시 방에서 나올 수 있었다……. 하지만 얼마 후 응접실에 혼자 남아, 어머니와 내가 닮았다는 생각을 아빠에게 불러일으켰던 그 소파 위에 드러누워 있었던 바로 그때, 나는 정말 어머니 생각을 하고 있었다.

그날 밤 나는 마음속에 회한처럼 떠오르는 지난날 추억에 사로잡혀, 불안하고 답답하고 비참한 생각에 잠을 설쳤다. 주여, 악의 형상을 한 모든 것을 혐오하도록 저에게 가르쳐 주옵소서.

가엾은 제롬! 그가 약간 몸짓을 하기만 하면 된다는 것을, 그리고 때로는 내가 그것을 기다리고 있다는 사실을 알기만 한다면…….

이미 어렸을 때부터, 나는 그가 있기 때문에 아름다워지고 싶었다. 지금 와서 생각해 보면, 내가 '완전을 지향'했던 것도 그를 위해서였다. 그런데 이 완전은 반드시 그가 없어야만 이루어질 수 있다는 것, 이것이 바로, 오, 나의 하나님! 당신의 가르침 중에서 가장 제 영혼을 당황케 하는 것입니다.

덕성과 사랑이 혼연일치가 된 영혼은 얼마나 행복할 것인가! 때때로 나는 사랑하는 것, 온 힘을 다해 사랑하고, 항상 더욱더 사랑하는 것 말고 다른 덕성이 있을까 의심해 본다……. 하지만 어느 날에는, 아, 슬프게도! 덕성이란 사랑을 거부하는 것으로밖에 생각되지 않는다. 이럴 수가 있을까! 내 마음의 가장 자연스러운 경향을 감히 덕성이라 부를 수 있다는 말인가? 오, 매력적인 궤변이여! 허울 좋은 권유여! 교활한 행복의 환상이여!

오늘 아침 라 브뤼예르[44]의 작품에서 다음과 같은 구절을 읽었다.

"인생을 살다 보면 때로는 금지되어 있기는 하지만, 너무나 소중한 쾌락과 다정한 유혹이 있어서, 적어도 그것들이 허용되었으면 하고 바라는 것이 자연스러울 때가 있다. 그처럼 큰 매력들은 오직 덕성이라는 매력으로 그것들을 포기할 수 있다는 사실을 알게 됨으로써만 극복될 수 있다."

어째서 나는 여기서 금지된 무엇이 있다는 생각을 하게 되었을까? 사랑의 매력보다 더 강하고, 더 감미로운 매력에 은밀히 내가 이끌리기 때문일까? 오! 우리 두 사람의 영혼을 사

---

44) 17세기 프랑스 작가로 『성격론』이 대표작임.

랑의 힘으로, 사랑을 넘어선 곳까지 동시에 이끌어 갈 수만 있다면……!

아! 슬프게도, 이제 나는 너무나 잘 깨닫게 되었다. 하나님과 그이 사이에는 오직 나라는 장애물이 있을 뿐이라는 것을. 그가 말한 것처럼, 아마도 처음엔 나에 대한 사랑으로 그의 마음이 하나님께 기울었다 할지라도, 이제는 그 사랑이 그를 방해하고 있다. 그는 나 때문에 머뭇거리고, 다른 것보다 나를 더 좋아하게 되었다. 그리하여 이제 나는 그가 덕성을 향해 앞으로 나아가는 것을 가로막는 우상이 된 것이다. 우리 둘 중에 한 사람이라도 거기에 도달해야 한다. 나의 하나님, 비겁한 제 마음은 이 사랑을 극복할 수 없어 절망하오니, 제발 그가 저를 사랑하지 않도록 만들 힘을 저에게 허락해 주옵소서. 그러면 저의 공덕(功德)보다 무한히 훌륭한 그의 공덕을 당신께 바칠 것이오니……. 그리고 오늘 그를 잃고 제 영혼은 흐느껴 울고 있사오나, 이것은 장차 당신 품에서 그를 되찾으려 함이 아니옵니까…….

말씀해 주옵소서, 오, 나의 하나님! 어느 영혼이 그의 영혼보다 당신에게 더 합당한 적이 있었습니까? 그는 저를 사랑하는 것보다 더 훌륭한 일을 위해 태어난 것이 아닙니까? 그러하오니 그가 제 곁에 머문다면, 제가 그를 그만큼 사랑하겠습니까? 영웅적일 수 있는 모든 것이 행복 속에서는 얼마나 위축되는지요……!

일요일

"하나님께서 우리를 위해 더 좋은 것을 예비해 두셨기에."[45]

5월 3일 월요일

행복이 여기, 바로 옆에 있으니, 그가 마음만 먹으면 ……
손을 뻗치기만 해도 잡을 수 있을 텐데…….

오늘 아침, 그와 이야기하면서, 나는 희생을 이루었다.

월요일 저녁

그는 내일 떠난다…….

사랑하는 제롬, 나는 언제나 한없는 애정으로 너를 사랑해.
하지만 이제 다시는 내가 너에게 이런 말을 할 수 없을 거야.
내가 내 눈과 입술과 영혼에 가하는 속박은 너무도 견디기 힘
들어서, 너와 헤어지는 것이 내게는 오히려 해방이고, 쓰디쓴
만족이기도 해.

나는 이유를 가지고 행동하려 애쓰지만, 막상 행동하는 순

---

45) 「히브리서」 11장 40절.

간에는 나를 움직이게 한 이유가 나를 저버리거나, 그 이유가 어리석기 짝이 없는 것처럼 보인다. 이미 내가 그 이유를 믿지 않게 된 것이다……

나로 하여금 그를 피하게 만드는 이유는? 이미 나는 그 이유를 믿지 않는다……. 하지만 나는 왜 그를 피해야 하는지 알지도 못한 채, 슬픔에 잠겨 그를 피하고 있다.

주여! 제롬과 제가 서로 함께, 서로에게 이끌려 당신께 나아가도록 해 주옵소서. 이따금 '형제여, 피곤하면 내게 기대시오.'라고 하나가 말하면, 다른 하나가 '그대가 곁에 있다고 느끼는 것만으로 충분하오…….'라고 대답하는 두 순례자처럼, 그렇게 끝까지 인생길을 걸어가게 하옵소서. 아닙니다! 주여, 당신이 우리에게 가르쳐 주시는 길은 다만 좁은 길, 둘이서 나란히 걸어가기에는 너무도 좁은 길이옵니다.

7월 4일

내가 이 일기를 펼치지 않은 것도 벌써 여섯 주가 넘는다. 지난달, 몇 페이지를 다시 읽어 보다가, 애써 잘 쓰려고 하는, 어리석고 그릇된 조바심을 발견했다……. 이것도 '그'의 탓이다…….

그가 없이 견디어 나가는 데 도움이 될까 해서 시작했던 이 일기 속에서도, 나는 계속해서 '그'에게 편지를 쓰고 있는 것만 같다.

나는 '잘 씌었다.'(이것이 무슨 의미인지 나는 잘 안다.)고 여겨시는 페이지들을 모두 찢어 버렸다. 그에 관계되는 페이지는 모조리 찢어 버려야 했을 것이다. 전부를 다 찢어 버려야 했을 것이다……. 그러나 나는 그럴 수가 없었다.

그런데 그 몇 장을 찢어 버린 것만으로도 나는 약간의 자부심을…… 내 마음이 이토록 병들지 않았던들 웃어넘기고 말았을 그런 자부심을 느꼈다.

참으로 장한 일을 해낸 것 같은 생각이 들었고, 그 몇 장을 뜯어냈다는 것이 무슨 대단한 일처럼 생각되었다!

7월 6일

나는 책장에서……추방해 버려야만 했다.

그를 피해 이 책에서 저 책으로 달아나는데도, 그를 다시 만나게 된다. 그가 없는 데서 펴 보는 페이지에서조차, 그 페이지를 나에게 읽어 주는 그의 목소리가 들린다. 나는 오직 그가 흥미 있어 하는 것에만 재미를 붙인다. 그리하여 내 생각은 그의 생각과 똑같은 모습을 띠게 되었기에, 지난날 우리 둘의 생각이 한데 뒤섞이는 것을 즐거워했던 때와 마찬가지로, 지금도 어느 것이 나의 생각인지 분간할 수가 없다.

이따금 나는 그의 문장투에서 벗어나려고, 일부러 서툴게 쓰려고 노력한다. 그러나 그에게 대항해서 싸운다는 것, 그것까지도 여전히 그에게 몰두하는 셈이 된다. 당분간 성경 말고는(또 어쩌면 『그리스도를 본받아』 말고는) 아무것도 읽지 않기로 하고, 일기장에도 읽은 것 가운데 눈에 띄는 구절만 적기로 마음먹는다.

이 뒤로는 일종의 '그날의 양식' 같은 것이 이어지는데, 7월 1일부터 시작되는 날짜마다 성경이 한 구절씩 덧붙어 있었다. 여기에는 주석들이 달려 있는 부분만 옮겨 적기로 한다.

7월 20일

"네가 가진 것을 모두 팔아 가난한 자들에게 나눠 주어라."[46] 나는 오직 제롬을 위해서 쓰고 있는 이 가음을 가난한 사람들에게 줘야 한다는 것을 깨달았다. 그리고 그렇게 하는 것이 동시에 그에게도 그렇게 하도록 가르쳐 주는 것이 아닐까……? 주여, 저에게 그렇게 할 수 있는 용기를 주옵소서.

7월 24일

『내면의 위안』을 읽다가 그만두었다. 이 고어체 글은 무척 재미있었지만 내 마음을 산란하게 했으며, 거기서 맛보는 거

---

46) 「누가복음」 18장 22절.

의 이교도적인 즐거움은 내가 찾으려 했던 교화적인 가르침과 전혀 관계가 없다.

『그리스도를 본받아』를 다시 읽기 시작했다. 너무도 이해하기 어려운 라틴어 원전으로는 읽지 않기로 했다. 내가 읽고 있는 번역본에 역자 서명이 들어 있지 않은 것이 마음에 든다. 개신교인의 번역임에 틀림없으나, 표제에는 "모든 기독교 공동체에 적합함."이라고 적혀 있다.

"오! 그대가 덕을 향해 나아감으로써 얼마나 큰 평화를 얻을 수 있으며, 남들에게 얼마나 큰 기쁨을 줄 수 있는지 안다면, 더욱 정성을 기울여 노력하리라는 것을 나는 확신할 수 있다."[47]

8월 10일

나의 하나님, 제가 당신을 향해 어린애 같은 신앙심의 열정과, 천사들의 초인간적인 목소리로 외칠 때…….

이 모든 것은 제롬에게서가 아니라, 당신에게서 오는 것임을 압니다.

하지만 당신은 어찌하여 당신과 저 사이 어디에나 그의 모습을 두십니까?

---

47) 『그리스도를 본받아』 1권 11장.

8월 14일

이 일을 완전히 끝내는 데 앞으로 두 달 남짓……. 오, 주여, 저를 도와주옵소서!

8월 20일

나는 분명히 느낀다. '나의 슬픔'에서 느낀다, 내 마음속에서 희생이 완전히 이루어지지 않았음을. 나의 하나님, 오직 그만이 알게 해 주었던 그 기쁨을, 이제는 오직 당신에게서만 얻게 해 주소서.

8월 28일

이 얼마나 보잘것없고, 서글픈 덕에 이르렀는가! 그렇다면 나는 나 자신에게 너무 지나친 요구를 하는 것일까? 더 이상 감당할 수 없을 만큼.

언제나 하나님께 그분의 힘을 달라고 애원하고 있으니 이무슨 비겁한 짓인가! 이제 내 모든 기도는 하소연에 지나지 않는다.

8월 29일

"들에 핀 백합화를 보라……."[48]

오늘 아침 너무도 단순한 이 말씀이 도무지 벗어날 길 없는 슬픔 속에 나를 잠기게 했다. 나는 들판으로 나갔는데, 나도 모르게 쉴 새 없이 되뇌던 이 말씀이 내 마음과 두 눈을 눈물로 가득 채웠다. 나는 농부가 쟁기 위에 몸을 굽힌 채 밭을 갈고 있는 드넓은 들판을 바라보았다…… "들에 핀 백합화……." 하지만, 주여, 백합화는 어디에 있습니까……?

9월 16일 밤 10시

그를 다시 만났다. 그는 여기, 이 지붕 아래 있다. 그의 방 창문에서 새어나오는 불빛이 잔디밭 위에 보인다. 내가 이 글을 쓰고 있는 지금, 그는 자지 않고 있다. 어쩌면 그는 나를 생각하고 있는지 모른다. 그는 변하지 않았다. 그도 그렇게 말하고, 나도 그렇게 느낀다. 그가 나와의 사랑을 끊도록 하기 위해, 이미 결심한 대로의 내 모습을 그에게 보여 줄 수 있을까……?

---

48) 「누가복음」 12장 27절.

9월 24일

오! 마음속으로는 까무러칠 것 같은데도, 무관심과 냉담을 가장할 수 있었던 잔인한 대화……. 지금까지 그를 피하는 것으로 만족하고 있었다. 오늘 아침 나는 하나님께서 나에게 이겨 낼 힘을 주실 것이며, 끊임없이 싸움을 피하는 것은 비열한 짓이라는 믿음을 갖게 되었다. 내가 승리한 것일까? 제롬이 전보다 나를 덜 사랑하게 된 것일까……? 아! 슬프게도, 나는 그것을 바라면서 동시에 두려워하고 있으니……. 내가 지금보다 그를 더 사랑했던 적은 없다.

하오나 주여, 저로부터 그를 구하기 위해 제가 없어져야 한다면, 그렇게 하옵소서……!

"제 마음, 제 영혼 속으로 들어오시어, 거기서 제 고통을 짊어지시고, 그리스도의 수난에서 아직 남아 있는 고통을 제 안에서 계속하여 감당하옵소서."[49]

우리는 파스칼에 대해 이야기했다……. 그에게 내가 무슨 말을 할 수 있었던가? 얼마나 부끄럽고 말도 안 되는 얘기였던가! 그런 말을 하는 순간에도 괴로웠지만, 오늘 저녁에는 마치 하나님을 모독한 것처럼 후회가 된다. 묵직한 『팡세』를 다시 뽑아 들었다. 그냥 아무렇게나 펼치자, 로아네 양[50]에게 보내는 편지 가운데 한 구절이 눈에 들어왔다.

---

49) 파스칼의 『병의 선용(善用)을 하나님께 구하는 기도』속 한 구절.
50) 파스칼의 친구인 로아네 공작의 여동생으로 파스칼의 연인이었다고 함.

"인노하는 사람을 자발적으로 따를 때 속박은 느껴지지 않습니다. 그러나 맞서 버티고, 벗어나 걷기 시작할 때부터 몹시 괴로워집니다."

이 말이 너무도 사무치게 마음에 와 닿아서, 계속 읽어 나갈 힘을 잃고 말았다. 하지만 다시 다른 곳을 펼치자, 여태껏 본 적 없는 훌륭한 구절이 눈에 띄었고, 나는 그것을 베껴 두었다.

이 일기의 첫 번째 노트는 여기서 끝난다. 아마도 뒤이은 노트는 없애 버린 것 같다. 왜냐하면 알리사가 남긴 서류 가운데 남아 있는 일기는 그로부터 삼 년 뒤, 다시 퐁그즈마르에서 — 9월에 — 다시 말해 우리의 마지막 만남이 있기 조금 전부터 이어지기 때문이다. 그 마지막 일기는 다음과 같은 구절로 시작된다.

9월 17일

나의 하나님! 제가 당신을 사랑하기 위해서는 그가 필요하다는 것을 당신은 잘 아십니다.

9월 20일

나의 하나님, 제 마음을 당신께 바치고자 하오니, 그를 저에게 주옵소서.

나의 하나님, 단지 그를 다시 만나게만 해 주옵소서.

나의 하나님, 제 마음을 당신께 바치기로 약속드립니다. 하오니 저의 사랑이 당신께 청하는 것을 허락해 주옵소서. 저에게 남은 삶은 오직 당신께 바치겠나이다…….

나의 하나님, 비루한 이 기도를 용서하옵소서. 제 입술에서 그의 이름을 멀리할 수도 없고, 제 마음의 괴로움을 잊을 수도 없나이다.

나의 하나님, 당신께 외치옵니다. 이 비탄 속에 저를 버려두지 마시옵소서.

9월 21일

"너희가 내 이름으로 내 아버지께 구하는 것은 무엇이든지……"[51]

주여! 당신 이름으로 저는 감히 못하나이다…….

하오나, 제가 저의 기도를 입 밖에 내지 않는다 해서, 당신은 제 마음속 간절한 소원을 모르시지야 않겠지요?

---

51) 「요한복음」 14장 13절.

9월 27일

오늘 아침부터 마음이 퍽 안정되었다. 지난밤은 묵상과 기도로 거의 지새웠다. 갑자기 내 마음속에서, 어린 시절 성령에 대해 상상하던 것과 비슷한, 빛나는 평화 같은 것이 나를 둘러싸고 나에게로 내려오는 듯했다. 이 기쁨이 신경의 흥분에서 온 것이 아닐까 하고 두려운 마음이 들어, 얼른 잠자리에 들었다. 이 크나큰 행복감이 내게서 사라지기 전에, 나는 아주 빨리 잠이 들었다. 오늘 아침에도 그 행복감은 온전히 그대로 남아 있다. 이제 나는 그가 꼭 올 거라고 확신한다.

9월 30일

제롬! 나의 벗, 내가 지금도 나의 동생이라 부르지만, 동생보다 한없이 더 사랑하는 너……. 너도밤나무 숲 속에서 내가 몇 번이나 네 이름을 소리쳐 불렀던가……! 저녁마다 해 질 무렵이면 나는 채소밭의 작은 문을 빠져나가, 벌써 어둑해진 가로수 길을 내려간다……. 내가 부르는 소리에 갑자기 대답한다 해도, 거기, 서둘러 내 눈길이 둘러보는 돌투성이 비탈 뒤에서 네가 나타난다 해도, 아니면 나를 기다리며 벤치에 앉아 있는 네 모습이 멀리서 보인다 해도, 내 가슴은 놀라 뛰지 않을 것이다……. 오히려 네가 보이지 않아, 나는 놀랄 뿐이다.

10월 1일

아직 아무 일도 없다. 태양은 비할 데 없이 맑은 하늘 속으로 저물어 갔다. 나는 기다린다. 머지않아 바로 이 벤치에 그와 함께 앉게 되리라는 것을 나는 안다……. 벌써 그의 말소리가 들린다. 나는 내 이름을 부르는 그의 목소리가 무척이나 듣기 좋다……. 그는 여기에 앉을 것이다! 나는 그의 손에 내 손을 맡길 것이다. 그의 어깨에 내 이마를 기댈 것이고, 그의 곁에서 숨 쉴 것이다. 어제도 나는 그의 편지 몇 통을 다시 읽어 보려고 가지고 나왔다. 하지만 그의 생각에 너무나 정신이 팔려, 그 편지들을 쳐다보지도 않았다. 그리고 그가 좋아하던 자수정 십자가, 지나간 어느 여름 그가 떠나지 않기를 바라는 동안, 저녁마다 목에 걸었던 그 자수정 십자가도 가지고 나왔다.

그 십자가를 그에게 돌려주고 싶다. 벌써 오래전부터 그런 꿈같은 생각을 해 왔다. 그가 결혼하면, 나는 그의 첫 딸, 어린 알리사의 대모가 될 것이고, 이 패물을 그 아이에게 줄 거라고……. 왜 나는 그 이야기를 그에게 감히 하지 못했을까?

10월 2일

하늘에 둥지를 친 새처럼, 오늘 내 영혼은 가볍고 즐겁다. 그는 틀림없이 오늘 올 것이다. 나는 그렇게 느끼고, 또 그렇다는 걸 안다. 모든 사람들에게 그가 올 거라고 외치고 싶고,

여기에라도 꼭 써야겠다. 나는 이제 더 이상 내 기쁨을 숨기고 싶지 않다. 보통 때는 그토록 주의가 산만하고, 내게 무관심한 로베르조차 그걸 눈치챘다. 그가 묻는 말에 당황해서, 나는 무어라 대답해야 할지 몰랐다. 저녁때까지 어떻게 기다려야 할까……?

무언가 투명한 눈가림 띠 같은 것이 사방에서 그의 모습을 확대해 내게 보여 주고, 사랑의 모든 빛살들을 내 가슴의 불타는 한 지점에 집중한다.

오! 기다림이 얼마나 나를 지치게 하는지……!

주여! 행복의 그 큰 문을 잠시 동안만이라도 제게 열어 보여 주옵소서!

10월 3일

모든 것이 사라졌다. 아! 슬프게도, 그는 내 품에서 마치 그림자처럼 빠져나갔다. 그는 여기 있었다! 바로 여기 있었다! 아직도 나는 그를 느낀다. 나는 그를 부른다. 내 손, 내 입술은 어둠 속에서 헛되이 그를 찾는다…….

나는 기도할 수 없고, 잠잘 수도 없다. 어두운 정원으로 다시 나가 보았다. 내 방에서나, 집 안 어디에서나 나는 무섭기만 했다. 나는 슬픔을 이기지 못해, 내가 그를 남겨 두고 왔던 그 문으로 다시 가 보았다. 그가 돌아와 있었으면! 당치도 않은 희망을 품고, 나는 그 문을 다시 열어 보았다. 나는 그를 불렀다. 나는 어둠 속을 더듬어 보았다. 그러고는 그에게 편지를 쓰려고 다시 돌아왔다. 나는 이 크나큰 슬픔을 받아들일 수가 없다.

도대체 무슨 일이 일어났던가? 내가 그에게 무슨 말을 했던 가? 나는 무엇을 했던가? 무슨 필요가 있어, 나는 언제나 그의 앞에서 나의 덕을 과장하는 것일까? 나의 온 마음이 인정하지 않는 이 덕에 무슨 가치가 있겠는가? 하나님께서 내 입술에 올려놓으신 말씀을 나는 몰래 배반하고 있었다……. 마음속에 가득 찬 생각들 가운데, 그 어느 것도 나는 입 밖에 내지 않았다. 제롬! 제롬, 곁에 있으면 내 마음이 찢어질 것 같고, 멀리 있으면 내가 죽을 것만 같은, 고통과도 같은 나의 연인, 조금 전 내가 했던 모든 얘기 가운데, 내 사랑이 너에게 했던 얘기 말고는 아무 말도 듣지 말아 줘.

편지를 썼다가 찢어 버렸다. 그리고 다시 썼다……. 이제 새벽이다. 마음속 내 생각만큼이나 슬프고, 눈물에 젖은 잿빛 새벽……. 농장에서 첫 기척이 들려온다. 잠들었던 모든 것이 다시 삶을 시작한다……. "이제 일어나라, 때가 가까이 왔으니……."[52]

편지는 부치지 않을 것이다.

---

52) 「마태복음」 26장 45~46절 참조.

10월 5일

제게서 그를 빼앗아 가신 질투심 많은 하나님, 하오니 제 마음도 거두어 가옵소서. 이제부터는 모든 열정이 제 마음에서 사라져, 그 어떤 것에도 흥미를 갖지 못할 것입니다. 그러하오니, 저 자신에게 남아 있는 슬픔의 찌꺼기를 이겨 낼 수 있도록 도와주옵소서. 이 집, 이 정원이 제 사랑을 부추겨서 견딜 수가 없습니다. 오직 당신만을 뵙게 될 곳으로, 저는 달아나고 싶습니다.

당신의 가난한 이들을 위해, 제가 소유했던 재산들을 처분하도록 도와주옵소서. 쉽게 팔아 버릴 수 없는 퐁그즈마르의 집은 로베르에게 남겨 주도록 하옵소서. 유언장을 써 놓기는 했지만, 나는 필요한 절차를 거의 모른다. 어제 나는, 공증인이 내가 결심한 것을 눈치채고, 쥘리에트나 로베르에게 알릴까 봐 두려워, 충분한 이야기를 나눌 수 없었다⋯⋯. 이 일은 파리에 가서 끝내야겠다.

10월 10일

너무도 지쳐서 이곳에 도착한 까닭에, 처음 이틀 동안은 누워 있어야 했다. 내가 원하지 않았는데도 불러온 의사는 수술을 꼭 해야 한다고 했다. 내가 반대한들 무슨 소용이겠는가?

그렇지만 나는 수술이 겁나고, '기운을 좀 차릴' 때까지 기다리고 싶다며 의사를 쉽게 납득시켰다.

나는 이름과 주소를 밝히지 않았다. 요양원에서 나를 받아들여 하나님이 필요하다고 여기실 때까지 돌봐 주는 데 어려움이 없도록, 충분한 돈을 사무실에 맡겼다.

이 방은 마음에 든다. 벽은 티 없이 깨끗한 상태로, 다른 장식이 필요하지 않다. 내 마음이 거의 즐겁게까지 느껴지는 것이 무척 놀랍다. 이제 더 이상 삶에 대해서 바라는 게 없기 때문이다. 이제는 하나님만으로 만족해야 하며, 하나님의 사랑은 그분이 우리 마음을 완전히 차지할 때에야 비로소 감미로운 것이 되기 때문이다……

성경 말고 다른 책은 가지고 오지 않았다. 그러나 오늘, 내안에서는, 읽고 있는 성경 말씀보다 더 큰 소리로, 파스칼의 그 열광적인 흐느낌이 울려오고 있다.

"하나님 아니시고는, 그 어떤 것도 나의 기다림을 채워 줄수 없다."

오, 분별없는 내 마음이 염원하던, 너무도 인간적인 기쁨이여……. 주여! 당신이 저를 절망하게 하신 것은 이 부르짖음을 들으시기 위해서였습니까?

10월 12일

당신의 나라가 임하시기를! 제 안에 당신의 나라가 임하시기를! 그리하여 오직 당신만이 저를 다스리시기를. 저의 모든 것을 다스리시기를. 이제는 당신께 아낌없이 제 마음을 드리겠나이다.

아주 늙어 버린 듯 지쳤으면서도, 내 영혼은 이상야릇한 어린애 같은 성향을 간직하고 있다. 아직도 나는, 방 안 모든 것이 정돈되고, 벗어 놓은 옷이 침대 머리맡에 가지런히 개어져 있어야 잠이 들던 소녀 때의 나와 똑같다…….

죽음도 이렇게 맞이하고 싶다.

10월 13일

없애 버리기 전에, 내 일기를 다시 읽어 보았다. "자신이 느끼는 혼란을 털어놓는 것은 품성이 고귀한 사람으로서 할 일이 아니다." 이 아름다운 말은 클로틸드 드 보[53]의 말이라 생각된다.

이 일기를 불 속에 던져 넣으려는 순간, 어떤 경고 같은 것이 나를 멈추게 했다. 이 일기는 이제 내 것이 아니고, 이 일기

---

53) 프랑스 사상가 오귀스트 콩트의 연인이었던 젊은 미망인.

를 제롬에게서 빼앗을 권리는 나에게 없으며, 이 일기를 쓴 것도 오직 그를 위해서였다는 생각이 들었다. 나의 불안이나 회의도 지금에 와서는 너무나 어리석게 보여, 이제 나는 그런 것들에 어떤 중요성도 부여할 수 없고, 또 그런 것들로 제롬이 고민하리라 생각되지도 않는다. 나의 하나님, 때때로 그가 이 일기에서 저 자신은 도달할 수 없어 단념해 버린 지고의 덕에까지, 그를 밀어 올리려고 미칠 듯이 원했던 이 마음의 어설픈 표현을 찾아볼 수 있게 하옵소서.

"나의 하나님, 제가 다다를 수 없는 그 반석 위로 저를 인도해 주옵소서."[54]

10월 15일

"기쁨, 기쁨, 기쁨, 기쁨의 눈물······."[55]

인간적인 기쁨 너머, 모든 고통의 저편에서, 그렇다, 나는 그 빛나는 기쁨을 예감한다. 내가 다다를 수 없는 반석, 그 반석의 이름이 행복이라는 것을 나는 잘 안다······. 행복에 도달하기 위한 것이 아니라면, 내 모든 삶이 헛되다는 사실을 나는 깨닫는다······. 아! 주여, 그러나 당신은 자신을 희생하는 깨끗한 영혼에게, 그 행복을 약속하셨습니다. 당신의 거룩한 말

---

54) 「시편」 61편 2절.
55) 파스칼이 신앙으로 거듭 난 후, 옷 속에 꿰매어 넣고 다녔다는 문구.

쏨에도 있지 않습니까. "이제부터 주 안에서 죽는 자들은 복이 있도다. '이제부터' 복이 있도다."[56]라고. 죽을 때까지 저는 기다려야 합니까? 여기서 제 신앙은 흔들립니다. 주여! 제 온 힘을 다해 당신께 부르짖사옵니다. 저는 어둠 속에 있습니다. 새벽을 기다리고 있습니다. 죽을 때까지 저는 당신께 부르짖사옵니다. 제 마음의 갈증을 풀어 주시옵소서. 지금 당장 저는 그 행복을 갈망하고 있습니다……. 아니면 제가 이미 그 행복을 가졌다고 생각해야 합니까? 먼동이 트기 전에, 새 날을 알린다기보다, 차라리 새 날을 부르는 조급한 새처럼, 저도 어둠이 가시기를 기다리지 않고 노래 불러야 합니까?

10월 16일

제롬, 너에게 완전한 기쁨을 가르쳐 주고 싶구나.

오늘 아침, 구토증 발작으로 기진맥진해졌다. 그러고 난 다음 너무도 쇠약해진 느낌이어서, 한순간 죽었으면 하는 마음이 들었다. 아니다. 처음에는 커다란 평온이 온몸에 깃들었다. 그러고는 불안감이 나를 사로잡았고, 육체와 영혼이 전율했다. 마치 내 삶의 환멸을 느끼게 하는 갑작스러운 '계시'와도 같았다. 나는 끔찍할 정도로 헐벗은 내 방 벽을 처음으로 바

---

56) 「요한계시록」 14장 13절.

라보는 것 같았다. 나는 두려움이 들었다. 지금도 나는 마음을 안정시키고 가라앉히기 위해 이 글을 쓰고 있다. 오, 주여! 당신을 모독하지 않고 마지막에 이르도록 해 주옵소서.

나는 다시 일어날 수 있었다. 나는 어린아이처럼 무릎을 꿇었다…….

또다시 내가 혼자라는 생각이 들기 전에, 지금 빨리 죽었으면 좋겠다.

지난해 나는 쥘리에트를 다시 만났다. 알리사의 죽음을 알려 준 그녀의 마지막 편지를 받은 뒤로, 십 년이 넘는 세월이 흘렀다. 프로방스로 여행을 하게 된 기회에 나는 님에 들렀다. 번잡한 시내 중심지인 푀세르 거리에 있는 테시에르 집안 저택은 상당히 아름다워 보였다. 내가 찾아간다는 것을 편지로 알려 두긴 했지만, 문턱을 넘어설 때 내 마음은 적지 않게 설레었다.

하녀의 안내로 응접실에 올라가 있자, 잠시 후 쥘리에트가 나를 맞으러 왔다. 플랑티에 이모를 보는 듯한 느낌이 들었다. 걸음걸이, 몸매, 숨넘어갈 듯이 친절한 태도까지 똑같았다. 그녀는 대답도 기다리지 않고 곧장 나의 직업, 파리에서의 내 생활, 내가 하는 일, 내 친구 관계 등에 대해 질문을 퍼부었다. 또 남부 지방에는 무슨 일로 왔는지? 에두아르가 나를 보면 무척 기뻐할 텐데, 애그비브에는 왜 가려 하지 않는지……? 그러고는 가족들 모두의 소식을 들려주었고, 자기 남편, 아이들, 동생에 대해서, 그리고 지난번 추수와 불경기에 대해서 이야기했다…….

나는 로베르가 애그비브에 와서 살기 위해 퐁그즈마르의 김을 팔았다는 것을 알았다. 그리고 지금 그는 에두아르와 동업을 하며, 그래서 에두아르는 자유롭게 여행도 하고, 특히 사업 거래 방면에 더욱 전념할 수 있는 반면에 로베르는 농장에 남아 품종 개량이나 증산에 힘쓴다는 것을 알게 되었다.

그러는 동안 나는 과거를 떠올리게 해 줄 만한 것이 없나 하고 불안스러운 눈길로 둘러보았다. 나는 응접실의 새 가구들 사이에서 퐁그즈마르의 가구 몇 점을 분명히 알아보았다. 그러나 내 마음속에서 전율하는 그 과거를 쥘리에트는 이제 잊어버렸거나, 아니면 그로부터 우리 마음을 다른 데로 돌리려고 애쓰는 것처럼 보였다.

열두 살과 열세 살짜리 사내아이 둘이 층계에서 놀고 있었다. 쥘리에트는 그 아이들을 불러 나에게 인사시켰다. 맏이인 딸 리즈는 애그비브에 제 아버지를 따라갔다. 열 살짜리 또 다른 사내아이는 산보 나갔는데 곧 돌아올 것이었다. 쥘리에트가 알리사의 죽음을 알리면서, 해산이 가깝다고 했던 아이가 바로 그 애였다. 그 마지막 임신은 끝까지 힘들었고, 그 때문에 쥘리에트는 산후에도 오랫동안 고생을 했다. 그리고 지난해엔 마음을 돌이킨 듯, 딸 하나를 또 낳았다. 그녀가 말하는 걸 들어 보면, 다른 아이들보다 이 딸아이를 더 예뻐하는 것 같았다. 쥘리에트가 말했다.

"내 방에서 그 애가 자고 있는데, 바로 이 옆이야. 가서 좀 보렴."

그래서 내가 따라나서자, 그녀는 말을 이었다. "제롬, 편지로는 부탁할 용기가 나지 않았는데……. 이 아이의 대부가 되어 주지 않겠어?"

"그야 네가 좋다면 기꺼이 승낙하지." 조금 놀란 나는 요람으로 몸을 굽히며 말했다. "내 대녀 이름이 뭐지?"

"알리사……." 그녀가 낮은 소리로 대답했다. "얘는 언니를 좀 닮았어. 그런 것 같지 않아?"

나는 아무 대답도 하지 않고서 쥘리에트의 손을 꼭 잡았다. 제 어머니가 들어 올리자, 어린 알리사는 눈을 떴다. 나는 아기를 내 팔에 안았다.

"오빠는 참 좋은 아버지가 될 거야!" 웃으려고 애를 쓰며 쥘리에트가 말했다. "그래, 언제까지 결혼하지 않을 거야?"

"많은 것들을 잊어버릴 때까지." 그러자 나는 쥘리에트가 얼굴을 붉히는 것을 보았다.

"어느 것을 곧 잊고 싶어?"

"언제까지나 잊고 싶지 않아."

"이리 와 봐." 그녀는 불쑥 이렇게 말하며 좀 더 작은 방으로 앞장서 들어갔다. 방 안은 이미 어두웠고, 그 방 문 하나는 그녀 방으로, 다른 하나는 응접실로 나 있었다. "잠시라도 틈이 나면 난 이곳으로 숨어들어 와. 집 안에서 제일 조용한 방이지. 난 거의 여기가 삶의 피난처 같은 느낌이 들어."

이 작은 응접실 창문은 다른 방 창문들처럼 소란스러운 거리 쪽으로 나지 않았고, 나무들이 서 있는 안마당 같은 곳으로 나 있었다.

"같이 앉을까." 그녀는 안락의자에 주저앉으며 말했다. "내가 오빠를 바로 이해한 거라면, 오빠는 알리사의 수억에 충신하려는 것 같은데."

나는 잠시 대답을 하지 않고 있었다.

"아마도 그보다는, 나에 대한 알리사의 생각에 충실하려는 거겠지……. 아니, 그렇다고 내가 무슨 장한 일이나 한다고 생각하지는 마. 나는 달리 어떻게 할 도리가 없다는 생각이 들어. 만약 내가 다른 여자와 결혼하더라도, 난 그 여자를 사랑하는 척할 수밖에 없을 거야."

"아!" 그녀는 별 관심이 없는 듯이 대꾸했다. 그러고는 내게서 얼굴을 돌리고서, 무슨 잃어버린 것이라도 찾으려는 듯 바닥을 내려다보았다.

"그렇다면 아무 희망도 없는 사랑을 그토록 오랫동안 마음속에 간직할 수 있을 거라고 생각해?"

"그래, 쥘리에트."

"그리고 날마다 삶의 거센 바람이 불어닥쳐도, 그 사랑이 꺼지지 않으리라고 생각해……?"

저녁 어스름이 잿빛 밀물처럼 밀려와 사물 하나하나를 어둠에 잠기게 했고, 그 어둠 속에서 사물들은 되살아나 나직한 목소리로 자신의 지난날을 이야기하는 듯했다. 나는 알리사의 방을 다시 보는 것 같았다. 쥘리에트가 그 방 가구들을 모두 이곳에 모아 두었던 것이다. 이제 그녀는 다시 내게로 얼굴을 돌렸다. 그러나 너무 어두워 그녀의 얼굴 윤곽을 뚜렷이 볼 수 없었기에, 그녀가 눈을 감았는지 어떤지는 알 수 없었다.

"자! 이젠 잠에서 깨어나야 해……." 마침내 그녀가 말했다.

나는 그녀가 일어나 한 걸음 앞으로 내딛더니, 기운이 다 빠진 듯 곁에 있는 의자에 다시 주저앉는 것을 보았다. 그녀는 두 손으로 얼굴을 감쌌다. 울고 있는 것 같았다…….

램프를 들고 하녀가 들어왔다.

전원교향곡

장 슐렝베르제*에게

*프랑스 소설가(1887~1968). 지드와 함께 프랑스 문예지《N.R.F》를 창간.

전원교향곡

첫째 노트

189x년 2월 10일

사흘째 쉼 없이 내리는 눈으로 길이 모두 막혀 버렸다. 나는 십오 년 전부터 한 달에 두 번씩 예배를 인도해 왔던 R 마을에도 갈 수 없었다. 오늘 아침 라브레빈 교회에는 겨우 신도 서른 명만 모였다.

나는 어쩔 수 없이 갇히는 바람에 생긴 이 한가한 시간을 이용하여 과거로 거슬러 올라가, 어떻게 해서 내가 제르트뤼드를 돌보게 되었는가를 이야기하고자 한다.

나는 오직 경배와 사랑만을 위해 어둠 속에서 끄집어낸 것 같이 여겨지는, 이 경건한 영혼의 교육과 성장에 관련된 모든 것을 여기에 쓸 작정이다. 이런 임무를 내게 맡겨 주신 주님, 찬양받으옵소서.

215

이 년 반 전 일이다. 내가 쇼드퐁에서 돌아오자, 전혀 모르는 한 소녀가 황급히 나를 찾아왔다. 여기서 7킬로미터 떨어진 곳에서 죽어 가는 불쌍한 노파 곁으로 나를 데려가기 위해서 왔다는 것이다. 말은 마차에서 풀지도 않은 상태였다. 밤이 되기 전에 돌아올 수 없다고 생각해서 등불을 하나 준비한 다음, 나는 마차에 그 아이를 태웠다.

나는 마을 근방을 죄다 썩 잘 안다고 생각하고 있었다. 그러나 소드레 농장을 지나가자, 아이는 그때까지 내가 한 번도 가 본 적 없는 길로 인도했다. 그렇지만 거기서 왼편으로 2킬로미터 되는 곳에, 내가 젊었을 때 자주 스케이트를 타러 가곤 했던 신비스러운 자그마한 호수를 알아보았다. 십오 년 전 이래로 호수를 다시 보지 못했던 것은 목회를 하면서 이쪽으로 올 일이 전혀 없었기 때문이다. 그래서 이제는 호수가 어디에 있는지 모를 정도였고, 더 이상 생각조차 하지 않게 되었는데, 갑자기 장밋빛과 금빛이 어우러진 석양의 황홀경 속에서 그 호수를 알아보았을 때, 처음에는 꿈속에서 보는 것만 같았다.

길은 호수에서 흘러나오는 물줄기를 따라서, 숲 가장자리를 가로지르며 토탄 갱 옆을 따라 뻗어 있었다. 분명히 나는 거기에 전혀 가 본 적이 없었다.

해가 지고, 우리는 오랫동안 어둠 속을 가고 있었는데, 마침내 나의 어린 안내자가 언덕 중턱에 있는 초라한 오두막집을 손가락으로 가리켰다. 거기서 새어나와 어둠 속에서 파랗게 피어오르다가, 금빛 하늘 속에서 금발처럼 변하는 가느다란 한 가닥 연기가 없었더라면, 아무도 살지 않는 집으로 생각했을 것이다. 나는 근처 사과나무에 말을 매어 놓고, 아이를 따라 노파가 막 숨을 거둔 컴컴한 방으로 들어갔다.

장중한 광경과 고요하고 장엄한 그 순간은 나에게 전율을 느끼게 했다. 한 젊은 여자가 침대 옆에서 무릎을 꿇고 있었다. 죽은 노파의 손녀라고 생각했으나, 하녀에 불과했던 그 아이는 그을음 나는 양초 한 개에 불을 붙이고 나서, 침대 발치로 가더니 꼼짝도 하지 않았다. 먼 길을 오는 동안 나는 말을 주고받으려고 애를 썼지만, 그 아이로부터 네 마디도 끌어내지 못했다.

꿇어앉아 있던 여자가 일어났다. 그 여자도 처음에 내가 그러려니 하고 짐작했던 친척이 아니라, 그저 친구처럼 지내는 단순한 이웃으로, 하녀가 자기 주인이 죽어 가는 것을 보고 불러와서, 시신을 밤새 지켰던 것이다. 그녀는 내게 노파가 고통 없이 임종했다고 이야기했다. 우리는 함께 장례식과 매장에 관한 절차를 결정했다. 이미 여러 번 그랬듯이, 이 외딴 고장에서는 내가 모든 것을 결정해야만 했다. 생각해 보니, 아무리 겉으로 초라해 보여도 집을 이웃집 여자와 하녀 아이가 관리하게 내버려 둔다는 것은 다소 꺼림칙했다. 그렇다고 해서 그 볼품없는 처소 한구석에 무슨 숨겨진 보물이 있을 것 같지는 않았다……. 그러니 어떻게 해야 할까? 아무튼 나는 혹시 노파의 상속인이 전혀 없는지 물어보았다.

그러자 이웃집 여자는 양초를 들고 벽난로 한구석으로 돌렸다. 아궁이에 웅크리고 있는 한 사람을 어렴풋이 알아볼 수 있었는데, 잠들어 있는 것 같았고, 숱이 많은 머리채가 그 얼굴을 거의 다 가리고 있었다.

"이 눈먼 여자 아이가 하나 있죠. 하녀 말로는 조카딸이라고 하는데, 가족이라고는 얘뿐인 것 같아요. 이 아이는 고아원으로 보내야 될 거예요. 그렇지 않으면, 얘를 어떻게 해야 할지 전 모르겠네요."

나는 그 여자 아이 면전에서 그녀의 운명을 그런 식으로 결정하는 것을 듣고, 그 거친 말이 그녀의 마음을 상하게 할 것 같아서 기분이 언짢았다.

"아이를 깨우지 마세요." 나는 이웃집 여자로 하여금, 적어도 언성이라도 낮추게 하려고 나직이 말했다.

"아! 저 애가 자고 있다고 생각하지 않아요. 어쨌든 저 앤 백치예요. 말도 못하고, 남의 말을 전혀 알아듣지도 못해요. 제가 오늘 아침부터 이 방에 있었는데, 그동안 저 애는, 말하자면 꼼짝도 안 했어요. 전 처음에 귀머거리인 줄 알았죠. 그런데 하녀 말로는 아니라는군요. 단지 노파 자신이 귀머거리여서 어느 누구에게도 그랬지만, 저 애에게 한 번도 말을 건네지 않았대요. 오래전부터 오직 먹거나 마시기 위해서만 입을 열었다나요."

"저 앤 몇 살이죠?"

"제 짐작으로는 열댓 살 정도. 하긴 저도 목사님보다 더 잘 알지 못해요……."

이 가엾은 고아를 나 자신이 돌봐 주어야겠다는 생각이 처음부터 든 것은 아니었다. 그러나 내가 기도를 한 다음에 ─ 더 정확히 말한다면, 침대 머리맡에 꿇어앉아 있는 이

윗집 여자와 하녀 사이에서 나 자신도 꿇어앉아 기도를 하는 동안에 — 나는 하나님이 내 인생의 여정 위에 일종의 의무를 두신 것이고, 비겁하게 그것을 피할 수 없을 것 같다는 생각이 갑자기 들었다. 다시 일어났을 때 나는, 그날 밤 그 아이를 데리고 가야겠다고 결심했다. 물론 그 아이를 나중에 어떻게 하겠다든지, 누구에게 맡길 것인지 명확하게 생각해 보지도 않은 채 말이다. 잠시 동안 나는 자는 듯한 노파의 얼굴을 물끄러미 좀 더 들여다보았다. 쭈글쭈글하고 오므라든 그 입은 마치 한 푼도 빠져나가지 못하도록 꽉 졸라맨 구두쇠의 지갑 끈 같았다. 그러고 나서 나는 눈먼 아이 쪽을 돌아보며, 이웃집 여자에게 나의 결심을 알렸다.

"내일 사람들이 시신을 거두러 올 때, 이 아이는 여기 없는 게 낫겠죠." 하고 그녀는 말했다. 그리고 그것이 다였다.

사람들이 가끔 그 실없는 반론만 즐겨 일삼지 않는다면, 많은 일들이 수월하게 처리될 것이다. 어린 시절부터, 우리가 하고 싶었던 이런저런 일을 단지 주위 사람들이 '아마 못할걸……' 하고 말하는 것을 여러 번 들었기 때문에 못하게 되는 경우가 얼마나 많았던가.

눈먼 아이는 마치 아무 의지도 없는 물체처럼 이끄는 대로 따라 나왔다. 그녀의 얼굴은 균형이 잡혀 있었고, 꽤 예쁜 편이었으나 도무지 표정이 없었다. 나는 방 한쪽 구석, 다락방으로 올라가는 안쪽 층계 아래, 평상시 그녀가 잤을 것으로 짐작되는 짚 매트 위에서 담요 한 장을 집어 들었다.

이웃집 여자는 상냥한 태도를 보였고, 나를 도와서 그 아이를 담요로 정성껏 싸 주었다. 매우 청명한 그 밤은 싸늘했기 때문이다. 그리고 이륜마차의 등불을 켠 다음, 내게 몸을 바짝 붙이고 있는 그 영혼 없는 살덩어리를 데리고 다시 떠났는데, 나는 오직 내게 전달되는 미약한 체온에 의해서만 그 생명을 느낄 따름이었다. 돌아오는 동안 나는 생각에 잠겼다. 이 아이는 자고 있는 걸까? 그렇다면 얼마나 캄캄한 잠일까……. 그런데 이 아이에게 자고 있는 것과 깨어 있는 것은 어떻게 다른 걸까? 주여! 이 캄캄한 육신의 주인, 갇혀 있는 이 영혼은 분명히 당신 은혜의 빛이 내려 마침내 자신을 어루만져 주기를 기다리고 있사옵니다. 어쩌면 저의 사랑이 이 영혼에게서 무서운 어둠을 물리칠 수 있도록 허락하여 주시겠습니까……?

진실되기를 원하는 만큼, 집에 돌아왔을 때 내가 받아야 했던 불쾌한 대접을 말하지 않을 수 없다. 내 아내는 미덕의 동산 같은 여자여서, 심지어 우리가 가끔 겪었던 어려운 때조차, 나는 조금도 그녀의 훌륭한 마음씨를 의심할 수 없었다. 그렇지만 그녀의 타고난 자비심은 뜻밖의 일을 당하는 것을 좋아하지 않는다. 그녀는 절도 있는 사람이어서 의무 그 이상도, 그 이하도 하지 않으려 한다. 그녀의 자비심까지도 마치 사랑이 닳아 없어지는 보물인 것처럼 절도가 있다. 이것이 바로 우리의 유일한 논쟁점이다…….

그날 밤 내가 그 아이와 함께 돌아온 것을 보자, 그녀에게 처음으로 떠올랐던 생각은 이런 외침으로 새어 나왔다.

"아니, 당신은 또 무슨 짐을 맡아 가지고 온 거예요?"

우리 사이에 무슨 설명이 필요할 때마다 했던 식으로, 나는 우선 아이들을 밖으로 내보냈다. 놀라움과 궁금증으로 가득 찬 아이들은 거기서 입을 벌린 채 서 있었다. 아! 내가 기대했던 것과 얼마나 동떨어진 반응인지. 오직 나의 사랑스러운 막내딸 샤를로트만이, 마차에서 새로운 것이, 살아 있는 그 무엇이 나오려 한다는 것을 알고 손뼉을 치며 춤추기 시작했다. 그러나 이미 어머니로부터 잘 훈련받은 다른 아이들이 재빨리 막내의 흥분을 가라앉히고 얌전히 굴게 했다.

　잠시 큰 법석이 있었다. 그리고 아내도 아이들도, 자기들이 눈먼 아이와 상대하고 있다는 것을 아직 몰랐기 때문에, 내가 어째서 극도로 조심하며 그 아이의 발걸음을 인도하는지 이해하지 못했다. 오는 동안 내내 붙잡고 있었던 그 손을 놓자마자, 그 불쌍한 장애 아이가 얼마나 괴상한 비명을 지르기 시작하는지 나 자신도 얼떨떨할 정도였다. 그 부르짖음은 도무지 사람 소리가 아니었다. 어린 강아지의 애처로운 울부짖음 같았다. 그녀의 우주 전체를 형성하고 있던, 익숙한 좁은 테두리를 처음으로 벗어난 그 무릎은 휘청거렸다. 그러나 내가 그녀 쪽으로 의자를 내밀어 주었을 때, 그녀는 의자에 앉을 줄 모르는 사람처럼 방바닥에 쓰러지듯 주저앉았다. 그래서 나는 그녀를 난로 곁으로 데리고 갔다. 그녀는 내가 노파네 난로 곁에서 처음 그녀를 보았을 때 자세로, 벽난로 앞 장식 면에 기대어 쪼그리고 앉았을 때에야 다소 진정되는 것 같았다. 이미 마차 안에서도 그 아이는 의자 아래로 미끄러지듯 내려가 줄곧 내 발밑에 웅크리고 있었다. 아내는 그래도 나를 도와주었는데,

자연스러운 움직임은 언제나 그녀의 가장 좋은 점이다. 그러나 그녀의 이성은 쉼 없이 투쟁하여, 늘 그녀 마음을 이긴다.

"당신은 이걸[1] 어쩔 작정이에요?" 그 여자아이가 자리를 잡자 아내가 다시 말했다.

이렇게 사물 대하듯 가르키자 내 마음은 부르르 떨렸고 요동치는 분노의 감정을 억제하기 힘들었다. 그러나 나는 여전히 고요하고 긴 묵상에 흠뻑 젖어 있었기에 자제할 수 있었고, 다시 빙 둘러서 있는 그들 모두를 향해 돌아서서, 눈먼 아이의 이마에 한 손을 얹고서, 최대한 엄숙하게 말했다.

"나는 길 잃은 양[2]을 데리고 온 거야."

그러나 아멜리는 복음서의 가르침 속에 무엇이든지 이성을 벗어나거나 초월하는 것이 있을 수 있다는 사실을 인정하지 않는다. 나는 그녀가 항변하려는 것을 보고, 우리의 자질구레한 부부싸움에 익숙한 데다가 타고난 호기심이 별로 없는(내 생각으로는 종종 부족하게까지 보이는) 자크와 사라에게 눈짓을 했고 그 애들은 두 동생을 데리고 나갔다. 그런 다음, 아내가 여전히 이 침입자가 있어서 할 말도 못 하고 약간 화가 나 있는 것 같아서, 덧붙였다.

"이 애 앞에서는 말해도 좋아. 이 불쌍한 아이는 알아듣지도 못하니까."

---

1) 중성대명사 ça의 역어로 사람을 지칭하는 용어가 아님.
2) 「마태복음」 18장 12절 참조.

그러자 아멜리는 자신은 추호도 내게 할 말이 없으며 — 이 말은 길고 긴 잔소리의 의례적인 전주곡이다. — 내가 가장 비현실적이고 가장 비상식적이며 관행에 맞지 않게 저지른 일에 자신은 늘 그렇듯이 따를 수밖에 없다고 항변하기 시작했다. 앞에서도 썼듯이, 나는 그 아이를 어떻게 할 것인지 전혀 마음을 정하지 않고 있었다. 우리 집에 그 아이를 둔다는 가능성을 그때는 생각하지도 않았거나, 대단히 막연하게 생각하고 있었다. 그런데 그녀가 우리 식구로도 '이 집에 이미 충분치' 않느냐고 물었을 때, 내게 그런 생각이 떠오르게 만든 장본인이 바로 아멜리라고 말할 수 있을 것 같다. 이어 그녀는 내가, 뒤따르는 식구들의 반대는 안중도 없이 늘 자기 멋대로 밀고 나가고, 그녀는 다섯 아이로도 충분하다고 생각하며, 클로드가 태어난 뒤 (바로 이때, 제 이름을 듣기나 한 것처럼 클로드는 요람 속에서 울기 시작했다.) '단단히 혼이 나서' 이제 한계를 느낀다고 늘어놓았다.

그녀의 비난을 몇 마디 들었을 때, 내 마음속에는 그리스도의 말씀 몇 구절이 입술까지 올라왔지만, 성경의 권위를 내세워 내 행위를 변명한다는 것은 정당치 못한 일이라고 생각되었으므로 꾹 참았다. 그러나 그녀가 자신의 피곤함을 주장하자 나는 풀이 죽었다. 왜냐하면 주책없이 흥분된 내 열정으로 생긴 결과를 아내에게 짊어지게 한 적이 한두 번이 아니었다는 것을 인정하기 때문이다. 그렇지만 그 비난은 내 의무를 가르쳐 주었다. 그리하여 나는 만일 그녀가 나와 같은 처지였더라면 나처럼 하지 않을 수 없었을 것이며, 또 분명히, 의지할 데가 없어진 이 아이를 그 곤궁한 가운데 그대로 버려둘 수 있었겠는지 생각해 보라고, 아주 조용히 아멜리에게 타일렀다. 그리고 살림 걱정에다 장애아 시중까지 들려면 또 얼마나 많은 수고를 더 해야 되는지 모르는 바도 아니며, 그녀를 더 자주 도와줄 수 없었던 것을 미안하게 생각한다고 덧붙였다. 하여간 나는 될 수 있는 대로 그녀를 달래며, 아무 원망받을 일도 하지 않은 이 아이를 탓하지 말도록 간청했다. 그리고 이제는 그녀를 거들어 줄 수 있을 만큼 사라도 자랐으며, 자크도 그녀가 돌보아 주지 않아도 될 나이가 되었다는 것을 말해 주었다. 요컨대 내가 만약에 이 일에 있어 그녀에게 생각해 볼 시간을 주었고, 그녀 뜻을 이렇듯 갑작스럽게 좌우하지만 않았더라면 그녀가 기꺼이 맡았으리라고 확신한다는 점을 그녀가 받아들이기에 도움이 될 만한, 필요한 언변을 하나님께서 내 입에 담아 주셨던 것이다.

나는 싸움을 거의 이긴 것으로 생각하였고, 벌써 착한 아멜리는 상냥스럽게 제르트뤼드 곁으로 가까이 갔다. 그러나 그 아이를 좀 살펴보려고 등불을 들고서 그 말할 수 없이 더러운 몰골을 보자, 갑자기 한층 더 신경질을 부렸다. 그녀는 소리질렀다.

"아휴, 더러워. 털어요. 빨리 털라니까. 아니, 여기서 말고. 밖에 나가서 털어요. 아이고! 맙소사! 우리 애들까지 뒤집어쓰겠네. 세상에 이보다 더 무서운 게 어딨어."

아닌 게 아니라 그 불쌍한 소녀는 이투성이였다. 그래서 마차 안에서 그렇게 오랫동안 그 아이가 내게 바싹 붙어 있었던 생각을 하니 나도 역겨운 기분을 금할 수 없었다.

잠시 후, 할 수 있는 대로 말끔히 몸을 털고 다시 들어오자, 아내는 두 손을 머리에 파묻고 안락의자에 쓰러져 흐느껴 울고 있었다. 나는 다정하게 말을 건넸다. "나는 당신이 이런 시련까지 겪게 할 생각은 없었어. 어쨌든 오늘 밤은 이미 늦어서 잘 보이지도 않아. 내가 이 아이가 자는 옆에서 불을 지키며 밤을 샐게. 내일 머리를 깎아 주고 제대로 씻겨 줍시다. 당신은 이 아이를 혐오감 없이 쳐다볼 수 있을 때까지 보살펴 주지 않아도 돼." 그리고 나는 그녀에게 이 이야기를 아이들에게는 하지 말라고 부탁했다.

저녁 식사 시간이었다. 늙은 하녀 로잘리가 우리 식사 시중을 들면서 무서운 눈초리로 흘겨보는 가운데 나의 보호를 받는 소녀는 내가 내밀어 주는 접시의 수프를 게걸스럽게 먹어 치웠다. 식사 중에는 말이 없었다. 나는 이번 일을 이야기하고 아이들에게 말하여, 이토록 처절하고 유별난 가난을 이해시키고 느끼게 함으로써 아이들을 감동시켜, 하나님께서 우리에게 거두어 주라고 보내신 이 소녀에 대한 동정심과 연민을 일깨워 주고 싶었지만, 아멜리의 신경질이 다시 시작될까 봐 두려웠다. 분명히 우리 중 어느 누구도 딴 생각은 할 수도 없었지만, 마치 그냥 넘어가고 이 사건을 잊어버리라는 명령을 받은 것 같았다.

다들 자러 가고 나만 방에 남겨 둔 채 아멜리도 가 버린 지 한 시간도 더 지나서, 어린 샤를로트가 잠옷 바람에 맨발로 문을 살짝 열고 가만히 들어와, 나의 목에 달려들어 힘껏 껴안으며 이렇게 소곤거렸을 때 나는 몹시 감동을 받았다.

"나 아빠한테 안녕을 안 했어."

그러고는 자러 가기 전에 다시 한 번 보고 싶은 호기심으로, 천진스럽게 자고 있는 눈먼 소녀를 조그만 집게손가락 끝으로 가리키면서, 아주 낮은 목소리로 말했다.

"내가 왜 쟤한테는 뽀뽀를 안 했지?"

"내일 해 주렴. 지금은 그냥 두자. 자고 있잖니." 나는 샤를로트를 문까지 데려다주며 말했다.

그러고 나서 나는 다시 돌아와 앉아 책을 읽거나 다음 설교 준비도 하며 아침까지 일했다.

나는 이런 생각을 했다.(지금도 생각난다.) 오늘 샤를로트는 언니, 오빠 들보다 확실히 훨씬 더 정다운 태도를 보여 주었다. 그런데 그 나이 때에는 어느 아이든 다 처음에 나를 속이지 않았던가. 심지어 오늘은 저토록 냉정하고 신중한 맏이 자크까지도……. 사람들은 그 아이들을 다정하다고 생각하지만, 그들은 그저 아양 떨고, 어리광을 부리는 것이다.

2월 27일

지난밤에도 여전히 눈이 많이 왔다. 아이들은 곧 창문으로 나가지 않으면 안 될 거라고 말하며 무척 좋아한다. 사실 오늘 아침은 문이 막혀서 세탁장으로 해서야 겨우 밖으로 나갈 수 있었다. 어제 나는 마을에 식량이 너너하다는 것을 알이 무었다. 이제 얼마 동안, 아마도 우리는 외부 사람들과 단절된 채 떨어져 살아야 할 것이기 때문이다. 눈 때문에 꼼짝 못하게 되는 것이 이번 겨울이 처음은 아니다. 그러나 이렇게까지 꽉 막혀 버린 것은 일찍이 봤던 적이 없다. 나는 이 상황을 이용하여 어제 시작했던[3] 이 이야기를 계속하려 한다.

이미 말했지만, 나는 이 장애아를 데려왔을 때, 이 아이가 장차 우리 집안에서 어떤 자리를 차지할 것인지 별로 생각하지 않았다. 나는 아내가 조금 반발하리라는 것을 알고 있었고, 우리가 마련해 줄 수 있는 자리와 매우 빈약한 우리 생활비도 알고 있었다. 나는 늘 그렇듯이, 내 충동 탓에 지출될지도 모르는 비용은 아예 따져 볼 생각도 하지 않고(그렇게 하는 것은 언제나 복음 정신에 어긋나는 것으로 보였다.) 원칙에 따르는 만큼이나 자연스러운 기분에 따라 행동했던 것이다. 그러나 하나님께 맡겨야 한다거나 남에게 책임을 지우게 된다면, 문제는 달라진다. 얼마 안 있어 나는 아멜리의 팔에 무거운 짐을 안겨 주었다는 사실을 깨달았다. 그것이 얼마나 무거운 짐이었는지 나도 처음에는 어쩔 줄 모를 지경이었다.

나는 아내가 그 아이 머리를 깎아 주는 것을 할 수 있는 대로 도와주었다. 아내는 싫은 일을 억지로 하는 듯한 표정이 역력했다. 그러나 그 애 몸을 씻기고 깨끗이 해 주는 데 이르러

---

3) 그런데 장 제목인 일기 날짜를 보면, 이야기는 '어제' 시작했던 것이 아니라, 사실상 십칠 일 전에 시작했다.(앞 장은 2월 10일, 이 문장이 나오는 일기는 2월 27일.) 아마도 작가의 오류이거나 화자인 목사의 착오인 듯하다.

서는, 아내에게 맡기는 수밖에 없었다. 그리하여 나는 가장 힘들고 불쾌한 수고를 면했다는 사실을 깨달았다.

결국 아멜리는 더 이상 아무런 푸념도 하지 않았다. 그녀는 밤새 깊이 생각하여 이 새로운 짐을 떠맡기로 작정한 것 같았다. 심지어 그녀는 거기서 어떤 기쁨까지도 느끼는 것 같고, 제르트뤼드의 단장을 끝마친 다음에 나는 그녀가 미소 짓는 것을 보았다. 내가 머리 기름을 발라 준 깎은 머리에는 흰모자가 씌워졌다. 더러운 누더기는 아멜리가 불에 던져 버리고 사라의 헌 옷가지와 깨끗한 속옷으로 갈아입혔다. 이 제르트뤼드란 이름은 샤를로트가 선택한 것으로, 고아 소녀 자신도 도무지 본명을 몰랐고, 나도 찾아낼 길이 없었으므로 곧 모두들 그렇게 부르기로 한 것이었다. 사라가 작년에 못 입게 된 옷이 맞는 것을 보면 그 아이는 사라보다 좀 어린 것 같았다.

나는 여기서 내가 처음에 맛본 깊은 환멸을 고백하지 않을 수 없다. 확실히 처음에 나는 제르트뤼드의 교육에 관하여 한 편의 소설을 구상하였다. 그러나 현실은 나로 하여금 그것을 무참히 짓밟아 버리게 했다. 그 얼굴의 무관심하고 우둔한 표정. 아니, 그보다도 그 완전한 무표정은 내 호의를 송두리째 얼어붙게 하고 말았다. 그 아이는 하루 종일 방어 태세를 갖추고 불 옆에 머물러 있었다. 그리고 우리 말소리가 들리거나 누가 그 옆으로 가까이 가거나 하면, 곧 그녀 얼굴은 굳는 것 같았다. 그녀 얼굴이 표정을 띠는 것은 오직 적의를 보일 때뿐이었다. 누가 조금이라도 그녀의 주의를 끌려고 하면 짐승처럼 낑낑거리고 으르렁거리기 시작했다. 그 심술이 멈추는 것은 단지 식사 때뿐이었다. 식사는 내가 직접 갖다주었는데, 짐승처럼 게걸스럽게 덤벼드는 그 꼴은 차마 볼 수가 없을 정도였다. 그래서 사랑에는 사랑으로 화답하듯이, 그 영혼의 고집스러운 거절 앞에서 나는 싫은 생각이 드는 것을 어쩔 수가 없었다. 그렇다. 고백하건대, 정말이지 처음 한 열흘 동안은 절망에 빠졌고, 내 애초의 충동을 후회했으며, 그 아이를 데려오지 않았더라면 하고 생각할 만큼 그 아이를 거들떠보지도 않게까지 되었다. 그리고 내 마음을 찌르는 것은, 감출려야 감출 수 없는 나의 그 감정을 보고 아멜리가 약간 의기양양해져, 제르트뤼드가 내게 짐이 되고 그녀가 우리 집에 있는 것이 나를 괴롭힌다는 사실을 깨달은 다음부터는 그만큼 훨씬 더 친절히 그녀를 보살펴 주는 것 같다는 점이었다.

그러고 있을 무렵에, 발트라베르에 사는 내 친구이자 의사인 마르탱이 환자를 회진하던 도중에 나를 찾아왔다. 내가 제르트뤼드의 상태에 대해 이야기했더니 그는 퍽 흥미를 느끼고, 그녀가 결국 장님에 지나지 않는데 이렇게까지 지능이 발달하지 못한 것에 우선 매우 놀랐다. 그러나 나는 그 아이가 시각 장애아인 데다가 그때까지 다만 혼자서 그녀를 보살펴 주던 노파가 귀머거리여서 그녀에게 통 말 한 마디도 건넨 적이 없었으며, 따라서 그 가엾은 소녀는 완전히 버림받은 상태였다는 것을 설명해 주었다. 그러자 그는 그렇다면 내가 낙심하는 것은 잘못이며 내가 서툴렀던 것이라고 나를 설득했다. 그는 나에게 말했다.

"자네는 튼튼한 기초도 다져 놓기 전에 집을 지으려 해. 생각해 봐. 이 영혼 안에는 모든 것이 혼돈되어서 최초의 윤곽조차 아직 잡혀 있지 않아. 우선 몇몇 촉각과 미각을 한데 엮어 거기에다 소리 하나, 말 한 마디씩을 꼬리표 모양으로 매달아 놓고, 듣기 싫도록 자네가 거듭 말해 준 다음에, 그 애에게 그 말을 되풀이하도록 힘써야 해.

무엇보다도 너무 빨리 나가려고 하지 마. 정해진 시각에 그 애를 돌보아 주고 절대로 너무 오랫동안 계속하지 말게나……."

그는 나에게 자세히 설명하고 나서 덧붙였다. "그리고 이 방법은 조금도 어려운 것이 아닐세. 내가 발명한 것이 아니고 벌써 다른 사람들이 이미 적용해 본 거야. 자네 생각 안 나나? 우리가 함께 철학을 배울 때 교수들이 콩디야크[4]와 그의 소위 살아 있는 조상(彫像)[5]에 대해, 이미 이와 비슷한 경우에 관한 이야기를 우리에게 해 주지 않았던가…… 하긴." 하고 그는 이어 말했다. "그 후에 어떤 심리학 잡지에서 읽었는지는 모르지만……. 하여간 그 이야기는 나에게 감명을 주었네. 그래서 나는 그 불쌍한 소녀의 이름까지도 기억해. 그 아이는 눈이 먼 데다가 귀머거리이고 벙어리였으니까 제르트뤼드보다도 더 장애가 심했지. 18세기 중엽 일이었는데. 이름은 잊었지만 영국 어느 백작의 주치의가 거두었다더군. 그 애 이름은 로라 브리지먼이었어. 그 의사는, 자네도 앞으로 그렇게 해야겠

---

4) 18세기 프랑스의 철학자로서 감각론적 유물론자.
5) 콩디야크는 『감각론』에서 대리석상에 계속 감각을 주어 의식적인 지각을 갖게 하는 것을 설명했음.

지만, 그 애의 발전 과정에 대해서, 혹은 적어도 우선 그 애를 가르치기 위해서 애쓴 자기 노력에 대해서 일기를 썼어. 며칠이고 몇 주고 그는 꾸준히 작은 물건 두 개, 즉 핀과 펜을 번갈아 만져 보고 더듬어 보게 한 다음에, 눈먼 사람을 위한 점자 인쇄 종이 위에 도드라진 '핀(pin)'과 '펜(pen)'이라는 두 영어 철자를 만져 보게 했어. 몇 주나 그는 아무 효과도 얻지 못했지. 그 소녀의 육체에는 영혼이 없는 것 같았네. 그래도 그는 신념을 잃지 않았어. 그는 이런 말을 했어. '나는 깊고 캄캄한 우물의 둘레돌 위에서 몸을 기울여, 언젠가는 안에서 그것을 잡을 테지 하는 희망으로 무턱대고 줄을 흔드는 사람과도 같았'다고. 왜냐하면 그는 그 심연 밑바닥에 누가 있다는 것과 마침내는 그 줄을 잡을 거라는 사실을 조금도 의심하지 않았던 거야. 마침내 어느 날 그는 로라의 무감각한 얼굴에 어떤 미소가 빛나는 것을 보았어. 아마도 그때 그의 눈에서는 감사와 사랑의 눈물이 북받쳐 나오고, 그는 주님께 감사하기 위해서 무릎을 꿇었으리라고 생각해. 로라는 별안간 그 의사가 원하는 것을 이해했던 거야. 구원된 거지! 그날부터 로라는 주의력을 쏟게 되었고, 그만큼 진보도 빨랐어. 오래지 않아 그녀는 혼자서 공부하게 되었고, 나중에는 맹인학교 교장까지 되었지. 이건 또 다른 사람이었는지 모르지만…… 왜냐하면 최근에 또 이런 예가 생겼다네. 잡지와 신문 들이 이런 장애인도 행복하게 될 수 있다는 것에 무척 놀라며 제각기 장황하게 떠들었는데, 내가 보기엔 좀 어리석은 것 같아. 왜냐하면 이건 하나의 사실인데, 이런 장애인들도 저마다 행복했단 말이야.

그래서 각기 제 생각을 표현하는 방법을 알게 되자, 그들은 자신들의 '행복'을 이야기하려고 글을 쓴 거야. 물론 기자들은 신이 나서, 오감(五感)을 고스란히 '누리면서도' 뻔뻔스럽게 불평을 말하는 자들에게, 이런 사실을 들어 교훈을 보여 주었지……."

여기서 마르탱과 나 사이에 논쟁이 시작되었다. 나는 그의 비관론에 반대하여, 그가 인정하는 듯이 보였던 것처럼 우리 오감이 결국은 우리를 괴롭히는 데밖에는 소용되지 않는다는 것을 절대로 인정하지 않았다. 그는 항변했다.

"내가 말하는 건 결코 그런 뜻이 아니야. 내가 말하려는 건 다만 이거야. 사람의 영혼은 도처에서 세상을 더럽히고 타락시키고 망쳐 놓고 파괴하는 무질서와 죄악보다도, 아름다움과 안락과 조화를 더 쉽게, 더 즐겨 상상하고, 우리의 오감은 이 무질서와 죄악을 우리에게 알려 줌과 동시에 우리를 도와 거기에 이바지하게 한다는 점이야. 그래서 나는 베르길리우스[6]의 '얼마나 행복한가!'라는 시구 다음에, 우리가 배운 '자신의 행복을 안다면'보다도, 차라리 '그들의 불행을 모른다면'이라는 구절을 붙였으면 해. 불행을 모를 수 있다면, 사람들은 얼마나 행복할까!"

그리고 그는 디킨스의 어떤 콩트에 대해 이야기하기 시작하였다. 그는 그 이야기가 바로 로라 브리지먼의 경우에서 직접 착상을 얻은 것일 거라며 내게 곧 보내 주겠다고 약속하였

---

6) BC 1세기 로마의 시인.

다. 나흘 뒤에 과연 『난롯가의 귀뚜라미』라는 책을 받았는데, 대단히 흥미 있게 읽었다. 눈먼 소녀 이야기인데, 좀 길기는 하지만 때때로 감동을 주는 장면이 있다. 가난한 장난감 제조업자인 아이 아버지는 그녀를 안락하고 부유하고 행복하다는 환상 속에서 살게 한다. 이 거짓말을 디킨스의 예술은 경건한 것으로 보이게 하려고 애썼지만, 하나님께 감사하게도! 나는 그런 거짓말을 제르트뤼드에게 할 필요는 없을 것이다.

마르탱이 나를 찾아왔던 그 이튿날부터, 나는 그의 방법을 실행하기 시작하여 거기에 최선을 다했다. 나는 지금 나 자신도 더듬거리며 이끌어 줄 수밖에 없었던 어스름 길에서 제르트뤼드가 찍은 첫 발자국들을, 그가 내게 권한 대로 기록하지 않았던 것이 후회된다. 처음 몇 주 동안은 그 초보적인 교육에 걸린 시간 때문만이 아니라, 그로 말미암아 내가 받게 된 비난 때문에 사람들의 상상 이상으로 인내가 필요했다. 그 비난이 아멜리에게서 온 것임을 말해야 한다는 것은 무척 가슴 아픈 일이지만, 여기서 말하려는 것은 거기에 대한 아무런 원한도, 아무런 앙심도 품고 있지 않기 때문이다. 이다음에, 이 기록이 혹시 아내 눈에 띌 경우를 생각하여 이 점을 엄숙히 증명하여 둔다.(그리스도께서 남의 죄과를 용서하라는 것을, 길 잃은 양의 비유에 이어서 바로 우리에게 가르쳐 주지 않으셨던가?[7]) 나는 한 걸음 더 나아가 말하리라. 내가 그녀의 비난으로 말미암아 가장

7) 「마태복음」 18장 15절 이하 참조.

괴로워야 했던 때에도, 내가 제르트뤼드를 위해 많은 시간을 바치는 것을 탓하는 그녀를 원망할 수가 없었다. 오히려 내가 그녀를 비난하는 것은 나의 정성이 어떤 성과를 거두리라는 것을 그녀가 믿어 주지 않았다는 점이다. 그렇다, 나를 괴롭힌 것은 그러한 신뢰의 결여다. 그 나머지는 낙담할 것이 없었다. 나는 얼마나 자주 그녀가 이렇게 되풀이하는 것을 들어야만 했던가. "글쎄, 아직도 당신이 어떤 결과를 얻을 수 있다고 여기는지……." 그녀는 어리석게도 내 수고가 헛되다고 확신했다. 그래서 내가 그 일에 시간을 보내는 것이 마땅치 않다고 생각해서, 그런 시간은 다른 일에 쓰는 것이 더 유익하다고 늘 주장했다. 그리고 그녀는 내가 제르트뤼드를 돌볼 때마다 누군지도, 무엇인지도 모르지만, 하여간 나를 기다리는 것이 있다는 사실과 다른 사람들에게 주었어야 할 시간을 제르트뤼드를 위하여 써 버린다는 사실을 느끼게 하는 것이었다. 그러나 결국 일종의 모성적 질투가 그녀를 충동했던 것이라고 나는 생각한다. 왜냐하면 그녀가 "당신은 친자식들은 아무도 이만큼 돌본 적이 없었어요." 하고 말하는 것을 들은 것이 한두 번이 아니었기 때문이다. 사실이었다. 나는 내 아이들을 대단히 사랑하지만, 그들을 그렇게 돌보아 주어야 한다고 생각한 적은 한 번도 없었던 것이다.

그러나 나는 길 잃은 양의 비유가 스스로 독실한 그리스도인이라고 믿는 어떤 사람들까지도 받아들이기 가장 어려운 비유 중 하나라는 것을 자주 느꼈다. 양 떼 가운데 어떠한 양이든 한 마리를 따로 내놓고 볼 때, 그 한 마리 양이 목자 눈에는 다른 남은 양들보다 더 귀히게 보일 수 있다는 것을 그들은 미처 이해하지 못하는 것이다. 그리고 "어떤 사람에게 양 백 마리가 있는데 그중 하나가 길을 잃었으면, 그 아흔아홉 마리를 산에 두고 가서, 길 잃은 양을 찾지 않겠느냐?"[8] 하신 이 말씀, 자비심에 빛나는 이 말씀을 그들은, 감히 솔직하게 말할 수만 있다면, 가장 심한 불의라고 단언할 것이다.

제르트뤼드의 첫 미소가 나의 모든 것을 위로해 주었고, 나의 수고를 백배로 갚아 주었다. 왜냐하면 "내가 진실로 너희에게 이르노니, 목자가 양을 찾으면, 잃어버리지 않았던 다른 아흔아홉 마리 양보다 그 한 마리 양 때문에 더 기뻐하리라."[9] 라는 말씀대로이기 때문이다. 그렇다, 나도 진실로 이르거니와, 내 아이들 중 어떤 아이의 미소도, 어느 날 아침 발견한, 조각 같은 그녀 얼굴에 떠오르는 미소만큼 내 마음을 천사 같은 기쁨으로 넘치게 한 적은 없었다. 그녀는 그날 아침 갑자기 벌써 오래전부터 내가 그녀에게 가르치려던 것을 이해하고 흥미를 느끼기 시작하는 것 같았다.

3월 5일, 나는 그 날짜를 무슨 생일이라도 되는 것처럼 기록했다. 미소라기보다는 오히려 빛나는 변형[10]이었다. 별안간 그녀 얼굴이 '활기를 띠었다.' 마치 갑작스럽게 켜진 조명 같았는데, 저 알프스 고지에서 새벽이 되기 전에 눈 덮인 산봉우

---

8) 「마태복음」 18장 12절.
9) 「마태복음」 18장 13절.
10) 「마태복음」 17장의 변화산에서 예수 얼굴이 눈부시게 빛나는 모습으로 변형된 사건을 지칭하는 단어인 transfiguration과 동일함.

리를 어둠 속에서 끌어내어 진동시키는 그 자홍색 빛과도 같았다. 신비로운 채색이라고도 할 수 있을 것이다. 나는 또, 천사가 내려와서 고요한 물을 흔들어 놓은 때의 베데스다의 연못[11]도 생각하였다. 나는 갑자기 제르트뤼드가 지은 천사와 같은 표정을 눈 앞에서 보고 어떤 황홀감을 느꼈다. 나에게는 그 순간 그녀를 찾아온 것이 지성이라기보다는 사랑이라고 여겨졌기 때문이다. 그러자 감사의 격정에 가슴이 벅차, 내가 그녀의 아름다운 이마에 한 입맞춤을 하나님께 드리는 것같이 생각되는 것이었다.

그 첫 성과를 얻기가 어려웠던 만큼, 그 뒤의 진보는 빨랐다. 나는 그때 우리가 어떤 길을 걸어왔는지 생각해 내려고 애쓴다. 가끔 제르트뤼드는 나의 방법을 비웃듯 껑충껑충 뛰어 전진해 나가는 것 같았다. 나는 우선 사물의 다양함보다도 그 성질을 강조했던 것이 생각난다. 뜨거운 것, 찬 것, 따뜻한 것, 단 것, 쓴 것, 거친 것, 부드러운 것, 가벼운 것……. 그다음은 움직임이었다. 떼어 놓다, 접근시키다, 올리다, 교차시키다, 눕히다, 매다, 흩뜨리다, 모으다 등등……. 그리고 얼마 안 있어 나는 모든 방법을 다 버리고, 그녀 두뇌가 항상 나를 따라오는지는 별로 걱정하지 않고 그녀와 이야기를 하게까지 되었다. 그러나 말을 천천히 했으며, 틈나는 대로 내게 질문하도

---

11) 「요한복음」 5장에 나오는 예루살렘 성의 양 문 곁에 있는 못. 천사가 내려와 물이 일렁일 때 처음 들어가는 사람은 병이 낫는다는 전설이 있음.

록 이끌고 부추겼다. 내가 그녀를 혼자 버려둔 동안에는 분명히 그녀 두뇌 안에서 어떤 작용이 일어나는 것이었다. 왜냐하면 다음에 그녀를 만날 때는 반드시 새로운 놀라움을 맛보았고, 그녀와 나 사이 어둠의 층이 더 엷어진 것을 느꼈기 때문이다. 따뜻한 대기와 꾸준한 봄기운이 차츰차츰 겨울을 이기는 것도, 역시 이와 같다고 생각했다. 나는 몇 번이나 눈이 녹는 모양을 보고 경탄하였던가. 그것은 마치 외투 겉모양은 그대로인 것 같지만 안이 닳는 것과도 같다. 겨울마다 아멜리는 거기에 속아서 눈은 아직도 그 모양이에요 하고 말한다. 사람들은 아직도 쌓인 눈이 두터운 줄 알지만, 눈은 벌써 힘이 꺾여, 별안간 군데군데 생명이 다시 나타나게 되는 것이다.

노파처럼 끊임없이 난로 옆에 박아 두었다가는 제르트뤼드가 쇠약해지지나 않을까 염려돼, 나는 그녀를 밖에 내보내기 시작했다. 그러나 그녀는 내 팔을 붙잡지 않고는 산책하기를 싫어했다. 집을 떠나자마자 그녀가 매우 놀라고 무서워하는 것을 보고, 그녀가 내게 그 말을 하기 전에 나는 우선 그녀가 여태 밖에라고는 나와 본 적이 없었다는 것을 알아차렸다. 내가 그녀를 처음 만난 오두막에서는 아무도 그녀를 돌봐 주지 않았는데, 그녀에게 오직 죽지 않을 정도로 먹을 것을 주는 정도였을 따름이다. 여기서 내가 죽지 않을 정도로란 표현을 쓴 것은 살 정도로라는 말을 차마 쓸 수가 없기 때문이다. 그녀의 캄캄한 세계는 그녀가 한 번도 떠나 본 적이 없는 저 유일한 방의 벽 그 자체에 가로막혀 있었다. 여름날, 빛나는 큰 세상을 향해 문이 열렸을 때, 그녀는 기껏해야 문턱까지 나가 본 것이 고작이었을 것이다. 그녀가 뒤에 내게 이야기한 것이지만, 새들의 노랫소리를 들었을 때, 자기 볼과 손을 어루만지는 열과 마찬가지로 그것을 순전히 빛의 작용이라고 상상했다 한다. 그리고 깊이 생각한 것은 아니지만, 물이 불 옆에 있으면 끓는 것과 마찬가지로 공기도 더워지면 노래하기 시작한다는 것은 극히 자연스러운 일인 듯싶었다고 한다. 사실인즉 내가 그녀를 보살펴 주기 시작했을 때까지, 그녀는 그런 것에 전혀 관심이 없었으며, 아무것에도 주의하는 일 없이 깊은 마비 상태 속에서 살고 있었다. 나는 그 작은 소리들이, 사방에 흩어진 자연의 기쁨을 느끼고 표현하는 것이 유일한 기능인 듯한 살아 있는 생명체들에게서 나온다는 것을 가르쳐 주었을 때에 그녀가 한없이 기뻐했던 것이 생각난다.(그녀에게 '나는 새처럼 즐거워요.'라는 말버릇이 생긴 것은 그날부터다.) 그렇지만 그 노래들은 자신이 통 볼 수 없는 찬란한 경치를 이야기한다는 생각에 그녀는 다시금 우울해지기 시작했다. 그녀는 이렇게 말했다.

"정말로 땅은 새들이 이야기하는 것처럼 아름다운가요? 사람들은 왜 그걸 더 말해 주지 않을까요? 목사님은 왜 제게 이야기해 주지 않으세요? 제가 그걸 보지 못한다는 걸 생각하고 저를 괴롭히게 될까 봐 그러세요? 잘못 생각하시는 거예요. 제가 새들의 노래를 얼마나 잘 알아든는다고요. 새들이 말하는 걸 전 모두 이해할 수 있을 것 같아요."

"제르트뤼드, 눈이 보이는 사람들은 너만큼 새들의 노래를 잘 듣지 못한단다."

나는 그녀를 위로할 양으로 말했나.

"왜 다른 짐승들은 노래하지 않을까요?"

그녀는 다시 물었다. 때로 그녀의 질문은 나를 놀라게 하고 잠시 동안 어리둥절하게 하곤 했다. 그때까지는 별로 이상히 여기지도 않고 받아들였던 것을 깊이 생각하게 만들었기 때문이다. 그렇게 하여 나는 처음으로 동물이 땅에 가까이 붙어 살고 육중할수록 더욱더 성질이 음울해진다는 사실을 생각해 보게 되었다. 나는 이 점을 그녀에게 이해시키려고 애썼다. 그리고 다람쥐와 다람쥐가 재주를 부리는 데 대해 이야기해 주었다.

그러자 그녀는 날아다니는 짐승은 새뿐이냐고 물었다.

"나비도 있지." 하고 나는 말했다.

"나비도 노래하나요?"

"나비는 다른 모양으로 기쁨을 이야기한다." 하고 나는 말을 이었다. "나비의 기쁨은 그 날개 위에 색깔로 그려져 있지……."

그리고 나는 그녀에게 나비들의 온갖 색깔 무늬에 대해 설명해 주었다.

2월 28일

어제는 펜이 달리는 대로 끌려갔기 때문에 다시 뒤로 돌아가기로 한다.

제르트뤼드에게 가르치기 위하여 나 자신도 점자 알파벳을 배우지 않으면 안 되었다. 그러나 얼마 안 되어 그 글자를 읽는 것에 나보다도 그녀가 훨씬 더 익숙해졌다. 나는 점자를 알아보는 것이 꽤 힘들었을 뿐 아니라 손으로 더듬어 가는 것보다 눈으로 읽어 갈 때가 더 많았다. 게다가 나 혼자서만 그녀를 가르친 것이 아니었다. 그리고 처음에는 그 일에 도움을 받는 것이 기뻤다. 왜냐하면 내 할 일이 많은 데다 집들이 너무 흩어져 있어 가난한 이들과 병자들을 찾아다니기에 때로는 꽤 먼 길을 가야만 했기 때문이다. 자크가 우리 곁에 와서 크리스마스 휴가를 지내는 동안 — 그동안 그는 어릴 때 공부했던 로잔으로 돌아가서 신학 대학에 들어가 있었으니까. — 스케이트를 타다가 팔을 부러뜨렸다. 골절은 대단치 않아 곧 불려 온 마르탱이 외과의사 손을 빌리지 않고 쉽게 붙여 놓을 수가 있었다. 그러나 조심해야만 했기 때문에 얼마 동안 자크는 집에 남아 있지 않으면 안 되었다. 그는 이제까지는 통 거들떠보지도 않던 제르트뤼드에게 갑자기 관심을 가지기 시작하여 나를 도와 그녀의 읽기 공부를 보살펴 주었다. 그의 협력은 그가 회복되는 석 주 동안밖에 계속되지 않았으나 그동안 제르트뤼드는 눈에 띄게 발전했다. 그 무렵 어떤 비상한 열의가 그녀를 채찍질하고 있는 것 같았다. 그전까지도 아직 잠자고 있던 그녀의 지능은 첫걸음부터, 아니 걸음도 채 배우기 전에 뛰기 시작하는 것 같았다. 나는 그녀가 별로 힘들이지 않고 자기 생각을 말할 수 있었던 것과, 우리가 그녀에게 가르쳐 주었거나 그녀에게 말했고 설명했던 사물에 대한 관념을 그녀에게 직접 이해시킬 수 없었을 때 우리가 생각지도 못할 만큼 아주 엉뚱하고 아주 재미있는 방법으로 구성히해, 조금도 유치하지 않고 정확하게 자기 의사를 표현하게 되었던 것이 어찌나 빨랐는지 감탄하지 않을 수가 없다. 우리는 그녀가 이해하지 못하는 것을 설명할 때에는 언제든지 거리 측량기 측정법을 본 따서, 만질 수 있거나 냄새 맡을 수 있는 것을 사용했다.

그러나 나는 그 교육의 첫 단계를 전부 여기에 기록할 필요는 없다고 생각한다. 그런 것은 아마 어느 눈먼 사람의 교육에서나 흔히 볼 수 있는 일일 것이다. 이와 같이 눈먼 사람을 가르치는 선생은 모두 색 문제에 있어서 똑같은 곤란을 겪었으리라 생각된다.(그리고 여기에 관하여, 복음서에는 색에 대한 것이 어디에도 씌어 있지 않다는 것을 알게 되었다.) 다른 사람들은 어떻게 다루었는지 모르지만 나는 프리즘 색깔을 무지개가 우리에게 보여 주는 차례대로 일러 주기 시작했다. 그러나 곧 그녀 머릿속에는 색과 빛의 혼동이 생겼다. 그래서 나는 그녀의 상상력이 색조 차이와, 내 생각으로는 화가들이 '명암도(明暗度)'라고 부르는 것을 도무지 분간하지 못한다는 것을 깨달았다. 그녀는 색 하나하나가 짙을 수도 옅을 수도 있다는 것과, 그것들이 무한히 혼합될 수 있다는 점을 이해하기 가장 힘들어 했다. 그 이상 까다로운 것은 없었는지 그녀는 자꾸만 그 문제를 끄집어내곤 했다.

그러는 동안 뇌샤텔에 그녀를 데리고 갈 기회가 생겨 거기서 그녀에게 음악 연주를 들려줄 수가 있었다. 교향악의 각 악기가 맡은 역할에서 암시를 얻어 나는 색 문제를 다시 끄집어냈다. 나는 금관악기, 현악기, 목관악기 음색이 각각 다르다는 것과, 또 그들 악기 하나하나가 가장 낮은 음에서 가장 높은 음까지 전음계를 강하게 혹은 약하게 낼 수 있다는 것을 제르트뤼드에게 가르쳐 주었다. 나는 이와 같이 자연계에 있어서 붉은색과 오렌지색은 호른과 트롬본 음색과 비슷하고, 노랑과 초록은 바이올린, 첼로, 콘트라베이스 음과 비슷하며, 플루트, 클라리넷, 오보에 등은 자주와 파랑을 연상케 한다고 상상해 보라고 말했다. 그때부터 그녀의 의혹은 가시고 일종의 내면적 희열이 마음에 깃들었다.

"얼마나 아름다울까!" 하고 그녀는 거듭 말했다.

그리고 갑자기 "그러면 흰색은요? 흰색은 무엇과 비슷한지 더 이상 모르겠어요……." 하고 물었다.

그러자 나는 내 비유가 얼마나 불확실한지 곧 느꼈다. 그렇지만 이렇게 말해 보았다.

"흰색은 모든 음이 서로 섞이는 가장 높은 음색이야. 검은색이 가장 어두운 음인 것처럼." 그러나 이 대답에 그녀보다도 내가 더 불만족스러웠다. 그녀는 곧 목관악기, 금관악기, 현악기가 최저음에서나 최고음에서나 각각 분명히 구별된다는 점을 내게 지적하였다. 나는 그럴 때마다 도대체 무슨 비유를 갖다 대야 할까 난처해서 입을 다문 적이 얼마나 많았는지 모른다.

"좋아!" 하고 나는 마침내 말했다. "그러면 흰색은 아주 순수한 것, 아무 색깔도 없고 빛만 있는 것이고, 검은색은 그와 반대로 색이 여러 개 겹쳐져서 아주 진해진 거라고 생각해 보렴……."

주고받았던 이런 말의 한 토막을 여기에서 생각해 내는 것은 내가 너무나 자주 부딪혔던 곤란 중 한 예를 드는 데 지나지 않는다. 제르트뤼드에게는 사람들이 흔히 그러는 것처럼 결코 알아들은 체하지 않는다는 좋은 점이 있었다. 알아들은 체하는 사람들은 그리하여 부정확하고 그릇된 사실로 자기 머리를 채우고, 또 그렇게 함으로써 나중에는 그들의 모든 추론이 비뚤어지게 된다. 제르트뤼드에게 있어서는 개념 하나하나가 그에 대한 정확한 관념을 얻지 못하는 한, 언제까지나 불안과 조바심의 원인이 되었다.

앞서 말한 것만 보더라도, 처음에 그녀 머릿속에서는 빛 개념과 열 개념이 긴밀하게 연결되어 있었으므로, 곤란은 점점 심해져 나중에 그것을 분리하기가 여간 힘들지 않았다.

그렇게 하여 나는 그녀를 통해 시각 세계와 음 세계가 얼마나 다르며, 그중 하나를 설명하기 위해 다른 것을 갖다 대어 보는 그 모든 비유가 얼마나 불완전한지 끊임없이 경험하곤 했다.

2월 29일

나는 내 비유 이야기에 온통 정신이 팔려, 제르트뤼드가 뇌샤텔의 그 연주회에서 얻은 엄청난 기쁨에 대해서는 아직 조금도 이야기하지 않았다. 거기서는 바로 「전원교향곡」을 연주하고 있었다. '바로'라고 한 것은 누구나 쉽게 이해할 수 있겠지만, 이보다 더 그녀에게 들려주고 싶었던 작품이 없었기 때문이다. 연주회장을 나온 지 한참이 지나도록, 제르트뤼드는 그냥 말 한 마디 없이 마치 황홀경에 잠겨 있는 것 같았다. 그녀가 마침내 말했다.

"목사님이 보시는 것도 정말 저것처럼 아름다운가요?"

"무엇만큼 말이니? 얘야."

"저 「시냇가의 정경」¹²⁾만큼요."

나는 바로 대답하지 않았다. 왜냐하면 나는, 말로 표현할 수 없는 그 화음이 현실 그대로의 세계를 그린 것이 아니라, 악과 죄가 없으면 그러할 수 있었을 세계, 앞으로 그럴 수도 있음 직한 세계를 그렸다는 것을 곰곰이 생각하고 있었기 때문이다. 그런데 나는 그때까지 악과 죄와 죽음에 대하여 제르트뤼드에게 감히 이야기하지 못하고 있었다.

"눈 뜬 사람들은 자신들의 행복을 모른다." 하고 나는 마침내 말했다.

그러자 그녀는 곧 부르짖었다.

"그렇지만 보지 못하는 저는 듣는 행복을 알아요."

그녀는 내게 바짝 다가와서 어린 아이들처럼 내 팔에 꼭 매달려 걷고 있었다.

"목사님, 제가 얼마나 행복한 줄 아세요? 목사님을 즐겁게 해 드리려고 이런 말을 하는 게 절대 아니에요. 절 좀 보세요. 거짓말을 할 때는 얼굴에 나타나지 않아요? 저는 목소리만 듣

---

12) 베토벤 교향곡 6번, 「전원」의 2악장 표제.

고서도 그런 걸 아주 껄 일아요. 진닐 아주머니가(그녀는 내 아내를 이렇게 불렀다.) 자기를 조금도 위해 줄 줄 모른다고 목사님을 비난한 뒤에, 목사님은 울고 있지 않다고 저에게 대답하셨던 일이 생각나세요? '목사님은 거짓말쟁이에요!' 하고 저는 부르짖었지요. 아! 저한테 바른 대로 말씀하시지 않으셨다는 걸 목사님 목소리로 금방 느꼈어요. 우셨다는 걸 알기 위해 목사님 뺨을 만져 볼 필요도 없었어요." 그리고 그녀는 사뭇 큰 소리로 여러 번 말했다. "그럼요, 목사님 뺨을 만져 볼 필요도 없었다니까요." 그 바람에 나는 얼굴이 붉어졌다. 우리는 아직 시내에 있었고 지나가던 사람들이 우리를 돌아보았기 때문이다. 그래도 그녀는 계속 말했다.

"저를 속이려고 하시면 안 돼요. 안 그래요? 무엇보다도 눈먼 여자아이를 속이려는 건 아주 비겁한 짓이에요……. 그리고 또 속지도 않을 테니까요." 그녀는 웃으며 덧붙였다. "목사님, 말씀해 주세요. 목사님은 불행하지 않으시죠, 네?"

나는 내 행복이 일부분 그녀에게서 온다는 것을 고백하지 않고 그녀로 하여금 깨닫게 하려는 듯 그녀 손을 끌어다 입을 맞추며 대답했다.

"그럼, 제르트뤼드. 그럼, 나는 불행하지 않아. 어떻게 불행할 수가 있겠니?"

"그래도 가끔은 우시지요?"

"그야, 이따금 울기도 하지."

"제가 그 말을 한 다음부터 안 우셨나요?"

"그럼, 그 후론 다시는 울지 않았지."

"그리고 더 이상 울고 싶지 않으셨어요?"

"그럼, 제르트뤼드."

"그러면 저어…… 그 뒤론 거짓말을 하고 싶은 생각이 든 적도 없었어요?"

"그래, 얘야."

"절대로 속이지 않겠다고 약속할 수 있으세요?"

"그럼 약속하지."

"좋아요! 그럼 당장 말씀해 주세요. 저, 예쁘게 생겼어요?"

이 갑작스러운 질문은 내가 그때까지 제르트뤼드의 부정할 수 없는 아름다움에 조금도 주의를 돌리지 않으려고 애썼던 만큼 더 나를 당황케 했다. 그뿐 아니라 나는 그녀 자신이 그 점을 아는 것은 도무지 쓸데없는 일이라고 생각하고 있었다. 그래서 나는 곧 말했다.

"그건 알아서 뭘 하려고?"

"이게 저의 고민이에요." 그녀는 말을 이었다. "혹시 제가…… 뭐라 할까요……? 혹시 제가 교향곡 안에서 너무나 큰 소음을 내는 사람은 아닌지 알고 싶어요. 제가 이런 걸 다른 사람에게 물어보겠어요, 목사님?"

나는 가능한 한 자신을 방어하며 말했다. "목사는 얼굴의 아름다움 같은 것엔 신경을 쓰지 않는 법이란다."

"왜요?"

"영혼의 아름다움만 있으면 충분하니까."

그러자 그녀는 귀엽게 입을 삐죽 내밀며 말했다.

"목사님은 제가 못생겼다고 믿게 두고 싶으신 거지요."

그래서 나는 더 잠을 수 없어 소리 질렀다.

"제르트뤼드, 네가 예쁘다는 걸 넌 잘 알잖아."

그녀는 입을 다물었다. 그리고 표정이 아주 심각해지더니 집에 돌아올 때까지도 그 표정은 사라지지 않았다.

우리가 돌아오자 아멜리는 내가 하루를 이렇게 보낸 것이 못마땅하다는 눈치를 보였다. 그런 말을 그녀는 나에게 미리 했어야 했다. 하지만 마음대로 하게 내버려 뒀다가 나중에 비난하는 권리를 간직해 두곤 하는 그녀 버릇대로, 아무 말 없이 제르트뤼드와 내가 같이 외출하게 그냥 두었다. 게다가 그녀는 직접 뚜렷이 비난하지 않았다. 그러나 그녀가 침묵하는 바로 그 자체가 비난하는 태도였다. 왜냐하면 내가 제르트뤼드를 데리고 음악회에 갔던 것을 아느니만큼 우리가 무슨 곡을 듣고 왔는지 물어보는 게 자연스러운 일 아닌가? 사람들이 자신의 기쁨에 조금이라도 관심 있다고 느끼면, 그 아이의 기쁨도 더욱 커졌을 것 아니겠는가? 게다가 아멜리는 침묵을 지키고 있는 게 아니었다. 오히려 짐짓 가식적인 태도로 아무 흥미 없는 것들에 대해서만 말하는 것 같았다. 그래서 아이들이 자러 간 다음에, 밤이 되어서야 비로소 나는 그녀를 따로 불러서 엄하게 물었다.

"내가 제르트뤼드를 음악회에 데리고 간 것 때문에 화가 난 거야?" 내가 얻은 대답은 이렇다.

"당신은 당신 식구 그 누구에게도 하지 않았던 일을 그 애를 위해서는 하고 있어요."

그러고 보니 언제나 똑같은 푸념이었으며, 성경의 비유[13]에서 보여 주듯이, 집에 남아 있던 아이들을 환대하는 것이 아니라, 집에 돌아온 아이를 환대하는 것을 이해하지 못하는 것과 똑같기도 했다. 그밖에 다른 환대는 바랄 수도 없는 제르트뤼드의 불구를 그녀가 조금도 생각해 주지 않는 것이 또한 내 마음을 아프게 하였다. 그리고 여느 때는 그렇게도 바쁘지만 하나님의 도우심인지 그날은 내게 틈이 났고, 아이들은 제각기 해야 할 공부나 무슨 일에 붙들려 있었다는 것을 그녀도 잘 알 뿐더러, 아멜리 자신도 음악에는 조금도 취미가 없어, 설령 시간이 남아 돌아가고, 음악회가 우리 집 문 앞에서 열린다 할지라도 가 볼 생각이 날 리 만무하고 보면, 아멜리의 비난은 더욱 부당한 것이 아닐 수 없다.

　내 마음을 더욱 아프게 한 것은 아멜리가 제르트뤼드 앞에서도 서슴지 않고 이런 말을 했을 것이라는 점이다. 왜냐하면 내가 그녀를 따로 불러냈는데도 그녀는 제르트뤼드가 들으라는 듯 일부러 목소리를 크게 냈기 때문이다. 나는 슬프다기보다 화가 났다. 그래서 조금 뒤에 아멜리가 우리를 남겨 두고 나갔을 때, 제르트뤼드 곁으로 가서 그녀의 가냘픈 작은 손을 잡아 내 얼굴에 가져오면서 말했다.

　"자! 보렴, 이번에는 안 울었지."

　"그래요, 이번엔 제가 울 차례예요."

　그녀는 내게 미소를 지어 보이려고 애쓰며 말했다. 그리고

---

13) 「누가복음」 15장 11~32절에 나오는 '방탕한 아들' 비유를 뜻함.

나는 갑자기 보았다. 나를 올려다보는 그녀의 아름다운 얼굴이 눈물에 젖어 있음을.

3월 8일

내가 아멜리에게 줄 수 있는 유일한 즐거움은 그녀 마음에 안 드는 일은 하지 않는 것뿐이었다. 그녀가 내게 허락하는 것은 오직 이런 극히 소극적인 사랑의 표시였다. 그녀가 이미 얼마나 내 생활을 위축시키고 있었는지 그녀는 도무지 이해하지 못하는 것이다. 아아! 제발 그녀가 내게 무슨 어려운 일을 요구했더라면 좋았으련만! 나는 그녀를 위하여 경솔한 짓, 위험한 일이라도 얼마나 기꺼이 했을 것인가! 그러나 그녀는 무엇이든지 습관적으로 해 오지 않던 짓은 모두 싫은 모양이었다. 그리하여 그녀에게 있어서 인생의 과정은 똑같은 날을 지난날에 보태는 것뿐이다. 그녀는 새로운 미덕도, 이미 있는 미덕의 성장도 나에게 바라지 않거니와 받아들이려 하지도 않는다. 그녀는 기독교에서 본능의 길들임 이외의 것을 보고자하는 사람들의 온갖 노력을, 비난하지는 않더라도, 불안한 마음으로 지켜본다.

나는 뇌샤텔에 닿자, 아멜리가 부탁한 대로, 우리 단골 잡화 상인에게 가서 계산을 마치고 실 한 상자를 사 가지고 오는 일을 까맣게 잊어버렸다는 것을 고백해야겠다. 그러나 나는 그 뒤에 아멜리가 그 때문에 화를 낼 것보다도 훨씬 나 자신에 대해 화가 났다. 나는 "작은 일에 충실한 자는 큰 일에도 충실하리라."[14]라는 말씀을 너무나도 잘 알고 있었고, 또 내가 잊어버린 그 끝이 얼마나 시끄러울까 염려되어 잊지 않으리라고 단단히 마음먹었던 만큼 한층 화가 났다. 나는 그녀가 여기에 대해 얼마간 비난을 해 줬으면 좋겠다고까지 생각했다. 그 점에 있어서 분명히 비난을 받아 마땅했으니까. 그러나 늘 그랬던 것처럼 그녀는 확실한 비난보다도 상상 속 푸념만을 일삼았던 것이다. 아! 우리 마음속에 출몰하는 괴물과 유령의 말에 귀를 기울이지 않고 현실의 악만 상대한다면, 우리 삶은 얼마나 더 아름다워지고 우리 불행은 얼마나 홀가분해질 것인가……! 그러나 나는 오히려 설교의 제목이 될 것 같은 말을 여기에 우선 적어 둔다.(「마태복음」 12장 29절. "너희는 마음에 근심하지 말라.")[15] 내가 여기에 쓰려고 생각한 것은 제르트뤼드의 지적, 도덕적 성장의 이야기이다. 그쪽으로 되돌아가겠다.

나는 여기서 그 발전 과정을 한 걸음 한 걸음 더듬어 갈 수 있기를 바랐고, 따라서 그것을 세세히 이야기하기 시작했다. 그러나 그 모든 현상을 세밀히 기록할 시간도 없을뿐더러 지금은 그 정확한 연결을 찾아내기도 여간 어렵지 않다. 내 이야기에 끌려서 훨씬 뒤의 일인 제르트뤼드의 깊은 사고라든가 그녀와 주고받은 대화에 대한 것을 먼저 이야기하였으니, 우연히 이 글을 읽는 사람은 그녀가 곧 그렇게도 정확히 제

---

14) 「누가복음」 16장 10절.
15) 「마태복음」이 아니라, 사실은 「누가복음」 12장 29절로 작가의 착오이거나, 화자인 목사의 착오인 듯함.

생각을 표현하고, 그렇게도 옳게 추리하게 된 것을 듣고 아마 놀라워할 것이다. 하긴 그녀의 발전이 놀랄 만큼 빨랐기 때문이기도 하다. 내가 그녀에게 가까이 대 주는 지식의 양식이나 손이 닿을 수 있는 것은 무엇이든지 얼마나 재빠르게 붙잡아서 끊임없는 동화 작용과 성숙 작용을 통해 자기 것으로 만드는지 나는 번번이 감탄했다. 그녀는 쉴 새 없이 내 생각을 앞지르고 뛰어넘어 나를 놀라게 했고, 이 얘기 저 얘기가 거듭됨에 따라 그녀가 더 이상 내 제자로는 보이지 않을 때가 자주 있었다.

겨우 몇 달 지나지 않아 벌써 그녀의 지능이 그렇게도 오랫동안 잠자고 있었다고는 보이지 않게 되었다. 그뿐 아니라, 바깥세상에 정신이 흩어져 여러 쓸데없는 걱정에 가장 많은 주의력을 빼앗기는 대부분의 처녀들보다도 벌써 더 많은 지혜를 보여 주기까지 했다. 게다가 그녀는 처음에 우리가 생각했던 것보다도 더 나이가 든 것 같았다. 더구나 그녀는 자신의 실명을 도리어 이롭게 만들려고 마음먹는 것 같아서, 나는 여러 가지 점으로 보아 이 장애가 오히려 그녀에게 도움이 되지나 않을까 하고 생각하게끔 되었다. 나도 모르게 그녀를 샤를로트와 비교해 보았다. 그리고 가끔 샤를로트에게 복습을 시켜 주게 될 때, 그 애가 파리 한 마리가 날아가는 데에도 정신이 온통 팔리는 것을 보고 생각했다. '눈만 보이지 않는다면 이 아이도 내가 말하는 것을 얼마나 더 잘 알아들을까!'

제르트뤼드가 책 읽기에 몹시 욕심을 부렸던 것은 말할 것도 없다. 그러나 나는 될 수 있는 대로 그녀 생각의 동무가 되어 주리라는 생각에서 그녀가 책을 많이 — 아니면 적어도 나 없이 혼자서 많이 — 읽지 말았으면 했다. 그리고 특히 성경을 많이 읽지 말았으면 했는데, 이는 개신교인에게는 퍽 이상하게 여겨질 것이다. 그 점에 대해 다시 설명하겠지만, 이렇듯 중대한 문제로 들어가기 전에, 음악에 관한 작은 사건 하나를 말하고자 한다. 아마도 뇌샤텔의 음악회가 있은 지 얼마 지나지 않아 있었던 일이라고 기억한다.

그렇다, 그 음악회는 분명 여름방학 때로, 자크가 집에 돌아오기 석 주 전에 있었다. 그동안 나는 제르트뤼드가 지금 살고 있는 집의 드 라 M 양이 늘 맡아서 치는 우리 교회의 작은 풍금 앞에 제르트뤼드를 앉힌 일이 몇 번 있었다. 그때 루이즈 드 라 M 양은 아직까지 제르트뤼드의 음악 교육을 시작하지 않았다. 나는 음악을 좋아하면서도 그에 대해 별로 아는 것이 없었고, 건반 앞에 그녀와 나란히 앉아 있을 때에도 그녀에게 무엇을 가르쳐 줄 수 있다고는 미처 생각하지 못했다.

"아니에요, 그냥 놔두세요. 저 혼자서 해 보고 싶어요." 그녀는 처음 더듬어 칠 때부터 나에게 말했다.

그리고 나는 교회라는 거룩한 곳에 대한 두려움도 있고 사람들의 뒷공론이 두렵기도 했으며, 예배당에 그녀와 단둘이 들어가 있기가 온당치 않다 여겨 그녀 곁을 기꺼이 떠나곤 했다. 나는 평소에는 그런 것쯤에는 신경 쓰지 않으려고 애썼다. 그러나 그 경우에는 그녀와 관계되는 일이었고 이미 나 하나만의 문제가 아니었다. 순회 방문을 위해 그쪽으로 가야 할 때에는, 나는 종종 그녀를 교회까지 데리고 가서 오랫동안 혼자 내버려 두었다가 돌아오는 길에 데려오곤 했다. 그렇게 하여 그녀는 끈기 있게 여러 화음을 찾는 데 몰두했고, 저녁 무렵에 나는 그녀가 어떤 협화음에 귀를 기울이며 긴 황홀경에 잠겨 있는 것을 발견하곤 했다.

그로부터 겨우 반 년 남짓 지난 8월 초순 어느 날, 나는 어떤 미망인을 위로해 주러 갔다가 그녀가 집에 없어서 교회로 제르트뤼드를 데리러 갔다. 그녀는 내가 그렇게 일찍 돌아오리라곤 생각지도 않았을 것이다. 나는 천만 뜻밖에도 자크가 그녀 곁에 있는 것을 보았다. 내가 낸 자그마한 소리는 풍금 소리에 눌려 버렸기 때문에 둘 다 내가 들어가는 소리를 듣지 못했다. 엿본다는 것은 결코 내 성미에 맞지 않았지만 제르트뤼드에 관한 일이라면 무엇이고 알고 싶었다. 그래서 발소리를 죽여 연단으로 통하는 계단을 몇 개 살그머니 올라갔다. 엿보기엔 썩 좋은 자리였다. 나는 내가 거기 있는 동안, 둘 다 내 앞에서 하기엔 거북한 말은 한 마디도 하지 않았다는 것을 말하지 않을 수 없다. 그러나 그가 그녀 옆에 걸터앉아서 여러 번 그녀 손을 잡아 건반 위에 손가락을 인도해 주는 것이 보였다. 앞서 내게는 받지 않겠다고 하던 충고와 지도를 그에게서 받고 있다니 그게 벌써 이상한 노릇 아니겠는가? 나는 그 모습을 보고 나 스스로 고백하기 싫을 만큼 놀랍고 마음이 아팠다. 그래서 곧 간섭을 하려던 참에 자크가 갑자기 시계를 꺼내는 것이 보였다. 그는 말했다.

"이제 헤어질 시간이 되었어. 아버지가 곧 돌아오실 테니."

그러자 제르트뤼드가 내맡긴 손을 그가 자기 입술로 가져

가는 것이 보였다. 그런 다음 그는 나갔다. 조금 뒤에 나는 소리 나지 않게 계단을 내려온 다음, 제르트뤼드가 그 소리를 들을 수 있도록, 그리고 내가 그때 바로 들어온 줄 알도록 교회 문을 소리 내어 열었다.

"그래, 제르트뤼드! 돌아갈 준비가 되었니? 풍금은 잘 되어 가니?"

"네, 썩 잘돼요." 그녀는 아주 자연스럽게 말했다. "오늘은 정말 많이 늘었어요."

어떤 크나큰 슬픔이 내 마음에 가득 차올랐지만, 우리는 둘 다 오늘 있었던 일에 대해서는 내색도 하지 않았다.

나는 얼른 자크와 단둘이 만나고 싶었다. 아내와 제르트뤼드와 아이들은 저녁 먹은 뒤 보통 우리 둘이 밤늦게까지 공부하는 것을 남겨 두고 꽤 일찍 물러가곤 했다. 나는 그때를 기다렸다. 그러나 말하기도 전에 너무나 가슴이 벅차고 감정이 어지러워져서 내 마음을 괴롭히는 이 문제를 어떻게 꺼내야 할지도 몰랐고 또 감히 끄집어내지도 못할 지경이었다. 그런데 자크가 먼저 갑자기 침묵을 깨뜨리고 방학 내내 집에서 지내겠다는 자기 결심을 내게 알렸다. 그러나 그는 며칠 전에 알프스 산봉으로 여행할 계획이라는 걸 우리에게 말했고, 아내와 나는 크게 찬성했다. 나는 자크가 길동무로 택한 T 라는 친구가 그를 기다리고 있다는 사실도 잘 알고 있었다. 그러므로 그렇듯 갑작스레 마음이 변한 것은 내가 앞서 우연히 목격한 그 광경과 분명히 무관하지 않아 보였다. 처음에는 굉장히 분노기 치밀었다. 그러니 그 분노에 끌려들었다가는 내 아들이 내게는 영영 속을 털어놓지 않게 되지나 않을까 하는 염려도 있었고, 또 너무 격한 말을 했다가 나중에 후회하게 되지나 않을까 염려되어 비상한 노력으로 나를 억제하며 할 수 있는 대로 자연스럽게 말했다.

"나는 T가 너를 기다리고 있는 줄 알았는데."

"뭘요!" 자크는 이어 말했다. "꼭 기다리지는 않아요. 그리고 저 대신 다른 친구를 구하기도 힘들지 않을 겁니다. 저는 여기서도 오벨랜드[16]에서나 마찬가지로 쉴 수 있고, 또 정말이지 산중을 쏘다니는 것보다는 더 유익하게 시간을 보낼 수 있다고 생각합니다."

"요컨대 너는 여기서 할 일이 생겼단 말이지?" 하고 나는 말했다.

자크는 내 목소리에 약간 비꼬는 기미가 있음을 알아차리고 나를 쳐다보았다. 그러나 아직은 그 이유를 확실히 알아내지 못했으므로 다시 쾌활한 목소리로 말을 이었다.

"제가 언제나 등산지팡이보다는 책을 더 좋아하는 걸 아시잖아요?"

"물론 그렇지." 이번에는 내가 자크를 똑바로 쳐다보며 말했다. "하지만 풍금 가르치는 것이 너에게는 독서보다 더 매력 있어 보이진 않더냐?"

아마도 그는 얼굴이 붉어짐을 느꼈을 것이다. 램프 불빛을

---

16) 스위스 중부 산악지대.

가리는 것처럼 손을 이마에 갖다 대었으니까. 그러나 그는 거의 즉시 다시 침착해져서, 좀 덜 그랬으면 싶을 정도로 확신에 차서 말했다.

"아버지, 저를 너무 꾸짖지 마세요. 아버지께 아무것도 숨기려는 생각은 없었어요. 저보다 아버지께서 아주 조금 먼저 앞질러 말씀하셨을 뿐이에요."

자크는 책이라도 읽는 듯 차분하게 말하며, 자기 자신의 일이 아니기라도 한 것처럼 태연하게 말끝을 맺었다. 그가 보여 주는 비상한 자제력에 나의 화는 극도에 달하고 말았다. 내가 그의 말을 가로막으려는 것을 느끼자, 마치 '아뇨, 아버지는 나중에 말씀하시고, 우선 제가 하던 말을 끝맺도록 가만 계세요.' 하고 말하려는 듯이 손을 들었다. 그러나 나는 그의 팔을 꽉 잡고 흔들면서, 격렬하게 부르짖었다.

"네가 제르트뤼드의 깨끗한 영혼을 어지럽히는 것을 보기보다는, 아! 차라리 다시는 너를 안 보는 것이 낫겠다. 네 고백을 들을 필요는 없어! 불구와 순진함, 그리고 순수성을 농락한다는 것은 가증스럽고 비겁한 것이다. 나는 네가 그런 짓을 할 수 있으리라고 생각한 적은 한 번도 없었다. 그런데 나한테 그 일을 얄미울 만큼 태연하게 이야기하다니……! 내 말을 잘 들어. 나는 제르트뤼드에 대한 책임을 지고 있다. 이제부터 단 하루라도 그녀에게 말을 걸고, 그녀를 만지거나 만나는 것을 더 이상 허락할 수 없다."

"그렇지만 아버지." 그는 여전히 침착한 어조로 말을 이었고, 그것이 정신을 잃을 정도로 나를 격분하게 했다. "아버지가 제르트뤼드를 아끼는 만큼 저도 아낀다는 것을 믿어 주세요. 제 행동뿐 아니라, 저의 의도 그 자체나 제 마음의 비밀 속이라도 비난받을 만한 그 무엇이 들어 있다고 생각하신다면, 이상하게 오해하신 겁니다. 저는 제르트뤼드를 사랑합니다. 그리고 사랑하는 만큼 그녀를 아낀다는 것을 말씀드립니다. 그녀 마음을 어지럽히고, 그녀의 실명과 순수성을 농락한다는 것은 아버지께나 마찬가지로 제게도 가증스럽게 보입니다." 그리고 자크는 그녀를 위해 바로 그녀의 버팀목이자 친구, 남편이 되고 싶으며, 그녀를 아내로 맞을 결심을 하기 전에는 내게 말할 필요가 없다고 생각했다는 것과 이 결심은 제르트뤼드 자신도 아직 알지 못하며, 먼저 내게 이야기하려고 했다고 잘라 말했다. "제가 아버지께 말씀드리려 했던 것은 이것입니다. 고백해야 할 다른 것은 전혀 없으니, 믿어 주세요." 하고 그는 덧붙여 말했다.

그 말을 듣고 나는 정신이 얼떨떨했다. 그 말을 듣는 동안 관자놀이가 지끈지끈 울렸다. 내 입에서는 비난밖에 나올 것이 없었던 터라, 내가 화낼 이유를 그가 모두 없애 버리는 바람에 점점 더 꼼짝 못하게 됨을 깨달았다. 그래서 그가 말을 마쳤을 때에는 이미 아무 말도 할 수가 없었다.

"이젠 그만 자자." 꽤 긴 침묵이 흐른 다음 나는 일어났다. 그리고 그의 어깨에 손을 얹으며 말했다. "이 모든 일에 대한 나의 생각은 내일 말해 주마."

"이제는 저에게 역정을 내지 않겠다는 말씀이라도 해 주세요."

"밤새 잘 생각해 봐야겠다."

이튿날 자크를 다시 만났을 때, 나는 정말 그의 얼굴을 처음으로 보는 것 같았다. 갑자기 내 아들은 이제 아이가 아니고, 다 자란 청년이라는 생각이 들었다. 내가 그를 어린아이로 생각하는 한, 내가 발각한 그 사랑은 해괴망측한 것으로 보일 수도 있었다. 반대로 나는 밤새 궁리하던 끝에 그 사랑은 극히 자연스럽고 정상적인 것이라고 믿게 되었다. 그런데도 내 불만이 한층 심하기만 했던 것은 무엇 때문일까? 나는 그 이유를 좀 더 지나서야 분명히 이해할 수 있게 되었다. 우선 나는 자크에게 내 결정을 알려야만 했다. 그런데 양심의 본능만큼이나 확실한 어떤 본능이, 결혼은 어떠한 일이 있더라도 막지 않으면 안 된다고 내게 알려 주고 있었다.

나는 자크를 뜰 안쪽으로 데리고 갔다. 거기서 나는 우선 이렇게 물었다.

"제르트뤼드에게 네 마음을 고백했니?"

"아뇨." 그는 말했다. "저의 사랑을 벌써 깨닫고 있을는지도 모릅니다. 그러나 결코 고백한 일은 없습니다."

"좋아! 아직은 그 애에게 이런 이야기는 하지 않겠다고 약속해 다오."

"아버지, 저는 아버지께 순종하기로 결심했습니다. 그렇지만 왜 그러시는지 그 이유를 알려 주세요."

우선 머리에 떠오르는 이유가 제일 먼저 앞세워야 할 중요한 것인지 잘 알 수가 없었기 때문에 나는 망설였다. 사실인즉 거기서 내 행동을 지휘하던 것은 이성보다도 양심이었다.

"제르트뤼드는 너무 어려." 이윽고 나는 말했다. "생각해 보렴, 그 애는 아직 성체(聖體)도 받지 않았어. 너도 알다시피, 가엾게도! 그 애는 다른 아이들과 같지도 않고, 발육도 많이 느려. 남의 말을 쉽게 잘 믿는 아이니까 처음으로 사랑의 말을 들으면, 지나치게 민감할 것이 틀림없어. 그렇기 때문에 그 애에겐 그런 말은 하지 말아야 해. 스스로 지킬 힘도 없는 사람의 마음을 빼앗는다는 것은 비겁한 짓이야. 나는 네가 비겁한 애가 아니라는 것을 알아. 넌 네 감정에는 조금도 나무랄 것이 없다고 하지만, 난 그것을 시기상조로 보기 때문에, 죄스러운 것이라고 하고 싶구나. 제르트뤼드가 아직 가지지 못한 지각을 그녀를 위해 가져야 할 사람은 바로 우리야. 이것은 양심의 문제다."

자크를 말릴 때는 '네 양심에 호소한다.'라는 간단한 말만 하면 충분한 것이 그의 훌륭한 점이었다. 나는 자크가 어렸을 적에 이 말을 자주 했다. 그러는 동안 나는 자크를 바라보며 생각했다. 만일 눈이 보인다면 제르트뤼드는, 반듯하면서도 부드러운 그 날씬한 멋진 몸과 주름살 하나 없는 고운 이마, 그 맑은 눈길, 아직 앳되지만 갑자기 점잖은 빛이 떠도는 것 같은 그 얼굴에 감탄하지 않을 수 없으리라. 자크는 머리에 아무것도 쓰지 않았으며, 그때 꽤 길게 길렀던 잿빛 머리카락은 관자놀이에서 가볍게 굽이쳐 귀를 반쯤 가리고 있었다.

"또 한 가지 네게 청하고 싶은 것이 있다." 나는 우리가 앉아 있던 의자에서 일어나며 말을 이었다. "너는 모레 떠날 예정이었지. 제발 이 출발을 연기하지 말았으면 한다. 한 달 동안 나가 있을 작정이었으니, 그 여행을 하루라도 단축하지 말거라. 알겠니?"

"잘 알았습니다. 아버지 말씀대로 하지요."

내가 보기에 자크의 얼굴이 아주 창백해져서 입술까지도 핏기가 걷힌 것같아 보였다. 그러나 나는 그렇게 즉시 순종하는 걸 보아 그의 사랑이 그다지 강한 것은 아닐 거라고 믿었으며, 그래서 말할 수 없는 안도감을 느꼈다. 그뿐 아니라 나는 그의 양순함에 감동했다.

"내가 사랑하던 아들을 다시 찾았구나."

나는 상냥하게 자크에게 말하며, 그를 내 앞으로 끌어당겨 이마에 입술을 갖다 대었다. 자크는 약간 뒤로 몸을 뺐다. 그러나 나는 그것에 신경 쓰고 싶지 않았다.

3월 10일

우리 집은 하도 비좁아서 서로 포개어 살다시피 해야 할 지경이었기에, 나는 2층에 작은 방을 하나 따로 마련해서 혼자 있거나 손님을 맞아들일 수 있었지만, 일하기에는 불편할 때가 많았다. 특별히 식구 중 한 사람하고만 이야기하고 싶을 때, 아이들이 장난삼아 '거룩한 곳'이라고 부르고, 그들에게 출입이 금지된 일종의 응접실인 이 방에서 생기게 마련인 너무 엄숙한 태도를 보이지 않으면서 대화하고 싶을 때는 특히 거북했다. 그날 아침 자크는 뇌샤텔로 떠났다. 그는 거기

시 여행용 구두를 시야 했디. 그리고 날씨가 아주 좋았기 때문에, 아침 식사가 끝난 뒤 아이들은 제르트뤼드를 이끌고, 혹은 그녀가 아이들을 이끌기도 하며 함께 밖으로 나갔다.(샤를로트가 특별히 그녀에게 친절하다는 사실을 여기에 적는 것이 나는 즐겁다.) 따라서 나는 아주 자연스럽게 우리가 늘 거실에서 차를 마시는 시간에 아멜리와 단둘이 있게 되었다. 내가 아주 바라던 일이었다. 그녀에게 한시바삐 말하고 싶었기 때문이다. 또한 그러나 아내와 마주 앉는 기회가 매우 드물기 때문에 어쩐지 서먹서먹했다. 그리고 그녀에게 말해야 할 일의 중대함이 마치 자크의 고백이 아니라 나 자신의 고백이기나 한 것처럼 가슴이 설레었다. 또한 나는, 말을 꺼내기에 앞서, 결국 같이 생활을 해 나가고 서로 사랑하는 두 사람이 어느 정도까지 서로 이해하지 못하고 서로 담을 쌓은 채 지낼 수 있는가(혹은 지내게 될 수 있는가)를 느꼈다. 이 경우에 있어서 말은, 오는 말이건 가는 말이건, 두 사람을 서로 갈라놓고, 자칫 잘못하다간 점점 더 두꺼워질 위험이 있는 그 장벽의 저항을 우리에게 알려 주기 위해, 땅속 깊이 구멍을 파 들어가는 소리처럼 애처롭게 울리는 것이다⋯⋯.

"자크가 어젯밤과 오늘 아침에 내게 이야기했는데." 나는 아내가 차를 따르는 동안 입을 열었다. 어제 자크의 목소리가 자신만만했던 것과는 반대로 내 목소리는 가늘게 떨리고 있었다. "그 애가 제르트뤼드를 사랑한다는군."

"그거 참 잘 말씀드렸군요."

그녀는 극히 자연스러운 일을 듣는 것처럼, 아니, 오히려 내가 그녀에게 가르쳐 주는 사실을 벌써 다 알기나 한 것처럼 나를 쳐다보지도 않고, 차 따르는 손도 멈추지 않으며 말했다.

"그 애는 제르트뤼드와 결혼하고 싶다고 말했어. 그 애 결심은⋯⋯."

"그런 건 진작 알아차렸어야지요." 그녀는 가볍게 어깨를 으쓱하며 중얼거렸다.

"그럼 당신은 눈치 챘었단 말이야?"

나는 약간 짜증을 내며 말했다.

"이런 일이 있으리라는 건 벌써부터 빤했죠. 그렇지만 이런 건 남자들은 눈치채질 못해요."

아니라고 해 본대야 아무 소용없는 일이고, 그녀 대꾸에도 일리가 있는 것 같아서 나는 다만 이렇게만 나무랐다.

"그렇다면 내게 귀띔이라도 해 주지."

아내는 입술 한구석을 조금 찡긋하며 웃었다. 그녀는 곧잘 그런 웃음을 지어, 해야 할 말을 슬쩍 덮어 두는 버릇이 있었다.

아내는 머리를 비스듬히 끄덕거리며 말했다.

"당신이 눈치채지 못하는 걸 내가 모두 말해야 했다면!"

이 암시는 무엇을 뜻하는가? 나는 그것을 알지도 못했거니와 알려고 하지도 않았다. 그래서 그 말은 그냥 지나쳐 버리고 이렇게 말했다.

"요컨대 나는 당신이 이 일을 어떻게 생각하는지 듣고 싶을 따름이야."

아내는 한숨을 쉬더니 대답했다.

"글쎄, 여보, 나는 그 애가 우리 집에 있는 걸 처음부터 반대했잖아요."

나는 아내가 이렇게 지난 일을 다시 들추어내는 데에는 화를 참기 힘들었다.

"제르트뤼드가 집에 있고 없고가 문제가 아니야." 하고 나는 말했지만, 아멜리는 이미 계속하고 있었다.

"나는 그 애 때문에 난처한 일밖에는 생기지 않을 거라고 늘 생각했어요."

나는 그녀와 화해하고 싶은 생각이 간절히 들어 이 말을 냉큼 받아 말했다.

"그러면 당신은 이 결혼을 난처한 일로 본단 말이지. 그래! 그게 바로 내가 당신에게서 듣고 싶었던 거야. 우리 의견이 서로 맞다니 정말 다행이군." 게다가 자크도 내 말을 순순히 받아들여 순종했으므로 그녀가 이제 더 걱정할 필요가 없다는 것과, 꼬박 한 달이나 걸리는 그 여행을 내일 떠나기로 정했다는 것을 덧붙였다. 끝으로 나는 이렇게 말했다.

"그 애가 여행에서 돌아와 제르트뤼드를 여기서 다시 만나는 것은 나도 당신과 마찬가지로 바라지 않는 일이야. 나는 제르트뤼드를 드 라 M 양에게 맡기는 것이 제일 좋으리라고 생각해. 그 집이라면 계속해서 내가 그 애를 만날 수 있을 거야. 왜냐하면 나는 그 애에 대해서 정말로 책임이 있다는 것을 인정하기 때문이지. 아까 새로운 집주인한테 알아보러 갔었는데, 그녀는 우리 청을 기꺼이 받아 주겠다고 했어. 이제 당신은 마음 내키지 않는 그 아이를 보지 않아도 될 거야. 루이즈드 라 M 양이 제르트뤼드를 돌봐 줄 거니까. 그녀는 일이 이렇게 된 것이 너무나 좋아서 벌써부터 그 애에게 풍금을 가르치겠다면서 기뻐하고 있어."

아멜리는 입을 열지 않기로 작정한 모양이기에 나는 다시 말을 이었다.

"자크가 우리 몰래 거기로 가서 제르트뤼드를 만나는 일은 피해야 할 테니, 내 생각으론 전후 사정을 드 라 M 양에게 이야기해 두는 것이 좋을 것 같은데, 당신 생각은 어때?"

나는 이 질문으로 아멜리 말을 한 마디라도 들으려고 했다. 그러나 그녀는 아무 말 않기로 맹세한 것처럼 입술을 꼭 다물고 있었다. 그래서 나는 덧붙여 말할 것이 남아서가 아니라, 그녀 침묵이 견딜 수가 없어 다시 말을 이었다.

"더구나 자크가 여행에서 돌아올 때쯤에는 아마 사랑도 가실 거야. 그 나이에는 자신의 욕망인들 제대로 알겠어?"

"아! 나이를 먹었다고 반드시 아는 것도 아니죠." 그녀는 드디어 이상하게 이런 말을 했다.

그녀의 수수께끼 같은, 거만한 말투가 나의 화를 돋우었다. 나는 본래 대단히 솔직한 성질이어서 빙빙 돌려 대는 말을 잘 참아 내지 못하기 때문이다. 나는 아내 쪽으로 돌아앉으며 대체 어떤 뜻으로 한 말인지 설명해 달라고 청했다.

그녀는 쓸쓸하게 말했다. "아무 뜻도 없어요, 여보. 나는 그저 아까 당신이, 당신 자신은 눈치채지 못하는 걸 알려 주기를 바랐다는 사실을 생각하고 있었지요."

"그래서?"

"그래서 그런 걸 귀띔해 준다는 건 쉬운 일이 아니라고 생각하고 있었어요."

아까도 말했지만 나는 돌려서 말하는 것을 대단히 싫어했고, 더구나 말에 속뜻이 들어 있는 것은 질색이었다.

"내가 당신 말을 알아듣게 하려거든 좀 더 확실히 말해 줘야지."

아마 너무 거칠게 말한 듯싶었다. 그리고 곧 그것을 뉘우쳤다. 아내 입술이 잠깐 동안 파르르 떨리는 것을 봤기 때문이다. 아내는 외면하더니, 몸을 일으켜 쓰러질 듯한 걸음으로 방 안을 몇 발자국 걸었다.

"그런데 아멜리." 나는 소리 질렀다. "마침내 지금은 모든 것이 예전대로 되었는데, 왜 여전히 괴로워하는 거지?"

나는 아내가 내 눈길을 거북해하는 것을 깨달았다. 그래서 뒤로 돌아서서 테이블에 팔꿈치를 올려놓고 손으로 머리를 괴며 이렇게 말했다.

"조금 전에 내가 좀 심하게 말했나 봐. 미안해."

그때 그녀가 내게 가까이 오는 소리가 들렸다. 그리고 이마 위에 그녀 손가락이 살며시 놓이는 것을 느꼈다.

"가엾은 양반!"

눈물을 머금은 상냥한 목소리로 이렇게 말하고, 그녀는 곧 방을 나갔다.

그때 내게 이상하게 생각되었던 아멜리의 말은 조금 뒤에서야 이해되었다. 나는 그녀 말에 대해 처음에 내가 생각했던 그대로를 여기에 적어 놓았다. 그날은 다만 제르트뤼드가 떠날 시기가 되었다는 것만 깨달았다.

3월 12일

나는 매일 얼마간의 시간을 제르트뤼드를 위해 보내는 것을 내 의무로 알았다. 그날그날 일의 형편에 따라 오랜 시간이 될 수도 있고 극히 짧은 시간일 때도 있었다. 아멜리와 그런 이야기를 한 이튿날, 시간이 꽤 있었고 좋은 날씨에 끌리기도 하여 나는 숲을 지나 쥐라 산맥 한 기슭까지 제르트뤼드를 데리고 갔다. 거기서는 날씨가 맑은 때엔, 나뭇가지들의 장막 너머 훤하게 내려다보이는 웅대한 풍경 저편, 엷은 안개 위로 흰 눈이 덮인 알프스의 위용을 바라볼 수가 있었다. 우리가 늘 앉던 그 자리에 이르렀을 때에 해는 벌써 왼쪽으로 기울어지고 있었다. 짧게 깎인 풀이 촘촘히 난 목장이 우리 발밑에 펼쳐져 있었고, 좀 더 저편에는 암소 몇 마리가 풀을 뜯어먹고 있었다. 산속에 사는 그 암소들은 각기 목에 방울을 달고 있었다.

"저 방울 소리를 들으면 경치가 눈에 선히 보이는 것 같아요." 제르트뤼드는 방울 소리에 귀를 기울이며 말했다.

그녀는 산책할 때마다 그랬던 대로, 우리가 멈춰 선 곳을 묘사해 달라고 했다.

"하지만 여기는 네가 벌써 아는 곳인걸. 저 알프스가 보이는 숲 기슭이란다." 하고 내가 말했다.

"오늘도 알프스가 잘 보여요?"

"그 웅장하고 화려한 모습이 모두 보이는구나."

"날마다 조금씩 달라 보인다고 말씀하셨지요?"

"오늘은 무엇에다 비유하면 좋을까? 여름 한낮의 갈증 같다고나 할까. 저녁이 되기 전에 하늘에 깨끗이 녹아들고 말 거야."

"우리 앞에 있는 이 커다란 목장에 백합이 있는지 말씀해 주세요."

"아니야, 제르트뤼드. 백합은 이런 높은 곳에서는 피지 않는단다. 단지 희귀한 몇몇 꽃밖에 없어."

"들에 핀 백합이라고 부르는 것도 없어요?"

"들에는 백합이 없단다."

"뇌샤텔 근처 들에도 없어요?"

"들백합이라는 건 없어."

"그럼 주님은 왜 '들에 핀 백합을 보라.'[17]라고 말씀하셨나요?"

"그런 말을 하신 걸 보면 그때에는 아마도 있었는가 보지. 하지만 사람들이 재배한 뒤로 들에서는 없어졌단다."

"저는 목사님이 자주 이 땅에 제일 필요한 건 믿음과 사랑이라고 하시던 게 생각나요. 사람들에게 조금만 더 믿음이 있다면 들백합을 다시 보게 되리라고 생각지 않으세요? 저는 그 말씀을 들을 때에는 들백합이 정말 보여요. 좋으시다면, 어떻게 생겼는지 묘사해 볼까요? 불꽃같은 방울, 사랑의 향기가 가득한, 하늘빛 도는 커다란 방울이라고 할까, 그것이 저녁 바람에 흔들거리고 있어요. 목사님은 여기 우리 앞에 왜 그게 없다고 하시는 거예요? 전 그걸 느껴요! 이 목장 안에 가득 피어

---

17) 「마태복음」 6장 28절.

있는 게 보여요."

"제르트뤼드, 네게 보이는 것 이상으로 아름답지는 않단다."

"그 이하도 아니라고 말씀해 주세요."

"그래, 네게 보이는 것만큼 아름답지."

"'내가 진실로 너희에게 이르노니 솔로몬의 그 모든 영광으로도 입은 것이 이 꽃 하나만 같지 못했느니라.'[18] 그녀는 그리스도의 말씀을 인용했는데, 그 목소리가 어찌나 아름다운지 나는 그 말을 처음 듣는 것같이 생각되었다. "'그 모든 영광으로도.'" 그녀는 깊은 생각에 잠긴 채 이 말을 되풀이하더니 한참이나 입을 다물었다. 그래서 나는 말했다.

"전에 네게 이런 말을 한 적이 있지. 제르트뤼드, 눈 뜬 사람은 잘 볼 줄 모른다고." 그러자 나는 '오, 하나님, 지혜 있는 자들에게는 감추시고 비천한 자에게는 보여 주심을 감사하나이다!'[19]하는 기도가 마음속에서 솟아오름을 깨달았다.

그때 그녀는 기쁨에 넘친 흥분 속에서 이렇게 부르짖었다. "이 모든 것이 얼마나 쉽게 상상되는지 목사님은 아마도 모르실 거예요. 아실 수도 없을 거예요. 자, 보세요! 여기 경치를 그려 보여 드려요……? 우리 뒤에도, 위에도, 주변에도 송진 냄새를 풍기는 큰 전나무가 둘러싸고 있어요. 석류 빛깔 줄기에 거무죽죽한 긴 가지들을 옆으로 뻗고 있어서 바람에 휠 때

---

18) 「마태복음」 6장 29절.
19) 「누가복음」 10장 21절.

에는 구슬픈 소리를 내지요. 우리 발밑에는 산을 독서대산아 그 위에 비스듬히 펴 놓은 책과도 같이 푸른 바탕에 무늬를 놓은 넓은 목장이 펼쳐져 있어요. 그늘진 곳은 푸른빛을 띠고 해가 비치는 곳에는 금빛이 돕니다. 거기에 똑똑히 쓰인 글자는 꽃들이에요. ── 과남풀도 있고, 할미꽃도 있고, 미나리아재비도 있고, 저 아름다운 솔로몬의 백합꽃도 있어요. ── 그 글자를 소들이 와서 방울을 울리며 하나하나 읽고 있지요. 천사들도 내려와서 읽고 있어요. 사람들 눈으론 보이지 않는다고 목사님은 말씀하셨지요. 책 아래쪽에는 자욱이 안개를 뿜으며 깊은 신비의 늪을 싸고 흘러가는 우윳빛 큰 강이 보여요. 이 강은 대단히 넓어서 우리 앞에 아주 멀리, 저기 저 눈부시게 빛나는 아름다운 알프스 산맥이나 겨우 마주 보일 뿐 막막하답니다……. 자크가 가야 하는 곳은 바로 저기지요. 말씀해 주세요. 정말인가요? 그이가 내일 떠난다는 건?"

"내일 떠날 예정이지. 그 애가 그러든?"

"그런 말 없었어요. 그렇지만 전 알아요. 오랫동안 나가 있겠지요?"

"한 달 동안……. 제르트뤼드, 너에게 물어볼 게 있는데……. 왜, 그 애가 교회로 널 만나러 왔었다는 걸 이야기하지 않았지?"

"꼭 두 번, 거기로 절 만나러 왔었어요. 아! 목사님께 조금이라도 숨길 마음은 없었어요. 하지만 걱정을 끼칠까 봐 조심스러웠어요."

"말을 안 하면 오히려 더 걱정이 되지."

그녀는 더듬더듬 내 손을 찾았다.

"그이는 떠나기를 싫어하더군요."

"그래, 제르트뤼드……. 그 애가 널 사랑한다고 하든?"

"그런 말은 안 했어요. 그렇지만 말하지 않아도 전 잘 느껴요. 그래도 그이는 목사님이 절 사랑하는 만큼 절 사랑하지 않아요."

"그런데 제르트뤼드, 넌 그 애가 떠나는 게 괴로우냐?"

"떠나는 게 잘됐다고 생각해요. 저는 그이와 어울리지도 않아요."

"아, 아니, 넌 그 애가 떠나는 게 괴로우냐니까?"

"목사님, 제가 사랑하는 건 목사님이라는 걸 잘 아시면서……. 어머! 왜 손을 빼세요? 목사님이 결혼을 안 하셨더라면 이런 말은 안 할 거예요. 누구든지 눈먼 여자를 아내로 맞을 사람은 없겠지요. 그러니 우리가 어떻게 서로 사랑할 수 있겠어요? 저 좀 보세요, 목사님, 제 생각은 잘못된 걸까요?"

"사랑하는 마음에 잘못이란 없는 법이란다."

"저는 제 마음속에 착한 것밖에 없다는 걸 느껴요. 저는 자크를 괴롭히고 싶지 않아요. 저는 아무도 괴롭히고 싶지 않아요……. 저는 행복만을 주고 싶어요."

"자크는 너에게 청혼할 생각이었다."

"떠나기 전에 이야기 좀 해도 괜찮아요? 저를 사랑하는 것을 단념해야 한다는 걸 이해시켜 주고 싶어요. 목사님, 목사님은 제가 아무하고도 결혼할 수 없다는 것을 아시잖아요, 그렇죠? 그이한테 말하게 해 주세요, 네?"

"오늘 저녁에라도 이야기하렴."

"아니에요, 내일 하겠어요. 바로 떠날 무렵에……."

해는 타오르듯 번쩍이며 기울어 가고 있었다. 대기는 포근했다. 우리는 몸을 일으켜 이야기를 주고받으며 어둠이 깔린 길을 내려오고 있었다.

둘째 노트

4월 25일

나는 얼마 동안 이 노트를 버려두지 않으면 안 되었다.

눈이 녹아 다시 길이 트이자, 나는 우리 마을 교통이 오래 끊어져 있던 동안 할 수 없이 미뤄 두었던 많은 일들을 처리해야만 했다. 어제 겨우, 조금 한가한 시간을 가질 수 있었다.

어젯밤에 나는 여기에 쓴 것들을 모두 다시 읽어 보았다…….

그렇게도 오랫동안 고백하지 않았던 내 감정을 제 이름대로 부르는 지금에 이르러, 나는 어떻게 지금까지 그것을 잘못 짐작하고 있을 수가 있었는지, 어떻게 내가 적어 놓은 아멜리의 어떤 말들이 내게 수수께끼처럼 여겨질 수가 있었는지, 어떻게 제르트뤼드의 그 순진한 고백을 듣고도 여전히 내가 그녀를 사랑한다는 것을 의심할 수 있었는지 꿈처럼 납득이 가지 않는다. 그때 내가 결혼을 떠나서는 사랑이 허락되지 않는다는 것을 굳게 믿었던 까닭이기도 하고, 또 그렇게도 열렬히 제르트뤼드에게로 나를 끌던 감정 속에 그 어떤 금지된 것이 있다는 것을 인정하지 않았던 까닭이기도 하다.

그녀가 했던 고백의 순진함과 솔직함조차도 나를 안심시켰다. 그녀는 어린아이다. 진실한 사랑이라면 어떻게 머뭇거리지도 않고 얼굴을 붉히지도 않고 말할 수 있을 거라고 나는 생각했다. 그리고 내편에서도 그녀를, 사람들이 장애아를 사랑하듯이 사랑한다고 믿고 있었다. 나는 병자를 보살피듯 그녀를 돌보아 주었다. 그리고 교육을 하나의 도덕적 책임으로 생각하고 의무로 여겼다. 그렇다, 내가 언급했듯이, 진실로 나는 그녀가 내게 말한 바로 그날 저녁도, 마음이 어찌나 가볍고 기뻤던지 내 감정을 잘못 판단했으며 그 말을 적는 동안에도 그랬다. 그리고 사랑은 불미스러운 것이라고 믿었고, 또 무엇이든 죄스러운 것은 마음을 짓누른다고 생각했기 때문에, 조금도 마음에 무거움을 느끼지 않던 나는 그것이 사랑이리라고는 생각하지도 않았다.

나는 주고받은 그 대화를 있는 그대로뿐만 아니라, 그때와 똑같은 기분으로 적어 놓았다. 사실 말이지 어젯밤 이 글을 다시 읽으면서야 비로소 깨달았던 것이다…….

자크가 떠나자 — 나는 제르트뤼드가 그 애와 이야기하도록 내버려 두었는데, 그 애는 방학이 끝날 무렵에야 돌아와서 어쩐지 제르트뤼드를 피하는 것 같았고 내 앞에서가 아니면 그녀에게 말도 걸지 않으려는 눈치였다. ― 우리 생활은 곧, 극히 조용한 제 걸음을 회복하였다. 제르트뤼드는 생각했던 대로 루이즈 양 집에 가 있었고, 나는 매일 그녀를 보러 그 집으로 갔다. 그러나 사랑을 북돋우게 될까 두려워 우리 마음을 설레게 할 만한 것은 일체 말하지 않으려고 애를 썼다. 나는 목사로서, 그리고 대개는 루이즈가 있는 데서만 이야기하기로 하였고, 특히 그녀의 종교 교육과 성찬식 준비를 하는 데에 마음을 썼다. 그리하여 부활절에 그녀는 성찬식을 치렀다.

부활절에는 나도 역시 성찬식을 치렀다.

보름 전 일이다. 일주일 동안 방학을 보내러 집에 와 있던 자크가 놀랍게도 내가 인도하는 성찬식에 나오지 않았다. 그리고 매우 유감스럽지만 아멜리도 우리가 결혼한 뒤로는 처음으로 나오지 않았다는 것을 말하지 않을 수 없다. 그들은 둘이 짜고서 그 엄숙한 모임에 불참함으로써 내 기쁨에 검은 그림자를 던지기로 작정한 것 같았다. 여기서도 나는 제르트뤼드가 눈이 보이지 않아 나 혼자 그 그림자의 무게를 견디어 나가게 된 것을 기뻐했다. 나는 아멜리를 너무나 잘 알았기 때문에 그녀 행동에 들어 있는 간접적인 비난은 어떤 것이고 모를리가 없었다. 드러내 놓고 나를 반대하는 일은 절대로 없지만, 그녀는 일종의 고립으로 자기의 반대를 표현하려고 하는 것이다.

나는 이런 ― 생각하기조차 불쾌한 ― 불만 때문에 아멜리의 마음이 비뚤어져 그녀가 숭고한 관심마저 저버리게 된 것을 깊이 슬퍼했다. 그리고 집에 돌아와서 진심으로 그녀를 위해 기도했다.

자크가 빠진 것은 아주 다른 동기에서 나온 행동으로, 얼마 후 그와 주고받은 이야기를 통해 명백하게 밝혀졌다.

5월 3일

제르트뤼드에게 종교 교육을 하는 동안 나는 복음서를 새로운 눈으로 다시 읽게 되었다. 날이 갈수록 내게는 그리스도교 신앙을 이루는 많은 개념들이 그리스도의 말씀에 따른 것이 아니라 성(聖) 바울의 해석에 따른 것같이 여겨졌다.

바로 이것이 요즈음 자크와 토론한 점이었다. 기질이 좀 메마른 편이라 그의 사상은 마음에서 넉넉한 양식의 혜택을 받지 못하기 때문에 그는 전통주의자, 독단주의자가 되어 가고 있었다. 자크는 내가 그리스도 교리 가운데에서 '내 마음에 드는 것'만을 추려 낸다고 비난한다. 그러나 나는 그리스도의 말씀 중에서 어떤 것을 골라내는 것은 아니다. 다만 그리스도와 성 바울 중에서 그리스도를 택하는 것일 뿐이다. 그는 두 분을 대립시키는 것이 두려워 분리를 거부하고, 두 분 사이 계시의 차이를 느끼기를 거부한다. 그리고 성 바울에 있어서는 사람 말에 귀를 기울이는 것이고, 그리스도에 있어서는 하나님 말씀을 듣는 것이라고 내가 말하면, 그는 반박한다. 그러나 그의 이론을 들어 볼수록, 그리스도의 지극히 작은 말씀에도 스며 있는 비할 데 없이 숭고하고 거룩한 어투에 그가 통 무감각하다는 것을 믿게 된다.

나는 복음서 어디에서도 계명이나 위협이나 금지를 찾아낼 수가 없다……. 이 모든 것은 오직 성 바울에서 시작된다. 또한 그리스도 말씀 가운데서 바로 그런 것을 통 발견할 수 없다는 것이 자크의 마음에 걸리는 점이다. 그의 영혼과 비슷한 영혼들은 자기 곁에 보호자나 난간이나 창살이 없어진 것을 깨달으면 곧 자기들은 멸망할 거라 생각한다. 그뿐 아니라 그들은 자신이 단념한 그 자유를 여간해서는 다른 사람에게 허용하려 하지 않는다. 그리고 사람들이 사랑을 통해 그들에게 주려고 하는 것을 강제로 얻으려고 한다.

"그렇지만 아버지, 저도 역시 영혼들의 행복을 바라요." 하고 그는 말한다.

"아니다, 애야. 너는 영혼들의 순종을 바라."

"행복은 바로 순종 속에 있습니다."

나는 쓸데없는 토론을 하는 것이 싫었기 때문에 그의 마지막 말은 그대로 두기로 한다. 그 반대로 나는, 사람들이 단지 행복의 결과에 지나지 않은 것으로 행복을 얻으려 하다가 도리어 행복을 위태롭게 만든다는 것을 잘 안다. 그리고 사랑 가득한 영혼이 자기의 자발적인 순종을 즐긴다고 생각하는 것은 옳다 하더라도, 사랑 없는 순종만큼 행복과 멀어지게 하는 것은 없다는 것을 잘 안다.

요컨대 자크의 이론은 훌륭하다. 그래서 저렇듯 어린 머릿속에 벌써 저만큼이나 교리에 대한 완고한 생각이 들어 있음을 보고 내가 안타까워하시만 않았어도, 아마도 그 논증의 덕월힘과 논리의 일관성에 감탄했을 것이다. 나는 종종 자크보다 내가 더 젊은 것 같았고, 어제보다도 오늘이 더 젊어진 것 같아서, "너희가 돌이켜 어린아이와 같이 되지 아니하면 결단코 천국에 들어가지 못하리라."[20] 하신 말씀을 되뇌어 보곤 한다.

복음서 안에서 특히 '지극히 행복한 생활에 이르는 방법'을 보는 것은 과연 그리스도를 배반하고 복음서를 모독하고 그 가치를 깎는 것일까? 우리 의심과 냉혹한 마음이 가로막는 기쁨의 상태는 그리스도 교인에게 있어서 의무인 것이다. 사람에겐 많든 적든 각기 기쁨을 맛볼 능력이 있다. 사람은 각각 기쁨을 향하여 나가야 한다. 나는 제르트뤼드의 미소 하나만으로도 그녀에게 준 나의 가르침보다 그 점에 대해 더 많이 배우게 되는 것이다.

그리고 "너희가 만일 눈이 멀었더라면 죄가 없으련만."[21]이라는 그리스도의 말씀이 눈부시게 내 앞에 나타났다. 죄야말로 영혼을 어둡게 하는 것이며 기쁨에 저항하는 것이다. 제르트뤼드의 온몸에서 비쳐 나오는 그녀의 완전한 행복은 그녀가 죄를 조금도 모르는 데서 온다. 그녀 안에는 오직 밝음과 사랑밖에는 없다.

나는 그녀의 조심스러운 손에 네 복음서[22]와 「시편」과 「요

---

20) 「마태복음」 18장 3절.
21) 「요한복음」 9장 41절.
22) 「마태복음」, 「마가복음」, 「누가복음」, 「요한복음」을 말함.

한계시록」, 그리고 요한이 쓴 서신서 세 편[23]을 쥐어 주었다. 이미 복음서에서 그녀가 "나는 세상의 빛이니, 나를 따르는 자는 어두운 데서 행하지 않을 것이니라."[24] 하신 구세주의 말씀을 들을 수 있었던 것과 같이, 「요한서신서」에서 그녀는 "하나님은 빛이시니, 그 속에는 조금도 어둠이 없느니라."[25]라는 말씀을 읽을 수 있다. 나는 그녀에게 바울의 서신서들[26]은 주지 않을 생각이다. 왜냐하면 눈이 먼 그녀가 죄를 조금도 알지 못한다면, "이는 계명으로 말미암아 죄로 심히 죄 되게 하려 함이라."(「로마서」7장 13절)[27]와 그 뒤에 따르는 변증법을 읽게 함으로써, 그것이 아무리 훌륭하다고 하더라도, 그녀를 불안하게 만들어 무슨 소용이 있겠는가?

5월 8일

마르탱 의사가 어제 쇼드퐁에서 왔다. 그는 오랫동안 검안경으로 제르트뤼드의 눈을 검사했다. 그는 로잔에 있는 전문의 루 박사에게 벌써 제르트뤼드에 대해 이야기했으며 자기

---

23) 「요한」1서, 2서, 3서를 말함.
24) 「요한복음」8장 12절.
25) 「요한 1서」1장 5절.
26) 「로마서」에서 「빌레몬서」까지 모두 열세 편의 서신서들을 말함.
27) 이 구절은 『성경 전서 개역개정판』에서 인용한 것인데, 원문 직역은 '죄는 계명에 의해 새 힘을 얻었느니라.'임.

가 검사한 결과를 그에게 보고하기도 했다는 말을 내게 했다. 그들은 둘 다 제르트뤼드의 눈을 수술할 수 있다고 생각하는 것이다. 그러나 우리는 좀 더 확실해지지 않는 한 그녀에게 아무것도 말하지 않기로 했다. 마르탱이 가서 협의한 뒤에 내게 알려 주기로 했다. 이내 꺼 버려야 될지도 모르는 희망을 제르트뤼드에게 가지게 한들 무슨 소용이 있겠는가? 게다가 그녀는 이대로도 행복하지 않은가……?

5월 10일

부활절에 자크와 제르트뤼드는 나도 있는 자리에서 다시 만났다. 어쨌든 자크가 먼저 제르트뤼드를 만나서 말을 건넸는데, 시시한 말밖에는 하지 않았다. 그는 내가 염려했던 것같이 그리 흥분하지 않은 것 같았고, 비록 작년에 그가 떠날 때 제르트뤼드가 이 사랑은 희망이 없을 거라고 그에게 단언했을지라도, 만일 그의 사랑이 진실로 열렬했다면, 이렇듯 쉽사리 식지는 않았을 것이라고 나는 새삼스레 믿게 되었다. 나는 그가 지금은 제르트뤼드에게 경어를 쓰는 것을 발견하였다. 확실히 바람직한 일이다. 그렇다고 내가 일부러 시킨 일도 아닌 만큼, 그가 스스로 깨달은 것이 나는 기쁘다. 확실히 그에겐 좋은 점이 많다.

하지만 자크의 그 복종 뒤에는 반드시 적지 않은 번민과 투쟁이 있었으리라고 생각한다. 걱정되는 것은 그가 자기 마음에 가해 왔던 속박을 이제는 그 사체로 좋은 것이라고 보는 점이다. 그는 그 속박이 모든 사람에게 부과되기를 바라리라. 내가 앞서 말한, 그와 최근에 한 그 토론에서도 나는 그것을 느꼈다. 정신은 자주 마음에 속는다고 말한 것은 라 로슈푸코[28] 아니었던가? 나는 자크의 기질을 잘 알아서, 토론을 하면 제 생각만 고집하는 그런 사람 중 하나로 보기 때문에, 내가 그 말을 당장 그에게 지적할 엄두를 내지 못한 것은 물론이다. 그러나 그날 밤, 바로 성 바울의 서간 가운데에서(그를 쓰러뜨리는 데에는 그의 무기를 쓸 수밖에 없었다.) 그에게 대답할 만한 말을 찾아냈기 때문에, "먹지 않는 자는 먹는 자를 비판하지 말라. 하나님이 그 사람도 받아들이셨음이라."(「로마서」 14장 2절)[29] 라고 쓴 쪽지를 그가 읽을 수 있게 그의 방 안에 갖다 놓았다.

나는 그다음에 나오는 "내가 주 예수 안에서 알고 확신하노니 무엇이든지 스스로 속된 것이 없으되 다만 속되게 여기는 그 사람에게는 속되니라."[30] 하는 말씀도 베껴 놓을 수가 있었을 것이다. 그러나 제르트뤼드에 대해 내가 마음속으로 부당한 해석을 품고 있다고 자크가 상상하지나 않을까 두려워서 감히 하지 못하였다. 이런 생각은 그의 머리를 스치고 지나가지도 말아야 하는 것이다. 물론 이 구절은 음식에 대한 말씀이다. 그러나 성경의 다른 많은 구절들도 두 가지, 세 가지 뜻

---

28) 17세기 프랑스의 모럴리스트로서 『잠언집』의 저자.
29) 「로마서」 14장 3절의 오기(誤記)임.
30) 「로마서」 14장 14절.

으로 해석되는 일이 얼마나 많은가?("만일 내 눈이   ."[31])의 교훈, 작은 빵으로 여러 사람을 먹게 하신 일,[32] 가나의 혼인 잔치에서 행하신 기적[33] 등등.) 여기에서 쓸데없는 이론을 캐자는 것은 아니다. 이 구절의 뜻은 넓고 깊다. 즉 속박은 율법으로서 명하여질 것이 아니라 사랑으로서 명령되어야 한다. 그래서 성 바울은 바로 그다음에 "만일 음식으로 인하여 네 형제가 근심하게 되면, 이는 네가 사랑으로 행치 아니함이라."[34]라고 외친다. 악마가 우리를 습격하는 것은 바로 사랑이 없을 때다. 주여! 내 마음에서 사랑에 속하지 않는 모든 것을 없애 주옵소서……. 왜냐하면 자크를 자극한 것은 내 잘못이었으니까. 그이튿날 나는, 내가 성경 구절을 옮겨 적었던 바로 그 쪽지가 내 책상 위에 놓여 있는 것을 발견했다. 그 쪽지 뒤에다 자크는 다만 같은 장의 다른 구절을 적어 놓았을 따름이었다. "그리스도께서 대신하여 죽으신 형제를 네 음식으로 망하게 하지 말라."(「로마서」 14장 15절)

나는 그 장 전부를 다시 한 번 읽어 보았다. 그것은 끝없는 논쟁의 시초다. 그러니 제르트뤼드의 맑게 빛나는 하늘을 내가 이런 문제로 괴롭히고, 이 검은 구름으로 어둡게 하여야 옳

---

31) 성경 원 문장은 「마태복음」 18장 9절의 "만일 네 눈이 너를 범죄케 하거든 빼어내 버리라."임.
32) 「마태복음」 14장 17~21절에 나오는 그리스도의 기적으로 빵 5개와 물고기 2마리로 5000명을 먹였다는 사건.
33) 「요한복음」 2장 1~11절에 그리스도가 가나의 한 혼인 잔치에서 물을 포도주로 바꾼 최초의 기적 사건.
34) 「로마서」 14장 15절.

단 말인가? 유일한 죄는 남의 행복을 해치거나, 우리 자신의 행복을 위태롭게 하는 것이라고 그녀에게 가르쳐 주고 믿게 할 때, 내가 더욱 그리스도 가까이 있을 수 있으며, 그녀 자신도 그리스도 곁에 있게 해 주는 것 아닌가?

슬픈 일이다! 어떤 사람들은 행복에 대하여 특히 반항하고, 무능하거나 서투르다⋯⋯. 나는 가엾은 아내 아멜리를 생각한다. 나는 끊임없이 그녀를 행복으로 이끌고 재촉한다. 억지로라도 행복하게 해 주었으면 한다. 그렇다, 나는 모든 사람을 하나님 곁에까지 이끌어 올렸으면 한다. 그러나 그녀는 끊임없이 빠져나가고, 아무리 해가 내리쬐어도 피지 않는 어떤 꽃들 모양으로 몸을 움츠린다. 보이는 것 모두가 그녀를 불안하게 하고 괴롭힌다.

"어떻게 하겠어요, 여보, 나는 장님으로 태어나질 못했는걸요." 일전에 그녀는 내게 이렇게 대답했다.

아! 그녀의 비꼬는 말이 얼마나 내 마음을 괴롭히는지⋯⋯. 그리고 이런 것을 듣고도 마음이 어지러워지지 않으려면 얼마나 큰 미덕이 내게 있어야 할 것인가! 그러나 그녀도 제르트뤼드의 눈먼 점을 빗대어 말하는 것이 특히 내 마음을 상하게 하는 것임을 깨달아야 하리라 싶다. 그리고 또 나는, 내가 제르트뤼드에게서 특히 감탄하는 것은 그녀의 끝없는 온유함이라는 것을 아멜리 때문에 깨닫게 되었다. 나는 제르트뤼드가 남에게 조금이라도 짜증 난 듯이 말하는 것을 들어 본 적 없다. 하기는 내가 그녀 마음을 상하게 할 만한 일은 하나도 알리지 않은 것도 사실이지만.

그리고 행복한 영혼이 내뿜는 사랑의 광채로 그 둘레에 행복을 퍼뜨리는 것과 같이, 모든 것이 아멜리 주위에서는 어둡고 우울해진다. 아미엘[35] 같으면 그녀 영혼은 검은 광선을 뿜고 있다고 쓰리라. 가난한 이들, 병든 이들, 고통 당하는 사람들을 찾아다니는 싸움의 하루를 보낸 다음, 날이 저물어 때로는 기진맥진해서 휴식과 애정과 따뜻함을 간절히 바라는 마음으로 집에 돌아오면, 흔히 내 보금자리에서 만나게 되는 것은 걱정이나 비난이나 갈등뿐이다. 이런 것들보다는 차라리 바깥 추위나 바람이나 비가 얼마나 더 나은지 모르겠다. 우리 로잘리 할멈이 제멋대로만 하려고 든다는 것을 나도 잘 안다. 그러나 할멈이 언제나 틀린 것은 아니고, 그녀를 몰아세우려 드는 아멜리가 늘 옳은 것만도 아니다. 샤를로트와 갸스파르가 몹시 부산스러운 아이들이라는 것도 잘 안다. 그러나 아멜리가 늘 그렇게 야단만 치지 않고, 좀 더 부드럽게 그들을 대한다면 더 나을 것 아닌가? 그렇게 늘 주의하고 타이르고 꾸짖고 하면, 바닷가 조약돌같이 겉모양이 둥글어져, 그런 것쯤 아이들은 나보다도 훨씬 예사로 여기게 된다. 어린 클로드의 이가 나는 중이라는 것도 잘 알지만,(적어도 아이 엄마는 그 애가 울부짖기 시작할 때마다 이렇게 주장한다.) 아내나 사라가 곧 쫓아가서 쉴 새 없이 어르는 것은 울부짖으라고 시키는 것이나 다름없지 않은가? 내가 집에 없을 때 몇 번쯤 실컷 울부짖게 내버려 두면, 그처럼 자주 울부짖지 않으리라고 확신한다.

---

35) 19세기 스위스 작가. 『비밀일기』의 저자.

그러나 그럴 때면 그녀들이 특히 더 바쁘게 서두른다는 것을 나는 잘 안다.

사라는 제 어머니와 비슷하다. 내가 그 애를 기숙사에 넣었으면 하는 것도 그 때문이다. 슬프게도! 그 애는 제 또래에 나와 약혼했던 시절의 제 어머니를 조금도 닮지 않고, 물질적인 생활고 때문에 지금같이 변한 제 어머니를 닮은 것이다. 그런데 나는 생활고의 배양이라고 말할 뻔했다.(왜냐하면 아멜리는 분명히 그 걱정을 기르고 있으니까.) 과연 오늘날 아멜리에게서 내 마음의 고상한 열정을 느낄 때마다 미소 짓던 그 천사, 내 생활에 꼭 결합하려고 꿈꾸던, 그리고 앞서가며 빛을 향하여 나를 인도하는가 싶던 천사의 모습을 찾아본다는 것은 정말 매우 힘이 드는 노릇이다. 그렇지 않으면 그때는 내가 사랑에 눈이 어두웠던 것일까⋯⋯? 왜냐하면 나는 사라에게서 세속적인 관심 외에는 아무것도 발견 못 했기 때문이다. 제 어머니같이 쓸데없는 걱정거리나 가지고 허둥댄다. 마음속에 아무런 불꽃도 없는 그녀는 얼굴까지도 시무룩하게 굳은 것 같다. 시에 아무 취미도 없을 뿐만 아니라 일반적인 독서에도 별로 취미가 없다. 나도 한몫 끼고 싶어 할 만한 대화를 어머니와 주고받는 것을 본 적이 없다. 그래서 나는 내 서재에 틀어박혀 있을 때보다도 그들 곁에 있을 때 오히려 더 뼈저리게 고독을 느낀다. 그렇게 해서 나는 점점 더 자주 서재에 틀어박히게 된 것이다.

나는 또 가을부터 날이 빨리 저무는 데에 고무되어, 순회 방문의 형편이 허락될 때마다, 다시 말해 꽤 일찍 집에 돌아올 수 있을 때마다, 루이즈 드 라 M 양 집에 가서 차를 마시는 습관이 생겼다. 나는 지난 11월부터 루이즈 드 라 M 양 집에 눈 먼 어린 여자아이들 셋이 제르트뤼드와 함께 신세를 지고 있다는 말을 아직 하지 않았다. 마르탱의 제안에 따라 이번에는 제르트뤼드가 그 아이들에게 책 읽기와 여러 자질구레한 수공품 만들기를 가르치는데, 벌써 제법 잘들 한다고 한다.

이 '곳간'의 따뜻한 공기 속으로 돌아갈 때마다 그것이 내게 얼마나 휴식이 되고 위안이 되며, 어쩌다 이삼일 그곳에 들르지 못하면 얼마나 허전한가. 드 라 M 양은 제르트뤼드와 세 어린 기숙생들을 거두어 주고 있어도 그들의 양육 때문에 돈에 쪼들리거나 속을 태우지 않아도 된다. 세 하녀들이 아주 정성껏 그녀를 거들어서 그녀에게 조금도 불편을 주지 않는다. 그런데 그 재산과 여가 시간을 이보다 더 잘 써 본 적이 있을 것인가? 루이즈 드 라 M 양은 그전부터 가난한 사람들을 많이 돌보아 왔다. 그녀는 종교심이 깊은 여성으로, 오로지 이 세상을 위하여 몸을 바치고, 사랑하기 위해서만 이 세상에 살아 있는가 싶다. 비치는 레이스 모자를 쓴 그녀 머리는 벌써 거의 백발이 되었는데도, 그 웃음의 순진함이며 그 몸짓의 부드러운 자태며 그 음성의 아름다움은 무엇에 비길 데가 없다. 제르트뤼드는 그녀의 태도, 말투, 그리고 목소리 음정뿐 아니라, 말하자면 사고와 존재 전체의 음정까지 닮아 갔다. 그 점을 나는 놀려 주곤 하는데, 그들은 둘 다 도무지 그런 줄 모르겠다고 한다. 시간이 있어 그들 곁에 좀 오래 남아 있게 되어, 제르트뤼드가 이마를 자기 친구 어깨에 얹거나, 혹은 손 하나를 그

너 손에 맡긴 채 둘이 나란히 앉아서 내가 읽어 주는 라마르틴이나 위고의 시 몇 구절을 듣는 것을 볼 때에 나는 얼마나 즐거운가! 그녀들의 맑은 영혼 속에 이 시의 반영을 바라보는 것은 얼마나 즐거운 일인가! 어린 여제자들까지도 거기에 무감각할 수는 없다. 이 아이들은 이 평화와 사랑의 분위기 안에서 놀랍게 발전하고 눈에 띄게 진보했다. 루이즈 양이 건강과 오락을 겸해 그녀들에게 춤을 가르쳐 주겠다고 말했을 때 나는 처음에는 웃었다. 그러나 지금은 그녀들이 할 수 있게 된 몸짓의 율동적인 아름다움을 보고 감탄한다. 그러나 가엾게도! 그들 자신은 그것을 감상할 수가 없다. 그러나 루이즈 드 라 M 양은 자신들이 그 몸짓을 보지는 못하더라도, 근육을 통해 그 조화를 스스로 느낄 수 있다고 내게 일러 주었다. 제르트뤼드는 우아하고 정말 사랑스럽게 이 춤과 어우러진다. 그뿐 아니라 그녀는 거기서 생기발랄한 즐거움을 얻었다. 이따금 루이즈 드 라 M 양이 어린아이들 놀이에 끼는 일이 있는데, 그런 때에는 제르트뤼드가 피아노 앞에 앉는다. 그녀의 음악 공부는 놀라울 정도로 발전했다. 지금은 일요일마다 교회 오르간을 맡아 치기도 하고, 즉흥적으로 찬송가에 짧은 전주곡까지 붙여 칠 수 있게 되었다.

일요일마다 그녀는 우리 집에 점심을 먹으러 온다. 집의 아이들은 제르트뤼드와 취미가 나날이 달라져 가는데도 그녀와 만나기를 즐거워한다. 아멜리도 과히 신경질을 부리지 않아서 식사는 별 탈 없이 끝난다. 그런 다음 온 집안 식구가 제르트뤼드를 데려다주고 그 '곳간'에서 간식을 먹는다. 루이즈 양이 즐겨 응석을 받아 주고 맛있는 것을 실컷 먹여 주므로 나이들에겐 그날이 명절이다. 아멜리도 남의 친절을 고마워할 줄 아는지라 마침내 주름살이 펴져 아주 젊어진 것같아 보인다. 그녀도 앞으로는, 그 지겨운 생활이 계속되는 중에, 이러한 휴식 없이는 배겨 나가기 힘들 것으로 생각된다.

5월 18일

좋은 날씨가 되돌아온 지금, 나는 다시 제르트뤼드를 데리고 밖에 나갈 수가 있었다. 오래전부터 내게 없었던 일이며(왜냐하면 최근에 다시 몇 차례 눈이 내려, 며칠 전까지도 길이 엉망이었기 때문이다.) 그녀와 단둘이 있는 것도 오랜만이었다.

우리는 빨리 걷고 있었다. 시원한 바람에 그녀 뺨은 발그레해졌고 금발은 끊임없이 얼굴에 흩날렸다. 우리가 토단 갱을 따라 걷고 있을 때, 나는 꽃이 핀 골풀 몇 송이를 꺾어서 그 줄기를 그녀 베레모 밑에 꽂고 빠지지 않도록 머리와 함께 땋아 주었다.

우리는 단둘이만 다시 만나게 된 데 몹시 동요되어, 별로 말도 나누지 않고 있었다. 그때 제르트뤼드는 그 보이지 않는 얼굴을 내 쪽으로 돌리며 별안간 이렇게 물었다.

"자크가 아직도 절 사랑한다고 생각하세요?"

"단념한 모양이더라." 하고 나는 곧 대답했다.

"하지만 목사님이 절 사랑하시는 걸 그이가 알까요?" 하고 또 물었다.

내가 말한 적 있는 작년 여름 대화 이후, 우리 사이에는 사랑이라는 말을 한 마디도 입 밖에 내어 본 일 없이(나도 그것에 놀라지만) 반 년 이상이 흘러갔다. 이미 말했듯이 우리는 둘만 있을 때가 도무지 없었고, 또 그러는 것이 오히려 다행이었다. 제르트뤼드의 질문은 걸음을 늦추게 할 만큼 내 가슴을 뛰게 했다.

"하지만 제르트뤼드, 내가 너를 사랑한다는 건 세상 사람이 다 아는 사실 아니냐." 하고 나는 외쳤다. 그녀는 속지 않았다.

"아뇨, 아녜요, 목사님은 제 질문에 대답하지 않으셨어요."

그리고 잠시 잠자코 있더니, 고개를 숙인 채 말을 이었다.

"아멜리 아주머니도 아세요. 그 때문에 아주머니가 우울하신 것도 저는 알아요."

"아주머니는 그런 일이 아니라도 우울한 사람이야." 나는 자신 없는 목소리로 우겼다. "우울한 건 그 사람 기질인걸."

"아! 목사님은 언제나 절 안심시키려고만 하세요." 그녀는 못 참겠다는 듯이 말했다. "그렇지만 전 안심시켜 주길 바라지 않아요. 제가 걱정하거나 괴로워할까 봐 제게 알려 주시지 않는 게 많지요. 제가 알지 못하는 게 많아요. 그래서 때론……."

그녀 목소리는 점점 낮아졌다. 나중에는 숨이 찬 듯이 말을 끊었다. 그래서 내가 그 말끝을 잡고 "그래서 때론……?" 하고 물었다.

"그래서 때론 목사님이 제게 주시는 행복은 모두 저의 무지

함에서 오는 것만 같아요." 하고 서글프게 말을 이었다.

"그렇지만, 제르트뤼드……."

"아뇨, 제 말을 들어 주세요. 저는 이런 행복을 원하지 않아요. 제가…… 제가 행복하기만을 바라지 않는다는 걸 이해하셔야 해요. 오히려 전 알고 싶어요. 제가 보지 못하는 일, 그중에는 우울한 일도 분명히 많을 거예요. 그렇지만 목사님이 제게 알리지 않을 권리는 없어요. 저는 이번 겨울이 지나는 몇 달 동안 오래오래 깊이 생각했어요. 목사님, 이 세상 모두는 목사님이 저더러 믿게 만드신 것만큼 아름답기는커녕, 오히려 그 반대가 아닌가 싶어 두려워요."

"그야 사람들에 의해 땅이 자주 더럽혀진 것은 사실이지." 하고 나는 조심스럽게 주장했다. 그녀 생각이 엉뚱하게 비약할까 두려워서, 소용없다고 여기면서도 그 생각을 딴 데로 돌려 보려고 했기 때문이다. 그녀는 이런 말이 나오기를 기다리고 있었던 모양이다. 사슬에 매듭을 지어 주는 고리라도 붙잡듯이, 그 말을 붙들고 즉시 외쳤기 때문이다.

"바로 그거예요, 제가 악에 보탬이 되고 있지 않다는 걸 확실히 알고 싶어요."

오랫동안 우리는 말없이 몹시 빨리 걸었다. 내가 그녀에게 말할 수 있는 모든 것이, 그녀가 생각하고 있다고 내가 느꼈던 것하고 미리 서로 부딪쳤다. 난 우리 둘의 운명이 달린 몇 마디 말이 그녀에게서 튀어나올까 봐 무서웠다. 그리고 어쩌면 그녀의 시력이 회복될 수 있을 것이라고 마르탱이 내게 말했던 것을 생각하니, 크나큰 불안이 내 가슴을 죄었다.

"여쭤 보고 싶은 게 있는데요." 이윽고 그녀는 다시 말을 꺼냈다. "그렇지만 어떻게 말해야 될지……."

분명 그녀는 있는 용기를 다하고 있었다. 나 역시 그 말을 듣기 위해 있는 용기를 다하고 있었던 것처럼. 그러나 이런 문제가 그녀를 괴롭히고 있었던 줄이야 설마 짐작인들 했겠는가.

"눈먼 여자의 아이들은 반드시 눈이 멀어서 태어날까요?"

이 대화가 우리 둘 중 누구를 더 괴롭혔는지 나는 잘 모르겠다. 그러나 이제 와서는 계속하지 않을 수 없었다. 나는 그녀에게 말했다.

"아니다, 제르트뤼드, 아주 특수한 경우를 제외하고는, 그렇게 된다는 아무런 근거도 없지."

그녀는 매우 안심이 되는 모양이었다. 이번엔 내가 그런 질문은 무엇 때문에 하느냐고 묻고 싶었으나, 차마 용기가 나지 않아 어색하게 말을 이었다.

"그렇지만 제르트뤼드, 아이들을 낳으려면 결혼을 해야 한단다."

"목사님, 그런 말씀은 하지 마세요. 그게 사실이 아니라는 걸 전 알아요."

"너한테 말하기에 온당한 표현을 쓴 거야." 나는 반박했다. "그러나 사실상 자연의 법칙에는, 인간의 법칙과 하나님의 법칙에서 금지되는 것도 허용하는 셈이지."

"하나님의 법칙은 바로 사랑의 법칙이라고 자주 제게 말씀하셨지요."

"여기서 말하는 사랑이란 사람들이 자비심[36]이라고 부르는 것과도 달라."

"목사님은 저를 그 자비심으로 사랑하시는 거예요?"

"제르트뤼드, 그렇지 않다는 건 너도 잘 알잖아."

"그렇다면 목사님은 우리 사랑이 하나님의 법칙에 벗어나는 일이라고 인정하시는군요?"

"그게 무슨 말이냐?"

"아! 잘 아시면서 그러시는군요. 또 이건 제가 할 말이 아니에요."

나는 우물우물 지나쳐 버리려고 했지만 헛일이었다. 내 심장은 조리 없는 내 이론이 허둥지둥 무너지는 것처럼 몹시 뛰고 있었다. 나는 정신없이 부르짖었다.

"제르트뤼드…… 너는 네 사랑이 죄라고 생각하니?"

그녀는 내 말을 바로 잡았다.

"우리 사랑이지요……. 저는 그렇게 생각해야 한다고 여겨요."

"그래서……?"

나는 내 목소리가 어느덧 애원이 된 것을 느꼈지만, 그녀는 숨도 돌리지 않고 말을 마쳤다.

"그렇지만 목사님을 사랑하지 않을 수는 없다고 생각해요."

---

36) charité의 역어로 기독교의 믿음, 소망과 함께 이른바 세 가지 덕성의 하나. 아가페적인 하나님의 사랑을 뜻함.

모두 어제 일어났던 일이다. 나는 처음에 이것을 쓸까 말까 망설였다……. 산책이 어떻게 끝났는지 도무지 알 수가 없다. 우리는 도망치듯 바삐 걸었으며 나는 그녀 팔을 꼭 잡고 있었다. 내 영혼은 내 몸에서 완전히 빠져나가서, 길 위에 조그마한 돌이 하나만 있어도 우리 둘은 그냥 땅에 꼬꾸라질 것 같았다.

5월 19일

오늘 아침에 마르탱이 또 왔다. 제르트뤼드의 수술은 가능성이 있다. 루가 장담하며 얼마 동안 그녀를 자기에게 맡겨 달란다고 한다. 내가 반대할 수는 없다. 그러나 비겁하게도 생각해 보겠다고 말했다. 나는 그녀 마음을 천천히 준비시킬 여유를 달라고 청했다……. 내 마음은 기쁨에 용솟음쳐야 할 텐데도, 가눌 수 없는 불안으로 가슴이 무거워짐을 느낀다. 시력을 회복할 수 있을 것이라고 제르트뤼드에게 알려 줘야 할 생각을 하니 도무지 용기가 나지 않는 것이다.

5월 19일 밤

나는 제르트뤼드를 다시 만났으나 그녀에게 아무 말도 하지 않았다. 오늘 저녁 그 '곳간' 응접실에는 아무도 없었기 때문에, 나는 그녀 방까지 올라갈 수 있었다. 우리는 단둘이 되었다.

나는 오랫동안 그녀를 껴안았다. 그녀는 조금도 뿌리치려 하지 않았다. 그리고 그녀가 얼굴을 내게로 돌렸을 때 우리 입술은 맞추어졌다…….

5월 21일

주여, 이렇게도 깊고, 이렇게도 아름다운 밤은 우리를 위해 만드신 것입니까? 저를 위해서입니까? 바람은 훈훈하고, 열린 창으로는 달빛이 비쳐 들어옵니다. 그리고 저는 하늘의 무한한 침묵에 귀를 기울이고 있습니다. 아! 제 마음은 말없이 다만 황홀하게 온 누리의 그윽한 경배 속으로 녹아들고 있습니다. 저는 다만 필사적으로 기도할 뿐입니다. 사랑에 어떤 한계가 있다면, 하나님이시여, 그것은 당신이 만드신 것이 아니라 인간들 짓일 것입니다. 제 사랑이 비록 사람 눈에는 죄스러운 것으로 보일지라도, 오오! 당신 눈에는 거룩한 것이라고 말씀해 주십시오.

저는 죄라는 관념을 초월하려고 힘씁니다. 그러나 죄는 역시 견딜 수 없는 것같이 보입니다. 그리고 저는 그리스도를 저버리고 싶지 않습니다. 아닙니다, 저는 제르트뤼드를 사랑하면서도, 죄를 범한다고 생각하진 않습니다. 이 사랑은 제 마음 자체를 뽑아 버리기 전에는 제 마음에서 뽑아 버릴 수 없습니다. 왜요? 제가 이제 그녀를 사랑하지 않게 된다 해도, 연민 때문에 그녀를 사랑해야 할 것입니다. 그녀를 더 이상 사랑하지 않는 것은 그녀를 배반하는 일이 될 것이며, 그녀에게는 저의 사랑이 필요합니다…….

주여, 저는 이제 더 이상 모르겠습니다……. 저는, 당신밖에는 이제 아무것도 모릅니다. 저를 인도하여 주옵소서. 때때로 저는 어둠 속으로 빠져 들어가는 것 같으며, 그녀에게 돌려주려고 하는 시력을 저는 잃은 것 같습니다.

제르트뤼드는 어제 로잔의 병원에 입원하였다. 이십 일 뒤에나 퇴원하게 될 것이다. 나는 그녀가 돌아오는 것을 지극히 불안한 마음으로 기다린다. 마르탱이 그녀를 데려오기로 했다. 그녀는 그때까지는 자신을 만날 생각을 말라고 내게 약속시켰던 것이다.

5월 22일

마르탱에게서 편지가 왔다. 수술이 성공했다는 것이다. 하나님, 찬양받으옵소서!

5월 24일

이때까지 내 얼굴을 보지 못한 채 나를 사랑하던 그녀가 나를 보게 되리라는 생각이, 나에게 견딜 수 없는 괴로움을 자아냈다. 그녀가 나를 알아볼까? 나는 생전 처음으로 초조하게 거울을 들여다보았다. 만일 내가 그녀 눈길을 그녀 마음보다 덜 너그럽고 덜 사랑스럽게 느낀다면, 나는 어떻게 될 것인가? 주여, 때때로 저는 당신을 사랑하기 위해서 그녀 사랑이 필요하다고 느낍니다.

5월 27일

일이 많이 몰려 있었기 때문에 지난 며칠 동안은 과히 초조하지 않게 지낼 수 있었다. 내 마음을 다른 데로 돌려 줄 수 있는 일은 모두가 고맙다. 그러나 하루 종일 무슨 일을 하든지 그녀 모습은 나를 따라다닌다.

그녀는 내일 돌아오기로 했다. 아멜리는 이번 주 내내 기분 좋게 나를 대해 주었고, 나로 하여금 그녀가 없다는 것을 잊어버리게 하려고 애를 쓰는 것 같았으며, 아이들과 함께 그녀의 퇴원 축하 준비를 하고 있다.

5월 28일

갸스파르와 샤를로트가 수풀과 목장을 돌아다니며 눈에 띄는 대로 꽃을 꺾어 왔다. 로잘리 할멈은 굉장한 케이크를 만들고, 사라는 거기에다 금종이로 무엇인지 꾸미고 있다. 그녀는 오늘 정오에 돌아오기로 되어 있다.

나는 이 기다리는 시간을 보내기 위하여 글을 쓰고 있다. 지금은 11시다. 나는 자꾸 머리를 들어 마르탱의 마차가 오게 될 길 쪽을 바라본다. 마중을 나가는 것은 그만두기로 했다. 아멜리를 봐서도 혼자서는 마중 나가지 않는 편이 낫다. 내 마음은 급히 달려 나간다……. 아아! 저기들 온다!

28일 저녁

얼마나 끔찍한 어둠 속으로 나는 빠져 들어가는 것인가!

불쌍히 여기소서, 주여, 불쌍히 여기소서! 저는 그녀를 사랑하는 것을 단념하겠사오니, 당신은 그녀가 죽는 것을 허락하지 마옵소서!

그러고 보니 나의 두려움은 공연한 것이 아니었다! 그녀는 무엇을 했던가? 무엇을 하려고 했던가? 아멜리와 사라가 그녀를 그 '곳간' 문 앞까지 데려다주었는데 거기에서는 드 라 M 양이 그녀를 기다리고 있었다고 한다. 그런데 그녀는 다시 외출하려 했다……. 대체 어찌된 일일까?

나는 내 생각을 좀 가다듬어 보려고 한다. 내가 들은 이야기는 이해할 수가 없거나, 모순투성이다. 내 머릿속은 온통 뒤죽박죽이다……. 드 라 M 양의 정원사가 의식을 잃은 그녀를 그 '곳간'에 막 데려다 놓은 길이다. 그의 말에 따르면, 그녀는 시냇가를 따라 걷고 있었는데, 정원 다리를 건넌 다음 몸을 숙이더니, 사라졌다고 한다. 그러나 처음에는 그녀가 떨어지는 줄 몰랐기 때문에 으레 그랬어야 했을 텐데도 그는 곧 달려가지 않았다. 그는 그녀가 작은 수문까지 흘러 내려간 것을 찾아냈다. 조금 뒤에 내가 그녀를 다시 만났을 때에는 아직 의식을 회복하지 못하고 있었다. 아니, 의식을 다시 잃고 있었다. 곧 손을 쓴 덕택으로 그녀는 잠시 의식을 회복했었기 때문이다. 마르탱은 천만 다행으로 아직 떠나지 않고 있었는데, 그녀가 빠져 있는 이러한 혼수와 무감각 상태는 이해하기 어렵다고 한다. 그가 아무리 그녀에게 물어보아도 소용이 없었다. 그녀는 아무것도 듣지 않거나, 그렇지 않으면 말을 않기로 결심한 것 같았다. 그녀의 호흡은 아직도 매우 가쁘다. 그래서 마르탱은 그녀가 폐충혈을 일으키지나 않을까 염려한다. 그는 겨자 가루 고약을 바르고 부항기를 붙여 주고는, 내일 다시 오겠다고 하며 돌아갔다. 처음에 그녀를 소생시키는 데에만 정신이 팔려서 젖은 옷을 입은 채로 너무 오랫동안 둔 것이 잘못이었다. 시냇물은 얼음같이 차가웠던 것이다. 드 라 M 양만이 그녀에게서 몇 마디 들을 수가 있었는데, 그녀는 그쪽 시냇가에 잔뜩 우거진 물망초를 따려고 하다가 아직 거리를 재는 데 익숙하지 못해서 그랬는지, 아니면 물 위에 뜬 꽃 무더기를 굳은 땅으로 잘못 알고서 그랬는지, 갑자기 발을 헛디뎠다는 것이다······. 그 말을 내가 믿을 수만 있다면! 다만 단순한 사고에 불과했다는 것을 믿을 수만 있다면, 내 영혼은 얼마나 무서운 짐에서 벗어날 수 있으랴! 점심 식사는 매우 즐거웠지만, 줄곧 그녀 얼굴에서 사라지지 않는 이상야릇한 미소가 내 마음에 몹시 걸렸다. 그녀에게서 일찍이 본 일이 없는 억지 미소였다. 그러나 난 새로 눈을 떴기 때문이라고 생각하려고 애를 썼다. 그 미소는 눈물과도 같이 그녀 눈에서 얼굴 전체로 흘러내리는 것 같았고, 그 미소를 보고 있노라면 다른 사람들의 속된 즐거움까지 불유쾌한 생각을 일으키는 것이었다. 그녀는 다른 사람들과 함께 즐거워하지 않았다. 그녀는 마치 무슨 비밀이라도 알아낸 것 같았는데, 만일 나와 단둘만 있었더라면, 아마도 내게 털어놓았을 것이다. 그녀는 거의 입을 열지 않았다. 그러나 다른 사람들 옆에 있을 때, 그들이 떠들면 떠들수록 그녀는 잠자코 있는 일이 많았기 때문에, 아무도 이상하게 여기지 않았다.

주여, 간절히 바라옵니다. 그녀와 이야기할 것을 허락하옵소서. 저는 꼭 알아야겠습니다. 그러지 않고서야 어떻게 계속 살 수가 있겠습니까……? 그러나 그녀가 살기를 그만두려고 했던 것이라면, 그것은 '앎' 탓이었을까? 알았다면 무엇을? 나의 연인이여, 그대는 도대체 무슨 몸서리쳐지는 일을 알았단 말인가? 도대체 그렇게 죽기까지 해야 할, 그리고 그렇게 대뜸 알아챌 수 있는 그 무엇을 내가 그대에게 숨겨 있단 말인가?

나는 그 이마며, 창백해진 볼이며, 말할 수 없는 슬픔을 간식한 채 다시 감긴 가냘픈 눈꺼풀이며, 아직도 젖어 흡사 해초처럼 베개 위에 치렁치렁 널린 머리칼에서 눈을 떼지 않은 채, 그녀의 고르지 못한 거북한 숨소리에 귀를 기울이며 두 시간

이상이나 그녀 머리맡에서 보냈다.

5월 29일

오늘 아침 내가 그 '곳간'에 가려는 참에 루이즈 양이 나를 부르러 사람을 보냈다. 비교적 평온한 하룻밤을 지낸 다음 제르트뤼드는 드디어 혼수상태에서 깨어났다. 내가 방에 들어가니 그녀는 나를 보고 미소 지으며 머리맡에 와 앉으라고 눈짓했다. 나는 감히 그녀에게 물어볼 수가 없었다. 그녀도 아마 내가 물을까 봐 겁이 났던지, 심정을 모두 토로하는 걸 피하려는 듯 얼른 이렇게 말했다.

"제가 시냇가에서 따려고 했던 저 작고 파란, 하늘빛 도는 꽃 이름이 뭐지요? 목사님은 저보다 손재주가 좋으시니까 그걸로 꽃다발을 만들어 주세요. 그걸 여기 침대 옆에 놓아두고 싶어요……."

그녀가 일부러 목소리를 쾌활하게 하는 것이 내 가슴을 아프게 했다. 그러자 그녀도 아마 그것을 깨달았는지, 보다 심각한 말투로 덧붙였다.

"오늘 아침에는 목사님께 말씀드릴 수가 없군요. 너무 피곤해서요. 저를 위해 그 꽃을 꺾어다 주시겠어요? 그리고 조금 있다 다시 오세요."

그래서 한 시간 뒤에 내가 그녀에게 물망초 꽃다발을 가지고 갔을 때에는, 루이즈 양에게서 제르트뤼드는 잠이 들었으니 저녁때까지는 만나지 못하리라는 말을 들었다.

저녁에 나는 그녀를 다시 만났다. 쿠션을 침대 위에 포개 놓고 기대어 거의 앉다시피 하고 있었다. 이제는 머리카락을 모아서 이마 위로 땋아 얹었었는데 내가 그녀에게 갖다준 물망초가 거기 섞여 있었다.

그녀는 정말로 열이 났고 무척 숨이 가빠 보였다. 그녀는 내가 내민 손을 펄펄 끓는 듯한 손으로 쥐었다. 나는 그녀 곁에 서 있었다.

"한 가지 고백을 해야겠어요, 목사님. 제가 오늘 밤에 죽을까 봐 걱정스럽기 때문이에요." 그녀는 말했다. "오늘 아침 저는 목사님께 거짓말을 했어요. 꽃을 따려던 게 아니었어요……. 자살하려 했다고 말씀드리더라도 용서해 주시겠어요?"

나는 그녀의 가냘픈 손을 내 손에 쥔 채, 침대 옆에 털썩 무릎을 꿇었다. 그러나 그녀는 손을 빼더니, 내가 눈물을 삼키며 흐느껴 우는 소리를 막으려고 침대 시트에 얼굴을 파묻고 있는 동안, 내 이마를 어루만지기 시작했다.

"목사님은 그게 아주 나쁜 일이라고 생각하세요?" 하고 그녀는 상냥하게 말했다. 그리고 내가 아무 대답도 하지 않으니까 말을 이었다.

"이보세요, 목사님, 잘 아시다시피 저는 목사님의 마음과 생활 가운데 너무나 크게 자리를 차지하고 있어요. 제가 목사님 곁으로 돌아왔을 때, 대뜸 깨달은 게 그 사실이에요. 아니면 적어도 제가 차지하고 있는 자리가 어느 다른 여자의 것이고, 그분은 그 때문에 서러워하고 있다는 걸 깨달았어요. 너무 일찍 깨닫지 못한 게 제 죄예요. 아니면 적어도 깨달았으면서도 — 벌써 깨닫고 있었으니까요. — 목사님이 절 사랑하시게 내버려 둔 거였어요. 그러나 갑자기 그분 얼굴이 내 눈 앞에 나타났을 때, 그 가엾은 얼굴에 슬픔이 그다지도 많이 깃든 것을 보았을 때, 저는 그 슬픔을 제가 갖다준 거라는 생각이 들어 견딜 수가 없었어요……. 아니에요, 아니에요, 자신을 책망하지 마세요. 하지만 그냥 저를 떠나게 놓아주시고 그분을 다시 기쁘게 해 드리세요."

내 이마를 어루만지던 손이 멈췄다. 나는 그 손을 붙잡고 입맞춤과 눈물로 뒤덮었다. 그러나 그녀는 참다못해 손을 뺐고, 새로운 번민이 그녀를 괴롭히기 시작했다. 그녀는 이렇게 되풀이했다.

"제가 말하려던 건 이게 아니에요. 아니에요, 제가 말하고 싶은 건 이게 아니에요." 그녀 이마엔 축축이 땀이 배어들고 있었다. 그리고 그녀는 눈꺼풀을 내리깔고 생각을 모으려는 듯, 또는 애초 눈이 멀었던 상태로 돌아가려는 듯 얼마 동안 눈을 감고 있었다. 그리고 처음에는 느릿느릿하고 침통한 목소리로, 그러나 눈을 다시 뜨자 곧 목청이 높아지면서, 나중에는 격렬한 어조로 흥분하며 말했다.

"목사님이 제 눈을 보이게 해 주셨을 때, 제 눈은 상상했던 것보다 훨씬 아름다운 세상을 발견했어요. 그래요, 정말이지 저는 해가 이렇게도 밝고, 공기가 이렇게도 빛나고, 하늘이 이다지도 넓은 줄은 상상도 못 했거든요. 하지만 사람들 얼굴이 이렇게 수심에 가득 찬 것이라고도 상상하지 못했어요. 제가 목사님 집에 들어갔을 때, 맨 처음 제 눈에 띈 게 뭔지 아세요? ······아아! 하지만 아무래도 말씀드려야겠어요. 제가 맨 처음으로 본 것은 우리의 잘못이었어요. 우리의 죄였어요. 아니에요, 반박하지 마세요. '너희가 만일 눈이 멀었더라면, 너희에겐 죄가 없으리라.'[37] 그러나 저는 지금 눈이 보이는걸요······. 일어서세요, 목사님. 여기 제 곁에 앉으세요. 제 말을 끊지 말고 들으세요. 병원에 있는 동안, 저는 제가 아직 알지 못하고 목사님도 읽어 주신 적 없는 성경 구절을 읽었어요. 아니, 읽어 달랬어요. 하루 종일 되뇌었던 성 바울의 말씀 한 구절이 생각나요. '전에 율법을 깨닫지 못했을 때에는 내가 살았더니, 계명이 이르매 죄는 살아나고 나는 죽었도다.'[38]"

그녀는 매우 흥분하여 대단히 큰 목소리로 말하고 있었다. 그리고 이 마지막 말은 거의 부르짖다시피 하였기 때문에 나는 바깥에 들리지나 않을까 당황할 지경이었다. 그러고 나서 그녀는 눈을 다시 감고, 마치 그녀 자신을 위한 말처럼, 그 마지막 말을 입속으로 되뇌었다.

"죄는 살아나고 나는 죽었도다."

나는 일종의 공포로 가슴이 싸늘해지며 몸서리가 쳐졌다. 나는 그녀 생각을 돌려 보려고 이렇게 물었다.

"누가 그 구절을 읽어 주었니?"

---

37) 「요한복음」 9장 41절 참조.
38) 「로마서」 7장 9절.

"자크예요." 그녀는 눈을 다시 뜨고 나를 똑바로 쳐다보며 말했다. "그가 개종한 걸 아세요?"

차마 그 이상 더 들을 수가 없었다. 제발 이제 그만두라고 사정하려 했으나, 그녀는 이미 말을 계속하고 있었다.

"목사님, 저는 목사님께 많은 고통을 주게 될 거예요. 그렇지만 우리 사이에 조금이라도 거짓이 남아서는 안 돼요. 제가 자크를 보았을 때, 제가 사랑했던 사람은 목사님이 아니라 그이였다는 걸 갑자기 깨달았어요. 그이는 바로 목사님 얼굴이었어요. 제가 상상했던 목사님 얼굴과 같더란 말예요……. 아아! 목사님은 어째서 저에게 그이를 물리치게 하셨던가요? 그이하고 결혼할 수도 있었을 텐데……."

"그렇지만 제르트뤼드, 넌 이제라도 그럴 수 있어." 하고 나는 절망적으로 외쳤다.

"그이는 신부가 돼요." 그녀는 격렬하게 말했다. 그리고 몸부림을 치며 흐느껴 울었다. "아아! 저는 그이한테 제 마음을 고백하고 싶어요……." 그녀는 거의 넋이 나간 채 중얼거렸다. "목사님도 뻔히 보시다시피 제게는 이젠 죽는 길밖에 없어요. 목이 말라요. 제발 누굴 좀 불러 주세요. 숨이 막혀요. 절 혼자 있게 해 주세요. 아아! 목사님께 이런 말씀을 드리면, 마음이 좀 가벼워지리라고 생각했는데……. 나가 주세요. 그만둡시다. 목사님을 보는 건 더 이상 견딜 수가 없어요."

나는 그녀를 남겨 두고 방을 나왔다. 그리고 나 대신 그녀 곁에 있어 달라고 드 라 M 양을 불렀다. 그녀의 격렬한 흥분이 견딜 수 없이 걱정되었으나, 내가 곁에 있으면 그녀 상태가 더 악화되리라는 것을 알아야만 했다. 그래서 병세가 더 나빠지면 내게 알려 달라고 부탁해 두었다.

5월 30일

아! 슬프게도 나는 그녀의 잠든 얼굴밖에는 다시 보지 못했다. 밤새도록 헛소리를 하고 괴로움을 겪고 나서 그녀가 숨을 거둔 것은 오늘 아침 해 뜰 무렵이었다. 제르트뤼드의 마지막 소원에 따라서 드 라 M 양의 전보를 받은 자크는 임종 몇 시간 후에야 도착했다. 그는 아직 여유가 있는 동안 신부를 불러 오게 하지 않았다고 나를 몹시 책망했다. 그러나 로잔의 병원에 입원한 동안, 물론 자크의 강권에 따라 그랬겠지만, 제르트뤼드가 개종했다는 걸 그때까지도 모르던 내가 어떻게 그럴 수 있었겠는가? 그는 자기와 제르트뤼드가 개종한 것을 나에게 동시에 알렸다. 이리하여 그 두 사람은 동시에 내게서 떠나갔다. 그들은 살아 있는 동안 나로 인해 갈라졌기 때문에 나를 피하여 하나님 품에서 둘이 결합하기로 한 것 같았다. 그러나 자크의 개종에는 사랑보다도 이론이 더 많이 개입되어 있다고 나는 믿는다.

"아버지, 제가 아버지를 비난하는 건 도리가 아닙니다만, 저를 이끌어 준 것은 바로 아버지의 과오라는 본보기입니다." 하고 그는 내게 말했다.

자크가 다시 떠난 뒤에 나는 아멜리 곁에 무릎을 꿇고, 나를 위하여 기도해 달라고 부탁했다. 나는 노움이 필요했기 때문이다. 그녀는 다만 "우리 아버지시여……." 하고 읊조렸으나, 긴 침묵의 구절과 구절 사이를 우리의 탄원으로 채웠다.

나는 울고 싶었으나, 내 가슴은 사막보다도 더 메말라 있음을 느꼈다.

배덕자

앙리 게옹에게
— 그의 진정한 친구

내가 주께 감사함은 나를 지으심이 심히 기묘하심이라.

—「시편」139장 14절

머리말

나는 이 책이 지니고 있는 가치 그대로 이것을 내놓는다. 이것은 하나의 쓰디쓴 재로 가득 찬 열매다. 이것은 마치 사막의 콜로신트[1]처럼 불타는 듯한 땅에서 자라, 갈증 난 목을 더욱 심하게 타게 할 따름이지만, 황금빛 모래 위에서 아름답지 않은 것은 아니다.

만일 내가 내 주인공을 어떤 본보기로 내놓았다면 여지없이 실패하고 말았을 것이다. 극히 소수의 사람들이 미셸의 모험에 관심을 가져 주었는데, 호의적인 듯 보였으나, 그를 비난하기 위해서였다. 내가 마르슬린을 그렇게 많은 미덕으로 장식한 것은 무익한 일이 아니었다. 사람들은 미셸이 자신보다 마르슬린을 더 사랑하지 않은 사실을 결코 용서하지 않았다.

---

1) 오이의 일종으로 맛이 쓰다.

내가 만일 이 책을 미셸에 대한 고발장으로 삼았다면 역시 또 실패했을 것이다. 왜냐하면 나의 주인공에 대해 분개하면서도 아무도 나에게 감사할 줄은 몰랐기 때문이다. 사람들은 내 뜻과는 반대로 분개하고 있는 것 같았다. 이 분개는 미셸로부터 시작되어, 다음번에는 나 자신으로 향했다. 하마터면 그들은 나와 미셸을 혼동할 뻔했다.

그러나 나는 이 책을 고발장, 또는 변명으로 삼으려던 것은 아니다. 나는 섣불리 판단을 내리는 것을 삼갔다. 이미 오늘날 독자들은 작가가 어떤 행위를 그리면 거기에 대한 작가의 찬성이나 반대를 분명히 밝히기를 요구한다. 게다가 심지어 드라마가 진행 중일 때도, 그들은 작가가 알세스트 편인가 필랭트 편인가,[2] 햄릿 편인가 오필리아 편인가,[3] 파우스트 편인가 마르가레테 편인가,[4] 아담 편인가 여호와 편인가를 분명히 표명하기를 바랄지도 모른다. 물론 나는 중립(우유부단이라고 해도 좋겠지만)이 위대한 천재의 뚜렷한 특징이라고 주장하는 것은 아니다. 그러나 많은 위대한 천재들은 결론을 내리기를 매우 꺼렸다고 생각한다. 그리고 어떤 문제를 잘 제시하는 것과 그 문제가 사전에 해결되었다고 가정하는 것은 별개라고 믿는다.

마지못해 나는 여기에 '문제'라는 말을 쓴다. 솔직히 말한다면, 예술에는 문제 같은 것은 없다. 예술 작품이 그 문제의 충분한 해결인 것이다.

---

2) 몰리에르의 「염세가」의 대조적인 두 주인공.
3) 셰익스피어의 「햄릿」의 두 주인공.
4) 괴테의 「파우스트」의 두 주인공.

만약에 '문제'를 '드라마'라는 의미로 해석한다면, 이 작품이 말하는 것은, 내 주인공의 영혼 속에서 연출된 것이긴 하지만, 그래도 그의 기이한 모험 속에 가둬 버리기에는 너무나 일반적인 것이다. 나는 이 '문제'를 내가 만들어 낸 것이라고 주장하지는 않는다. 그것은 내 작품보다 먼저 존재하고 있었다. 미셸이 이기든 지든, 그 '문제'는 계속 존재할 것이며, 작가는 승리도 패배도, 기정사실로 제시하지는 않는다.

　만일 몇몇 뛰어난 사람들이 이 드라마 속에서 단지 한 기이한 사례의 보고서만을 보고, 또한 그 주인공에게서 한 병자만을 보며, 매우 절실하고 극히 일반적으로 흥미로운 어떤 사상들이 여기 내포되어 있다는 사실을 못 보았다면 그 과오는 이들 사상이나 이 드라마에 있는 게 아니라, 작가 자신에게 있는 것이다. 말하자면 작가가 이 작품 속에 자기의 모든 정열과 눈물과 온 정성을 쏟았다 하더라도, 그 과오는 작가의 서툰 솜씨에 있는 것이다. 그러나 작품의 실제 흥미와 하루살이 독자가 여기서 느끼는 흥미는 전혀 다른 것이다. 지나친 자만심만 없다면, 하찮은 이야기를 즐기는 일시적인 독자를 열광시키는 것보다는, 흥미로우면서도, 처음에는 아무런 흥미를 끌지 못할 위험이 있는 것을 사람들이 더 선호할 수 있다고 생각한다.

　요컨대 나는 아무것도 증명하려고 하지 않았지만, 잘 묘사하고 나의 묘사를 분명하게 드러내도록 노력했다.

앙드레 지드

배덕자

국무총리 D. R. 씨에게

시디 b. M.에서, 189X년 7월 30일

친애하는 형님, 그렇습니다. 형님 생각이 맞았습니다. 미셸은 우리에게 이야기해 주었습니다. 그가 우리에게 했던 이야기가 여기 있습니다. 형님은 그 이야기를 듣길 바라셨고, 저도 그러기로 약속했습니다. 그러나 막상 보내 드리려고 하니 저는 또다시 주저하게 됩니다. 그리고 다시 읽어 보면 볼수록 무서워지는 것 같습니다. 아! 우리 친구를 형님은 어떻게 생각하실는지? 그리고 나 자신은 그를 어떻게 생각하고 있을까요……? 겉으로는 잔인하게 보이는 능력을 선으로 향하게 할 수도 있다는 사실을 부정하고 단순히 그를 비난만 할 수 있을까요? 그러나 오늘날 이 이야기 속에서 자신의 모습을 발견할 사람들이 한둘이 아닐 것 같아 전 두려워집니다. 이만한 지성과 능력을 발휘할 수 있는 일자리를 찾아 줄 수 있을까요? 아니면 이 모든 것으로 인해 시민권이 거부될까요?

어떻게 하면 미셸이 국가에 봉사할 수 있을까요? 실은 저도 모르겠습니다……. 그에게는 무엇이든 일이 필요합니다. 형님의 수많은 위대한 공로에 걸맞은 높은 지위, 수중에 쥐고 계시는 권력으로 일을 찾아 주실 수는 없을까요? 서둘러 주십시오. 미셸은 헌신하고자 합니다. 아직은 그 상태를 유지하고 있습니다. 그러나 곧 자기 자신에 대해서만 헌신적이 될 것입니다.

전 이 편지를 맑고 푸른 하늘 아래서 쓰고 있습니다. 드니와 다니엘과 제가 여기 오고 열이틀 동안 구름 한 점 없었고, 하늘이 흐려진 적도 한 번 없습니다. 미셸은 두 달 내내 맑은 하늘이라고 말합니다.

전 슬프지도 즐겁지도 않습니다. 이곳의 대기는 대단히 막연한 흥분으로 사람들을 채워서 즐거움에서도 괴로움에서도 멀리 떨어져 있는 듯한 기분이 들게 합니다. 어쩌면 이것이 행복일지도 모르겠습니다.

우리는 미셸 곁에 있습니다. 그의 곁을 떠나고 싶지 않습니다. 이 글을 읽으면, 그 까닭을 알게 되실 겁니다. 그래서 우리는 여기, 그의 집에서 형님의 답장을 기다리고 있습니다. 급히 해 주시기 바랍니다.

아시다시피 중학교 동문인 우리의 우정은 전부터 각별했습니다만, 점점 더 깊어져서 드니와 다니엘과 저를 미셸에게 묶어 놓고 있었습니다. 우리 네 사람 사이에는 일종의 약속이 맺어져 있었습니다. 적어도 한 사람이 불러도 나머지 세 사람은 거기 응해야 한다고 말입니다. 그래서 미셸에게서 그 이상한 경고를 받자, 저는 곧 다니엘과 드니에게 알렸습니다. 그리고 세 사람 모두는 만사를 제쳐 두고, 출발했습니다.

우리는 삼 년 동안이나 미셸을 만나지 못했습니다. 그는 결혼을 했고 아내와 함께 여행을 떠났었습니다. 그리하여 그가 마지막으로 파리에 들렀을 때, 드니는 그리스에, 다니엘은 러시아에, 저는 아시다시피 병든 아버지 곁에 매어 있었습니다. 하기야 전혀 소식이 없었던 것은 아닙니다. 그러나 그를 다시 만났던 실라와 윌이 보내 온 소식은 우리를 놀라게 할 뿐이었습니다. 그의 마음속에서 우리가 그때까지 설명할 수 없었던 하나의 변화가 일어났습니다. 그는 이미 예전처럼 매우 박식한 청교도가 아니었습니다. 설득력 있었던 서툰 몸짓도, 종종 우리의 방종한 이야기를 쑥 들어가게 할 만큼 맑은 눈동자도 이미 찾아볼 수 없었습니다. 그것은…… 그러나 그의 이야기를 읽으면 아시게 될 것을 미리 말씀드릴 필요는 없겠지요.

그래서 저는 이 이야기를 드니와 다니엘과 제가 들은 대로 전해 드립니다. 미셸은 테라스에서 이 이야기를 했습니다. 우리는 그의 곁에서 어둠 속과 별빛 아래 누워 있었습니다. 이야기가 끝났을 때, 우리는 저 평원 위로 태양이 떠오르는 것을 보았습니다. 미셸의 집은 이 평야와 바로 가까이 있는 마을을 내려다보고 있습니다. 더위 탓에, 곡식을 모두 거두어 버린 이 평원은 마치 사막과도 같습니다.

미셸의 집은 초라하고 이상하긴 합니다만, 어딘지 매력이 있습니다. 겨울엔 추위로 고통을 받을 겁니다. 창문에 유리가 하나도 없으니까요. 아니, 차라리 창문이 전혀 없다고 하는 편이 맞겠군요. 벽에 커다란 구멍 몇 개가 뚫려 있을 뿐입니다. 날씨가 좋아서 우리는 밖에다 돗자리를 깔고 자며 지냅니다.

그리고 우리가 즐거운 여행을 했다는 것도 말씀드리고 싶군요. 도중에 알제와 콩스탕틴[5]에 잠시 들렀을 뿐으로 더위에는 질렸습니다만, 낯선 풍물에 도취된 채, 저녁 무렵 여기에 도착했습니다. 콩스탕틴에서는 새 열차를 타고 시디 b. M.까지 왔습니다. 마차가 기다리고 있었습니다. 길은 마을에서 멀리 떨어진 곳에서 끝이 납니다. 마을은 움브리아[6]의 어떤 마을처럼 바위산 꼭대기에 있습니다. 우리는 걸어서 올라갔습니다. 여행 가방은 노새 두 마리가 날라다 주었습니다. 이 길로 오면, 미셸의 집은 마을에서 첫 번째 집입니다. 낮은 담벼락으로 갇힌 정원이라기보다, 그저 울타리로 둘러싸인 마당에는 구부러진 석류 세 그루와 멋진 협죽도 한 그루가 자라고 있습니다. 거기 있던 카빌[7] 소년 하나가, 우리가 가까이 가자 훌쩍 담을 타 넘고 가 버렸습니다.

미셸은 반가운 기색도 없이 우리를 맞아 주었습니다. 무척 담담한 태도로, 애정을 드러내는 것을 두려워하는 듯했습니다. 그러나 문간에서 우선 그는 엄숙하게 우리 셋을 한 사람씩 포옹했습니다.

밤이 될 때까지 우리는 열 마디 말도 주고받지 않았습니다. 거의 극히 간소한 지녁 식사가 응접실에 준비되어 있었습니

---

5) 둘 다 알제리의 항구 도시.
6) 아드리아 해안에 있는 이탈리아의 한 지방.
7) 알제리 산악 지방.

다. 그런데 우리는 그곳의 화려한 장식에 놀랐습니다. 하지만 미셸의 이야기를 읽으면 그 까닭을 차차 아실 수 있을 겁니다. 이윽고 그는 손수 커피를 끓여서 우리에게 권했습니다. 그러고 나서 우리는 끝없이 먼 데까지 바라볼 수 있는 테라스로 올라갔습니다. 그리고 우리 세 사람은 욥의 세 친구[8]처럼, 불타오르는 평원 위로 홀연히 해가 지는 장관에 감탄하면서, 기다렸습니다.

밤이 되자 미셸은 이야기를 시작했습니다.

---

8) 고난에 처한 욥을 위로하기 위해 모인, 성경 「욥기」에 나오는 친구들.

1부

1

내 사랑하는 친구들, 나는 자네들이 성실한 친구임을 알고 있었어. 나의 부름에 자네들은 달려와 주었어. 마찬가지로 나 역시 자네들이 불렀다면 달려갔을 거야. 그렇지만 최근 삼 년 동안 자네들은 나를 만나지 못했어. 서로 만나지 못했어도 잘 참았던 자네들 우정으로, 이제부터 하려는 내 이야기도 잘 참고 들어 주기 바라네. 이렇게 갑자기 자네들을 불러서, 먼 내 집까지 여행을 하게 한 것은 실은 오로지 자네들과 만나서, 내 이야기를 들려주고 싶었기 때문이야. 나는 자네들에게 말하는 것 외에는 어떤 구원도 바라지 않아. 왜냐하면 나는 더 이상 앞으로 나갈 수 없는 내 인생의 어떤 지점에 놓여 있기 때문이야. 그렇다고 해서 그게 권태는 아니야. 하지만 난, 도무지 모르겠어. 내게 필요한 건…… 내게 필요한 건 말하는 서야. 자네들에게 말이야. 자신을 자유롭게 할 줄 아는 것은 아무것도 아니야. 어려운 건 바로, 자유로운 상태를 유지할 줄 아는 거야. 나에 대해서 말하는 것을 용서해 줘. 이제부터 나는 내 삶을 솔직하게 이야기할 거야. 겸양 떨지도 않고, 잘난 척하지도 않고, 나 자신에게 말하는 것보다 더 솔직하게 할게. 잘 들어줘.

우리가 마지막으로 만난 것은, 지금 생각해 보니, 앙제[9] 부근 내 결혼식을 치른 시골의 작은 교회에서였다. 참석자는 적었다. 하지만 훌륭한 친구들이 와 주어서 그 평범한 의식도 감명 깊은 것이 되었다. 나는 사람들이 감동하고 있는 것처럼 느꼈고, 그것이 또 나 자신을 감동시켰다. 교회를 나와서 우리는, 나의 아내가 된 사람 집에서 웃음소리도, 떠들썩한 이야기도 없이 간단한 식사를 함께했다. 그러고 나서 준비되어 있던 마차가 관습대로 우리를 데리고 갔다. 이 관습은 우리 마음속에서 결혼이라는 관념과 출발 플랫폼이라는 환영을 결합하는 것이다.

나는 아내에 대하여 아는 것이 거의 없었고, 그녀도 나를 모르기는 마찬가지였는데, 그 점을 별로 안타깝게 생각하지도 않았다. 나만 홀로 남겨 놓고 가는 것을 불안해하시던, 죽음이 임박한 아버지에게 큰 기쁨을 드리기 위해, 나는 별 애정도 없

---

9) 프랑스 루아르 지방의 도시.

이 그녀와 결혼했다. 나는 진심으로 아버지를 사랑했다. 아버지 임종의 고통에 정신을 빼앗긴 나는 그 슬픈 순간에 다만 아버지의 최후를 편안하게 해 드리겠다는 생각밖에 없었다. 그렇게 나는 인생이 어떤 것인지도 모르는 채 나의 삶을 시작했다. 우리 약혼은 임종의 머리맡에서 웃음도 없이 거행되었으나, 엄숙한 기쁨이 없었던 것은 아니다. 그만큼 그 일이 아버지께 드린 평안함은 컸다. 약혼녀를 사랑하지 않았다고 말했으나, 적어도 나는 그때까지 다른 여자를 사랑한 적은 없었다. 내게는 그것만으로도 우리 행복을 보장하기엔 충분하다고 생각되었다. 그리고 아직 나 자신조차 몰랐던 나는 모든 것을 그녀에게 바치고 있다고 믿었다. 그녀 부모님도 이미 돌아가셨고, 그녀는 두 남동생과 함께 살고 있었다. 그녀 이름은 마르슬린이었다. 그녀 나이는 겨우 스무 살이었고, 나는 그녀보다 네 살 위였다.

나는 그녀를 전혀 사랑하지 않았다고 말했다. 적어도 사람들이 사랑이라고 부르는 것을 그녀에게 조금도 느끼고 있지 않았다. 그러나 사랑을 자애라든가 일종의 연민, 요컨대 상당히 큰 존경이라는 의미로 해석한다면, 난 그녀를 사랑했다. 그녀는 가톨릭교인이었고, 나는 개신교인이다……. 그러나 나는 내가 거의 개신교인이 아니라고 믿었다! 신부는 나를 용납했고, 내 쪽에서도 신부를 빋아들였다. 서로 불편함은 없었다.

내 아버지는 소위 '무신론자'였다. 적어도 나는 그렇게 추측했다. 아버지와 나, 둘 모두에게 있다고 확실히 믿은, 물리칠 수 없는 일종의 조심성으로, 나는 한 번도 아버지와 당신 신앙에 관해서 이야기해 본 적이 없었다. 위그노[10]인 어머니의 엄격한 가르침은 어머니의 아름다운 모습과 함께 내 마음속에서 서서히 사라졌다. 자네들도 알다시피 내가 어렸을 때 어머니가 돌아가셨다. 어릴 때 받은 최초의 교육이 얼마나 우리를 지배하는지, 또한 그것이 어떤 흔적을 마음속에 남기는지 나는 그때까지 깨닫지 못했다. 어머니가 내게 남기신 일종의 준엄한 것에 대한 취향은 내 삶의 신조처럼 되어, 나는 그것을 온통 학문 연구에 쏟았다. 어머니를 여의었을 때 나는 열다섯 살이었다. 아버지는 나를 돌봐 주고 뒷바라지를 하고, 나를 가르치는 데 정성을 쏟았다. 그 당시 나는 이미 라틴어와 그리스어를 잘 알고 있었다. 나는 아버지 덕분에 히브리어, 산스크리트어를 빠르게 배웠고, 마지막으로 페르시아어와 아랍어를 배웠다. 스무 살 무렵에는 아버지의 일에 내가 감히 참여할 만큼 빨리 진보한 상태였다. 아버지는 나를 동료로 대하기를 좋아하셨고, 그 증거를 내게 보이려고 하셨다. 아버지의 이름으로 나온 『프리지아인의 신앙에 관한 연구』는 실은 내가 쓴 것이었다. 아버지는 약간만 훑어보았을 뿐이다. 그런데 아버지는 전에 없던 굉장한 찬사를 받았다. 아버지는 크게 기뻐하셨다. 나는 그와 같은 속임수가 성공하는 것을 보고 당황했다. 하지만 그때부터 나는 세상에 알려졌다. 일류 학자들도 나를 동료로 대해 주었다. 지금도 그 당시에 내가 받았던 갖가지

---

10) 16~18세기 프랑스 칼뱅 파 개신교인의 총칭.

명예로운 대접을 생각하면 웃음이 나온다……. 그렇게 나는 폐허와 책 외에는 거의 아무것도 보지 않은 채, 그리고 인생에 대해서 아무것도 모르는 채 스물다섯 살이 되었다. 나는 연구에 비상한 정열을 쏟고 있었다. 나는 몇몇 친구들(자네들도 포함된)을 사랑했다. 그러나 나는 그들 자체보다도 오히려 우정을 사랑했다. 그들에 대한 내 헌신은 대단했지만, 그것은 고결함을 바라는 마음에서였다. 나는 내 마음속 아름다운 감정 하나하나를 사랑했다. 요컨대 나는 나 자신을 몰랐던 것처럼 친구들에 대해서도 몰랐다. 내가 현재와 다른 생활을 할 수도 있었다든지, 사람들이 다 다르게 살 수도 있었다든지 하는 생각은 단 한순간도 내 머리에 떠 오른 적이 없었다.

아버지와 나는 간단한 물건들로 충분히 살 수 있었다. 둘 다 거의 돈을 쓰지 않았으므로 나는 스물다섯 살이 되기까지 우리가 부자라는 것도 몰랐다. 자주 생각했던 건 아니지만, 우리는 단지 먹고 살 정도만 가지고 있다고 생각했다. 그리고 아버지 곁에서 절약하는 습관이 붙어 있었으므로, 우리에게 훨씬 많은 재산이 있다는 것을 알았을 때 나는 거의 당황할 정도였다. 나는 그런 일에는 거의 신경을 쓰지 않았다. 그리하여 내 재산에 대해 좀 더 뚜렷이 의식한 것은, 내가 유일한 상속자가 된 아버지 사후가 아니라, 바로 결혼 재산 계약 때였다. 그리고 동시에 마르슬린에게는 거의 지참금이 없다는 것도 그때 알았다.

또 하나 내가 몰랐던 일 중에서 아마도 가장 중요한 것은 내 건강이 극히 좋지 않다는 사실이었다. 건강 문제에 큰 어려움이 없었던 내가 어떻게 그걸 알 수 있었겠는가? 나는 종종 감기에 걸렸으나 소홀히 넘겨 버리곤 했다. 너무나 평온한 내 생활은 나의 체력을 약하게 한 동시에 나를 보호해 주고 있었다. 반대로 마르슬린은 건강해 보였다. 그리고 그녀가 나보다 더 건강하다는 사실을 우리는 곧 알게 되었다.

결혼식 당일 밤은 파리에 있는 내 아파트에서 잤다. 거기에는 방이 두 개 준비되어 있었다. 파리에서는 꼭 필요한 물건을 사는 동안만 머물렀다. 그러고는 마르세유로 가서 거기서 곧 튀니스[11]로 가는 배를 탔다.

긴급한 여러 걱정거리들, 너무나 갑작스럽게 닥친 여러 사건들로 인한 얼떨떨함, 부친상의 심한 충격 직후에 온 결혼식의 불가피한 감동, 그러한 모든 것으로 나는 기진맥진했다. 배를 타고서야 비로소 나는 피로를 느낄 수가 있었다. 그때까지는 연달아 일어나는 일들이 피로를 더하면서도 잊게 하고 있었던 것이다. 배를 타고서야 마침내 여유가 생기자 나는 차분히 생각할 수 있게 되었다. 그런 일은 생전 처음인 것 같았다.

또한 그때 처음으로, 나는 오랫동안 연구에서 떠나기로 마음먹었다. 그때까지 나는 자신에게 짧은 휴가밖에 허용하지 않았었다. 하기야 어머니가 돌아가신 직후 아버지와 함께했던 스페인 여행은 한 달이나 계속되었다. 또한 독일 여행도 육 주나 걸렸다. 그 외에도 몇 번 더 있었다. 그러나 그건 모두가

---

11) 북아프리카, 튀니지의 수도.

연구를 위한 여행이었다. 아버지는 확고한 자기 연구 외에는 관심이 없었다. 그리고 나 역시 아버지를 따라가지 않을 때에는 늘 공부했다. 그런데 마르세유를 떠나자마자, 그라나다와 세비야[12]의 갖가지 추억, 보다 맑은 하늘과 보다 짙은 그림자, 축제와 웃음소리, 노래의 추억이 되살아났다. 우리가 바로 이것을 다시 보러 가는 것이라고 나는 생각했다. 나는 갑판에 올라가서 멀어져 가는 마르세유를 바라보았다.

그러다가 갑자기, 마르슬린을 좀 등한시했다는 사실을 깨달았다.

그녀는 갑판 앞쪽에 앉아 있었다. 나는 다가갔다. 그리고 정말이지 처음으로 그녀를 찬찬히 바라보았다.

마르슬린은 무척 아름다웠다. 자네들도 그건 알겠지. 그녀를 만난 적이 있으니까. 나는 단번에 그 사실을 깨닫지 못했던 것을 마음속으로 자책했다. 나는 너무나 그녀를 잘 알아서, 그녀를 새로운 눈으로 볼 수가 없었다. 양쪽 집안은 늘 가까이 지내 왔다. 나는 그녀가 자라는 것을 보아 왔다. 그녀의 아름다움에는 익숙했다⋯⋯. 처음으로 나는 깜짝 놀란 것이다. 그만큼이나 그 아름다움은 굉장하게 생각되었다.

그녀는 장식이 별로 없는 검은 밀짚모자 위에 커다란 베일을 드리우고 있었다. 그녀는 금발이었다. 그러나 가냘프게 보이지는 않았다. 둘이서 같이 고른, 한 벌로 된 스커트와 블라우스는 스코틀랜드 숄 천으로 만든 것이었다. 나는 상중인 나

---

12) 이슬람 유적이 많은 스페인 남부 도시들.

때문에 그녀까지 우울해지는 것을 원치 않았다.

그녀는 나의 시선을 느끼고 내 쪽으로 몸을 돌렸다……. 그때까지 나는 그녀 곁에 있으면서도 가식적인 호의만을 보여 주었을 뿐이었다. 일종의 냉정한 예의로 그럭저럭 애정을 대신하고 있었는데, 바로 그것이 그녀를 어느 정도 괴롭혔음을 나는 잘 알고 있었다. 그 순간 마르슬린은 내가 처음으로 전과는 다른 시선으로 자신을 바라보고 있다는 것을 느꼈던 것일까? 그녀 쪽에서도 나를 물끄러미 응시했다. 그러더니 매우 다정하게 나에게 미소 지었다. 나는 말없이 그녀 곁에 앉았다. 나는 그때까지 나를 위해, 아니면 적어도 내 뜻대로 살아 왔었다. 나는 아내를 친구와는 또 다른 존재로 생각해 보지도 않은 채, 그리고 이 결합으로 나의 삶이 변할 수 있으리라는 사실을 명확하게 생각해 보지도 않은 채 결혼했던 것이다. 나는 이제야 마침내 독백이 끝났다는 것을 깨달았다.

갑판 위에는 우리 두 사람뿐이었다. 그녀는 이마를 내게로 내밀었다. 나는 다정하게 그녀를 꼭 껴안았다. 그녀는 두 눈을 들었다. 나는 그 눈꺼풀 위에 입을 맞추었으며, 그러자 갑자기 그 키스로 인해서 어떤 새로운 연민을 느꼈다. 그리하여 그 연민이 내 마음속을 너무나 격렬하게 가득 채워서, 나는 눈물을 걷잡을 수가 없었다.

"아니, 왜 그래요?" 하고 마르슬린이 말했다.

우리는 이야기를 시작했다. 매력적인 그녀의 이야기에 나는 황홀해졌다. 나는 나름대로 여자란 다소 어리석은 존재라고 생각하고 있었다. 그날 밤, 그녀 곁에서는 내가 오히려 서투르고 멍청해 보였다.

그러고 보니 나의 삶과 결합된 그녀에게도 그와 같이 자신의 고유하고 현실적인 삶이 있었던 것이다! 그 생각은 내게 중요해서 그날 밤에는 몇 번이나 잠이 깼다. 그리고 나는 여러 번 내 간이침대 위에 일어나 앉아서, 아래쪽 다른 간이침대에서 자고 있는 마르슬린, 나의 아내를 들여다보았다.

다음 날 하늘은 눈부시게 빛났다. 바다도 거의 잔잔했다. 한가한 대화에서 서로 거북스러운 기분이 점점 풀렸다. 실질적인 결혼 생활이 시작되었다. 10월의 마지막 날 아침, 우리는 튀니스에 상륙했다.

나는 그곳에 며칠밖에 머물지 않을 작정이었다. 나의 어리석음을 자네들에게 고백하지만, 그 새로운 고장에서 내 흥미를 끄는 것이라고는 기껏해야 카르타고와 로마 시대 유적지 몇 군데, 즉 옥타브에게서 들은 팀가드[13]라든지 수스[14]의 모자이크 건축이라든가, 특히 맨 먼저 구경하러 갈 작정이었던 엘디엠[15]의 원형 극장 정도밖에 없다고 생각했었다. 우선 수스로 가고, 그다음에 수스에서 역마차를 타야 했다. 나는 여기서 거기까지 가는 동안 내 마음을 사로잡을 만한 것이 아무것도 없기를 바랐다.

그러나 튀니스는 나를 대단히 놀라게 했다. 새로운 감각

13) 알제리에 있는 로마 유적지.
14) 튀니지 동해안 도시.
15) 수스 남쪽 도시.

들을 접하자, 아직 쓰인 적이 없어서 그 모든 신비로운 젊음을 그대로 지니고 있던 나 자신 속 어느 부분, 즉 잠자던 능력이 움직이기 시작했다. 나는 재미있었다기보다는 오히려 놀랐고, 어리둥절했다. 특히 나를 기쁘게 해 준 것은 마르슬린이 즐거워하는 모습이었다.

그러나 내 피로는 날마다 점점 더해 갔다. 하지만 나는 피로에 굴복하는 것을 부끄럽다고 생각했다. 나는 기침을 했고, 가슴 위쪽에 이상한 통증을 느끼곤 했다. 우리가 남쪽으로 가면, 더위가 나를 회복해 줄 것이라고 나는 생각했다.

스팍스[16]로 가는 역마차는 저녁 8시에 수스를 출발하여, 밤 1시에 엘디엠을 통과한다. 우리는 좌석을 예약해 두었다. 불편한 고물 마차를 타게 되리라고 예상했다. 하지만 그 반대로 우리 좌석은 그런대로 편안했다. 하지만 그 추위……! 남쪽 지방의 따뜻한 기후만을 순진하게 믿고서, 두 사람 다 얇은 옷에다 숄 한 장밖에 안 가져왔다니? 수스를 출발하여 그 언덕 기슭을 벗어나자마자, 바람이 불기 시작했다. 바람은 들판 위로 휘몰아치고 윙윙거리며, 마차의 모든 문틈으로 새어 들었다. 어떻게 해도 막을 도리가 없었다. 우리는 완전히 꽁꽁 얼어서 도착했다. 더구나 나는 마차의 동요와, 그보다 더 심하게 내 몸을 흔드는 맹렬한 기침 때문에 지칠 대로 지치고 말았다. 지독한 밤이었다! 엘디엠에 도착했으나 여관 하나 없었다. 그 대신 형편없는 오두막이 한 채 있을 뿐이었다. 어떻게 할까?

16) 튀니지, 엘디엠 남쪽 도시.

마차는 이미 떠나 버렸다. 마을은 잠들어 있었다. 끝없이 크게 보이는 밤의 어둠 속에 폐허의 시커먼 그림자가 어렴풋이 기분 나쁘게 드러나 있었다. 개들이 짖고 있었다. 우리는 초라한 침대가 두 개 놓여 있는 흙내 나는 방으로 들어갔다. 마르슬린은 추위로 떨었지만, 적어도 거기까지는 바람이 들어오지 않았다.

이튿날은 음산했다. 우리는 밖으로 나가 보고, 하늘이 온통 회색빛인 데에 놀랐다. 여전히 바람이 불고 있었지만, 전날처럼 심하지는 않았다. 역마차는 저녁때나 되어야만 다시 지나갈 것이었다……. 사실 그날은 우울한 날이었다. 원형 극장도 잠시 동안 돌아보았으나 실망했다. 그 음울한 하늘 아래서는 추해 보이기조차 했다. 아마도 내 피로가 권태를 조장하고 가중했는지도 모른다. 지루한 나머지 점심때쯤 다시 가서, 돌 위에 새긴 글씨라도 없나 하고 찾아보았으나 헛수고였다. 마르슬린은 바람을 피해서 마침 가지고 왔던 영어 책을 읽고 있었다. 나는 그녀 곁으로 돌아가서 앉았다.

"참 음산한 날씨야! 당신, 너무 지루하지 않아?" 하고 나는 그녀에게 말했다.

"아니, 보다시피 책을 읽고 있는데, 뭘."

"우리가 여긴 뭣 하러 왔을까? 그래도 당신은 춥지 않나 봐."

"그렇게 춥진 않아요. 한데 당신은? 어머나! 너무 창백해."

"뭐, 괜찮아……."

밤이 되자 다시 바람이 심해졌다……. 마침내 역마차가 왔다. 우리는 다시 출발했다.

마차가 흔들리기 시작하자 나는 참을 수 없을 만큼 고통스러워졌다. 마르슬린은 지친 나머지 내 어깨에 기댄 채 곧 잠이 들었다. 혹시 내 기침 소리에 잠이 깨지나 않을까 하고 나는 살그머니 몸을 빼어 그녀를 마차 벽에 기대게 해 주었다. 그러자 겨우 기침이 멎었으나 그 대신 가래가 나왔다. 처음 있는 일이었다. 나는 별로 애쓰지 않고서도 가래를 뱉었다. 그것은 일정한 사이를 두고 조금씩 조금씩 나왔다. 하도 이상한 느낌이어서 처음에는 거의 재미있을 정도였다. 그러나 그전까지 경험해 보지 못한 뒷맛에 그만 가슴이 메슥메슥해졌다. 내 손수건은 당장 못 쓰게 되었다. 벌써 손가락 사이에도 가래가 가득 괴어 있었다. 마르슬린을 깨울까……? 다행히 그녀가 허리에 차고 있던 커다란 비단 스카프 생각이 났다. 나는 살그머니 그것을 빼냈다. 이제 내가 더 이상 억제할 수 없게 된 가래가 더 많이 쏟아져 나왔다. 그러나 이상하게 가슴이 편해졌다. 이것이 감기의 끝이라고 생각했다. 갑자기 나는 매우 허약해졌음을 느꼈다. 모든 것이 빙글빙글 돌기 시작했고, 몸 상태가 악화되는 것이 느껴졌다. 그녀를 깨워 볼까……? 아! 그만두자……!(나는 청교도였던 어릴 적부터 허약함 탓에 모든 것을 포기하는 것을 증오해 왔다고 생각한다. 나는 그런 행동을 비겁이라고 부른다.) 나는 정신을 차리고, 꾹 참아, 마침내 현기증을 이겨 냈다……. 다시 바다 위에 떠 있는 것 같았고, 마차 바퀴 소리는 파도 소리가 되었다……. 그러나 가래는 사라졌다.

그리고 나서 나는 일종의 잠 속으로 빠져들었다.

눈을 떴을 때 하늘은 이미 새벽빛으로 차 있었다. 마르슬린은 아직 자고 있었다. 우리들은 몸을 바싹 붙이고 있었다. 손에 쥐고 있던 비단 스카프는 어두운 색이어서 처음에는 아무것도 보이지 않았다. 그러나 내 손수건을 꺼냈을 때, 나는 그것이 피투성이인 것을 보고 망연자실했다.

맨 먼저 생각한 것은 이 피를 마르슬린에게 숨기는 것이었다. 하지만 어떻게? ― 나는 온통 피투성이였다. 이제 보니 사방에 핏자국이었다. 특히 내 손가락들에……. ― 코피를 쏟았을 수도 있다……. 그렇지, 그녀가 묻거든 코피를 쏟았다고 말하자.

마르슬린은 여전히 자고 있었다. 이윽고 다 왔다. 그녀는 먼저 내려야 했으므로 아무것도 보지 못했다. 거기에는 방이 두 개 예약돼 있었다. 나는 내 방에 뛰어 들어가서 피를 씻어 낼 수 있었다. 마르슬린은 아무것도 못 보았다.

그러나 나는 무척 몸이 쇠약해졌음을 느꼈으므로 우리 두 사람 몫의 차를 가져오게 했다. 그리고 그녀 자신도 약간 창백해지긴 했으나 조용히 미소를 띠면서 차 준비를 하는 동안, 나는 그녀가 아무것도 보지 못했다는 사실에 어떤 초조감을 느꼈다. 사실 내 잘못이라고 생각했다. 그녀가 아무것도 보지 못한 것은 내가 잘 숨겼기 때문이다. 상관없어. 아무 일도 없다. 그 일은 내 마음속에서 본능처럼 커져서 나를 사로잡았다……. 마침내는 너무나 막강해졌다. 나는 더 이상 견뎌 낼 수가 없었다. 그래서 나는 무심결인 듯이 그녀에게 말했다.

"어젯밤에 피를 토했어."

그녀는 소리도 지르지 않았다. 다만 창백해져서 비틀거리며, 버티려고 안간힘을 쓰는 듯하더니, 그대로 방바닥에 털썩 쓰러졌다.

나는 정신없이 그녀에게 달려들었다. "마르슬린! 마르슬린!" — 저런! 내가 왜 그랬지! 병자가 '나' 혼자인 걸로는 부족하단 말인가! — 그러나 아까도 말한 것처럼, 나는 무척 쇠약해져 있었다. 자칫하면 내가 쓰러질 지경이었다. 나는 문을 열고 사람을 불렀다. 누군가가 달려와 주었다.

내 가방 속에, 그 도시에 사는 어느 장교 앞으로 쓰인 소개장이 들어 있다는 생각이 났다. 그래서 그 소개장을 이용하여 군의관을 데리러 보냈다.

그러는 동안 마르슬린은 원기를 회복했다. 이제 그녀는 내가 열로 떨면서 누워 있는 침대 머리맡에 있었다. 군의관이 와서 두 사람 다 진찰했다. 마르슬린은 아무렇지도 않다, 쓰러진 것도 별 영향은 없다고 군의관은 단언했다. 그러나 나는 심각한 상태였다. 그는 진단 결과를 분명히 말하려고도 하지 않았다. 그리고 저녁 전에 다시 한 번 오겠다고 약속하고 돌아갔다.

군의관은 다시 와서 내게 웃어 보이며, 말을 걸고 여러 가지 약을 주었다. 나는 그것이 최후의 선고라는 것을 깨달았다. 그때의 기분을 솔직하게 말해 볼까? 나는 그다지 놀라지도 않았다. 나는 지친 상태였다. 그저 될 대로 되라는 기분이었다. '결국 인생은 내게 무엇을 줬는가? 나는 끝까지 열심히 공부했다. 용감하게, 성심껏 나의 의무를 다했다. 그 밖의 것은……아! 나와 무슨 상관인가?' 나는 그렇게 생각하고 자신의 극기

주의를 충분히 훌륭한 것이라 여겼다. 그러나 내가 참을 수 없었던 것은 방의 누추함이었다. '이 호텔 방은 끔찍하군.' 그리고 나는 방 안을 살펴보았다. 그러자 갑자기 그와 똑같은 옆방에 아내인 마르슬린이 있다는 생각이 났다. 그녀의 말소리가 들렸다. 의사는 아직 돌아가지 않았다. 그는 아내와 이야기를 하고 있었다. 그는 애써 낮은 소리로 말하고 있었다. 시간이 조금 지났다. 나는 잠이 들었던 모양이다…….

눈을 뜨니까 마르슬린이 곁에 있었다. 그녀가 울었다는 것을 알 수 있었다. 나는 인생을 그다지 사랑하지 않았으므로 나 자신을 별로 가엾게 생각하지는 않았다. 그러나 방의 누추함은 참을 수 없었다. 나의 눈은 거의 관능적으로 그녀로 향했다.

그녀는 이제 내 곁에서 편지를 쓰고 있었다. 그 자태가 아름다워 보였다. 나는 그녀가 편지 몇 통을 봉하는 것을 보았다. 그러고 나서 그녀가 일어서더니, 내 침대에 다가와 다정하게 내 손을 잡았다.

"지금은 좀 어때?" 하고 그녀가 물었다. 나는 미소 지으면서 쓸쓸히 말했다.

"난 나을까?" 그러나 그녀는 서슴지 않고 대답했다.

"낫고말고!" 그 말투에는 정열적인 확신이 깃들어 있었으므로 나 자신도 그런 기분이 되어서 생명이란 어떤 것인가, 그녀 사랑이 얼마나 깊은가를 희미하게나마 알게 된 듯했고, 말할 수 없이 감동적인 아름다움이 어렴풋이 눈에 보였다. 그러자 눈에서 눈물이 솟아나왔다. 그것을 막을 수도 없었고 또한 막으려 하지도 않은 채 나는 오랫동안 울었다.

내가 수스를 떠날 때까지 그녀는 그 얼마나 지극한 사랑으로 나를 돌봐 주었던가. 얼마나 상냥하게 보살펴 주고, 보호하고, 도와주고, 밤새 간호해 주면서……. 수스에서 튀니스로, 튀니스에서 콩스탕틴으로 가는 동안, 마르슬린은 정말 훌륭했다. 비스크라[17]에서 나는 나을 것이다. 그녀 믿음은 확고부동했다. 그녀의 열성은 잠시도 식지 않았다. 그녀는 모든 준비를 하고, 출발 지시를 하고 숙소 예약도 해 주었다. 그러나 아! 그녀가 그 여행을 좀 덜 고통스럽게 할 수는 없었다. 나는 몇 번이나 멈추고, 이젠 끝이라고 생각했다. 나는 빈사 상태에 빠진 사람처럼 땀을 흘리고, 숨이 막히고, 가끔 정신을 잃었다. 사흘째 되던 날 밤, 나는 다 죽게 되어 가지고 비스크라에 도착했다.

2

도착한 처음 며칠 동안의 일을 어떻게 말할 수 있겠는가? 무엇이 기억에 남아 있겠는가? 그 당시 끔찍한 추억에는 할 말이 없다. 나는 이미 내가 누구인지, 어디 있는지도 몰랐다. 지금 눈에 떠오르는 것은 내 생명과도 같은 아내 마르슬린이 내가 죽어 가는 베갯머리를 들여다보고 있는 모습뿐이다. 확실히 그녀의 지극한 보살핌, 그녀의 사랑만이 나를 살려 주었던 것을 나는 안다. 드디어 어느 날, 표류하던 선원이 육지를 발견

---

17) 알제리의 오아시스로 유명한 도시.

한 것처럼 나는 생명의 가냘픈 빛이 다시 나타나는 것을 느꼈다. 나는 마르슬린에게 미소를 지어 보일 수 있었다. 이 모든 것을 왜 이야기하는가? 중요한 것은, 이른바 죽음이 그 날개로 나를 건드렸다는 사실이다. 중요한 것은, 내가 살아 있다는 것이 내게 있어서 매우 놀라운 일이 되었다는 사실이며, 내게 있어 생명이 뜻밖의 빛을 띠게 되었다는 사실이다. 전에는 나 자신이 살아 있다는 사실을 깨닫지 못했던 것이라고 나는 생각했다. 나는 생명을 발견하고 가슴이 두근거리는 것을 느꼈다.

내가 일어날 수 있는 날이 왔다. 나는 우리들의 집에 완전히 매혹되었다. 그저 테라스 하나에 지나지 않았지만, 놀라운 장소였다! 내 방과 마르슬린의 방은 그곳을 향하고 있었다. 테라스는 지붕 위까지 이어지고 있었다. 그 가장 높은 곳에 올라가면, 인가 너머로 종려나무들이 보이고, 종려나무 너머로 사막이 보였다. 테라스 다른 쪽은 마을 공원에 접해 있었다. 늦게 핀 자귀나무들 가지가 거기에 그림자를 드리우고 있었다. 그 테라스는 종려나무 여섯 그루가 정연하게 심어진 말쑥한 작은 안뜰에 면했고, 테라스와 안뜰을 잇는 계단에서 비로소 그쳤다. 내 방은 널찍하고 바람이 잘 통했다. 하얗게 석회가 칠해진 벽에는 아무것도 걸려 있지 않았다. 작은 문으로 마르슬린의 방과 통했고, 커다란 유리문이 테라스를 향해 열려 있었다.

거기서는 시간도 모르는 채 날이 지나간다.[18] 그 몇 번이나,

---

18) 과거 일을 마치 현재 눈앞에서 보듯이 묘사함으로써 생동감을 더하는 역사적 현재 시제임.

나는 고독 속에서 느릿느릿 지나가는 하루를 지켜보곤 했던가……! 마르슬린은 내 곁에 있다. 책을 읽거나, 바느질을 하거나, 편지를 쓰거나 한다. 나는 아무것도 하지 않는다. 그녀를 바라본다. 아, 마르슬린……! 나는 바라본다. 나는 태양을 본다. 그림자를 본다. 그림자의 선이 움직이는 것을 본다. 생각할 것이 거의 없으므로 그런 것을 지켜보고 있다. 나는 아직도 매우 쇠약하다. 숨쉬기가 힘이 든다. 무엇을 하든지 피로하다. 책을 읽는 것조차도. 도대체 무엇을 읽자는 것인가? 살아 있다는 것으로 내겐 충분하다.

어느 날 아침, 마르슬린은 웃으며 들어온다.

"당신에게 친구를 데리고 왔어." 하고 말한다. 보니 그녀 뒤에 갈색 얼굴의 한 아랍 소년이 들어온다. 바시르라는 소년으로, 조용하고 커다란 눈으로 나를 가만히 바라보고 있다. 나는 오히려 약간 성가시다. 그리고 그러한 기분이 벌써 나를 피곤하게 한다. 나는 한 마디도 하지 않은 채 불쾌한 표정을 짓고 있다. 소년은 이러한 쌀쌀한 대접에 어리둥절해서 마르슬린 쪽을 돌아본다. 그리고 동물처럼 귀엽고 맵시 있는 몸짓으로 그녀 곁에 웅크리고 앉아서, 그녀 손을 잡고 바싹 달라붙는데, 양팔이 다 드러난다. 나는 그가 얇은 흰색 강두라[19]와 천 조각으로 기운 뷔르누[20] 속에는 맨몸인 채라는 것을 안다.

---

19) 아랍인의 소매 없는 옷.
20) 아랍인의 두건 달린 외투.

"자아! 거기 앉아." 내가 귀찮아하는 것을 보고 마르슬린이 말한다. "얌전하게 노는 거야."

소년은 땅바닥에 앉아서 뷔르누 두건 속에서 나이프와 나무 투창 조각을 꺼내더니 거기다 칼질을 시작한다. 호각을 만들려는 모양이다.

잠시 후 나는 그가 있다는 사실이 더 이상 신경 쓰이지 않는다. 나는 그를 바라본다. 그는 자기가 있는 곳을 잊어버린 모양이다. 맨발이다. 발목이 예쁘다. 그리고 손목도. 그는 신통찮은 칼을 재미있는 솜씨로 다루고 있다……. 사실 내가 그 일에 흥미를 가지게 될까……? 그의 머리는 아랍 식으로 깎여 있다. 술 장식 대신 구멍만 하나 뚫린 초라한 두건을 쓰고 있다. 강두라는 흘러내려서 귀여운 어깨를 드러내고 있다. 나는 그 어깨를 만져 보고 싶다. 나는 몸을 굽힌다. 그는 돌아보고 내게 미소 짓는다. 나는 호각을 보여 달라는 시늉을 한다. 나는 그것을 손에 쥐고 매우 감탄하는 체해 본다. 이제 그가 돌아가고 싶어 한다. 마르슬린은 그에게 과자를 주고 나는 2수[21]를 준다.

다음 날 나는 처음으로 무료함을 느낀다. 나는 기다린다. 무엇을 기다리는가? 나는 따분하고 불안하다. 마침내 더 이상 참을 수가 없다.

"오늘 아침에는 바시르가 안 와?"

---

21) 5상팀짜리 동전, 20수가 1프랑. 1프랑은 180원 정도. 2000년부터 유로 화를 사용하면서, 프랑화는 통용되지 않는다. 현재 1유로는 1200원 정도다.

"원한다면 찾아올게."

그녀는 나를 남겨 두고 내려간다. 그러나 곧 혼자서 돌아온다. 병 때문에 내 마음이 어떻게 된 것일까? 그녀가 바시르 없이 혼자 돌아온 것을 보자 울고 싶을 만큼 슬퍼진다.

"너무 늦었어."라고 그녀는 말한다. "학교가 파해서 아이들은 사방으로 흩어지고 말았어. 귀여운 애들이 있었어. 이젠, 모두 나를 아는 모양이야."

"내일은 꼭 데려다 주었으면 좋겠어."

다음 날, 바시르는 다시 왔다. 그저께처럼 앉아서 칼을 꺼내서 나무를 깎으려고 했다. 그러나 나무가 너무 단단해서 엄지손가락이 칼에 푹 찔리고 말았다. 나는 무서워서 오싹했다. 그러나 그는 웃으면서, 번쩍거리는 상처를 보이고는 피가 흐르는 것을 재미있어 하며 보았다. 웃으니까 새하얀 이가 보였다. 그는 즐거운 듯이 상처를 핥았다. 그 혀는 고양이 혀처럼 장밋빛이었다. 아아! 그는 얼마나 건강한가! 내가 그에게 반한 것은 이것이다. 건강이다. 이 작은 육체의 건강은 아름다웠다.

다음 날 그는 구슬을 가지고 왔다. 그는 내게 구슬치기를 시키려 했다. 마침 마르슬린은 집에 없었다. 있었으면 물론 못하게 했을 것이다. 나는 주저하며 바시르의 얼굴을 보았다. 소년은 내 팔을 잡고 손에 구슬을 쥐어 주며 억지로 시키려고 했다. 몸을 숙이니까 나는 무척 숨이 찼다. 하지만 그래도 하려고 했다. 결국 지쳐서 도저히 할 수 없게 되었다. 땀에 흠뻑 젖었다. 나는 구슬을 내던지고 의자에 털썩 주저앉았다. 바시르는 약간 불안해져서 나를 바라보고 있었다.

"아파요?"하고 그는 다정하게 물었다. 목소리가 좋았다. 마르슬린이 돌아왔다.

"이 애를 데리고 가 줘."하고 나는 그녀에게 말했다. "오늘 아침은 피곤해."

몇 시간 후 나는 피를 토했다. 테라스를 가까스로 걷고 있을 때였다. 마르슬린은 자기 방에서 일을 하고 있었다. 다행히 그녀는 아무것도 눈치채지 못했다. 나는 숨이 차기에 심호흡을 한 번 했었다. 그러자 갑자기 치밀어 올라왔다. 그리고 입 안 가득히 괴었다……. 그러나 그것은 이미 처음 각혈 때처럼 맑은 피가 아니었다. 크고 끔찍한 핏덩이였다. 나는 메슥메슥해서 그것을 땅에다 뱉었다.

나는 비틀거리면서 몇 발자국 걸었다. 나는 무서운 충격을 받았다. 몸이 떨렸다. 두려웠다. 울화가 치밀었다. 왜냐하면 여태까지 한 발 한 발 회복이 가까워지고 있다고, 이젠 회복을 기다리기만 하면 된다고 생각하고 있었기 때문이다. 이 참혹한 사건은 나를 도로 뒤로 내동댕이쳤다. 이상하게도 처음 각혈 때는 이만큼 충격을 받지 않았다. 생각해 보면 거의 태연했다. 그럼 지금 내 공포, 내 혐오감은 어디서 온 것일까? 그것은 아아! 내가 삶을 사랑하기 시작했기 때문이다.

나는 되돌아가서 몸을 구부리고 뱉은 것을 찾았다. 지푸라기 하나를 주워 핏덩이를 집어 올려 손수건 위에 놓았다. 노려보았다. 거의 시커멓고 지저분한 피였다. 어쩐지 찐득찐득하고 끔찍한 것이었다……. 나는 바시르의 새빨간 아름다운 피를 생각했다……. 그러자 별안간 어떤 욕망, 어떤 선망이 나를 붙잡았다. 여태까지 느낀 어떤 것보다도 격렬하고 절박한 그 무엇이 나를 붙들었다. 사는 거다! 살고 싶다. 나는 살고 싶다. 나는 이를 악물고, 주먹을 불끈 쥐고 미칠 듯이 몸부림치면서 살기 위한 노력에 몸과 마음을 집중했다.

나는 그 전날, T에게서 온 편지를 받았었다. 마르슬린의 걱정스러운 문의에 대한 답장으로, 의학상 충고가 잔뜩 씌어 있었다. T는 편지와 함께 대중적인 의학 팸플릿 몇 부와 좀 더 전문적인 책 한 권을 보내왔다. 책은 전문적인 것이었던 만큼 내게는 더욱 짐스럽게 느껴졌다. 처음에 나는 편지만은 대강대강 훑어보았으나 인쇄물은 거들떠보지도 않았다. 우선 그 팸플릿들은 어릴 때 억지로 주입했던 시시한 윤리 책과 비슷해서 호감이 가지 않았고, 모든 충고가 다 귀찮았기 때문이다. 게다가 그러한 '결핵 환자에 대한 충고'와 '결핵의 실제 요법'이 내 경우에 적용되리라고는 생각지도 않았다. 나는 자신이 결핵 환자라고 생각하지 않았다. 의식적으로 나는 나의 첫 각혈이 다른 원인 탓이라고 여겼다. 아니, 차라리 솔직히 말한다면 아무 원인도 없다고 여겼고, 그 생각을 피했으며, 거의 생각하지도 않았다. 그리고 나았다고는 할 수 없어도, 적어도 그에 가깝다고 생각했었다……. 나는 편지를 읽었다. 그리고 책과 팸플릿을 정신없이 읽었다. 그러자 별안간 나는, 놀랄 만큼 뚜렷하게, 자신을 제대로 치료하지 않았다는 것을 깨달았다. 여태까지 나는 실로 막연한 희망을 믿고 되는 대로 살았다. 갑자기 나의 생명이 공격받고 있는 것처럼, 그 중심이 지독하게 공격받고 있는 것처럼 보였다. 살아 있는 수많은 적이 내 몸 속에 존재하고 있었다. 나는 그것에 귀를 기울였고, 몰래 살펴보았으며, 그것을 느꼈다. 싸우지 않고서는 적을 이겨 낼 수 없을 것이었다……. 그래서 나는 나 자신을 좀 더 분명히 납득시키려는 듯이 낮은 소리로 덧붙였다. 이것은 의지의 문제라고.

나는 전투 상태로 들어갔다.

해가 저물고 있었다. 나는 작전 계획을 세웠다. 당분간은 병을 고치기 위해서만 노력해야 했다. 내게 과해진 숙제는 나의 건강이었다. 내 몸에 유익한 것은 모두가 좋은 것이고 '선'이라고 불러야 하며, 치유에 불필요한 것은 모두 잊고, 배척해야 했다. 저녁 식사 전에 나는 심호흡을 할 것, 운동을 할 것, 영양 섭취를 할 것을 결심했다.

우리는 사방이 테라스로 둘러싸인 어떤 작은 정자 같은 곳에서 식사를 하곤 했다. 모든 것에서 떠나서 조용히 단둘이서 하는 단란한 식사는 즐거웠다. 근처 호텔에서 늙은 흑인이 그런대로 먹을 만한 음식을 날라 오곤 했다. 마르슬린은 메뉴에 신경을 써 가며, 요리를 주문하기도 하고 거절하기도 했다……. 나는 언제나 별로 배가 고프지 않았으므로 엉터리 같은 요리도, 불충분한 메뉴도 그다지 고통스럽지는 않았다. 마르슬린 자신도 많이 먹지 않는 습관이 있었으므로 나의 식사가 충분치 않다는 것을 알지도 못했고 깨닫지도 못했다. 많이 먹는다는 게 나의 모든 결심 중에서 제일 중요한 것이었다. 나는 그날 밤부터 당장 실행할 작정이었다. 그런데 그럴 수 없었다. 먹을 수 없는, 뭔지도 모를 새고기 스튜와 어처구니없이 바싹 구운 고기였다.

너무도 화가 나서 나는 마르슬린에게 화풀이로 심한 말을 장황하게 퍼부었다. 나는 그녀를 나무랐다. 내 말대로 하자면, 그 식사의 질이 형편없는 데 대한 책임을 바로 그녀가 지지 않으면 안 될 것 같았다. 내가 결심한 식이요법이 약간 늦어진 것은 큰일이었다. 나는 어제까지의 일은 잊고 있었다. 이 엉터리 요리가 모든 것을 망쳤다. 나는 고집을 부렸다. 마르슬린은 무슨 파이나 통조림이라도 사러 시내로 내려가야만 했다.

그녀는 곧 고기를 넣은 작은 단지 하나를 사 가지고 돌아왔다. 나는 그것을 정신없이 거의 전부 먹었다. 많이 먹는 것이 얼마나 내게 필요한 것인가를 우리 두 사람에게 증명하려는 것처럼.

그날 밤, 우리는 다음과 같은 결정을 하였다. 식사는 훨씬 고급으로 할 것. 횟수도 늘여서 세 시간마다 먹고, 첫 번째 식사는 6시 반에 할 것. 여러 종류의 통조림을 많이 사서 호텔의 시원찮은 요리를 보완할 것…….

그날 밤 나는 잘 수가 없었다. 그만큼 새로운 용기가 생겨날 것만 같은 예감에 도취되어 있었다. 아마 미열이 있었던 모양이다. 생수가 한 병 곁에 놓여 있었다. 나는 그것을 집어서 한 잔 마셨다. 또 한 잔 마셨다. 세 번째에는 병째 단숨에 마셔 버렸다. 나는 학과 복습을 하듯 의지를 다시 점검했다. 나는 나 자신의 전투를 알았고, 그 전투 대상은 모든 것이었다. 나는 모든 것과 싸워야만 했다. 나의 구원은 오직 나 자신에게만 달려 있었다.

마침내 밤이 사라지기 시작했다. 해가 떴다.

중대한 일을 준비하는 밤샘이었다.

다음 날은 일요일이었다. 고백하건대 나는 그때까지 마르슬린의 신앙에 대해 신경을 쓴 적이 없었다. 무관심 때문인지, 조심성 때문인지, 그것은 나와 상관없는 일 같았다. 그리고 중요하다고 생각하지도 않았다. 그날 마르슬린은 미사를 드리러 갔다. 그녀가 돌아오자 나는 그녀가 나를 위해 기도했다는 것을 알았다. 나는 그녀 얼굴을 물끄러미 바라보았다. 그리고 될 수 있는 대로 부드럽게 말했다.

"나를 위해 기도할 필요는 없어, 마르슬린."

"왜?" 그녀는 다소 당황해하며 물었다.

"난 보호를 좋아하지 않아."

"하나님의 도움도 거절할 거야?"

"나중에 내가 사의를 표해야 하니까. 그건 의무를 짊어지는 거야. 그런 건 싫어."

우리는 농담을 하는 체했으나 우리 말의 중대함에 대한 인식이 부족했던 것은 아니었다.

"당신 혼자서는 낫지 않아, 가엾어라." 그녀는 탄식하듯이 말했다.

"그래도 하는 수 없지……." 그리고 그녀의 슬픈 표정을 보고 약간 부드러운 말투로 덧붙였다.

"당신이 날 도와주겠지."

3

좀 더 내 몸에 대한 얘기를 하겠다. 너무 그 얘기만 하니까 처음에는 자네들도 내가 정신 방면은 잊어버린 게 아닌가 하고 생각할지도 모르겠다. 이 이야기에서는 의도적인 불균형이지만, 그때는 사실이 그랬다. 이중생활에 견딜 만한 힘이 내게는 없었다. 정신과 그 밖의 것은 좀 더 나중에 건강이 좋아지고 난 후에 고려하자, 그렇게 생각했다.

나는 아직도 회복 단계까지는 가지 못했다. 자칫하면 땀을 흘리고 자칫하면 한기를 느꼈다. 루소의 말처럼 나는 "가쁜 숨"이었다. 가끔 미열이 났다. 때때로 아침부터 무섭게 피로를 느낄 때도 있었다. 그런 때는 팔걸이의자에 힘없이 앉아서 모든 일에 신경을 끄고, 자신만을 생각하며, 다만 편안하게 호흡하려고만 애썼다. 나는 조심조심 규칙적으로, 힘겹게 숨을 쉬었다. 내쉬는 숨은 불규칙하게 두 갈래로 끊겨서 나왔다. 나의 강한 의지로도 전혀 억제할 수 없었다. 그 후에도 오랫동안 여간 주의하지 않고는 피할 수가 없었다.

그러나 내가 가장 애를 먹은 것은 기온 변화에 몸이 병적으로 민감한 것이었다. 지금 잘 생각해 보니까 전반적인 신경 장애가 병에 겹쳤던 것 같다. 그렇지 않다면 단순히 결핵 때문만은 아닌 듯한 일련의 현상을 설명할 수가 없다. 나는 언제나 너무 덥거나 너무 추웠다. 추워서 우스울 만큼 잔뜩 껴입으면 한기는 멈추지만 동시에 땀이 났다. 그래서 옷을 좀 벗으면, 땀이 멈추는가 싶다가는 곧 다시 덜덜 떨리기 시작했다. 땀이 흐르는데도 몸의 어떤 부분은 싸늘해져서 대리석같이 차가웠다. 그 부분을 다시 따뜻하게 할 수 있는 것은 아무것도 없었다. 추위를 잘 타기로 말하면, 얼굴을 씻을 때 물이 약간만 발에 튀어도 감기에 걸릴 정도였다. 더위를 타는 것도 마찬가지였다……. 이 민감성은 그 후로도 계속되어서 지금도 여전하다. 그러나 이제는, 나는 그것을 관능적으로 향락하고 있다. 극히 민감한 감각은 아무래도 신체 조직의 강약에 따라 기분 좋고 나쁨의 원인이 되는 모양이다. 전에 나를 괴롭히던 것이 이제는 모두 기분 좋은 것이 되어 있다.

그때까지는 어떻게 유리창을 닫은 채 잘 수 있었는지 나는 모르겠다. T의 권유에 따라 밤에 창을 열어 보았다. 처음에는 약간, 그러다가 이내 완전히 열어 젖혔다. 곧 그것은 습관이 되고 필요한 것이 되어, 창문이 닫혀 있으면 갑갑할 정도였다. 이제는 밤바람과 달빛이 스며들어 오는 것이 얼마나 상쾌하게 느껴지는지 모르겠다…….

이 지지부진한 초기 회복기에서 어서 벗어나고 싶었다. 실제로 언제나 변치 않는 간호와 깨끗한 공기와 최고의 영양 섭취 덕분에 나는 몸이 차차 좋아졌다. 그때까지는 계단에서 숨이 차는 게 두려워서 테라스에서 밖으로 나올 용기가 나지 않았었다. 1월 하순경에 마침내 나는 용기를 내어 공원으로 내려가 보았다.

마르슬린은 숄을 들고 따라왔다. 오후 3시였다. 이 지방에는 종종 강한 바람이 불어서 사흘 전부터 나는 그 때문에 괴로워했으나, 그 바람도 이제는 잠잠했다. 부드러운 대기가 감미로웠다.

공원…… 그곳에는 자귀나무라고 불리는 매우 키가 큰 함수초 가로수가 두 줄로 늘어서 있는데, 그늘이 드리운 훤히 넓은 길이 그 공원을 가로지르고 있었다. 나무 그늘에는 벤치가 있었다. 폭보다 더 깊은 수로가 그 길을 따라 거의 똑바로 흐르고 좀 더 작은 수로 몇 개가 나뉘어 공원을 가로질러서 식물이 있는 곳으로 흘러 들어가 냇물을 대 주었다. 그 흐릿한 물은 황토색, 장밋빛 또는 잿빛 진흙 색이었다. 외국인은 거의 없었다. 아랍인 몇 사람이 있을 뿐이었다. 서성거리던 그들이 그늘로 들어가면 그들의 흰 외투는 그늘 빛으로 물들었다.

그 이상한 그늘로 들어가자 나는 신기한 전율을 느꼈다. 나는 숄로 몸을 감쌌다. 그러나 불쾌한 기분은 조금도 들지 않았다. 오히려 그 반대였다……. 우리는 벤치에 앉았다. 마르슬린은 잠자코 있었다. 아랍인들이 지나갔다. 그리고 갑자기 아이들 한 떼가 나타났다. 마르슬린은 그 중 몇 아이를 알고 있어서 그들에게 손짓을 했다. 그들은 다가왔다. 그녀는 나에게 그들 이름을 가르쳐 주었다. 서로 말을 주고받고, 웃다가 토라지더니, 간단한 놀이도 했다. 그러한 모든 일이 나는 약간 귀찮았다. 나는 또다시 언짢아졌다. 피로를 느끼고 땀이 배었다. 그러나 솔직히 말해서 내가 성가시게 느낀 것은 아이들이 아니라 그녀였다. 그렇다, 약간이긴 하지만 나는 그녀가 있는 것이 거북했다. 만약에 내가 일어서면 그녀는 나를 따라올 것이고, 내가 숄을 벗으면 그것을 들려고 할 것이고, 또 걸치려고 하면 "추워요?" 하고 말할 것이다. 그뿐 아니라 그녀 앞에서는 아이들에게 마음 놓고 말을 건넬 수도 없었다. 개중에는 그녀가 좋아하는 아이들이 있는 것을 알 수 있었다. 그러자 나는 그다지 그러고 싶지도 않으면서 고집을 부려서 다른 아이들에게 흥미를 보였다. "돌아가자." 하고 나는 그녀에게 말했다. 그리고 혼자서 공원에 다시 오겠다고 마음먹었다.

다음 날 10시쯤 그녀는 외출할 일이 생겼다. 나는 그 틈을 이용했다. 매일 아침 빠지지 않고 찾아오는 꼬마 바시르가 나의 솔을 들었다. 몸이 날 것 같았다. 마음도 가벼웠다. 가로수 길에는 거의 우리 둘뿐이었다. 나는 천천히 걷고, 잠깐 벤치에 앉았다가는 또다시 걷곤 했다. 바시르는 재잘거리면서 따라왔다. 개처럼 충실하고 온순했다. 나는 수로에서 여자들이 빨래하러 가는 장소까지 갔다. 개울 한가운데 넓적한 돌이 한 개 있었다. 그 위에서 한 여자아이가 엎드린 채 물 속을 들여다보며 손을 담그고는, 나뭇가지를 넣었다 꺼냈다 하고 있었다. 그 맨발은 물에 잠겨 있었던 모양이다. 흠뻑 젖어서 살색이 다른 곳보다 더 짙어 보였다. 바시르는 소녀에게 가까이 가서 말을 걸었다. 소녀는 뒤돌아보고 내게 미소 지으며 바시르에게 아랍어로 대답했다. "내 여동생입니다." 하고 바시르가 내게 말했다. 그리고 곧 어머니가 빨래하러 오기를 동생이 기다리고 있다고 설명해 주었다. 소녀 이름은 라드라였다. 아랍어로 '초록'이라는 뜻이었다. 그는 그 모든 것을 내가 감동할 정도로 귀엽고 맑은, 앳된 목소리로 말했다.

"동생이 2수만 달라고 해요." 하고 그는 덧붙였다.

나는 소녀에게 10수를 주었다. 그리고 돌아가려는데 어머니가 빨래하러 왔다. 넓은 이마에 푸른 문신을 한, 우람하고 건장한 여자였다. 빨래 광주리를 머리에 이고 있는 모습이 마치 제물을 이고 나르는 고대 그리스 여자들과 비슷했다. 그리고 그 여자들처럼 두르고 있는 흐릿한 청색 천은 허리께에서 불룩해졌다가 발까지 축 쳐져 있었다. 바시르를 보자마자 그녀는 심하게 꾸짖었다. 소년은 난폭하게 말대꾸를 했다. 게다가 소녀까지도 참견을 했다. 세 사람 사이에 맹렬한 입씨름이 시작되었다. 결국 바시르가 진 모양으로, 오늘 아침에는 어머니 심부름이 있다면서 슬픈 듯이 나에게 숄을 내밀었다. 그래서 나는 혼자 돌아가지 않으면 안 되었다.

스무 발짝도 못 가서 숄이 견딜 수 없이 무겁게 느껴졌다. 땀에 흠뻑 젖은 채로 맨 먼저 발견한 벤치에 앉았다. 아무 아이라도 지나가다가 이 짐을 들어 주었으면 했다. 그런데 곧 수단 사람처럼 검은 열네 살짜리 큰 아이가 왔다. 도무지 부끄러워하지 않고 자기 쪽에서 먼저 들어다 주겠다고 했다. 아슈르라는 이름이었다. 만일 애꾸눈이 아니었다면 틀림없이 아름답게 보였을 것이다. 그는 이야기하기를 좋아해서 이 개울이 어디서 흘러오는지를, 그리고 공원을 지나 오아시스 안으로 들어가서 그곳을 쭉 가로지른다는 사실을 나에게 가르쳐 주었다. 나는 피로도 잊고 그의 이야기에 귀를 기울였다. 바시르가 아무리 호감 가는 소년이라고 해도 이제는 벌써 너무나 잘 알고 있었다. 그래서 상대가 바뀌는 것도 반가웠다. 언젠가 혼자 공원에 와서 벤치에 앉아 반갑게 마주칠 우연한 기회를 기다려 보자고 결심하기까지 했다……

한참 더 쉬다가 아슈르와 나는 우리 집 문 앞까지 왔다. 나는 그를 집 안으로 데리고 올라가고 싶었다. 그러나 마르슬린이 뭐라고 할지 몰라서 그만두었다.

그녀는 식당에서 아주 어린 아이를 돌보고 있었다. 무척 허약해 보이는 초라한 몰골의 아이여서 처음에 나는 연민보다도 혐오감을 느꼈다. 마르슬린은 다소 머뭇거리면서 나에게 말했다.

"가엾게도 이 앤 병이 들었어."

"설마 전염병은 아니겠지? 도대체 어떻게 된 거야?"

"아직 분명히는 모르겠어. 온몸이 여기저기 조금씩 아프대. 이 앤 프랑스 말을 잘 몰라. 내일 바시르가 오면 통역을 시켜야겠어……. 지금 차를 좀 먹이는 중이야……."

그리고 내가 잠자코 있으니까 변명하듯이 덧붙였다.

"나는 이 애를 벌써부터 알고 있었어. 그렇지만 여태 집에는 못 오게 했어. 당신이 피로해지거나, 자칫 불쾌해지거나 하면 안 될 것 같아서."

"아니 왜?" 하고 나는 큰 소리로 말했다. "당신만 좋다면 좋아하는 아이를 전부 불러와도 괜찮아!" 그리고 아슈르를 데리고 들어와도 됐을걸 하고 생각하자 그렇게 하지 않은 것에 약간 화가 났다.

그러는 동안 나는 아내를 지켜보았다. 그녀는 상냥한 엄마 같았다. 그녀의 극진한 애정으로 아이는 곧 원기를 회복해서 돌아갔다. 나는 산보 갔던 이야기를 했고, 왜 내가 혼자 가고 싶었는지 마르슬린에게 부드럽게 설명했다.

아직도 밤에는 몇 번씩이나 깜짝 놀라며 깨어 보면 몸이 싸늘하게 식었거나 땀에 흠뻑 젖어 있거나 했다. 그러나 그날 밤은 기분이 좋아서 거의 잠도 깨지 않았다. 다음 날 아침 나는 9시부터 외출 준비를 했다. 좋은 날씨였다. 피로도 깨끗이 가시고 힘도 빠지지 않아서 정말로 상쾌한 기분이, 오히려 즐거울 정도였다. 공기는 부드럽고 따뜻했다. 그러나 나는 솔을 가지고 갔다. 이것을 들어다 줄 사람과 사귈 구실을 만들기 위해서였다. 전에도 말한 것처럼 공원은 우리 집 테라스와 잇닿아 있었다. 그래서 나는 곧장 공원으로 들어갔다. 나는 황홀히 그 그늘 속으로 들어갔다. 공기는 밝게 빛났다. 잎보다도 훨씬 빨리 꽃이 피는 자귀나무들은 향기를 뿜고 있었다. 그렇지 않다면 이름 모를 상쾌한 향기는 사방에서 오는 것이었을까? 그 향기는 여러 감각을 통해서 몸에 스며들어 온 듯했고, 나를 흥분시켰다. 게다가 나의 호흡은 훨씬 더 편해졌다. 발걸음도 한층 가벼워졌다. 그러나 첫 번째 벤치를 발견하자 곧 거기 앉았다. 피로하다기보다 도취해서 멍해졌다. 나는 주변을 주의 깊게 살펴보았다. 그림자는 가볍게 움직이고 있었다. 땅으로 떨어지지 않고 살며시 그 위를 스치는 것 같았다. 아, 빛이여! 나는 귀를 기울였다. 무엇이 들렸는가? 아무것도 들리지 않았다. 아니, 모든 게 들렸다. 나는 그 하나하나에서 나오는 소리를 즐겼다. 나는 지금도 한 그루 작은 관목이 생각난다. 그 나무껍질은 멀리서는 묘하게 딱딱해 보였으므로 일어나 만져 보지 않을 수 없었다. 나는 애무하듯 거기 손을 대었다. 황홀한 기분을 느꼈다. 지금도 생각난다……. 마침내 바로 그날 아침 나는 태어나려고 한 것이 아니었을까?

나는 내가 혼자라는 것을 잊고 있었다. 아무것도 기다리지 않았고, 시간도 잊었다. 그날까지 생각만 많이 했지 그렇듯 느끼는 일이 너무 적은 것 같았다. 그러다가 마침내 나는 이런 사실을 깨닫고 깜짝 놀랐다. 나의 감각도 사고와 마찬가지로 튼튼해진 것이었다.

나는 느끼는 일이 너무 적은 것 같았다고 말했다. 왜냐하면 내 유년 시절인 과거 밑바닥으로부터 마침내, 수많은 희미한 빛이, 잊어버렸던 수많은 감각이 되살아났기 때문이다. 자신의 감각 능력을 새롭게 의식함으로써 그 존재를 불완전하게나마 인식할 수 있었다. 그렇다. 그때부터 눈뜬 내 감각 능력은 나 자신의 역사를 발견하고 과거를 새로 세웠다. 나의 감각 능력은 살아 있었다! 그것은 살아 있었다! 결코 죽지 않았다. 심지어 연구에 몰두했던 저 몇 년 동안에도 영리하게 숨어서 살아 있었던 것이다.

나는 그날 아무도 만나지 않았다. 오히려 그것이 편했다. 나는 호주머니에서 마르세유를 출발한 이래 펼친 적이 없던 호메로스의 작은 책을 꺼내서 「오디세이」의 세 문장을 다시 읽고 외웠다. 그리고 그 음률 속에서 충분한 양식을 발견하고 느긋하게 음미했다. 그러고는 책을 덮고 몸을 떨며 그대로 가만히 있었다. 몸속에는 이전에 생각할 수 없었던 생기가 넘치고 마음은 행복에 젖었다…….

4

한편 마르슬린은 드디어 내 건강이 회복된 것을 보고 기뻐하며, 며칠 전부터 오아시스에 있는 훌륭한 과수원 이야기를 내게 하고 있었다. 그녀는 바깥 공기와 산책을 좋아했다. 나의 병이 가져다준 한가한 시간이 있었으므로 오랫동안 산책을 나갔다가는 황홀해져서 돌아오곤 했다. 여태까지 그녀는 그런 이야기는 거의 하지 않았다. 그녀는 나로 하여금 자기를 따라가고 싶은 마음이 생기게 할 엄두를 내지 못했고, 또한 내가 맛볼 수 없게 된 기쁨을 얘기해서 내가 섭섭해하는 것을 보게 될까 봐 싫었던 것이다. 그러나 이제는 내가 낫기 시작했으므로 그녀는 산책의 매력으로 나를 완전히 회복시키려고 생각했다. 나도 산보하고 구경하는 데 다시 흥미를 갖기 시작했으므로 가 보자는 마음이 생겼다. 그리하여 이튿날부터 바로 우리는 함께 나갔다.

그녀는 앞장서서 여태까지 어떤 지방에서도 본 적이 없는 그런 괴상한 길로 들어갔다. 길은 상당히 높은 흙 담 사이를 꼬불거리며 이어진다. 그 높은 흙 담으로 경계된 정원 모양에 따라 길은 완만하게 꺾인다. 그렇게 구부러지는가 싶더니 도중에서 뚝 끊어진다. 입구에서부터 구부러져 길을 잃는다. 어디서 와서 어디로 가는지 도무지 모르게 된다. 냇물은 오솔길을 따라 담을 끼고 잔잔하게 흐른다. 담은 길바닥 흙, 즉 오아시스 전체의 흙과 같은 것이다. 이곳 흙은 장미색, 또는 연한 회색 진흙으로, 물이 스며들면 좀 짙어진다. 뜨거운 햇볕을 쬐면 갈라지고 열 때문에 딱딱해지지만, 소나기가 한 번만 오면 곧 물렁해져서 맨발 자국을 뚜렷이 남기는 유연한 찰흙이 된다. 담 너머로 종려나무들이 보였다. 우리가 다가가자 멧비둘기들이 날아갔다. 마르슬린은 나를 지켜보고 있었다.

나는 피로도 고통도 잊었다. 일종의 황홀경 속에서 소리 없는 기쁨, 관능과 육체의 흥분을 느끼면서 걸었다. 그때 미풍이 불어왔다. 모든 종려나무 가지가 일제히 흔들려, 제일 키 큰 것들도 휘어지는 것을 우리는 쳐다보았다. 이윽고 바람은 다시 잠잠해졌다. 그러자 담 뒤에서 피리 소리가 뚜렷이 들려 왔다. 담에 구멍이 뚫려 있었다. 우리는 그곳으로 들어갔다.

그곳은 빛과 그늘로 가득 차 있었고, 시간이 흐르지 않는 것 같은 조용한 장소였다. 고요함과 가벼운 바스락거림으로 차 있었다. 그것은 종려나무 뿌리를 적시고 나무에서 나무 사이로 흘러가는 물소리와 멧비둘기들의 은은한 울음소리와 아이가 불고 있는 피리 소리였다. 아이는 염소 떼를 지키고 있었다. 아이는 거의 발가벗은 채, 쓰러진 종려나무 둥치에 걸터앉아 있었다. 우리가 다가가도 태연했고, 달아나지도 않았으며, 다만 잠깐 피리 불던 손을 멈췄을 뿐이다.

나는 그 짧은 침묵 사이에 또 하나의 피리 소리가 멀리서 대답하고 있음을 알았다. 우리는 좀 더 앞으로 나아갔다. 그러자 마르슬린이 말했다.

"더 앞으로 가도 소용없어. 여기 과수원은 다 똑같아. 오아시스 끝에 가서나 겨우 조금 넓어질 정도예요……." 그녀는 숄을 땅 위에다 깔았다. "좀 쉬어요."

얼마 동안이나 우리는 거기 머물렀을까? 이젠 생각이 안 난다. 시간이 무슨 소용 있었는가? 마르슬린은 내 곁에 있었다. 나는 드러누워 그녀 무릎에다 머리를 얹었다. 아직 피리 소리가 흐르고 있었다. 가끔 멎었다가는 다시 들려왔다. 그리고 물소리……. 가끔 염소가 울었다. 나는 눈을 감았다. 이마 위에 마르슬린의 상쾌한 손이 놓이는 것을 느꼈다. 따가운 햇볕이 종려나무 잎 사이로 부드럽게 새어 드는 것을 알 수 있었다. 나는 아무 생각도 하지 않았다. 생각이 무슨 소용 있었는가? 나는 묘한 느낌을 맛보고 있었다…….

때때로 새로운 소리가 들렸다. 나는 눈을 떴다. 종려 잎을 스치는 미풍이었다. 바람은 우리 곁까지는 내려오지 않고 높은 종려나무 가지를 흔들 뿐이었다…….

이튿날 아침 나는 마르슬린과 함께 그 정원을 또 찾았다. 그날 저녁때는 혼자서 갔다. 피리를 불던 염소지기 소년이 거기 있었다. 나는 그에게 다가가서 말을 건넸다. 라시프라는, 이제 겨우 열두 살 난 잘생긴 소년이었다. 그는 자기 염소 이름을 가르쳐 주기도 하고, 거기 있는 수로들이 '세기아스'라고 불린다고 얘기해 주기도 했다. 그의 설명에 따르면 그 수로들의 물은 전부가 매일 계속해서 흐르는 것은 아니었다. 물은 아껴서 조금씩 배분되고 식물에다 수분을 공급하면 곧 되돌아갔다. 종려나무 뿌리마다 좁은 웅덩이가 하나씩 패어 있어 나무를 축이는 물이 괴어 있었다. 소년은 수문 장치를 움직이면서, 그 장치가 교묘하게 물을 조절하여 갈증이 심한 쪽으로 끌어

간다고 내게 설명했다.

그다음 날, 나는 라시프의 형을 만났다. 그는 약간 나이가 많고 동생처럼 잘생기지 않았다. 이름은 라크미였다. 베인 묵은 가지의 자국이 줄기를 따라 사닥다리처럼 되어 있는 것을 발판 삼아 그는 꼭대기가 잘린 종려나무 제일 위까지 올라갔다. 이윽고 헐렁헐렁한 겉옷 아래로 금빛 살결을 드러내면서 날쌔게 내려왔다. 그는 꼭대기가 잘린 나무 위에서 호리병처럼 생긴 작은 흙 항아리를 들고 왔다. 아랍인들이 가장 좋아하는 달콤한 술을 빚는 종려나무 수액을 모으기 위해, 저 꼭대기 새로 벤 흠집 곁에 세워 놓은 것이었다. 라크미의 권유로 그것을 맛보았다. 그러나 그 시큼하고 떫은, 김빠진 듯한 맛은 내 입에는 맞지 않았다.

그다음 날부터 나는 더욱 멀리 나갔다. 나는 다른 여러 정원과 목동 들, 다른 염소들을 보았다. 마르슬린 말대로 정원은 모두가 비슷했지만, 각각 다른 점도 있었다.

가끔 마르슬린이 여전히 나를 따라왔다. 그러나 대개 과수원에 들어가자마자, 난 피로해서 여기 앉고 싶다, 당신은 좀 더 걷고 싶을 테니까 나를 기다릴 필요는 없다고 타일러서 그녀와 떨어지기 일쑤였다. 그렇게 해서 그녀는 나 없이 산보를 마치곤 했다. 나는 아이들 곁에 남아 있었다. 곧 나는 많은 아이들과 알게 되어 오랫동안 그들과 이야기를 주고받았다. 그들 놀이를 배우기도 하고, 내 쪽에서 다른 놀이를 가르쳐 주기도 하고, 또 '코르크 병마개 놀이'로 동전을 다 잃기도 했다. 어떤 아이들은 멀리까지 따라와서(나는 매일 산책 거리를 늘렸다.) 돌아오는 새 길을 가르쳐 주기도 하고, 망토와 숄 두 개를 가지고 갔을 때는 들어다 주기도 했다. 헤어지기 전에 나는 그들에게 잔돈을 나누어 주기도 했다. 때로는 계속 장난치면서 문 앞까지 따라오기도 했다. 마침내 집 안까지 들어올 때도 있었다.

그 후론 마르슬린 쪽에서도 자기대로 아이들을 데리고 왔다. 그녀는 학교에 다니는 아이들을 데리고 와서 공부하라고 일러 주었다. 학교가 끝나면 영리하고 얌전한 아이들이 찾아왔다. 내가 데리고 오는 아이들은 그 애들과는 딴판이었다. 그러나 놀이가 그들을 함께 맺어 주었다. 우리는 언제나 시럽과 과자를 준비해 두려고 신경을 썼다. 얼마 안 가서 부르지도 않은 애들까지 몰려오게 되었다. 나는 그 하나하나를 다 기억한다. 지금도 그 얼굴들이 눈앞에 선하다…….

1월 말에 날씨가 갑자기 나빠졌다. 찬바람이 불기 시작하자 곧 내 건강이 영향을 받았다. 오아시스와 시가지 사이에 있는 널찍한 땅은, 다시 내가 넘기 힘든 장소가 되었다. 그래서 다시 공원으로 만족할 수밖에 없었다. 그러더니 비가 왔다. 북쪽 지평선 전체와 이어진 산들을 눈으로 덮는 차가운 비였다.

나는 그 나쁜 기후 때문에 도져 가는 병과 악전고투를 계속하며, 울적한 나날을 불 곁에 앉아서 우울하게 보냈다. 침울한 나날. 책도 못 읽고 공부도 할 수 없었다. 조금만 힘을 쓰면 불쾌한 땀이 나왔다. 주의를 집중하면 피로에 지쳤다. 조심해서 호흡하지 않으면 곧 숨이 찼다.

그러한 울적한 날에는 아이들이 나의 유일한 낙이었다. 비가 오므로 가장 친한 애들만이 놀러 왔다. 그들 옷은 흠뻑 젖어 있었다. 그들은 불 앞에 둥글게 원을 그리며 둘러앉았다. 아무도 말 한 마디 없이 오랜 시간이 지나갔다. 나는 너무 피로하고 너무 고통스러워서 그들을 바라보는 일 외에는 아무것도 할 수가 없었다. 그러나 그들의 건강한 모습이 나를 치유해 주었다. 마르슬린이 귀여워하는 애들은 가냘프고 초라하고 너무 얌전했다. 나는 그녀와 그들에게 울화가 치밀어서 결국 그들을 쫓아내고 말았다. 솔직히 말해서 나는 그들이 두려웠다.

어느 날 아침 나는 나 자신에 대해서 이상한 것을 발견했다. 나는 아내가 좋아하는 아이들 중에서 내 비위에 거슬리지 않았던 (아마 잘생겼기 때문일 것이다.) 유일한 아이인 목티르와 함께 단둘이 내 방에 있었다. 그때까지 나는 그 아이를 그럭저럭 여겼다. 하지만 그의 빤짝이는 침울한 눈빛은 나의 호기심을 끌었다. 나는 자신도 잘 설명할 수 없는 어떤 호기심에 끌려 그의 행동을 감시하기 시작했다. 나는 양 팔꿈치로 벽난로를 짚고, 불 가까이 서서 책 한 권을 앞에 놓고 열중해서 읽는 체했으나, 등 뒤에 있는 아이의 행동이 거울에 비치는 것을 볼 수 있었다. 목티르는 관찰당하는 줄도 모르고 내가 독서에 정신이 팔렸다고 생각하는 모양이었다. 나는 그가 소리 없이 테이블로 다가가는 것을 보았다. 거기 바느질감 곁에 마르슬린이 놓고 나간 작은 가위가 하나 있었다. 그는 살그머니 가위를 집어서 재빨리 뷔르누 속에 슬쩍 집어넣었다. 내 심장은 한동안 몹시 뛰었다. 그러나 아무리 신중히 생각해 봐도 내 마음속에는 티끌만큼의 반감도 일어나지 않았다. 그뿐이 아니다! 그때 내 마음에 가득 찼던 감정이 환희 이외의 것이라고는 도저히 생각할 수 없었다. 내 눈을 속일 만한 충분한 시산을 꼭디르에게 주고 난 뒤, 나는 다시 그를 향해 아무 일도 없었다는 듯이 말을 걸었다. 마르슬린은 그 아이를 무척 귀여워했다. 그러나 내가 그녀를 만났을 때, 목티르의 죄를 폭로하기보다 가위가 없어진 이유를 설명하기 위해 무언가 엉터리 같은 이야기를 만들어 낸 것은, 그녀가 슬퍼할까 봐 걱정했기 때문은 아니라고 생각된다. 그날부터 목티르는 내가 가장 좋아하는 아이가 되었다.

5

우리는 비스크라 체류를 더 이상 연장할 수 없게 되었다. 2월의 우기가 지나자 갑자기 더워졌다. 몇 날 며칠이고 소나기가 퍼부어서 지겹게 생각하던 참에 어느 날 아침 눈을 떠 보니 뜻밖에도 하늘은 새파랗게 개어 있었다. 일어나자마자 나는 테라스 가장 높은 곳으로 뛰어 올라갔다. 하늘은 지평선 끝에서 끝까지 맑게 개어 있었다. 내리쬐는 태양 아래 어느새 김이 피어오르기 시작했다. 오아시스 전체가 김을 뿜고 있었다. 멀리서 와디[22]가 콸콸 넘쳐흐르는 소리가 들려왔다. 대기는 맑고 아름다워 금방 건강이 회복될 듯한 느낌이었다. 마르슬린이 왔다. 우리는 나가고 싶었으나 길이 질척거리기에 그날은

---

22) 비가 많이 올 때나 흐를 뿐, 보통은 물이 없는 강.

그만두었다.

며칠 뒤에 우리는 다시 라시프의 과수원을 찾았다. 나무줄기들은 물기를 머금어 무겁고 부드러워 보였다. 오랫동안 물에 잠겨서 내가 아무런 기대도 하지 않았던 이 아프리카의 대지가 이제 겨울에서 깨어나 물에 도취되고, 새로운 생기로 빛나고 있었다. 대지는 봄의 요란한 웃음소리를 내고 있었다. 나는 그 반향이 나 자신 속에서 겹쳐 울려옴을 느꼈다. 처음에는 아슈르와 목티르가 우리를 따라왔다. 나는 다시금 하루에 반 프랑밖에 안 드는 그들의 자그마한 우정을 맛보고 있었다. 그러나 나 자신이 이미 그들의 건강을 본보기로 할 만큼 약하진 않았고, 그들의 놀이 속에서 내 기쁨에 필요한 양식을 발견할 수도 없게 되었으므로, 곧 그들에 대해 싫증이 나서 정신과 감각에 가득 찬 흥분을 마르슬린에게로 향했다. 그녀가 기뻐하는 모습을 보고 나는 여태까지 그녀가 쓸쓸하게 지내 왔다는 것을 깨달았다. 나는 어린애처럼, 종종 그녀를 내버려 두었던 일에 대해 변명을 하고 자신의 변덕스러운 성품을 몸이 약한 탓으로 돌리며, 여태까지는 사랑을 할 수 없을 만큼 지쳐 있었으나 앞으로는 건강과 더불어 애정도 더해 갈 것이 틀림없다고 단언했다. 진심이었다. 그러나 물론, 나는 아직 무척 쇠약했다. 왜냐하면 내가 마르슬린의 몸을 찾은 것은 그로부터 한달 이상이 지난 뒤였으니까.

그동안 더위는 날로 더해 갔다. 어떤 것도 우리를 비스크라에 붙잡아 두지 못했다. 다만 나중에 나를 다시 그곳으로 가게 했던 그 매력은 예외였지만. 우리는 당장 출발할 결심을 했다.

짐은 세 시간 만에 꾸릴 수 있었다. 기차는 이튿날 새벽에 출발했다…….

마지막 밤이 생각난다. 거의 만월이었다. 활짝 열린 창문으로 달빛이 방 안 가득히 들어오고 있었다. 마르슬린은 자고 있었다고 생각한다. 나는 누웠으나 잠을 이룰 수 없었다. 일종의 기분 좋은 열로 몸이 후끈 달아오르는 느낌이었다. 이 열이 곧 생명인 것이다……. 나는 일어나서 손과 얼굴을 물에 적셨다. 그리고 유리문을 열고 밖으로 나갔다.

이미 밤은 깊었다. 아무 소리도 들리지 않았다. 살랑거리는 바람도 없었다. 대기 자체가 자고 있는 듯했다. 멀리서 아랍 개들이 자칼 떼처럼 밤새 날카롭게 울부짖는 소리가 겨우 들려올 따름이었다. 내 앞에는 조그만 안뜰이 있었다. 거기서 정면으로 보이는 담이 비스듬히 그림자를 던지고 있었다. 질서 있게 늘어선 종려나무는 이미 빛깔도 생기도 잃은 채 영원히 움직이지 않을 것 같았다……. 잠자는 모습에서도 생명의 고동은 느낄 수 있는 법이다. 그러나 거기서는 무엇 하나 잠자고 있는 것처럼 보이지 않았다. 모든 것이 죽은 것 같았다. 나는 그 정적이 무서워졌다. 그러자 갑자기, 나는 침묵 속에서 마치 항의하고, 확인하고, 탄식하기 위한 것처럼, 내 생명에 대한 비통한 감정에 다시 사로잡혔다. 너무나 과격하고 고통스러울 정도며 맹렬했기 때문에 만일 짐승처럼 울부짖을 수 있었다면 나도 소리를 질렀을 것이다. 지금도 기억하지만, 나는 내 손을, 오른손으로 왼손을 잡았다. 나는 그 손을 머리로 가지고 가려고 생각했다. 그리고 그대로 했다. 왜 그런 짓을 했을까?
자신이 살아 있다는 사실을 확인하고 싶었고, 그것을 놀라운
일로 생각하고 싶어서였다. 나는 내 이마와 눈꺼풀을 만졌다.
온몸에 전율이 흘렀다. 언젠가는 ─ 나는 생각했다. ─ 언젠
가는 갈증을 풀기 위한 물조차 입으로 가져갈 힘도 없어질 때
가 올 것이라고……. 나는 방으로 돌아왔으나 아직 잠자리에
는 들지 않았다. 나는 그날 밤을 시간의 흐름 속에 정지시키
고 그 추억을 마음속에 새겨서 소중하게 간직해 두고 싶었다.
무엇을 하려는 뚜렷한 생각도 없이 나는 테이블 위에 있던 책
을 ─ 성경이었다. ─ 손에 들고 아무 데나 펼쳤다. 달빛 속
에 몸을 굽혀서 읽을 수 있었다. 나는 그리스도가 베드로에게
한 그 말씀, 아! 슬프게도 결코 잊을 수 없었던 그 말씀을 읽었
다. "지금은 네가 스스로 허리띠를 두르고 원하는 곳으로 다
니거니와 늙어서는 네 팔을 벌리리니……."[23] 네 팔을 벌리리
니…….

　다음 날 새벽에 우리는 출발했다.

6

　여행 도중 머문 곳을 일일이 이야기하지 않겠다. 희미한 기

---

23) 「요한복음」 21장 18절 참조. 젊을 때 자유롭게 살던 베드로가 늙어서 때가
되면 손이 묶여 십자가에 못 박히는 형을 당하리라는 예언의 말씀.

억밖에 없는 곳도 있다. 좋아졌다가 나빠졌다가 하는 내 건강은 여전히 싸늘한 바람을 만나면 흔들리고, 구름 그림자에도 두려워지곤 했으며, 신경 상태는 종종 장애를 일으키곤 했다. 그러나 적어도 폐는 나아 갔다. 재발할 때마다 앓는 기간은 보다 짧아졌고 병세는 보다 호전되었다. 병마의 공격은 여전히 맹렬했으나 내 몸은 그에 대해 한층 방비를 강화했다.

우리는 튀니스에서 몰타 섬으로 건너갔다가 시라쿠사[24]에 도착했다. 내가 그 언어와 과거를 잘 아는 고전적인 땅으로 돌아왔다. 병에 걸린 후부터 나는 성찰도 법칙도 없이 단순히 짐승이나 아이들처럼 사는 것에만 전념해 왔다. 이제 조금은 병으로부터 주의를 돌릴 수 있게 되자 나의 생명은 다시 자세를 바로잡아 뚜렷한 의식을 갖게 되었다. 그러한 오랜 죽음의 고통 뒤에도 전과 다름없는 자기가 되살아나서 곧 자신의 현재를 과거와 결부할 수 있다고 생각했다. 온통 새로운 것만 있는 낯선 땅에서는 그런 착각을 할 수 있었다. 그러나 거기서는 이미 그렇지 않았다. 모든 것이 내가 변했다는 사실을 나에게 가르쳐 주었고, 나는 그 사실에 한층 놀랐다.

시라쿠사에서나, 또한 더 먼 곳으로 나아감에 따라 나는 다시 내 연구를 시작하고 이전과 같이 과거의 면밀한 조사에 몰두하려고 생각했으나, 그때 무엇인가가, 나의 그 취미를 잃게 하지는 않았다고 해도, 최소한 변질시켜 버렸다는 것을 발견했다. 그것은 현재에 대한 감각이었다. 과거의 역사는 이제 나

---

24) 이탈리아 시칠리아 섬 남동부 항구도시.

의 눈에, 비스크라의 작은 뜰에서 보았던 밤 그림자의 불변성, 그 끔찍한 부동성, 죽음의 부동성과 같은 것으로 보였다. 전에는 그 불변의 모습조차 좋아했다. 그것은 내 정신을 명료하게 했다. 역사상 모든 사실은 나에게 박물관 진열품처럼, 아니, 그보다도 표본집의 식물처럼 보였다. 바싹 마른 그 모습은 한때 그것이 태양 아래서 수액을 간직하며 싱싱하게 살아 있었다는 사실을 잊어버리게 했다. 지금 내가 아직도 역사에 흥미를 갖고 있는 것은 역사를 현재에다 놓고 상상하기 때문이었다. 그러므로 정치적인 대사건들보다는 내 마음속에 되살아나는 시인들이나 어떤 행동가들에 대한 감격이 더 나를 감동시켰다. 시라쿠사에서 나는 테오크리토스[25]를 다시 읽어 보았다. 그리고 아름다운 이름을 가진 그의 목동들은 내가 비스크라에서 사랑했었던 저 목동들이라고 생각했다.

발걸음을 옮길 때마다 표출되는 나의 박식(博識)은 나를 방해하고 나의 기쁨을 저해했다. 나는 고대 그리스의 극장과 신전 하나라도 즉시 머릿속에서 추상적으로 새로 지어 보아야만 했다. 고대 제전은 각각 제전이 행해지던 곳에 유적을 남겼으나, 그 유적을 보자 그 제전이 지금은 없어져 버렸다는 사실이 슬펐다. 나는 죽음이 두려웠다.

나는 폐허를 피하게 되었다. 과거의 가장 아름다운 기념물보다도 오렌지처럼 달고 시큼한 레몬이 열리는 라토미[26]라고

---

25) 기원전 300년경 시라쿠사 출신의 그리스 시인.
26) 채석장을 개조한 아테네인 포로의 감옥, 현재는 숲이 많고 아름다운 명소.

불리는 나지막한 동산과 프로세르피나²⁷⁾를 위해 눈물을 뿌렸던 그날과 다름없이 지금도 푸르게, 파피루스 수풀 사이를 흐르는 시아네²⁸⁾ 강변을 더 좋아하게 되었다.

나는 이전에 나의 자랑이었던 이 지식을 마음속으로 멸시하기에 이르렀다. 전에는 나의 전 생명이었던 이 연구도 이제 나와는 아주 우발적이고 인습적인 관계밖에 없는 것처럼 생각되었다. 나는 다른 나 자신을 발견했다. 아, 이 얼마나 기쁜 일인가! 나는 그런 연구와는 별개로 존재했다. 전문가로서의 나는 어리석어 보였다. 인간으로서의 나는 자신을 알고 있었던가? 나는 이제 겨우 태어났을 뿐이다. 그러나 어떤 인간으로 태어났는지 알 수가 없었다. 이것이야말로 내가 알아야 할 것이었다.

죽을 것이라고 생각하는 사람에게 있어서 느린 회복기보다 더 비극적인 것은 없다. 죽음의 날개가 스친 뒤에는, 중요하게 보이던 일도 이미 그렇지 않게 된다. 중요하게 보이지 않던 것, 또는 존재하는지조차 몰랐던 것이 오히려 더 중요해진다. 우리 머릿속에 쌓여 있던 온갖 지식이 분칠처럼 벗어져 곳곳에서 맨살이, 숨어 있던 진정한 존재가 드러난다.

이것이 바로 그때부터 내가 발견하려고 마음먹은 '인간'이

---

27) 로마신화의 저승의 여왕, 그리스 신화의 페르세포네에 해당함.
28) 그리스 신화에 나오는 님프로 저승 왕이 여신 페르세포네를 납치하는 것을 보고 말리려고 하다가 노여움을 사서 남빛 샘물로 모습이 바뀌고 말았다. 시라쿠사에 시아네의 샘이라고 불리는 것이 있다.

었다. 참다운 인간, '옛사람'[29), 더 이상 복음서를 원치 않은 인간이었다. 내 주위 모든 것, 즉 많은 책과 스승과 부모, 그리고 심지어 나 자신조차도 처음에는 말살하려고 했던 인간이었다. 그리고 그 인간은 쓸데없는 짐을 너무 짊어진 덕분에 마멸되어 발견하기 힘들 것같이 보였으나, 그런 만큼 그 발견은 유익하고 장해 보였다. 그 후부터 나는 훈련되고, 교육으로 곁칠을 했을 뿐인 저 2차적인 존재를 경멸했다. 과중한 짐을 덜어 버리지 않으면 안 되었다.

그리고 나는 자신을 팔랭프세스트[30)에 비유했다. 나는 학자가, 같은 종이에서 최근 쓰인 글자 밑에 있는 그보다도 훨씬 귀중하고 매우 오래된 원문을 발견했을 때 느낄 법한 기쁨을 맛보았다. 그 숨겨져 있던 원문은 무엇이었을까? 그것을 읽기 위해서는 우선 최근에 쓴 글자를 지우는 게 급선무 아니었을까?

그리하여 나는 이미, 이전의 완고하고 편협한 나의 윤리관이 어울리던 병약한 노력가가 아니었다. 거기에는 회복기 이상의 그 무엇이 있었다. 생명의 확장과 재연(再燃)과 한층 더 풍요롭고 한층 더 뜨거운 피의 소용돌이가 있었다. 그것은 내 사상 하나하나와 접촉하고 모든 것에 스며들어, 내 육체의 말초에 숨겨져 있는 섬세한 신경까지 움직이고 장식했다. 사실 인간이란 건강하거나 약해지거나 거기에 익숙해지는 법이다. 인간은 자기 힘에 따라 자신을 만들어 간다. 그러나 그 힘

---

29) 그리스도를 믿기 이전의 사람을 지칭하는 사도 바울의 용어.
30) 씌어 있던 글자를 지우고 그 위에 다시 글자를 쓴 양피지.

은 키워야 한다. 더욱 많은 것을 할 수 있게 해야 한다. 그리고…… 하지만 이런 모든 생각을 그 당시에는 하지 않았다. 그러니까 이렇게 나 자신을 묘사하는 것은 자기 모습을 왜곡하는 셈이다. 솔직히 말하자면 나는 아무 생각도 하지 않았다. 아무것도 반성하지 않았다. 행운이 나를 이끌고 있었다. 너무도 성급한 시선이 나의 느릿느릿한 변화의 신비를 방해하지나 않을까 하고 나는 두려워했다. 지워진 글씨가 다시 나타나려면 시간이 걸려야 했다. 억지로 만들려고 해서는 안 되었다. 그래서 나는 나의 머리를 내버려 두는 게 아니라, 쉬게 해 두고서는 나 자신이건 사물이건, 무엇이든 신성하다고 생각되는 모든 것에다 육감적으로 자신을 맡겼다. 우리는 벌써 시라쿠사를 출발하고 있었다. 그리고 타오르미나에서 라몰³¹⁾로 이어지는 낭떠러지 길을 달리면서, 내 속에 있는 것을 부르기 위해 이렇게 외쳤다. 새로운 존재! 새로운 존재!

그 당시 나의 유일한 노력, 끊임없는 노력은 오로지 내 과거의 교육과 최초의 윤리관에서 얻어졌다고 생각되는 모든 것을 의도적으로 멸시하거나 일소하는 일이었다. 내 지식에 대한 과감한 모욕과 학자 취미에 대한 모멸로 나는 아그리장트³²⁾ 구경을 그만두었다. 며칠 후, 나폴리로 가는 도중에 아직도 그리스가 숨 쉬고 있는 파이스툼³³⁾의 아름다운 신전에도 들르지

31) 둘 다 시칠리아 섬 마을.
32) 기원전 600년경 도리아인이 건설한 시칠리아 섬의 도시.
33) 기원 전 7세기에서 5세기에 걸쳐 번창하고, 로마 신화의 해신 넵투누스의 신전이 있는 이탈리아 남부의 고도.

않았다. 그런데 그로부터 이 년 뒤, 나는 이름도 모르는 신에게 기도하러 그곳에 갔다.

이 비길 데 없는 노력에 관해서 어떻게 이야기하면 좋을까? 자신이 완전한 인간처럼 될 수 있다고 생각하지 않았다면 어떻게 스스로에게 흥미를 느낄 수 있었겠는가? 다만 막연하게 상상하던 이 미지의 완전을 지향하던 때만큼 내 의지가 흥분한 적은 없었다. 나는 그 의지 전부를 내 몸을 단련하고 햇볕에 그을리게 하는 데 쏟았다. 살레르노[34] 근처에서 우리는 해안을 떠나 라벨로[35]에 갔다. 그곳의 한층 더 신선한 공기, 높고 낮은 갖가지 재미있게 생긴 바위들, 깊이를 알 수 없는 산골짜기 등이 나의 힘, 나의 기쁨을 더하고, 나의 열정을 더욱 부채질했다.

해안에서 멀다기보다 하늘에 가깝다고 하는 편이 더 적절한 라벨로는 가파른 언덕 위에 있었고, 저 멀리 파이스툼의 평평한 연안과 마주 보고 있었다. 그곳은 노르만 족이 지배하던 시절에는 제법 중요한 도시였다. 그러나 현재는 일개 한촌(寒村)에 지나지 않고 외국인도 우리들뿐인 듯했다. 옛 수도원이 지금은 호텔이 되어 우리를 재워 주었다. 바위 끝에 세워져 테라스와 마당이 창공으로 솟아오른 것 같았다. 포도 덩굴이 엉킨 담 저쪽으로 처음엔 바다밖에 안 보였다. 오솔길이라기보다 계단으로 이루어진, 라벨로와 해안 사이를 연결하는 경작

---

34) 나폴리 남동쪽에 있는 도시.
35) 살레르노 남동쪽에 있는 도시.

된 산비탈을 따라가려면 담 곁으로 다가가야 했다. 라벨로 위쪽에는 산이 연이어 있었다. 감람나무, 커다란 카루바 나무,[36] 그 그늘에는 시클라멘, 좀 더 높은 곳에는 무수한 밤나무, 상쾌한 공기, 북부 지방 식물, 아래쪽 해안에는 레몬나무, 이러한 것들이 토지 경사에 따라 작은 경작지를 이루고 늘어서 있다. 거의가 비슷한 계단식 농원이다. 한가운데서 좁은 오솔길이 이쪽 끝에서 저쪽 끝까지 가로지른다. 거기에 도둑처럼 소리도 없이 살그머니 들어간다. 그 푸른 나무 그늘에서 꿈을 꾼다. 무성한 잎사귀는 두텁고 묵직하다. 한 점의 자연광도 스며들지 않는다. 굵은 촛농처럼 향기 짙은 레몬이 매달려 있다. 그늘 속에서 레몬은 희고 푸르스름하다. 바로 손이 닿는 곳에, 갈증을 풀 수 있는 곳에 있다. 그것은 달콤하고도 새콤하며, 기분을 상쾌하게 한다.

그 나무 그늘은 너무도 짙어서 땀이 날 만큼 걸은 뒤에도 그 아래에서 멈춰 서고 싶은 생각이 미처 나지 않았다. 그러나 층계가 더 이상 나를 기진맥진하게 하지는 않았다. 나는 입을 다물고 오르내리는 연습을 했다. 점점 휴식 사이 간격을 길게 하면서 나 자신에게 말하곤 했다. 기운을 잃지 말고 저기까지 가보자라고. 그리고 목적지에 닿으면, 채워진 자존심을 그 보수로 생각하며 공기가 한층 유효하게 폐로 들어가는 것같이 느껴지도록 천천히 심호흡을 하곤 했다. 나는 이전에 공부에 쏟았던 근면을 이와 같이 몸을 위한 온갖 섭생에 돌렸다. 나는

---

36) 지중해에서 자라는 높이 10미터에 달하는 식물로 열매는 식용으로 쓰임.

차츰 좋아져 갔다.

나는 가끔 내 건강이 이렇게 빨리 회복된 데 놀랐다. 그리고 애초에 나의 병세를 너무 무겁게 본 것이라고 생각하게 되었다. 내가 중태였다는 것을 의심하고, 각혈을 우습게 여기고, 회복이 좀 더 까다롭지 않았던 것을 유감스럽게 생각할 지경이었다.

나는 처음에 내 몸의 요구를 몰라서 실로 어리석은 섭생을 했다. 하지만 끈기 있게 연구한 결과, 신중한 섭생에 대해서 완전히 숙련자가 되어 마치 유희라도 하듯 즐겼다. 그러나 여전히 내가 가장 고통을 받았던 것은, 조금만 기온이 변해도 반응하는 나의 병적인 감수성이었다. 폐가 나은 지금, 나는 이 과민한 감각을 병의 후유증인 신경쇠약 탓으로 돌렸다. 나는 그것을 정복해 보겠다고 결심했다. 윗도리 앞자락을 벌리고 가슴을 드러낸 채 들일을 하는 농부들의 햇볕에 그을린 아름다운 피부를 보면, 나도 저렇게 그을려 보고 싶은 충동을 느꼈다. 어느 날 아침, 나는 벌거숭이가 되어 내 몸을 보았다. 너무도 여윈 팔, 아무리 애써도 충분히 뒤로 젖힐 수 없는 어깨, 더구나 희다기보다 도무지 윤기라곤 없는 피부를 보자, 수치심으로 눈물이 나왔다. 나는 얼른 옷을 입었다. 그리고 여느 때처럼 아말피[37] 쪽으로 내려가지 않고 인가와 길에서 멀리 떨어져서 사람 눈에 뜨일 염려가 없는, 키가 작은 풀과 이끼로 덮인 바위산 쪽으로 갔다. 거기 이르자 나는 천천히 옷을 벗었다. 공기는 거

---

37) 라벨로 서쪽에 있는 도시.

의 쌀쌀했지만 햇살은 강렬했다. 나는 온몸을 그 불꽃 아래 드러냈다. 나는 앉았다가 누웠다가, 되돌아 누웠다. 몸 아래, 딱딱한 땅바닥을 느낄 수 있었다. 잡초가 흔들려서 몸에 가볍게 스쳤다. 바람을 피하고 있었으나 미풍이 불 때마다 나는 오싹 떨리고 가슴이 두근거렸다. 이윽고 전신에 얼얼하고도 상쾌한 아픔을 느꼈다. 나의 온 존재는 피부에만 쏠려 있었다.

우리는 라벨로에 보름 동안 머물렀다. 매일 아침 나는 그 바위산에 가서 그 요법을 했다. 얼마 안 가서 이제까지 겹쳐 입고 있던 옷이 갑갑해지고 쓸데없어졌다. 피부는 강해져서 늘 나오던 땀이 멈추고 자체의 열로 몸을 보호할 수 있게 되었다.

떠날 날이 가까워진 어느 날 아침(4월 중순이었다.) 나는 과감한 짓을 해 보았다. 내가 말한 울퉁불퉁한 바위산 틈에는 맑은 샘물이 솟아나고 있었다. 그 샘물은 바위에서 떨어져 폭포가 되었으며, 얼마 크진 않았으나 폭포 아래에 샘보다 깊은 웅덩이를 파고 있었다. 그 웅덩이에는 티 없이 맑은 물이 괴어 있었다. 나는 세 번이나 거기 가서 웅덩이를 들여다보며 갈증과, 그 갈증을 면하고 싶은 욕망을 느끼면서 물가에 엎드리곤 했다. 그러고는 오랫동안 그 매끈매끈한 바위 밑바닥을 가만히 들여다보았다. 그곳에는 물이끼도, 물풀 하나도 없었고, 햇빛이 흔들려 다채로운 무늬를 그리면서 비쳐 들고 있었다. 나흘째 되던 그날, 나는 미리 마음을 정하고 여느 때보다 한결 더 맑은 물 가까이 다가갔다. 그리고 아무것도 생각하지 않은 채 다짜고짜 첨벙 뛰어 들어갔다. 나는 금방 오싹해져서 물에서 나왔다. 그리고 양지바른 풀 위에 누웠다. 그곳에서는 좋은 냄새가 나는 박하가 무성하게 자라고 있었다. 나는 그것을 뜯어서 잎을 비벼 가지고 아직 젖었으나 확확 달아오르는 전신에다 문질렀다. 이제 나는 아무런 부끄러움도 없이 기쁨을 느끼며 내 육체를 가만히 들여다보았다. 아직 건강하다고는 할 수 없으나 그렇게 될 가능성이 있는, 균형 잡히고 관능적인, 아름답다고도 할 만한 자신을 발견했다.

7

그렇게 해서 나는 모든 활동과 일 대신, 육체를 단련하는 것만으로 만족하고 있었다. 물론 그것은 나의 윤리관의 변화를 가져왔으나, 이미 나에게는 그것도 하나의 훈련이나 수단으로밖에 생각되지 않아서, 그 자체로는 만족할 수 없게 되었다.

그런데 또 한 가지, 한 것이 있었다. 아마 자네들에겐 우스꽝스럽겠지만 이야기하겠다. 유치한 일이지만 내 마음속 변화를 드러내 주는, 그 당시 나를 괴롭히던 욕구를 뚜렷하게 해 주는 것이니까. 실은 아말피에서 나는 수염을 깎아 버렸다.

그날까지 나는 거의 짧게 깎은 머리와 함께 수염을 그대로 기르고 있었다. 이발을 다르게 할 수도 있다는 생각이 떠오르지 않았던 것이다. 그런데 바위 위에서 처음으로 벌거숭이가 된 그날, 갑자기 수염이 거추장스러웠다. 마치 벗어 버릴 수 없는 마지막 옷 같았다. 가짜 수염을 달고 있는 듯한 기분이 들었다. 끝이 뾰족하지 않게 정성들여 네모나게 다듬어져 있었으나, 그 수염은 갑자기 몹시 불쾌하고 우스꽝스럽게 생각되었다. 호텔 방으로 돌아와 거울에 얼굴을 비춰 보니 기분이 나빠졌다. 전과 다름없는 모습, 즉 영락없이 고문서 학교[38] 출신다운 모습이었다. 점심을 먹고 나자 곧 나는 단단히 결심을 하고 아말피로 내려갔다. 아주 자그마한 도시였다. 그래서 광장에 있는 작은 싸구려 이발소로 만족해야 했다. 장날이어서 만원이었다. 나는 한없이 기다려야 했다. 그러나 엉터리 같은 면도칼도, 누런 솔도, 고약한 냄새도, 이발사의 수다도, 그 아무것도 나를 주저하게 만들지는 않았다. 가위 아래로 수염이 잘려 나가는 느낌은 마치 가면이라도 벗는 듯했다. 아무래도 좋다! 그러나 잠시 후에 정작 내 얼굴이 나타났을 때 내 마음을 채운, 그리고 될 수 있는 한 내가 누르려고 한 감정은 기쁨이 아니라 공포심이었다. 나는 그 감정에 대해 따지고 싶지 않다. 있는 그대로를 말하고 있다. 나는 내 얼굴이 제법 아름답다고 생각했다······. 아니, 그 공포심은 내 생각이 남의 눈에 훤히 보이는 것처럼 여겨지고, 또 내 생각이 갑자기 무서운 것으로 느껴진 데서 왔다.

반대로 머리는 자라는 대로 내버려 두었다.

이것이, 아직 아무것도 할 일이 없는 나의 새로운 존재가 발견해 낸 할 일의 전부였다. 나는 그 새로운 존재에서 나 자신을 놀라게 할 만한 행위가 생겨나리라고 생각했다. 그러나 그건 저 뒤의 일이다. 나중에, 그 존재가 좀 더 형태를 갖추었을

---

38) 1821년 파리에 설립된 고문서 학자를 양성하는 기관.

때의 일이라고 나는 스스로 타일렀다. 그때를 기다리면서 어떻게든지 살아가야 했으므로 나는 데카르트처럼 잠정적인 행동 양식을 지켰다. 마르슬린은 그렇게 해서 속아 넘어갔다. 사실, 내 눈길의 변화와, 더구나 수염을 깎고 온 날 내 얼굴의 새로운 표정은 그녀를 불안하게 했을 것이 틀림없으나 그녀는 이미 나를 열애했으므로 나를 잘 관찰할 수가 없었다. 게다가 나는 될 수 있는 한 그녀를 안심시키려고 했다. 나의 재생이 그녀에게 방해당하지 않을 필요가 있었다. 그것을 그녀 눈에 띄지 않게 하기 위해서는 숨기는 도리밖에 없었다.

그러므로 마르슬린이 사랑했던 남자, 그녀가 결혼했던 남자는 나의 '새로운 존재'가 아니었다. 그리고 나는 그 존재를 숨기려는 마음을 채찍질하기 위해 되풀이하여 스스로에게 타일렀다. 그렇게 해서 나는 나의 한 가지 모습밖에 그녀에게 보이지 않았는데 그 모습은 과거에 대해 항상 변함없이 충실하기 위해서 매일 점점 더 가짜가 되어 갔다.

그렇게 나와 마르슬린의 관계는 한동안은 그대로였다. 차츰차츰 커져 가는 사랑으로 그 관계는 날로 열을 높여 가긴 했지만. 나의 기만,(내 생각을 그녀의 비판 앞에 드러내기 싫은 감정을 그렇게 부를 수 있다면) 그 기만까지도 애정을 키웠다. 그 요술을 부리기 위해 나는 늘 마르슬린에게 신경을 써야 했다. 그러한 거짓의 강요는 분명히 처음엔 다소 힘들었을 것이다. 그러나 가장 나쁘다고 간주되는 일도(이 경우만의 예를 들면, 거짓말도) 하기 전까지는 어렵지만, 하는 동안엔 매우 빠른 속도로 편하고 유쾌하고 기분 좋아져서, 어느덧 자연스러워진다는 사실을 나는 곧 이해하게 되었다. 이렇듯 어떤 것에 대해서 품고 있던 최초의 혐오감을 극복하면 오히려 그에 대해 흥미를 느끼듯이, 마침내 나는 그 기만 자체에 흥미를 느끼게 되었고, 아직 알려지지 않은 자기 능력의 활동을 즐기듯 오랫동안 그것을 즐기게 되었다. 그리고 날마다 더욱 풍요롭고, 더욱 충일한 생명 속에서 좀 더 달콤한 행복을 향해 나는 돌진해 갔다.

8

그날 아침, 라벨로에서 소렌토[39]로 가는 길은 너무나 아름다워서 나는 이 지상에서 그보다 더 아름다운 것은 아무것도 보고 싶지 않았다. 험준하게 솟아 있는 바위, 그윽한 향기로 가득 찬 공기, 티 없이 맑은 하늘, 그 모든 것이 삶의 사랑스러운 매력이 되어 나를 가득 채우고, 산뜻한 기쁨 외에는 아무것도 내 마음속에 살고 있지 않은 듯한 기분이 들 만큼 나를 만족시켜 주었다. 추억도 미련도, 희망도 소원도, 미래도 과거도, 그 모두가 침묵을 지키고 있었다. 이제 나는 생명에 대해서, 순간이 생명에게서 가져오는 것, 가져가는 것밖에 몰랐다. 나는 외쳤다. 오, 육체의 기쁨이여! 내 근육의 어김없는 리듬이여! 건강이여!

나는 아침 일찍 마르슬린보다 먼저 출발했다. 그녀의 걸음

---

39) 나폴리 만에 연한 도시.

이 내 걸음을 늦추듯이, 그녀의 너무도 조용한 기쁨이 내 기쁨을 가라앉힐지도 모르기 때문이었다. 그녀는 나중에 마차를 타고 와서 포지타노[40]에서 나하고 만나기로 되어 있었다. 거기서 점심을 먹기로 했다.

나는 포지타노 가까이까지 와 있었다. 그런데 바로 그때 이상한 노랫소리에다 저음부처럼 들리는 마차 바퀴 소리가 났으므로 나는 얼른 뒤돌아보았다. 그 근처 길은 절벽을 따라 구부러지는 곳이라 처음에는 아무것도 보이지 않았다. 그러나 갑자기 마차 한 대가 무모한 속력으로 달려왔다. 마르슬린이 타고 있는 마차였다. 마부는 큰 소리로 노래를 부르면서 대담한 몸짓으로 자리에서 일어나, 미친 듯이 날뛰는 말을 찰싹찰싹 후려치고 있었다. 저런 짐승 같은 놈! 그는 가까스로 몸을 피한 내 앞을 달려가며 내가 불러도 멈추지 않았다……. 나는 급히 뒤쫓았다. 그러나 마차는 너무도 빨랐다. 갑자기 마르슬린이 펄쩍 뛰어올랐다가 그냥 주저앉는 것을 보자 오싹해졌다. 말이 한 번만 더 뛰었더라면 그녀는 바다로 나가 떨어졌을 것이다……. 갑자기 말이 넘어진다. 마르슬린은 뛰어내려서 달아나려고 한다. 그러나 이미 내가 그녀 곁에 있다. 마부는 나를 보자마자 심한 욕설을 퍼붓는다. 나는 그 사내에게 분노가 치밀어 올라왔다. 그의 폭언을 듣자마자 나는 달려들어 그를 마부석 아래로 거칠게 내동댕이쳤다. 나는 그와 함께 땅으로 뒹굴었으나, 내가 유리했다. 그는 떨어지는 바람에 정신이

---

40) 아말피와 소렌토의 중간에 있는 도시.

아찔해진 것 같았다. 그런데 곧바로 그가 달려들어 물려고 했으므로 얼굴 한복판에다 정통으로 한 대 먹였더니 더욱 얼떨떨해졌다. 그래도 나는 손을 늦추지 않고 그의 가슴을 무릎으로 덮쳐 누르고 양팔을 꼼짝 못하게 잡았다. 주먹으로 얻어맞아 더욱 추악해진 상대의 얼굴을 나는 보고 있었다. 상대방은 가래를 뱉고, 침을 질질 흘리고, 피투성이가 된 채 욕지거리를 퍼부었다. 아! 끔찍한 놈 같으니! 정말로! 이런 놈은 목을 졸라 죽여 버리는 게 마땅하다고 생각되었다. 하마터면 그를 죽였을지도 모른다……. 적어도 내게는 그만한 힘이 있다고 느꼈다. 다만, 경찰 생각이 나서 참았던 것 같다.

가까스로 나는 그 미치광이를 꽁꽁 묶을 수 있었다. 그리고 짐짝처럼 마차 안에다 집어 던졌다.

아! 그러고 난 뒤, 우리는 그 어떤 눈길과 그 어떤 키스를 주고받았던가! 위험은 대단하지 않았다. 그러나 나는 내 힘을 보여 주어야 했다. 그것도 그녀를 보호하기 위해서 말이다. 순간적으로 나는 그녀를 위해 나의 생명을, 그뿐 아니라 기꺼이 모든 것을 바칠 수 있을 것같이 생각되었다……. 말이 다시 일어섰다. 마차 안쪽 좌석은 주정뱅이에게 주고 우리 두 사람은 마부석으로 올라갔다. 그러고는 그럭저럭 말을 몰아서 포지타노에, 그리고 소렌토에 닿을 수 있었다.

내가 마르슬린을 내 것으로 만든 것은 바로 그날 밤이었다.

나는 정사에 대해서는 풋내기와 다름없었다는 사실을 자네들이 잘 납득했는지. 아니면 되풀이해서 또 말해야 할까? 우리의 첫날밤을 매력 있게 한 것은 어쩌면 그 신기함에서 왔는지 모른다……. 왜냐하면 지금 회상해 보면 그 첫날밤이 유일한 밤이었던 것처럼 생각되기 때문이다. 그만큼 사랑의 기대와 뜻밖의 사건이 환락의 열정을 돋우었던 것이다. 그만큼 가장 위대한 사랑을 고백하기에는 단 하룻밤으로도 충분하며, 그렇듯 나의 추억은 그 하룻밤만을 집요하게 회상한다. 단 한 순간의 웃음으로 우리 영혼은 융합되었다……. 그러나 나는 사랑의 유일한 한 지점이 있다고 생각한다. 훗날 영혼이 아! 그것을 아무리 뛰어넘으려 애써도 헛된 일이다. 영혼이 자기 행복을 되살리려고 하는 노력은 오히려 그것을 닳아 버리게 하고 만다. 행복의 추억만큼 행복을 방해하는 것은 없다. 아 아! 나는 지금도 그날 밤을 기억한다…….

우리가 묵은 호텔은 시외에 있고, 정원과 과수원으로 둘러싸여 있었다. 무척 큰 발코니가 우리 방을 더 넓혀 주었다. 나뭇가지가 발코니에 닿을 듯 말 듯했다. 새벽빛이 활짝 열린 창문으로 자유로이 들어왔다. 나는 살며시 일어나서 다정하게 마르슬린에게로 몸을 굽혔다. 그녀는 자고 있었다. 잠자면서 미소 짓고 있는 듯했다. 한층 더 건강해진 내게는 그녀가 한층 더 가냘프게 느껴지고 그녀 매력은 그 가냘픔에 있는 듯이 여겨졌다. 갖가지 잡념이 머릿속에서 소용돌이치기 시작했다. 그녀에게는 내가 전부라고 그녀는 말했는데, 그것이 거짓말은 아니라고 생각했다. 그러자 곧 이런 생각이 떠올랐다. '그럼 나는 그녀를 기쁘게 하기 위해 어떤 일을 하고 있단 말인가? 거의 하루 종일, 또는 매일, 나는 그녀를 혼자 내버려 두고 있다. 그녀는 내게 모든 것을 기대하는데 나는 그녀를 팽개쳐 두고 있다……! 아! 가엾은, 가엾은 마르슬린……!' 눈에 눈물이 가득 괴었다. 지난날의 육체적인 허약함에서 변명을 찾으려고 했으나 허사였다. 이제는 일상의 섭생과 이기주의 같은 건 내게 필요 없지 않나? 이제는 내가 그녀보다 힘이 더 세지 않나……?

미소는 그녀 볼에서 사라지고 없었다. 새벽 광선은 모든 것을 금빛으로 물들였으나 내 눈에는 그녀 얼굴이 갑자기 쓸쓸하고 창백하게 보였다. 그리고 아마도 아침이 가까워져서 내 기분이 불안해진 모양이었다. 나는 마음속으로 외쳤다. '언젠가, 이번에는 내가 너를 간호해야 하는 것이 아닐까? 너를 위해 걱정해야 하는 것은 아닐까, 마르슬린?' 나는 오싹하고 몸을 떨었다. 그리고 사랑과 연민과 애틋한 마음으로 떨면서, 그녀의 감은 두 눈 사이에 가장 다정하고 가장 사랑스럽고 가장 경건한 입맞춤을 살며시 해 주었다.

9

우리가 소렌토에서 보낸 며칠은 만족스럽고 더없이 조용한 나날이었다. 그러한 휴식, 그러한 행복을 나는 여태까지 맛본 적이 있었을까? 또한 앞으로도 그와 비슷한 것을 맛볼 수가 있을까……? 나는 늘 마르슬린 곁에 있었다. 나 자신의 일보다는 그녀에 대해 더 신경을 썼다. 그리고 이전에 말없이 맛보았던 기쁨을, 그녀와 이야기하는 일에서 발견했다.

우리의 방랑 생활을 나는 충분히 만족스럽다고 생각했으나 그녀는 임시 생활로밖에 즐기지 않았다는 것을 느끼고 나는 놀랐다. 그러나 곧 그러한 생활이 무위도식에 지나지 않는다는 것을 나도 깨달았다. 나는 그러한 생활이 일시적임을 인정했고, 마침내 건강이 회복됨으로써, 빈둥거리는 한가함으로부터 공부하고 싶은 욕망이 처음으로 되살아났다. 나는 비로소 진지하게 귀국 이야기를 했다. 그 말에 마르슬린이 기뻐하는 것을 보고, 나는 그녀가 오래전부터 그 일을 생각했다는 것을 알았다.

그러나 내가 다시 생각하기 시작한 몇 개의 역사 연구는 이미 나에겐 이전과 같은 흥미를 주지 못했다. 전에도 말했지만 병을 앓은 다음부터 추상적이고 중성적인 과거 지식이 내게는 허무한 것으로 생각되었다. 그리고 전에 문헌학 연구에 종사했을 때는, 이를테면 라틴어 변형에 대한 고트어의 영향 범위를 구명하는 데 정신이 빠져 테오도리크,[41] 카시오도르스,[42] 아말리존트[43] 같은 사람들과 그들의 찬탄할 만한 정열을 등한시하거나 무시하고, 다만 기호나 그들 삶의 찌꺼기에만 열광했다. 그러나 이제 와서는 그러한 기호와 문헌학 전체가 나에게는 야성적인 위대함과 고귀함을 내게 보여 준 것들 속으로 더 깊이 들어가기 위한 하나의 수단에 지나지 않게 되었다. 나는 그 시대를 더욱 연구하고, 잠시 동안 고트 제국 말기로 범

---

41) 5~6세기 동고트 왕.
42) 로마의 정치가, 학자로서 테오도리크에게 중용되었음.
43) 테오도리크의 딸, 아들인 아탈라리크 왕이 어릴 때 섭정했음.

위를 한정하고는, 곧 그 최후의 무대였던 라베나에 들르는 다음 기회를 선용하려고 결심했다.

그러나 솔직히 말해서 그러한 연구에서 가장 나를 매혹한 것은 젊은 아탈라리크 왕[44]의 모습이었다. 나는 이 열다섯 살 난 소년이 암암리에 고트인의 자극을 받아 어머니인 아말리존트를 거역하고, 자기가 받은 라틴 교육에 반항하며, 사나운 말이 거추장스러운 마구를 떨어 버리듯 교양을 팽개치고, 참으로 현명한 늙은 카시오도르스보다는 미개한 고트인과 교제하기를 좋아하여 연배가 같은 거친 총신(寵臣)들과 더불어 방종과 환락의 분방한 생활을 몇 년 맛본 나머지, 몸을 망치고 방탕에도 진력이 난 채 열여덟 젊음으로 죽은 사실을 생각했다. 한층 더 야성적이고 본능적인 상태를 추구하는 그 비극적인 정열 속에서 나는 마르슬린이 웃으면서 "나의 발작"이라고 부르는 것과 흡사한 그 무엇을 발견했다. 이제는 더 이상 나의 육체를 그 비극적인 정열에 사로잡히게 할 수 없었기 때문에 적어도 나의 정신만이라도 거기에 전념하는 것에 만족하려고 했다. 그리고 가능한 아탈라리크의 끔찍한 죽음 속에서 교훈을 찾아야 한다고 스스로 타일렀다.

그리하여 보름 동안 체류하게 될 라베나에 이르기 전에 로마와 피렌체를 서둘러 구경하고, 그다음 베네치아와 베로나는 빼고, 파리에 닿기 전에는 도중에 아무 데도 머무르지 않고 여행을 끝내기로 했다. 나는 마르슬린과 장래 얘기를 하는 데서

---

44) 아말리존트의 아들로 동고트의 왕.

전적으로 새로운 기쁨을 발견했다. 여름을 어떻게 보내는가에 대해서는 아직 뚜렷하게 결정되어 있지 않았다. 두 사람 다 여행에는 지쳐서 다시 떠나고 싶지 않았다. 나는 연구를 위해 극히 조용한 곳에 가고 싶었다. 그래서 우리는 녹음 짙은 노르망디의 리지외와 퐁레베크 사이에 있는 내 소유지를 생각했다. 전에 어머니가 갖고 있던 땅으로, 내가 어렸을 때 어머니와 함께 여름을 몇 해 보낸 적이 있으나 어머니가 돌아가시고 나서는 한 번도 가 본 적이 없었다. 아버지는 그 유지와 관리를 이제는 늙은 한 관리인에게 맡겨 놓았다. 그는 아버지를 대신해서 소작료를 받아 그것을 또박또박 우리에게 보내 왔다. 맑은 실개울이 몇 줄기나 흐르는 정원이 있는, 더없이 살기 좋은 커다란 집은 내 마음에 즐거운 추억을 남겼다. 그 집은 라모리니에르라고 불렸다. 그곳에 가서 살면 좋을 것 같았다.

나는 그해 겨울을, 여행자로서가 아니라 연구자로서 로마에서 보내자는 이야기를 하고 있었다……. 그러나 그 마지막 계획은 곧 뒤집어졌다. 오래전부터 나폴리에서 나를 기다리던 중요한 우편물 속 편지 한 통으로 인해, 뜻밖에 나는 콜레주 드 프랑스[45]에 강좌가 하나 비어서 내 이름이 여러 번 오르내렸다는 것을 알게 되었다. 이번에는 하나의 보강에 지나지 않았지만, 앞으로는 분명히 좀 더 자유로워질 것이었다. 내게 그 통지를 해 준 친구는, 만약에 내가 수락할 경우에 해야 할

---

45) 1530년경 프랑수아 1세가 파리에 창설한 공개강의 학교로, 대학 전문 교육을 보충하는 것을 목적으로 함.

몇 가지 간단한 수속을 가르쳐 주었다. 그리고 꼭 수락하라고 권했다. 처음 나는, 자유를 구속당할 거라 생각하고 망설였다. 그러나 곧 카시오도르스에 관한 내 연구를 강의에서 발표하면 재미있을지도 모른다고 생각했다. 마침내 마르슬린을 기쁘게 할지도 모른다는 생각이 나를 결심시켰다. 일단 마음이 서자 나에게는 그 이로운 점밖에 보이지 않았다.

아버지는 로마와 피렌체 학계의 여러 학자들과 교류하고 있었고 나 자신도 그들과 서신 왕래를 하고 있었다. 그래서 그들은 라베나와 그 밖의 곳에서 내가 하고 싶어 하는 연구에 대해 여러모로 편의를 봐 주었다. 나는 이제 연구 외에는 생각하지 않았다. 마르슬린은 이것저것 자상하게 신경을 쓰고 친절을 베풀며 내 연구를 도우려고 애썼다.

그 여행의 마지막 무렵 우리 행복은 실로 순탄하고 조용해서 나는 아무것도 이야기할 수가 없다. 인간의 가장 아름다운 행위는 어디까지나 비통한 것이다. 행복에 대한 이야기가 무슨 소용이 있겠는가? 행복을 가져다주는 것, 그리고 그것을 파괴하는 것만이 이야기할 가치가 있다. 그런데 나는 이제 행복을 가져다주던 모든 것을 자네들에게 다 이야기했다.

2부

1

우리는 7월 초에 라모리니에르에 도착했다. 파리에서는 일용품 구입과 오랜만에 몇몇 집을 방문하는 데 필요한 시간밖에 머물지 않았다.

라모리니에르는 이전에 자네들에게 말한 것처럼 리지외와 퐁레베크 사이, 내가 아는 한 가장 숲이 울창하고 습기가 많은 지방에 있다. 완만하게 구부러진 숱한 좁은 골짜기가 오즈의 광대한 계곡 가까이까지 이르고, 그 계곡은 단숨에 해안까지 펑퍼짐하게 뻗어 있다. 어디를 보나 지평선은 보이지 않는다. 보이는 것이라곤 신비에 싸인 잡목 숲, 밭들, 특히 초원, 즉 일년에 두 번 무성한 풀을 낫으로 베는, 완만하게 경사진 목장뿐이다. 그 목장에는 많은 사과나무가 있어서 태양이 기울면 그

넘자와 그림자가 얽히고, 그곳에 방목하는 양 떼가 풀을 뜯고 있다. 웅덩이마다 물이 괴어 있고 못이 있고 늪이 있고 개울이 있다. 언제나 흐르는 물소리가 들린다.

아! 얼마나 나는 그 집을 잘 아는가! 파란 지붕, 벽돌과 돌로 세운 벽, 도랑, 거기 괸 물 위에 비친 그림자들……. 열두 사람 넘게 재울 수 있는 옛날 집이었다. 마르슐린과 세 하인, 거기다 가끔 내가 끼어들어도 그 집 일부분을 떠들썩하게 하기는 쉽지 않았다. 보카쥬라는 늙은 마름은 이미 방 몇 개를 정성껏 정리하여 우리를 맞을 준비를 하고 있었다. 해묵은 가구가 이십 년의 긴 잠에서 깨어났다. 모든 것이 내 추억과 같았다. 벽에 둘러친 대리석도 그다지 상하지 않았고 방도 편히 지낼 만했다. 보카쥬는 우리를 한층 더 환영하려고 찾아낸 모든 꽃병마다 꽃을 가득 꽂아 놓았다. 넓은 안뜰과 가까운 오솔길 잡초도 뽑게 하고 다듬어 놓았다. 우리가 도착했을 때, 집은 석양의 마지막 빛을 받고 있었다. 그리고 집 앞 골짜기에서 피어오르는 안개가 가만히 움직이지 않고 냇물 위에 서리어, 시내가 거기 있다는 것을 가르쳐 주었다. 집에 닿기 전에 나는 갑자기 기억에 남은 저 풀 냄새를 맡았다. 그리고 집 둘레를 날아다니는 제비의 날카로운 지저귐을 다시 들었을 때, 모든 지난 일이, 갑자기 나를 기다리고 있는 듯이, 그리고 나를 알아보고 나를 접근하지 못하게 하려고 문을 닫아 버리려는 듯이 우뚝 일어섰다.

며칠이 지나자 집은 제법 정이 들었다. 하려고 마음만 먹으면 일을 시작할 수도 있었을 것이다. 그러나 나는 꾸물거렸다.

자질구레한 지난날이 생각나서 거기다 귀를 기울이기도 하며, 곧 너무나 새로운 감동에 마음을 빼앗겼다. 도착한 지 일주일 후에 마르슬린이 임신했다고 내게 밝혔다.

그때부터 나는 그녀에 대해 새로운 관심을 표현해야 할 것 같기도 하고 또한 그녀가 내게 좀 더 애정을 요구할 권리를 가진 듯한 그런 기분이 들었다. 적어도 그 고백을 듣고 난 뒤로 한동안은 거의 하루 종일 그녀 곁에서 보냈다. 우리는 숲 가까이에 있는 벤치에 가서 앉았다. 이전에 내가 어머니와 함께 가서 앉던 벤치였다. 그곳에서는 순간순간이 우리 앞에 한층 더 즐겁게 나타났고, 시간이 한층 더 부지불식간에 흘러가 버렸다. 내 생애 중 그 시기에 대해 또렷한 기억이 전혀 떠오르지 않는다고 하더라도, 그 시기에 대한 생생한 인식이 마음속에 부족하기 때문은 아니다. 모든 것이 하나의 행복으로 서로 엉클어지고 녹아들어, 밤은 부드럽게 아침과 이어지고, 날은 자연스럽게 또 다른 날에 이어져 있었기 때문이다.

나는 서서히 다시 일을 시작했다. 기분은 상쾌하게 가라앉았고 나의 능력에도 확신을 가지면서 침착하고 자신 있게 미래를 바라보았다. 의지도 차분해진 것 같아서, 이 온화한 땅의 충고를 경청하는 듯했다.

모든 것이 과실을 위해, 보람찬 수확을 위해 준비하고 있는 그 땅의 본보기는, 반드시 내게 다시없는 최상의 영향을 줄 것이라고 생각했다. 그 풍요로운 목장의 저 건장한 황소와 새끼 밴 암소는 얼마나 안정된 미래를 약속하는가 하고 나는 감탄했다. 적당히 비탈진 언덕에 질서 있게 심어 놓은 사과나무들은 그해 여름의 훌륭한 수확을 예고했다. 곧 가지가 얼마나 풍성한 열매를 달고 휘어질까 하고 나는 상상해 보았다. 그 질서 정연한 풍요, 그 기꺼운 순종, 그 즐거워 보이는 재배에는 이미 우연이 아니라 인력에 의한 하나의 조화가 이루어져 있었다. 그것은 하나의 리듬이었다. 인간적이기도 하고 자연적이기도 한 하나의 아름다움이었다. 그 속에서는 우리가 도대체 무엇에 감탄하는지 스스로도 모를 만큼, 자유로운 자연의 풍성한 힘과 그 힘을 조절하기 위한 인간의 교묘한 노력이 실로 완전한 화합 속에 융합되어 있었다. 나는 생각했다. 이러한 인간의 노력도 그것이 지배하는 억센 야성이 없었다면 어떻게 될까? 이러한 생기에 넘친 야성적인 정열도 그것을 막고, 웃으며 풍요로 인도해 주는 지적 노력이 없었다면 어떻게 될까? 그리고 나는 모든 힘이 잘 조절되고, 모든 지출이 다 변상되고, 모든 교환이 완벽하게 이루어져서 약간의 손실도 곧 알 수 있는 그런 고장에 대해 막연하게 공상했다. 그러고는 그 공상을 생활에다 적용함으로써 스스로 하나의 윤리학을 만들었다. 그것은 현명한 속박으로 자신을 완전히 이용하는 지혜가 되었다.

그렇다면 그전 날까지의 내 혼란은 어디로 들어가고 어디로 숨었는가? 나는 너무나 평온했으므로 그런 것은 전혀 없었던 것처럼 생각되었다. 내 사랑의 물결이 그런 것을 모조리 덮어 버렸다…….

한편 보카쥬 영감은 우리 주위에서 열성을 보였다. 그는 지시하기도 하고 감독도 하며 주의를 주곤 했다. 자신을 없어서는 안 될 사람으로 보이려는 태도가 역력했다. 그러나 그를 불쾌하게 할 수도 없어서 그가 작성한 계산서를 훑어보기도 하고, 끝없는 설명을 내내 들어 주기도 해야 했다. 그래도 그는 성이 차지 않는 모양이었다. 나는 땅을 돌아보러 그를 따라 나서야만 했다. 점잔을 빼며 거드름을 피우는 그의 태도와 그칠 새 없는 이야기는 분명히 그의 자기만족이고 성실함의 과시였으므로 나는 이내 짜증이 났다. 그는 점점 더 끈덕지게 굴었다. 그래서 내 편안한 마음을 되찾기 위해서는 어떤 수단을 취해도 괜찮다는 생각이 들기 시작했다. 그런데 바로 그때 뜻밖의 사건이 생겨서 나와 그의 관계는 다른 성질을 띠게 되었다. 어느 날 밤 보카쥬는 내일 자기 아들인 샤를이 돌아온다고 내게 말했다.

나는 "그런가!" 하고 거의 냉담한 태도로 말했다. 보카쥬에게 어떤 아들이 있는지 그때까지 나는 별로 관심이 없었다. 그렇게 말하고 나서, 나의 무관심한 태도에 그가 실망을 했고, 내게서 그 어떤 관심과 놀라움의 표현을 기대하고 있었다는 것을 알아챘으므로 "그래, 그 애는 지금 어디 있소?" 하고 물었다.

"알랑송46) 근처의 모범농장에요." 하고 그는 대답했다.

"그 애도 이젠 나이가 거의……." 하고 나는 여태까지 존재조차 몰랐던 아이의 나이를 계산하는 체하면서, 그에게 말참견을 할 여유를 주려고 느릿느릿한 투로 말을 이었다…….

---

46) 북프랑스 오른 현의 중심 도시.

"열일곱 살을 넘겼습니다." 하고 보카쥬가 대답했다. "큰마님이 돌아가셨을 때만 해도 겨우 네 살이었죠. 그런데 세상에! 이젠 벌써 훌륭한 장정이 되었습니다. 이제 곧 제 애비도 못 당할걸요……." 이렇게 보카쥬가 지껄이기 시작하면 아무리 노골적으로 귀찮은 얼굴을 해 보여도 도저히 막을 수가 없었다.

이튿날, 나는 더 이상 그 일에 대해 생각하지 않았다. 그런데 해 질 녘에 막 도착한 샤를이 마르슬린과 내게 인사하러 찾아왔다. 그는 건강이 넘치며, 몸매가 날렵하고 멋진 잘생긴 호남이었으므로, 우리에게 경의를 표하려고 입은 보기 흉한 나들이옷도 그다지 우스꽝스럽게 보이지 않았다. 수줍음 탓에 혈색 좋은 그의 얼굴이 조금 더 발그레해졌다. 그는 열대여섯 살 정도로만 보였다. 그만큼 그의 눈빛은 아직 어려 보였다. 그는 스스럼없이 대단히 분명하게 말을 했다. 그리고 아버지와는 반대로 쓸데없는 이야기를 하지 않았다. 처음 만나던 그날 밤 우리가 어떤 이야기를 주고받았는지는 벌써 잊어버렸다. 나는 그를 바라보기에 정신이 팔려서 아무런 이야기도 못 하고 마르슬린이 그와 말하도록 버려두었다. 그러나 그다음 날, 나는 처음으로 보카쥬 영감이 데리러 오는 것을 기다리지 않고 농장으로 올라갔다. 거기서 일이 시작되고 있다는 것을 알고 있었다.

웅덩이를 고치는 일이었다. 못만큼이나 큰 그 웅덩이에서는 물이 새고 있었다. 그 물구멍을 알고 있었으므로 시멘트를 발라 막기로 했다. 그러기 위해서는 우선 물을 퍼내야만 했다.

십오 년 동안 한 번도 한 적이 없는 일이었다. 잉어와 황어가 많았다. 그중에는 굉장히 큰 것도 있었다. 그리고 그놈들은 벌써 깊은 곳에 숨은 채 꼼짝도 하지 않았다. 나는 그 물고기를 도랑으로 옮겨서 일꾼들에게 주려고 생각했다. 그렇게 하면 그 일이 끝난 뒤에, 여느 때와 다른 농장의 소란으로 보아 짐작할 수 있듯이, 낚시질도 즐길 수 있을 것이었다. 근처 아이들도 와서 일하는 사람들 틈에 끼어 있었다. 마르슬린도 조금 뒤에 우리와 합류할 예정이었다.

내가 닿았을 때는 벌써 물이 제법 적어진 뒤였다. 가끔 수면이 크게 흔들리며 물결이 일고, 불안한 듯한 물고기의 갈색 등이 비쳐 보였다. 웅덩이 가장자리에서는 아이들이 흙탕 속에 들어가서 반짝반짝 빛나는 작은 물고기를 잡아서는 맑은 물을 가득 채운 양동이에다 던져 넣고 있었다. 웅덩이 물은 놀란 물고기 때문에 완전히 흐려져서 차츰 흙빛이 짙어 갔다. 물고기는 생각했던 것보다 훨씬 많았다. 하인 넷이 되는 대로 손을 쑤셔 넣어서는 잡아내고 있었다. 나는 마르슬린이 좀처럼 나타나지 않는 것이 안타까웠다. 그리고 그녀를 부르러 가려고 마음먹었을 때, 와자한 함성에 처음으로 뱀장어 몇 마리가 나타난 것을 알았다. 뱀장어는 좀처럼 잡히지 않았다. 손가락 사이를 미끄러지며 빠져나갔다. 그때까지 물가에서 아버지와 나란히 서 있던 샤를은 더 이상 참을 수 없는 모양이었다. 서슴없이 구두와 양말을 벗고 윗도리와 조끼를 벗고 바지와 셔츠 소매를 쓱 걷어붙이더니 용감하게 흙탕 속으로 뛰어 들어갔다. 나도 곧 그를 따랐다.

"어때! 샤를! 어제 오길 잘했나?" 하고 나는 외쳤다.

그는 아무 대답도 하지 않았다. 그러나 벌써 고기잡이에 정신이 팔린 채 웃으며 내 얼굴을 보았다. 나는 곧 커다란 뱀장어 한 마리를 쫓느라고 그의 도움을 청했다. 우리는 힘을 합해서 그놈을 잡았다……. 그리고 그다음에는 또 다른 놈을 잡았다. 흙탕물이 우리 얼굴에 튀었다. 때로는 갑자기 발이 미끄러져 허벅지까지 물에 잠겼다. 우리는 곧 완전히 흠뻑 젖었다. 그러한 놀이에 정신이 팔려 우리는 두세 마디 고함과 말을 주고받았을 뿐이었다. 그러나 그날이 끝날 무렵에는 내가 나도 모르게 그를 '너'라고 친근하게 부르고 있음을 알았다. 그렇게 함께 행동한 것이 긴 대화 이상으로 서로에 대해 아는 길이 되었던 것이다. 마르슬린은 그때까지 오지 않았다. 그리고 끝내 오지 않았다. 그러나 이미 나는 그녀가 없는 것을 아쉽게 생각하지 않았다. 그녀가 있었으면 우리 재미가 약간 덜했을 것 같았다.

다음 날부터 나는 샤를을 만나러 농장으로 갔다. 우리는 둘이서 숲 속으로 갔다.

내 토지에 대해 잘 모르고 또한 모르는 것을 그다지 걱정도 하지 않던 나는 샤를이 그에 대해 무척 잘 알고, 소작료 할당까지도 아는 데 무척 놀랐다. 나 자신이 거의 몰랐던 일들, 즉 내게 소작인이 여섯 명 있다는 것, 소작료를 1만 6000프랑 내지 1만 8000프랑 받을 수 있다는 것, 그것이 겨우 반쯤밖에 손에 들어오지 않는 것은 거의 전부가 갖가지 수리비와 중개 수수료로 없어지기 때문이라는 것 등을 그는 내게 가르쳐 주었다. 경작지를 조사하면서 그가 어떤 묘한 미소를 띠고 있는 것을 보고 나는 곧 나의 토지 경영이, 전부터 믿었듯이 또한 보카쥬가 일러 주고 있듯이 잘 되어 가는지 어떤지 의심스러워졌다. 나는 그 점에 관해 좀 더 샤를에게 지껄이게 했다. 보카쥬의 경우 나를 짜증나게 만들었던 저 실용적이기만 한 지능이 이 아이의 경우 나를 기쁘게 할 수 있었다. 우리는 매일 그러한 산보를 계속했다. 나의 소유지는 넓었다. 그리고 구석구석까지 조사를 마치자 이번에는 좀 더 조직적으로 그 일을 다시 시작하였다. 손질이 잘 안 된 밭과 금작화, 엉겅퀴, 잡초 등이 무성한 공지를 보자 샤를은 분개하는 빛을 결코 숨기려 하지 않았다. 그는 내게 노는 땅에 대한 증오감을 품게 할 수 있었으며, 그래서 나도 그와 함께 좀 더 손질이 잘된 경작지를 꿈꾸게 되었다.

"그런데." 하고 내가 먼저 그에게 말했다. "이렇게 아무렇게나 놔두면 누가 손해를 보지? 소작인들뿐이잖아? 소작지 수확량이 변해도 소작료는 변치 않으니까 말이야."

그러자 샤를은 약간 울화가 치미는 모양이었다. "나리는 아무것도 모르십니다." 그는 과감하게 대꾸했다. 그래서 나는 곧 미소를 지어 보였다. "나리는 수입만 생각하지, 밑천이 못 쓰게 되는 것을 생각하려고 하지 않으시는 거예요. 나리 땅은 손질이 되지 않으면 점점 가치가 없어지고 말죠."

"땅을 좀 더 잘 손질해서 그만큼 수확이 는다면 소작인들도 열심히 할 거라고 생각하는데. 그들은 상당히 욕심이 많으니까 될 수 있는 한 수확을 늘리려고 할 거야."

"나리는." 하고 샤를은 말을 이었다. "수고가 든다는 것을 계산하시지 않아요. 이 근처 어떤 땅은 소작인 집에서 멀어요. 갈아 봤댔자 아무 소득이 없거나, 거의 없는 거나 마찬가지죠. 하지만 갈아 놓으면 적어도 땅이 못쓰게 되지는 않을 겁니다⋯⋯."

이런 대화는 언제까지고 계속되었다. 때로는 한 시간이나 밭 사이를 걸으면서 같은 이야기를 되풀이하는 듯한 생각이 들었다. 그러나 나는 귀를 기울였다. 그리고 조금씩 지식을 늘려 갔다.

"결국 네 아버지가 할 일 아니냐."

어느 날 나는 참다못해 바른 말을 하였다. 샤를은 약간 얼굴을 붉혔다.

"아버진 벌써 노인이세요." 하고 그가 말했다. "임대 실행, 건물 유지, 소작료 징수 같은 데 신경을 쓰는 것만으로도 힘에 겨워요. 바로잡는 것은 아버지가 할 일이 아닙니다."

"그럼 넌 어떻게 바로잡을 수 있다는 거지?" 하고 나는 추궁했다.

그러자 그는 자기도 잘 모르겠다면서 슬쩍 발뺌하려고 했다. 나는 끈덕지게 물고 늘어져서 겨우 그의 의견을 말하게 했다.

"경작하지 않고 내버려 둔 땅을 전부 소작인에게서 빼앗아 버리는 거예요." 하고 마침내 그는 충고하기 시작했다. "소작인이 밭 일부분을 놀려 두는 것은, 그들에게 소작료를 지불하고도 남을 만한 토지가 있다는 증거예요. 만약에 종전대로 토지 전부를 갖고 싶다고 하거든 소작료를 올리는 거예요. 이 고장 사람들은 전부 게으름뱅이니까요." 하고 그는 덧붙였다.

내 소유지로 알고 있던 소작지 여섯 개 중에서 내가 가장 즐겨 다닌 곳은, 라모리니에르를 내려다보는 언덕 위 농장이었다. 그곳은 라발트리라고 불렸는데 거기에 살던 소작인도 결코 불쾌한 사람은 아니어서 나는 즐겨 그와 얘기를 나누곤 했다. 라모리니에르에 더 가까운 '성채(城砦) 농원'이라고 불리던 농장은 절반 소작제로, 반만 빌려 주고 있었다. 그리고 부재 지주를 대신해 보카쥬가 그 가축 일부를 소유하고 있었다. 의심이 생기기 시작한 지금, 정직한 보카쥬가 설마 나를 속이지는 않는다 해도 최소한 내가 많은 사람들에게 속고 있는 것을 모르는 체하는 건 아닐까 하고 의심하기 시작했다. 나를 위해 마구간과 외양간이 한 채씩 남겨진 것은 사실이지만, 이것은 곧 소작인들이 그들의 소나 말에게 내 귀리와 건초를 먹이기 위해 생각해 낸 데 불과한 것처럼 생각되었다. 나는 이제까지 보카쥬가 가끔 보고했던 도저히 있을 수 없다고 생각되는 말들도 호의로 들어주었었다. 가축이 죽었다, 기형이 되었다, 병에 걸렸다는 보고도 전부 그대로 받아들였다. 소작인의 암소가 병에 걸리면 그것이 나의 암소가 되고 또 내 암소가 건강해지면 그것이 소작인의 암소로 바뀌는 그런 일도 있을 수 있다는 것을 나는 아직 생각하지 못했다. 그러나 샤를이 부주의하게 지껄인 충고와 나 자신의 관찰에 의해 나도 사정을 분명히 알기 시작했다. 그러자 한번 경고를 받은 내 머리는 활발하게 움직이기 시작했다.

나의 지시로 마르슬린은 모든 장부를 면밀하게 조사했다.

그러나 무엇 하나 잘못된 점을 찾아낼 수 없었다. 보카쥬가 성
직하다는 것을 알았을 따름이다. 어떻게 할까? 내버려 두는
수밖에 도리가 없겠지. 그러나 마음이 가라앉지 않은 나는 내
색을 하지 않은 채 적어도 가축 감시만은 게을리하지 않기로
했다.

내겐 말 네 필과 암소 열 마리가 있었는데 이것만으로도 내
게는 고민거리였다. 그 네 마리 말 중에 세 살이 넘었는데도
여태 '망아지'라고 불리는 녀석이 있었다. 마침 길들이는 중이
어서 나는 이 말에 흥미를 가지기 시작했다. 그러자 어느 날,
한 하인이 와서 이 말은 도무지 다스릴 수 없이 사납고 어떻
게도 할 도리가 없으니 늦기 전에 파는 게 상책이라고 말했다.
그리고 내가 의심이라도 할까 봐 그랬는지 이 말에게 작은 달
구지 앞부분을 부수게 하여 정강이를 피투성이로 만들어 놓
았다.

그날 나는 가까스로 침착한 태도를 유지할 수 있었다. 내가
꾹 참은 것은 보카쥬가 난처해할 거라고 생각했기 때문이다.
요컨대 그는 악의가 있다고 하기보다 마음이 약한 거라고 나
는 생각했다. 잘못은 하인들에게 있다. 그러나 그들은 고용당
한 몸이라는 것을 깨닫지 못하고 있다.

나는 망아지를 보러 안뜰로 나갔다. 다가가는 내 발소리를
듣고, 직전까지 말을 두들겨 패던 한 하인이 갑자기 쓰다듬어
주기 시작했다. 나는 아무것도 못 본 체했다. 나는 말에 대해
서는 별로 아는 것이 없었으나 그 망아지는 멋있게 보였다. 정
말로 날씬하게 생긴 연한 갈색 잡종이었다. 눈은 생생하게 빛

나고 갈기와 꼬리도 금빛에 가까웠다. 나는 말이 별로 다치지 않았음을 확인하고 피부가 벗어진 데에 붕대를 감아 주라고 이르고는 그 이상 아무 말도 없이 자리를 떠났다.

저녁때 샤를을 만나자 나는 그가 그 망아지를 어떻게 생각하는가 알려고 애써 보았다.

"전 매우 순한 말이라고 생각합니다. 그런데 그자들은 다루는 법을 몰라요. 그놈들에게 맡겨 두면 미치광이 말로 만들어 버릴 거예요."

"너 같으면 어떻게 하겠니?"

"나리께서 말을 일주일 정도 저에게 맡겨 주시겠어요? 걱정 마세요."

"도대체 어떻게 하겠다는 거지?"

"두고 보세요……."

이튿날 샤를은, 주위에 시내가 흐르고 근사한 호두나무 한 그루가 그늘을 지우고 있는 목장 한구석으로 그 망아지를 끌고 갔다. 나도 마르슬린을 데리고 그곳으로 갔다. 나의 생생한 추억 중 하나다. 샤를은 땅 위에다 튼튼하게 박은 말뚝에 몇 미터 길이 밧줄로 망아지를 매었다. 지나칠 만큼 원기 왕성한 망아지는 처음 얼마 동안은 맹렬하게 날뛴 모양이었다. 그러나 곧 지쳐서 순해지고 침착해져서 원을 그리며 돌고 있었다. 그 빠른 걸음걸이는 놀랄 만큼 탄력적이어서, 보기만 해도 경쾌하고 춤처럼 매력 있었다. 샤를은 원 중심에 서서 말이 한 바퀴 돌 때마다 펄쩍 뛰어 밧줄을 피하면서 뭐라고 말을 하며 망아지를 골리기도 하고 달래기도 했다. 그는 손에 커다란 채찍을 들고 있었다. 그러나 그것을 쓰는 모습은 한 번도 보시 못했다. 그의 태도와 몸짓 전부가 그 젊음과 즐거운 듯한 표정으로, 그 일을 기쁨에 넘치며 아름답게 보이게 했다. 그리고 별안간 어떻게 했는지 그는 말 위에 걸터앉았다. 말이 걸음을 늦추다가 멈춰 선 틈을 타서 슬슬 쓰다듬어 주는 체하다 느닷없이 올라탄 것이었다. 그는 사뭇 자신 있게 겨우 갈기만 잡고 웃으면서 몸을 굽혀 계속 쓰다듬어 주었다. 말은 순간적으로 약간 뒷발질했을 뿐이었다. 걸음걸이는 벌써 온순해졌다. 그것이 하도 아름답고 경쾌해 보여서 나는 샤를이 부러워져 그에게 그 느낌을 말했다.

"며칠만 더 길들이면 안장을 얹어도 간지러워하지 않을 거예요. 두 주쯤 지나면 심지어 마님도 탈 수 있게 될 겁니다. 새끼 양처럼 온순해질 테니까요."

정말 그가 말한 대로였다. 며칠 뒤에는, 쓰다듬어 주고 마구를 달고 몰아도 전혀 경계하는 빛이 없이 시키는 대로 가만히 있었다. 마르슬린도 그런 연습에 견딜 수 있는 건강한 상태였다면 아마 타 보았을 것이다.

"나리, 한번 해 보세요." 하고 샤를은 내게 말했다.

나 혼자였다면 결코 그런 짓은 안 했을 것이다. 그러나 샤를이 자기도 농장 다른 말에 안장을 얹어 타겠다는 말을 꺼냈다. 그와 함께 말을 탄다는 즐거움에 나는 지고 말았다.

어릴 적에 어머니가 나를 승마 연습장에 데리고 가 준 것을 나는 얼마나 감사했는지! 처음 배우던 때의 희미한 기억이 도움이 되었다. 말에 올라타도 그다지 놀라지는 않았다. 곧 무서움이 전혀 없어지고 쉽게 타는 법을 익혔다. 샤를이 탄 말은 좀 더 미련하고 혈통도 보잘것없으며 우둔했으나 보기에 결코 불쾌하진 않았다. 그러나 특히 샤를의 기술이 좋았던 것이다. 우리는 매일 조금씩 말을 타고 외출하는 습관이 들었다. 특히 이른 아침, 이슬로 반짝이는 풀 속을 지나가는 것이 좋았다. 우리는 숲 끝까지 가곤 했는데, 도중에 개암나무 가지를 건드리면 이슬을 머금은 가지가 흔들려서 옷이 흠뻑 젖었다. 거기까지 가면 갑자기 전망이 트였다. 그곳은 오즈의 널찍한 계곡이었다. 꽤 멀리 바다 기운을 느낄 수 있었다. 우리는 말에서 내리지도 않은 채 한동안 멈춰 서 있었다. 막 떠오른 태양이 안개를 물들이고 밀어내며 흩어지게 하고 있었다. 그리고 우리는 말을 몰아서 돌아오는 도중에 농장 근처에 잠시 말을 세웠다. 들일이 겨우 시작된 참이었다. 우리는 농부들보다도 일찍 일어나서 그들을 부린다는 자랑스러운 기쁨을 맛보고 있었다. 그러고는 얼른 그들 곁을 떠나 마르슬린이 일어날 즈음에야 라모리니에르로 돌아왔다.

나는 공기에 취하고, 속력에 현기증을 느끼고, 유쾌한 피로에 사지는 가볍게 저리고, 마음은 건강과 식욕과 상쾌한 기분으로 가득 차서 돌아왔다. 마르슬린은 나의 이 색다른 취미에 기뻐하고 격려해 주었다. 돌아와서 나는 각반을 찬 채 그녀가 꾸물대며 나를 기다리고 있는 그녀 침대 곁으로 이슬에 젖은 풀 냄새를 날라 갔다. 그 냄새가 좋다고 그녀는 말했다. 그리고 그녀는, 우리의 먼 산책, 잠을 깨우는 전원, 들일의 시작 같은 내 이야기에 귀를 기울였다……. 그녀는 내가 살아 있다는 것을 실감하고 자기가 살아 있는 거나 다름없는 기쁨을 느끼는 모양이었다. 이윽고 나는 그 기쁨마저 남용했다. 우리 산보는 길어졌다. 그리하여 때로는 정오쯤이 되어서야 돌아오기도 했다.

그러나 나는 강의 준비를 위해 될 수 있는 대로 늦은 오후와 밤은 남겨 놓도록 했다. 연구는 진척되었다. 나는 만족했다. 그리고 나중에 강의를 모아 책 한 권으로 펴내는 것도 불가능하다고 생각하지 않았다. 일종의 자연적인 반동이겠지만, 나의 생활이 질서가 잡히고 규칙적이 되고, 또 주위 모든 것에 질서와 규칙을 주는 일이 즐거워지는 반면, 고트인의 거친 도덕에 점점 열중하게 되었다. 그리고 또 강의 중에는, 나중에 크게 비난받게 될 대담성으로 그 미개 상태를 찬양하고 옹호하는 데 열중했던 반면, 내 속에서나 내 주위에서는, 그런 상태를 생각나게 할 만한 모든 것을 전부 제거하지는 못할망정 억제하려고 무던히 애를 썼다. 그러한 지혜, 아니면 그러한 광기를 나는 어디까지 밀고 갔는지 모른다.

내 소작인 중에 크리스마스로 임대 계약이 끝나는 두 사람이 계약을 갱신하려고 나를 만나러 왔다. 관례에 따라 '임대차 계약서'라 불리는 것에 서명만 하면 되었다. 하지만 나는 샤를의 보장으로 힘을 얻고, 그와 날마다 주고받은 이야기에 자극되어 마음을 단단히 먹고 소작인들을 기다렸다. 그들은 소작인을 바꾸기 힘들다는 사실을 핑계로 처음엔 소작료 인하를 요구했다. 그런 만큼 내가 손수 만들어 두었던 '계약서'를 읽어 주었을 때, 그들의 놀라움은 컸다. 나는 소작료 인하를 거절했을 뿐 아니라 그들이 전혀 사용하지 않는다고 생각되는 토지 일부를 거둬들이겠다고 써 놓았던 것이다. 처음 그들은 웃으면서 내가 농담을 한다고 생각하는 체했다. 이따위 땅을 어쩌겠다는 거요? 전혀 가치 없는 땅 아니오. 자기네가 팽개쳐 두는 이유도 아무짝에도 쓸모없기 때문 아닌가……. 이윽고 내가 진정으로 말하고 있다는 것을 알자 그들은 버티기 시작했다. 나도 또한 버티었다. 그들은 떠나가겠다고 협박하면 내가 겁을 낼 줄 안 모양이었다. 이렇게 말하려고 기다렸던 사람은 바로 나였다.

"좋소! 나가고 싶거든 나가시오! 붙들진 않을 테니까." 그렇게 말하면서 나는 계약서를 집어 그들이 보는 앞에서 찢어 버렸다.

그렇게 하여 나는 100헥타르 남짓한 땅을 갖게 되었다. 이미 얼마 전부터 나는 그 땅의 관리를 보카쥬에게 맡길 작정이었다. 그렇게 하면 간접적이나마 샤를에게 주는 셈이니까 하고 생각했다. 그리고 나도 역시 땅을 많이 돌볼 작정이었다. 물론 깊이 생각한 것은 아니었으나, 경영의 위험성 그 자체에 마음이 끌렸다. 소작인들은 크리스마스에 가서야 땅을 내놓게 되어 있으니 그때까지는 여러 가지로 대책을 세울 여유가 있었다. 나는 그 이야기를 미리 샤를에게 했다. 그가 기뻐하는 모습을 보자 나는 그만 불쾌해졌다. 그는 기쁨을 감출 줄 몰랐다. 그 사실은 내게 그가 아직 너무 젊다는 것을 더욱 절실하게 느끼게 했다. 시간은 임박했다. 수확을 끝내고는 밭을 비워서 곧 갈아야 할 때였다. 그때까지의 관습으로, 나가는 소작인의 일과 새로 올 소작인의 일이 함께 행해지고, 나갈 소작인은 추수가 끝남에 따라 차례차례 땅을 넘겨주게 되어 있었다. 나는 복수라도 당할까 봐 쫓겨난 두 소작인의 원한을 두려워했다. 그러나 그들은 오히려 아주 기쁘다는 듯이 내게 만족한 체했다.(그렇게 하는 편이 그들에게 유리했다는 것을 나는 나중에 가서야 겨우 알았다.) 나는 잘됐다 싶어서 곧 내 것이 될 그들 땅을 아침저녁으로 쫓아다녔다. 가을에 접어들고 있었다. 밭 갈기와 파종을 서두르기 위해 더 많은 사람을 써야 했다. 쇠스랑이며 롤러, 쟁기도 사 두었다. 나는 말을 타고 돌아다니며 일을 감독, 지휘했다. 나 스스로 명령하고 지배하는 것이 즐거웠다.

한편 근처 목장에서는 소작인들이 사과를 거둬들이고 있었다. 사과는 근래 드문 대풍작으로 무성한 풀밭에 떨어져 뒹굴었다. 도저히 일손이 모자라 이웃 마을에서도 사람들이 왔다. 일주일 기한으로 고용한 것이었다. 샤를과 나도 가끔 재미 삼아 거들었다. 어떤 사람은 늦된 열매를 떨어뜨리려고 장대로 두들겼다. 또 한편에서는 너무 익어서 저절로 떨어진 것을 주웠는데 그런 것들은 흔히 키가 큰 풀밭 속에서 상했거나 뭉개져 있었다. 사과를 밟지 않고는 걸을 수도 없을 지경이었다. 목장에서는 달고 새콤한 냄새가 피어올라 밭 냄새와 섞여 풍겼다.

가을이 깊었다. 늦가을의 맑게 갠 아침은 티 없이 상쾌하고 공기가 맑았다. 때로는 습기 찬 대기로 파랗게 물든 원경은 더욱 멀리 보였으며 산책은 여행처럼 느껴졌다. 그곳 땅 일대가 넓어진 것 같았다. 때로는 반대로 공기가 이상할 만큼 투명해서 지평선이 바로 곁까지 다가오고, 한번 날기만 하면 가 닿을 것 같았다. 그 둘 중 어떤 것이 가을의 우수로 마음을 더 사로잡았던 것인지 모른다. 내 연구는 거의 완성돼 있었다. 아니, 적어도 그로부터 좀 더 기분 전환을 하기 위해 그렇게 말하고 있었다. 농장에서 보내지 않는 시간을 나는 마르슬린 곁에서 보냈다. 우리 둘은 함께 정원으로 나갔다. 그리고 천천히 걸어 다녔다. 그녀는 힘없이 내 팔에 기대었다. 우리는 벤치로 가서 앉았다. 거기서는 석양빛으로 가득 채워진 골짜기가 내려다 보였다. 그녀는 다정스레 내 어깨에 기대고 있었다. 그렇게 우리는 저녁때까지, 말도 없이, 꼼짝도 하지 않은 채 가을 해가 몸속에 녹아드는 것을 느끼면서 조용히 앉아 있었다······. 이미 얼마나 많은 침묵으로 우리 사랑이 감싸여 있었던가! 왜냐하면 이미 마르슬린의 사랑이 사랑한다는 말보다 훨씬 강했기 때문이고, 그 사랑으로 나는 종종 고통에 가까운 감정을 느끼곤 했기 때문이다. 한 가닥 미풍이 가끔 잔잔한 수면에 잔물결을 일게 하듯 자그마한 감동도 그녀 이마 위에 나타나곤 했다. 그녀는 자기 몸속에서 꿈틀거리는 새로운 생명의 고동을, 신비로운 것에 귀를 기울이듯 조용히 엿듣고 있었다. 나는 깊고 맑은 물을 들여다보듯 그녀에게로 몸을 기울이고 있었다. 아무리 깊이 들여다보아도 그곳에서는 사랑밖에 보이지 않았다. 아! 그 또한 역시 행복이었다면 나는 서슴지 않고 붙들려고 했을 것이다. 마치 양손을 모아서 달아나는 물을 헛되이 붙잡으려고 하듯이. 그러나 이미 나는 행복 곁에서, 행복과 다른 그 무엇을 느끼고 있었다. 그것은 나의 사랑을 채색하고 있었다. 마치 가을을 채색하듯이.

가을이 깊었다. 아침마다 풀잎에는 이슬이 더 많이 내리게 되었다. 숲가에 있는 풀은 이제는 마를 틈이 없었다. 공기가 맑은 새벽녘에 풀들은 새하얗게 되었다. 오리들은 도랑물에서 날개를 치고 법석을 떨었다. 때로는 몸을 일으켜 큰 소리를 지르며 날아오르고, 날개를 파닥거리며 라모리니에르를 한 바퀴 빙 돌았다. 어느 날 아침 오리들이 보이지 않았다. 보카쥬가 잡아 가두었던 것이다. 해마다 가을이 되어 새가 이동하는 계절이 되면 그렇게 잡아 가둔다는 것을 샤를이 얘기해 주었다. 그리고 며칠 안 되어 날씨가 변했다. 어느 날 밤 갑자기 거대한 바람이, 억센 바다의 입김이 북풍과 비를 몰고 한바탕 불어닥쳐 철새들을 낚아채 가고 말았다. 마르슬린의 몸 상태, 새 살림집에 대한 관심과 나의 첫 강의에 대한 걱정으로 우리는 이미 파리로 돌아가 있어야 했다. 어느 새 나쁜 계절이 시작되었으므로 우리는 쫓기듯 돌아갔다.

실은 11월에 나는 농장 일로 다시 돌아와야 했다. 그런데 보카쥬의 겨울 준비를 알자 나는 무척 화가 났다. 그는 샤를을 모범 농장으로 보내고 싶다고 말하고, 아직 거기서 상당히 배워 익힐 게 있다고 주장했다. 나는 그와 오랫동안 얘기하며 생각나는 구실은 모조리 끄집어내 보았으나 그를 설복할 수는 없었다. 그는 겨우 샤를이 좀 빨리 돌아올 수 있게 수업 기간을 약간 단축할 것을 승낙했을 뿐이었다. 보카쥬는 농원 두 개를 경영하는 것이 상당히 힘이 들 것이라는 것을 내게 숨기지 않았다. 그러나 그는, 극히 성실한 농부가 둘 있어서 자기가 데리고 쓸 작정이라고 말했다. 그들은 소작인 같기도 하고 절반만 소작인 같기도 하고 또한 머슴 같기도 했다. 그곳에서는 전혀 새로운 시도였으므로 그도 잘되리라는 예측은 할 수 없었다. 하지만 그것은 내가 원해서 된 일이라고 그는 말했다. 그 대화는 10월 말쯤이었다. 11월 초에 우리는 파리에 돌아와 있었다.

2

우리가 자리 잡은 곳은 파시[47] 근처의 S 거리였다. 마르슬린의 오빠 중 한 사람이 추천해 준 아파트는 우리가 저번에 파리에 들렀을 때 가 볼 수 있었는데, 아버지가 남겨 준 집보다 훨씬 컸다. 그래서 마르슬린은 집세가 비쌀 뿐 아니라 아무래도 생활비도 많아질 거라고 걱정했다. 그 모든 그녀의 두려움에 대해 나는 뜨내기 살림은 싫다고 억지로 대항했으며 나 스스로도 억지로 믿게 하려고 일부러 과장했다. 그야 신접살림을 위한 갖가지 지출이 올해 수입을 능가할지도 모른다. 그러나 이미 상당한 액수였던 우리 재산은 더욱 불어날 계산이었다. 여기서 나는 내 강의와 저서 출간과 심지어 어처구니없게도! 내 농장의 새로운 수입까지 계산에 넣고 있었다. 지출을 할 때마다 그만큼 수입을 늘려야 한다고 생각하면서도, 내 마

---

47) 파리 16구 조용한 고급 주택지.

음속으로 느낄 수 있었던, 또는 느낄까 봐 두려워했던 모든 변덕스러운 기분을 동시에 억제하는 체하면서, 나는 어떤 지출 앞에서도 주저하지 않았다.

처음 며칠은 아침부터 밤까지 물건을 사 나르느라고 시간을 보냈다. 그리고 그 뒤에는 마르슬린의 오빠가 매우 친절하게 도와주어서 우리 수고가 많이 덜어졌지만 마르슬린은 곧 심한 피로를 느끼기 시작했다. 그리고 또 그녀에겐 휴식이 필요했을 텐데도 자리 잡자마자 곧 연일 방문을 받아야 했다. 여태까지 파리에서 떠나 생활하던 만큼 방문객이 연달아 왔다. 오랫동안 사교 생활에서 멀어져 있던 마르슬린은 간단하게 끝내는 방법도 모르거니와 집에 없다고 거절할 용기도 없었다. 저녁때가 되면 나는 기진맥진한 그녀를 발견하곤 했다. 그 피로의 원인을 잘 알고 있었으므로 그다지 걱정은 하지 않았지만, 그래도 나는 그 피로를 줄여 주기라도 하려고 궁리를 해 보았다. 그래서 도무지 유쾌한 일은 못되었으나 종종 그녀를 대신해서 방문객을 대접하기도 하고, 또 때로는 더욱 재미없는 일이지만 답례 방문을 하기도 했다.

나는 결코 화려한 달변가가 아니었다. 게다가 살롱의 경박한 분위기, 살롱의 재치란 것이 나는 아무래도 싫었다. 그러나 이전에는 몇 군데 그런 곳에 출입한 적도 있었다. 하지만 얼마나 오래전 일이었나! 그 후에는 어떻게 되었던가? 나는 남 옆에 있으면 자신이 우울하고 쓸쓸한, 다루기 힘든 인간처럼 생각되고, 남을 거북하게 하고, 동시에 나도 거북해지는 것이었다……. 공교롭게도 운이 나빠서 나의 둘도 없는 진정한 친구로 생각하던 자네들은 파리에 없었고 한동안 돌아오지 않을 작정이었다. 나는 자네들에게 더 잘 이야기할 수 있었을까? 어쩌면 자네들은 나 자신보다도 더 잘 이해해 주었을까? 그러나 그 당시 내 마음속에서 자라던 것, 그리고 오늘 내가 자네들에게 이야기하고 있는 것을 내가 알았던가? 내게는 미래가 완전히 확실한 것으로 생각되었다. 그리고 그때만큼 미래를 지배하고 있는 듯한 기분인 적도 없었다.

또한 내게 좀 더 통찰력이 있었다고 해도, 자네들이 나만큼 잘 알고, 나처럼 판단하고 있는 저 위베르, 디디에, 모리스, 그 밖의 친구들이 나에게 무슨 도움이 되었겠는가. 유감스럽게도! 나는 곧 그들의 이해를 얻는다는 건 불가능하다는 걸 알았다. 처음 말을 주고받았을 때부터 나는 그들 때문에 수없이 가짜 인물 역할을 연기해야 했다. 내가 여전히 그런 사람이라고 그들이 생각했던 사람과 닮지 않을 수 없었다. 그렇게 하지 않고는 내가 겉만 꾸미고 있는 것처럼 보였기 때문이다. 그래서 편의상, 그들이 내 것으로 간주하는 사상이나 취미를 갖고 있는 체했다. 사람은 성실하면서 동시에 성실한 체할 수는 없는 법이다.

나는 나와 같은 전문 분야 사람들, 즉 고고학자와 언어학자하고는 좀 더 기분 좋게 다시 만났다. 그러나 그들과의 대화에서 훌륭한 역사 사전을 펼치는 이상의 기쁨이나 감동을 발견할 수는 없었다. 처음에 나는 어떤 소설가나 시인 들에게서 삶에 대한 좀 더 직접적인 이해를 발견하기를 기대했다. 하지만 그들은, 그러한 이해가 있었다 해도, 솔직히 말해서 그들은 대개 그것을 밖으로 나타내진 않았다. 내게는 그들 대부분이, 살고 있는 게 아니라 살고 있는 체하는 것만으로 만족하며, 걸핏하면 삶을 글 쓰는 일에 대한 귀찮은 방해물처럼 본다고 생각되었다. 그런데도 나는 그들을 비난할 수 없었고, 내게도 그런 과오가 없었다고 단언할 수도 없다……. 게다가 나는 '산다'는 것을 어떻게 해석하고 있었던가? 바로 그것이, 사람들에게 가르쳐 달라고 하고 싶었던 것이다. 누구나 다 삶의 모든 사건에 대해 교묘하게 이야기하나, 그 사건의 동기가 되는 것에 대해서는 한 마디도 언급하지 않았다.

어떤 철학자들로 말할 것 같으면 그 역할로 보아 당연히 내게 가르쳐 줄 만한 사람들이었으나, 나는 오래전부터 그들에게 무엇을 기대할 수 있는지 알고 있었다. 수리 철학자들이건, 신비판주의 철학자들이건 그들은 될 수 있는 한 번거로운 현실에서 떠나, 계산하는 수량의 존재를 파고드는 대수학자의 관심 이상으로 현실을 파고들지는 않았다.

마르슬린 곁으로 돌아오면 나는 이러한 사람들과의 교제에서 생기는 권태를 그녀에게 조금도 숨기려 하지 않았다.

"그들은 모두 서로 닮았어. 모두가 이중 역할을 하고 있거든. 그들 중 한 사람에게 말하면, 많은 사람들에게 얘기하고 있는 듯한 기분이 든단 말이야."

"하지만 여보, 모든 사람에게 다른 누구와도 닮지 말라고 하는 건 무리야." 하고 마르슬린은 대답했다.

"그들이 서로 닮으면 닮을수록 나와는 더 달라져."

그리고 나는 한층 더 쓸쓸한 투로 말했다.

"그들은 아무도 자신이 병들었다는 것을 몰라. 그들은 살아 있는 것처럼 보이지만, 살아 있다는 것을 모르는 것처럼 살고 있어. 게다가 나 자신 역시 그들 곁에 가면 이미 살아 있지 않은 거야. 그중에서도 특히 오늘, 내가 했던 게 뭐지? 나는 9시부터 당신 곁을 떠나야 했어. 나가기 전에 겨우, 잠깐 책을 읽을 시간이 있었지. 그게 하루 중에서 유일한 즐거운 시간이야. 당신 오빠가 공중인 사무실에서 나를 기다리고 있었고, 그 일이 끝나도 나를 놓아주지 않았어. 난 함께 융단 장수를 만나야 했어. 그리고 또 가구점으로 끌려가서 진력이 났지. 그러고 나서 겨우 가스통 집에서 헤어질 수가 있었어. 나는 필리프하고 시내에서 점심을 먹고, 이어 카페에서 나를 기다리던 루이를 만났지. 그와 함께 테오도르의 엉터리 강의를 듣고, 강의가 끝나자 칭찬해 주었지. 그의 일요일 초대를 거절하기 위해 그와 함께 아르튀르 집까지 가야 했고, 아르튀르와 함께 수채화 전시회를 보러 갔어. 알베르틴과 줄리 집에 명함을 갖다 놓으러 갔었어……. 기진맥진해서 돌아오면 당신도 나와 마찬가지로 아들린이니 마르트니 잔이니 소피를 만나느라고 지칠 대로 지쳐 있고……. 그리고 밤이 된 지금, 하루의 이러한 일 전부를 생각해 보면 나의 하루가 도무지 쓸데없었다고 느끼게돼. 정말로 공허했던 것처럼 생각된단 말이야. 지나가는 하루를 도중에 잡아당겨서 한 시간, 한 시간을 다시 한 번 고쳐 보고 싶어지고, 슬퍼서 울고 싶을 지경이야."

그러나 '산다'는 것을 내가 어떻게 해석하고 있는가, 그리고 좀 더 널찍하고 환기가 잘되며, 좀 더 속박이 없고, 남의 눈치를 볼 필요가 없는 삶에 대한 취미가 나의 답답함에 대한 극히 단순한 비밀이 아니었냐라고 물었다면, 나는 대답할 말이 없었을 것이다. 이 비밀은 나에게 훨씬 더 신비한 것처럼 보였다. 나는 소생한 사람의 비밀이라고 생각했다. 왜냐하면 사람들 속에 가면 나는 마치 죽은 자들의 세계에서 돌아온 사나이처럼 언제나 이방인으로 남아 있었기 때문이다. 그래서 처음에는 상당히 고통스러운 혼란밖에 느끼지 못했다. 그러나 곧 매우 새로운 감정이 솟아 나왔다. 나는 그처럼 모두에게 칭찬을 들은 연구를 발표했을 때도, 바른 말이지만 약간의 자랑스러움도 느끼지 않았다. 지금 생각해 보니 그것이 바로 자랑이었을까? 어쩌면 그럴지도 모른다. 그러나 적어도 거기에는 어떤 자만심도 섞여 있지 않았다. 그때 처음으로 나는 나 자신의 가치를 의식했다. 나를 남과 분리해 놓는 것, 구별 짓는 것, 이것이 중요했다. 나 이외 아무도 말하지 않았고 말할 수도 없었던 것, 바로 그것이 내가 말해야 했던 것이었다.

　내 강의는 그 후 곧 시작되었다. 주제에 끌려들어서 나는 첫 강의에 새로운 열정 전부를 쏟아 넣었다. 말기 라틴 문명을 논함에 있어 민중과 동일 수준을 유지하면서 상승해 가는 예술 문화를, 분비물을 예로 들어 설명했다. 분비물이란 처음 얼마간은 건강의 충일과 과잉을 나타내지만, 곧 응고되고 경화되어 정신과 자연의 완전한 접촉을 방해하고, 사뭇 생명이 오래 이어지는 것처럼 보이는 외관 아래, 생명의 감소를 숨기고 있다. 그리하여 숨이 막힌 정신은 여위고 쇠약하여 끝내는 시들어 죽게 하는 껍질을 만든다. 마지막으로 나는 나의 생각을 극단까지 몰고 가서, 삶에서 태어난 문화가 바로 삶을 죽이는 것이라고 말했다.

역사가들은 너무 성급하게 일반화하는 경향이 있다고 하며 나를 비난했다. 다른 사람들은 나의 방법론을 비난했다. 그리고 나를 칭찬한 사람들은 나를 가장 이해하지 않았던 사람들이었다.

내가 오랜만에 메날크와 재회한 것은 그 강의를 끝내고 나오던 때였다. 나는 그때까지 그와는 그다지 빈번한 교제가 없었다. 그리고 또 나의 결혼 조금 전에 그는 또 예의 먼 탐험 여행을 떠났었다. 그 먼 여행을 떠나면 때로는 일 년 이상이나 우리는 그를 만나지 못했다. 옛날에 나는 그를 별로 좋아하지 않았다. 그는 어쩐지 거만한 것 같았고, 나의 삶에 흥미를 보이지 않았다. 그래서 나의 첫 강의에서 그를 발견하고 놀랐다. 전에 나를 그에게서 멀리했던 저 거만한 태도도 이제는 오히려 좋게 여겨졌다. 그리고 나를 향해 짓는 그 미소도 좀처럼 없는 일임을 알고 있었던 만큼, 한층 더 매력적으로 생각되었다. 최근에 그의 추문을 폭로하려는 터무니없고 치사한 소송 사건이 있어서 신문은 그에게 오명을 씌울 절호의 찬스를 얻었다. 그의 사람을 얕보는 거만한 태도에 기분이 상했던 자들은 이것을 구실 삼아 자기네 복수를 하려고 했다. 그런데 그들을 가장 화나게 한 것은 도무지 그가 그것에 신경을 쓰는 것 같지 않다는 사실이었다.

"그들의 주장이 옳다고 해 두지." 하고 그는 모욕에 대해 대답했다. "그래야 자기들에게 달리 할 짓이 없다는 것에 대한 위로가 되니까 말이야."

그러나 '선량한 사회'는 분개했다. 그리고 소위 '체면을 지키는' 사람들은 그를 피하여, 그것으로 그의 모욕에 응수해야 한다고 생각했다. 그럴수록 그 일이 내게는 그에게 접근하는 하나의 이유가 되었다. 어떤 은밀한 힘에 의해 그에게 이끌린 나는 모두가 보는 앞에서 그에게 다가가서 다정하게 껴안았다.

내가 누구와 이야기하고 있는가를 보자 끝까지 남아 있던 귀찮은 패들도 물러갔다. 나는 메날크와 단둘이 남았다.

울화가 치밀어 오르는 그런 비판과 어처구니없는 찬사를 듣고 난 뒤여서 내 강의에 대한 그의 두세 마디 말은 내 마음을 안정시켜 주었다.

"자네는 이제까지 신이 숭상하던 것을 태워 버리고 있어." 하고 그는 말했다. "좋은 일이야. 이제야 시작하다니 너무 늦은 감이 있지만, 그런 만큼 불꽃은 한층 더 강하다고 할 수 있겠지. 내가 자네를 잘 이해하는지 아직 모르겠지만, 자넨 내 호기심을 끌긴 해. 난 이야기를 별로 좋아하지 않지만, 자네하고라면 얘기해 보고 싶어. 오늘 저녁 나와 함께 식사하지 않겠나?"

"메날크." 하고 나는 대답했다. "자넨 내가 결혼한 것을 잊은 모양이군."

"아참, 그렇지." 하고 그는 말했다. "진정 허물없이 말을 걸어 주기에 자네가 좀 더 자유로운 몸이라고 생각했네."

나는 그의 기분을 상하게 하진 않았을까 하고 염려했다. 아니, 그것보다 내가 약한 인간처럼 보이지는 않았을까 하고 겁이 났다. 그래서 저녁 식사가 끝나거든 다시 만나자고 말했다.

메날크는 늘 지나는 길에만 파리에 들를 뿐 언제나 호텔에 묵고 있었다. 그는 이번 체류를 위해 마치 아파트처럼 호텔에다 방을 몇 개 마련해 두었다. 그리고 자기 하인을 두고 따로 식사를 하고, 따로 살고 있었다. 그리고 벽이나 가구의 저속함이 눈에 거슬린다고 하여 그 위에다 값비싼 천을 덮어 두었다. 네팔에서 가져온 천인데 미술관에 기부하기 전에 그만 더럽히고 말았다는 것이다. 내가 너무 서둘렀으므로 내가 들어갔을 때 그는 아직 식사 중이었다. 그래서 식사에 방해가 된 것을 사과하자 그는 말했다.

"하지만 난 식사를 중단할 생각이 없네. 그래서 식사를 마칠 때까지 자네가 좀 기다려 주게나. 자네가 식사하러 왔더라면 하피즈[48]가 노래한 저 쉬라즈 술을 대접했을 텐데. 하지만 이젠 안 되네. 그걸 마시려면 공복이어야 해. 뭣하면 리큐어라도 마시게나."

나는 그도 마실 줄 알고 승낙했다. 그런데 컵을 하나밖에 가져오지 않기에 나는 놀랐다.

"미안하지만." 그가 말했다. "난 거의 못 마시네."

"취하는 게 두려운가?"

"천만에!" 하고 그는 대답했다. "그 반대지! 난 절제야말로 가장 강한 도취라고 생각하네. 그뿐 아니라 말짱한 제정신을

---

48) 14세기 페르시아의 서정시인.

유지할 수도 있고."

"그러면서도 다른 사람들에게는 마시게 하고……."

그는 미소를 지었다. 그리고 말했다.

"하지만 남에게 나의 미덕을 요구할 순 없어. 그들에게서 나의 악덕을 발견하면 그것만으로도 대단한 일이네."

"그래도 담배는 피우나?"

"그것도 별로. 담배는 개성을 죽인 소극적인 도취야. 너무도 쉽게 할 수 있는 거지. 내가 도취 속에서 찾는 것은 생명의 고양이지 생명의 감소가 아니야. 그런 이야기는 그만두세. 자네는 내가 어디서 왔는지 아나? 비스크라에서 왔단 말이야. 자네가 들렀던 직후라는 것을 알고 자네 뒤를 밟으려는 마음이 생겼던 거야. 책벌레 같은 저 맹꽁이 학자 선생이 뭣 하러 비스크라 같은 델 왔을까? 내가 얌전히 침묵을 지키는 것은 남에게서 들은 일에 관해서뿐이야. 기왕 말이 나왔으니 말인데, 나 스스로 알아내는 일에 대한 내 호기심이란 끝이 없거든. 그래서 난 가능한 한 여러 곳을 찾아보고 조사하고 물어보곤 했지. 그런 나의 몰염치가 그래도 꽤 도움은 되었지. 왜냐하면 그 덕분에 다시 자네를 만나고 싶은 심정이 되었거든. 더구나 전에 내가 보아 온 틀에 박힌 학자님이 아니라, 지금의 자네를 만날 수 있다는 걸 알았으니까 말일세……. 자아, 이번엔 자네가 현재의 자신이 어떤 인간인가를 설명해 줄 차례야."

나는 얼굴이 붉어지는 것을 느꼈다.

"도대체 자넨 나에 대해 어떤 것을 알았단 말인가, 메날크?"

"그게 알고 싶은가? 하지만 걱정할 건 없어! 자넨 자네 친구들과 내 친구들이 어떤 자들인가 잘 아네. 그러니까 내가 자네에 관한 이야기를 할 수 있는 상대가 아무도 없다는 것을 잘 알 거야. 자네 강의만 해도 사람들에게 이해되었는지 어떤지는 자네가 알잖아!"

"하지만." 하고 나는 다소 안타까워하며 말했다. "나는 다른 사람들보다 자네에게 더 말하기 쉬운 이유를 아직은 전혀 모르겠는걸. 자! 자넨 도대체 나에 대해 뭘 알았다는 건가?"

"첫째, 자네가 병을 앓았다는 것."

"하지만 그런 거야 뭐……."

"아냐! 그게 벌써 중대한 일인 거야. 그리고 자네가 책도 없이 즐겨 혼자 나가곤 했다는 걸 들었지.(그 일로 난 자네에게 이끌리기 시작한 거야.) 또 혼자가 아닐 때는 부인보다는 아이들을 즐겨 데리고 있었다더군……. 얼굴을 붉힐 필요는 없네. 아니면 나머지 이야기는 안 할 테니까."

"날 쳐다보지 말고 말만 하게."

"아이들 중 하나인 — 아마 목티르라고 했지. — 다른 녀석들과 마찬가지로 도둑질도 하고 거짓말도 하지만 뛰어나게 잘생긴 놈에게, 아무래도 이야깃거리가 있는 것처럼 보이더군. 난 그놈을 꾀어 신용을 샀지. 자네도 알다시피 그다지 쉬운 일이 아니었네. 이젠 절대로 거짓말은 안 하겠다고 해 놓고는 그 자리에서 또 거짓말을 하는 그런 놈이니까 말이야……. 그가 자네에 관해 이야기한 것이 정말인지 아닌지 말해 주지 않겠나."

그렇게 말하면서 메날크는 일어서더니 서랍에서 작은 상자를 꺼내 가지고 뚜껑을 열었다.

"이 가위는 자네 것이었나?" 하며 그는 녹이 슬고 끝이 부러지고 구부러진 모양 없는 물건을 내밀었다. 하지만 그게 목티르가 훔친 작은 가위임을 즉시 알 수 있었다.

"맞아, 내 아내 것이었네."

"그놈은 어느 날 자네하고 단둘이 방에 있을 때, 자네가 딴 곳을 보는 새에 이것을 훔쳤다는 거야. 하지만 재미있는 건 그런 게 아냐. 그놈은 이걸 외투 속에 숨긴 순간 자네가 거울을 통해 감시하고 있다는 걸 느끼고, 거울 속 자네 눈이 마침 자기를 노리는 걸 알아챘다는 거야. 자넨 도둑질하는 현장을 보았고, 그런데도 아무 말도 하지 않았네! 목티르는 그 침묵에 놀란 모양이야……. 나 역시 그렇네만."

"뭐라고! 나도 역시 자네 이야기를 들으니 놀라겠는걸. 그녀석, 내게 들켰다는 걸 알고 있었단 말이지!"

"중요한 건 그런 게 아냐. 자넨 정말로 근사하게 했네. 하지만 이러한 내기에서는 우린 언제나 그놈들에게 걸려 속고 말지. 자넨 그놈을 꼭 쥐고 있다고 생각했지만 그놈이야말로 자네를 쥐고 있었던 거야……. 그러나 중요한 건 그런 게 아냐. 어째서 자넨 잠자코 있었는지 설명해 주지 않겠나?"

"그 설명은 내가 듣고 싶네."

우리는 한동안 잠자코 있었다. 방 안을 이리저리 서성거리던 메날크는 무심코 담배에 불을 붙였으나 이내 팽개쳐 버렸다. 그리고 말했다.

"소위 '의식'이란 게 있지. 자네에겐 없어 보이는 '의식'이 말일세, 미셸."

"아마도 '윤리 의식'이겠지." 하고 나는 애써 미소 지으려고 하면서 말했다.

"아니, 단순히 소유 의식일세."

"그거라면 자네에게도 역시 그다지 많은 것으로는 보이지 않는걸."

"전혀 없다고 할 수 있지. 보게나, 여기에는 무엇 하나 내 것이라곤 없어. 내 잠자리조차, 아니 특히 잠자리가 없네. 난 휴식이 제일 싫어. 소유는 사람을 휴식으로 꾀어내고, 사람은 안전 속에 들어가면 잠들고 만단 말이야. 난 눈을 뜬 채 살고 싶다고 생각할 만큼 삶을 사랑해. 그래서 나는 부의 한가운데 있으면서도 불안정한 느낌을 받아. 그 느낌에 따라 나는 나의 삶을 자극하거나, 적어도 제고(提高)하는 걸세. 난 위험을 좋아한다고는 할 수 없어. 하지만 아슬아슬한 생활이 좋아. 그리고 그러한 생활이 시시각각 나의 용기, 나의 행복, 나의 건강 전부를 내게 요구해 주기를 바라네……."

"그럼 자넨 나의 어떤 점을 비난하는 건가?" 하고 나는 물었다.

"아! 미셸. 자넨 내 말을 이해하지 못하는군. 헌데 나 역시 그만 신앙 고백을 시작하다니, 참, 바보 같은 짓이지……! 미셸, 내가 남의 칭찬이나 욕설에 신경 쓰지 않는 건, 내가 남을 칭찬해 주거나 욕을 하기 위해서가 아니야. 그런 말은 내게 있어 별 의미가 없는 거야. 난 아까부터 내 이야기를 너무

지껄였어. 이해해 주리라 생각하고 그만 줄줄 지껄이고 말았네……. 단지 난, 소유 의식 없는 사람에 비해, 자네는 너무 많은 걸 갖고 있는 것처럼 보인다는 말을 하고 싶었을 따름이야. 이건 중대한 일이네."

"뭘 그리 많이 가졌다는 건가?"

"많이 가진 게 없겠지, 자네가 그렇게 정색을 하고 말한다면……. 그러나 자네는 자네 강의를 시작하고 있지 않은가? 노르망디의 지주 아닌가? 파시에 새 집을, 더구나 호화로운 살림을 막 차려 놓지 않았는가? 자네는 결혼했어. 아이가 탄생하는 것을 기다리고 있지 않은가?"

"하지만!" 하고 나는 참을 수가 없어서 말했다. "그것은 단지 내가 자네보다 더 '위험한'(소위 자네 말마따나) 생활을 하고 있다는 것을 증명할 뿐이네."

"그렇지, 단지 말이지." 하고 메날크는 빈정대면서 되풀이했다. 그리고 갑자기 태도를 바꾸어, 나에게 손을 내밀면서 말했다.

"그럼, 잘 가게. 오늘 밤에는 이것으로 충분하네. 우리는 이 이상 더 잘 말할 수는 없을 거야. 자, 또 만나세."

나는 그 후, 한동안 그를 만나지 못했다.

신경 쓸 새로운 일과, 새 걱정거리가 내 마음을 사로잡았다. 어느 이탈리아 학자가 자기가 발표한 새 자료에 대해 알려 왔던 것이다. 그래서 나는 내 강의를 위해, 그것을 오랫동안 연구했다. 내 최초의 강의가 잘 이해되지 않았다는 것을 느끼자,

다음 강의는 다른 방법으로 보다 확실하게 설명하고 싶다는 욕망에 사로잡혔다. 그래서 처음에 교묘한 가설로 대담하게 제시한 데 지나지 않았던 것을, 하나의 학설로 내어놓기에 이르렀다. 암시한 것만으로는 이해되지 않았던 것이 계기가 되어, 단정하는 힘을 얻은 독단론자가 얼마나 많은가! 나로서는 솔직히 말해, 당연한 것으로 단정하고 싶은 마음에 어쩌면 섞여 들었을지도 모를 가설에 대한 고집이 얼마만큼 뒤섞여 있었는지 분간할 수 없다. 내가 새삼스레 말하지 않으면 안 되는 것은 그것을 말하는 데, 특히 그것을 이해시키는 데 고심했던 만큼, 나에게는 한층 더 절박한 것으로 여겨졌다는 사실이다.

그러나 유감스럽게도! 말이라고 하는 것은 행동 곁에서는 그 얼마나 창백해지는 것일까? 삶은, 메날크의 사소한 행위라 할지라도, 내 강의보다 훨씬 웅변적이 아니었을까? 아! 그때부터 나는, 위대한 고대 철학자들의 거의 모든 정신적인 교훈이란, 말의 가르침인 동시에 말 이상으로 실천을 본보기로 보여 준 가르침이라는 것을 뚜렷이 이해했던 것이다!

메날크를 다시 만난 것은 처음 만났던 때부터 석 주쯤 후, 우리 집에서였다. 손님이 너무 많이 온 모임이 거의 끝날 무렵이었다. 날마다 떠들썩한 것을 피하기 위해, 마르슬린과 나는 목요일 저녁마다 집을 개방하기로 했다. 그렇게 함으로써 다른 날에는 마음 편하게 문을 닫아 놓을 수 있었다. 그래서 목요일마다 우리 친구라고 자칭하는 사람들이 왔다. 우리 집 객실은 꽤 넓었으므로 많은 손님을 맞이할 수 있었다. 그리고 모임은 밤늦게까지 계속되었다. 마르슬린의 형용할 수 없는 매력과, 그들끼리 서로 이야기하는 즐거움이 특히 그들을 끌어들였던 것이라고 생각한다. 왜냐하면 나는 두 번째 야회부터 귀를 기울일 것도, 말할 것도 없어져, 지루함을 숨길 수 없게 되었기 때문이다. 나는 흡연실에서 살롱으로, 응접실에서 서재로, 이따금 어떤 말에 대해 주의를 집중하거나, 거의 보는 것도 없이 공연히 주위를 둘러보며 어슬렁거렸다.

앙투안과 에티엔과 고드프루아는 아내의 호화로운 안락의자에 뒹굴듯이 앉아서, 최근에 있었던 국회 표결에 대해 토론하고 있었다. 위베르와 루이는 내 아버지가 모은 훌륭한 동판화를 멋대로 만지작거려 흠이 가게 만들었다. 흡연실에서는 마티아스가 레오나르의 이야기를 더 잘 들으려고 불붙은 여송연을 장미나무 테이블 위에 아무렇게나 놓아두었다. 퀴라소[49] 한 잔이 양탄자 위에 쏟아져 있었다. 제멋대로 긴 의자에 드러누운 알베르의 흙투성이 발이 시트를 더럽혔다. 그리고 사람들이 들이마시는 먼지는 온갖 물건들의 끔찍한 마멸에서 오는 것이었다……. 모든 손님들의 어깨를 잡고 바깥으로 떠밀어 내쫓고 싶은 심한 충동이 일어났다. 가구도, 시트도, 판화도, 조금이라도 때가 묻으면 나에게는 전혀 가치가 없었다. 때가 묻은 것은 병이 나서 죽음이 예고된 것이나 다를 바 없었다. 나는 모든 것을 보호하고, 나 혼자만을 위해 자물쇠를 잠가 버리고 싶었다. 나는 생각했다. 아무것도 갖고 있지 않은

---

49) 오렌지 껍질로 만든 술 이름.

메날크는 얼마나 행복할까! 내가 괴로워하는 것은 바로 물건을 소유하려고 하기 때문이다. 실제로 이런 것이 나에게 무슨 소용이 있다는 말인가……? 반사판이 없는 거울로 칸을 막은 등불 탓에 그리 밝지 않은 작은 객실에서 마르슬린은 몇몇 친한 친구만을 상대하고 있었다. 그녀는 쿠션 위에 반쯤 드러누워 있었다. 얼굴이 상당히 창백했다. 하도 피로해 보였으므로 나는 부지중에 섬뜩해져서, 손님을 청하는 것도 오늘을 마지막으로 하려고 생각했다. 밤도 이제 이슥해졌다. 나는 시계를 꺼내어 시간을 보려고 했다. 그러자 조끼 호주머니 속에서 목티르의 작은 가위가 만져졌다.

그 녀석 뭣 때문에 이런 것을 훔쳤을까? 당장 부숴서 엉망이 되게 만들 바에야. 그때 누군가가 내 어깨를 두드렸다. 나는 깜짝 놀라 뒤돌아보았다. 메날크였다.

예복을 입고 있는 사람은 거의 그 혼자뿐이었다. 그는 조금 전에 도착했다. 그는 나의 아내를 소개해 달라고 말했다. 물론 내가 자진해서 소개하는 일은 하지 않았을 것이다. 메날크는 세련되고 비교적 잘생긴 편이었다. 벌써 잿빛이 된 축 처진 거창한 콧수염이 해적 같은 얼굴을 가로지르고 있었다. 쌀쌀한 눈빛은 정다움보다 용기와 결단을 보여 주었다. 그가 마르슬린 앞에 나오자 나는 그가 그녀 마음에 들지 않는다는 것을 알아차렸다. 두 사람의 상투적인 인사가 끝나자 나는 재빨리 그를 흡연실로 데리고 갔다.

나는 바로 그날 아침 그가 식민성에서 새로운 임무를 맡았다는 것을 알았다. 여러 신문이 이에 관련해서 그의 모험적인 경력에 대해 독자의 주의를 환기하며, 바로 엊그제 퍼부었던 비열한 모욕도 잊어버린 듯이, 그를 칭찬하느라 입에 침이 마를 정도였다. 각 신문은 다투어, 그의 최근 탐험으로 얻은 진기한 발견이 국가와 모든 인류에게 가져다준 공헌을 과장해서 떠들어 댔다. 마치 그가 인도적인 목적 외에는 아무 일도 꾀하지 않았던 사람이라는 투였다. 그리고 그의 희생과 헌신과 대담함 등을 칭찬했다. 마치 이러한 찬사로 예전의 잘못을 보상하려는 것 같았다.

나는 축하의 말을 하려고 했다. 그러나 말을 시작하자마자 그는 내 말을 가로막았다.

"뭐야! 자네까지 그러기야, 미셸. 하기야 자넨 애초부터 나를 모욕하지 않았지만 말이야. 그런 멍청한 짓거리는 신문에 맡겨 두면 되네. 그 작자들은 이제 와서 품행 면에서 평판이 나쁜 사람에게도 뭔가 좋은 점이 있다는 데 놀라는 모양이야. 나는 그자들이 지으려는 구별이나 제한을 나 자신한테 적용할 수는 없어. 나는 전체로서만 존재하거든. 나는 타고난 본성 외에는 아무것도 바라지 않네. 그리고 행동 하나하나에 있어, 그것을 함으로써 얻는 기쁨이 그것을 하지 않으면 안 되었다는 증거가 되는 걸세."

"그렇게 하다가는 큰 일이 날수도 있겠어." 하고 나는 그에게 말했다.

"나는 그걸 바라는 거야." 하고 그는 말했다. "아! 우리 주위 모든 사람이 그걸 납득할 수 있었으면 하네. 그러나 그들 대부분은 강요당하지 않으면 무엇 하나 좋은 것을 자기로부터 끌어내지 못한다고 생각해. 그들은 가짜 자기가 아니면 마음에 들지 않거든. 사람들은 될 수 있는 대로 자기를 닮지 않으려고 하지. 자기 수호신을 만들어서 그 흉내를 내. 자기가 흉내 낼 수호신을 선택하려고도 하지 않아. 이미 남이 골라 놓은 수호신을 그대로 받아들이는 거야. 그러나 인간 속에는 아직도 얼마든지 읽어 내야 할 것들이 있다고 생각해. 하지만 사람들은 구태여 그렇게 하진 않아. 감히 그 페이지를 펼치려고 하지 않는단 말이야. 모방의 법칙이라는 거지. 나는 그것을 겁쟁이의 법칙이라고 불러. 사람들은 혼자가 되는 것을 두려워하지. 그래서 전혀 자기를 발견할 수 없는 거야. 이러한 정신적인 아고라포비[50]가 나는 싫어. 비겁한 것 중에서도 가장 나쁜 거지. 그러나 사람이 어떤 것을 발명하는 건 언제나 혼자서야. 그런데 여기 있는 사람들 중 그 누가 발명하려고 하고 있을까? 사람이 자기 속에서 느끼는 남과 다른 것, 이것이야말로 사람에게서 희귀한 거고, 이것이야말로 각자의 가치를 만들고 있는 거란 말이야. 그런데 사람은 그것을 제거하려고 애쓰거든. 사람은 흉내를 내고 있어. 그러고서도 삶을 사랑한다고 우겨 대네."

나는 메날크가 지껄이는 대로 내버려 두었다. 그가 말하고 있는 건 바로 내가 지난날 마르슬린에게 말한 것이었다. 마땅히 나는 그의 말에 찬성해야만 했다. 그런데도 왜 나는 비겁하게도 그를 가로막고, 마르슬린의 흉내를 내어 그녀가 그때 나

---

50) 광장공포증.

를 가로막고 한 말을 바로 그대로 말했을까?

"하지만 메날크, 각자에게 다른 모든 사람과 다르게 하라고 요구할 수는 없네……."

메날크는 갑자기 입을 다물고 이상한 눈초리로 나를 쳐다보았다. 그때 마침 와제브가 작별인사를 하려고 나에게로 다가왔으므로 그는 휙 돌아서서 엑토르와 무의미한 이야기를 시작했다.

입 밖에 내어 말해 버리자, 쓸데없는 말을 했다는 생각이 들었다. 더욱이 그의 말 탓에 내 기분이 상했다고 느끼지나 않았을까 하고 마음이 언짢았다. 벌써 밤이 이슥해졌다. 손님도 차츰 돌아갔다. 응접실이 거의 비었을 때 메날크가 다시 나에게로 왔다.

"나는 이대로 자네하고 헤어질 수는 없어." 하고 그는 말했다. "아마 나는 자네 말을 잘못 알아들었을 거야. 차라리 그렇게 생각하게 해 주게나……."

"천만에." 하고 나는 대답했다. "자네가 잘못 알아들은 게 아니야……. 하지만 그 말에는 아무 뜻도 없었어. 말해 버리자마자 곧 쓸데없는 말을 지껄였다 싶어 괴로워지더군. 더구나 아까 자네가 비난했던 그자들, 솔직히 말해서 나도 자네와 마찬가지로 저속하다고 여기는 그자들과 내가 한패로 보일까 봐 두려웠어. 난 도덕군자 같은 자들을 모두 싫어해."

"그런 작자들은……." 하고 메날크는 웃으면서 말했다. "이 세상에서 가장 싫은 놈들이지. 그들로부터는 어떤 성실성도 기대하지는 못할 거야. 왜냐하면 그들은 그들의 신조에 따라 반드시 해야 하는 일 외에는 결코 하지 않기 때문이야. 그렇게 하지 않으면 그들이 하고 있는 것이 그릇된 일처럼 생각되기 때문이지. 자네도 그들의 한패가 아닐까 하고 약간 의심했을 뿐인데도 말이 입술 위에서 얼어붙어 버린 듯했어. 그때 곧 내 가슴을 찌른 슬픔으로 자네에 대한 내 우정이 얼마나 강한 것인가를 알았지. 나는 내 오해였기를 바랐던 거야. 내 우정이 아니라 내가 내린 판단이 말이야."

"사실 자네 판단은 어긋났었지."

"아! 정말 그랬어." 하고 그는 갑자기 내 손을 쥐면서 말했다. "이보게. 나는 곧 출발해야 하네. 하지만 다시 한 번 자네와 만났으면 좋겠네. 이번에 내가 여행하는 것은 지금까지보다 훨씬 길고 위험도 많을 것 같아. 언제 돌아오게 될지 나도 알 수 없어. 보름 후에는 출발해야 돼. 이곳에서는 내가 출발하는 것이 그렇게 빠르리라고는 아무도 모르지. 자네한테만 살짝 알려 주는 거야. 나는 새벽에 출발하겠어. 출발 전날 밤은 나한테는 언제나 무서운 하룻밤이지. 자네가 도덕군자 같은 인간이 아니라는 증거를 보여 주게나. 그 마지막 하룻밤을, 자네가 내 곁에서 보내 줄 것을 바라도 괜찮을까?"

"하지만 그전에 만날 수도 있잖아." 하면서 나는 약간 당황했다.

"아냐, 보름 동안 나는 이곳에서는 누구하고도 만나지 않을 거야. 파리에도 없을 거야. 내일, 나는 부다페스트로 떠나 엿새 후에는 로마로 가야 해. 유럽을 떠나기 전에 키스해 주고 싶은 친구가 여기저기에 있거든. 또 한 사람, 마드리드에서 날 기다리는 사람이 있지…….”

“알았어. 그 전날 밤을 자네와 함께 보내겠네.”

“그리고 함께 쉬라즈 술을 마셔 보세.” 메날크는 말했다.

그 야회가 있은 며칠 후, 마르슬린의 건강이 나빠지기 시작했다. 그녀가 이따금 피로해지는 것은 앞서 말한 바와 같다. 그러나 그녀는 우는 소리를 피했다. 게다가 나도 그녀의 피로를 임신 탓으로 돌렸기 때문에 매우 당연한 것으로 생각하고 별로 걱정하지 않았다. 어느 늙은 의사가, 지독한 돌팔이 의사였는지 아니면 진찰이 충분하지 못했던 것인지 애초에 우리를 완전히 안심시켰기 때문이다. 그러나 얼마 안 가서 새로운 탈이 생기고 열까지 났으므로 나는 당시, 가장 훌륭한 전문의로 알려진 Tr 박사를 초빙할 것을 결심했다. 박사는 내가 좀 더 빨리 부르지 않았던 것에 놀라워했다. 그리고 엄중한 요양을 명령했다. 그녀는 벌써 전부터 그 요법을 실행해야 했다. 매우 무모한 열성으로 마르슬린은 지금까지 몸을 너무 많이 부렸다. 1월 말로 예정된 분만 날까지 그녀는 긴 의자에 누운 채로 지내야만 했다. 아마 다소 불안하기도 했고 또 입 밖에 내는 이상 걱정이 되었던 모양으로 마르슬린은 극히 까다로운 명령에도 참으로 온순하게 복종했다. 그러나 Tr 박사가 태아에 영향을 미칠지도 모르겠다면서 그녀도 알 수 있을 정도로 많은 키니네[51]를 먹도록 명령했을 때에는 그녀도 한때 반항하고 흥분했

---

51) 말라리아 치료제로 해열제, 강장제 따위로 쓴다.

다. 사흘 동안 그녀는 그것을 완강하게 거부했다. 그러나 그동안 열이 올랐으므로 그녀도 더 이상 복종하지 않을 수 없었다. 그러나 이번에는 매우 슬픈 듯했다. 미래에 대한 애처로운 체념 같은 것이 느껴졌다. 일종의 종교적인 인종(忍從)이 지금까지 그녀를 지탱하던 의지를 절단했다. 그리하여 그녀의 용태는 그 후 며칠 동안에 급작스레 악화되었다.

나는 정성껏 그녀를 보살펴 주고, 그녀 용태를 그리 대단하게 생각하지 않는 Tr 박사의 말과 똑같은 말로 될 수 있는 대로 그녀를 안심시켰다. 그러나 그녀가 너무도 걱정하므로 나중에는 나까지 불안해졌다. 아! 우리 행복이 희망에, 더구나 어떤 불확실한 미래에 이미 의지하고 있었다는 것은 얼마나 위험한 일인가! 애초에는 과거에만 흥미를 갖고 있던 나는 어느 날 순간이 갖는 찰나적인 흥취에 도취할 수 있었다고 생각했으나, 현재가 과거에 환멸을 느끼게 한 이상으로 미래가 현재에 환멸을 느끼게 했다. 그리고 소렌토에서 보낸 그날 밤 이래, 이미 내 사랑의 모든 것, 내 삶의 모든 것은 미래를 향하고 있었다.

그러는 동안 메날크와 약속했던 밤이 다가왔다. 마르슬린을 겨울밤 내내 혼자 내버려 둔다는 것은 꺼림칙했으나 진지한 모임이라는 것과 약속이 중대하다는 것을 성의껏 그녀에게 납득시켰다. 마르슬린은 그날 밤에는 다소 나은 편이었다. 그래도 나는 걱정이었다. 그래서 간호부를 나 대신 그녀 곁에 두었다. 그러나 길에 나오자마자 내 걱정은 더욱 더해졌다. 나는 그것을 뿌리치고 싸우며, 완전히 씻어 버릴 수 없는 자신이 안타까웠다. 나는 그렇게 해서 차츰 극도의 긴장 상태와 이상한 흥분 상태에 빠졌다. 그러한 상태를 일어나게 한 괴로운 불안과는 매우 다른 것이기도 했고, 또 매우 가까운 것이기도 했으나 그보다는 행복에 더욱 가까운 것이었다. 밤이 이슥했다. 나는 큰 걸음으로 걷고 있었다. 눈이 펑펑 쏟아지기 시작했다. 나는 마침내 살을 찌르는 듯한 차가운 공기를 마시고, 추위와 싸우는 것이 즐거웠다. 바람과 밤과 눈에 맞서는 것이 행복했다. 나는 나의 힘을 기분 좋게 음미했다.

메날크는 내 발자국 소리를 듣고 계단 위에 모습을 나타냈다. 그는 나를 몹시 기다리고 있었다. 그는 창백했고 약간 긴장한 것 같았다. 내 망토를 벗겨 주고 내가 신었던 축축한 장화를 부드러운 페르시아 슬리퍼로 바꾸어 신게 했다. 난로 곁에 있는 둥근 테이블 위에는 먹음직스러운 과자가 놓여 있었다. 램프 두 개가 방 안을 비추고 있었으나 난롯불이 그보다도 밝게 타고 있었다. 메날크는 먼저 마르슬린의 용태를 물었다. 나는 이야기를 간단하게 하기 위해 매우 좋아졌다고 대답했다.

"자네 아이는 곧 태어나는 건가?" 하고 그는 말했다.

"한 달 남았네."

메날크는 얼굴을 숨기기라도 하는 듯이 난롯불 쪽으로 몸을 굽혔다. 그는 잠자코 있었다. 너무도 오랫동안 말을 하지 않았으므로 나도 무어라고 말을 건네야 할지를 몰라 나중에는 몹시 거북해졌다. 나는 일어서서 두세 발짝 걸었다. 그리고 그에게 다가가서 그의 어깨에 손을 얹었다. 그러자 그는 자기 생각을 계속하는 듯이 중얼거렸다.

"선택하지 않으면 안 돼. 중요한 것은 자기가 원하는 바를 아는 거야……."

"뭐라고! 자네는 떠나고 싶지 않나?" 하고 나는 그의 말을 어떻게 해석해야 할지 확실히 몰라서 물어보았다.

"그렇게 보일는지도 모르지."

"그럼 주저하나?"

"뭣 때문에? 처자가 있는 자네는 그대로 머무르게나……. 수많은 삶의 형태 중에서 각자는 오직 하나만 경험할 수 있네. 남의 행복을 부러워한다는 것은 미친 짓이야. 행복을 써먹을 줄도 모를 테니까 말이야. 행복은 기성복이 아니라 맞춤복을 원하는 데에 있어. 난 내일 떠나네. 나는 이 행복을 내 키에 맞추어서 재단하려고 애쓴 걸 알아……. 자네는 자네 가정의 조용한 행복을 지켜 주게나……."

"나도 내 키에 맞추어서 행복을 재단했어." 하고 나는 외쳤다. "하지만 나는 자랐어. 지금은 내 행복이 몸에 죈단 말이야. 때로는 거의 숨이 막힐 지경일세……."

"말도 안 돼! 곧 편해지겠지!" 하고 메날크는 말했다. 그리고 내 앞에 버티고 서서 내 눈을 들여다보았다. 그리고 내가 아무 할 말을 찾아내지 못했으므로 좀 쓸쓸한 듯이 미소를 지으며 말했다.

"사람들은 소유하고 있다고 믿지만 실은 소유당하고 있는 거야. 자, 쉬라즈를 따라 마시게, 미셸. 좀처럼 맛볼 수 없는 거야. 그리고 이 장미색 국수를 들게. 페르시아 사람들이 쉬라즈를 마실 때 먹는 거야. 오늘 밤에는 자네와 함께 마시고, 내일 떠나는 것도 잊은 채 이 밤이 언제까지나 새지 않는 양으로 천천히 얘기하고 싶어……. 오늘날 왜 시가, 특히 철학이 죽은 글자가 되었는지 자네는 아나? 시와 철학이 삶에서 떨어져 나갔기 때문이야. 그리스는 삶을 그대로 이상화했어. 그래서 예술가의 삶은 그 자체가 이미 시의 실현이었거든. 철학자의 삶은 자기 철학의 실천이었어. 그래서 시도, 철학도 삶 가운데 뒤섞여서 서로 모른 체하기는커녕 철학은 시를 기르고 시는 철학을 노래하며 서로 납득함으로써 훌륭한 융화를 이루었던 거지. 오늘날에는 아름다움은 이미 행동하지 않고, 행동은 이미 아름다워지려고 애쓰지 않아. 그리고 지혜는 그것들과는 별도로 움직이네."

"자신의 지혜로 살고 있는 자네가 어째서 회상록을 쓰지 않는가?" 하고 나는 말했다. 그가 미소 짓는 것을 보고 나는 다시 말했다. "적어도 여행의 추억이라도 말이야."

"나는 회상하고 싶지 않기 때문이야." 하고 그는 대답했다. "그런 짓을 하면 미래가 오는 것을 가로막고 과거를 침식하는 것만 같거든. 나는 어제를 완전히 잊어버림으로써 시시각각 신선함을 만들어 내려고 해. 이전에 행복했다는 것만으로는 나에게는 충분하지 않단 말이야. 나는 죽은 것을 믿지 않아. 그리고 이미 존재하지 않는다는 것과, 이전에 존재하지 않았다는 것을 같은 것으로 생각하지."

너무도 내 생각을 앞지르는 이 말에 마침내 나는 화가 났다. 될 수만 있다면 그를 뒤로 끌어당겨 그만두게 하고 싶었다. 그러나 반박의 말이 아무래도 찾아지지 않았다. 게다가 나는 메날크에 대해서라기보다 나 자신에게 더욱 화가 났다. 그래서 나는 잠자코 있었다. 그는 우리 속에 갇힌 야수처럼 왔다 갔다 하며 불 쪽으로 몸을 굽히기도 하고 한참 동안 잠자코 있기도 하더니 이윽고 느닷없이 이렇게 말했다.

"적어도 우리의 이 별 볼일 없는 머리가 추억을 시들지 않게 보전해 준다면 얼마나 좋을까! 그러나 이 추억이라는 것은 보존하기가 힘들어. 맛이 가장 섬세한 것들은 이내 벗어지고, 가장 관능적인 것들은 썩고, 가장 달콤한 것들은 나중에는 가장 위험한 것이 되지. 사람들을 뉘우치게 하는 것은 처음에 달콤했던 것이네."

또다시 오랜 침묵이 흘렀다. 그러자 이윽고 그는 또 말하기 시작했다.

"애석, 회한, 후회, 이것들은 모두 등 뒤에서 본 과거의 기쁨일세. 나는 뒤돌아보는 것을 좋아하지 않아. 새가 오를 때 자기 그림자를 버리는 것처럼 나도 내 그림자를 멀리 버리는 거야. 아! 미셸, 모든 기쁨이 항상 우리를 기다리고 있네. 그러나 항상 텅 빈 잠자리를 찾아서 홀로 있고 싶어 하지. 그리고 사람들이 홀아비처럼 자기에게로 와 주기를 바라고 있어. 아! 미셸! 모든 기쁨은 날마다 썩어 가는 사막의 만나[52]와 같은 거야. 그리고 플라톤이 말하는, 어떤 항아리에도 담아 둘 수 없는 아멜레스의 샘물[53]과도 같은 거네……. 매순간 제가 가지

---

52) 구약성경의 「출애굽기」 참조.
53) 그리스신화에 나오는 강으로 그 물을 마시면 앞선 생애의 모든 것을 잊게 된다고 함.

고 온 것을 모조리 가지고 가는 걸세."

메날크는 더 오래 말했다. 나는 여기에 그의 말을 죄다 옮길 수는 없다. 그러나 그 대부분은 빨리 잊어버리고 싶다고 생각한 만큼 더욱 강하게 내 마음에 새겨졌다. 그 말들이 나에게 새로운 것을 가르쳐 주기 때문이 아니라 내 생각을 갑자기 발가벗겨 버렸기 때문이다. 내가 그렇듯 베일로 덮어씌우고, 거의 질식시키고 싶었던 생각을 말이다. 그렇게 밤을 꼬박 새어 버렸다.

그런데 아침이 되어 메날크가 기차로 떠나는 것을 배웅한 후 마르슬린에게로 돌아가려고 혼자서 걷고 있을 때, 뭐라고 말할 수 없는 슬픔이, 메날크의 파렴치한 기쁨에 대한 증오가 가슴속에 가득 차오르는 것을 느꼈다. 나는 그 기쁨이 거짓이기를 바라면서 부정하려고 애썼다. 나는 그에게 제대로 대답할 수 없었던 것에 화가 났다. 게다가 그에게 내 행복과 내 사랑을 의심하게 만들 만한 말을 했던 것에 화가 났다. 그리고 의심스러운 내 행복, 메날크가 말한 나의 '조용한 행복'에 달라붙었다. 아! 이 행복에서 불안을 멀리할 수는 없었으나, 이 불안이 사랑의 양식이 되어 주었으면 하고 생각했다. 나는 미래 쪽으로 몸을 굽혔다. 그러자 거기에는 이미 나를 보고 방긋 웃는 나의 어린 아이의 모습이 보였다. 그 아이 덕분에 내 정신은 다시 새로워지고 힘을 얻었……. 나는 확고한 발걸음으로 단호하게 걸어갔다.

아, 슬프게도! 그날 아침, 나는 집으로 돌아가서 문간방에 들어가자마자 여느 때에는 없었던 어수선한 분위기에 놀랐다. 간호부가 마중 나와 조용한 말로 상황을 알려 주었다. 밤중에 아내가 끔찍한 고통을 겪고 아직 출산 시기가 되었다고는 생각되지 않는데도 마침내 진통을 일으켰다는 것, 아내는 용태가 몹시 나쁘다고 느껴 의사를 부르러 보냈다는 것, 의사는 밤중에 황급히 와 주었으나 아직도 환자 곁을 떠나지 않고 있다는 것 등을 말했다. 그리고 내 얼굴이 창백해진 것을 보았는지 나를 안심시키려고 이제는 훨씬 좋아져서…… 하고 말을 꺼냈으나 나는 마르슬린 방으로 달려갔다.

방 안은 어두웠다. 그래서 처음에는 의사의 모습밖에 보이지 않았다. 의사는 조용히 하라고 손짓을 했다. 이윽고 어둠 속에서 여태 보지 못했던 모습이 보였다. 나는 불안한 마음으로 조용히 침대로 다가갔다. 마르슬린은 눈을 감고 있었다. 얼굴이 굉장히 창백했으므로 처음에는 죽은 것이 아닐까 하고 생각했다. 그러나 눈을 감은 채 그녀는 얼굴을 내 쪽으로 돌렸다. 방 안 어두운 한쪽 구석에서 낯선 사람이 여러 가지 물건을 챙기며 숨기고 있었다. 나는 번뜩이는 기구와 탈지면을 보았다. 그리고 피 묻은 헝겊을 보았다, 아니, 본 것처럼 느껴졌다……. 나는 나 자신이 비틀거리는 것을 느꼈다. 하마터면 의사 쪽으로 넘어질 뻔했으나 의사가 받쳐 주었다. 나는 알게 되었다. 그러나 아는 것이 두려웠다.

"아기는?" 하고 나는 불안해하며 물었다.

의사는 슬픈 듯이 어깨를 움츠렸다. 나는 무엇을 하고 있는지 더 이상 모른 채 흐느끼면서 침대에 몸을 내던졌다. 아아! 느닷없는 미래였다! 땅이 갑자기 발밑에서 꺼졌다. 내 앞에는 이미 텅 빈 구멍밖에 없었다. 나는 송두리째 그곳으로 빠져 들어갔다.

거기서 모든 것이 캄캄한 추억 속에 뒤섞여 버린다. 그러나 마르슬린은 처음에는 회복이 제법 빠른 듯 여겨졌다. 연초의 휴가로 다소 틈이 생겼으므로 나는 하루의 거의 모든 시간을 그녀 곁에서 지낼 수 있었다. 그녀 곁에서 책을 읽거나, 글을 쓰거나, 혹은 조용히 그녀에게 책을 읽어 주거나 했다. 외출을 하면 반드시 꽃을 갖다주었다. 나는 나 자신이 병이 났을 때 그녀가 다정하게 돌보아 준 것을 상기하고 깊은 애정으로 간호했으므로 이따금 그녀는 참으로 행복한 듯이 미소를 지었다. 우리의 희망을 꺾어 버린 저 슬픈 일에 대해서는 서로 한마디도 하지 않았다…….

이윽고 정맥염이 발병했다. 그리고 몸이 쇠약해지기 시작했을 때 갑자기 혈전이 그녀를 삶과 죽음의 경계로 몰아넣었다. 밤중의 일이었다. 내 심장이 그녀 심장과 함께 멈추거나 움직이기 시작하는 것을 느끼면서 그녀에게 몸을 기울이고 있었던 모습이 아직도 눈에 선하다. 그렇게 얼마나 숱한 밤을 새며 그녀를 간호했는지! 그녀에게 시선을 고정한 채 사랑의 힘으로 나의 생명을 조금이라도 그녀 생명 속에 넣어 줄 것을 바라면서. 그리고 나는 이제 행복에 대해서는 그다지 생각하지 않았으나, 유일한 내 서글픈 기쁨은 간혹 마르슬린이 미소 짓는 모습을 보는 것이었다.

내 강의는 다시 시작되었다. 준비를 하고, 강의를 하는 힘을 나는 어디서 찾아냈던 것일까……? 내 추억은 사라져 버리고 한 주, 한 주 어떻게 계속되어 갔는지 기억할 수 없다. 그러나 여기, 사소한 일이기는 하지만, 자네들에게 말해 주고 싶은 것이 있다.

혈전이 생기고 얼마 후, 어느 날 아침에 일어난 일이었다. 나는 마르슬린 곁에 있다. 그녀는 다소 회복된 듯이 보인다. 그러나 아직도 절대 안정해야 한다. 심지어 팔도 움직여서는 안 된다. 나는 그녀에게 음료를 마시게 하기 위해서 몸을 숙인다. 그녀가 마시고 난 후 내가 아직도 그녀 곁에서 몸을 숙인 채로 있으니까 그녀는 자그마한 상자 하나를 눈으로 가리키면서 병이 나서 한층 가늘어진 소리로 열어 달라고 말한다. 상자는 곁의 테이블 위에 있다. 나는 그것을 연다. 그 속에는 리본이라든가 장식용 레이스와 헝겊 조각, 자그마한 값싼 보석 등이 가득 들어 있다. 무엇이 필요한 것일까? 나는 상자를 침대 곁으로 갖고 간다. 물건들을 하나하나 끄집어낸다. 이것인가? 저것인가? ……아니다. 아직 아니다. 나는 그녀가 좀 불안해하는 것을 느낀다. "아! 마르슬린! 당신이 원하는 건 이 작은 묵주로군!" 그녀는 애써 미소를 지으려고 한다.

"그럼 내가 당신을 충분히 돌봐주지 못해서 걱정이 되나 보지?"

"어머나! 여보!" 하고 그녀는 중얼거린다. 그래서 나는 비스크라에서 한 우리 대화를 회상한다. 그녀의 이른바 '하나님의 도우심'을 내가 거절했을 때 그녀가 소심하게 비난을 했던 것이 생각난다. 그래서 나는 약간 퉁명스럽게 말한다.

"나는 혼자서 잘 나았는걸."

"내가 당신을 위해 얼마나 기도를 했는데." 하고 그녀는 다정스럽게, 쓸쓸하게 말한다. 나는 그녀 시선 속에서 애원하는 듯한 불안한 표정을 느낀다……. 나는 묵주를 집어, 모포 위에서 가슴에 얹고 있는 여윈 손에 살짝 쥐어 준다. 눈물과 사랑에 가득 찬 눈동자가 나에게 감사한다. 그러나 그 눈동자에 나는 답할 수가 없다. 나는 잠시 머뭇거리고 어찌할 바를 몰라 당황한다. 마침내 더 참지를 못한다.

"잘 있어." 하고 나는 그녀에게 말한다. 그리고 적의를 품으면서 마치 쫓겨난 것처럼 방을 나온다.

그러는 동안 혈전이 꽤 중대한 장애를 일으켰다. 심장에서 내뱉어진 끔찍한 핏덩이는 폐를 피로하게 하고, 충혈시키고, 호흡을 방해하고, 숨을 곤란케 해서 그녀는 그르렁거렸다. 나는 그녀가 완쾌되는 것을 보는 일은 이제 없을 것이라고 생각했다. 병은 마르슬린의 몸 안으로 들어가자 그곳에서 살고, 그곳에 낙인을 찍고, 그녀를 더럽혔다. 그녀는 이제 폐물이 되었다.

3

계절은 차츰 따뜻해졌다. 강의가 끝나자마자 나는 마르슬린을 라모리니에르로 전지요양 보냈다. 의사가 이제 절박한 위험은 사라졌으며, 완전히 회복하기 위해서는 신선한 공기 이상의 것은 없다고 단언했기 때문이다. 더욱이 나 자신도 휴식의 필요를 크게 느꼈다. 거의 매일 밤, 나 혼자서 도맡아 밤을 새워 가면서 한 간호, 언제까지나 계속된 마음의 피로, 특히 혈전으로 인한 그녀 심장의 격렬한 고동을 나에게도 느끼게 한 그 육체적인 교감, 그런 것이 모두, 마치 나 자신이 병난 것처럼 나를 피로하게 했다.

나는 오히려 마르슬린을 산으로 데리고 가고 싶었다. 그러나 그녀는 꼭 노르망디로 돌아가고 싶어 했으며, 그곳 기후 이상으로 자기 몸에 맞는 것은 없다고 주장했다. 그리고 내가 다소 무모하게 떠맡게 된 그 두 농원 상황을 보러 가 볼 필요가 있다고도 하면서 주의를 상기시켰다. 일단 책임을 맡은 이상 반드시 성공시켜야 한다고 그녀는 나를 설득했다. 그래서 그곳에 도착하자마자 그녀는 나를 졸라 땅을 둘러보게 했다……. 그녀의 이러한 친절 어린 강요 속에는 많은 자기희생이 포함되어 있었는지 모르겠다. 만약 그렇게 하지 않는다면, 아직도 간호가 필요한 그녀 곁에 내가 있어야 한다고 생각하고, 충분한 자유를 느끼지 못할 것을 두려워한 것인지도……. 어쨌든 간에 마르슬린은 차츰 회복했다. 또다시 볼에는 핏기가 살아났다. 그리고 그녀 미소에서 쓸쓸한 그림자가 사라져 가는 것을 느끼는 것 이상으로 내 마음을 안심시키는 것은 없었다. 그래서 나는 안심하고 그녀를 남겨둘 수 있었다.

그렇게 해서 나는 또다시 농장 일에 전념하게 되었다. 마침 초벌 꼴을 베는 중이었다. 꽃가루와 향기를 실은 공기가, 취기가 잘 오르는 술처럼 처음에는 나를 황홀하게 했다. 나는 작년

이래로, 호흡한 적이 없었던 것 같았거나, 먼지밖에 마시고 있지 않았던 것 같았다. 그토록 대기가 기분 좋게 몸 안으로 스며들었던 것이다. 내가 도취되어 앉아 있는 비탈에서 라모리니에르가 눈 아래 보였다. 푸른 지붕들, 도랑에 괸 물, 그리고 그 둘레에 풀이 베인 들판과 풀이 무성한 또 다른 들판이 보였다. 저 멀리 굽이굽이 흐르는 시냇물과 더 먼 곳에는 작년 가을에 샤를과 함께 말을 타고 산책하던 숲이 보였다. 조금 전부터 들려 온 노랫소리가 가까워졌다. 쇠스랑이나 갈퀴를 어깨에 메고 집으로 돌아가는 꼴 베는 일꾼들이었다. 거의 다 낯익은 이들 농부들은, 유감스럽게도 내가 그 경치에 매료된 나그네가 아니라 그들 주인이라는 것을 상기시켜 주었다. 나는 그들에게 다가가서 미소를 짓고 말을 건네며, 한 사람 한 사람에게 오랫동안 물어보았다. 경작 상태에 관해서는 그날 아침에 보카쥬로부터 이미 보고를 듣고 있었다. 더구나 보카쥬는 정기적으로 편지를 보내어 농장에 관한 사소한 일도 나에게 알려 주었다. 개간은 꽤 잘되어 가고 있었다. 보카쥬가 애초에 예상하게 했던 것보다 훨씬 나았다. 그러나 두세 가지, 내 결정을 기다리는 중대한 일이 있었으므로, 별로 재미없었지만 그 대수롭지 않은 일에 피로해진 생명을 쏟아 넣어, 며칠 동안 힘껏 관리를 했다.

마르슬린이 손님을 맞이할 수 있을 만큼 회복하자 몇몇 친구들이 와서 묵게 되었다. 그들은 다정하고 전혀 시끄러운 데가 없는 친구들이었으므로 마르슬린은 기뻐했다. 반면에 그만큼 나는 마음을 놓고 집을 비울 수 있게 됐다. 나는 밭에서 일하는 일꾼들과 사귀는 것이 즐거웠다. 그들과 함께 있으면 배울 것이 훨씬 많다고 여겨졌다. 그들에게 질문을 많이 해서가 아니었다. 그게 아니라, 그들 곁에 있으면서 느꼈던 그러한 기쁨은 무어라고 표현하기가 어렵다. 나는 그들을 통해서 느끼는 것 같았다. 그리고 우리 친구들의 이야기는 말도 꺼내기 전에 벌써 내가 죄다 알고 있는 데 반해, 저 가난뱅이들은 보기만 해도 나로 하여금 끊임없는 감탄을 일으켰다.

처음에는 그들에게 질문을 할 때 내가 피했던 모든 호의적인 태도로 그들이 나에게 대답하는 듯 보였지만, 곧 그들도 내가 있는 것을 개의치 않았다. 나는 점점 더 그들과 접촉하게 되었다. 그들의 밭일을 보고 돌아다니는 것만으로는 만족할 수가 없었던 나는 그들이 노는 것을 보고 싶었다. 그들의 둔한 생각에는 도무지 흥미를 느낄 수 없었으나, 그들이 식사하는 자리에 앉아 그들의 농담을 듣고, 그들이 즐거워하는 모습에 도취되어 바라보았다. 그것은 마르슬린의 심장 고동과 함께 내 심장을 뛰게 하던 일종의 공감과도 같은 것이었다. 미지의 감각 하나하나에 대한 직접적인 반향이었다. 더욱이 그 반향은 막연한 것이 아니라 오히려 뚜렷하고, 날카로웠다. 나는 내 팔이 풀 베는 일꾼의 팔처럼 뻐근해지는 것을 느꼈다. 그가 피로해지면 나도 피로해졌다. 그가 마시는 사과술 한 모금은 내 목을 축여 주었고, 그 술이 그의 목을 통해 내려가는 것을 나는 느꼈다. 어느 날, 그들 중 한 사람이 낫을 갈다가 엄지손가락을 깊이 베었다. 나는 그의 아픔을 뼛속까지 느꼈다.

그렇게 해서 나는 단지 시각에 의해서 풍경을 배웠을 뿐만 아니라, 그 이상한 공감 때문에 무한히 펼쳐진 일종의 접촉을 통해 풍경을 느끼는 듯 여겨졌다.

보카쥬가 있으면 기분이 답답해졌다. 그가 오면 나는 주인인 체하지 않으면 안 되었고, 그런 것에서는 이제 아무런 흥미도 찾아볼 수 없었다. 필요할 때에는 나는 나름대로 농부들에게 명령하거나 지시하거나 했다. 그러나 그들을 너무 지배하는 것처럼 보여서는 안 된다고 생각해서 더 이상 말을 타지 않았다. 내가 있는 것을 그들이 어려워하지 않고, 내 앞에서 체면을 차리지 않도록 하려고 몹시 조심했으나, 그들 앞에 나타나자 나는 전과 마찬가지로 그다지 좋지 않은 호기심에 사로잡혔다. 그들 한 사람 한 사람의 존재가 나에게는 역시 수수께끼로 여겨졌다. 그들 삶의 일부분은 언제나 감추어진 것으로 보였다. 내가 없을 때 그들은 무엇을 하고 있었을까? 그들에게 더 이상 즐길 거리가 없다고는 생각되지 않았다. 그래서 그들 한 사람 한 사람에게 하나의 비밀이 있을 것이라고 상상했고, 어떻게든 그것을 알고 싶었다. 나는 여기저기 돌아다니고, 뒤를 밟고, 염탐했다. 나는 가장 거친 패들에게 주목했다. 마치 그들의 캄캄한 어둠 속에서 나를 비추어 줄 어떤 빛을 기다렸다는 듯이.

특히 한 사람이 내 마음을 끌었다. 그는 비교적 잘생기고, 큰 키에 결코 머리도 둔하지 않았으나 다만 본능만으로 움직이는 듯한 사내였다. 무엇을 하든지 돌발적이어서, 일시적인 본능에는 당장 지고 말았다. 그는 이 지방 사람이 아니라 우연히 고용된 사람이었다. 이틀 동안은 열심히 일을 하나 했더니 사흘째에는 형편없이 술에 취해 있었다. 어느 날 밤, 살짝 헛간으로 가서 그의 동정을 살펴보았다. 그는 건초 속에 뒹굴고 있었다. 술에 곯아떨어져 자고 있었다. 얼마나 오랫동안 나는 그를 보고 있었는지……! 어느 날 그는 왔을 때처럼 떠나 버렸다. 어떤 길로 갔는지 알고 싶을 정도였다……. 그날 밤 나는 보카쥬가 그를 내쫓은 것을 알았다.

나는 보카쥬에게 화가 났다. 그래서 그를 불러들였다.

"당신이 피에르를 내쫓은 모양인데." 하고 말을 꺼냈다. "그 이유를 들려주지 않겠소?"

나는 될 수 있는 대로 노여움을 꾹 참고 있었으나 그는 내 태도에 약간 당황했다.

"나리 역시 더러운 주정뱅이를 집에 둘 생각은 없지 않습니까? 좋은 일꾼들까지 물들어 버리니까요……."

"내가 집에 두고 싶은 사람은 당신보다 내가 더 잘 알지."

"그 놈팡이 자식! 그놈은 어디서 왔는지조차 알 수 없다니까요. 이 고장에도 도움이 될 리 없고요……. 밤중에 헛간에다 불이라도 질러 놓았다면 나리는 아마 만족하셨겠네요."

"하지만 어쨌든, 그건 나와 상관 있는 일이오. 농장은 내 것이라고 생각하는데. 나는 내 뜻대로 농장을 관리하고 싶어. 앞으로 사람을 자르기 전에 나한테 일단 그 이유를 알려 주도록 하시오."

보카쥬는 앞서도 말한 것처럼 나를 어린 시절부터 알았다. 그는 나를 사랑했으므로 내 말투가 아무리 비위에 거슬리는 한이 있더라도 그다지 화를 내지도 않았다. 더욱이 내 말을 그렇게 심각하게 생각하지도 않았다. 노르망디의 농부는 동기를 알지 못하는 일, 말하자면 이해관계가 없는 일에 대해서는 대체로 신뢰하지 않는다. 보카쥬는 그 말다툼을 단지 하나의 변덕이라고 생각했다.

그런데 나도 비난을 늘어놓은 것만으로 말을 그치고 싶지 않았고, 또 내가 너무 심했다고 느꼈으므로 덧붙일 말은 없을까 하고 찾았다.

"당신 아들 샤를은 곧 돌아오지 않소?"라고 나는 잠시 잠자코 있은 후에 물어보기로 결정했다.

"나리가 그 애에 대해 그다지 걱정하지 않기에 이젠 잊어버리신 줄 알았죠." 아직도 기분이 풀리지 않은 채 보카쥬는 말했다.

"내가 잊어버렸다고! 보카쥬, 작년에 우리가 함께 일했는데 어떻게 그 앨 잊어버리겠소? 심지어 농장 일에 대해서 나는 그 애한테 크게 기대를 걸고 있는데……."

"감사합니다, 나리. 샤를은 일주일 후에 돌아올 겁니다."

"그런가, 보카쥬, 나도 기쁘군." 그러고 나서 나는 그를 돌려보냈다.

보카쥬가 말한 것은 거의 옳았다. 물론 나는 샤를을 잊어버리지는 않았지만 이미 마음에 두고 있지도 않았다. 그렇게 사이좋게 지냈는데도 귀찮아지고, 서먹서먹한 무관심밖에 느껴지지 않는 것을 도대체 어떻게 설명할 것인가? 내 일과 취미가 이미 작년과는 달랐기 때문이다. 고백해야겠거니와 그 두 농장은 이제 그곳에서 부리는 일꾼들에 비해 내 흥미를 끌지 못하게 되었다. 그리고 그들과 친밀하게 지내려고 한다면, 샤를의 존재는 아무래도 방해가 될 듯했다. 그는 지나치게 분별 있었고 또 지나치게 뽐냈다. 그래서 그에 대한 추억은 내 가슴에 생생한 감동을 불러일으켰지만, 나는 그가 돌아오는 날이 가까워지는 것을 불안한 마음으로 지켜보았다.

그는 돌아왔다. 아! 내 걱정은 얼마나 옳았으며, 메날크가 모든 추억을 거부한 것은 얼마나 현명한 일이었나! 나는 샤를 대신 이상한 중절모를 쓴 묘한 신사가 들어오는 것을 보았다. 맙소사! 그는 얼마나 변했는가! 어색하고 서먹했으나 그가 모처럼 나를 만나서 기뻐했으므로 나는 너무 쌀쌀한 응대를 하지 않도록 애썼다. 그러나 나는 그가 기뻐하는 태도까지 불쾌했다. 참으로 어색해서 진심으로 느껴지지 않았다. 객실에서 그를 맞아들였는데 날이 저물었으므로 그의 얼굴이 잘 보이지 않았다. 그러나 램프가 들어왔을 때, 그가 구레나룻을 기른 것을 보고 더욱 불쾌해졌다.

그날 밤에는 이야기에 전혀 활기가 없었다. 그 후 그가 늘 농장으로 가는 것을 알고 있었기에, 나는 근 일주일 동안 그곳으로 가는 것을 피했다. 그리고 갑자기 방향을 돌려 내 연구와 손님 접대에 전념했다. 이윽고 다시 외출하기 시작하자 완전히 새로운 일에 붙들리고 말았다.

나무꾼들이 숲에 들어와 있었다. 해마다 숲 나무를 일부 팔았다. 숲을 벌채 구역 열두 개로 나누어서 해마다 잡목과, 성장할 가망이 없는 어린 나무를 벌채해서 장작으로 내보냈다.

겨울철에 하는 일이었다. 그리고 매매 계약에 따라 나무꾼들은 봄이 될 때까지 벌채를 끝내지 않으면 안 되었다. 그러나 그 일을 지휘하는 재목상인 외르트방 영감이 지독한 게으름 뱅이였으므로 때로는 벌채를 다 마치기도 전에 봄이 되었다. 그러면 시든 가지 사이에서 야들야들한 새싹이 돋아났으므로 나무꾼들이 정작 정리 작업에 나설 때에는 많은 싹이 다치지 않을 수 없었다.

그해, 매수인 외르트방 영감의 태만은 우리 예상 이상이었다. 경매가 전혀 없었으므로 나는 그에게 벌채 구역 나무를 몹시 싼값으로 양도하지 않으면 안 되었다. 그래서 그는 언제 해도 손해는 없다고 안심하고 헐값으로 산 나무를 도무지 벌채하려고 서두르지 않았다. 그러고는 인부가 없다느니, 날씨가 나쁘다느니, 말이 아프다느니, 근로 봉사가 있다느니, 다른 일이 있다느니, 그 밖의 별별 핑계를 만들어서 한 주 한 주 작업을 늦추었다……. 그래서 한여름인데도 아직 전혀 정리가 되어 있지 않았다.

그런 일이 지난해에 있었다면 나는 굉장히 화를 냈을 것이다. 그러나 그 해에 나는 꽤 침착했다. 외르트방 때문에 입은 손해를 모르는 바는 아니었다. 그러나 그렇게 거칠어진 숲은 아름다웠다. 나는 사냥감을 찾거나, 살무사를 놀라게 하면서 숲 속을 즐거이 산책했다. 그리고 쓰러진 밑동에 오래 앉아 있었다. 밑둥치는 아직도 살아 있는 듯 보였고, 그 베인 자리에 자그마한 푸른 가지가 나 있었다.

그러나 갑자기, 8월 중순 무렵 외르트방이 인부를 보내 주기로 결정했다. 열흘 안에 완전히 작업을 마치겠다면서 한꺼번에 여섯 인부가 들이닥쳤다. 숲에서 벌채된 부분은 거의 라발트리에 접해 있었다. 나는 나무꾼들의 작업을 편하게 해 주기 위해 그들의 식사를 농장에서 운반해 줄 것을 승낙했다. 그 역할을 분부받은 사람은 마침 쓸모가 없다고 군대에서 막 쫓겨난 뷔트라는 녀석이었다. 몸이 퍽 건장한 것을 보아 쓸모가 없다는 것은 머리 쪽인 모양이었다. 그는 내 고용인들 중에서 내가 가장 이야기하고 싶어 했던 사람이었다. 그래서 그 이유로 나는 일부러 농장에 가지 않아도 그를 만날 수 있었다. 더구나 마침 나는 그 무렵 다시 외출하기 시작하고 있었다. 며칠 동안 나는 거의 숲을 떠나지 않았다. 라모리니에르로 돌아가는 것은 식사 시간뿐이었으며 더구나 종종 늦어지기 일쑤였다. 나는 작업을 감시하는 척했으나, 실은 인부만을 쳐다보고 있었던 것이다.

이따금 그 여섯 명 가운데 외르트방의 두 아들이 끼었다. 형은 스무 살이고 동생은 열다섯 살이었다. 두 사람 다 늘씬하여 맵시가 좋았고 표정은 딱딱했다. 아무래도 외국인 스타일이었는데 과연 나중에 듣고 보니 그들 어머니는 스페인 사람이었다. 나는 처음에 스페인 여자가 어떻게 이런 곳까지 왔을까 하고 놀랐다. 그러나 젊었을 때 형편없이 방랑벽이 심했던 외르트방이 스페인에서 그녀와 함께 살았던 모양이다. 그 때문에 이 고장에서는 그다지 좋게 생각되지는 않았다. 내가 동생을 처음 만난 것은 아마 비 오는 날이었을 것이다. 그는 무척 높다란 짐수레에 장작을 산더미처럼 싣고 그 꼭대기에 혼자 앉아 있었다. 그리고 장작 속에 버티고 앉아서 근처에서는 결코 들어 보지 못한 어떤 이상한 노래를, 부른다기보다는 외치고 있었다. 짐수레를 끄는 말은 길을 알고 있었으므로 마부 없이 가고 있었다. 나는 그 노래에서 받은 인상을 무어라고 표현할 수가 없다. 왜냐하면 그런 노래는 아프리카에서밖에 들은적이 없었기 때문이다……. 소년은 흥분해서 마치 술 취한 것 같았다. 내가 지나가도 이쪽을 쳐다보지도 않았다. 다음 날, 나는 그 소년이 외르트방의 아들이라는 것을 알았다. 내가 그처럼 벌채 숲 속에서 우물쭈물했던 것은 바로 그를 다시 만나거나, 적어도 그를 기다리기 위해서였다. 이윽고 벌채 구역 정리가 완전히 끝났다. 외르트방의 아들들은 세 번밖에 오지 않았다. 그들은 거만해 보였으므로 나는 그들에게 한 마디 말도 시킬 수 없었다.

그에 반해 뷔트는 이야기하기를 좋아했다. 이윽고 나는 내 앞에서는 어떤 말을 해도 상관없다는 것을 그에게 납득시켰다. 그 뒤부터 그는 아무 거리낌 없이 마을 내막을 폭로했다. 탐욕스러울 정도로 나는 그 비밀에 관심을 가졌다. 그것은 내가 기대한 이상이기도 했으나 동시에 나를 만족시켜 주지도 않았다. 겉모습 아래에서 술렁였던 게 그것이었나? 혹은 아마 그것도 하나의 새로운 위선에 지나지 않았던 것일까? 아무튼 상관없다! 그런데 나는 이전에 미완성 고트 연대기를 조사했을 때처럼 뷔트를 여러 가지로 조사해 보았다. 그의 말에서 깊은 구렁의 혼탁한 독기가 솟아올라, 벌써 나를 취하게 하여 나는 불안해하면서도 그것을 마셨다. 그의 입을 통해 나는 제일 먼저 외르트방이 자기 딸과 성관계를 가지는 것을 알았다. 그런 일을 비난하는 태도를 조금이라도 보인다면, 그가 비밀 이야기를 중단해 버릴까 봐 염려하여 나는 그냥 미소 지었다. 나는 호기심에 쫓겼던 것이다.

"그럼 어머니는? 아무 말도 안 하나?"

"어머니요! 벌써 십이 년 전에 죽은걸요……. 그가 그녀를 때리곤 했죠."

"가족은 몇이지?"

"아이들이 다섯이에요. 나리가 보신 것은 장남하고 막내예요. 그리고 열여섯 살이 되는 아이가 있어요. 튼튼하지 않아서 신부가 되고 싶어 해요. 그리고 맏딸한테는 벌써 아버지의 아이가 둘이나 있습니다……."

그렇게 해서 나는 조금씩, 다른 여러 가지를 알았다. 그의 말로 미루어 보아 외르트방 집은 악취가 코를 찌르는 생지옥이었다. 내 상상은 좋든 싫든 고기에 모여드는 파리 떼처럼 그 둘레를 빙빙 돌았다. 어느 날 밤, 장남이 젊은 하녀를 덮치려고 했다. 그러자 하녀가 몸부림치며 반항했으므로 아버지가 나와서 아들 편을 들어 큼직한 손으로 하녀를 꼼짝 못하도록 눌러 버렸다. 그동안 차남은 2층에서 조용히 기도를 올리고 막내아들은 그 광경을 눈앞에서 보며 좋아했다. 아마 덮치는 게 그다지 어렵지는 않았던 모양이다. 뷔트가 덧붙인 바에 따르면, 그 후 곧 하녀는 그 맛을 알게 되어 작은 사제를 유혹하려고 했다니까.

"그런데 성공하지 못했나?" 하고 나는 물었다.

"사제는 아직도 버티고 있죠. 더욱 끈질기게 말예요." 하고 뷔트는 대답했다.

"또 다른 딸이 있다고 했지?"

"예, 그 앤 상대가 누구든 닥치는 대로예요. 게다가 아무것도 달라고 하지 않아요. 반하기만 하면 저쪽에서 도리어 돈을 준다니까요. 그런데 아버지 집에서 잘 수는 없어요. 얻어맞으니까요. 아버지 주장은, 집안 식구가 집 안에서 멋대로 하는 것은 당연하지만 남들은 그러면 안 된다는 거예요. 나리가 쫓아낸 머슴 피에르 말예요, 그 자식도 그리 자랑은 하지 않았지만, 어느 날 밤, 들켜서 대가리에 구멍이 나고 말았어요. 그 후부터 나리의 이 성관 숲에서 빈둥거리고 있죠."

그래서 나는 눈으로 상대방을 부추기면서 "너도 그랬나?" 하고 물었다.

그는 다만 체면상 눈길을 내리깔았으나, 낄낄 거리면서 "이따금요." 하고 말했다. 그리고 갑자기 눈을 들고는 "보카쥬 영감네 꼬마도 마찬가지예요." 하고 말했다.

"보카쥬네 꼬마라니, 누구 말이지?"

"알시드 말이죠. 언제나 밭에서 자요. 그럼 나리는 그 애를 모르세요?"

보카쥬에게 또 아들이 있다는 것을 알고 나는 몹시 놀랐다.

"하기야." 하고 뷔트는 계속했다. "작년에 그 애는 아직 자기 삼촌 집에 있었죠. 하지만 나리가 숲 속에서 만나신 적이 없다는 것은 참 이상하군요. 거의 매일 밤 밀렵을 해요."

뷔트는 이 마지막 말을 더욱 소리를 낮추어 말했다. 그는 내 얼굴을 가만히 살펴보았다. 그래서 나는 빙긋 웃어 보여야 한다는 것을 깨달았다. 그러자 뷔트는 안심하고 말을 이었다.

"난, 또. 그러니까 나리는 밀렵 사실을 아시는군요. 체! 숲은 넓으니까 뭐 그리 잘못한 건 아니죠."

내가 불만스러운 표정을 거의 보여 주지 않았으므로 뷔트는 이내 대담해졌다. 그리고 지금 생각하니, 보카쥬를 약간 헐뜯는 것이 기뻤는지, 알시드가 어느 구덩이에다 덫을 쳐 놓았는지 나에게 가르쳐 주고, 울타리 어느 곳에 있으면 거의 확실하게 그를 붙잡을 수 있는가를 알려 주었다. 그곳은 제방 위 숲 가장자리를 이루는 울타리에 있는 좁은 구멍이었는데, 알시드는 으레 그곳을 통하여 6시쯤 기어 들어오게 마련이었다. 뷔트와 나는 몹시 신이 나서 거기에 구리줄을 쳐서 보이지 않도록 잘 감추었다. 그리고 뷔트는 절대로 폭로하지 않겠다는 서약을 내게 하게 한 후, 이 일에 연루되고 싶지 않다면서 돌아가 버렸다. 나는 제방 뒤쪽에 몸을 숨겼다. 그리고 기다렸다.

그렇게 사흘 밤을 기다렸으나 아무 일도 없었다. 뷔트한테 속았다고 나는 생각하기 시작했다……. 마침내 나흘째 저녁, 발자국 소리가 아주 희미하게 가까워진다. 심장이 두근거리기 시작한다. 그리고 갑자기 밀렵자의 소름 끼치는 쾌감을 알게 된다……. 덫이 하도 잘 놓여 있었기 때문에 알시드는 똑바로 덫 속으로 걸려든다. 불쑥 발목이 잡혀서 자빠지는 것이 보인다. 도망치려다가 다시 넘어지고, 사냥당한 짐승처럼 몸부림친다. 그러나 이미 그는 내게 붙잡힌다. 그 녀석은 눈이 푸르고 머리칼이 흐트러진, 교활하게 생긴 부랑아다. 그는 나를 발로 찬다. 그리고 꼼짝 못하게 되자 물어뜯으려고 한다. 그러나 그렇게 할 수도 없게 되자, 내가 여태까지 들어 본 적 없는 어마어마한 욕설을 막 퍼붓기 시작한다. 마침내 더 이상 참을 수가 없어서 나는 웃음을 터트린다. 그러자 갑자기 그는 욕지거리를 멈추고 나를 쳐다보더니 나직이 말한다.

"제기랄! 나리가 날 병신으로 만들어 놨잖아요."

"어디, 좀 보자."

그는 양말을 나막신 위까지 끌어내려 발목을 보여 주었다. 거기에는 희미하게 약간 붉은 흔적이 보일 뿐이었다. "괜찮아요." 그는 씩 웃고는 엉큼하게 말했다.

"나리가 덫을 놓았다고 아버지한테 일러바치겠어요."

"좋고말고! 이 덫은 네가 만든 것들 중 하나야."

"이걸 여기 놓은 게 나리가 아닌 것은 안단 말예요."

"왜 내가 아니라는 거지?"

"이렇게 잘 놓을 수 없으니까요. 그럼 어떻게 만드는지 한번 해 보세요."

"나한테 가르쳐 줘……."

그날 밤, 나는 몹시 늦어서야 저녁 식사를 하려고 돌아갔다. 내가 어디로 갔는지 몰라서 마르슬린은 걱정하고 있었다. 그러나 덫을 여섯 개나 놓고 왔다는 것과, 알시드를 꾸짖기는커녕 10수를 주었다는 것 따위는 그녀에게 말하지 않았다.

다음 날, 알시드와 함께 덫을 거두러 가니 기분 좋게도 토끼 두 마리가 걸려 있었다. 물론 토끼는 그에게 주었다. 수렵기는 아직 시작되지 않았다. 잡은 짐승을 사람들에게 보이면 위험한데 그는 도대체 어떻게 처리했을까? 그에 관해서는 알시드가 내게 털어놓지 않았다. 역시 뷔트한테서, 외르트방이 밀매업 두목이며 그와 알시드 사이 중개를 막내아들이 하고 있다는 것을 마침내 알아냈다. 그리하여 나는 그 야만적인 집안에 차츰 더 깊이 걸려 들어가고 있었던 것일까? 얼마나 나는 열심히 밀렵을 했던가!

나는 매일 밤 알시드를 만났다. 토끼를 많이 잡을 수 있었다. 한번은 수사슴 한 마리가 걸려들었다. 사슴은 그때까지도 가까스로 숨을 쉬고 있었다. 알시드가 무척 기쁜 듯이 사슴을 죽인 것을 떠올리면 소름이 끼친다. 우리는 외르트방의 아들이 밤중에 가지러 올 수 있도록 사슴을 안전한 곳에 두었다.

그 무렵부터 나는 낮에 바깥에 나가고 싶지 않았다. 정리가 다된 숲은 그전만큼 매력이 없어진 것이다. 나는 공부하려고 애쓰기까지 했다. 목적이 없는 쓸쓸한 공부, ── 왜냐하면 강의를 마치자 나는 보충 강의를 계속하는 것을 거절해 버렸다. ── 보람 없는 헛된 공부. 밭에서부터 하찮은 노랫소리나 하찮은 소음이 들려와도 나는 금방 그쪽으로 정신이 팔렸다. 온갖 소리는 나를 부르는 소리가 되었다. 그렇게 해서 그 몇 번이나 책을 내동댕이치고 아무것도 지나가지 않는 창가로 달려가곤 했나! 몇 번이나 갑자기 바깥으로 뛰쳐나가서…….
내 유일한 관심사는 나의 모든 감각에 대한 것이었다.

그러나 어둠이 깔리면 ── 그즈음은 이미 빨리 어두워졌다. ── 우리의 시간이었고, 그 아름다움을 나는 그때까지 미처 몰랐던 것이다. 그리하여 나는 절도범들이 들어오는 것처럼 밖으로 나갔다. 내 눈은 야조(夜鳥)처럼 되었다. 나는 더 크게 보이는, 더욱 흔들리고 있는 풀과 우거진 나무들에 감난했다. 밤은 모든 것을 우묵하게 하고, 멀리 하고, 지면에서 떼어 놓고, 모든 것의 표면을 깊숙하게 했다. 평탄한 오솔길도 위험하게 보였다. 어둠 속에서 사는 것이 사방에서 눈을 뜨고 있는 것을 느낄 수 있었다.

"네 아버지는 지금 네가 어디 있다고 생각할까?"

"외양간에서 가축을 지키고 있는 줄로요."

알시드는, 나도 알고 있었지만, 외양간에서 비둘기와 닭과 함께 잤다. 저녁이 되면 그곳에 갇혀 버리므로 지붕 구멍으로 빠져나왔다. 그의 옷에는 가금(家禽)의 훗훗한 냄새가 배어 있었다……

이윽고 사냥감을 손에 쥐자 그는 부리나케 작별의 몸짓 하나 하지 않고, 내일 만나자는 인사조차 없이 마치 덫 속으로 빠져 들어가듯 어둠 속으로 사라져 버렸다. 그가 농장으로 돌아가기 전에 — 그곳에서는 개도 그한테는 짖지 않았다. — 외르트방의 막내아들을 만나서 제 먹이를 넘겨준다는 것을 나도 알고 있었다. 그러나 어디서 넘겨주는 것일까? 아무리 알고 싶어도 캐낼 수 없었다. 위협을 해도, 근사하게 속여도 아무래도 되지 않았다. 외르트방 집안은 남들을 얼씬도 못하게 했다. 나의 이 터무니없는 짓이 무엇에 가장 만족했는지 모르겠다. 언제나 내 앞에서 달아났던 하찮은 비밀을 추적하는 데서? 아마도 호기심 때문에, 비밀을 만들기까지 하는 데서? 그런데 알시드는 나와 작별하고 나서 무엇을 했던 걸까? 정말로 농장에서 자고 있었을까? 혹은 소작인들이 다만 그렇게 생각하게끔 했던 것일까? 아! 나는 공연히 골탕만 먹고 신용을 얻기는커녕 그의 존경을 더욱 잃기만 했던 것이 아닌가. 그렇게 생각하자 화가 치밀어 오르기도 하고 동시에 슬프기도 했다……

그의 모습이 보이지 않게 되자, 나는 갑자기 혼자가 되어 소름이 끼쳤다. 그래서 밭을 가로질러, 이슬을 담뿍 머금은 풀속에서, 밤과 야만적인 생활과 무질서에 취하여 이슬에 젖고 흙투성이가 되어 나뭇잎을 은몸에 뒤집어쓰고 돌아왔다. 저멀리, 잠든 라모리니에르에서는 마치 평온한 등대처럼, 마르슬린 방의 등불이 나를 이끌고 있는 것 같았다. 그녀에겐 이처럼 밤에 산책을 하지 않으면 잠을 잘 수가 없다고 미리 타일러 놓았던 것이다. 사실이었다. 나는 내 침대가 싫었다. 차라리 헛간에서 자고 싶었다.

그해에는 사냥감이 많았다. 집토끼와 산토끼와 꿩이 연달아 잡혔다. 모든 일이 뜻대로 되어 가는 것을 보고, 뷔트도 사흘 밤이 지나자 우리 패에 들어오고 싶어 했다.

밀렵을 한 지 엿새째 되는 밤, 쳐 놓은 덫 열두 개 가운데 두 개밖에 찾아내지 못했다. 낮 동안 빼앗겨 버렸던 것이다. 뷔트는 철사로는 안 된다고 하면서 구리줄을 사야겠으니 100수를 달라고 했다.

다음 날, 나는 기쁘게도 보카쥬 집에서 우리가 쳐 놓았던 열개의 덫이 있는 것을 발견했다. 나는 그의 부지런함을 칭찬해주지 않으면 안 되었다. 제일 곤란한 것은 지난해에 경솔하게도 덫 하나를 압수하면 10수를 주겠다고 약속한 일이었다. 그래서 보카쥬에게 100수를 주지 않으면 안 되었다. 한편 뷔트는 100수를 주고 구리줄을 또 산다. 나흘 후에 같은 일이 생기고, 새로 사온 덫 열 개를 빼앗긴다. 그래서 다시 뷔트에게 100수, 다시 보카쥬에게 100수를 준다. 그런데 내가 보카쥬를 칭찬해 주자 "칭찬받을 사람은 내가 아니라 알시드죠." 하고 그는 말한다.

"설마!"

너무 깜짝 놀라면 기절하는 수가 있는 법이다. 그래서 나는 꾹 참는다.

"그렇다니까요, 나리." 하고 보카쥬는 계속한다. "나는 이제 완전히 늙어 버린 데다가 농장일도 힘에 겨울 정도죠. 그래서 그놈이 나 대신 숲을 감시해요. 그놈은 숲을 잘 알고 게다가 날쌘 놈이니까 덫을 찾아내는 걸 나보다 훨씬 잘한단 말씀예요."

"그 애한테는 수월한 일이겠군, 보카쥬."

"그래서 나리한테서 받은 10수 중에서 덫 한 개당 5수를 그놈한테 주고 있습죠."

"물론 그만한 가치가 되겠네. 아무렴! 닷새 동안 덫 스무 개라! 상당한 돈벌이군. 밀렵자들도 손을 들 수밖에 없겠네. 십중팔구 당분간 휴업이겠는데."

"천만에요! 나리. 덫을 더 빼앗기는 만큼, 더 찾아낼 겁니다. 올해는 사냥감이 비싸게 팔리니까요. 몇 수 손해를 보더라도 말입죠……."

나는 자칫 보카쥬도 한패가 아닐까 생각했을 만큼 보기 좋게 한 대 얻어맞았다. 내가 그 사건으로 화나는 것은 알시드가 삼중 장사를 한다는 것이 아니라, 그가 그런 식으로 나를 속인다는 것이다. 그런데 뷔트와 그는 돈을 어디다 쓰고 있는 것일까? 나는 아무것도 알 수 없다. 그 패거리들에 대해서는 아무것도 알 수 없을 것이다. 그들은 언제나 거짓말을 할 것이다. 오로지 속이기 위해 나를 속일 것이다. 그런데 그날 밤, 나는 뷔트에게 100수가 아니라 10프랑[54]을 주었다. 그리고 이것이 마지막이다, 설령 또 덫을 빼앗겨도 이제는 어쩔 수 없다 하고 미리 일러 주었다.

다음 날 보카쥬가 왔다. 몹시 난처한 듯했다. 그의 표정을 보자 내가 더욱 난처해졌다. 도대체 무슨 일이 있었나? 보카쥬 말로는 뷔트가 새벽녘에 겨우 농장으로 돌아왔으나 흡사 폴란드 사람처럼 술에 취해 있었다. 보카쥬가 무슨 말을 꺼내니까 대번에 더러운 욕지거리를 퍼붓더니 결국 나중에는 달려들어 때렸다는 것이다…….

"요컨대." 하고 보카쥬가 말했다. "나리 허가를,(이 말을 할 때 그는 잠시 망설였다.) 허가를 받고 그놈을 내쫓을 수 있을지 알고 싶어 왔습니다."

"생각해 보지요, 보카쥬. 그가 당신한테 버릇없는 짓을 했다니 정말 유감이오. 알겠소……. 나 혼자서 그 문제를 좀 생각해 봐야겠소. 그럼 두 시간 후에 여기서 다시 봅시다."

---

54) 10프랑은 200수임.

보카쥬가 나갔다.

뷔트를 붙잡아 두는 것은 보카쥬를 무시하는 처사이기에 괴로운 일이다. 뷔트를 내쫓는다는 것은 그가 복수하도록 부추기는 꼴이다. 낭패로군. 될 대로 되겠지. 사실 나쁜 것은 나 혼자니까……. 그래서 보카쥬가 다시 오자마자 말했다.

"뷔트한테 여기서는 이제 더 이상 일이 없다고 말하도록 하시오."

그러고 나서 나는 기다린다. 보카쥬는 어떻게 했을까? 뷔트는 뭐라고 말했을까? 저녁이 되어서야 이 스캔들의 반향이 나타난다. 뷔트가 지껄여 댄 것이다. 나는 우선 보카쥬네 집에서 들려오는 고함 소리로 알 수 있다. 꼬마 알시드가 얻어맞고 있다. 곧 보카쥬가 올 것이다. 그가 온다. 늙은이의 발자국 소리가 가까이 오는 것이 들린다. 내 심장은 사냥감이 가까이 올 때 이상으로 세차게 두근거린다. 참을 수 없는 순간이다! 과장된 감정이 섞인 온갖 말을 늘어놓을 것이고, 나는 그 말을 진지하게 들어야만 할 것이다. 어떤 설명을 만들어 내야 할까? 나는 얼마나 서툰 연기를 하게 될지! 아! 내 배역을 제발 돌려 줘 버리면 좋겠는데……. 보카쥬가 들어온다. 그가 말하는 것이 무슨 말인지 도무지 알 수 없다. 전혀 이치에 맞지 않는다. 그래서 다시 한 번 처음부터 되풀이해서 말해 달라고 해야만 했다. 겨우 이런 사실을 알 수 있었다. 그는 뷔트 한 사람에게만 죄가 있다고 믿는다. 그는 자신이 믿을 수 없는 진실에는 관심 없다. 내가 뷔트에게 10프랑을 주었다는데, 도대체 뭣 때문에? 뷔트의 그런 말을 믿기에는 그는 너무나 노르망디 사람이다. 그 10프랑은 뷔트가 훔친 것이다. 틀림없다. 나에게 받았다고 주장함으로써 도둑질에다가 거짓말까지 보태고 있다. 도둑질을 감추기 위해 지어낸 이야기다. 그 따위 수작에 속을 보카쥬가 아니고말고……. 밀렵은 이미 문제가 아니다. 보카쥬가 알시드를 때린 것은 소년이 외박을 했기 때문이다.

야! 이제 나는 살았다. 적어도 보카쥬 앞에서는 모든 것이 잘되어 간다. 저 뷔트라는 놈은 얼마나 바보인가! 물론, 오늘 밤에는 밀렵을 하고 싶은 생각이 전혀 없다.

나는 이미 모든 것이 끝났다고 생각했다. 그런데 한 시간 후에 이번에는 샤를이 왔다. 그가 농담이나 하러 오는 것으로 보이지 않는다. 멀리서 보아도 벌써 그의 아버지보다는 까다로울 것 같다. 지난해 같으면 몰라도…….

"어이! 샤를, 참 오랜만이야."

"나리가 저를 만나고 싶다면 농장으로 오시기만 하면 되죠. 저는 정말이지 숲이나 밤에는 볼일이 없으니까요."

"그런가! 네 아버지가 이야기했구나……."

"아버지는 저한테 아무 말씀 안 하셨어요. 아버지는 아무것도 모르시니까요. 그 연세가 되어서 주인한테 바보 취급을 받고 있다는 것을 아실 필요는 없지 않겠어요?"

"조심해, 샤를! 말이 지나치군……."

"아! 그럼요. 나리는 주인이십니다! 자기가 좋아하는 일을 맘대로 하시면 됩니다."

"샤를, 내가 누구도 업신여기지 않는다는 건 너도 잘 알겠지? 내가 좋아하는 일을 한다고 해도 그건 내 손해가 될 뿐이야."

그는 가볍게 어깨를 으쓱했다.

"나리가 자기 이익을 해치는 일을 해 놓고도 어떻게 남이 그것을 지켜 주길 바라나요? 나리가 경비원과 밀렵자를 동시에 감쌀 수는 없습니다."

"왜 그렇지?"

"왜냐면 그건……. 아! 나리, 제가 보기에 그 모든 것은 너무나 짓궂은 장난입니다. 나는 다만 내 주인이 범법자와 한패가 되어, 누군가 주인을 위해 해 둔 일을 그런 자들과 함께 파괴하는 짓을 기분 좋게 보고 있을 수 없습니다."

샤를은 점점 단호한 목소리로 그렇게 말한다. 그의 태도는 아주 당당하다. 나는 그가 구레나룻을 깎아 버린 것에 주목한다. 게다가 그의 말은 상당히 옳다. 내가 잠자코 있자 (내가 무슨 말을 그에게 할 수 있겠는가?) 그는 말을 잇는다.

"사람에겐, 자기가 소유한 것에 대한 의무가 있다고 나리는 작년에 가르쳐 주셨습니다. 하지만 나리는 잊어버리신 것 같아요. 그 의무들을 진지하게 생각하시고 그런 장난은 그만두셔야 합니다……. 그렇지 않으면 소유할 자격이 없는 거죠."

잠시 침묵이 흐른다.

"네가 말하고 싶은 건 그것뿐인가?"

"오늘 저녁에는 이것뿐입니다, 나리. 하지만 다음 번 저녁엔, 나리가 하시기에 따라서, 아버지와 제가 라모리니에르를 떠나겠다고 말씀드리러 올지도 모르겠습니다."

그렇게 말하고 그는 공손히 인사를 하고 나간다. 나는 겨우 깊이 생각해 볼 틈이 생긴다.

"샤를! 정말이지 녀석 말이 맞아……. 하지만 소유한다고 지칭하는 것이 만일 그것이라면……! 이봐, 샤를!" 나는 이렇게 외치고 그의 뒤를 쫓는다. 나는 어둠 속에서 그를 따라 잡는다. 그리고 갑작스러운 내 결심을 확실하게 하려는 듯 부리나케 말한다.

"내가 라모리니에르를 팔려고 내놓겠다고, 네 아버지한테 말해라."

샤를은 정말 정중한 절을 하고는 한 마디 말도 없이 물러가 버린다.

이 모든 것이 터무니없는 짓이다.

그날 저녁, 마르슬린은 저녁 식사를 하러 내려오지 못한다. 그리고 몸이 불편하다고 전해 온다. 나는 걱정되어서 황급히 그녀 방으로 올라간다. 그녀는 곧 나를 안심시키려고 든다. "그냥 감기야."라고 그녀는 바란다. 그녀는 오한을 느낀다.

"뭘 덮고 있지 않았어?"

"아니, 오한이 들자마자 곧 숄을 걸쳤어."

"오한이 들고 나서는 안 되지. 그전에 해야지."

그녀는 날 쳐다보고 미소를 지으려고 애쓴다……. 아! 아마도 재수 없게 시작된 하루가 나를 괴롭히려고 들었던 모양이다. 가령 그녀가 소리 높여 "그럼 당신은 내가 살기를 그렇게 바라?" 하고 말했더라도 내 귀에는 잘 들리지 않았을 것이다. 정말 내 주위에서는 모든 것이 무너지고 있다. 내 손은 어떤 것을 쥐어도 무엇 하나 손아귀에 붙들어 두지 못한다…….
나는 마르슬린에게 달려가 그녀의 창백한 관자놀이에 키스를
퍼붓는다. 그러자 그녀도 더 참을 수가 없어 내 어깨에 얼굴을
파묻고 흐느낀다.

"오오! 마르슬린! 마르슬린! 여기서 떠나자. 다른 곳으로
가면 소렌토에서처럼 사랑할 수 있어. 당신은 내가 변했다고
생각하지? 하지만 다른 곳에 가면, 당신은 어떤 것도 우리 사
랑을 변하게 하지는 못했다는 것을 잘 느끼게 될 거야……."

나는 아직 그녀 슬픔을 치유하지 못하지만, 그녀는 이미 얼
마나 그 희망에 매달리고 있는 것인가!

계절은 아직도 그다지 깊어지지는 않았으나 공기는 습기
가 많고 차가웠다. 그리고 장미의 마지막 봉오리는 피지도 못
하고 벌써 시들어 가고 있었다. 집에 초대했던 손님들은 이미
돌아가고 없었다. 마르슬린은 집 안 정리를 못 할 정도로 몸이
편치 않았으므로 닷새 후에 우리는 그곳을 떠났다.

3부

그래서 나는 다시 한 번 내 사랑에 두 손을 모으려고 노력했다. 그러나 조용한 행복이 나에게 무슨 필요가 있었을까? 마르슬린이 나에게 주었고, 나를 위해 표현했던 그 행복은 피로를 느끼지 않는 자에 대한 휴식 같은 것이었다. 그러나 그녀가 지쳐서 내 사랑을 필요로 한다는 것을 느꼈으므로, 나는 사랑으로 그녀를 감싸고 나 자신도 그것을 바라는 체했다. 나는 그녀 고통을 느끼자 참을 수가 없었다. 내가 그녀를 사랑한 것은 그녀 고통을 치유해 주기 위해서였다.

아! 얼마나 정성껏 돌봐주고 애정 어린 밤샘을 했던가! 다른 사람들이 종교적 실천을 과장하여 떠벌림으로써 신앙심에 다시 활력을 주는 것처럼, 나는 이렇게 해서 나의 사랑을 키워 갔다. 그러자, 자네들에게 말하거니와, 곧 마르슬린은 다시 희망을 붙들게 되었다. 그녀에게는 아직도 많은 젊음이 남아 있고, 나에게는 많은 약속이 남아 있다고 그녀는 믿었다. 우리는 다시 신혼여행을 떠나는 것처럼 파리를 빠져나왔다. 그러나 여행을 떠난 첫날부터 그녀 상태가 몹시 나빠지기 시작했다. 뇌샤텔에 도착하자 우리는 그곳에 주저앉아야만 했다.

나는 청록색 둑에 둘러싸인 그 호수를 얼마나 좋아했던가! 알프스다운 데가 전혀 없고, 그곳 물은 마치 늪처럼, 긴 세월 동안 진흙과 뒤섞여 갈대 사이로 새어 나온다. 나는 마르슬린을 위해 매우 안락한 호텔에 호수가 보이는 방 하나를 얻을 수 있었다. 나는 하루 종일 그녀 곁을 떠나지 않았다.

그녀 상태가 별로 좋아지지 않아서 다음 날이 되자마자 나는 로잔의 의사를 불렀다. 의사는 정말 쓸데없이 아내의 가족 중 내가 아는 또 다른 결핵 환자가 있었는지 알고 싶어 했다. 나는 있다고 대답했다. 그러나 사실은 몰랐다. 하지만 나 자신이 폐결핵 때문에 거의 절망 상태였다는 것과, 나를 간호하기 전에는 마르슬린이 아프지 않았다는 것을 말하고 싶지 않았다. 그리고 나는 모든 것을 혈전 탓으로 돌렸다. 비록 의사가 그것을 단순히 우연한 원인으로만 보려고 하고, 병은 훨씬 전부터 시작되었다고 진단했지만 말이다. 의사는 알프스 고지대 맑은 공기를 강하게 권유했다. 거기서 마르슬린이 나을 것이라고 단언했다. 그리고 나도 마침 앙가딘에서 겨울철을 지내려고 생각하고 있었으므로 마르슬린의 몸이 여행을 견뎌낼 만큼 좋아지자, 우리는 다시 떠났다.

나는 도중에 느낀 인상 하나하나를 무슨 사건처럼 지금도 기억한다. 대기는 맑고 차가웠다. 우리는 가장 따뜻한 모피를 갖고 갔다……. 쿠아르[55])에서는 호텔이 쉴 새 없이 시끄러워, 우리는 거의 잠을 이루지 못했다. 나뿐이라면 기꺼이 밤샘 결심을 했을 것이고 그래도 피로를 느끼지 않았을 것이다. 그러나 마르슬린은……. 내가 화가 난 것은 시끄러움 그 자체보다 시끄러움 때문에 그녀가 잠을 이루지 못했다는 것이었다. 그녀는 몹시 자고 싶었을 텐데! 다음 날 우리는 날이 새기 전에 출발했다. 우리는 쿠아르에서 나가는 승합 마차에 좌석을 예약해 두었었다. 역참 연결이 잘 되어 있었으므로 그날 하루 만에 생모리츠에 도착했다.

티펜카스텐, 르쵤리에, 사마덴……[56) 매시간 나는 모든 것을 기억한다. 공기의 질이 몹시 새롭고 혹독해진 것, 말의 방울 소리, 나의 시장기, 주막 앞 정오 때의 정거, 수프에 풀어 넣은 날달걀, 검은 빵, 시큼한 포도주의 시원함이 생각난다. 그러한 변변찮은 식사는 마르슬린 입에 맞지 않았다. 다행히도 내가 여행 중 예비로 갖고 온 비스킷을 두세 개 먹은 외에는 그녀는 거의 아무것도 먹지 않았다. 저 해 지는 풍경이 지금도 눈앞에 떠오른다. 그림자가 숲 비탈을 재빨리 올라간다. 이윽고 또 정거. 공기는 차츰 더 맑고 쌀쌀해지고 매서워진다. 승합 마차가 멈추면 어둠 한복판까지 한없이 투명한 고요 속에 잠겨 버린다. 투명함…… 이 말밖에 달리 표현할 길이 없다. 아무리 희미한 소리도 그 야릇하리만큼 투명한 대기 속에

---

55) 스위스 동부 지역 도시.
56) 스위스 알프스 동부 지역 이탈리아 국경에 가까운 산악 도시들.

서는 완전한 음질과 충만한 음향을 띤다. 또다시 어둠 속에서 출발한다. 마르슬린이 기침을 한다……. 아! 기침을 그칠 수는 없을까? 나는 저 수스의 승합 마차를 회상한다. 나는 기침을 보다 더 잘했던 것으로 생각된다. 그녀는 너무 안간힘을 쓴다……. 그녀가 얼마나 가냘프게 보이고, 변했는지. 이렇게 어둠 속에서는 그녀를 알아보기조차 힘들 정도다. 이 얼마나 핼쑥한 얼굴인가! 이전에도 이렇게 까만 두 콧구멍이 보였던 것일까? 아! 그녀는 지독하게 기침을 한다. 이것이 그녀가 나를 간호해 준 가장 뚜렷한 결과다. 나는 공감이 무섭다. 온갖 전염병이 모두 그 속에 숨어 있다. 사람들은 단지 강자들하고만 공감하게 되어 있다. 아! 그녀는 정말로 기진맥진했다! 곧 도착하지 않을까……? 그녀는 무엇을 하고 있나……? 그녀는 손수건을 꺼내서 입술로 가져간다. 그리고 돌아앉는다……. 끔찍해라! 그녀도 역시 피를 토하려고 하는 것일까? 나는 손수건을 그녀 손에서 우악스럽게 빼앗는다. 등의 희미한 불빛에 들여다본다……. 아무것도 없다. 그러나 나는 불안을 지나치게 드러내 보였다. 마르슬린은 슬픈 듯이 미소 지으려고 애쓰며 중얼거린다.

"아니야. 아직은."

마침내 우리는 도착한다. 한시가 급하다. 그녀는 간신히 몸을 지탱하고 있다. 준비된 방은 내 마음에 들지 않는다. 오늘 밤만 여기서 지내고 내일은 바꾸어야겠다. 나에겐 어떤 것도 매우 아름답거나, 너무 비싸게 여겨지지 않는다. 아직 겨울 시즌이 시작되지 않았으므로 큰 호텔은 거의 텅텅 비어 있어서, 방을 선택할 수 있다. 나는 넓고 밝은, 간소한 가구가 딸린 방 두 개를 택한다. 옆에 커다란 살롱이 붙어 있고, 그 끝에 있는 넓은 돌출된 창을 통해 지저분한 푸른 호수와, 중턱의 나무가 너무 무성하거나 너무 헐벗기도 한 이름 모를 험한 산을 볼 수 있다. 거기서 우리는 식사를 할 것이다. 방 값은 엄청나게 비쌌으나 무슨 상관이랴! 사실 나는 더 이상 할 강의가 없으나, 라모리니에르를 팔려고 내놓았다. 그다음에는 또 어떻게 되겠지……. 게다가 돈이 내게 무슨 소용인가? 그 모든 것이 내게 무슨 소용이란 말인가……? 나는 이제 건강해졌다……. 재산의 완전한 변화는 건강의 완전한 변화만큼이나 무엇인가를 필히 내게 가르쳐 줄 것이라고 생각한다……. 마르슬린, 그녀에겐 사치가 필요하다. 그녀는 연약하다……. 아! 그녀를 위해서 돈은 얼마든지 써 버리고 싶다……. 그래서 나는 사치에 대해서 혐오와 흥미를 동시에 느꼈다. 나는 내 관능을 그 사치로 씻고, 그 속에 잠기게 했으며, 이어 그 관능이 방랑하기를 원했다.

그러는 동안 마르슬린은 점차 좋아졌으며, 나의 끊임없는 간호가 효과를 나타냈다. 그녀는 거의 먹지 못했으므로, 나는 그녀의 식욕을 돋우려고 맛있는, 정말 먹음직스러운 요리를 주문했다. 술도 최고급품을 마셨다. 나는 그녀도 그것을 무척 좋아한다고 확신했다. 그만큼 우리가 매일 마시는 그 외국산 특주는 나를 즐겁게 했다. 그것은 라인 산 시큼한 포도주와, 독한 취기로 나를 사로잡는 거의 시럽 같은 토카이 술[57]이었

---

57) 헝가리 산 리큐어.

다. 나는 맛이 색달랐던 저 바르바그리스카 술도 생각나는데 한 병밖에 남아 있지 않았으므로 그 야릇한 맛은 다른 병에 든 것도 마찬가지인지 어떤지 알 수 없었다.

우리는 날마다 마차를 타고 외출했다. 그리고 눈이 내리면 목까지 모피를 뒤집어쓰고 썰매를 타고 나갔다. 나는 빨갛게 상기된 얼굴로 돌아와서, 식욕을 채우고, 단잠을 자곤 했다. 한편 나는 연구를 완전히 중단한 것은 아니었다. 날마다 한 시간 이상을 내가 말해야 한다고 느끼는 것에 대해 명상했다. 역사는 이미 문제가 아니었다. 오래전부터 내 역사 연구는 심리 탐구를 위한 하나의 수단으로서밖에 내 흥미를 끌지 않게 되었다. 내가 과거 속에 혼돈된 유사점을 발견했다고 생각했을 때, 어떻게 해서 또다시 과거에 열중하게 되었는가에 대해서 이야기했다. 심지어 나는 죽은 사람들을 추적함으로써, 그들로부터 삶에 관한 어떠한 은밀한 가르침을 얻어 낼 수 있다고 기대했다……. 이제는 저 젊은 아탈라리크 왕 자신이 무덤에서 일어나 나에게 말을 건넨다 해도, 나는 더 이상 과거에 귀를 기울이지 않을 것이다. 그리고 이런 나의 새로운 질문에 고대인들의 대답이 어떻게 만족을 주었겠는가? 인간은 아직도 무엇을 할 수 있는가? 그것이 내가 알고 싶은 중요한 것이었다. 인간이 지금까지 말했던 것은, 인간이 말할 수 있는 모든 것이었을까? 인간은 자신에 관해 완전히 다 알고 있었던 것일까? 이제는 되풀이하는 것만 남은 것일까……? 이렇게 해서 교양이나 예의나 도덕에 덮이고, 감추어지고, 질식된 온전한 보물 같은 희미한 감정이 내 속에서 날이 갈수록 자라 갔다.

그 당시 나는 어떤 미지의 우연한 발견을 위해 태어난 것처럼 느껴졌다. 그래서 나는 그 암중모색에 이상하리만큼 열중했다. 그러기 위해서는 탐색자는 교양, 예의, 도덕을 자신으로부터 버리고 물리쳐야 했다는 것을 나는 안다.

나는 이미 다른 사람 속에서 가장 야생적인 감정의 발현밖에 좋아하지 않게 되었으며, 어떤 속박이 그것을 억누르는 것에 개탄했다. 나는 하마터면 정직 속에서 단지 구속이나 인습이나 공포만 볼 뻔했다. 정직을 흔하지 않은 어려운 것으로 소중히 여기는 것이라면 나도 기뻐했을 것이다. 우리 풍습은 그것을 계약의 상호적이고 평범한 형식으로 만들어 버렸다. 스위스에서는 정직이 안락의 일부를 만든다. 마르슬린이 그것을 필요로 한다는 것을 나는 알고 있었다. 그러나 나는 내 생각의 새로운 흐름을 그녀에게 감추지는 않았다. 이미 뇌샤텔에서 그녀가 그곳 집과 사람들 얼굴로부터 발산되는 그 정직성을 칭찬했을 때, 나는 이렇게 대꾸했다.

"내 것만으로도 충분해. 나는 정직한 사람을 몹시 싫어해. 그들을 두려워하지도 않지만 그들로부터 더 이상 배울 것도 없어. 게다가 그들은 아무것도 말할 거리가 없어……. 정직한 스위스 사람이라! 건전하다는 것이 그들에게는 아무런 도움도 되지 않아……. 죄도 없지만 역사도, 문학도, 예술도 없어……. 가시도, 꽃도 없는 튼튼한 장미나무야……."

그런데 그 정직한 나라가 나를 지루하게 하리라는 것은 전부터 알고 있었지만, 두 달이나 지나자 그 지루함은 일종의 노여움으로 변해서 나는 이제 떠날 일밖에 생각하지 않았다.

1월 중순이 되었다. 마르슬린은 호전되어 갔고, 많이 좋아졌다. 천천히 그녀를 좀먹어 간 계속되던 미열도 사라졌다. 보다 싱싱한 혈색이 다시 그녀 볼을 물들였다. 극히 조금이었지만 또다시 산책도 즐기게 되어, 이미 이전처럼 언제나 나른하게 피로해하는 일은 없었다. 건강에 좋은 그곳 공기의 혜택을 완전히 이용했으니, 이제 이탈리아로 내려가서 따뜻한 봄의 혜택으로 완쾌를 기하는 것이 상책이라는 것을 그녀에게 납득시키는 것은 그다지 힘들지 않았다. 특히 나 자신을 납득시키는 것은 힘들지 않았다. 그만큼 나는 그 고지에 싫증이 나 있었던 것이다.

그러나 내가 할 일이 없어지게 된 지금, 싫어했던 과거가 그 힘을 되찾게 되니, 그 모든 것 중에 다음과 같은 추억들이 내 머리에서 떠나지 않는다. 썰매의 질주, 건조한 공기가 휘몰아치는 쾌감, 튀어 흩어지는 눈보라, 식욕. 안개 속 불안한 발걸음, 이상야릇한 소리의 반향, 갑자기 나타나는 사물들. 빈틈없이 문풍지를 단 살롱에서의 독서, 유리창 너머로 보이는 경치, 꽁꽁 언 풍경. 눈을 기다리는 서글픈 마음. 외부 세계의 소멸, 사고의 기분 좋은 움츠림……. 아! 저 멀리 보이는, 낙엽송에 둘러싸여 숨어 있는 작고 깨끗한 호수에서, 단둘이, 다시 한 번 그녀와 얼음을 지쳐 보았으면. 그리고 저녁때 그녀와 나란히 돌아와 봤으면…….

이탈리아로 내려가는 일은 추락의 현기증을 느끼게 했다. 날씨는 좋았다. 따뜻하고 짙은 공기 속으로 점점 들어갈수록, 산봉우리의 곧게 선 나무들과 반듯한 낙엽송과 전나무들은 부드러운 우아함과 넉넉함으로 가득 찬 식물로 바뀌었다. 나는 추상 세계를 떠나 실제 생활로 들어가는 것처럼 느꼈다. 그리고 아직 겨울인데도 사방에 꽃향기가 풍기는 듯이 상상했다. 오래전부터 우리는 그림자들에 대해서만 미소 짓고 있었다. 나는 나의 결핍에 도취했고, 남들이 술에 취하듯이 갈증에 취했다. 내 생명의 저축은 훌륭했다. 그 너그럽고 약속에 가득 찬 대지에 내려오자, 나의 모든 욕망은 폭발했다. 비축된 거대한 사랑이 나를 가득 채웠다. 때로는 그것이 내 육체 밑바닥에서 한꺼번에 머리로 흘러들어서 내 생각을 음탕하게 교란했다.

그 봄의 환영은 거의 지속되지 않았다. 고도의 급격한 변화가 잠시 나를 속이기는 했으나, 며칠 동안 머문 벨라지오나 코모[58] 같은 아늑한 호반 도시를 떠나자마자, 우리는 다시 겨울과 비를 맞이했다. 엥가딘에서 곧잘 견디어 냈던 추위도 그곳에서는 고지에서처럼 건조하고 가벼운 것이 아니라, 이제 습기 많고 음산한 것이 되어 우리를 괴롭히기 시작했다. 마르슬린은 다시 기침을 하기 시작했다. 그래서 추위를 피하기 위해 우리는 더욱 남쪽으로 내려갔다. 밀라노에서 피렌체로, 피렌체에서 로마로, 로마에서 나폴리로 향했다. 나폴리도 겨울철 비 속에서는, 내가 아는 한 가장 음울한 도시다. 나는 말할 수 없는 권태에 사로잡혔다. 따뜻한 곳이 없었으므로 위안 비슷한 것을 찾으려고 우리는 로마로 되돌아 왔다. 몬테핀치오[59]

---

58) 북부 이탈리아의 호반 도시.
59) 로마 시내 전망 좋은 언덕.

위에 있는, 너무 넓기는 하지만 매우 위치가 좋은 방을 빌렸다. 이미 피렌체에서 우리는 호텔이 마음에 들지 않아서 비알레데이콜리[60] 위에 고상한 별장을 삼 개월 동안 빌린 적이 있었다. 다른 사람이라면 언제까지나 그곳에 살고 싶다고 생각했을 것이다……. 그러나 우리는 이십 일도 묵지 않았다. 그런데도 어딘가에서 새로 묵을 때마다, 나는 다시는 더 이상 그곳을 떠나지 않을 것처럼 모든 것을 정돈하는 데 신경을 쓰곤 했다. 나보다 강한 마귀가 나를 몰아대었다……. 여기에 부연하거니와, 우리가 들고 다닌 트렁크는 여덟 개 이상이었다. 그 가운데 한 개에는 책만 가득 들어 있었으나, 여행 내내 나는 한 번도 열어 본 적이 없었다.

나는 마르슬린이 우리 지출에 대해 신경을 쓰거나, 돈을 절약하려는 것을 허용하지 않았다. 지출이 지극히 많다는 것을 물론 알고 있었고, 그대로 계속될 수 없을 거라는 사실도 알고 있었다. 나는 이제 라모리니에르의 돈을 기대하지는 않았다. 그 땅으로부터는 이미 한 푼의 수입도 없었으며, 보카쥬는 살 사람이 없다고 편지로 알려 왔다. 그런데 장래 일을 아무리 생각해도, 결국 지출은 더욱 많아질 뿐이었다. 아! 나 혼자라면 이렇게 돈이 들진 않을텐데……! 하고 나는 생각했다. 그리고 내 재산보다 더욱 빨리 마르슬린의 가냘픈 생명이 줄어 가는 것을 괴로움과 기대에 사로잡혀, 유심히 지켜보았다.

그녀는 모든 볼일은 나에게 맡겼으나 그러한 성급한 여행

---

60) 피렌체 시내에 있는 거리.

때문에 지쳐 버렸다. 그러나 그 이상으로 그녀를 지치게 했던 것은, 지금이니까 감히 고백하지만, 내 생각에 대한 두려움이었다.

"잘 알아요." 하고 어느 날 그녀는 말했다. "잘 알아요. 당신의 주의(主義)를.[61] 왜냐하면 지금 그것은 하나의 주의니까. 아마도 훌륭하겠지요." 그리고 그녀는 소리를 낮추어 쓸쓸하게 덧붙였다. "하지만 그 주의는 약한 사람을 말살하죠."

"당연하지." 하고 나는 본의 아니게 즉각 말해 버렸다.

그러자 그 거친 말에 대한 두려움으로 그 가냘픈 몸이 주저앉아 부르르 떨고 있는 것이 느껴지는 것 같았……. 아! 아마 자네들은 내가 마르슬린을 사랑하지 않았다고 생각할 것이다. 그러나 맹세하지만 나는 그녀를 열렬히 사랑했다. 그녀가 이전에 그처럼 아름다운 적이 없었고, 그처럼 아름답게 보인 적도 없었다. 병 때문에 그녀 얼굴은 미묘하게 여위었고, 황홀경에 빠진 듯이 보였다. 나는 거의 그녀 곁을 떠나지 않고, 늘 정성껏 돌보아 주고, 지켜 주고, 낮이나 밤이나 한시도 쉬지 않고 간호했다. 아무리 그녀가 선잠을 자도, 나는 그 이상으로 선잠을 자도록 훈련했다. 나는 그녀가 잠들 때까지 지켜보았고, 그녀보다 먼저 깼다. 때로는 잠시 그녀 곁을 떠나 혼자서 들판이나 거리를 걸어 보고 싶었지만, 무엇인가 애정 어린 근심이랄까, 그녀가 심심하지는 않을까 하는 걱정 때문

---

61) 이때부터 마르슬린의 말투는 친밀한 관계를 나타내는 말투(tutoyer)에서 거리감을 느끼는 예의 바른 말투(vousvoyer)로 바뀐다.

에 황급히 그녀 곁으로 돌아왔다. 또 때로는 내 의지를 되찾아 이러한 마음의 속박에 반항하며 중얼거리곤 했다. "네 가치는 고작 그것뿐이냐, 가짜 위인아!" 그리고 일부러 밖에 있는 시간을 오래 끌어 보곤 했다. 그러나 그런 때에는 철 이른 정원 꽃이나 온실 꽃을 한 아름 안고 돌아왔다……. 그래, 자네들에게 말하거니와, 나는 그녀를 정답게 지극히 사랑했다. 그런데 이것은 어떻게 설명하나……. 내가 자신을 덜 존경하게 됨에 따라서, 나는 그녀를 더 한층 존경하게 되었다. 그리고 누군가 말하겠지. 인간 내부에는 얼마나 많은 상반되는 정열과 사고가 함께 살 수 있는가?라고…….

훨씬 전부터 이미 궂은 날씨는 사라지고 계절은 무르익어 가고 있었다. 그리고 갑자기 편도나무에 꽃이 피었다. 3월 첫날이었다. 나는 아침에 스페인 광장으로 내려간다. 농부들이 들판에서 그 흰 잔가지들을 꺾어 오고, 편도 꽃들은 꽃 장수 광주리 속에 쌓여 있다. 나는 하도 기뻐서 한 무더기를 모조리 산다. 사나이 셋이 운반해 준다. 나는 이 봄을 송두리째 갖고 돌아온다. 가지가 문에 걸려 꽃잎이 양탄자 위에 눈처럼 떨어진다. 나는 그 꽃들을 모든 꽃병에 모조리 꽂아서 사방에 놓아둔다. 마르슬린이 잠깐 비운 이 방을, 나는 그 꽃으로 하얗게 만든다. 나는 벌써 그녀의 기쁨에 즐거워한다……. 그녀가 오는 소리가 들린다. 그녀다. 그녀가 문을 연다. 그녀는 비틀거린다……. 그녀가 울음을 터뜨린다.

"왜 그래? 마르슬린, 가엾어라."

나는 그녀 곁으로 다가가서 다정스럽게 어루만져 준다. 그러자 눈물을 흘린 변명이라도 하듯이, 그녀는 말한다……

"이 꽃향기가 싫어."

그러나 그 향기는 미묘하고 섬세했으며, 꿀처럼 은근했다……. 나는 화가 치밀어 눈에 핏발을 세우고, 아무 말도 없이, 이 죄 없는 가냘픈 가지들을 집어 들어 꺾어 버리고, 갖고 나가 내던져 버린다. 아! 벌써 이 잠깐 동안의 봄마저도 그녀는 더 이상 견딜 수 없게 되다니……!

나는 자주 그 눈물에 대해 다시 생각한다. 그런데 지금 생각해 보니 그녀가 울었던 것은 바로 이미 죽음을 면치 못한다는 것을 느끼고, 지나가 버린 몇몇 봄에 대한 그리움 때문이었던 것 같다. 또한 강한 자들에게는 강한 기쁨이 있고, 강한 기쁨이 상처를 입히는 약한 자들에게는 약한 기쁨이 있다고 생각한다. 그녀는 극히 작은 쾌락으로도 도취되었다. 조금만 더 강렬해지면, 그녀는 그것을 더 이상 견딜 수 없었다. 그녀가 행복이라고 불렀던 것은 내가 휴식이라고 불렀던 것이다. 그런데 나는 휴식을 취하고 싶지도 않았고 또 취할 수도 없었다.

나흘 후, 우리는 또다시 소렌토를 향해 출발했다. 그러나 그곳은 예상한 것처럼 따뜻하지 않았으므로 나는 실망했다. 모든 것이 추위로 떨고 있는 것 같았다. 언제까지나 그치지 않는 바람은 마르슬린을 몹시 피로하게 했다. 우리는 먼젓번 여행했을 때와 같은 호텔에 묵기를 원했고, 같은 방을 다시 쓸 수 있었다……. 흐릿한 하늘 아래, 환멸을 주는 온갖 경치와, 거기서 산책을 했을 때에 우리 사랑이 그토록 아름답게 보이도록 했던 호텔의 음침한 정원을, 우리는 멍하게 바라보고 있었다.

우리는 바다를 건너, 기후가 좋기로 유명한 팔레르모[62]로 갈 것을 결심했다. 나폴리로 돌아가서 그곳에서 배를 타기로 하고, 잠시 거기서 묵었다. 그러나 적어도 그 나폴리에서는 나는 지루하지 않았다. 나폴리는 과거가 압도하지 않는, 살아 있는 도시다.

하루의 거의 모든 시간을 나는 마르슬린 곁에 있었다. 밤에 그녀는 지쳐서 일찍 잠자리에 들었다. 나는 그녀가 잠드는 것을 지켜보고 있었다. 때로는 나 자신도 드러누웠다가, 그녀의 보다 고른 숨소리를 듣고 그녀가 잠들었다는 것을 알게 되면, 살며시 일어나 어둠 속에서 옷을 입었다. 나는 마치 도둑처럼 바깥으로 빠져나갔다.

밖이다! 아! 나는 기뻐서 외치고 싶었다. 나는 무엇을 하려고 했을까? 모른다. 낮에 어둠침침했던 하늘은 구름이 걷혀 있었고, 거의 보름달이 비치고 있었다. 나는 목적도 없이, 바람도 없이, 구속도 없이, 정처 없이 걸었다. 나는 모든 것을 새로운 눈으로 바라보았다. 소리 하나하나를 더욱 주의 깊게 귀로 엿들었다. 밤의 축축한 공기를 마셨다. 온갖 것을 만져 보았다. 그리고 쏘다녔다.

나폴리에서 묵은 마지막 날 밤, 나는 그 방랑의 즐거움을 아침까지 연장했다. 돌아가 보니, 마르슬린이 울고 있었다. 문득 잠이 깨어 내가 곁에 없는 것을 알고 무서워졌다고 말했다. 나는 그녀를 달래고, 자리를 비운 것에 침이 마르도록 변명했

---

62) 시칠리아 섬 북쪽 항구.

다. 그리고 앞으로는 그녀 곁을 떠나지 않겠다고 약속했다. 그러나 팔레르모에 도착한 첫날 밤부터 나는 벌써 참을 수가 없었다. 나는 밖으로 나갔다……. 오렌지의 이른 첫 꽃들이 피어 있었다. 살랑거리는 바람이 그 향기를 실어 왔다…….

팔레르모에는 닷새밖에 머물지 않았다. 그리고 방향을 크게 바꾸어, 둘 다 한 번 더 방문하고 싶었던 타오르미나로 갔다. 그 마을이 산중 상당히 높은 곳에 자리 잡고 있다는 것을 이미 이야기했다. 역은 해변에 있었다. 우리가 호텔까지 타고 간 마차로 짐을 찾기 위해 나는 이내 역까지 되돌아가야 했다. 나는 마부와 이야기하려고 마차 안에 서 있었다. 그는 카타노 출신 시칠리아 소년이었는데, 테오크리토스의 시구(詩句)처럼 아름답고, 과일처럼 싱싱하고 향기롭고, 맛있어 보였다.

"부인이 정말 아름답군요!" 하고 그는 멀어져 가는 마르슬린을 바라보면서, 매력적인 목소리로 말했다.

"너도 잘생겼는걸." 하고 나는 대답했다. 나는 그 소년 쪽으로 몸을 구부리고 있었으므로 더 이상 참을 수 없어 마침내 그를 끌어당겨 키스했다. 그는 웃으면서 내가 하는 대로 가만히 있었다.

"프랑스 사람은 모두 상냥하군요." 하고 그는 말했다.

"하지만 이탈리아 사람이 다 근사하진 않지." 하고 나도 웃으면서 받아넘겼다……. 나는 그 후 며칠 동안이나 그를 찾았으나 끝내 발견하지 못했다.

우리는 타오르미나를 떠나 시라쿠사로 향했다. 한 걸음 한 걸음, 첫 여행 길을 반대로 더듬어, 우리 사랑의 출발점으로 거슬러 올라갔다. 그리고 첫 여행 때, 한 주 한 주 내가 완쾌의 길을 갔던 것과 마찬가지로, 우리가 남쪽으로 내려감에 따라, 한 주, 한 주 마르슬린의 용태가 나빠져 갔다.

비스크라에서 내 병이 회복되었던 것을 회상하면서 그녀에게는 좀 더 빛과 열이 필요하다고 스스로 믿고, 특히 그녀에게 그렇게 믿게 하려고 애쓴 것은 그 얼마나 엄청난 착오였고, 얼마나 집요한 무분별이며, 얼마나 고집불통인 미친 짓이었던가……. 그러나 공기는 이미 따뜻해졌다. 팔레르모 만(灣)은 온화하기에 마르슬린은 그곳을 좋아했다. 거기에서는 아마도 그녀가……. 그러나 나는 마음대로 내 의지를 선택할 수 있었던가? 마음대로 내 욕망을 결정할 수 있었던가?

시라쿠사에서는 바다 상태와 불규칙한 배편 탓에 팔 일 동안 기다리지 않으면 안 되었다. 나는 마르슬린 곁에 있는 시간 외에는 온통 이 오래된 항구에서 지냈다. 오! 시라쿠사의 작은 항구! 시큼한 술 냄새, 지저분한 골목길들, 술 취한 선원들과 뜨내기들과 하역 인부들이 우글거리는 악취 나는 노점. 최하층 사람들은 나에게는 기분 좋은 무리였다. 그들 말을 잘 이해할 필요는 없었다. 나의 몸 전체가 그것을 음미했다. 그곳에서 정열의 거친 모습은 아직도 내 눈에는 건강과 활력의 표면적인 양상으로 보였다. 그리고 그들의 비참한 삶 탓에, 내가 느끼는 맛을 그들은 느낄 수 없을 것이라는 사실을 나 자신에게 타일러도 소용없었다……. 아! 그들과 함께 테이블 밑에서 뒹굴고, 오싹해지는 아침의 찬 기운으로만 잠을 깨고 싶었다. 그리고 그들 곁에서 나는 사치와 위안, 나를 둘러싸고 있던 모든 것, 새로이 건강하게 됨으로써 불필요해진 이러한 보호, 삶의 위험한 접촉에서 몸을 지키기 위해 취한 그 모든 주의에 점점 혐오스러워지고 짜증이 났다. 나는 그들의 생활 방식을 더멀리 상상했다. 될 수만 있다면 좀 더 멀리까지 그들 뒤를 따라가서 그들의 도취 속으로 뚫고 들어가고 싶었다……. 그러자 갑자기 마르슬린의 모습이 눈앞에 떠올랐다. 지금 그녀는 무엇을 하고 있을까? 아마도 괴로워하며, 울고 있을지도 모르겠다……. 나는 급히 일어나서 달렸다. 나는 호텔로 돌아갔다. 현관에는 이렇게 씌어 있는 것같이 느꼈다. 여기에 가난한 자들은 들어오지 말 것.

마르슬린은 여느 때와 같은 태도로 나를 맞아들였다. 비난이나 의심의 말은 한 마디도 입 밖에 내지 않고, 무엇보다도 미소를 지으려고 애썼다. 우리는 따로따로 식사를 했다. 그녀에게는 이 평범한 호텔에서 마련할 수 있는 최고의 요리를 먹게 했다. 그리고 식사를 하면서 나는 이런 것을 생각하고 있었다. 한 조각 빵과 치즈, 또 회향(茴香) 한 뿌리면 그들에게 충분하고, 그들과 마찬가지로 나에게도 충분할 것이다. 그런데 아마도 저기, 바로 저기 가까운 곳에는, 하찮은 끼니조차 때우지 못하는 배고픈 사람들이 있다……. 그런데 여기 내 식탁 위에는 그들을 사흘 동안이나 포식시킬 정도의 음식이 있다! 할 수만 있다면 나는 벽을 뚫어서 회식자들을 들이닥치게 하고 싶다……. 왜냐하면 굶주림의 고통은 내게는 무서운 공포 같았기 때문이다. 그래서 나는 오래된 항구로 되돌아가서 주머니에 가득 든 동전을 닥치는 대로 뿌렸다.

가난은 인간을 노예로 만든다. 가난한 사람은 먹고 살기 위해서 즐거움도 없는 일을 떠맡는다. 즐거움이 없는 일은 모두 비참하다고 생각했다. 그래서 돈을 주고 몇 사람에게 휴식을 얻게 해 주었다. 나는 말했다. "일하지 마라. 그건 지겨운 거야." 나는 각자가 그러한 여가를 갖는 것을 꿈꾸었다. 그것이 없으면 어떤 새로운 것도, 어떤 악덕도, 어떤 예술도 꽃필 수 없는 것이다.

마르슬린은 내 생각에 대해 오해하지 않았다. 나는 오래된 항구에서 돌아오자, 얼마나 비참한 사람들이 내 주위에 많았는지를 그녀에게 숨기지 않았다. 사람 속에 모든 것이 있다. 마르슬린은 내가 끈질기게 찾아내려는 것이 무엇인지 어렴풋이 느끼고 있었다. 그래서 종종 그녀가 각자에게 제 나름의 미덕을 만들어 주고는, 그것을 지나치게 믿는 점을 내가 비난하자, 그녀는 말했다.

"당신은 사람들로 하여금 무언가 악덕을 드러내게 했을 때에만 만족하는군요. 우리 시선은 누구를 보더라도 우리가 주목한 점을 확장하고 과장한다는 것을 모르나 봐. 그리고 우리는 상대방을, 우리가 그랬으면 하고 생각하는 그대로의 사람으로 만들어 버린다는 것도 몰라요?"

될 수만 있다면 그녀 말은 잘못이라고 해 주고 싶었다. 그러나 각자 속에서 그 사람의 가장 나쁜 본능이 나에게는 가장 성실한 것으로 보인다는 사실을 인정하지 않을 수 없었다. 그런데 나는 무엇을 성실이라고 부르고 있었던가?

우리는 마침내 시라쿠사를 떠났다. 남국의 추억과 욕망이 나의 머리에서 떠나지 않았다. 해상에서 마르슬린의 몸 상태는 좋아졌다……. 바다의 풍광이 눈에 선하게 떠오른다. 바다는 참으로 잔잔하여 배가 지나간 흔적이 언제까지나 해면에 남는 것 같다. 방울져 떨어지는 물소리, 유연한 물소리가 들린다. 갑판을 씻는 소리, 청소하는 선원들이 맨발로 널빤지 위를 삐걱거리며 걷는 소리도 들린다. 나는 온통 하얀 몰타 섬을 다시 본다. 이제 곧 튀니스……. 나는 얼마나 변한 것인가?

덥다. 좋은 날씨다. 모든 것이 빛나고 있다. 아! 나는 여기서 말하는 한 마디 한 마디 속에 수많은 모든 쾌락이 증류되었으면 한다……. 그러나 지금 와서, 내 삶 속에 있었던 것보다 더 이 이야기에 질서를 부과하고자 해도 아무 소용없을 것이다. 매우 오랫동안 어떻게 해서 내가 지금과 같은 사람이 되었는가를 자네들한테 설명하려고 애썼다. 아! 이러한 참을 수 없는 논리로부터 내 머리를 해방했으면……! 나는 내 안에서 숭고한 것 외에는 아무것도 느끼지 않는다.

튀니스. 강하다기보다 풍성한 빛. 그림자조차도 빛으로 충만하다. 공기 그 자체도 빛나는 유동체로 보이는 그곳에 모든 것이 잠기고, 사람이 빠져서, 헤엄치고 있다. 이 쾌락의 땅은 욕망을 채워 주었지만, 그것을 진정시켜 주지 않는다. 그리고 모든 만족은 욕망을 고조한다.

예술 작품이 없는 땅. 나는 이미 베껴지고 완전히 해석된 아름다움밖에 알아볼 줄 모르는 사람들을 경멸한다. 아랍 사람들에게는 이런 훌륭한 점이 있다. 즉 그들은 그날그날 그들의 예술을 살고, 노래하며, 죄다 써 버린다. 그들은 예술을 고정하지 않는다. 어떤 작품 속에도 남기지 않는다. 그것이 위대한 예술가가 나오지 않는 원인과 결과이다……. 나는 위대한 예술들이란 매우 자연스러운 사물들에 감히 아름다움의 권리를 부여하고, 나중에 그것들을 보고 이렇게 말하게 하는 사람들이라고 늘 생각했다. "어째서 나는 그때까지 저것 역시 아름다웠다는 사실을 깨닫지 못했을까……."

나는 아직 알지 못했던 카이루안[63]으로 마르슬린 없이 갔는데, 밤이 매우 아름다웠다. 호텔로 잠자러 돌아오려고 했을 때, 한 무리 아랍인들이 어느 작은 카페 문밖 거적 위에서 자던 것이 생각났다. 그래서 그들 곁으로 가서 함께 잤다. 나는 이 투성이가 되어 돌아왔다.

해안의 무더위로 마르슬린이 몹시 약해졌으므로 될 수 있는 대로 빨리 비스크라로 가야 한다고 그녀를 설득했다. 4월 초 일이었다.

매우 긴 여행이다. 첫날에는 단숨에 콩스탕틴까지 간다. 이튿날에는 마르슬린이 몹시 지쳤기에 엘칸타라[64]까지밖에 가지 못한다. 거기서 우리는 그늘을 찾았으며, 저녁 무렵, 밤의 달빛보다 더 기분 좋고 더 시원한 그늘을 발견했다. 그것은 마르지 않는 음료수 같았고, 우리한테까지 넘쳐흘렀다. 우리가 앉아 있던 비탈에서는 불타는 듯한 초원이 보였다. 그날 밤, 마르슬린은 잠들 수가 없다. 이상야릇한 침묵과 희미하게 들

---

63) 튀니지의 수스 서쪽에 있는 도시.
64) 오아시스로 유명한 알제리의 도시.

리는 소리가 그녀를 불안케 한다. 약간 열이 난 것은 아닐까 하고 나는 걱정한다. 그녀가 침대 위에서 몸을 움직이는 소리가 들린다. 다음 날 그녀 얼굴은 여느 때보다 창백하다. 우리는 다시 출발한다.

비스크라. 내가 오고 싶었던 곳은 바로 여기다⋯⋯. 그렇다. 여기, 공원이 있고, 벤치가 있다⋯⋯. 나는 회복기 초기에 앉았던 그 벤치를 기억해 내었다. 도대체 무슨 책을 읽었던가⋯⋯? 호메로스다. 그 후 그것을 다시 펼쳐 보지 않았다. 여기, 내가 껍질을 만져 보러 갔던 나무가 있다. 그 당시 나는 얼마나 연약했던가⋯⋯! 가만 있자! 아이들이 오는군⋯⋯. 아니, 나는 그중 아무도 기억해 내지 못한다. 마르슬린은 얼마나 심각한지! 그녀도 나와 마찬가지로 변했다. 이렇게 좋은 날씨인데 그녀는 왜 기침을 할까? 여기, 호텔이 있다. 우리 방이 있고, 우리 테라스가 있다. 마르슬린은 뭘 생각할까? 그녀는 나한테 한 마디도 말을 하지 않았다. 그녀 방에 들어가자마자 그녀는 침대에 눕는다. 피곤해져서 조금 자고 싶다고 말한다. 나는 밖으로 나간다.

나는 아이들을 기억해 내지 못했지만, 그들은 나를 기억하고 있었다. 나의 도착 소식을 듣자, 모두 뛰어온다. 이들이 그 아이들일 수 있을까? 얼마나 실망인가! 도대체 무슨 일이 있었을까? 그들은 엄청나게 커 버렸다. 고작 이 년이 조금 더 지났을 따름인데, 어떻게 그럴 수 있을까⋯⋯. 어떤 피로, 어떤 악덕, 어떤 태만이 그토록 젊음에 빛났던 그 얼굴을 벌써 이렇게 추한 얼굴로 만들어 버렸을까? 어떤 천한 노동이 그토록 빨리 저 아름다운 육체를 늙어 빠지게 했을까! 그것은 일종의 파산과도 같은 것이다……. 나는 물어본다. 바시르는 카페에서 접시 닦는 일을 한다. 아슈르는 길의 자갈을 깨는 일을 하며 간신히 몇 푼 벌고 있다. 아마타르는 한쪽 눈을 잃었다. 누가 그것을 믿겠는가? 사데크가 착실해졌다. 지금 형을 도와 시장에서 빵을 판다. 그는 멍청해진 것 같다. 아지브는 그의 아버지 집 부근에 푸줏간을 차렸다. 뚱뚱하고 추하나 부자다. 낙오된 친구들에게 더 이상 말도 하려고 하지 않는다……. 돈 푼깨나 만지게 되면, 사람은 얼마나 바보가 되는 것일까! 그렇다면 내가 우리 사이에서 증오했던 것을 그들 속에서 다시 발견하게 된다는 말인가? 부바케르는? 그는 결혼했다. 그는 열다섯 살도 안 된다. 우스꽝스러운 일이다. 아니, 그런데 그날 밤, 나는 그를 다시 만났다. 그는 변명한다. 자신의 결혼은 단지 겉치레일 뿐이라고. 내 생각에 녀석은 고약한 난봉꾼이다. 그는 술을 마시고, 망가진다……. 그렇다면 이 모든 것이 그들에게 남아 있는 모습일까? 그들 삶이 만들어 놓은 모습이 바로 이것이라니! 바로 그들을 내가 다시 만나러 왔던 것이니만큼 나는 참을 수 없는 서글픔을 느낀다. 추억은 불행을 만든다고 한 메날크의 말은 옳았다.

그리고 목티르는? 아! 그 녀석은 감옥에서 나와 몸을 숨기고 있다. 다른 사람들은 이미 그와는 만나지 않는다. 나는 그를 다시 한 번 만나 보고 싶었다. 그는 모든 아이들 중에서 가장 인물이 좋았다. 그도 역시 나를 실망시킬 것인가……? 누군가가 그를 찾아낸다. 나에게로 그를 데리고 온다. 아니! 녀석은 망가지지 않았다. 내 추억조차 이만큼 멋진 그를 그려 내지는 못했다. 그의 힘도, 아름다움도 완벽하다……. 나를 알아보고 그는 미소 짓는다.

"감옥으로 들어가기 전에는 도대체 무슨 일을 했니?"

"아무 일도 안 했어요."

"도둑질을 했어?"

그는 부인한다.

"지금은 어떤 일을 하지?"

그는 미소 짓는다.

"어이! 목티르! 할 일이 없으면, 우리와 함께 투구르[65]에 갈래?" 나는 갑자기 투구르에 가고 싶은 욕망에 사로잡힌다.

마르슐린의 상태는 좋지 않다. 그녀에게 무슨 일이 생겼는지 나는 알 수 없다. 그날 밤, 내가 호텔로 돌아오니까 그녀는 아무 말도 하지 않고 눈을 감은 채, 나에게로 몸을 바싹 기댄다. 넓은 소매가 올라가 말라빠진 팔이 보인다. 나는 아기를 재우듯이 오랫동안 그녀를 어루만지며 흔들어 준다. 그녀를 이렇게 떨게 하는 것은 사랑일까, 괴로움일까, 혹은 열일까……? 아! 아마도 아직은 시간이 있을 것이다……. 나는 멈출 수 없는 것일까? 나는 내 가치를 만드는 것을 모색했고, 발견했다. 그것은 최악의 경우에도 고집스럽게 밀고 가는 것이다. 그러나 어떻게 마르슐린에게 내일 투구르로 출발한다는 말을 꺼낼 것인가……?

---

65) 알제리의 비스크라 남쪽 도시.

지금 그녀는 옆방에서 자고 있다. 오래전부터 솟아오른 달은 지금 테라스에 쏟아져 들어온다. 거의 소름 끼칠 정도로 밝다. 이 밝음으로부터 몸을 숨길 수는 없다. 내 방에는 흰 타일이 깔려 있다 그래서 그곳이 유난히 밝은 것 같다. 빛의 물결은 활짝 열어젖힌 창문으로 흘러 들어온다. 나는 방 안 달빛과 문이 거기에 던지는 그림자를 기억해 냈다. 이 년 전에는 달빛이 보다 깊숙이 비쳤다……. 그렇다, 바로 지금 비친 저기다. 그때, 나는 자는 것을 단념하고 일어났다. 그리고 이 문설주에 어깨를 기대고 있었다. 꼼짝 않는 종려나무들도 생각이 났다……. 그날 밤, 나는 도대체 어떤 말씀을 읽었던가……? 아! 그렇다. 그리스도가 베드로에게 하셨던 말씀이었다. "지금은 네가 허리띠를 두르고 원하는 곳으로 다니거니와……." 나는 어디로 가는가? 어디로 가고 싶은가……? 자네들한테 말하지 않았지만, 이번 여행 중, 나는 어느 날, 홀로, 나폴리에서 뫼스텀으로 떠났다……. 아! 저 돌들 앞에서 나는 얼마나 흐느껴 울고 싶었던가! 고대의 아름다움은 소박하고, 완전하고, 미소 짓는 것 같았고 버림받은 것 같았다. 나는 예술이 나로부터 멀어져 가는 것을 느낀다. 다른 무엇에게 자리를 내주기 위해서 그런가? 그것은 이미, 이전처럼 기분 좋은 조화가 아니다……. 나는 내가 섬기는 암흑의 신을 이제는 알지 못한다. 오, 새로운 신이여! 제발 나에게 아름다움의 새로운 종류를, 뜻하지 않은 형태를 가르쳐 주시옵소서.

다음 날 이른 새벽에, 승합 마차는 우리를 태우고 간다. 목티르가 우리와 함께 있다. 목티르는 왕처럼 행복하다.

체가, 케펠도르, 므레이…… 이 음울한 숙소들은 더욱더 음울한, 끝없는 길에 접해 있었다. 그런데 사실을 말한다면, 나는 오아시스들을 더 아름다운 것으로 생각하고 있었다. 그러나 있는 것은 돌과 모래뿐. 그리고 이상한 꽃이 피고 있는 난쟁이 덤불. 때로는 숨어 있는 샘에 의해 자라는 종려나무 몇 그루…… 나는 지금 오아시스보다도 사막이…… 죽음의 영광과 참을 수 없는 빛으로 가득 찬 그 나라가 더 좋다. 그곳에서는 사람의 노력이 추하고 비참하게 보인다. 이제 나에게 있어 그 밖의 모든 땅은 지루하다.

"당신은 비인간적인 것을 좋아하는군요." 하고 마르슬린이 말했다. 그러나 그녀 자신도 얼마나 바라보고 있는가! 그리고 얼마나 갈망하며 보는가!

이틀째는 날씨가 좀 나빠진다. 곧 바람이 일고 지평선이 흐려진다. 마르슬린은 괴로워하고 있다. 숨 쉴 때 들이마신 모래로 그녀 목은 불타듯이 따끔거린다. 너무도 강한 빛은 그녀 눈을 피로하게 한다. 이 적의를 품은 광경은 그녀를 괴롭힌다. 그러나 지금은 되돌아가기에는 너무 늦다. 몇 시간 후엔 투구르에 도착할 것이다.

바로 이 여행의 마지막 부분은 최근 일인데도 기억이 가장 흐리다. 지금, 이틀째의 경치와 투구르에서 무슨 일부터 먼저 했는지 생각이 나지 않는다. 그러나 아직도 기억하는 것은 내가 얼마나 신경질적이고 얼마나 성급하게 굴었던가 하는 것이다.

그날 아침은 몹시 추웠다. 저녁 무렵에 맹렬한 열풍이 불어닥친다. 마르슬린은 여행 때문에 기진맥진해져서 도착하자마자 드러누웠다. 나는 좀 더 편안한 호텔이 발견되기를 바랐는데, 우리 방은 끔찍하다. 모래와 태양과 파리 때문에 온통 거무튀튀하고, 더럽고, 헐어 버렸다. 새벽부터 거의 아무것도 먹지 않았으므로, 나는 얼른 식사를 주문한다. 그러나 어떤 요리도 마르슬린에게는 맞지 않아서, 그녀가 뭘 먹어야 할지 정할 수가 없다. 우리는 차를 끓일 수 있는 도구를 가지고 왔다. 나는 하찮은 수고를 직접 한다. 우리는 저녁 식사로 과자 몇 개와 그 차로 만족한다. 그 차도 이 고장의 소금기 어린 물 때문에 맛이 지독했다.

허울만 남은 마지막 미덕을 발휘하여, 나는 저녁때까지 그녀 곁에 머물러 있다. 그러나 갑자기 나 자신도 탈진한 듯이 느껴진다. 정말로 재를 핥는 것 같은 맛! 오, 권태여! 초인적인 노력의 슬픔이여! 나는 가까스로 용기를 내어 그녀를 쳐다본다. 내 눈이 그녀 시선을 찾는 대신에, 끔찍하게도 그녀의 새까만 콧구멍에 집중되리라는 것을 나는 너무도 잘 안다. 고통을 겪는 그녀의 표정은 소름끼친다. 그녀도 더 이상 나를 쳐다보지 않는다. 나는 마치 그녀 몸에 손을 대고 있는 것처럼 그녀의 고통을 느낀다. 그녀는 지독하게 기침을 한다. 이윽고 잠든다. 그러나 이따금 느닷없이 몸을 부르르 떤다.

그 밤에 그녀 상태가 악화될 수도 있어서, 너무 늦기 전에, 나는 누구에게 도움을 청할 수 있는지 알고 싶다. 나는 밖으로 나간다. 호텔 입구 앞에 서자 투구르의 광장도, 거리도, 분위기까지도 그것을 쳐다보고 있는 것은 나 자신이 아니라고 여겨질 만큼 생소하다. 잠시 후에 나는 돌아온다. 마르슬린은 평

온하게 잔다. 나는 쓸데없이 두려워했다. 이 이상야릇한 땅에
서는, 도처에 위험이 숨어 있다고 사람들은 추측한다. 어리석
은 생각이다. 그래서 충분히 안심한 나는 다시 밖으로 나간다.

밤 광장의 야릇한 활기. 사람들의 조용한 왕래. 흰 뷔르누들
의 은밀한 스침. 이따금 바람이 야릇한 음악을 토막토막 찢어
서 어딘지 모르는 곳으로부터 실어 온다. 누군가가 내 곁으로
온다······. 목티르다. 그는 내가 다시 나올 것이라고 생각하고
나를 기다렸다고 말한다. 그는 웃는다. 그는 투구르를 잘 알고
자주 온다. 그래서 그는 나를 어디로 데리고 갈지 잘 안다. 나
는 그가 이끄는 대로 따라간다.

우리는 어둠 속을 걸어간다. 그리고 어느 무어인 카페로 들
어간다. 그 음악은 바로 여기서 흘러나온다. 이곳에서 아랍 여
자들이 춤추고 있다. 이 단조로운 미끄러지는 듯한 움직임을
춤이라고 말할 수 있다면 말이다. 그들 중 한 여자가 내 손을
잡는다. 나는 그녀 뒤를 따라간다. 그녀는 목티르의 정부다.
목티르도 따라온다······. 우리 세 사람은 좁고도 깊숙한 방으
로 들어간다. 가구라고 해야 침대 하나밖에 없다······. 매우 낮
은 침대로, 그 위에 앉는다. 방에 갇혀 있던 흰 토끼 한 마리가
처음에는 겁먹고 도망치려다가 곧 친해져서 목티르의 손에서
무엇인가 받아먹는다. 커피가 나온다. 목티르가 토끼와 노는
동안, 이윽고 그 여자는 나를 자기 쪽으로 끌어당긴다. 나는
잠에 빠져 들어가는 것처럼 그녀에게로 끌려간다······.

아! 나는 여기서 숨기거나 침묵할 수도 있을 것이다. 그러
나 이 이야기가 진실이기를 그만둔다면, 나에게 무슨 가치가

겨우 삼 개월이 지났군. 이 삼 개월 동안 십 년이나 지난 것처럼, 그 일이 멀리 느껴져.

미셸은 오랫동안 잠자코 있었습니다. 우리도 역시, 각각 야릇한 불안에 휩싸인 채 잠자코 있었습니다. 아아! 우리에겐, 미셸이 이 신상 이야기를 함으로써 그의 행위를 한층 정당하게 만든 것처럼 여겨졌습니다. 그가 그 일을 천천히 설명하는 동안 우리는 그의 어떤 점을 비난해야 할지 몰라서, 우리도 거의 그의 공범자가 되어 버렸습니다. 우리도 마치 그 일에 관련된 듯이 느꼈습니다. 뻔뻔스러운 자존심 때문에 감동한 기색을 보이지 않으려고 했던 것인지, 혹은 일종의 수치심 때문에 눈물을 흘림으로써 우리가 감동하는 것이 두려웠든지, 혹은 정말로 감동하지 않았던 것인지, 어쨌든 그는 목소리도 떨지 않고, 또 억양이나 태도에도 보기 흉한 점은 조금도 없이 이 이야기를 마쳤습니다. 나는 아직도 자존심, 힘, 몰인정, 혹은 수치심이 어떤 비율로 그의 마음을 차지하고 있는지 모르겠습니다. 잠시 후, 그는 다시 이야기를 계속했습니다.

내가 두려워한 것은, 솔직히 말해서 내가 아직도 퍽 젊다는 것이야. 이따금 나의 진정한 삶은 아직 시작되지도 않은 것같이 느껴져. 제발, 지금, 나를 여기서 데리고 나가 줘. 그리고 나에게 생존 이유를 부여해 줘. 나는 그것을 발견할 수가 없거든. 나는 해방되었어. 혹은 그럴지도 모르지. 그러나 그게 무엇이란 말인가? 나는 이 용도 없는 자유 때문에 괴로워. 내 말을 믿어 줘. 그것은 내가 나의 죄 — 자네들이 그렇게 부르고 싶다면 - 때문에 지친 게 아니라, 나의 권리를 뛰어 넘지 않았다는 것을 자신에게 입증해야 하기 때문이야.

애당초 자네들이 나를 알았던 때의 나는 확고하고 고정된 사고를 했어. 그리고 바로 그것이 진정한 인간을 만드는 것이라는 사실을 알아. 지금은 그런 사고는 하지 않아. 하지만 이곳 기후가 그 원인이라고 생각해. 언제나 변함없는 이곳의 푸른 하늘만큼 사고를 꺾어 버리는 것은 없거든. 이곳에서는 어떤 탐구도 불가능해. 그만큼 관능이 욕망 곁을 따라다니지. 눈부신 빛과 죽음에 둘러싸여, 나는 지금 여기에 있다는 행복을 너무나 느끼고, 그 행복에 대한 탐닉이 너무나 단조롭다고 느껴. 나는 낮의 우울한 지루함과 견딜 수 없이 무료한 시간을 때우기 위해 대낮에 잠을 잔다네.

보다시피, 여기 내게 흰 조약돌들이 있어. 이것들을 그늘에서 식히고 있지. 그리고 여기 배어든 차분한 냉기가 없어질 때까지 오랫동안 손바닥에 움켜쥐고 있어. 그러고는 조약돌들을 바꾸고, 냉기가 가신 조약돌들을 식히기 위해 되돌려 놓는 걸 되풀이하는 거지. 그렇게 시간이 지나가고, 저녁때가 되지……. 나를 여기서 데리고 나가 주게나. 나 스스로 그렇게 할 수가 없어. 내 의지 속 무엇인가가 부서졌어. 내가 엘칸타라에서 떠났던 힘을 어디서 발견했는지조차도 모르겠어. 이따금 내가 억압했던 것이 복수할까 봐 두려워. 나는 새로 시작하고 싶다네. 남아 있는 내 재산도 다 치워 버리고 싶다고. 보다시피, 이 벽도 아직 내 것으로 덮고 있어……. 여기서 나는 거의 무일푼으로 살고 있어. 프랑스인 혼혈인 여관 주인이 끼니를 약간 챙겨 주지. 아까 자네들이 들어왔을 때 달아났던 그 아이가 아침저녁으로 가져다줘. 그 대가로 잔돈 몇 푼을 주고 어루만져 주지. 그 아이는 낯선 사람들 앞에서는 거칠지만 나한테는 개처럼 다정하고 충실하거든. 그의 누이는 울레드 나일[67] 여자인데, 해마다 겨울철이 되면 콩스탕틴으로 가서 행인들에게 몸을 팔아. 굉장히 미인인데, 나도 처음 몇 주 동안은 이따금 밤에, 그녀가 내 곁을 지나가는 것이 괴로웠어. 그런데 어느 날 아침 우리가 함께 자고 있는 것을 동생 알리에게 들키고 말았지. 알리는 몹시 화가 나서 닷새 동안 오려고 하지 않았어. 그러나 그 애도 자기 누이가 어떻게, 무엇으로 생활하는지 모르지 않아. 전에는 자기 입으로 대수롭지 않다는 듯이 그 얘기를 했던 적이 있었으니까…… 그렇다면 그 애가 질투를 했던 것일까? 그랬다면 어릿광대 녀석은 그 목적을 달성한 셈이야. 왜냐하면 절반은 싫증이 나고, 절반은 알리를 잃을까 봐 두려워서, 그 정사 이후로 나는 더 이상 그 처녀를 붙들지 않았기 때문이지. 그녀는 그것에 대해 화를 내지도 않았어. 하지만 그 후, 만날 때마다 내가 그녀보다도 사내아이를 더 좋아한다고 말하고, 웃으면서 놀려 대더군. 그녀는 특히 나를 여기에 붙들어 놓고 있는 것은 바로 그 애라고 말해. 아마도 조금은 그녀 말이 맞는지도 모르지…….

---

67) 알제리 지방 종족이며, 처녀는 결혼하기 전에 결혼 비용을 마련하기 위하여 무희나 창녀가 되는 관습이 있다.

작품 해설

앙드레 지드의 생애

앙드레 지드(André Gide, 1869~1951)는 1869년 11월 22일 파리 메디치 거리, 개신교를 믿는 상류 부르주아 가문에서 태어났다. 아버지 폴 지드(Paul Gide, 1835~1895)는 프랑스 남부 위제스(Uzès) 출신으로 법학교수 자격시험에 수석 합격한 후 파리 법과대학 교수가 되었으며, 1863년에 쥘리에트 롱도 (Juliette Rondeaux, 1835~1895)와 결혼하였다. 아버지 쪽 집안은 대대로 프로테스탄트로 신앙심 깊은 위그노였다. 어머니 쥘리에트 롱도는 프랑스 북부 노르망디 루앙 출신인데, 롱도 집안 조상은 모두 오랜 가톨릭교인이었으나 조부가 신교도 여인과 결혼한 후로 개신교인이 되었다. 하원의원, 사법관, 기업가 들을 배출한 매우 유력한 집안이었다. 앙드레는 이 부부의 유일한 혈육이었는데, 지드가 『일기』에서 자신이 "두 혈통과 두 집안, 두 종교가 빚어낸 결실"이었다고 고백한 것도 바로 이러한 출신 배경에서였다. 물론 지드 정신의 종교적 기반은 개신교라고 해도 무방할 것이다. 그의 극단적인 자기 반성벽도 이 신교도적 혈통과 가정환경 그리고 가정교육에서 비롯되었다고 할 수 있다.

지드가 열두 살 되던 해, 성품이 관대했던 아버지가 세상을 떠나자, 그는 순전히 여성적 분위기에서 자라게 된다. 그의 교육은 완전히 어머니와 백모, 예전에 어머니의 가정 교사였으나 나중에 절친한 친구가 된 애너 섀클턴(Anna Shackleton) 등 여자들의 손에 맡겨졌다. 특히 어린 시절부터 어머니의 과잉보호 아래 엄격한 종교적 분위기에서 성장한 그는 일찍부터 자기희생과 영적인 열정에 길들었으며, 성년이 된 후에도 개신교 도덕률은 그에게 막대한 영향을 끼치지만, 어머니와는 점점 멀어지게 된다. 그런데 지드는 어릴 때부터 건강이 좋지 못하여 정규교육을 제대로 받지 못하고 주로 가정교사 밑에서 공부했으며 나중에는 사립학교에 보내진다. 1877년에서 1882년까지 그는 알자스 학원에서 공부했는데, 그 사이에도 신경증 발작으로 온천욕 치료를 받는다. 감수성이 강한 소년에게서 흔히 보이는 신경 장애는 어린 앙드레 심신의 정상적인 발육과 학교생활에 커다란 걸림돌이 되었고, 이 질환은 그가 마흔 살이 넘자 재발하여 그를 괴롭힌다. 또한 가정의 엄격한 청교도적 분위기가 아름다운 것, 자연적인 것을 향하려는 마음에 제약을 주곤 했다. 요컨대 그의 영혼은 오랫동안 닫힌 상태였던 것이다.

이 닫힌 상태는 두 살 위이고 더 성숙한 외사촌 누이 마들렌 롱도(Madeleine Rondeaux, 1867~1938)에 대한 청순한 사랑에 의해서 비로소 조금씩 열리기 시작한다. 그녀는 지드에게 시를 즐길 수 있는 소양을 길러 주었고, 신비주의적 취향을 불어 넣어 주었다. 1882년 지드는 우연히 외숙모의 불륜 장면을 목격하고 충격을 받는데, 어머니의 불륜으로 마들렌은 심한 고통과 깊은 슬픔에 빠진다. 지드는 어린 마음에도 그녀를 돕는 것만이 자신의 의무이며, 거기에 자신의 존재 이유가 있다고 느낀다. 지드는 자신과 마들렌에게 깊은 상처를 준 그 사건을 나중에 『좁은 문』과 『한 알의 밀이 죽지 않으면』에서 다시 이야기한다. 열다섯 살이 되자, 그의 독서열은 차차 왕성해졌다. 그 당시 그가 감명 깊게 읽은 것은 테오필 고티에의 시집이었다. 고티에는 관습적인 것에 대한 경멸과 해방을 대표하는 시인으로 알려져 있는데, 지드가 이 작품을 고른 것은 아마도 어머니와 자기 자신에 대한 도전도 있었을 것이다. 그밖에 빅토르 위고의 시집과 하이네의 시집도 그의 탐독 대상이었다. 또한 그의 정신에 비상한 영향을 끼친 그리스 시인들의 작품을 르콩트 드 릴의 번역으로 읽었는데, 그는 이를 통해 그리스 신화 세계에 매료되었다. 지드가 이런 이교도적 정열에 탐닉했던 때는 역설적이게도 바로 기독교 신앙에 한창 열중했던 때였다. 이 두 상반되는 세계가 서로 충돌하지 않고 그의 정신 속에서 공존했던 것은 기묘한 일이었다. 당시 지드는 결코 미지근한 세례 지망자가 아니라 친구들로부터 목사라는 별명을 들을 정도로 늘 성경을 끼고 살았던 열광적인 구도자였기 때문이다. 그러나 그의 마음의 사원은 그 자신의 말을 빌리면, "동방이 활짝 열리고 빛과 음악과 시가 자유롭게 흘러 들어오는 이슬람교 사원과 같은 것"이었는지도 모른다.

외숙모의 불륜 사건 이후 지드는 도덕적이고 신앙심이 깊은 마들렌에게 육체적 욕망에서 벗어난 순수한 사랑을 품게 된다. 그 후 그는 마들렌과 결혼하려 하지만, 어머니의 반대에 부딪친다. 1891년, 『앙드레 발테르의 수기』에서 그는 마들렌에 대한 사랑을 중심으로 당시 그가 고민하던 영혼과 육체의 싸움, 형이상학적인 고뇌와 불안을 단편적인 일기 형식을 빌려 발표한다. 여기서 그는 자신의 연인을 육체적으로 소유할 생각이 없으며, 결혼한다 하더라도 육체적 관계는 없을 것이라고 선언한다. 그러나 이 작품을 읽은 마들렌은 그의 구혼을 거절한다. 그 무렵 그는 반도덕주의를 내세우는 니체의 저서를 읽고 큰 충격을 받으며, 부르주아 사회의 위선을 폭로하는 유미주의자 오스카 와일드를 만난다. 이로 인해, 그때까지 청교도적 모럴에 순응하던 그는 가정과 사회에 반항하고, 도덕과 종교의 굴레로부터 벗어나기 위해 투쟁한다. 그 당시 그는 일생에 있어서 가장 혼란한 시기에 처해 있었다. 어릴 때부터 엄격하게 훈련받은 청교도적인 극기주의가 영혼의 평정을 유지했지만, 청춘이 눈뜸과 동시에 그것은 완전히 뒤집히고 말았다. 육체의 순결을 고집하는 것이 자유분방한 상상을 유발하여 오히려 영혼을 더욱 불결하게 만드는 결과를 초래했기 때문이다. 더욱이 신에 대한 준엄한 추종은 오히려 영혼의 균형을 깨뜨려 자신에게 불안을 주게 되었다. 여기에서 그는 운명을 걸고 성패를 가름하는 시도를 하지 않으면 안 되었다. 즉 기독교와 결별한 것이다.

1893년 10월 지드는 친구인 화가 폴 알베르 로렌스와 함께 아프리카 알제리로 여행을 떠났다. 폐결핵 감염으로 군복무를 다 마치지 못한 그는 그 여행에서 과거 너무나 병적인 고뇌, 낭만주의, 우울 등을 버리고 균형과 충실과 건강을 찾으려고 했다. 말하자면 고전주의에 대한 최초의 동경이었던 것이다. 그 여행 도중 지드는 치료를 받고 회복되면서 새로 태어난 느낌, 혹은 처음으로 충만하게 살아 있는 듯한 느낌을 받게 된다. 여행 중 그는 젊은 아랍인들과 동성애 관계를 갖고, 그의 건강 회복에 많은 도움을 받아서, 동성애가 비정상적인 것이 아니라는 생각을 하게 된다. 나중에 가서야 그는 그러한 생각이 "내 인생의 드라마를 만든 끔찍한 방향 설정의 착오"였음을 고백하지만, 그 당시에 그는 일종의 부활한 자의 비밀 같은 것을 간직하고 돌아오면서, 자신을 일종의 초인으로 생각한다.

그때부터 그는 동시대인들을 부르주아 사회의 도덕적, 종교적 구속으로부터 해방하고, 그들에게 끊임없이 변화하는 열정적인 삶을 계시하는 것을 자신의 사명으로 여기게 된다. 그리하여 소생한 자의 비밀과 기쁨을 간직한 채 파리로 귀환했으나, 과거에 그토록 동경했던 파리 문단과 살롱 모습을 『팔뤼드』(1895)에서 죽음의 냄새가 가득 찬 곳으로 풍자하고 비판한다. 1895년 5월에는 어머니를 여읜다. 이제 지드가 유일하게 의지할 것은 오직 마들렌에 대한 사랑뿐이었다. 몇 해

전, 지드의 구혼을 거절한 적이 있었던 마들렌 역시 지드의 필사적인 거듭된 구혼 앞에 마음을 열지 않을 수 없었다. 그해 10월에 두 사람은 모파상의 『여자의 일생』으로 알려진 노르망디의 에트르타 교회에서 결혼식을 올리고 알제리로 신혼여행을 떠났다. 그러나 두 사람의 결혼 생활은 그리 행복하지 못했다. 그 비밀은 그의 사후, 1951년에 발간된 『이제 그녀는 그대 안에 있다』에 자세히 서술되어 있다. 동성애적인 취향의 지드는 마들렌같이 순결한 여자에게는 성적인 욕망이 없을 것이라고 단정하고 그녀와 부부 관계를 맺지 않았던 것이다. 마음으로는 서로 지극히 사랑하면서도 이른바 '백색 결혼'을 유지해 마들렌은 일생 처녀로 지냈다고 한다. 그러나 그녀는 지드 생애에 커다란 위치를 차지하여 『앙드레 발테르의 수기』의 엠마뉘엘, 『배덕자(背德者)』의 마르슬린, 『좁은 문』의 알리사에 그녀 모습이 짙게 투영되어 있다.

지드는 북아프리카 여행에서 얻은 경험을 토대로 생명의 찬가라고 할 수 있는 일종의 산문시 『지상의 양식』(1897)과 생명의 해방을 노래한 그의 최초의 비극적 소설 『배덕자』(1902)를 썼다. 그는 여기서 스스로의 체험을 통해, 개인주의를 극단적으로 밀고 나갈 때 생기는 위험에 대해 경고하지만, 문단과 독자들의 큰 주목을 받지 못했다. 그런데 『좁은 문』(1909)에서는 그 반대로 종교적 이상을 위해 자연적 본능을 억압할 때 생기는 위험에 대해서 감동적으로 묘사하여 대호평을 받아 프랑스 문학계의 한 중심축으로 자리 잡는다.

그 후 지드는 새로운 사상의 계시자로 젊은 세대의 존경을 받는다. 그는 젊은이들의 비판정신을 일깨우고, 그들에게 성실성과 진정성을 향한 험난한 길을 제시한다. 그로 인해 그는 도덕과 종교의 전통을 고수하는 보수주의자들의 증오를 불러오는데, 그들은 그를 젊은이들을 타락시키고 기독교 사회를 파괴하며 문명의 기초를 뒤흔드는 위험한 인물로 매도한다. 그들은 또한 지드의 문제의식을 단지 동성애를 비롯한 성적인 차원의 해방으로 축소, 왜곡하려 한다. 하지만 지드의 반순응주의는 억압적인 사회가 부과하는 온갖 금기와 편견의 굴레로부터 개인을 해방하기 위한 살아 있는 정신의 투쟁이라 할 수 있다.

2차 세계 대전이 일어날 때까지 지드는 왕성한 문학 활동을 펼친다. 1909년 그는 프랑스 문단에 새 바람을 불어넣은 《누벨 르뷔 프랑세즈(N.R.F.)》를 창간하는데, 이 잡지는 프랑스 유수한 출판사 가운데 하나인 갈리마르(Gallimard)의 모체가 된다. 여기서 그는 신인들을 대거 발굴하여 세상에 내놓는 산파역을 맡기도 했는데, 마르탱 뒤 가르, 자크 리비에르, 발레리 라르보 등이 이 잡지를 거쳐 나온 쟁쟁한 문인들이었다. 다만 프루스트의 『스완네 집 쪽으로』 출판 의뢰를 받고 거절한 실수가 있었는데, 나중에 다시 읽은 후, 자신의 잘못을 인정하고 프루스트에게 사과했다는 일화가 전해진다. 1914년 『교황청의 지하실』이 이 잡지에 발표됨으로써 절친했던 친구이자 유명한 작가인 폴 클로델과 결별한다. 가톨릭교도로 지드를 개종하고자 심혈을 기울였던 클로델은 몽매한 종교계를 한껏 야유하고, 동기 없는 범죄를 통해 인간의 완전한 자유를 실험하는 그 풍자적인 소설을 접한 후, 지드와 결정적으로 갈라서게 된다. 인간에게 내재한 자기기만의 뿌리가 얼마나 깊은가를 한 개신교 목사를 통해 보여 주는『전원교향곡』(1919)을 거쳐, 1924년에는 자기 작품 가운데 가장 중요한 작품이라고 공언한『코리동』을 발표한다. 여기서 지드는 대담하게도 동성애를 적극 옹호함으로써 상당한 물의를 일으키고 맹렬한 공격을 받는다. 양차대전 사이 불안에 찬 시기에, 지드가 발표한 일련의 작품을 통해 그의 추종자와 지지자가 주로 젊은 층을 중심으로 급속도로 확산됨에 따라 그의 적도 많이 생겼는데, 감각의 해방을 가르치고 열정의 자유를 부르짖고 모든 인습과 순응주의로부터 탈피를 외치는 '반도덕주의자'이자 동성애자인 지드에 대해 특히 가톨릭계 작가들이 비판의 선봉에 서곤 했다. 1926년 지드 자신이 최초의, 유일한 소설로 명명한『위폐범들』은 독창적인 기법을 통해 소설 장르를 혁신함으로써 현대 누보로망의 선구적인 작품으로 평가받으며, 같은 해 지드가 마들렌과 결혼하기까지 자기 삶의 전반 이십육 년을 회고하는 자서전『한 알의 밀이 죽지 않으면』이 발표된다.

그즈음 지드는『위폐범들』을 탈고하자 마르크 알레그레(Marc Allegret)와 함께 콩고로 여행을 떠난다. 그 여행은 그에게 커다란 전환점이 된다. 그 후부터 그의 눈은 차차 사회 문제를 향해 크게 열린다. 그의 정신적인 변화라기보다 정신의 필연적인 진전인데, 허위와 부정에 대한 증오, 피압박자에 대한 사랑, 진실 추구에 대한 욕구 등은 그의 변치 않는 정신적 태도였기 때문이다. 다만 눈이 그의 내면으로부터 외부 세계로 향한 것만이 달라진 셈이었다. 그런데 이것이 그를 '현대의 양심'이라고 불리기에 마땅한, 위대한 존재로 만든 중요한 계기가 되었던 것이다. 아프리카 여행 후, 정치 사회적인 문제들에 관심을 돌려, 프랑스의 비인간적인 식민 정책과 제국주의를 비판하고, 콩고와 차드의 원주민들을 옹호하는『콩고 기행』(1927)과『차드에서 돌아오다』(1928)를 발표한다. 또한 그는 여성 문제를 다룬 3부작인『여인들의 학교』(1929), 『로베르』(1930),『주느비에브』(1936)에서 에블린이라는 여인과 그녀 딸의 이야기를 통해 페미니즘적 시각에서 여성 해방에 대한 자신의 입장을 피력한다. 그리고 그는 사회정의를 실현하기 위한 결단으로 1932년 공산주의로 전향할 것을 선언해 세상을 깜짝 놀라게 했다. 하지만 소련의 현실을 직접 목격한 후, 이내 혹독한 환멸을 느끼며, 자신의 판단착오를 『소련 기행』(1936)과『나의 소련 기행에 대한 수정』(1937)에서 밝힌다.

1938년 아내 마들렌이 세상을 떠나자 지드는 큰 충격을 받는다. 같은 해『이제 그녀는 그대 안에 있네』를 집필하는데, 1951년 지드가 작고한 후 출간되는 그 책은 이미『배덕자』와 『좁은 문』에서 암시된 바 있는, 마들렌과의 결혼 생활의 비밀을 명확히 드러내며, 이 두 작품의 자전적 성격을 구체적으로 입증한다. 그는 거기서 자신이 사랑하는 한 여인의 삶을 망쳐 놓았음을 통렬히 후회한다. 2차 세계 대전이 발발한 1939년, 지드는 열네 살 때부터 죽기 몇 달 전까지 꾸준히 쓴 그의『일기』(1889~1939)와 『전집』을 발간하며, 독일 점령 아래 비시 정권에 대해 어떤 태도를 취해야 할지 잠시 망설이다가, 프랑스 남부로 피신한 다음 북아프리카까지 가게 된다. 전쟁이 끝난 후 귀국하자, 그동안 항의와 원성의 대상이 되어 왔던 그에게 많은 영광이 따르게 된다. 1947년 옥스퍼드 대학에서 명예 박사 학위를 받고, 같은 해 11월에는 노벨상을 수상한다. 아카데미 프랑세즈 회원으로 추대되었을 때 "나는 아직 그렇게 늙지는 않았다."라고 거절했던 그도 노벨 문학상은 기쁘게 받았다. 1949년 괴테 탄생 200주년을 맞이해서 토마스 만과 나란히 괴테 협회로부터 기념상을 받았으며, 1950년 마르크 알레그레가 제작한 영화 「앙드레 지드와 함께」가 상연되어 큰 성공을 거둔다.

만년의 지드는 한편으로는 다만 허무로 끝날 뿐이라고 믿는 죽음을 평온한 마음으로 기다리면서도, 다른 한편으로는 갈수록 개인의 권리가 억압되는 전체주의 사회를 근심스러운 눈길로 지켜본다. 그럼에도 그는 젊은이들의 판단력과 반항 정신에 대해 신뢰감을 잃지 않았다. 자신이 이룩한 업적과, 인류를 위한 봉사에 대해 확고한 자신감을 가졌던 그는 자신의 정신적인 유언이라 할 수 있는 『테제』(1946)에서 아테네의 전설적인 영웅에 자신을 투영한다. 괴물을 퇴치하고 아테네를 건국한 테세우스처럼, 그는 현대의 무신론적 휴머니즘의 선도자로서, 신이 존재하지 않는 인간 사회의 인도자로 자처하고 인정받게 된 것이다. 지병인 폐질환이 재발한 지드가 1951년 2월 19일, 82세를 일기로 세상을 떠나자, 사르트르는《현대》에 기고한 「살아 있는 지드」라는 글에서 20세기 인간들에게 무신론을 선포하고 인류의 완전한 자유를 선언한 지드의 공적에 대해 찬사를 아끼지 않았다.

앙드레 지드의 소설 세계

20세기 프랑스 문학에서 앙드레 지드만큼 논란의 대상이 많이 되었던 작가는 드물 것이다. 그의 문학적인 위상과 사상적인 영향력이 지대한 만큼이나 그에 대한 평가도 양극단을 달린다. 그의 작품의 거대한 다양성이 전혀 상반된 해석으로 이끌기 때문이다. 지드 자신은 오직 예술가로 남기를 바람에도, 한편으로는 현대사상의 가장 자유롭고 인본주의적인 흐름을 대표하는 거의 '메시아적 해방자'로 추앙받는가 하면, 다른 한편으로는 종교적이고 정치적이며 윤리적인 무정부주의를 살포하는 '악마의 화신'으로 매도되기도 했다.

지드 소설 세계에 대한 탐사 작업의 실마리는 이렇듯이 외부의 다양하고 때로는 상충되기도 하는 분분한 의견에서보다 차라리 지드의 소설 속에서 묘사된 하나의 의미심장한 에피소드에서 찾을 수 있다. 『배덕자(L'Immoraliste)』에서 미셸은 잠재된 자신의 진정한 모습을 비로소 발견한 놀라움과 기쁨을 전달하기 위해 매우 흥미로운 비유를 한다. 같은 양피지(羊皮紙) 위에서 최근에 쓰인 글씨 밑에 그보다도 더 귀중하고 오래된 원문이 숨겨진 '팔랭프세스트(palimpseste)'에다 자신을 비유하면서 이렇게 말한다.

> 그리고 나는 자신을 팔랭프세스트에 비유했다. 나는 학자가,
> 같은 종이에서 최근 쓰인 글자 밑에 있는 그보다도 훨씬 귀중하
> 고 매우 오래된 원문을 발견했을 때 느낄 법한 기쁨을 맛보았
> 다. 그 숨겨져 있던 원문은 무엇이었을까? 그것을 읽기 위해서
> 는 우선 최근에 쓴 글자를 지우는 게 급선무 아니었을까?
>
> ──「배덕자」, 370쪽

이 비유가 흥미로운 이유는 팔랭프세스트가 이 소설 전체
의 상징이자, 지드 소설에 대한 독서의 상징적인 이미지도 되
기 때문이다. 접근하는 방법론의 차이가 있음에도 다양한 현
대비평의 공통 관심사가 있다면, 그것은 소설의 숨은 의미를
포착하는 것과 심층구조를 발견하는 것이다. 숨어 있는 텍스
트의 다층적 성격이 열린 독서를 가능하게 하고, 또 다른 텍스
트 생산의 근거가 되는 것이다. 이런 의미에서 독서란 영속적
인 발견과 생성의 모험에 다름 아니다. 그렇다면 이야기의 차
원에서 미셸이 그토록 지우고 싶어 하고, 가장 명백히 배척한
나중의 텍스트는 무엇이고, 독서의 차원에서 『배덕자』뿐만 아
니라 『좁은 문』과 『전원교향곡』이라는 양피지 아래에 그 밑그
림이 그려진 "더 귀중한" 숨은 텍스트는 무엇일까?

서로 다른 두 차원의 질문에 공통적인 답은 바로 성경이라
고 볼 수 있다. 많은 지드 연구자들이 지적하듯이, 지드 삶의
과정과 작품 성격을 규정짓는 결정적 요소 하나가 성경이며,

긍정적인 의미에서든 부정적인 의미에서든 간에 기독교에 대한 집요한 관심이기 때문이다. 예컨대 지드 작품 세계를 떠받치는 세 기둥은 개작(改作)한 복음서, 니체, 도스토옙스키라는 뮐러(Moeller)의 지적, 그의 작품 속에서 가장 지드적인 특유의 묘미는 성경적 영감으로 이루어진 테마들에서 비롯된다는 굿핸드의 평가, 지드의 사상과 문체에 성경의 각인이 깊이 아로새겨져 있다는 베르탈로의 논평 등이다.

신앙적 출생과 불신적 죽음의 양극 사이에 위치한 그의 무신론적이면서 동시에 매우 종교적인 삶에 있어서 기독교 신앙의 문제는 삶의 갈등의 원천이었다. 그것은 지드 소설의 가장 중요한 상수(常數) 중 하나임을 어렵지 않게 유추할 수 있다. 이런 각도에서 보면, 종잡을 수 없을 정도로 변신을 거듭한 그의 프로테우스적인 면모에도 불구하고, 우리는 성경적인 주제를 향한 그의 일관된 관심을 추적할 수 있다. 1933년 6월에 쓴 그의 일기를 보면, 구교와 신교를 불문하고 '교회'에 대한 반감과 결별을 선포할 때나, 심지어 한동안 공산주의에 깊이 매료되었을 때조차도, 복음서와 그리스도에 대하여 여전히 애정을 품고 있으며 자신의 인도자로 고백하고 있음을 확인할 수 있다.

그러나 단언하건대, 나를 공산주의로 인도한 것은 마르크스가 아니라, 복음서이다. 나를 형성한 것은 바로 복음서인 것이다. 나 자신의 가치에 대한 회의를 가르치고, 타인과 타인의 사상과 가치에 대한 존경을 가르치며, 개인의 모든 소유와 독점에 대한 경멸과 혐오(그것은 이미 선천적인 것이었는지 모른다)를 나의 마음속에 강화시킨 것은 바로 복음서의 계율이며, 그 계율이 나의 사고와 전 존재의 행동에 아로새긴 습관에 의해서이다.

— 지드, 『일기』(1889~1939), 갈리마르, 1948, 1176쪽

『배덕자』

『배덕자』는 비로소 지드가 자신의 진정한 표현 수단을 발견한 최초의 대작이다. 이 비극적 이야기는 주인공 영혼의 드라마이며, 독자를 깊은 성찰과 함께 불편한 진실로 이끄는 책이다. 또한 이 소설은 무엇보다도 지드와 마들렌 부부에 관련된 자전적 요소로 가득 찬 심리소설의 걸작이기도 하다. 하지만 출간 당시에는 엄청난 스캔들을 야기하며 전혀 대중의 호응을 얻지 못했다.

『배덕자』를 집필할 즈음, 1895년에 니체 사상의 일반적인 방향을 알게 되고, 1898년부터 그의 작품을 탐독하게 된 지드는 깊은 감명을 받고 니체 속에서 사상의 공통점뿐만 아니라, 그 자신의 개인적인 본성을 재발견하게 된다. 그리하여 니체의 '진정성(authenticité)'의 개념을 지드 자신의 세계의 중심에 놓아, 이른바 '성실성(sincérité)'의 개념으로 발전시킨다. 니체 독트린은 기독교에 대한 반항에 기초하는데, 니체의 『권력에의 의지』(1888)중 1부 제목이 「적그리스도」일 정도다. 지드는 한동안 니체의 이 저서의 속편을 『그리스도에 반대하는 기독

교』라는 제목으로 구상하기도 했다.

『배덕자』는 3부로 되어 있다. 윌킨스는 이 소설의 3부 구조를 기독교적 미덕의 삼대 요소(믿음, 소망, 사랑)와 결합해 주인공의 행동 양식을 추적한다. 그는 소설 1부를 미셸의 믿음 거부, 2부를 미셸의 소망 소멸, 3부를 미셸의 사랑 실패로 흥미롭게 설명한다. 이 소설에는 미셸, 마르슬린, 메날크라는 세 명의 중요 인물이 등장하며, 삼 년 동안 있었던 일을 세 친구들(이들은 구약에 등장하는 욥의 세 친구들을 연상하게 한다.)에게 이야기하는 서술 구조다. 특히 3부로 이루어진 소설 속에서 독자의 주목을 요하는 것은 각 부에 한 번씩 반복적으로, 그러나 점점 그 강도를 높이면서, 미셸이 마르슬린을 거부하는 장면이다. 이 세 번의 거부에 대하여, 마르슬린은 마지막 장면에서 묵주를 세 번 떨어뜨림으로써 그녀가 믿었던 하나님을 거부하는 것으로 역설적으로 화답한다. 이는 베드로가 예수를 세 번 거부한 복음서의 사건이 소설 속에서 변용된 두 변주곡이라고 볼 수 있다. 이 같은 추론을 뒷받침하는 부분은 소설 1부 5장과 3부에서 미셸이 반복해서 직접 인용한 성경 구절(베드로의 미래에 대한 예수의 예언)이다. 그것은 바로 미셸 자신의 운명을 상징하는 정교한 소설적 장치로 기능하는 것이다. 이런 식으로 이 소설에는 성경적 이미지, 비유, 주제, 다양한 패러디가 풍부하게 존재한다. 그것을 발견하고 해석하고 비평하는 과정에서 오는 즐거움과 감동은 숨겨 놓은 보물찾기를 하듯이 온전히 독자의 몫이 될 것이다.

한편 이 소설의 모티프는 『지상의 양식(Les Nourritures

terrestres)』(1897)에서 구가한 자유에 대한 첨예한 소설적 검증이기도. 하다.『지상의 양식』은 출판된 후, 초판 500부가 소화되기 위해 십 년 이상의 세월이 걸릴 정도로 세평의 전면적인 몰이해에 부딪혔다. 마찬가지로『배덕자』도 미셸이 생명의 은인인 마르슐린을 방치하고 자기 탐닉에만 몰두하다 아내를 죽게 만드는 과정을 그리는데, 이처럼 기성의 도덕관을 뒤엎는 내용과 그 시대 조류에 역행하는 미려한 고전적 문체 때문에 일반 독자와 평단의 철저한 외면을 받았다. 참담한 실패를 겪은 지드는 그 후 얼마 동안 아무것도 쓰지 못하고 실의와 낙담에서 벗어나지 못하지만, 개의치 않고 자신의 문학적 성향을 굽히지 않으려고 애쓴다. 후일 그가『좁은 문』에 그토록 많은 시간과 노력을 쏟은 것도 어쩌면『배덕자』의 실패를 만회하기 위한 것이라 볼 수 있다.

『좁은 문』

『좁은 문(La Porte étroite)』(1909)은 그의 생애와 문학적 경력의 중간 지점에 위치한 두 번째 걸작으로, 무려 십팔 년 동안이나 구상하며 집필했던 지드의 노작(勞作)이다. 1951년 82세로 사망한 지드의 생애 가운데,『좁은 문』은 그의 나이 40세 때인 1909년에 출간됨으로써 연대기적으로 지드 삶의 한복판에 위치하며, 1891년부터 구상하여 1908년에 마침내 탈고하면서 그는 "내가 얼마나 늙어 보이는가!"라고 탄식할 정도로 그의 전 작품들 중에서 고통스러운, 가장 오랜 시간이 걸린 역작이다. 『돌아온 탕자(Le retour de l'enfant prodigue)』(1907)가 겨우 십오 일 만에 완성된 것과 얼마나 대조적인가!

이 작품은 프랑스 문단과 사회에 큰 파문을 일으키며, 지드의 예상과는 달리 책이 잘 팔려 나가는 성공을 거두어 베스트셀러의 반열에 오르게 된다. 이 소설은 애초에 지드가 1887년 지드 어머니의 가정교사이자 둘도 없는 친구였던 애너 섀클턴의 죽음에 깊은 충격을 받은 사건이 단초가 되었다. 가족 이상으로 사랑하고 존경한 이 경건한 크리스천 독신 여성의 죽음에 대한 이야기를 지드는 『행복한 죽음에 대한 시론』이라는 제목으로 1891년부터 착수했다. 그녀는 소설 속 알리사처럼 살풍경한 병원에서 외롭게 숨을 거두었다. 그러나 애너 섀클턴의 모습은 소설 속 플로라 애슈버턴 양으로 구현되며, 사실은 지드의 부인 마들렌이 알리사의 모델이라는 것이 정설이다. 그런데 삼 년 후에 이 소설은 『클레르 양의 죽음』이란 제목으로, 그 후 다시 『좁은 길』로 개칭을 거듭하다가, 마침내 『좁은 문』으로 최종 결정되어 세상에 태어나게 된 것이다.

지드의 명실상부한 대표작이라고 볼 수 있는 이러한 『좁은 문』은 그 평가에 있어서도 상찬과 폄하의 양극단을 달렸다. 가령 티보데는 "내적인 삶에 대한 프랑스어로 쓰인 가장 아름다운 소설 중 하나."라고 했으며, 뒤몽 윌덴(Dumont Wilden)은 한걸음 더 나아가 "새로운 전율과 마법이 가득한 책으로서, 걸작의 숭고한 단순성에 문체와 기법이 도달한 지드의 가장 완벽한 작품."이라고 극찬을 아끼지 않았다. 또한 지드의 친구이자 시인이며 소설가인 프랑시스 잠도 "이 이야기보다 더 피와 눈물이 가득한 것은 없다. 우리 시대 가장 위대한 작가 중 하나인 지드의 걸작에 존경심 없이 접근할 수 없다. 그렇게 희생된 알리사는 비교할 수 없이 아름답게 빛난다. 베아트리체가 신학적인 녹색 옷을 입고서 빛을 발하는 바로 그 아름다움이다."라고 격찬했다.

그러나 이와 거의 동시에 이 작품에 대한 비판이 쏟아졌다. 발로는 "병적이고 건강치 못한 작품"으로, 특히 알리사의 "미덕의 교묘함"을 비난하고 나섰으며, 심지어 마시스(Masiis)는 지드를 "악마 같은 사람"이라고 극언하는가 하면, 베틀렘 신부는 지드가 지적이고 간결한 문장의 매력으로 진리를 공격하고 도덕적 확실성과 대원리를 파괴하는 데 몰두했다고 하면서 『좁은 문』을 금서 목록에 넣어야 한다고 주장한다. 지드의 친구이기도 한 작가 클로델은 이 책을 읽고 감동을 받았으나 착잡한 심정을 금할 수 없다고 지드에게 편지한다. 그는 예술 작품으로서 『좁은 문』의 형태와 문체에 찬사를 보낸다. 하지만 고상한 알리사의 절망적인 죽음을 통해 결국 하나님을 단순히 '침묵하는 잔인한 고문자'로 묘사하는 것에 대해 깊은 유감을 표명함으로써 비교적 균형 잡힌 시각으로 평가한다.

이러한 의견 불일치에 대해 지드 자신은 의외로 담담한 태도로 수용했다. 심지어 그런 반응을 예상했다는 듯이 반가워하기까지 했다. 평론가들의 획일적인 반응이나 대중의 갈채를 경멸했을 뿐만 아니라, 의견의 분분함을 유발하는 것 자체가 작가의 진정한 역할이라고 생각했기 때문이다. 이렇듯 그

생의 정점에 있으며, 오랜 명상과 각고의 배태 기간을 거친 이 작품의 가치에 대해, 지드 자신이 1910년에 "나는 오늘 죽을지 모른다. 나의 모든 작품은 『좁은 문』 뒤에서 사라질 수 있다. 사람들은 오직 『좁은 문』만 생각하게 될지도 모른다."라고 고백할 정도로 깊은 애정과 자신감을 보이면서 스스로 높이 평가하는 것은 어쩌면 당연한 일인지도 모른다.

많은 지드 연구자들이 지적하듯이, 『좁은 문』도 『배덕자』처럼 형태적인 측면에서는 예술적인 완성도가 높지만, 내용적인 측면에서는 반기독교적인 작품으로 볼 수 있다. 지드 자신도 『좁은 문』을 기독교적 신비주의의 위험을 비판하는 '경고의 책'이라고 주장했다. 사실상 그에게 있어서 청소년기의 독실한 기독교 신앙과 체험은 그 사상의 출발점이자 초기 창조적인 에너지의 원천이기도 했지만, 그의 삶의 가장 중요한 양상 중 하나인 심각한 종교적 갈등의 원천이기도 했다. 여기서 우리는 그의 종교 입문이 다른 그 무엇보다도 '성경 그 자체'였음을 주목하지 않을 수 없는데, 이 점에 대해서 나중에 다시 설명할 것이다.

그런데 『좁은 문』은 지드에 의하면, 『배덕자』와는 의식적인 반작용과 대립의 성격을 지닌다. 양자는 주제가 서로 보완되어 완성됨으로써 균형을 취한다. 서로 대극을 이루는 두 작품은 오래전부터 2부작으로 구상된 것으로서, 서로가 서로를 조명한다. 『배덕자』가 악덕을 중심으로, 기성 종교로부터 해방된 과도한 개인주의의 위험을 경고한다면, 『좁은 문』은 미덕을 중심축으로 역시 지나친 신비주의적 신앙의 위험을 고발하며 소설을 전개하는 것이다. 전기적인 관점으로 옮겨 다시 말한다면,『배덕자』가 극단적인 자기중심주의자인 미셸을 통해 지드 자신을 비판하고 마들렌에 대한 후회와 자책을 작품으로 옮긴 것이라면, 반면에『좁은 문』은 영웅적인 금욕주의자인 알리사[1]를 통해 마들렌을 비판하고 지드 자신의 원한과 유감을 표명한 소설이기도 한 것이다. 그런데 여기서 주목할 점은 두 소설의 두 여주인공이 죽음으로 끝난다는 사실이다. 실제로 살아 있는 마들렌 대신 두 여주인공이 죽는 셈이다. 어쨌든 애초에 2부작으로 구상됐다는 점은 1912년 2월에 쓰인 지드의 일기를 보면 확인할 수 있다. 이 두 소설이 동시에 경쟁적으로 함께 배태되어, 서로 분리할 수 없는 "쌍둥이"와 같다고 다음과 같이 언급된다.

> 그러므로 이 책(『좁은 문』을 지칭함.)이『배덕자』와 쌍둥이고, 두 주제가 경쟁적으로 나의 정신 속에서 자라고 있었으며, 한쪽의 과잉이 다른 쪽의 과잉 속에서 은밀한 허락을 발견하면서 둘 다 균형을 유지하고 있었다는 사실을 내가 누구에게 설득할 것인가?
>
> ──지드,『일기』(1889~1939), 갈리마르, 365쪽

1) 알리사가 추구하는 신성은, 클로델에 의하면, 참다운 기독교적 완성이 아니라 영웅주의와 극기, 금욕적인 자아 완성을 지향하는 스토아주의다. 또한 그것은 영혼의 본모습을 완벽하게 회복하기 위해 가혹할 정도로 엄격한 수행을 행하는 마니교에 가깝거나, 극도의 고행을 통한 절대 순결과 극단적인 금욕주의를 추구하는 카타리파와 유사하다고 보는 견해도 있다.

『전원교향곡』

1918년 2월에 집필하기 시작하고 그해 11월경에 탈고하여 1919년에 출간된 이 소설의 제목은 『전원교향곡(La Symphonie pastorale)』이지만, 사실 지드는 애초에 『맹인』이라는 제목을 붙이고자 했다. 집필이 반 이상 진행되었을 때, 작가는 고민 끝에 미학적, 윤리적인 의도로 제목을 변경하긴 했지만, 이미 1893년에, 디킨스(Dickens)가 쓴 맹인 소녀 이야기인 『난롯가의 귀뚜라미』를 읽으면서 아이디어를 착상한 후, 오랫동안 맹인에 대한 주제를 생각했다고 한다. 최초의 아이디어를 제공한 디킨스의 이 책은 제르트뤼드의 교육을 위해 의사 마르탱이 목사에게 일독을 권하고 목사가 "대단히 흥미있게 읽었다."라는 일화로 소설 속에서도 소개된다.

현존하는 저명한 지드 연구자 중 한 사람인 굴레(Goulet)에 의하면 『전원교향곡』은 지드의 전 작품 중에서 가장 유명하고 가장 많이 읽히는 작품이다. 실례로 지드로부터 이 책의 증정본을 받은 제임스 조이스는 이 소설이 출간된 이듬해, 파리를 방문하여 지드에게 경의를 표하고, 특히 이 책에 대하여 찬사를 아끼지 않았다고 한다. 이 짧은 소설은 우선 보기에 스토리도 단순하고 주제도 명쾌하여 읽기 쉬워 보여도 지드의 가장 비밀스러운 작품 중 하나라고 평가하는 연구자도 있다. 이 소설을 가장 많이 읽히면서 가장 비밀스러운 작품 중 하나로 만든 숨은 요소는 무엇일까?

우선 전기적인 관점에서 보자. 이 소설은 지드의 소설 중 유일하게 목사를 주인공이자 화자로 설정하여 목사의 도덕적 위선과 자기기만을 폭로하면서 기독교와 기독교적 사랑에 대하여 통렬하게 비판한다. 이 소설에 지드의 자전적인 음영을 짙게 드리우게 만든 일련의 사건이 있다. 하나님을 향한 영적인 갈구가 좌절된 1916년 이래, 지드 집안과 절친한 목사의 아들이자 삼십 년 연하인 16세 소년 마르크 알레그레와 동성애를 시작하고, 마침내 1918년 그의 삶에 분기점이 되는 편지 소각 사건이 터진 일이다. 1차 세계 대전 중 지드가 마르크와 함께 영국으로 잠시 피신한 동안, 노르망디의 퀴베르빌(Cuverville)에 혼자 남아서 둘의 관계를 알게 된 마들렌은 분노와 충격으로 지드가 보낸 모든 편지를 태워 버림으로써 지드 부부는 결정적인 파국을 맞이한다. 이 사실을 나중에 알게 된 지드는 고통으로 몸부림치며 며칠 동안 눈물을 흘렸다고 한다. 그 후 지드는 "그녀가 우리 아이를 죽인 것이나 마찬가지로 고통스럽다. 아마도 그보다 더 아름다운 편지는 없을 것이다."라고 비통하게 절규하며 괴로워한다. 야누스같이 이중적 성생활을 영위하면서도 아내의 사랑과 존경을 믿고 싶어 했으나 편지 소각으로 인해 지드의 환상은 무참히 깨지고, 자기기만으로 인한 영적 맹인은 바로 지드 자신이었음을 뼈저리게 깨닫게 된다. 이 소설은 바로 이 시기인 1918년 상반기에 집필된다. 이런 관점에서 보면 소설 속 목사는 작가의 부분적인 분신으로 보이기도 하고, 소설 속 목사 부인 아멜리에 대한 묘사 속에서는 마들렌의 모습이 언뜻 언뜻 비치기도 한다. 이런 전기적 탐색은 이 소설에 대한 독자의 호기심과 독서의 재미를 배가하는 요소가 될 수 있을 것이다.

이 소설을 이해하는 또 다른 비밀의 열쇠는 바로 소설 그 자체에서 찾을 수 있는데, 『배덕자』나 『좁은 문』과 마찬가지로 바로 성경이다. 청소년기 지드의 성경 탐독은 널리 알려진 사실로, 거의 수도자나 순교자 수준이라고 평하는 연구자도 있을 정도다. 특히 이 소설은 목사를 화자로 설정하여 일기 형태를 취함으로써 지드 소설 중에서 가장 빈번한 성구 인용과 암시가 등장한다. 심지어 캉칼롱(Cancalon)은 "신약성경을 잘 알지 못하면 이 소설을 읽을 수 없다."라고 단언할 정도다. 따라서 『전원교향곡』 표면에 명시적으로 드러났거나 암묵적으로 숨어 있는 성경과의 상호 관계성을 깊이 천착하지 않으면, 이 소설이 예술적으로 탁월한 이유를 가늠하기 어렵고, 소설을 본질적으로 이해하기도 힘들다고 본다.

이 소설 속에서 화자가 부단히 인용하거나 암시하는 성경은 목사의 상상력을 활성화해 이야기에 동기와 동력을 부여하고, 진행을 가속화하거나 사건을 예시하는 순기능을 띤다. 그러나 문제는 성경 문맥과 동떨어진 상태에서 성구를 자의적으로 해석하고 선별적으로 인용하거나 누락함으로써 자기기만을 정당화하고, 원초적인 욕망이나 진실을 은폐하는 역기능에 있다. 인용하는 사람의 욕망이나 잠재된 의도의 표현 수단으로 성구가 이용됨으로써 그 원래 의미는 축소되거나 변형되어 버리는 것이다.

앙드레 지드의 소설 미학

『배덕자』, 『좁은 문』, 『전원교향곡』에서 빈번히 나타난 성경 구절의 직접 인용과 모방을 통하거나, 성경적 인물들, 주제, 이미지 등의 간접적인 암시와 패러디를 통하여, 우리는 성구 인용문의 원래 의미와 변형된 의미가 소설에서 서로 길항(拮抗)하는 데서 오는 긴장감과 새로운 의미 생성의 열린 가능성을 맛볼 수 있다. 이렇게 성경과 소설의 상호적인 대화와 교차 작용을 통하여, 은밀하게 소설 속에 교직된 성경 인물들과 암시된 주제와 이미지는 소설의 중요한 미학적 장치가 된다. 그것은 소설 인물들의 대화와 행동, 이야기 구성과 소설의 형태적 구조 속에 내재화되고 변용되어 재창조되어 있다. 그리하여 그것은 소설로서의 예술적인 완성도에 크게 기여하게 되어 지드의 소설이 창출하는 특유한 문학적인 감동의 한 원천이 되는 것이다.

다만 한 가지만 첨언한다면 "지드 글쓰기가 특권적인 관계를 맺는 책은 성경이지만, 거기서 지드는 주세와 테마, 형태를 빌릴 따름이지 내용은 아니다."라고 르 브라가 지적했듯이, 성경과 이 세 소설 간에 존재하는 치밀하고 풍부한 상호 관계성에도 불구하고, 기독교의 정통 교리 입장에서 보면 성경의 원래 의미는 상당히 약화되거나 왜곡된 형태로, 때로는 희화화되고 부정적인 방향으로, 심지어 정반대 방향으로 변형되어 이 세 소설 속에 용해되어 있다는 사실이다. 성경적 요소들이 지드의 가장 탁월한 작품 생산에 기여함으로써, 예술적으로나 고유한 모럴의 구축에 있어서나 작가는 성경과 기독교에 빚을 진 셈이라고 볼 수 있다. 그럼에도 기독교에 대하여 비판적이고 적대적인 입장을 견지함으로써, 성경적 요소들이 오히려 기독교에 대한 부정적인 의미를 산출하는 데 일조하는 패러독스가 생기게 되는 것이다. 이런 의미에서 세 소설 속 가장 기독교적인 주인공들인 『배덕자』의 마르슬린, 『좁은 문』의 알리사, 『전원교향곡』의 제르트뤼드가 결국 모두 다 예외 없이 좌절하고, 실패하고, 고통 속에서 죽는 비극적인 엔딩이 되는 것은 우연이 아니라고 본다.

지드가 기독교에 취하게 된 역설적인 관점의 근본적인 이유는 무엇일까?

첫째 이유는 무엇보다 지드의 신앙적 좌절의 체험에서 비롯된 것이라고 볼 수 있다. 실제로 지드는 1893년과 1916년에 두 번이나 하나님을 간절히 찾고 헌신하기로 결단하며 구원을 구했으나, 두 번 다 하나님의 침묵을 경험하는 신앙의 좌절을 겪었다. 적어도 1918년까지는 하나님에 대한 탐구를 포기하지 않았지만,(『전원교향곡』이 1919년에 출간되었음을 상기하자.) 그 후 그의 사상적 편력은 결국 무신론으로 귀착된다.

둘째 이유는 보다 근원적인데, 그의 기독교와 성경에 대한 입문 과정에서 비롯된 것이라고 본다. 지드 연구자인 페리는 청교도적인 엄격한 가풍에 대한 반발심과 더불어 아마도 애초의 종교적 입문 과정이었던, 혼자서 그 자신을 위해 자유롭게 해석하며 몰두했던 그의 성경 읽기 방법에 문제가 있었던 것 같다고 지적한다. 성경에 대한 자유로운 해석이라는 그 당시 프랑스 개신교의 일반적인 풍토 속에서 성장한 지드는 체계적인 신학이나 정통적인 성경 해석에는 무관심했다고 사바쥬(Savage)는 밝혔으며, 심지어 묄러(Moeller)의 지적에 따르면 그는 단 한 권의 성경 주석서도 읽지 않고, 성경을 소설이나 시를 읽고 판단하듯 자신의 취향이나 판단력으로 읽으면 충분하다고 생각했다고 한다. 마치 『좁은 문』의 알리사나 『전원교향곡』의 목사처럼 지드 자신도 성구를 자의적으로 해석하고, 자기 합리화를 위하여 선별적으로 인용하거나, 중요 구절과 핵심적인 내용을 고의적으로 무시하는 등 기본적인 오류를 범했던 것이다.

그 결과, 이를테면 성경에는 정상적인 결혼을 통한 육체적인 사랑의 결합과 조화를 축복하는데도, 성적 욕망을 신성한 사랑과 양립 불가능한 것으로 오해할[2] 소지가 있는 성구만을 골라 성경을 감각적인 금욕 교리서로 왜곡하기도 하며, 십자가의 수난을 타락한 인간을 구원하기 위한 필연적인 대속(代贖)의 죽음으로 보는 것이 아니라, 단순히 그리스도의 사역을 중도 하차시킨 불행한 사건으로 간주하는 것이다. 따라서 이 세 소설뿐만 아니라, 지드의 다른 작품에서도 십자가에서 비참하고 무력하게 죽는 인간-그리스도의 측면만 부각될

---

2) 실제로 지드는 성욕을 오직 남자에게만 있는 저급한 것으로 간주하여 마들렌을 처녀로 늙게 하였다고 한다. 이른바 '백색 결혼'인데, 마들렌같이 고상하고 순결한 여인에겐 육체적인 욕망이 없으리라고 믿은 것이다. 그러면서 그 자신의 성욕 충족은 동성애와 혼외정사에 의지한다. 성경에 대한 오해에서 비롯된 영육 분리의 이원론적 사상이 그 자신의 삶에 구체적으로 적용된 결과다.

뿐, 죄 문제를 해결하고 죽음에서 부활하여 승천하는 하나님-그리스도의 모습은 거의 찾을 수가 없다. 구원은 바로 이 은혜와 사랑의 복음을 받아들이기만 하면 된다고 성경에 명시되어 있는데도, 알리사처럼 지드도 인간 스스로 각고의 노력으로 자아 완성을 하면 신성과 구원에 도달한다고 믿는다.

이런 관점에서 지드가 선택한 또 다른 구원의 길은 글쓰기 또는 완벽한 예술 작품의 창조에 있다. 가령 『배덕자』의 미셸은 세 친구들에게 이야기하는 서술 행위 자체를 '유일한 구원'으로 소설 첫머리에서 고백하고, 『전원교향곡』의 목사는 일기 쓰기를 통해 자기 합리화를 하며, 『좁은 문』의 알리사도 일기에 집착하고 그것을 '자기완성을 위한 하나의 도구'로 삼아 고독한 죽음의 두려움을 극복한다.

이상의 논의를 정리해 보면, 지드는 누구보다도 성경 지식이 풍부하고 해박했지만, 문제는 기독교회의 정통 교리와는 별개로 독자적인 방식으로 성경을 이해하고 해석했다는 사실이다. 그런 방식으로 재구성된 성경은 그의 상상 세계 속에 편입되어 그의 문학적 상상력 속에서 가장 비중 있는 한 축(軸)이 된다. 다시 말하면, 지드는 교회의 정통 교리를 신앙적으로 수용하진 않았지만, 그 대신 성경을 그의 문학적 상상력이 뿌리내리고 그 속에서 성장하는 풍요로운 모태로 삼았다. 탈신성화된 성경의 문학적 재해석과 소설적 육화(肉化, incarnation)를 통하여 지드는 특유의 미학적 깊이와 울림이 있는 탁월한 소설 세계를 창조한 것이다. 어쩌면 지드에게 있어서 성경적 상상 세계도, 이처럼 재창조된 불멸의 예술 세계라는 더 큰 틀 속으로 수렴된다고 할 수 있다. 바로 여기에 인간적인 진정한 구원이 있다고 믿었기 때문일 것이다.

*

끝으로 번역 원본은 프랑스 갈리마르 사의 André Gide, *Romans récits et soties oeuvres lyriques*, Bibliothèque de la Pléiade(1969)이며, 소설 속 각주는 원본에 있는 것이 아니라, 독자의 이해를 돕기 위해 임의로 첨부한 것임을 밝힌다.

번역 의뢰를 받은 지 꽤 오랜 시간이 흘렀다. 때론 나의 게으름으로, 때론 출판사 사정으로 차일피일 지연되는 동안, 애초 두 편에서 세 편으로 작업을 확대했다. 적지 않은 시간 동안, 원본에 충실하려고 최선을 다하면서 꼼꼼하게 작업하긴 했지만, 번역상 오류나 오역이 나오면(어떻게 나오지 않을 수 있겠는가? 오죽하면 번역은 반역이라고들 할까!) 전적으로 나의 책임이다. 독자 여러분의 따끔한 충고와 애정 어린 질책을 바라며, 그동안 오래 기다리며 배려해 준 민음사의 박맹호 회장께 감사드리고, 세밀한 교정으로 원고 정리를 도와준 민음사 편집부의 노고에 고마움을 표한다. 이제 독자 여러분이 이 작품 해설과는 또 다른 관점, 새로운 시각으로 독서의 모험을 떠나길 빈다.

2015년 7월

동성식

작가 연보

1869년   11월 22일 파리 메디시스 가에서 파리대학 법학부
         교수 폴 지드와 부르주아 출신 쥘리에트 롱도 사이
         에서 출생.

1877년   유복한 개신교 집안 아이들이 다니는 알자스 학원
         에 입학. 홍역에 걸려 외조부 에두아르 롱도 소유
         의 라 로크 성에서 요양. 건강이 좋지 않아서 학교
         생활을 제대로 하지 못함.

1880년   10월, 아버지 사망.

1881년   어머니와 함께 몽펠리에로 가서 생활. 신경증 발작.

1882년   어머니의 불륜을 알고 괴로워하는 외사촌 누이 마
         들렌을 사모하고 있음을 깨달음.

1883년   파리에 있는 앙리 보에르 댁에서 반 기숙 생활. 규
         칙적으로 일기를 쓰기 시작.

1889년	소르본 대학교에 진학.
1890년	12월, 몽펠리에서 폴 발레리와 처음 만나 깊은 우정을 나눔.
1891년	1월, 마들렌이 결혼 거부. 『앙드레 발테르의 수기』 익명 발표. 말라르메의 화요회에 출입. 12월 오스카 와일드와 첫 만남. 『나르시스론』 발표.
1892년	『앙드레 발테르의 시』 발표. 11월, 군복무를 하다가 결핵으로 전역.
1893년	『위리앵의 여행』, 『사랑의 시도』 발표.
1895년	『팔뤼드』 출간. 5월에 어머니 폴 지드가 사망하고 한 달 후 외사촌 누이 마들렌과 약혼. 10월에 결혼.
1896년	5월, 라 로크 마을 최연소 시장으로 선출.
1897년	『지상의 양식』 발표. 『문학과 도덕의 제 문제에 대한 고찰』 발표.
1898년	아내와 이탈리아 여행을 갔다가 그의 모델이 되겠다는 소년들과 쾌락에 빠짐.
1902년	1월, 『배덕자』 발표.
1904년	『사울』, 『프레텍스트』, 『오스카 와일드』 발표.
1908년	『서한집을 통해 본 도스토옙스키』 발표. 코포, 슐랭베르제, 게옹, 자크 리비에르와 월간 문예지 《N.R.F.》 창간.
1909년	『좁은 문』 발표. 《N.R.F.》의 영향력 확장.
1911년	N.R.F.가 가스통 갈리마르를 중심으로 출판사 설립.
1913년	로제 마르탱 뒤 가르와 만나 생애 가장 친한 친구

로 지냄.『위폐범들』에서 로제 마르탱 뒤 가르에게 헌사를 바침.

1914년 　『교황청의 지하실』 발표. 친구 클로델은 이 작품이 어둡고 몽매한 종교계를 야유하고 범죄를 통해 인간을 실험한다고 비판하며 지드와 절교.

1916년 　집안 친구 알레그레 목사의 16세 아들 마르크와 연애 시작.

1919년 　『전원교향곡』 발표.『위폐범들』 집필 시작.

1923년 　벨기에 화가 테오 반 리셀베르그의 부인, 엘리자베트 반 리셀베르그와의 사이에서 딸 카트린 출생. 아내가 죽은 후 1938년에 딸을 자기 호적에 입적.

1926년 　콩고 여행.『위폐범들』 발표.『한 알의 밀이 죽지 않으면』 보급판 출간.

1927년 　『콩고 기행』 발표.

1928년 　『차드에서 돌아오다』 발표.

1929년 　『여인들의 학교』 발표.

1930년 　『로베르』 발표.

1935년 　『새로운 양식』 발표.

1936년 　『주느비에브』,『소련 기행』 발표.

1937년 　『나의 소련 기행에 대한 수정』 발표로 공산주와 결별 선언.

1938년 　아내 마들렌 사망. 큰 충격을 받고『이제 그녀는 그대 안에 있네』 집필. 지드 사후 1951년에 발표.

1939년 　열네 살 때부터 꾸준히 써 온『일기』 발표.《N.R.F.》

에서 사퇴.

1947년 옥스퍼드 대학교 명예 박사 학위 수여. 11월에 노벨 문학상 수상.

1948년 『프랑시스 잠과의 편지』 발표. 소극 『교황청의 지하도』 발표.

1951년 지병인 폐결핵이 재발하여 2월 19일, 82세를 일기로 사망.

1955년 앙드레 지드-폴 발레리 『서한집』 출간.

1963년 앙드레 지드-앙드레 쉬아레스 『서한집』 출간.

1968년 앙드레 지드-로제 마르탱 뒤 가르 『서한집』 출간.

2001년 지드의 회상록과 여행기들을 엮은 플레이야드 총서가 '회상록과 여행기'라는 제목으로 출간.

세계문학전집 **336**

좁은 문·전원교향곡·배덕자

1판 1쇄 펴냄 2015년 7월 31일
1판 11쇄 펴냄 2023년 11월 16일

지은이 앙드레 지드
옮긴이 동성식
발행인 박근섭, 박상준
펴낸곳 (주)민음사

출판등록 1966. 5. 19. (제 16-490호)
서울특별시 강남구 도산대로1길 62(신사동) 강남출판문화센터 5층 (우편번호 06027)
대표전화 02-515-2000 팩시밀리 02-515-2007
www.minumsa.com

© 동성식, 2015. Printed in Seoul, Korea

ISBN 978-89-374-6336-5 04800
iSBN 978-89-374-6000-5 (세트)

이 책은 2013~2014년 창원대학교 연구비 지원을 받아 번역되었습니다.

세계문학전집 목록

세계문학전집은 계속 간행됩니다.